Rita Mae Brown

Rubinroter Dschungel
Goldene Zeiten

2 Romane

Deutsch von Barbara Scriba-Sethe
und Margarete Längsfeld

WUNDERLICH TASCHENBUCH

Rubinroter Dschungel
Die Originalausgabe erschien unter dem Titel «Rubyfruit Jungle»
bei Daughters, Inc., Plainfield, Vermont
Goldene Zeiten
Die Originalausgabe erschien 1976 unter dem Titel «In Her Day»
bei Daughters, Inc., Plainfield, Vermont

Veröffentlicht im Rowohlt Taschenbuch Verlag GmbH,
Reinbek bei Hamburg, Juli 2000
Rubinroter Dschungel
Veröffentlicht auf Grund einer Vereinbarung
mit Bantam Books, Inc., New York

Umschlaggestaltung Barbara Hanke
Foto: photonica / Lucy Harmer
Gesamtherstellung Clausen & Bosse, Leck
Printed in Germany
ISBN 3 499 26263 0

Rubinroter Dschungel

Deutsch von Barbara Scriba-Sethe

Für Alexis Smith,

Schauspielerin, Köpfchen, Schönheit,
erfinderische Köchin, treue Seele, respektlose
Beobachterin politischer Phänomene,
und so weiter und so fort. Wollte ich
alle ihre herausragenden Eigenschaften
aufzählen, würdet ihr, liebe Leser, am Ende
eurer Kräfte sein, noch ehe ihr bis zur
ersten Seite meines Buches vorgedrungen seid.
Deshalb will ich nur sagen, daß die oben
erwähnte Frau sich die Zeit nahm, mir einen
freundlichen Stups in Richtung meiner
Schreibmaschine zu geben. Klar, wenn ihr
das Buch erst gelesen habt, werdet ihr viel-
leicht wünschen, sie hätte mich vor
etwas gestoßen, was sich schneller bewegt
als eine Schreibmaschine.

Ich danke Charlotte Bunch, die
mir zu einem einjährigen Stipendium
am Institute for Policy Studies
in Washington, D. C., verhalf – der
Job ließ mir die Zeit, dies Buch
zu schreiben. Ich danke Frances
Chapman und Onka Dekkers, die ein
Durcheinander ohne Punkt und
Komma gelesen und entwirrt haben.
Und ich danke Tasha Burd dafür,
daß sie's mit mir ausgehalten hat,
wenn ich allein war.

Rita Mae Brown

Erster Teil

1

Keine erinnert sich ihrer Anfänge. Mütter und Tanten erzählen uns von der Säuglingszeit und frühen Kindheit, in der Hoffnung, daß wir die Vergangenheit nicht vergessen, als unser Leben völlig in ihrer Hand lag, und dabei beten sie heimlich, daß wir sie dann auch in unsere Zukunft mit einschließen werden.

Ich wußte nicht das geringste über meine Anfänge, bis ich sieben Jahre alt war. Damals lebte ich in Coffee Hollow, einem ländlichen Flecken außerhalb Yorks in Pennsylvania. Eine ungepflasterte Straße verband die mit Teerpappe bedeckten Häuser voller schmiergesichtiger Kinder, und in der Luft hing ständig der Geruch von Kaffeebohnen, die in dem kleinen Laden, der dem Ort seinen Namen gab, frisch gemahlen wurden. Eines von diesen schmiergesichtigen Kindern war Brockhurst Detwiler, kurz Broccoli genannt. Durch ihn erfuhr ich, daß ich ein Bastard war. Broccoli wußte nicht, daß ich ein Bastard war, aber wir handelten ein Geschäft aus, das mich meine Unwissenheit kostete.

An einem frischen Septembertag waren Broccoli und ich auf dem Heimweg von der Volksschule in Violet Hill.

«He, Molly, ich muß mal pieseln, willst du zugucken?»

«Klar, Broc.»

Er ging hinter die Büsche und zog schwungvoll seinen Reißverschluß runter.

«Broccoli, was is'n all die Haut, die da an deinem Pimmel rumhängt?»

«Meine Mom sagt, ich wär noch nicht beschnitten worden.»

«Wie meinst du, beschnitten?»

«Sie sagt, daß manche Leute sich so 'ne Operation

machen lassen, und dann geht die Haut ab. Das hat irgendwas mit Jesus zu tun.»

«Mensch, bin ich froh, daß niemand an mir herumschneidet.»

«Das meinst du. Bei meiner Tante Luise hat man eine Titte abgeschnitten.»

«Ich hab keine Titten.»

«Wirst schon kriegen. So dicke, wabbelige Dinger wie meine Mom. Die hängen bis zur Taille runter und schwabbeln beim Gehen.»

«Bei mir nicht, so werd ich nie aussehen.»

«O doch, wirst du schon. Alle Mädchen sehen so aus.»

«Halt die Klappe, oder ich hau dir die Lippen gleich die Kehle runter, Broccoli Detwiler.»

«Ich halt die Klappe, wenn du niemandem erzählst, daß ich dir mein Ding gezeigt habe.»

«Was gibt's da zu erzählen? Alles was du hast, ist ein Haufen rosa Falten, die da rumhängen. Das ist häßlich.»

«Es ist nicht häßlich.»

«Ah. Es sieht schrecklich aus. Du meinst, es ist nicht häßlich, weil's dein's ist. Niemand sonst hat so 'nen Pimmel. Mein Vetter Leroy, Ted, niemand. Wetten, daß du der einzige auf der Welt bist? Wir sollten damit Geld machen.»

«Geld? Wie sollen wir mit meinem Pimmel Geld machen?»

«Nach der Schule nehmen wir die Kinder mit hierher und zeigen, was du hast, und einmal gucken kostet 'nen Nickel.»

«Nein, ich werd den Leuten doch nicht mein Ding zeigen, wenn sie darüber lachen.»

«Schau mal, Broc, Geld ist Geld. Laß sie doch lachen. Du wirst Geld haben, und dann kannst du über sie lachen. Und wir machen Halbe-Halbe.»

Am nächsten Tag ließ ich während der Pause die

Nachricht herumgehen. Broccoli hielt den Mund. Ich fürchtete schon, er würde sich drücken, aber er hielt durch. Nach der Schule stürmten ungefähr elf von uns hinaus zu dem Gehölz, das zwischen der Schule und dem Kaffeeladen liegt, und dort stellte Broc sich zur Schau. Es war ein Bombenerfolg. Die meisten Mädchen hatten noch nie einen richtigen Pimmel gesehen, und Broccolis war so widerlich, daß sie vor Vergnügen aufschrien. Broc sah um die Mundwinkel herum etwas grünlich aus, aber tapfer ließ er ihn so lange heraushängen, bis jeder ihn sich genau angeschaut hatte. Wir waren um 55 Cent reicher.

Die Nachricht verbreitete sich in den anderen Klassen, und etwa eine Woche lang unterhielten Broccoli und ich ein blühendes Geschäft. Ich kaufte rote Lakritze und teilte sie unter all meinen Freunden auf. Geld war Macht. Je mehr rote Lakritze man hatte, desto mehr Freunde hatte man. Mein Vetter Leroy versuchte sich in das Geschäft hineinzudrängen und stellte sich selbst zur Schau, aber es lief nicht, da bei ihm keine Haut drauf war. Um ihn bei Laune zu halten, schenkte ich ihm 15 Cent von unserem täglichen Verdienst.

Nancy Cahill kam jeden Tag nach der Schule, um Broccoli zu begucken, der inzwischen für alle der «seltsamste Pimmel der Welt» war. Einmal wartete sie, bis alle anderen gegangen waren. Nancy war voller Sommersprossen und Pickel. Jedesmal, wenn sie Broccoli sah, kicherte sie, und an jenem Tag fragte sie, ob sie ihn mal anfassen dürfe. Der dämliche Broccoli sagte ja. Nancy grabschte nach ihm und quietschte.

«Okay, okay, Nancy, das ist genug. Er könnte schlappmachen, und wir müssen noch andere Kunden zufriedenstellen.»

Das nahm ihr den Wind aus den Segeln, und sie ging nach Hause.

«Hör mal, Broccoli, was denkst du dir eigentlich dabei, wenn du dich von Nancy umsonst anfassen läßt. Das sollte mindestens einen Dime wert sein. Wir sollten die Kinder es für einen Dime tun lassen, und Nancy kann für umsonst an dir rumspielen, wenn du es willst, sobald die anderen weg sind.»

«Abgemacht.»

Dieser neue Einfall trieb die halbe Schule ins Gehölz.

Alles lief bestens, bis Earl Stambach uns bei Miss Martin, der Lehrerin, verpfiff. Miss Martin setzte sich mit Carrie und Broccolis Mutter in Verbindung, und vorbei war der ganze Zauber.

Als ich an jenem Abend nach Hause kam, war ich noch nicht durch die Tür hindurch, als Carrie brüllte: «Molly, komm auf der Stelle hier herein.» Der Ton in ihrer Stimme sagte mir, daß mich wohl Prügel erwarteten.

«Ich komme, Mom.»

«Was höre ich da über dich? Du spielst draußen im Gehölz mit Brockhurst Detwilers Ding? Lüg mich jetzt bloß nicht an. Earl hat Miss Martin erzählt, daß du jeden Abend da draußen bist.»

«Ich nicht, Mom, ich habe nicht mit ihm gespielt.» Was stimmte.

«Lüg mich nicht an, du großmäulige Göre. Ich weiß, daß du da draußen warst und diesem Blödian einen abgewichst hast, und das vor all den anderen Gören in Hollow.»

«Nein, Mom, wirklich nicht, ich nicht.» Es war sinnlos, ihr zu erzählen, was ich wirklich getan hatte. Sie hätte mir nicht geglaubt. Carrie ging davon aus, daß alle Kinder logen.

«Du hast mich vor der ganzen Nachbarschaft blamiert, und ich hätte nicht übel Lust, dich rauszuschmeißen. Du und deine aufgeblasenen Manieren, schwebst ins Haus herein und wieder hinaus, wie es dir Gott verdammt gerade paßt. Du mit deiner ganzen Bücher-Leserei, tust dich wohl als was Besonderes dünken? Du bist mir die rechte, Miss Hoch-Hinaus, hochnäsig sein und dann draußen im Gehölz mit seinem Schwanz spielen. Nun, ich hab eine feine Nachricht für dich, du kleines Mistvieh, da du dich für so schlau hältst. Du bist nicht so was Feines, wie du meinst, und mein Kind bist du auch nicht. Und ich will dich auch nicht, jetzt wo ich weiß, worauf du aus bist. Willst du wissen, wer du bist, Klugscheißerchen? Du bist die uneheliche Tochter von Ruby Drollinger, das bist du. Woll'n mal sehen, wie du jetzt die Nase noch in die Luft streckst.»

«Wer ist Ruby Drollinger?»

«Deine richtige Mutter, das war sie, und sie war 'ne Nutte, hörst du mich, Miss Molly? Eine gewöhnliche, liederliche Nutte, die es mit einem Hund getrieben hätte, wenn er richtig mit seinem Hintern gewackelt hätte.»

«Ist mir egal, es macht doch nichts aus, wo ich herkomme. Ich bin da, oder?»

«Es macht sogar sehr viel aus. Alle, die ehelich geboren sind, haben Gottes Segen, die unehelich geboren sind, sind als Bastarde verflucht. Da hast du's.»

«Ist mir egal.»

«Es sollte dir aber nicht egal sein, du Miststück. Du wirst schon sehen, wie weit dich dein ganzes Getue und deine Bücher bringen, wenn die Leute draußen herausfinden, daß du ein Bastard bist. Und du benimmst dich ja auch wie einer. Blut ist dicker als Wasser, und dein's sagt alles. Dickköpfig wie Ruby und wichst draußen im Gehölz diesem Detwiler-Idioten einen ab. Bastard!»

Carries Gesicht war krebsrot, und die Adern quollen ihr aus dem Hals. Sie sah aus wie ein einziger Horror-Film, und sie trommelte auf den Tisch, und sie trommelte auf mich ein. Sie packte mich an den Schultern und schüttelte mich, wie ein Hund eine Stoffpuppe schüttelt. «Hochnäsiges Luder von einem Bastard. Das lebt in meinem Haus unter meinem Dach. Im Waisenhaus wärst du schon längst tot, wenn ich dich nicht rausgeholt hätte und dich nicht rund um die Uhr gepflegt hätte. Du kommst hierher, schlägst dir den Bauch voll und läßt mich den ganzen Tag hinter dir herlaufen, und dann haust du ab und blamierst mich. Du kommst besser zu dir, Mädchen, oder ich stoße dich dahin zurück, wo du hergekommen bist – in die Gosse.»

«Nimm deine Hände weg von mir. Wenn du nicht meine richtige Mutter bist, dann nimm deine gottverdammten Hände von mir.» Ich rannte zur Tür hinaus und raste den ganzen Weg über die Weizenfelder zum Gehölz hinauf. Die Sonne war gerade untergegangen, und am Himmel leuchtete noch ein rosa Schimmer. Was soll's, und wenn ich schon ein Bastard bin! Es kümmert mich nicht. Sie versucht mich einzuschüchtern. Immer versucht sie mir Angst einzujagen. Zum Teufel mit ihr und zum Teufel mit allen anderen, denen es etwas ausmacht. Gottverdammter Broccoli Detwiler und sein dämlicher, häßlicher Pimmel. Er hat mir den Schlamassel eingebrockt, und gerade wo wir etwas Geld machen, muß das passieren. Ich werd mir den Earl Stambach vorknöpfen, so daß ihm Hören und Sehen vergehen, und wenn es das letzte ist, was ich tue. Tja, Mom wird mir dafür das Fell über die Ohren ziehen. Würd mich mal interessieren, wer sonst noch weiß, daß ich ein Bastard bin. Ich wette, Mouth, die «Schnauze» weiß es, und wenn Florence, die «Megaphon-Schnauze», es weiß, weiß es die ganze Welt. Ich wette, sie sitzen alle drauf wie die Hennen. Na, in das Haus gehe ich nicht zurück, wo sie über mich lachen und mich angucken, als wäre ich ein Ungeheuer. Ich bleib hier im Wald, und ich werde Earl umbringen. Scheiße, ob wohl der alte Broc das mitgekriegt hat? Er wird sagen, ich hätte ihn dazu gebracht, und dann wird er auspacken. Feigling. Jeder mit so einem

Pimmel muß ja die Hose voll haben. Ich frag mich, ob eines von den anderen Kindern etwas weiß. Ich kann Mouth und Mom gegenübertreten, aber nicht der ganzen Bande. Nun, wenn es ihnen was ausmacht, sollen sie auch zum Teufel gehen. Ich begreife nicht, warum die soviel Wind darum machen. Wen kümmert's, wie du hierher kommst? Mir ist es egal. Wirklich, mir ist es egal. Ich wurde halt geboren, nichts anderes zählt. Ich bin hier. Mensch, die Alte hat sich was zusammengebrüllt, sie war außer sich, einfach außer sich. Ich geh nicht dahin zurück. Ich geh nicht dahin zurück, wo das was ausmacht, und von nun an wird sie's mir ständig unter die Nase reiben. Wie sie's mir immer noch unter die Nase reibt, daß ich Großmutter Bolt ans Schienbein getreten hab, als ich fünf war. Ich bleib hier im Gehölz. Ich kann von Nüssen und Beeren leben, nur mag ich keine Beeren, da sind oft so Flecken drauf. Zur Not kann ich wohl auch von Nüssen leben. Vielleicht fange ich mir Kaninchen, ja, aber Ted hat mir erzählt, Kaninchen sind voller Würmer. Würmer, igitt, ich eß doch keine Würmer. Ich bleib hier im Wald und verhungere, ja, das werd ich tun. Dann wird's der Mom leid tun, daß sie mich so angeschrien hat und soviel Wind darum gemacht hat, wie ich geboren wurde. Und meine richtige Mutter eine Nutte zu nennen – wie meine richtige Mutter wohl aussieht? Vielleicht sehe ich irgend jemandem ähnlich. Ich sehe niemandem in unserem Haus ähnlich, niemandem von den Bolts oder den Wiegenlieds, keinem von ihnen. Sie haben alle ganz weiße Haut und graue Augen. Deutsche, sie sind alles Deutsche. Und wie Carrie sich damit aufspielt. Daß alle anderen schlecht sind, die Ittaker und Juden und die ganze übrige Welt. Deshalb haßt sie mich. Bestimmt war meine Mutter keine Deutsche. Meine Mutter kann sich nicht viel aus mir gemacht haben, wenn sie mich Carrie überlassen hat. Hab ich denn damals irgendwas Schlimmes angestellt? Warum hätte sie mich sonst im Stich gelassen. Jetzt, ja jetzt vielleicht könnte sie mich verlassen, nachdem ich Broccolis Pimmel zur Schau gestellt habe, aber wie hätte ich als kleines Baby irgendwas Schlimmes anstellen können? Ich wollte, ich hätte von der Sache nie etwas erfahren. Ich wollte, Carrie Bolt würde tot umfallen. Das ist es genau, was ich mir wünsche. Ich gehe nicht dahin zurück.

Die Nacht zog herauf im Gehölz, und kleine, unsichtbare Tiere huschten im Dunkel am Boden herum. Kein Mond stand am Himmel. Die Schwärze erfüllte meine Nasenlöcher, und die Luft war voller Geräusche, seltsamer Töne. Frostige Kälte drang von dem alten Fischteich unten bei den Tannen herauf. Auch konnte ich keine Nüsse finden, es war zu dunkel. Alles, was ich fand, war ein Spinnennetz. Das Spinnennetz gab mir den Rest. Ich beschloß, nach Hause zu gehen, aber nur bis ich alt genug wäre, um eine Stelle zu finden, so daß ich dieses Loch verlassen konnte. Stolpernd ertastete ich mir meinen Weg nach Hause und öffnete die zerbrochene Fliegenschutztür. Niemand wartete auf mich. Sie waren alle zu Bett gegangen.

2

Leroy saß mitten im Kartoffelfeld und entfernte eine Zecke aus seinem Nabel. Er sah aus wie Baby Huey in den Comics und war auch nicht gerade viel schlauer, aber Leroy war mein Vetter, und ich liebte ihn auf eine blöde Art. Man hatte uns hierher zum Sammeln von Kartoffelkäfern geschickt, aber die Sonne stand hoch, und wir waren unsere Arbeit leid. Die erwachsenen Frauen waren im Haus, und die Männer waren weg, arbeiten. Das war der Sommer 1956, und wir waren so arm dran, daß wir mit den Denmans in Shiloh zusammen wohnen mußten. Ich wußte nicht, daß es uns schlecht ging; außerdem war ich mit Leroy, Ted und all den Tieren gern draußen.

Leroy war elf, genauso alt wie ich. Er war auch genauso groß, nur ziemlich dick; ich war spindeldürr. Ted, Leroys Bruder, war dreizehn, und er befand sich im Stimmbruch. Ted arbeitete unten bei der Esso-Tankstelle, so saßen Leroy und ich mit den Kartoffelkäfern fest.

«Molly, ich hab keine Lust mehr, Kartoffelkäfer zu suchen. Wir haben zwei Krüge voll, komm, laß uns runter zu Mrs. Hersheners Laden laufen und uns eine Brause holen.»

«Okay, aber wir müssen durch den Graben durch, wo Ted den Traktor zertrümmert hat, oder meine Mom sieht uns und treibt uns wieder zur Arbeit.»

Wir krochen durch den Graben an dem verrosteten Traktor vorbei und auf der anderen Seite des Weges aus der Abflußröhre heraus. Dann rannten wir den ganzen Weg hinunter zu Mrs. Hersheners winzigem Laden, an dessen Tür eine verblichene Nehi-Soda-Reklame, mit einem Thermometer drauf, hing.

«Ach, es sind Leroy und Molly. Helft ihr Kinder euren Müttern oben auf dem Hügel?»

«O ja, Mrs. Hershener», leierte Leroy, «wir verbrachten den ganzen Tag damit, Kartoffelkäfer zu suchen, damit die Kartoffeln auch richtig wachsen.»

«Ach, seid ihr goldig. Hier, wie wär's mit einem Schokoladenkringel für jeden von euch.»

«Danke schön, Mrs. Hershener», sagten wir wie aus einem Munde.

«Kann ich für einen Nickel eine Kugel Himbeereis kriegen?»

Ich schnappte mir mein Eis und spazierte in die Juni-Sonne hinaus. Leroy schlenderte mit einer Zuckerstange hinterher und wir setzten uns auf die abgenutzten, flachen Holzplanken der Veranda.

Zwischen den glitzernden Dachpappenfetzen vor dem Laden erspähte ich eine leere Sunmaid-Rosinenschachtel. Bis auf den zerrissenen Deckel war sie noch heil.

«Wofür brauchst du das?»

«Ich hab da was im Sinn, wart's ab, wirst schon sehen.»

«Ach komm, Moll, sag's mir, und ich helf dir.»

«Kann ich dir jetzt nicht sagen. Da kommt Barbara Spangenthau, und du weißt ja, wie sie ist.»

«Okay, muß ein Geheimnis bleiben.»

«Hallo, Barbara, was machste denn so?»

Barbara murmelte irgendwas von einem Laib Brot und verschwand nach drinnen. Barbara war Jüdin, und Carrie schärfte Leroy und mir ständig ein, wir sollten uns von ihr fernhalten. Die Mühe hätte sie sich ersparen können. Niemand hatte Lust, der Barbara Spangenthau näherzukommen, da sie immer die Hand in ihrer Hose hatte und mit sich spielte, und schlimmer noch, sie stank. Bis ich fünfzehn war, dachte ich, Jüdin sein bedeute, man spaziere fortwährend mit der Hand in der Hose herum.

Barbara rollte sich aus dem Laden heraus. Sie war noch fetter als Leroy; die Arme voller Fishel-Brot begann sie den mit Geißblatt bewachsenen Weg hinunterzumarschieren.

«He, Barbara, hast du Earl Stambach heute gesehen?»

«Er war unten beim Teich. Warum?»

«Weil ich ein Geschenk für ihn habe. Wenn du ihn siehst, sag ihm, ich suchte ihn, ja?»

Barbara trabte, von der Wichtigkeit ihrer Botschaft ganz durchdrungen, die Straße hinunter. Da sie ziemlich in der Nähe von den Stambachs wohnte, hatte sie eine gute Chance, sie loszuwerden.

«Wieso willst du Earl Stambach was schenken? Ich dachte, er wäre dir nun auf ewig verhaßt.»

«Ist er ja auch, und das Geschenk, das ich für ihn habe, ist was ganz Besonderes. Willst du mit mir kommen, wenn ich es hole?»

Leroy konnte sich kaum einkriegen vor Begeisterung, und er zuckelte hinter mir her über die Felder wie ein Entenkleines hinter seiner Mutter, und den ganzen Weg über brabbelte er, was das wohl für ein Geschenk sein könnte. Wir kamen in das kühle Gehölz, und ich suchte den Boden ab. Auch Leroy starrte auf den Boden, wenn er auch nicht wußte, wonach er suchen sollte.

«Ha! Hab's gefunden. Nun werd ich ihm was Feines zurechtmachen.»

«Ich seh nur einen Haufen Kaninchenköttel. Was willst du damit? Ach komm, sag's mir.»

«Guck zu, Leroy, und halt den Schnabel.»

Ich schaufelte eine Handvoll winziger, wunderschön runder Kaninchenköttel zusammen und schüttete sie in die Sunmaid-Rosinenschachtel.

«Kannst du dich an die getrockneten Rosinen erinnern, die Florence draußen auf der hinteren Veranda hatte? Lauf mal schnell hin und klau eine Handvoll, und dann kommst du schnurstracks wieder hierher.»

Leroy wuchtete davon wie ein Zement-Lastwagen, wobei seine massige Gestalt in der Nachmittagssonne schimmerte. Innerhalb von zehn Minuten war er mit einer köstlichen Handvoll echtester Rosinen wieder zurück. Ich warf sie in die Schachtel und schüttelte den Inhalt kräftig. Dann ließ ich Leroy ewiges Stillschweigen schwören und machte mich auf den Weg durch das Gehölz zu Carmines Fischteich, um Earl Stambach aufzustöbern. Er war auch da. Mit einem Stock als Angelrute saß er da und wartete darauf, daß ein eingebildeter Fisch an einer Leine anbiß, an der kein Köder war. Earl war schon ziemlich blöd. Er war nur durch die vierte Klasse gekommen, weil er dem Lehrer gewaltig in den Hintern gekrochen war. Wir waren jetzt in der sechsten Klasse, und weiter als bis fünf schaffte er es immer noch nicht beim Einmaleins. Florence sagte immer, das sei so, weil die Stambachs so viele Kinder hätten und keines von ihnen genug zu essen hätte, und so sei Earls Gehirn verhungert. Mir war es ziemlich wurscht, warum er dämlich war, ich war zu sehr mit meinem Haß gegen ihn beschäftigt. Er verpetzte mich ständig in der Schule, weil ich diese oder jene Regel durchbrach. Das letzte Mal schickte man mich in Mr. Beavers Büro, weil ich aus dem Materialraum Tafeln geklaut hatte. Das war genau eine Woche vor Schulschluß, und fast wär ich deswegen nicht durch die fünfte Klasse gekommen. Earl war vielleicht dumm, aber er lernte zu überleben, und er lernte auf meine Kosten, das scheinheilige Wiesel.

Earl hörte uns kommen und sah auf. Ein Schatten von Bestürztheit huschte über sein Gesicht, denn er muß gedacht haben, ich würde bestimmt mit der Peitsche auf ihn losgehen. So lächelte ich aber nur und sagte: «Hallo, Earl, hallo, fängst du was?»

«Nein, aber ein Riesenviech hat gerade vor fünf Minuten angebissen. Es muß ein Thunfisch gewesen sein, denn er war bestimmt groß.»

«Ach, wirklich? Du mußt ein talentierter Fischer sein.»

Earl kicherte, und sein linkes Auge zuckte. Er wußte nicht, was er daraus machen sollte.

«Earl, ich hab darüber nachgedacht, daß wir aufhören sollten, uns gegenseitig zu ärgern. Du weißt ja, ich hasse es, wenn du mich bespitzelst, und ich weiß, du haßt es, wenn ich wütend auf dich werde und dir nach der Schule auf dem Nachhauseweg auflauere. Warum schließen wir nicht einen Waffenstillstand und sind Freunde? Ich verprügle dich nicht mehr, wenn du mich nicht mehr verpetzt, sobald wir wieder in der Schule sind.»

«Klar, Molly, klar. Ich hätte es gern, wenn wir Freunde wären, und ich schwöre auf einem Berg von Bibeln, daß ich dich nie wieder verpetze.»

«Na fein, ich hab dir auch ein kleines Geschenk mitgebracht, um es rechtsgültig zu machen. Ich hab sie gerade bei Mrs. Hershener gekauft, weil ich weiß, daß du Rosinen magst.»

«Danke, also vielen Dank!» Earl schnappte sich die Rosinenschachtel, riß runter, was vom Deckel übrig geblieben war, öffnete den Mund, hielt die Schachtel darüber und schluckte mit einemmal den halben Inhalt hinunter. Leroy fing an zu lachen. Ich packte seinen linken Arm und kniff ihn so, daß es eine Apfelsine zerquetscht hätte: «Du hältst den Mund, oder ich hau dir den Hintern voll», zischte ich.

«Da mach ich mir keine Sorgen, Molly, ich werd schon nicht lachen.»

«Worüber redet ihr zwei?»

«Oh, wir haben nur gerade festgestellt, wie schnell du ißt, Earl. Wir haben noch nie jemanden gesehen, der so schnell essen kann. Du mußt wirklich der schnellste Esser in ganz York County sein. Ich wette, du schaffst den Rest der Schachtel in einer halben Sekunde. Meinst du nicht, Leroy?»

«Ja, Earl Stambach hat wirklich was drauf. Er ist sogar schneller als mein alter Herr.»

Earl schwoll gleichsam an unter all diesen Lobpreisungen, und er plusterte sich auf. «Oh, ich schaff's sogar in weniger als einer halben, paß mal auf.» Ein gewaltiges Schlucken, und die Sunmaid-Rosinenschachtel flog in hohem Bogen in den Teich. Earl strahlte und fühlte sich ganz groß.

«Earl, wie haben denn die Rosinen geschmeckt?»

«Halt wie Rosinen, einige waren allerdings matschig und bitter.»

«Matschig, ist das nicht überaus seltsam?»

Leroy explodierte vor Lachen und plumpste ins Gras beim Teich.

«Earl, wie blöd du bist. O Earl, du bist ja so blöd. Molly hat dir eine Schachtel voller Kaninchenköttel, mit Rosinen gemischt, geschenkt.»

Earls Gesicht zog sich unter dem Schlag zusammen.

«Das hast du doch nicht getan, Molly, oder?»

«Na klar hab ich das getan, du kriecherischer Furzknochen, du. Wenn du mich noch einmal verpetzt, werd ich dir noch was viel Schlimmeres verpassen. Also laß mich lieber in Frieden, Earl Stambach. Dies sei dir eine Lehre!» Ich machte effektvoll einen drohenden Schritt auf ihn zu, aber Earl war so grün geworden, daß er sich um seine Haut keinerlei Sorgen machte.

«Ich werd dich nie wieder verpetzen, ich verspreche es, ich verspreche es. Hand aufs Herz oder ich will auf der Stelle tot sein!»

«Tot, das ist das richtige Wort, Junge. Du knöpfst deine dicken Lippen zu, und wenn da ein einziges Wort rausrutscht, daß ich dich mit Kaninchenkötteln gefüttert hab, bist du dran. Komm, Leroy, hauen wir ab und lassen ihn hier voll mit Scheiße hocken.»

Wir rannten über die Tannennadeln, und Leroy mußte so lachen, daß er Mühe hatte, nicht hinzufallen. Oben auf dem Hügel drehte ich mich um und sah, wie Earl sich unten beim Teich heulend die Seele aus dem Leib spuckte. Ich hab's ihm gegeben, dachte ich, hab's ihm wirklich gegeben, und er verdient es. Komisch, irgendwie war mir nicht wohl dabei zumute.

«Der wird dich nicht mehr ärgern, Molly, den haste diesmal geschafft.»

«Halt den Mund, Leroy, halt den Mund.»

Leroy hielt einen Augenblick inne und sah mich voller Erstaunen an, dann zuckte er die Schultern und sagte: «Machen wir lieber, daß wir heimkommen, bevor Carrie und Mouth uns suchen.»

3

Der Sommer meiner Rache war auch der Sommer, in dem die Ernte verkam und Jennifer starb. Jennifer war Leroys richtige Mutter. Sie war hochgewachsen und hatte ein Gesicht wie diese Damen in den Sonntagsschulbüchern. Ihre Augen waren so groß, daß man nichts anderes sah, wenn man sie anblickte. Ich nannte sie Tante Jenna, obwohl sie nicht meine richtige Tante war, aber in Wirklichkeit war ja gar keiner von ihnen meine Familie. In diesem Sommer geschahen lauter schlimme Dinge, und es begann damit, daß Ep mit einem Messer bearbeitet wurde.

Ein paar Tage nachdem ich Earl seinen Denkzettel verpaßt hatte, kam Ep, Jennifers Mann, blutüberströmt ins Haus. Das Blut lief sein Gesicht herunter und verschmierte das dicke, lockige blonde Haar auf seiner gewaltigen Brust. Jennifer kreischte, als sie ihn sah, und Florence lief in die Küche, um eine Schüssel kaltes Wasser zu holen. Bei all ihren Fehlern war Florence immer die erste, die erfaßte, was die jeweilige Situation erheischte. Mein Vater Carl war noch nicht nach Hause gekommen, so daß nur wir Kinder und die Frauen da waren – bei Ep, der von Blut triefte und so wütend aussah, daß ich dachte, sein Kopf müsse gleich platzen. Leroy fielen fast die Augen aus dem Kopf, als er auf seinen zusammengeschlagenen alten Herrn blickte. Ep bemerkte uns nicht, wie wir beide dastanden und ihn anstarrten. Ted half seinem Vater in einen Sessel, und Florence kam mit einer Schüssel, Tüchern und einer gebieterischen Miene ins Zimmer zurück. «Leg deinen Kopf zurück, Ep, und laß mich das Blut von deinem Gesicht waschen. Geh in die Vorratskammer, Molly, und hol Verbands- und Desinfektionsmittel. Leroy, geh und pump mehr Wasser für deinen Vater. Jennifer, setz dich, du siehst bleich wie ein Geist aus. Nun, Ep, halt still. Ich weiß, es tut weh, aber du mußt einfach stillhalten. Es wird nicht halb so weh tun wie da, als der andere zugehauen hat.»

Ep gab nach und ließ seinen Kopf zurück fallen. Jedesmal wenn das Tuch an seine Wunden kam, zuckte er zusammen. Er war nicht zusammengeschlagen worden, er war zerschnitten worden. «Ep», sagte Jennifer leise, «Schätzchen, was ist geschehen? Du hast wieder Streit angefangen, nicht?»

Eps Wut ließ allmählich nach, und er antwortete ruhig: «Ja, ich habe einfach den Kopf verloren, aber ich konnte nicht anders, und ich habe nicht ein Glas getrunken, ich schwör's, nicht ein Glas.»

Florence warf ihm einen gemeinen Blick zu, machte aber weiter. «Molly, geh hinüber zu deiner Tante Jenna und laß dir von ihr zeigen, wie man aus Leukoplast ein Klammerpflaster macht. Mach eine Menge, er hat mundgroße Löcher.»

Leroy trippelte ins Zimmer zurück und setzte eine Schüssel mit Wasser auf die Plastiktischdecke. «He, Pop, machst du ihn fertig, den Kerl, der dich fertiggemacht hat? Machst du ihn fertig, Pop?»

«Leroy, ich wollte, du würdest diese Fragen nicht mit solcher Freude im Gesicht stellen», flehte Jennifer. Sie sah alt aus, überaus alt manchmal, und dies war wieder ein solches Mal. Die Farbe schien aus ihrem Gesicht gewichen und irgendwohin verschwunden. Um die Spitze ihrer Oberlippe zeichneten sich Linien ab, und sie verliehen ihr einen seltsamen Ausdruck. Es waren etwa noch zwei Wochen bis zur Geburt eines weiteren Babys. Sie sah aus wie eine Großmutter, die einen Wetter-Ballon verschluckt hatte, und Carrie sagte, Jennifer sei erst 33 Jahre alt.

«Worum ging's denn diesmal bei der Prügelei?» fragte sie.

«Hab mich wegen der Jungens geprügelt, mit Layton, dem Bastard.»

Bei dem Wort Bastard duckte ich mich. Wie kommt es, daß die Leute immer, wenn eine Person mies ist, sie einen Bastard nennen? Mir wurde heiß im Gesicht, und ich wagte nicht, von meinen Klammerpflastern hochzusehen, aus lauter Angst, jemand könnte meine Röte sehen.

«Der Layton da kam in den Laden rein und plusterte sich auf wie ein mickriger Hahn wegen seines Sohnes Phil. Phil hätte 'ne Zusage für West Point, behauptete er; dann sieht er mich so von unten rauf an und fragt, wie's denn so meinen Jungens ging. Na, da hab ich ihm erzählt, daß Ted und Leroy auch nach West Point gingen. Schließlich bin ich ein alter Kriegsveteran, hab das Verwundetenabzeichen, und da werden sie ja wohl meine Jungens nicht ablehnen, wenn sie bereit sind. Sie können doch nicht Söhne von Männern abweisen, die im Krieg zusammengeschossen worden sind. Da brüllt Layton vor Lachen und sagt, der Sohn von so 'nem Dummkopf zu sein, der sich im Krieg hat zusammenschießen lassen, heißt noch lange nicht, daß sie zu so 'nem feinen Ort wie West Point gehen können. Er sagt, jeder auf dem Hügel wisse, daß meine Jungens so blöd seien, daß sie ihren Hintern nicht vom Ellbogen unterscheiden könnten. Na ja, Jenna, und da hab ich halt zuviel gekriegt. Ich sagte ihm, sein Sohn Phil gehörte schon gar nicht in die Armee, dieser warme Bruder, der sich zum Pissen hinsetzt ... Daraufhin sind wir aufeinander los, und ich hab ihn zusammengeschlagen. Dann geht er mit dem Messer auf mich los und, na ja, mehr zu erzählen gibt's nicht.»

«Da gibt's noch eine Menge mehr zu erzählen», warf Florence ein.

«Die Bullen werden hierher kommen und dich kassieren, wenn du weiterhin wie anderes Gesocks in solche Prügeleien verwickelt wirst. Wie hast du denn Layton zurückgelassen? Du hast ihn doch nicht umgebracht, hoffe ich.»

«Nöh, ich hab ihn nicht umgebracht, wenn ich ihm auch gern so lange den Hals umgedreht hätte, bis seine Zunge zum Boden runtergehangen hätte. Carl kam auf dem Nachhauseweg am Laden vorbei und brachte uns auseinander. Er ist noch da und macht so was wie Frieden mit Layton. Du weißt ja, Carl ist so gutmütig, daß er jeden wieder friedlich stimmen kann. Er hat mich nach Hause geschickt, weil ich dabei keine Hilfe war.»

Jennifer stand auf, um nach den Brechbohnen zu sehen, die auf dem Ofen kochten. Ep blickte auf den Boden und besah seine schmutzigen Schuhe. «Herzchen», rief er, «unsere Jungens sind nicht dumm. Sie werden sich schon machen, wart's nur ab. Wenn ich sehe, daß sie sich gut machen, wird mir das sowieso besser tun, als auf Layton herumzuhämmern.»

Jennifer wandte sich von dem sprudelnden Wasser ab und ging ins Zimmer zurück, um ihm einen Kuß zu geben. «Klar werden sie's schaffen, aber ich glaube nicht, daß die Prügelei ein Vorbild für sie ist.» Ein dümmliches Grinsen zog sich über Eps Gesicht, und er legte seine Hand auf ihren geblähten Bauch und küßte ihre Hand.

Carl trat durch die Tür und machte eine große Show daraus, seine graue Arbeitsmütze auf die Mantelablage zu werfen. Er schaffte es, und wir applaudierten alle. Unter dem Arm trug er ein großes Stück Fleisch, das in fettiges Metzgerpapier gewickelt war. Sein Goldzahn vorne glitzerte, als er lächelte.

«Lammeintopf heute abend, Leute. Es ist heute übriggeblieben, und so habe ich es mitgebracht. Holt mal die Karotten und Sellerie heraus, es wird einen schönen Lammeintopf geben.» Carrie schlich sich zu Carl rüber und flüsterte ihm etwas ins Ohr. Er tätschelte ihr die Schulter und sagte ihr, es sei alles in Ordnung. Ich rannte zu ihm hinüber und sprang hoch, um ihm meine Arme um den Hals zu legen: «Los, Daddy, schwing mich im Kreis herum, bis ich schwindlig werd.»

«Na gut. Pilot an Copilot: Auf geht's!» Carl arbeitete hart, und sein robuster, muskulöser Körper zeigte schon Spuren frühzeitigen Alterns, anders als bei Jennifer, aber irgendwie war er gebeugt.

Nachdem er mich herumgewirbelt hatte, ging er zu Ep hinüber und fragte ihn, wie es ihm gehe. Ep sah zu Carl auf, wie Jungen zu ihren Vätern aufsehen, obgleich Carl nur zehn Jahre älter war als Ep.

«Abendessen kommt gleich, Leute. Macht mal den Tisch frei und schafft die blutigen Tücher weg», verkündete Carrie etwas später. Dampfend wurde der Eintopf auf den Tisch gebracht, und Leroy und ich kämpften um einen Platz neben Carl. Jennifer und Ep sahen einander beständig über den Tisch hinweg an, und Florence quasselte mehr denn je, aber diesmal war keinerlei Schärfe in ihrer Stimme. Sie wollte die Dinge glätten. Leroy vergaß, Fleisch von meinem Teller zu stehlen, und Carrie lachte über alles, was Carl sagte. Carl redete mehr, als er je geredet hatte, solange ich mich erinnern konnte. Er erzählte Geschichten über Sure Mike, den stämmigen Kerl, für den er im Metzgerladen arbeitete, und er witzelte über den Präsidenten der Vereinigten Staaten. Die Erwachsenen lachten über diese Witze mehr als über alles andere, aber ich verstand sie nicht. In der Schule erzählte man uns, daß der Präsident der beste Mann im ganzen Land war, aber ich wußte, daß mein Vater der beste Mann im ganzen Land war; das Land wußte das nur nicht, das war alles. So nahm ich an, es hatte schon seine Ordnung, wenn Carl sich über den Präsidenten lustig machte. Außerdem, wie sollte ich wissen, daß es den Präsidenten wirklich gab? Ich sah ihn nie, nur Bilder in der Zeitung, und die konnte man ja erfinden. Woher weiß man, ob es jemanden wirklich gibt, wenn man ihn nie sieht?

Jennifer nahm weiterhin ab, statt zuzunehmen, wie es eigentlich sein sollte, wenn man ein Baby erwartet, aber der Geburtstermin stand so unmittelbar bevor, daß niemand weiter darauf achtete – bis auf Carrie. Als es dann so weit war, daß Jennifer ins George Street Hospital fuhr, schien alles seinen normalen Gang zu gehen. Das Baby kam auf die Welt und wurde nach Dad Carl getauft, doch es lebte nur zwei Tage. Jennifer kam nicht mehr nach Hause. Die Erwachsenen schenkten uns weniger Aufmerksamkeit als gewöhnlich. Als ich vom Schuppen hereinkam, hielt ich auf der Veranda inne, da ich Florence, Carrie und Ep miteinander reden hörte. Es war eine heiße, stickige Nacht. Leroy war auf der Veranda und spuckte Wassermelonenkerne in die Gegend. Wir setzten uns beide hin und lauschten. Eps Stimme klang wie in einer krausen Radionummer. Er hörte sich schlimmer an als damals, nachdem er mit dem Messer traktiert worden war.

«Carrie, sie hat mir nie was von Schmerzen gesagt. Sie hat mir überhaupt nie was gesagt. Wenn sie mich hätte wissen lassen, wie sie sich fühlte, wäre ich mit ihr zum Arzt gegangen.» Florence antwortete ihm mit ruhiger, ja fast strenger Stimme: «Meine Tochter Jennifer gehörte nie zu denjenigen, die zuerst an sich selbst denken. Sie dachte, daß Ärzte zu teuer wären und daß alles, was mit ihr los war, irgendwie mit dem Baby zu tun hätte und daß ja alles bald vorbei wäre. Mach dir keine Vorwürfe, Ep. Sie hat das getan, was sie für richtig hielt, und Gott weiß, daß wir, obwohl wir alle arbeiten, kaum genug zusammenkriegen, um uns auf den Beinen zu halten. Das ist ihr alles durch den Kopf gegangen.»

«Ich bin ihr Mann, sie hätte mir das sagen sollen. Es ist meine Pflicht, es zu wissen.»

Da fiel Carrie ein: «Frauen haben oft Beschwerden, die sie vor ihren Männern geheimhalten. Das traf auf Jennifer noch mehr zu. Sie hat mir gegenüber erwähnt, daß sie Schmerzen hatte, aber wie sollte irgend jemand von uns wissen, daß sie durch und durch von Krebs zerfressen war. Sie wußte es ja auch nicht. So was weiß man eben nicht.»

«Sie wird sterben. Ich weiß, daß sie sterben wird. Wenn es so überall sitzt, kann man nicht leben.»

«Nein, da ist nichts mehr zu machen. Diese Dinge liegen in Gottes Hand.» Florence zeigte sich resolut. Schicksal war Schicksal. Wenn Gott Jennifer wollte, dann würde er sie kriegen. Carrie war der gleichen Meinung: «‹Gott gibt und Gott nimmt!› Solche Dinge wie Geburt und Tod sind nicht unsere Sache. Wir müssen nur weitermachen.»

Leroy sah mich an und packte mich am Arm. «Molly, Molly, was heißt das, daß Mom Krebs hat? Worüber reden die? Sag mir, worüber die reden.»

«Ich weiß nicht, Leroy, sie sagen, daß Tante Jenna sterben wird.» Meine Kehle schmerzte, ich spürte dort einen brennenden Klumpen, und ich hielt Leroys Hand und flüsterte: «Laß sie nicht wissen, daß wir zugehört haben. Wir können nichts anderes tun, als ihnen aus dem

Weg gehen und warten, was geschieht. Vielleicht ist alles nur ein Irrtum, und sie wird bald nach Hause kommen. Die Leute irren sich schon mal.» Leroy fing an zu weinen, und ich zog ihn hinaus zu den Saubohnen, damit ihn außer uns niemand hören würde. Leroy schluchzte: «Ich will nicht, daß meine Mom stirbt.» Er weinte so, daß er vor Elend einschlief. Nicht einmal die Moskitos störten ihn. Nach einer Weile rief uns Carrie, wir sollten reinkommen; und so half ich ihm auf und trug fast den dicken Klumpen Leroy zum Haus zurück und in sein kleines Eisenbett. Leroy schlief mit Ted im selben Zimmer, und ich schlief bei Carrie und Carl in meinem eigenen Bett. Ich wäre lieber bei Leroy gewesen, aber die Leute sagten, es sei nicht richtig, doch das konnte ich überhaupt nicht verstehen, besonders heute abend nicht. «Mom, laß mich bei Leroy bleiben, nur die eine Nacht, Mom, bitte.»

«Nein, du schläfst nicht da bei den Jungens und Ted, der schon so groß ist, daß er in den Stimmbruch kommt. Du gehst dahin, wo du hingehörst. Wenn du älter wirst, wirst du es verstehen.» Sie zog mich weg, und ich warf einen letzten Blick auf den armen Leroy mit seinen roten, verquollenen und glasigen Augen. Er war zu müde, um zu protestieren, und sank wie betäubt wieder in Schlaf.

Er muß Ted etwas gesagt haben, denn am nächsten Tag war Ted noch mehr in sich zurückgezogen und seine Augen waren auch gerötet.

Innerhalb einer Woche war Jenna nicht mehr da. Die ganzen Einwohner von Hollow strömten zum Begräbnis, und all die Blumen beeindruckten die Leute sehr. Ep hatte sich mit dem Sarg ruiniert. Er hatte den besten genommen, den es gab, und keiner hatte ihm das ausreden können. Wenn seine Frau wirklich tot sein sollte, dann sollte sie auf die beste Art tot sein, sagte er. Florence kümmerte sich um alles. Leroy, Ted und ich wurden während der Vorbereitungen verbannt, und das war uns nur recht. Jeder zog sich fein an, um die Tote zu ehren. Leroy trug eine Fliege, Ted trug einen Schnürsenkelschlips, und Daddy und Ep trugen lange Krawatten und Mäntel, die nicht zu den Hosen paßten, aber immerhin Mäntel. Carrie steckte mich in ein schreckliches Kleid mit kratzigen Pettycoats und in Lacklederschuhe. Wenigstens konnte Jennifer nicht mehr durch kratzige Kleider gequält werden. Ich fand, ich war schlimmer dran als der Leichnam. Der Gottesdienst wollte und wollte nicht aufhören, und den Priester riß es selbst mit fort, während er über dem Sarg von den himmlischen Freuden sprach. Als sie den glänzenden Kasten in den Boden hinabließen, hauchte Florence «Mein Kind» und fiel in Ohnmacht. Carl packte sie und hielt sie aufrecht. Ep faßte Ted und Leroy bei der Hand, und er bewegte keinen Muskel. Er starrte direkt in das Loch und sagte kein einziges Wort. Leroy gab sich alle Mühe, nicht wieder loszuheulen, und ich starrte auf den Bürzel hinten von seinem angeklatschten Haar, damit ich nicht selber zu heulen anfing und wie ein richtiger Schmachtlappen wirkte. Das Kleid machte es nur schlimmer, außerdem ist es sowieso leichter, in einem Kleid zu weinen.

Als der Sarg unten war, gingen wir alle nach Hause. Nachbarn und Verwandte von so weit her wie Harrisburg waren gekommen und hatten etwas zu essen mitgebracht. Ich weiß nicht warum, denn niemand war nach Essen zumute. Ep empfing die Leute mit einer schmerzlichen Würde, und Florence genoß fast die Aufmerksamkeit, die man ihr als Mutter der Verstorbenen zukommen ließ, doch dies war mit Trauer gemischt. Vieles von dem, was Florence tat, war so gemischt.

Als es dunkel wurde, begannen die Leute zu gehen, und schließlich waren wir uns selbst überlassen. Carrie deckte den Tisch, um uns Kinder dazu zu bringen, etwas zu essen. Carl ließ das Früchtebrot herumgehen und legte mir eine Scheibe auf den Teller. «Die kandierten Kirschen sind in kleine rote Stückchen geschnitten. Beiß mal ab, es ist wirklich gut.»

«Ich mag nichts essen, Daddy, ich hab keinen Hunger.» Ich schob das Essen auf meinem Teller herum, damit es so aussah, als wenn ich davon genommen hätte. Nach einer angemessenen Zeit wurde der Tisch abgeräumt, und wir gingen zu Bett.

Bevor ich mich meinem Zimmer zuwandte, ging ich in Leroys und Teds Zimmer. Zwischen ihren beiden Betten hing ein besticktes buntes Stück Satin vom Sarg an der Wand. «Mutter», stand darauf, mit roten Rosen bestickt. Leroy lag unter der Decke, nur seine riesigen Augen lugten heraus. Ted saß im Bett.

«Hallo, Jungs, hallo, ich wollte euch gute Nacht sagen. Euer Stoff da oben macht sich hübsch. Vielleicht könnten wir morgen zum Teich runtergehen oder so was. Vielleicht könnten wir drei etwas zusammen machen.»

Ted sah mich an wie ein alter Mann. «Klar. Die haben gesagt, ich brauche morgen nicht zur Esso-Tankstelle zu kommen. Ich geh mit dir zum Teich.»

Leroy sagte gar nichts und fing wieder an zu weinen. «Ich will meine Mutter. Die haben gesagt, Gott hat sie zu sich gerufen. Das ist alles ein Haufen Scheiße. So etwas Böses tut Gott nicht, und wenn er es doch tut, mag ich ihn nicht. Wenn er wirklich so gut ist, soll er mir meine Mutter zurückbringen.» So jammerte er fort, und Carrie eilte ins Zimmer. Sie setzte sich an sein Bett und hielt ihn im Arm, um ihn zu beruhigen. Sie erzählte ihm diesen ganzen Quatsch von Gott, und daß wir seine Pläne nicht kennen, weil wir nur Menschen sind und Menschen im Vergleich zu Gott dem Allmächtigen Schwachsinnige sind. Leroy hörte auf zu weinen. Carrie stand auf und wies mich an: «Komm ins Bett und laß die Jungens allein.»

Leroy warf mir einen Blick zu, aber ich konnte nur hilflos meine Hände heben, da sie unerbittlich dagegen war, daß ich dort blieb. Ted sackte auf seinem Bett in sich zusammen, schloß die Augen und sah hundert Jahre alt aus. Carrie drehte die nackte Glühbirne aus, und dann war kein Geräusch mehr zu hören.

Ich blieb nicht allzu lange in meinem Bett. Ich konnte nicht schlafen bei dem Gedanken an Tante Jenna, wie sie da unter der Erde lag. Was würde geschehen, wenn sie die Augen öffnete und nur Schwärze sähe und den Satin vom Sarg fühlte? Das würde ihr genügend Furcht einjagen, um sie noch einmal zu töten. Woher weiß man, daß tote Menschen nicht ihre Augen öffnen und sehen können? Über das Totsein weiß man überhaupt nichts. Vielleicht hätte man sie zusammen mit anderen toten Menschen in einen Sessel setzen sollen. Aber ich hatte mal eine ganz tote Kuh gesehen, und dabei kamen mir noch schlimmere Gedanken. Würde Tante Jenna so anschwellen wie diese Kuh und schwarz werden und stinken und von Maden durchsetzt sein? Ich konnte nicht darüber nachdenken, es riß direkt meinen Magen aus den Angeln. Das sind ja Tiere, so was passiert doch nicht bei Menschen, oder? Oder wird das eines Tages auch bei mir passieren? Nein, nicht bei mir. Ich werde nicht sterben, ganz egal, was die alle sagen, ich werde nicht sterben. Ich werde nicht bei ewiger Dunkelheit auf dem Rücken unter der Erde liegen. Ich nicht. Ich werde meine Augen nicht schließen. Wenn ich meine Augen schließe, kann ich sie vielleicht nicht mehr öffnen. Carrie schlief, und so krabbelte ich aus dem Bett heraus und kroch den Flur hinunter, den eine abblätternde grüne Tapete mit weißen Gardenien verkleidete. Ich hatte vor, mich auf die Veranda zu stehlen und die Sterne zu beobachten, aber es ging nicht, da Ep und Carl im Wohnzimmer waren und Carl Ep im Arm hielt. Er hatte beide Arme um ihn gelegt, und hin und wieder strich er Ep übers Haar oder legte seine Wange an seinen Kopf. Ep weinte genau wie Leroy. Ich konnte nicht verstehen, was sie einander sagten. Ein paarmal konnte ich hören, wie Carl auf Ep einredete, er müsse durchhalten, das sei alles, was jeder tun könne, durchhalten. Ich hatte Angst, sie würden aufstehen und mich sehen, deshalb lief ich in mein Zimmer zurück. Ich hatte noch nie Männer sich in den Armen liegen sehen. Ich dachte, das einzige, was sie dürften, sei, sich die Hand geben oder sich prügeln. Aber wenn Carl Ep umfaßt hielt, war es vielleicht doch nicht gegen die Regeln. Da ich mir nicht sicher war, zog ich es vor, es für mich zu behalten und niemandem zu erzählen. Ich war froh, daß sie einander anrühren konnten. Vielleicht taten das alle Männer, wenn die anderen im Bett waren, damit keiner wußte, daß die Härte nur Show war. Oder vielleicht taten sie es nur, wenn jemand gestorben war. Ich wußte es wirklich nicht, und das störte mich.

Am nächsten Morgen war der Himmel schwarz von Gewitterwolken, und wir mußten den ganzen Tag im Haus verbringen. Es regnete in Strömen, und das Loch beim Küchentisch riß wieder auseinander, und so ging Ted mit Schindeln nach draußen, um es zu flicken. Nach dem Sturm blieb der Himmel dunkel, aber am Horizont zeigte sich ein strahlender Regenbogen. Wir alle starrten lange Zeit schweigend darauf und gingen dann wieder nach drinnen. Ep blieb auf der Veranda, um den Regenbogen zu betrachten. Leroy wettete mit mir, daß ich am Ende des Regenbogens keinen Topf voller Gold fände, und ich sagte ihm, das sei eine dumme Wette, weil der Regenbogen schön genug war.

4

Cheryl Spiegelglass wohnte auf der anderen Seite des Gehölzes. Ihr Daddy war Gebrauchtwarenhändler, und sie hatten mehr Geld als wir übrigen in Hollow. Cheryl trug ein Kleid, selbst wenn sie es nicht mußte. Ich haßte sie deswegen, außerdem kroch sie ständig den Erwachsenen in den Hintern. Carrie mochte sie sehr und meinte, sie sehe genauso aus wie Shirley Temple, und warum ich nicht so aussähe, statt mich dauernd in zerrissenen Hosen und schmutzigen T-Shirts in den Feldern herumzutreiben. Seit der ersten Klasse waren Cheryl und ich irgendwie Freundinnen, und so spielten wir manchmal miteinander. Jedesmal wenn ich zu den Spiegelglassens ging, wand sich Carrie vor Freude wie ein Hund mit einem neuen Knochen, zum Teil weil sie dachte, ich stiege in die feine Gesellschaft auf und zum Teil, weil sie hoffte, Cheryl würde einen guten Einfluß auf mich ausüben. Leroy trottete meistens mit. Weder Leroy noch ich konnten es ertragen, wenn Cheryl ihre Puppen spazierenführte; wenn sie also ihre Puppentage hatte, hielten wir uns fern.

Einmal beschloß Cheryl, Krankenschwester zu spielen, und wir legten uns Servietten auf den Kopf. Leroy war der Patient, und wir malten ihn mit Jod an, damit er verletzt aussah. Eine Krankenschwester – nein, ich wollte keine Krankenschwester sein. Wenn ich schon etwas sein sollte, dann würde ich der Arzt sein und Befehle erteilen. Ich riß mir die Serviette runter und sagte Cheryl, ich sei der neue Arzt in der Stadt.

Ihr Gesicht verzerrte sich: «Du kannst kein Arzt sein. Nur Jungens können Ärzte werden. Leroy muß der Arzt sein.»

«Du hast sie ja nicht mehr alle, Spiegelglass, Leroy ist dümmer als ich. Ich muß unbedingt der Arzt sein, da ich die Gescheitere bin, und ob man ein Mädchen ist, spielt dabei keine Rolle.»

«Wart's mal ab. Du meinst, du konntest das machen, was Jungens machen, aber du wirst eine Krankenschwester sein, und damit basta. Gehirn ist nicht wichtig, Gehirn zählt nicht. Was zählt ist, ob du ein Mädchen oder ob du ein Junge bist.»

Ich holte aus und klatschte ihr eine. Shirley Temple Spiegelglass sollte mir nicht erzählen, ich könnte kein Arzt werden, auch niemand anders. Natürlich wollte ich gar kein Arzt werden. Ich wollte Präsident werden, nur behielt ich das als Geheimnis für mich. Aber wenn ich Arzt werden wollte, würde ich auch einer werden, und niemand würde mich davon abbringen. So kam ich natürlich in Schwierigkeiten. Cheryl lief schniefend rein zu ihrer Mutter und zeigte ihr die geplatzte Lippe, für die ich gerade gesorgt hatte. Ethel Spiegelglass, die Mutter-Glucke, kam aus dem Haus mit den richtigen Aluminiummarkisen geradezu herausgeflogen, packte mich am T-Shirt und sagte mir ihre Meinung, die wenig schmeichelhaft für mich war. Sie sagte mir, ich dürfte Cheryl eine Woche lang nicht sehen. Ich hatte nichts dagegen. Ich wollte niemanden sehen, der mir sagte, ich könnte kein Arzt werden. Leroy und ich machten uns auf den Weg nach Hause.

«Willst du wirklich Arzt werden, Molly?»

«Nein, bestimmt nicht. Ich werd was viel Besseres als Arzt. Als Arzt mußt du dir Grind und Blut begucken, außerdem kennen nur die Leute an einem Ort deinen Namen. Ich muß jemand werden, dessen Namen man überall kennt. Ich werde was Großes.»

«Groß was?»

«Das ist ein Geheimnis.»

«Och, sag's mir, du kannst es mir doch sagen, ich bin dein bester Freund.»

«Nein, aber ich sag's dir, wenn du alt genug zum Wählen bist.»

«Wann ist das?»

«Wenn du einundzwanzig bist.»

«Das sind noch zehn Jahre. Da kann ich ja schon tot sein. Ich werde ein alter Mann sein. Sag's mir jetzt.»

«Nein, vergiß es. Jedenfalls werde ich, was auch immer ich sein werde, dafür sorgen, daß du was von dem Kuchen abkriegst, also laß es mich auf meine Weise machen.»

Leroy gab sich damit zufrieden, doch er grollte mir.

Wir kamen nach Hause, und Carrie sprang wie wild herum. Irgendwie war die Nachricht von meiner Schandtat an Cheryls Lippe inzwischen zu ihr gedrungen. «Du großmäulige Göre, du. Du kannst nicht mal lieb spielen, was? Kannst dich nicht mal wie eine junge Dame benehmen, wie? Ne, bestimmt nicht! Du bist eine Barbarin, das bist du. Wie konntest du nur so etwas tun. Du gehst da hinauf und schlägst das süße Kind. Wie soll ich mich überhaupt hier noch sehen lassen? Und so was machst du so schnell nach Jennas Hinscheiden. Du hast kein Gefühl für Achtung. Gott weiß, ich hab versucht, dich richtig zu erziehen. Du bist nicht mein Kind. Du bist ein wildes, irgendein wildes Tier. Dein Vater muß ein Affe oder so was gewesen sein.»

Leroy stand der Mund offen. Er wußte das von mir noch nicht. Zum Teufel, ich hätte Carrie umbringen können, weil sie ausgerechnet jetzt ihren Mund so weit aufreißen mußte. Warum mußte sie mich vor dem dicken Leroy bloßstellen. Sie war diejenige ohne Achtung.

Sie redete weiter und beschimpfte mich wegen dieses oder jenes Vergehens und wegen hundert anderer Fehltritte noch. Sie wollte in diesem Sommer eine Dame aus mir machen, ein Schnellkurs. Sie wollte mich im Haus halten, um mir richtiges Benehmen, Kochen, Saubermachen und Nähen beizubringen, und das jagte mir Angst ein.

«Ich kann alle diese Dinge abends lernen, du brauchst mich deswegen nicht am Tag im Haus zu halten.»

«Du bleibst bei mir in diesem Haus, Miss Molly. Nix mehr mit dieser Herumlungerei mit der Hollow-Keilerbande. Das ist jedenfalls etwas, was bei dir nicht stimmt und was ich wieder hinbiegen kann. Dein Blut, das ist eine andere Sache.»

Leroy setzte sich ruhig an den Tisch und spielte mit dem Salmi-Muster auf dem Tischtuch. Er mochte all das genauso wenig wie ich.

«Wenn Molly drinnen bleibt, bleibe ich auch drinnen.»

Leroy, ich liebe dich.

«Du bleibst bestimmt nicht hier drinnen, Leroy Denman. Du bist ein Junge, und du gehst raus und spielst, wie Jungens das tun sollen. Für dich ist es nicht richtig, alle diese Dinge zu lernen.»

«Ist mir egal, ich gehe dahin, wo Molly hingeht. Sie ist meine beste Freundin und meine Kusine, und wir müssen zusammenhalten.»

Carrie versuchte, mit Leroy vernünftig zu reden, aber er gab nicht nach, bis sie anfing, ihm zu erzählen, was mit ihm geschehen würde, wenn er die Gewohnheiten von Frauen annähme. Nun war der alte Leroy am Zittern. Jeder würde mit dem Finger auf ihn zeigen und über ihn lachen. Niemand würde mit ihm spielen, wenn er drinnen bei mir bliebe, und bald würden sie ihn ins Krankenhaus bringen und ihm sein Ding abschneiden. Leroy streckte die Waffen.

«Okay, Tante Carrie, ich bleibe nicht im Haus.» Völlig geschlagen und schuldbewußt sah er mich an.

Leroy, du bist nicht mein Freund.

Carrie ging hinunter in den Gemüsekeller, um Einmachgläser und Gummiringe zu holen. Einmachen sollte meine erste Lehrstunde werden. Bevor sie die letzte Stufe erreichte, sprang ich zur Tür, machte sie zu und schloß sie ab. Sie merkte nichts, bis sie fertig war und wieder heraufkommen wollte. Dann rief sie: «Molly, Leroy, die Tür ist zu, laßt mich heraus.»

Leroy machte sich vor Angst fast in die Hose. «Molly, laß sie heraus, oder sie prügelt uns beide windelweich. Ep wird den Riemen holen. Laß sie heraus.»

«Geh du einen Schritt auf die Tür zu, Leroy Denman, und ich schlitze dir die Kehle auf.» Ich griff nach dem Brotmesser, um meinen Worten Nachdruck zu verleihen. Leroy stand zwischen zwei Feuern.

«Molly, laß mich aus diesem Gemüsekeller raus!»

«Ich laß dich erst aus diesem Gemüsekeller raus, wenn du mir versprichst, mich laufenzulassen. Wenn du mir versprichst, daß ich nicht in diesem Haus bleiben und nähen lernen muß.»

«Nichts verspreche ich davon.»

«Dann bleibst du in dem Gemüsekeller, bis Jesus Christus wiederkommt.» Ich ging zur Tür hinaus und schlug sie zu, so daß sie es hören konnte. Dabei zerrte ich Leroy hinter mir her. Es war niemand zu Hause. Florence war auf dem West York-Markt. Ted war bei der Esso-Tankstelle, und Carl und Ep an ihrem Arbeitsplatz. Niemand außer Leroy und mir konnte sie hören, wie sie gegen die Tür hämmerte und sich die Seele aus dem Leib schrie. Ihre Schreie waren wie Peitschenhiebe für Leroy.

«Sie stirbt da drinnen. Du mußt sie rauslassen. Sie wird in der Dunkelheit noch blind! Molly, bitte laß sie raus.»

«Sie stirbt da drinnen schon nicht, und sie wird auch nicht blind, und ich lasse sie nicht raus.»

«Was meint sie damit, daß du nicht ihr Kind bist? Daß du ein Tier bist?»

«Sie weiß nicht, was sie da redet. Sie quasselt irgendwas in die Luft. Hör nicht drauf.»

«Nun, du siehst nicht aus wie sie und auch nicht wie Carl. Du siehst wie keiner von uns aus. Vielleicht bist du wirklich nicht ihr Kind. Du bist die einzige in Hollow mit schwarzen Haaren und braunen Augen. He, vielleicht hat sie dich im Schilf aufgelesen, wie Moses.»

«Halt den Mund, Leroy.» Er war auf der richtigen Spur. Früher oder später mußte er es unweigerlich herausfinden, da Carrie nun einmal die Katze aus dem Sack gelassen hatte, so hielt ich es für besser, es ihm zu sagen. «Es stimmt, was sie sagt. Ich bin nicht ihr Kind. Ich gehöre zu niemandem. Ich habe keine richtige Mutter und keinen Vater, und ich bin nicht deine richtige Kusine. Und das hier ist nicht mein Zuhause. Aber das macht nichts. Ihr macht es etwas, wenn sie wütend auf mich wird. Sie sagt dann, ich sei ein Bastard. Aber auf unsere eigene Weise sind wir immer noch miteinander verwandt. Über gleiches Blut reden nur alte Leute, damit du dich mies fühlst. He, Leroy, das ist doch nicht wichtig, oder?»

Leroy duckte sich unter dem Gewicht der Neuigkeit.

«Wenn wir nicht richtig miteinander verwandt sind, was sind wir dann? Irgendwas müssen wir doch sein.»

«Wir sind Freunde, obwohl wir auch genausogut miteinander verwandt sein könnten, weil wir die ganze Zeit zusammen sind.»

«Was heißt das, Bastard? Was ist das für ein Unterschied zwischen dir und mir, wenn du nicht Carries und Carls Kind bist?»

«Es heißt, deine Mutter Jenna war mit Ep verheiratet, als sie dich bekam, und meine Mutter, wer immer sie ist, war nicht mit meinem Dad verheiratet, wer immer er ist. Genau das heißt es.»

«Zum Teufel, Molly, was ist das, verheiratet sein?»

«Es ist ein Stück Papier, mehr kann ich nicht daraus machen. Manche Leute brauchen nicht mal vor einem Priester zu stehen, also ist es keine Religion. Man kann zum Rathaus runtergehen und sich anmelden, so wie Onkel Ep sich beim Marine Corps gemeldet hat. Dann kriegt man ein paar feine Worte zu hören, und beide unterschreiben so ein Stück Papier, und man ist verheiratet.»

«Könnten wir heiraten?»

«Sicher, aber wir müssen alt sein, mindestens fünfzehn oder sechzehn.»

«Das sind nur noch vier Jahre, Molly. Laß uns heiraten.»

«Leroy, wir brauchen nicht zu heiraten. Wir sind die ganze Zeit zusammen. Heiraten ist dumm. Außerdem werde ich nie heiraten.»

«Jeder heiratet irgendwann mal. Es ist etwas, was man muß, wie sterben.»

«Ich nicht.»

«Ich weiß nicht, Molly, du gehst auf ein schweres Leben zu. Du sagst, du willst Ärztin werden oder irgend so was Großes. Dann sagst du, du willst nicht heiraten. Du mußt doch wenigstens *etwas* von dem tun, was alle machen. Sonst mögen die Leute dich nicht.»

«Ist mir egal, ob sie mich mögen oder nicht. Jeder ist blöd, das ist es, was ich denke. Mir ist wichtig, daß ich mich mag, das ist mir wirklich wichtig.»

«Verdammt noch mal, das ist das blödeste Zeug, was ich je gehört habe. Jeder mag sich selbst. Florence sagt auch, du mußt lernen, dich selbst nicht so sehr zu mögen und andere Leute zu mögen.»

«Seit wann hast du angefangen, auf Florence zu hören? Ich kann niemanden mögen, wenn ich mich selbst nicht mag. Schluß aus.»

«Molly, du bist nicht ganz richtig im Kopf. Jeder mag sich selbst, ich sag's dir.»

«So, wirklich, Klugscheißer? Mochtest du dich selbst, als du Carrie sagtest, du würdest hinausgehen und spielen und mich drinnen mit einem Nähkorb in der Falle sitzen lassen?»

Leroys Gesicht wurde krebsrot vor Scham. Volltreffer. Er wechselte das Thema, um sich selbst vor weiterem Nachdenken darüber zu schützen. «Wenn du mich nicht heiraten willst, dann will ich es auch nicht. Warum heiraten die Leute überhaupt?»

«Damit sie ficken können.»

«Was?» Leroys Stimme überschlug sich.

«Ficken.»

«Molly Bolt, das ist ein schmutziges Wort.»

«Schmutzig oder nicht, das tun sie eben.»

«Weißt du, was es bedeutet?»

«Nicht genau, aber es hat damit zu tun, daß man alle Kleider auszieht und eine große Fummelei beginnt. Erinnerst du dich, wie wütend Florence wurde, als die beiden Hunde ineinander verkrallt waren? So was ist das, glaub ich. Ich weiß nicht, warum jemand so was tun möchte, denn diese Hunde sahen dabei gar nicht so glücklich aus. Das ist es aber bestimmt, außerdem habe ich schmutzige Bücher gesehen, die Ted unter seiner Matratze versteckt, und die solltest du sehen, dir würde mit Sicherheit schlecht werden.»

«Schmutzige Bücher?»

«Ja, Ted liest sie die ganze Zeit, seit er in den Stimmbruch kam. Wenn du mich fragst, ich glaube, daß sein Verstand dabei gleich mit bricht.»

«Wie hast du das herausgefunden, daß er die liest?»

«Hab ihm nachspioniert. Wenn du eingeschlafen bist, dreht er wieder das Licht an, und so wußte ich, daß er irgendwas im Sinn hatte, und ich stahl mich hinaus, um zu linsen. Da las er halt. Die einzigen Bücher in diesem Haus sind aber die Bibel und unsere Schulbücher. Ich weiß, daß er davon keines liest.»

«Du bist wirklich schlau, Molly», sagte Leroy bewundernd.

«Ja, das weiß ich.»

Carries Geschrei und Gehämmere hatte inzwischen aufgehört.

«Laß uns zurückgehen und mal nachsehen, ob sie zu einem Handel bereit ist.»

Ein leises Gewimmer drang hinter der Kellertür hervor, als ich daran klopfte. «Mom, bist du bereit, jetzt herauszukommen? Bist du bereit, auf den Handel einzugehen?»

«Ich bin bereit, laß mich nur aus diesem dunklen Loch raus. Es wimmelt überall von Käfern.»

Ich schob den Riegel zurück und öffnete die Tür. Wie ein kleines Mädchen hockte Carrie vornübergebeugt mit gekreuzten Armen auf den Gemüsekellerstufen. Mit purem Haß sah sie zu mir auf und flog aus dem Keller, wie von einer Tarantel gestochen. Sie packte mich am Haar, bevor ich ausweichen konnte, und begann auf mein Gesicht und meinen Bauch einzudreschen. Als ich mich wie ein Stachelschwein überschlug, hieb sie mit beiden Fäusten zugleich auf meinen Rücken ein. Ich merkte schon, wie ein Auge zuging. Ich war so mit dem Versuch beschäftigt, von ihr wegzukommen, daß ich gar nicht hörte, wie sie mich beschimpfte. Leroy floh in totalem Schrecken aus dem Haus. Er versuchte nicht einmal, mir in irgendeiner Form beizustehen. Hätte er ihr ein paar hübsche Tritte versetzt, dann hätte ich mich vielleicht davonmachen können. Aber Leroy ging nie taktisch vor, außerdem steckte etwas von einem Feigling in ihm.

An diesem Abend wurde ich ohne Essen ins Bett geschickt. Es war mir egal, ich hätte sowieso nichts essen können. Mein Mund war überall häßlich geschwollen, und es tat weh beim Reden. Die ganze Mannschaft bekam Carries Version von meinen Sünden aufgetischt, und ich konnte zu meiner Verteidigung nicht einmal den Mund öffnen. Ich nahm an, sie meinte, sie würde mich vor all den anderen schamrot machen, aber als ich ins Schlafzimmer marschierte, starrte ich sie mit richtigem Stolz an. Die würde mich schon nicht in die Knie zwingen, wahrlich nicht. Sollen die doch alle gegen mich toben, ich werde keinen Fußbreit zurückweichen, nicht einen. Ich kroch ins Bett, aber mir tat alles so weh, daß ich nicht schlafen konnte, und zu später Stunde hörte ich, wie Carrie und Carl aneinandergerieten. Das war das erste Mal, daß ich Carl seine Stimme erheben hörte, und ich wette, daß die anderen alle ihn auch gehört haben.

«Carrie, die Kleine ist lebhaft und aufgeweckt, und sie hat was im Köpfchen, das darfst du nie vergessen. Die Göre ist schneller als wir alle zusammen. Ohne irgendwelche Hilfe von uns fing sie mit drei Jahren ganz allein zu lesen an. Du mußt sie mit etwas Respekt vor ihrem Gehirn behandeln. Sie ist ein gutes Mädchen, nur halt voller Leben und Mutwillen, das ist alles.»

«Es ist mir schnurzegal, wie gescheit sie ist, sie benimmt sich nicht normal. Es ist nicht richtig für ein Mädchen, zu allen Tageszeiten überall mit Jungens herumzulaufen. Sie klettert auf Bäume, nimmt Autos auseinander, und noch schlimmer, sie sagt ihnen, was sie machen sollen, und die hören auch noch auf sie. Sie will nichts von den Dingen lernen, die sie wissen muß, um einen Mann zu kriegen. Wie schlau sie auch ist, eine Frau kommt ohne Ehemann in dieser Welt nicht zurecht. Wie die Dinge liegen, können wir kein Mädchen aufs Gymnasium schicken. Um die Jungens müssen wir uns Gedanken machen. Sie sind diejenigen, die den Lebensunterhalt verdienen müssen. Du machst zuviel von ihrem Kopf her.»

«Molly wird aufs College gehen.»
«Große Worte.»
«Meine Tochter geht aufs College.»
«Deine Tochter, deine Tochter. Daß ich nicht lache. Das höre ich dich das erste Mal sagen. Sie ist der Bastard von Ruby Drollinger, das ist sie. Was bezweckst du mit diesem ganzen Tochter-Scheiß?»
«Sie ist meine Tochter, genauso als wenn ich ihr richtiger Vater gewesen wäre, und ich paß auf sie auf.»
«Richtiger Vater. Welches Recht hast du, über dich als richtigen Vater zu reden? Wenn du ein richtiger Vater gewesen wärst, hätte ich eine eigene Tochter, und die wäre nicht wie diese verdammte Wildkatze, zu der du so schön hältst. Sie wäre eine richtige kleine Dame wie Cheryl Spiegelglass. Deine Tochter, du machst mich krank.»
«Liebling, du bist jetzt ganz durcheinander. Du weißt nicht, was du redest. Molly ist so dein Kind, als wär's dein eigenes. Ein Kind muß Eltern haben, und du bist ihre Mutter.»
«Ich bin nicht ihre Mutter, ich bin nicht ihre Mutter!» kreischte Carrie. «Sie ist nicht aus meinem Bauch gekommen. Florence hatte Babies, die aus ihrem Bauch gekommen sind, und sie sagt immer, es ist nicht dasselbe. Sie weiß es. Sie hat mir gesagt, daß ich nie wissen würde, was es heißt, eine wirkliche Mutter zu sein. Was weißt du denn schon? Männer wissen von solchen Dingen nichts. Männer wissen überhaupt nichts.»
«Mutter, Vater, wo ist der Unterschied, Schatz? Es kommt darauf an, wie man dem Kind gegenüber empfindet, das hat nichts mit deinem Bauch zu tun. Molly ist meine Tochter, und wenn es das letzte ist, was ich tue, ich werde darauf achten, daß dieses Mädchen in dieser Welt eine Chance bekommt, die niemand von uns hatte. Du willst, daß sie ihr Leben genauso zubringt wie wir, in

diesem gottverlassenen Nest hocken und nicht einmal genügend Geld für ein neues Kleid und ein Abendessen im Restaurant verdienen? Du willst, daß sie genauso lebt wie du – Teller abwaschen, kochen und nie ausgehen, außer vielleicht mal ins Kino, einmal im Monat, wenn wir es uns leisten können? In dem Kind steckt eine ganze Menge, Schatz, so laß sie! Sie wird in die großen Städte gehen, und sie wird jemand sein. Ich kann es in ihr sehen. Sie hat Träume und Ehrgeiz, und sie ist alles andere als auf den Kopf gefallen. Die haut keiner so leicht übers Ohr. Sei stolz auf sie. Du hast eine Tochter, auf die du stolz sein kannst.»

«Bei deinem Gequatsche dreht sich mir der Magen um. Sie wird jemand sein! Das kann ich gerade noch brauchen, Molly dampft ab in eine Großstadt wie Philadelphia und denkt, sie sei besser als wir alle. Ihr Gehabe ist jetzt schon anmaßend. Du machst sie noch schlimmer. Sie wird weggehen, aufs College und in eine große Stadt, und vergessen, daß es dich überhaupt gibt. Das ist ihr Dank, den du dafür kriegst. Ihr ist niemand wichtig außer sie selbst. Diese Göre! Sie ist ein wildes Tier, sie hat mich im Keller eingeschlossen. Du mußt nicht jeden Tag hier mit ihr leben und siehst sie nicht dauernd, wie ich es tue. Sie ist wild, ich sage es dir. Und wie weit wird sie mit ihrer ganzen Gescheitheit kommen bei ihrer Herkunft? Wir sind nicht die Leute, die ihr anderswo von Vorteil sind. Sie wird sich unserer schämen. Und zu allem Übermaß ist sie auch noch ein Bastard. Du hegst Hirngespinste für deine Tochter.» Sie stieß das Wort Tochter mit solcher Bitternis aus, daß es mich schaudern machte.

«Schatz, ich bin fest entschlossen. Molly wird ihre Chance kriegen, ob du willst oder nicht. Sie wird eine Ausbildung bekommen. Lern du nun damit zu leben, und schließ sie bloß nicht hier im Haus bei dir ein. Laß sie in diesem ganzen verdammten Bezirk rumrennen, und laß sie die Cheryl Spiegelglass grün und blau schlagen – die hab ich noch nie leiden können.»

«Eines will ich dir sagen, Carl Bolt. Wir haben nie miteinander gestritten, bis dieses Kind unter unser Dach kam. Und einen solchen Streit hätten wir auch nie bekommen, wenn du mir ein Baby hättest machen können. Aber du hattest ja die Syphilis, das war's. Du taugst überhaupt nicht zu irgend jemandes Vater. Wenn ich ein eigenes Kind hätte haben können, wäre alles anders geworden. Das Ganze liegt an dir, und ich werde es nie vergessen.»

«Ich bin fest entschlossen.» Seine Stimme war weich von verletzten Gefühlen.

«Das werden wir noch sehen», wich Carrie aus. Sie mußte immer das letzte Wort haben, ob jemand zuhörte oder nicht.

5

In diesem Jahr saß in der sechsten Klasse Leota B. Bisland neben mir, und Leroy saß hinter mir. Leota war das schönste Mädchen, das ich je gesehen habe. Sie war groß und schlank mit seidiger Haut und großen grünen Augen. Sie war ruhig und schüchtern, so daß ich mich die meiste Zeit in der sechsten Klasse darauf konzentrierte, Leota zum Lachen zu bringen. Miss Potter war von meinen Vorführungen in der ersten Reihe nicht gerade angetan, aber sie war eine gute alte Seele und ließ mich nur einmal draußen im Gang stehen. Das nutzte nicht viel, weil ich jedesmal wieder an die Tür kam und herumtanzte, sobald Miss Potter den Kopf abwandte. Ich machte zu Leroy hin eine obszöne Geste mit dem erhobenen Mittelfinger. Als ich gerade abschoß, blickte Miss Potter von der Tafel zu mir herüber. «Molly, da dir das Schauspielern soviel Spaß macht, werde ich dich zum Star des Weihnachtsspiels in diesem Jahr machen.» Leroy fragte, ob es sich bei dem Spiel um das «Ungeheuer aus der schwarzen Lagune» drehte. Natürlich gab es ein allgemeines Geschrei. Miss Potter sagte nein, es sei ein Spiel über Jesu Geburt und ich solle die Jungfrau Maria sein.

Cheryl Spiegelglass wurde so wütend, daß sie aufsprang und sagte: «Aber Miss Potter, die Jungfrau Maria war die Mutter von dem kleinen Herrn Jesus, und sie war die vollkommenste Frau auf der Erde. Die Jungfrau Maria muß von einem lieben Mädchen gespielt werden, und Molly ist nicht lieb. Gestern erst hat sie Audrey einen Klumpen Kaugummi ins Haar geschmiert.»

Klar, Cheryl war darauf aus, selber die Jungfrau Maria zu spielen. Miss Potter sagte, daß schauspielerisches Talent nicht davon abhänge, ob ein Mensch lieb sei oder nicht. Im übrigen würde vielleicht etwas von der Güte der Jungfrau Maria auf mich abfärben, wenn ich sie spielte.

Leota war eine Dame aus Bethlehem, machte bei dem Spiel also auch mit. Und Cheryl war Joseph. Miss Potter sagte, das werde Cheryl vor eine große Aufgabe stellen. Sie hatte auch für die Kostüme zu sorgen, wahrscheinlich, weil ihr Vater sie spendieren wollte. Jedenfalls stand ihr Name zweimal in großen Buchstaben auf dem Programm. Leroy war einer der Heiligen Drei Könige, und er trug einen langen Bart mit Klein-Lulu-Löckchen drin. Wir mußten alle jeden Tag nach der Schule noch dableiben, um unseren Text zu lernen und zu proben. Miss Potter hatte recht, ich war so damit beschäftigt, alles perfekt machen zu wollen, daß ich gar keine Zeit hatte, etwas anzustellen oder über etwas anderes nachzudenken, Leota ausgenommen. Ich begann mich zu fragen, ob Mädchen Mädchen heiraten können, weil ich mir sicher war, daß ich Leota heiraten und für immer in ihre grünen Augen sehen wollte. Aber ich wollte sie nur heiraten, wenn ich nichts mit der Hausarbeit zu tun hätte. Das stand fest. Aber falls Leota sie auch nicht machen wollte, würde ich sie wohl doch übernehmen. Für Leota würde ich alles tun.

Leroy begann sich zu ärgern, daß ich einer bloßen Dorfbewohnerin so viel Aufmerksamkeit widmete, obwohl er doch ein König war. Er vergaß es, als ich ihm mein Taschenmesser mit dem nackten Mädchen drauf gab, das ich von Earl Stambach stibitzt hatte.

Die Weihnachtsaufführung war eine ungeheure Angelegenheit. Alle Mütter kamen, und für sie war die Vorstellung so wichtig, daß sie sich sogar frei nahmen. Cheryls Vater saß gleich in der vordersten Reihe im Ehrenstuhl. Carrie und Florence tauchten auf, um mich als Jungfrau Maria und Leroy in Staatsgarderobe zu bestaunen. Leroy und ich waren so aufgeregt, daß wir es kaum aushalten konnten, und wir mußten Make-up, Rouge und Lippenstift auflegen. Sich anzumalen machte soviel Spaß, daß Leroy gestand, es gefalle ihm auch, obwohl Jungens so etwas natürlich eigentlich nicht tun sollten. Ich sagte ihm, darüber solle er sich keine Sorgen machen, weil er einen Bart hätte, und wenn man einen Bart hätte, müßte es schon in Ordnung sein, sich die Lippen anzumalen, wenn man es wollte, da ja jeder wisse, daß man ein Mann sei. Das erschien ihm einleuchtend, und wir trafen eine Abmachung, sobald wir alt genug wären, wollten wir weglaufen und berühmte Schauspieler werden. Dann könnten wir die ganze Zeit hübsche Kleider tragen, müßten nie mehr Kartoffelkäfer auflesen und könnten uns die Lippen anmalen, wann immer wir Lust dazu hätten. Wir gelobten uns, in dieser Vorführung so wunderbar zu spielen, daß unser Ruf zu den führenden Theaterleuten dringen würde.

Cheryl hörte zufällig unsere Pläne mit und spottete: «Ihr könnt tun und lassen, was ihr wollt, aber jeder wird mich ansehen, weil ich den schönsten blauen Mantel in der ganzen Aufführung habe.»

«Daß das du bist, wird überhaupt niemand wissen, weil du den Joseph spielst, und das wird sie durcheinanderbringen. Hihi», freute sich Leroy hämisch.

«Gerade deswegen werden sie mich alle bemerken, weil ich besonders begabt sein muß, um ein guter Joseph zu sein. Wer beachtet außerdem schon die Jungfrau Maria, sie tut ja nichts anderes, als neben der Krippe zu sitzen und das Jesus-Kind zu wiegen. Sie sagt nicht viel. Jede dümmliche Person kann die Jungfrau Maria spielen, alles, was man zu tun hat, ist, sich mit einem Heiligenschein umgeben. Für den Joseph braucht man ein richtiges Talent, und besonders wenn man ein Mädchen ist.»

Diese Unterhaltung konnte nicht beendet werden, weil Miss Potter hinter die Bühne gestürzt kam. «Scht, Kinder, der Vorhang geht jeden Augenblick hoch. Molly, Cheryl, nehmt eure Plätze ein.»

Als der Vorhang oben war, ging ein erwartungsvolles Raunen durch das mütterliche Publikum. Megaphon-Schnauze sagte über all das Gewisper hinweg: «Ist sie nicht lieb da oben?»

Und lieb war ich. Mit den zärtlichsten Blicken, die ich zuwege brachte, sah ich auf das Jesus-Kind, und die ganze Zeit hatte meine Gegnerin, Cheryl, die Hand auf meiner Schulter und drückte mir ihre Fingernägel ein, und in der rechten Hand hielt sie einen Stab. Eine Platte wurde aufgelegt, und *Stille Nacht, Heilige Nacht* erklang. Die Heiligen Drei Könige kamen feierlichst hereingeschritten. Leroy trug eine große goldene Schachtel und bot sie mir dar. Ich sagte: «Dank euch, o König, denn weit seid ihr gereist.» Und Cheryl, die Ratte, sagte «und weit gereist», so laut sie konnte. Das gehörte nicht zu ihrem Text. Sie begann alles zu sagen, was ihr gerade in den Sinn kam und was religiös klang. Leroy prustete in seinen Bart hinein, und ich schaukelte die Wiege so, daß die Jesus-Puppe auf den Boden fiel. So beschloß ich, Cheryl nicht nachzustehen. Ich beugte mich über die Puppe und sagte mit meiner sanftesten Stimme: «Oh, liebstes Kind, ich hoffe, du hast dir nicht weh getan. Komm und laß Mutter dich wieder ins Bett legen.» Na, Leroy war so perplex, daß es ihn fast umhaute, und auch er begann irgend etwas zu sagen, aber Cheryl schnitt ihm das Wort ab: «Mach dir keine Sorgen, Maria, Babies fallen ständig aus der Wiege.» Das war nicht genug für Nimmersatt, sie fuhr fort, daß er ein Zimmermann aus einem fernen Land war und daß er viele Meilen reisen mußte, nur damit ich mein Baby kriegen konnte. Sie quasselte immer weiter. Alle die Zeit, die sie in der Sonntagsschule verbrachte, machte sich nun bezahlt, weil sie eine Geschichte nach der andern auf Lager hatte. Ich konnte es nicht mehr ertragen, und mitten in ihrer Geschichte über die Steuereintreiber platzte ich heraus: «Joseph, halt den Mund, du weckst das Baby auf.»

Hinter den Kulissen gab es eine entsetzte Miss Potter, und die Schafhirten wußten nicht, was sie tun sollten, denn sie warteten hinten auf ihren Auftritt. Sobald ich Joseph angewiesen hatte, den Mund zu halten, stieß Miss Potter die Schafhirten auf die Bühne. «Wir sahen weit hinten einen Stern», zwitscherte Robert Prather, «und wir sind gekommen, den neugeborenen Prinzen zu ehren.» In dem Augenblick pinkelte Barry Aldridge, ein anderer Hirt, vor lauter Schreck mitten auf die Bühne. Joseph sah ihre Chance und sagte mit gebieterischer Stimme: «Du kannst nicht vor dem kleinen Herrn Jesus pinkeln, geh zurück in die Berge.» Da wurde ich wütend.

«Er kann pinkeln, wo er will, dies ist doch ein Stall, oder?» Joseph reckte sich zu ihrer ganzen Größe auf und begann mit ihrem Stab Barry von der Bühne zu schieben. Ich sprang von meinem Stuhl hoch und wand ihr den Stock aus der Hand. Sie riß ihn zurück. «Geh und setz dich hin, du sollst auf das Baby aufpassen. Was bist du nur für eine Mutter?»

«Ich setze mich nirgendwo hin, solange du nicht dein fettes Mundwerk verschließt und das hier richtig machst.»

Wir gingen aufeinander los und schubsten einander, bis ich sie aus dem Gleichgewicht brachte und sie über ihren langen Mantel stolperte. Als sie zum Fallen ansetzte, gab ich ihr noch einen Stoß, und sie flog von der Bühne hinunter ins Publikum. Miss Potter stürzte auf die Bühne, nahm meine Hand und sagte mit ruhiger Stimme: «Meine Damen und Herren, lassen Sie uns jetzt der Jahreszeit angemessene Lieder singen.» Miss Martin schlug auf dem Klavier *Kommet ihr Hirten . . .* an.

Cheryl hockte unten zwischen den Klappstühlen und heulte sich die Augen aus. Miss Potter zerrte mich von der Bühne, wo ich zu singen angefangen hatte; ich wußte, jetzt war ich dran.

«Nun, Molly, es war nicht richtig von Cheryl, dazwischen zu reden, aber du hättest sie nicht von der Bühne stoßen dürfen.» Dann ließ sie mich gehen, nicht mal einen kleinen Klaps. Leroy war genauso überrascht wie ich: «Feine Sache, daß sie nicht wütend ist, aber warte, bis Tante Carrie und Florence dich zu fassen kriegen.»

Das war nur allzu wahr. Carrie lief die Galle über vor Wut, und ich hatte für eine Woche Hausarrest, und die ganze Zeit oblag mir die Hausarbeit: Abwaschen, Bügeln, Wäsche waschen, sogar Kochen. Der Gedanke, Leota B. Bisland zu heiraten, verging mir dabei, außer sie übernahm die Hausarbeit, oder zumindest die Hälfte.

Ich mußte mir einen Weg ausdenken, wie ich herausfinden konnte, womit sie einverstanden wäre.

In dieser Woche überlegte ich, wie ich Leota beibringen konnte, daß ich sie heiraten wollte. Ich würde ihr sterbend zu Füßen sinken und sie mit dem letzten Atemzug fragen. Falls sie ja sagte, würde ich mich wie durch ein Wunder wieder erholen. Ich würde ihr auf farbigem Papier mit einer weißen Taube darauf ein paar Zeilen schicken. Ich würde auf Barry Aldridges Pferd zu ihrem Haus hinüberreiten, ihr wie im Kino ein Ständchen bringen, dann würde sie sich hinter mich aufs Pferd setzen, und wir würden wegreiten, der untergehenden Sonne zu.

Nichts davon schien mir richtig, deshalb beschloß ich, direkt auf sie zuzugehen und sie zu fragen.

Am nächsten Montag gingen Leroy, Leota und ich zusammen nach der Schule nach Hause. Ich gab Leroy einen Dime und sagte ihm, er solle schon zu Mrs. Hersheners Laden vorlaufen und Eis besorgen. Er bot keinerlei Widerstand, da er seinen Magen immer zuerst bedachte.

«Leota, hast du schon mal übers Heiraten nachgedacht?»

«Ja, ich werde heiraten und sechs Kinder haben und wie meine Mutter eine Schürze tragen, nur mein Mann wird stattlich sein.»

«Wen wirst du heiraten?»

«Weiß ich noch nicht.»

«Warum heiratest du nicht mich? Ich bin nicht stattlich, aber ich bin hübsch.»

«Mädchen können sich nicht heiraten.»

«Wer sagt das?»

«Ist eine Regel.»

«Das ist eine dämliche Regel. Jedenfalls magst du mich doch lieber als alle anderen, nicht? Ich mag dich lieber als alle anderen.»

«Ich mag dich am liebsten, aber ich glaub immer noch, daß Mädchen sich nicht heiraten können.»

«Schau mal, wenn wir uns heiraten wollen, dann können wir uns heiraten. Mir ist wurscht, was jeder sagt. Im übrigen wollen Leroy und ich davonlaufen und berühmte Schauspieler werden. Wir werden eine Menge Geld und Kleider haben, und wir können tun und lassen, was wir wollen. Niemand wagt einem was zu sagen, wenn man berühmt ist. Na, ist das nicht viel besser, als hier herumzusitzen und eine Schürze zu tragen?»

«Ja.»

«Gut. Dann wollen wir uns küssen wie im Kino, und wir sind verlobt.»

Wir schlagen die Arme umeinander und küßten uns. Mir war komisch im Magen.

«Ist dir komisch im Magen?»

«Irgendwie ja.»

«Laß es uns noch mal machen.»

Wir küßten uns wieder, und mir war im Magen noch komischer. Danach gingen Leota und ich jeden Tag zusammen nach Hause. Irgendwie hatten wir so viel begriffen, daß wir uns nicht einfach überall küssen konnten, deshalb gingen wir ins Gehölz und küßten uns, bis es Zeit zum Heimgehen war. Leroy war außer sich, weil ich nicht mehr mit ihm nach Hause ging. Eines Tages folgte er uns ins Gehölz und überfiel uns wie ein triumphierender Polizei-Sergeant.

«Küssen. Ihr zwei kommt hierher, um zu küssen. Das werde ich jedem in der ganzen Welt erzählen.»

«Jetzt aber, Leroy Denman, wozu willst du das erzählen. Vielleicht solltest du es einmal selbst versuchen, bevor du dein Maul aufreißt. Vielleicht würdest du auch gern nach der Schule hierher kommen.»

Versuchung schimmerte in Leroys Augen, er wollte

nie etwas versäumen, aber er sperrte sich. «Ich habe keine Lust, Mädchen küssen zu gehen.»

«Dann küß eben die Kühe, Leroy. Es gibt nichts anderes zu küssen. Es ist ein schönes Gefühl. Dir wird einiges entgehen.»

Er begann schwach zu werden. «Muß ich die Augen zumachen, wenn ich dich küsse?»

«Ja. Du kannst nicht küssen und die Augen offen halten, du wirst auf ewig schielen.»

«Ich will meine Augen nicht zumachen.»

«Bitte, du Dummkopf, halt deine Augen eben offen. Was geht es mich an, ob du Schielaugen kriegst. Es ist nicht meine Sache, wenn du es nicht richtig machen willst.»

«Wen soll ich zuerst küssen?»

«Wen du willst.»

«Ich küsse dich zuerst, weil ich dich besser kenne.» Leroy spitzte die Lippen und gab mir einen Kuß, wie Florence jede Nacht.

«Leroy, so ist es nicht richtig. Du hast ja deinen ganzen Mund verdreht. Preß ihn nicht so zusammen.»

Leota lachte, machte einen langen Arm, zog Leroy an sich und gab ihm einen dicken Kuß. Leroy begann ein Licht aufzugehen.

«Schau uns zu», riet Leota. Wir beendeten einen Kuß, dann gab ich Leroy einen anderen. Allmählich wurde er etwas besser, wenn er auch noch immer etwas steif war.

«Wie geht's jetzt deinem Magen?»

«Hungrig, wieso?»

«Hast du überhaupt kein so komisches Ziehen im Magen?» fragte Leota.

«Nein.»

«Vielleicht ist es bei Jungens anders», sagte sie.

Danach gingen wir zu dritt von der Schule nach Hause. Wir hatten nichts dagegen, daß Leroy immer dabei war, aber er wurde nie ein perfekter Küsser.

Es gab Zeiten, da meinte ich, Leota zu küssen war nicht genug, aber ich wußte nicht, wie der nächste Schritt aussehen würde. Vorerst gab ich mich also mit Küssen zufrieden. Ich wußte was von Ficken und Sich-Umklammern, wie die Hunde es machen, und ich wollte so nicht umklammert werden. Es war sehr verwirrend. Leota war voller Einfälle. Einmal legte sie sich auf mich, um mir einen Kuß zu geben, und ich wußte, das war ein Schritt in die richtige Richtung, bis Leroy sich noch drauf packte und meine Lungen fast eingeklemmt waren. Ich dachte, wir sollten es vielleicht noch mal versuchen, wenn Leroy nicht in der Nähe war.

Leroy machte mir klar, daß wir es niemandem erzählen sollten, daß wir uns küßten und berühmt werden wollten. In seiner Vorstellung war das auch so eine Regel, und die Erwachsenen würden uns nur davon abhalten, zur Bühne fortzulaufen. Und die Erwachsenen hielten uns drei davon ab, zusammen fortzulaufen, aber nicht weil wir uns im Gehölz küßten.

An einem bitterkalten Februarabend, als der Ofen und die Gasheizung an waren, riefen uns alle Erwachsenen in die Küche. Sie teilten uns mit, daß wir nach Florida ziehen würden, sobald die Schule zu Ende sei. Da wäre es das ganze Jahr über warm, und die Orangen könnte man direkt vom Baum pflücken. Ich glaubte das natürlich nicht. Es kann nicht das ganze Jahr über warm sein. Wieder so ein Trick, dachte ich, aber ich sagte nichts. Carrie versicherte uns, es würde uns gefallen, wir könnten im Ozean schwimmen, und es wäre viel leichter, Jobs zu finden, so daß für jeden etwas da wäre. Dann steckten sie uns alle ins Bett. Nach Florida ziehen, das war gar nicht so übel. Sie brauchten mir aber keine Lügen aufzutischen, damit ich mitkam. Ich wollte nur von Leota nicht weg, das war alles.

Am nächsten Tag erzählte ich Leota die Neuigkeit, und sie gefiel ihr genauso wenig wie mir, aber offenbar konnten wir nichts daran ändern. Wir versprachen, einander zu schreiben und weiterhin ins Gehölz zu gehen, bis zum letzten Tag.

In jenem Jahr kam der Frühling spät, und die Straßen waren matschig. Carrie und Florence waren schon durchs Haus gegangen, hatten Sachen fortgeworfen und andere eingepackt, die wir nicht jeden Tag brauchten. Bis auf ein paar Küchengeräte, die Kleider, die wir trugen, und ein paar Möbel im Wohnzimmer war im Mai alles reisefertig. Jeden Tag wurde es mir schwerer ums Herz. Die Küsserei im Gehölz machte es noch schlimmer. Sogar Leroy begann einen Stich zu spüren, und ihm lag keineswegs wie mir so viel daran, Leota zu küssen. Wenn ich schon wegziehen sollte, dann offenbar nicht, ohne mehr zu kennen als küssen. Leota war von derselben Schlußfolgerung nicht weit entfernt. Eine Woche vor Schulschluß bat sie mich, die Nacht bei ihr zu verbringen. Sie hatte ein Schlafzimmer ganz für sich allein und brauchte es nicht mit ihrer kleinen Schwester zu teilen. Ihre Mutter meinte, ich könne bleiben. Dieses eine Mal arbeiteten die Dinge zu meinen Gunsten. Daß Leroy gefragt würde, die Nacht über zu bleiben, kam gar nicht in Frage. Wenn Carrie mich nicht in Leroys Zimmer schlafen ließ, würde zweifellos niemand Leroy die Nacht bei Leota verbringen lassen. Leroy lag sowieso nicht viel daran. Für Leroy war schlafen schlafen.

Ich packte Zahnbürste, Schlafanzug und Kamm in eine Tüte und ging die Straße zu den Bislands hinunter. Man konnte ihr Haus von weitem sehen, da sie eine Antenne drauf hatten. Wir blieben auf und sahen uns die Milton Berle-Show im Fernsehen an. Er bekam die ganze Zeit Torte ins Gesicht geklatscht, und jeder fand das sehr lustig. Ich fand es gar nicht lustig. Sie hätten die Torte essen sollen, statt sich damit zu bewerfen. Wenn sie sauer waren, warum schlugen sie sich dann nicht die Augen blau? Das verstand ich nicht, aber es war ganz komisch, zuzusehen. Es war mir egal, wenn Milton Berle nichts anderes einfallen wollte.

Nach der Show gingen wir zu Bett und zogen die Decken über uns. Leotas Mutter schloß die Tür und knipste das Licht aus, weil sie immer noch fernsahen. Das war uns nur recht. Sobald die Tür zu war, begannen wir uns zu küssen. Wir müssen uns stundenlang geküßt haben, aber ich hätte es nicht genau sagen können, da ich nichts anderes als küssen im Sinn hatte. Wir hörten, wie die Eltern das Fernsehen abstellten und selbst zu Bett gingen. Dann beschloß Leota, wir sollten einmal versuchen, uns aufeinander zu legen. Wir machten das, aber in meinem Magen fühlte ich ein schreckliches Ziehen.

«Molly, laß uns den Schlafanzug ausziehen und es machen.»

«Gut, aber wir müssen daran denken, ihn vor Tagesanbruch wieder anzuziehen.» Ohne Schlafanzug war es viel besser. Ich konnte überall an meinem Körper ihre kühle Haut spüren. Das war wirklich viel besser. Leota begann mich mit geöffnetem Mund zu küssen. Nun sackte mein Magen ganz ab, fast wie auf den Boden . . . Wunderbar, man würde mich bei den Bislands mit aus dem Mund heraushängendem Magen tot auf dem Boden liegend vorfinden.

«Leota, dabei tut mein Magen viel weher, aber irgendwie ist es auch ein schönes Gefühl.»

«Bei mir auch.»

Wir machten weiter. Wenn wir an Magenbeschwerden sterben sollten, waren wir entschlossen, zusammen zu sterben. Sie begann mich überall zu berühren, und ich wußte, nun würde ich wirklich sterben. Leota war kühn. Sie hatte keine Angst, alles zu berühren, und woher sie ihre Kenntnisse hatte, war ein Geheimnis, aber sie wußte, wohinter sie her war. Und ich fand es bald heraus.

Am nächsten Morgen gingen wir wie jedes normale Mädchen aus der sechsten Klasse zur Schule. Ich schlief zwischendurch immer wieder ein. Leroy knuffte mich und kicherte. Leota sah mich mit träumerischen Augen an, so daß mir wieder alles weh tat. Wir konnten nicht nach Florida ziehen, wir konnten einfach nicht.

Aber wir taten es. An dem Tag, als wir den alten Anhänger und den Packard von 1940 vollpackten, kam Leota herüber. Sie und ich hingen so herum, während Carrie die letzten Sachen wegsteckte und mich dann zum Auto rief. Ich warf meine Arme um Leotas Hals, küßte sie und rannte zum Auto. Wir haben uns noch ein paarmal geschrieben, aber die Briefe wurden immer spärlicher. Vor 1968 sah ich Leota nicht wieder.

Zweiter Teil

6

Unsere schäbige Karawane hielt sich an die Küste, während wir selbst uns langsam durch das flache Land des Südens bewegten. Carl und Ep machten einen Umweg, um uns Kinder Richmond zu zeigen. Dort sahen wir einen ausgestopften Seehund, der um 1800 heruntergekommen war und um Richmond hatte herumschwimmen wollen. Es gab auch einen ausgestopften Indianer, aber der machte mich krank. Ted, Leroy und ich mochten am liebsten die Bürgerkriegsuniformen. Die von den Konföderierten waren die hübschesten, sie hatten überall auf den Ärmelaufschlägen Goldtressen. Leroy gestand, er wollte Soldat werden, wenn er kein berühmter Schauspieler würde, damit er Goldtressen auf den Ärmeln tragen könnte. Ich meinte, das sei in Ordnung, aber dann könne er keinen Lippenstift tragen und er werde Befehle befolgen müssen.

Die Reise zog sich hin, und wir wurden fast wahnsinnig, so in dem Wagen eingepfercht. Carrie erfand ein Spiel mit Autonummernschildern, das half. Der erste, der hundert Punkte bekam, hatte gewonnen. Die Schilder des Staates, durch den man gerade durchfuhr, zählten einen Punkt. Daneben ergab jeder Staat im Süden zwei Punkte. Die nördlichen Staaten zählten fünf Punkte und die vom Mittelwesten zehn. Westliche Staaten zählten zwanzig Punkte und kalifornische Schilder dreißig. Ich wußte, kalifornische Schilder würden wir nie zu Gesicht bekommen, weil da draußen nur Filmstars lebten, und wie kämen sie dazu, in diesen öden Landstrichen herumzufahren.

Einmal hielten wir in Athen in Georgia, um zu essen und uns die Hände zu waschen. Leroy, Ted und ich sprangen aus dem Auto heraus und fegten in das winzige

Restaurant hinein, das nach jahrealtem Fett stank. Ich stürzte an der Tür vorbei, wo die Jungens hineingingen, und zur nächsten hinein. Carrie packte mich am Arm, als ich herauskam.

«Du hast wohl den Verstand verloren, Mädchen. Mach das noch mal, und ich versohl dir den Hintern, hast du verstanden? Das ist die Toilette für die Farbigen, und da gehst du mir nicht rein.»

Ich hatte keine Lust, vor den Fremden mit ihr zu streiten, aber als wir wieder im Auto saßen, fragte ich Carl, was das alles zu bedeuten hätte. Carrie wandte sich an ihn. «Siehst du? Auf mich will sie nicht hören. Bring du sie dazu.»

«Hier unten im Süden ist es alles etwas anders als oben in York. Hier mischen sich Weiße und Schwarze nicht untereinander, und man soll sich nicht mit diesen Leuten zusammentun, auch wenn du höflich bleiben mußt, falls du je mit einem zu reden hast. Deine Mutter hat versucht, dich davor zu schützen, daß du irgendwann in Schwierigkeiten kommst.»

«Daddy, so viel anders ist das gar nicht oben in York. Sie bringen halt nur kein Schild ‹Farbige› über der Toilettentür an, das ist alles.»

«Du kleine Besserwisserin, du hältst die Klappe», warnte Carrie.

«Nein, ich halte nicht den Mund. Es ist nichts anderes bis auf die Schilder. Ich sitz doch nicht hier rum und tu so, als wäre es anders, wenn es nicht ist.» Leroy zupfte mich am Ärmel, weil er einen Streit fürchtete. Ich stieß ihn weg. «Daddy, warum sollte ich den Mund halten?»

«Du hast da nicht unrecht, Kind, aber hier in der Gegend kriegen sich die Leute wegen der Schwarzen mehr in die Haare als im Norden. Sonst hast du recht. Ich kann da auch keinen Unterschied sehen.» Carrie meinte, wir seien bescheuert, und starrte mürrisch aus dem Fenster.

«Ich weiß nicht, wer meine richtige Familie ist – es könnte ja sein, daß es Farbige sind. Vielleicht stimmt es ja bei mir, wenn ich in diese Toilettenräume gehe.»

«Mein Gott!» explodierte Carrie. «Als ob mit dir nicht schon alles schwierig genug wäre! Jetzt willst du auch noch ein Nigger sein.»

Carl lachte, und sein Goldzahn blitzte in der Sonne und spiegelte sich im Fenster wider. «Man würde es schon merken, Molly. Wer weiß, was du bist, du bist ein Mischling, das ist alles.»

«Sie ist dunkler als wir alle, Onkel Carl», quiekte Leroy. «Sie hat braune Augen, von uns hat niemand braune Augen.»

«Viele Leute haben braune Augen und eine olivfarbene Haut; Italiener und Spanier sehen so aus.»

«He, Molly, vielleicht bist du ein Mestize?»

«Es ist mir gleich, was zum Teufel ich bin. Und ich halte mich nicht von Leuten fern, nur weil sie anders aussehen.»

Wutentbrannt wirbelte Carrie herum und zischte: «Wenn ich je sehe, daß du dich unter die falschen Leute mischst, dreh ich dir den Hals um, du Göre. Versuch es nur, und du wirst schon sehen, wie weit du damit kommst.»

«Kinder verstehen diese Dinge nicht, Schatz. Kein Grund, sich so aufzuregen. Deine Mutter versucht nur, dir Schwierigkeiten zu ersparen, Molly. Laß es gut sein.»

Als wir Florida erreichten, waren wir ganz aufgeregt, aber das währte nicht lange. Wir fuhren und fuhren, und es war immer noch Florida. Florence sagte, wir wollten die Ostküste zur Südspitze hinunterfahren, weil dort all die Jobs und das Geld seien. Schließlich hielten wir in Ft.

Lauderdale. Carl sagte, Miami sei voller Juden, so wolle er's in diesem Ort erst einmal probieren. Ich konnte nicht glauben, daß es eine ganze Stadt geben würde, wo die Leute mit den Händen in den Hosentaschen herumlaufen würden, aber fragen tat ich nicht.

Ft. Lauderdale war von Kanälen durchzogen und stand voller Palmen, und jedem gefiel es riesig. Innerhalb einer Woche hatte Carl im Nordosten der Stadt einen Job in einem Metzgerladen gefunden. Eine Woche danach bekam Ep einen, er mußte in Häusern Jalousien anbringen, aber die Firma wollte, daß er hinauf nach West Palm Beach zog. Er erklärte sich einverstanden, und so zogen Leroy, Ted und Ep rauf nach Loxahachee und lebten in einem Wohnwagen. Er sah wie eine fette silbrige Raupe aus, die auf vier Acres Gestrüpp hockte. Wir bekamen keinen Wohnwagen, sondern ein Haus in der Nähe der Florida East Coast Railway. Dahinter lag ein fortwährend summendes Elektrizitätswerk. Nur wenn der Zug durchkam, konnten wir das Summen nicht hören. Jeden Sonntag fuhren wir hinauf nach Loxahachee, oder Leroy, Ted und Ep kamen herunter, um uns zu besuchen. Leroy hatte ein 22er Gewehr und kam sich ungeheuer toll vor. Ted arbeitete nach der Schule wieder bei einer Tankstelle, und ich hing meist in der Gegend vom Holiday Park herum, weil es sonst nichts zu tun gab, und eine 22er durfte ich nicht haben, Carrie erlaubte es nicht.

In diesem September ging ich zur Naval Air Junior High School, einer Behelfsschule in den Marinebaracken, die vom Zweiten Weltkrieg übriggeblieben waren. Auch die Lehrer waren übriggeblieben, und ich langweilte mich zu Tode. Ich blieb erst einmal für mich, bevor ich mir Freunde suchte; ich wollte sehen, wer wer war an diesem Ort. Eine beträchtliche Anzahl reicher Bälger waren in der Schule. Man konnte sie an ihrer

Kleidung und ihrer Art zu reden erkennen. Inzwischen wußte ich genug, um zu merken, daß sie in Grammatik gut waren. Von den Landarbeiterkindern hielten sie sich fern. Ich tat mich mit niemandem zusammen. Ich wußte, ich war nicht reich, aber mit kleinen Plastik-Wäscheklammern am Kragen wie alle die armen Mädchen lief ich auch nicht herum. Die Jungens waren noch viel schlimmer als die Mädchen. Sie hatten lange, fettige Haare, und sie trugen Jeansjacken, auf die blutige Augäpfel gemalt waren. So höllisch heiß es auch war, sie trugen diese Jacken und schwarze Motorradstiefel, und dazu passend hatten sie ein schmutziges Mundwerk.

Früher, in Hollow, waren wir alle gleich gewesen. Vielleicht hatte Cheryl Spiegelglass etwas mehr, aber die Kluft erschien nicht so groß. Hier war eine deutliche Linie zwischen zwei Lagern gezogen, und ich wußte, daß ich nicht auf der Seite der Jungens mit den fettigen Haaren sein wollte, die nach mir schielten und unflätig daherredeten. Aber ich hatte kein Geld. Ich brauchte die ganze Zeit der siebten Klasse dazu, um dahinterzukommen, wie ich mich in dieser neuen Situation am besten verhielt, aber ich kam dahinter.

Erst einmal sorgte ich für gute Noten, und das zählte eine Menge. Ohne gute Noten konnte man nicht aufs College kommen. Selbst in den unteren Klassen der High School redeten die Kinder übers College. Wenn ich mit Bravour die Schule hinter mich brachte, würde ich ein Stipendium bekommen, und dann würde ich auch aufs College gehen. Ich mußte auch aufhören, so zu reden, wie wir zu Hause redeten. Ich konnte soviel in schlechter Grammatik denken, wie ich wollte, aber ich lernte schnell, nicht so zu sprechen. Dann war da das Kleiderproblem. Ich konnte mir all diese Kleider nicht leisten. Im nächsten Herbst, als Carrie mit mir wegen meiner Garderobe zum Lerner Shop ging, sagte ich ihr, ich wollte diese Zwei-Dollar-Blusen von Lerner nicht. Aber sie regte sich nicht auf, wie ich erwartet hatte. Es schien ihr sogar zu gefallen, daß ich Interesse für mein Äußeres zeigte. Es gab ihr Hoffnung, was meine Weiblichkeit anging. Sie war einverstanden, daß ich ein paar gute Sachen in einem besseren Laden kaufte. Die Kinder in der Schule haben sicher gemerkt, daß ich häufig dasselbe Zeug trug, aber es war wenigstens gutes Zeug. Ich wußte auch, daß ich meinen Weg nicht machen konnte, indem ich Parties gab. Was würden wir da alle tun, nach dem Summton des Kraftwerks tanzen? Jedenfalls war ich dem nicht gewachsen, alle diese Schnösel mit nach Hause zu bringen. Ich beschloß, die lustigste Person in der ganzen Schule zu werden. Wenn jemand einen zum Lachen bringen kann, muß man ihn einfach mögen. Ich brachte sogar meine Lehrer zum Lachen. Es funktionierte.

Zu jener Zeit etwa, am Ende der achten Klasse, begannen Leroy und ich zu verstehen, daß wir nicht zusammen weglaufen und berühmte Schauspieler werden würden. Eines Sonntags, als die Ixora in voller Blüte stand und alles strahlend rot war, fuhren wir hinauf nach Loxahachee. Leroy und ich waren unten am Kanal an der Old Powerline Road beim Fischen. Leroy war kein Pummelchen mehr. Er hatte sich wie all die Rock'n'Roll-Burschen die Haare lang wachsen lassen, so daß sie jetzt lockig auf seine Jeansjacke mit den blutigen Augäpfeln fielen.

«He, stimmt es, daß du dieses Jahr rausfliegst?»

«Ja, der Alte ist bereit, mich durchzuwalken, aber der kann mich mal. Die Schule ist blöd. Es gibt nichts, was die mir beibringen können. Ich will viel Geld machen und mir eine Bonneville Triumph kaufen wie die von Craig.»

«Ich auch, und ich werde meine knallrot anstreichen.»

«Du kannst keine haben, Mädchen können keine Motorräder haben.»

«Ach, scheiß, Leroy. Ich kauf mir einen Armeepanzer, wenn ich will, und überrolle jeden, der mir erzählen will, so was könnte ich nicht haben.»

Leroy reckte seinen pomadigen Kopf und sah mich an. «Weißt du, was ich denke? Du bist andersrum.»

«Ja und? Nur weiß ich nicht richtig, was du damit meinst.»

«Ich meine, du bist nicht normal, das meine ich. Es wäre an der Zeit, daß du dich mal um deine Haare kümmerst und alle die anderen Dinge machst, die Mädchen so gewöhnlich tun.»

«Seit wann hast du mir zu erzählen, was ich tun soll, du Fettwanst? Ich kann dich immer noch zu Mus machen.» Leroy wich ein paar Schritte zurück, weil er wußte, daß das stimmte, und er war nicht gerade auf eine Prügelei aus, besonders nicht, weil wir nahe einem Beet von Brennesseln waren.

«Wie kommt es, daß du plötzlich so daran interessiert bist, daß ich eine Dame werde?»

«Weiß ich nicht. Ich mag dich so, wie du bist, aber dann komme ich ganz durcheinander. Wenn du tust, was dir gefällt, wie draußen auf Motorrädern herumfahren, was soll ich dann tun? Ich meine, woher weiß ich, wie ich mich benehmen soll, wenn du dich genauso benimmst?»

«Was geht es, Gott verdammt, dich an, was ich tue? Du tust, was du willst, und ich tu, was ich will.»

«Vielleicht weiß ich nicht, was ich will.» Seine Stimme schwankte. «Außerdem bin ich ein Angsthase und du nicht. Du würdest wirklich auf einer knallroten Triumph herumflitzen und den Leuten einen Vogel zeigen, wenn sie dich anstarren. Ich kann es nicht haben, wenn die Leute gegen mich sind.» Leroy fing an zu weinen. Ich zog ihn an mich, und wir setzten uns ans Ufer des Kanals, der in der Mittagssonne stank.

«He, was ist los? Da muß schon mehr sein, was dich

zum Heulen bringen kann, als meine Haarprobleme und Motorradfahrerei. Sag's mir. Du weißt, daß ich nichts weitersage.»

«Ich bin völlig durcheinander. Erst einmal ist da die Bande in der Schule. Es sind ziemliche Raufbolde, und wenn ich das nicht so mitmache, peitschen sie mir den Hintern durch und verlachen mich aus der Schule raus. Ich muß rauchen und fluchen und Autos auseinandernehmen. Autos nehm ich ja gern auseinander, aber ich mach mir nichts aus Rauchen oder Fluchen, weißt du? Aber man muß es tun. Tust du es nicht, sagen sie, du bist schwul.»

«Du meinst echt schwul – pimmellutschend schwul?»

«Ja, und da ist dieser eine arme Bastard, oh, entschuldige, da ist dieser eine arme Kerl, Joel Centers. Joel ist dürr und groß, und er mag die Schule. Er schwänzt nie eine Stunde, und Englisch ist sein Lieblingsfach. Englisch. Du solltest sehen, was die mit ihm machen. Das macht niemand mit mir.»

«Wen kümmert's, was diese blöden Kerle denken? Na ja, du kannst dich ja mit ihnen herumtummeln, und sobald wir mit der Oberschule fertig sind, machen wir die Fliege zu einer großen Stadt. Dann können wir tun und lassen, was wir wollen. Und bis dahin sind's nur noch vier Jahre.»

«Könnten ebensogut hundert sein. Ich muß mich um das Jetzt sorgen, und bei den Noten, die ich kriege, komm ich in vier Jahren nicht aus der Oberschule raus. Ich bleib bestimmt noch 'n paarmal sitzen.»

«Dann warten wir, bis ich rauskomme, dann hauen wir ab. So unmöglich ist das nicht.»

«Doch ist es. Du bist anders als ich. Du schaffst gute Noten und weißt, wie man mit den verschiedensten Leuten umgeht, die nicht wie wir sind. Ich kann so was nicht.»

«Du kannst es lernen. Du bist nicht taub, stumm und blind.»

«Klar, dann halten sie mich bestimmt für 'nen Schwulen.»

«Leroy, du hackst ganz schön auf diesem schwulen Zeug herum. Erst sagst du, ich sei schwul, und jetzt hast du Schiß, daß jeder glaubt, du seist schwul. Du siehst wie ein ganz normaler Mensch aus. Wovor hast du Schiß?»

«Schwörst du, daß du es keinem erzählst? Versprichst du's mir?»

«Ja.»

«Nun, vor ein paar Wochen war ich unten bei Jacks Gulf-Tankstelle, wo Ted arbeitet, weißt du? Und da lungert dieser alte Kerl, Craig, herum. Er ist vielleicht fünfundzwanzig oder so, und er hebt Gewichte, du solltest seine Muskeln sehen. Und er hat die größte, schärfste Triumph in ganz Palm Beach. Er nimmt mich immer zu einer Fahrt mit. Er wirkt auf mich nicht schwul. Nicht mit all den Muskeln und der tiefen Stimme. Wir haben uns angefreundet, er und ich. Die Burschen in der Schule werden richtig eifersüchtig, wenn sie mich auf dem Motorrad sehen, weißt du. Bringt sie fast um. Eines Nachts gingen wir dann aus, einen heben. Ich hab mich nicht betrunken, fühlte mich nur einfach gut. Wir waren draußen in der Nähe von Belle Blade, draußen im Gestrüpp, und da legt Craig seine Hand auf meinen Schwanz. Ich hab mir vor Angst fast in die Hose gemacht, aber es war ein schönes Gefühl. Er machte mit mir diese Lutschtour, und es war toll, einfach toll. So, und jetzt habe ich Schiß, echt Schiß. Vielleicht bin ich schwul. Zum Teufel, wenn der Alte, Ted, das herausfindet, werden die mich bestimmt umbringen.»

«Hast du es noch irgend jemand anders gesagt?»

«Nein, glaubst du, ich bin verrückt? Du bist die einzige in der ganzen Welt, der ich das erzählen kann, weil ich meine, du bist vielleicht auch andersrum. Ich erinnere mich, wie wir alle auf der ollen Leota B. Bisland rumgeküßt haben.»

«Hast du Craig wiedergesehen?»

«Danach habe ich mich ein paar Tage von der Tankstelle ferngehalten. Ich konnte ihm nicht gegenübertreten. Dann kam er die Straße zum Wohnwagen runtergeschossen, nachdem ich von der Schule nach Hause gekommen war, niemand war zu Hause, so haben wir miteinander geredet, und er sagte mir, ich solle mir keine Sorgen machen. Er sagt's niemandem, weil man ihn ins Gefängnis schmeißen würde, wegen Verführung eines Minderjährigen. Dann sagt er mir, daß er mich liebt, und hat versucht, mich zu küssen. Vielleicht bin ich ja andersrum, aber ich küsse keinen Mann. Aber ich hab ihn mir wieder einen abziehen lassen. Scheiße, ich weiß, zum Teufel, nicht, was ich tun soll.»

«Mach weiter, wenn es dir Spaß macht. Verbirg es, das ist alles. Im übrigen geht es niemanden etwas an, was du tust, Leroy.»

«Ja, ja, so seh ich das eigentlich auch. Ich hab nur einfach Angst, daß jemand es herausfindet und Craig ins Gefängnis wirft oder mich zusammenschlägt. Die Kerle in der Schule gehen ständig auf Schwule los. Ich kann das nicht aushalten, daß man mich durchprügelt, bestimmt nicht.»

«Leroy, hast du je irgendwelche Mädchen gebumst?»

«Ja, ich hab eines Nachts diese blonde Nutte in dem Blue Dog Inn gebumst. Jeder hat's ihr gegeben. Ich fand es gar nicht so toll. Ich meine, es war schon okay, aber so toll war es auch nicht. Hast du herumgefickt?»

«Ne, das ist für Mädchen schwieriger. Wenn ich damit anfange, verlier ich alles, weißt du. Carrie und Florence würden mich in ein Kloster schicken, dazu würde mir die ganze Schule auf den Pelz rücken. Aber bei der ersten

Gelegenheit, die sich mir bietet, mach ich's heimlich. Weißt du, das eigentliche Problem ist, den Jungen dazu zu kriegen, daß er den Mund hält. Sie treiben's mit einem Mädchen, und dann müssen sie's der ganzen beschissenen Welt verkünden. Ich muß einen Jungen mit rausgeschnittener Zunge oder so was finden.»

«Hast du keine Angst, schwanger zu werden?»

«Ne, so blöd bin ich nicht.»

«Glaubst du, daß ich schwul bin?»

«Ich glaube, daß du Leroy Denman bist, das ist es, was ich glaube. Ich gebe keinen stinkenden Furz darauf, was du tust, du bist immer noch Leroy. Irgendwie ist es Klasse, daß Craig dich mag und daß du auf dieser riesigen Maschine herumflitzen kannst. Hört sich gut an. Und das alles hört sich besser an, als wenn du irgendeine müde Nutte pimperst, die einen Scheißdreck drauf gibt, ob du lebst oder stirbst. Ich meine, Leroy, er empfindet doch wenigstens etwas für dich. Das muß doch was zählen, oder nicht?»

«Ja, aber es gibt mir so ein komisches Gefühl drinnen. Manchmal, wenn ich im Radio Schlager höre, scheint es genau das zu sein, was ich für Craig empfinde. Das schreckt mich noch mehr, als wenn man mir einen abzieht. Was, um Himmels willen, wenn ich ihn liebe? Hast du je jemanden geliebt?»

«Ich glaube, ich habe Leota geliebt, aber das war vor langer Zeit.»

«Siehst du, ich hab dir ja gesagt, du bist andersrum.»

«Scheiß drauf. Warum mußt du alles mit einem Etikett versehen? Hör mit dem besoffenen Zeug auf, bevor ich dir die Zähne einschlage.»

«So ist es nun mal. Du wirst nicht viele Leute finden, die wie du denken, so mach dich besser darauf gefaßt, zu hören, wie sie dich nennen, wenn du mit ihnen so redest wie mit mir.»

«Das werde ich wohl selbst noch herausfinden, denn ich halte nicht den Mund.» Leroy sah nicht viel besser als zu Beginn unserer Unterhaltung aus. Er fummelte an seiner Angel herum. «Hast du noch was zu sagen?»

«Nein.»

«Warum bist du dann so gottverdammt nervös?»

Er verschob sein Gewicht und stammelte: «Du hast gesagt, du würdest es machen, wenn es niemand weitersagt. Ich mag dich mehr als jedes andere Mädchen, das ich je getroffen habe, und weißt du, ich will es mal wissen. Ich sag's niemandem, ich verspreche es, ich sag's niemandem, wenn du es mit mir machst. Komm, bitte.»

Der Gedanke daran schockierte mich nicht, es war nur, daß ich nie daran gedacht hatte, es mit dem ollen Leroy zu machen. «Aber Leroy, ich glaube nicht, daß ich, uh – romantische Gefühle für dich habe.»

«Das macht nichts. Wir sind die allerbesten Freunde, und das ist besser als das ganze Gefühlsgequatsche.»

«Wie sollen wir's machen, ohne geschnappt zu werden?»

«Wir gehen runter in die Bretterbude hinter der Baustelle. Der einzige, der da je hingeht, ist Ted, und der ist jetzt bei der Arbeit. Komm, los!»

«Okay, so schlimm kann es wohl nicht werden.» Wir schlichen um die hintere Seite des Wohnwagens herum und gingen durch das Gestrüpp von Zwergpalmen hinunter zu dem Schuppen. Eine alte Doppelmatratze, aus der die Füllung schon halb herausgequetscht war, lag auf dem Boden. Wir untersuchten sie auf Schlangen und Käfer. Dann schwang Leroy sein Ding heraus und sprang auf mich.

«Leroy, du Rindviech. Willst du dich denn nicht ausziehen?»

«Ich hab das noch nie gemacht.»

«Nun, mit Ficken ist nix, wenn du nicht jeden Lappen ablegst. Ich will doch sehen, was ich da kriege.»

«Okay, okay, ich zieh mich aus.» Er zog und zerrte an seinen Socken, trödelte mit seiner Hose und brauchte im ganzen unendlich viel Zeit. Ich hatte in zwei Sekunden mein Zeug aus.

«Molly, ich hab noch nie ein Mädchen ohne Kleider gesehen, außer auf schmutzigen Bildern. Du siehst toll aus. Ich kann all die kleinen Muskeln in deinem Bauch sehen. Dein Bauch ist besser als meiner. Schau. Du hast allerdings keine sehr großen Titten.»

«Dann kauf dir doch ein paar Gummititten und spiel mit denen.»

«Das macht doch nichts», sagte er und kam mit seinem Reißverschluß nicht weiter, «große finde ich sowieso häßlich, aber all die anderen Kerle sind verrückt danach. Kriegst du den Reißverschluß auf?»

Mit einiger Anstrengung kriegte ich ihn aus seinen Jeans. Er war entschlossen, seine Unterhose anzulassen, deshalb griff ich nach oben und zog sie ihm mit einem Ruck runter. Leroy stieß einen kleinen Schrei aus.

«Jetzt stell dich nicht so an und komm mal hier runter.»

Er kuschelte sich neben mich und lag einige Minuten ruhig da. Dann gab er mir ein paar schmatzende Küsse – er kam nie dahinter –, aber er hatte wenigstens einen Dicken. Danach krabbelt er auf mich drauf und macht sich bereit, seine Nummer abzuziehen.

«Leroy, wir sollten noch etwas warten. Ein Kuß macht nicht die ganze Show aus.»

«Ich dachte, du hättest gesagt, du hättest nie gefickt, wieso erzählst du mir dann, was ich tun soll? Ich zumindest *hab* es schon mal gemacht.» Ich sah keinen Sinn darin, ihm von Leota zu erzählen, deshalb sagte ich: «Okay, mach, wie du es willst.» Leroy schnaubte und keuchte. In all den Büchern, die ich gelesen hatte, stand, beim erstenmal würde es weh tun, aber es tat überhaupt nicht weh. Tatsächlich fühlte sich Leroy auf unbestimmte Weise wohlig da drinnen an, aber es war nicht wie bei Leota, obwohl das schon tausend Jahre her schien. Wenn ich die Augen schloß, konnte ich immer noch ihre Lippen auf den meinen spüren. Selbst jetzt überlief mich ein Schauder dabei. Leroy rollte von mir runter und triumphierte: «Das war viel besser als mit der alten Nutte.»

Ich stützte mich auf einen Ellbogen und betrachtete Leroy mit seinem Flaum auf den Backen und den kleinen, doch schon hervorstehenden Muskeln auf dem Rücken. Na, Leroy, dachte ich, vielleicht war's ja viel besser als mit dieser Nutte, aber Leota kannst du nicht das Wasser reichen. Ja, vielleicht bin ich andersrum. Aber warum regen sich die Leute immer bei etwas auf, das so gut tut? Wenn ich andersrum bin, kann das niemandem weh tun, warum sollte es also so was Schreckliches sein? Das macht keinen Sinn. Aber ich werde mein Urteil nicht von einem kleinen Fick mit dem Leroy abhängig machen. Wir müssen es noch viel öfters machen, und vielleicht muß ich zwanzig oder dreißig Männer und zwanzig oder dreißig Frauen hinter mich bringen und danach entscheiden. Ob ich wohl zwanzig Leute dazu bringe, mit mir ins Bett zu gehen? Aber so wichtig ist es sowieso nicht.

«Ich freue mich aufrichtig, daß ich besser als eine abgetakelte Hure bin.» Ich lachte und warf Leroy wieder auf die Matratze. Er dachte, ich wollte ihn verprügeln und begann mich anzuwinseln. «Halt den Mund, du Blödian, ich schlag dich schon nicht.»

Ich küßte ihn und grabschte nach seinem Ding. Sein Schock war gewaltig. «Das kannst du nicht machen.»

«Wie meinst du, kannst du nicht machen?»

«Männer und Frauen sollen die Augen schließen und ficken. Du sollst nicht nach mir grabschen.»

«Du erstaunst mich. Du läßt dich doch tatsächlich nach Regeln bumsen, die die anderen Leute machen. Ich kann alles tun, was ich will. Wenn ich Lust habe, mit dir zu spielen, dann tu ich es auch. Warum legst du dich nicht hin und hältst den Mund. Außerdem macht es Spaß.» Er begann zu protestieren, aber ich drohte ihm mit erhobenem Arm, und er lag lammfromm da.

Als wir zum Wohnwagen zurückeilten, ging die Sonne über der Ebene voller Grasbüschel, Eidechsen und Küchenschaben unter.

«Nicht, Molly, du sagst niemandem etwas, du hast es versprochen.»

«Meinem Mund entweicht nicht ein Wort. Außerdem hast du mich ja genauso in der Hand, warum machst du dir also Sorgen? Ich habe alles zu verlieren, wenn ich dich verpfeife. Also, mach dir keine Sorgen. Irgendwann machen wir's noch mal. Und wegen Craig mach dir mal auch keine Sorge, hörst du, Leroy? Tu einfach das, was dir gottverdammt gefällt.»

Leroy sah mich mit dankbarem Blick an und drückte mich an sich. Rechtzeitig zum Abendessen kamen wir zum Wohnwagen zurück. Florence mit ihrer Schürze trippelte eilfertig hin und her und stellte Essen auf den winzigen Tisch. Über die schwarzäugigen Erbsen hinweg fragte sie: «Seid ihr zwei die ganze Zeit über unten am Kanal gewesen? Habt ihr dort irgendwas gefangen?»

«Nur ein paar sonderbare Fische», sagte ich.

Leroy prustete in seinen Hühnerflügel hinein, und Florence fragte, ob wir noch Milch wollten.

7

Mit zielstrebiger Sicherheit blieb Leroy in der achten Klasse sitzen, und er mußte eine Sommer-Schule besuchen, blieb dann aber in der neunten Klasse wieder sitzen, sogar zweimal. Während dieser drei Jahre sahen wir uns immer seltener, weil ich mit so vielen Tätigkeiten außerhalb des normalen Lehrplans beschäftigt war, daß damit oft meine Sonntage dahingingen. Es war wohl ebensogut, denn Leroy wurde immer mehr so wie all die anderen Dummköpfe. Schließlich bildete er sich sogar ein, ich gehörte ihm, nur weil wir es hin und wieder miteinander trieben. Der krönende Schlag kam, als er eine metallisch glänzende Bonneville Triumph kaufte und ich sie besser fahren konnte als er. Er platzte und sagte mir, ich sei wirklich ein kesser Vater und warum ich nicht abzischte. Craig hatte Palm Beach County im Jahr zuvor verlassen, und Leroy schwor, daß dergleichen bei ihm zur Zeit nicht laufe, deshalb war er sehr selbstgerecht in seiner Heterosexualität. Und als ob das nicht schon genügte, hatte er auch noch eine Freundin in der Schule, und sie trieben's die ganze Zeit miteinander, so daß er unerträglich war. Ich sagte ihm, er sei ein Scheißkerl, außerdem sei seine Zündung im Arsch und er solle das Motorrad besser gleich zum Laden zurückbringen. Ihm fiel beinah das Gekröse herunter, und ich drehte mich auf dem Absatz um und marschierte davon.

Abgesehen davon, daß sich Leroy wie ein Schwachsinniger benahm, lief alles gut. Ich war auf einen Schlag in alle drei Militär-Clubs eingeladen worden – Juniorettes, Anchor und Sinawiks. Ich hielt mich wirklich für 'ne echte, heiße Wucht. Ich hatte mir Anchor ausgesucht, weil meine beiden besten Freundinnen darin waren, Carolyn Simpson und Connie Pen. Auch war Anchor der

Schwesternclub zum Wheel Club, und ich ging mit Clark Pfeiffer, dem Vizepräsidenten von Wheel. Damals war das sozusagen eine Höchstleistung.

Carolyn war die Schul-Streberin vom Dienst. Neunzig Prozent der Zeit machte sie mich krank, aber sie ging genauso gern ins Kino wie ich. Was uns verband war, daß wir uns jeden Film in der Stadt ansahen und ihn danach Szene für Szene auseinandernahmen. Ich kam auf die Idee, ob ich vielleicht eine große Filmregisseurin werden könnte, hatte jedoch den Gedanken, irgendwann Präsident zu werden, nicht aufgegeben. Carolyn hatte tiefblaue Augen und schwarzes Haar und war etwa 1,75 groß. Sie lachte über alles, was ich sagte, aber das tat jeder. Unter alldem war sie immer noch Schulkaplan, und so war das, was ich mit Carolyn tun konnte, begrenzt. Obendrein war sie Cheerleader, und ewig übte sie draußen hinter der Turnhalle und versuchte ihre Stimme ganz tief zu bekommen. Die Ft. Lauderdale High's Flying Leaders waren stolz darauf, daß sie baßkehlige Cheerleaders waren. Ich nehme an, sie spritzten sich Androgen, um ihre Stimmbänder zu verlängern. Ihre vereinten Stimmen konnten all die Tausende von Feinden auf der anderen Zuschauerseite fortschwemmen.

Connie Pen war eine ganz andere Geschichte. Etwas gedrungen wie eine Schmetterlingsstil-Schwimmerin, beherrschte sie aller Aufmerksamkeit durch ihren Umfang, aber sie war physisch träge; in der Riege mitschwimmen war das letzte, was sie tun würde. Sie aß einfach zu viel. Ihre Augen waren von einem klaren warmen Braun, und ihre Haare paßten dazu, aber das beste an Connie war, daß sie absolut respektlos war. Wir waren wie geschaffen füreinander, außer daß ich mich physisch angezogen fühlte von Carolyn und außer daß

Connie hyperheterosexuell veranlagt war. Sie redete die ganze Zeit darüber wie ein Wasserfall.

Wir nahmen alle drei am fortgeschrittenen Lateinunterricht teil, und im ersten Jahr widmeten wir uns der Aufgabe, die *Aeneis* zu übersetzen. Aeneas ist ein eindimensionaler Langweiler. Uns wollte nie in den Kopf, wie Vergil einen Verleger gefunden hatte, und die langweilige Hauptfigur war uns Anlaß, jene schwülen Tage in der Lateinstunde ein bißchen zu beleben. Die Lehrerin, Miss Roebuck, spornte unsere Energie noch an. Miss Roebuck stammte aus Georgia, und ihr Latein war georgianisches Latein. Es war immer mehr *alla ya chotaw est* als *alea jacta est.* Wir hatten in den höheren Klassen, die die *Aeneis* überstanden hatten, munkeln hören, daß Miss Roebuck in Tränen ausbrechen würde, wenn wir zu der Stelle kämen, wo Aeneas Dido verläßt. Connie nannte sie natürlich «Dildo». An jenem Tag also beschlossen Connie und ich, aus Latein für den Rest unserer High School-Karriere eine todsichere Sache zu machen. Wir brachten in Taschentücher eingewickelte Zwiebeln mit. Miss Roebucks Stimme begann zu zittern, als Dido aus ihrem Fenster dem scheidenden Trojaner nachblickte. Als dann Vergil Dido zu ihrem selbstmörderischen Höhepunkt brachte, öffnete Miss Roebuck die Schleusen. Die Klasse gab sich alle Mühe, nicht von ihren Textbüchern aufzublicken, so verlegen waren alle, aber Connie und ich begannen zu schniefen, und die Tränen liefen uns die Wangen hinunter. Voller Erstaunen sah Carolyn zu uns herüber, und ich zeigte ihr blitzschnell die Zwiebel. Ihr presbyterianisches Empfinden war verletzt, aber ein Lachen konnte sie nicht unterdrücken. Bald konnte die ganze Klasse sich kaum noch halten, was unsere Trauer über den Gram der Königin von Karthago nur noch erhöhte. Miss Roebuck sah uns unendlich liebevoll an und verkündete dann mit ihrer Stentorstimme: «Leute, die meisten von euch sind schamlos, schamlos gefühllos. Große Literatur und große Tragödie sind außerhalb eurer Reichweite.» Sie entließ die Klasse und bat Connie und mich zur Seite. «Ihr Mädchen seid wahre Schülerinnen der klassischen Literatur.» Mit Tränen in den Augen tätschelte sie uns den Rücken und schob uns aus dem Klassenzimmer. Danach wurden Connie und ich unzertrennlich. Wir dachten uns einen Streich nach dem andern aus, und bald begann die ganze Schule, zweitausend Schüler, jede unserer Aktionen, jedes Wort, jeden Blick zu verfolgen. Unsere Macht war überwältigend.

Unsere Spitzenleistung vollbrachten wir am späten Abend in der Schule (wir waren beide im Schülerrat und hatten Schlüssel für alles), als wir in den Riesenventilator der Haupthalle einen sehr toten Fisch reinsteckten. Einen ganzen Tag lang mußte der Unterricht ausfallen, damit die Schweinerei beseitigt werden konnte. Noch Wochen danach rochen die Klassenzimmer in der Nähe der Haupthalle leicht nach verfaultem Fisch. Jedermann stand in unserer Schuld, weil wir für schulfrei gesorgt hatten, und niemand petzte.

Wir stießen jedoch auf eine kleine Teilinformation, die unsere Macht über die Schülerschaft hinaus auf die Verwaltung erweiterte. Mir wurde klar, wie das Regieren wirklich funktioniert. Eines Samstagabends schlossen Connie, Carolyn und ich einen Pakt, daß wir nicht mit unseren Freunden ausgehen, sondern zusammen ins Kino gehen und uns danach betrinken wollten. Für Carolyn bedeutete es viel Mut, zu diesem Entschluß zu gelangen, aber schließlich half ihr ihre unschlagbare Logik, die da lautete, daß sie sich besser mit Mädchen betrinken und herausfinden würde, wie sie sich selbst handhaben konnte, als es bei einer Verabredung mit einem Jungen zu tun und Gefahr zu laufen, ihre Jungfräulichkeit zu verlieren.

Das Kino war unten beim Gateway, und wir besuchten die Neunzehn-Uhr-dreißig-Vorführung. Wir setzten uns in die erste Reihe. Es war ein nichtssagender Film, und Connie verschandelte ihn endgültig, indem sie an den geeigneten Stellen ihren eigenen Dialog einfügte, etwa als Paul Newman in der Bücherei die Frau seines Chefs traf: «Hallo, Mrs. Soundso, freut mich, Sie zu sehen. Wollen wir ficken?» Es gab eine Szene, in der die Frau von so 'nem alten Knochen in Paul Newmans Schlafzimmer zischte, um ihn zum Bumsen zu bringen. Connie konnte sich nicht einkriegen wegen Newmans Körper und ich mich nicht wegen der Dame. Connie stieß mich immer wieder an: «Was für ein Körper, was für ein Körper.»

Ich antwortete: «Ja, so lang und schmal und weich.»

«Was redest du da?»

«He?»

«Paul Newmans Körper ist nicht lang und schmal und weich, du Dummkopf.»

«Oh.»

Paul Newman legte die Dame hin, und ich konnte es kaum aushalten, bis er ihr den Slip auszog. Ich bemerkte dann, daß Carolyn Simpson der Dame im schwarzen Slip etwas ähnelte; jedenfalls waren sie beide groß. Carolyn nahm in meinen Augen eine ganz neue Bedeutung an, und ich begann dieses Warnsignal in meinem Magen zu spüren. Ich war in der Schule so eifrig gewesen, daß ich über solche Dinge gar nicht nachgedacht hatte. Gottverdammt, ich mußte in diesen lächerlichen Film gehen, und gleich gab es ein Ziehen in meiner Magengrube. Ich werde nie wieder einen schwarzen Slip sehen können. Ich war völlig in solche Gedanken vertieft, als der Film endlich ein Ende nahm und wir uns auf dem Weg zum Jade Beach befanden.

Jade Beach war ein unbewachtes Stück Strand zwischen Pompano und Lauderdale am Meer. Es war ein ziemlich bekannter Bumsplatz, und wir suchten uns einen Weg über all die Körper hinweg zu einer Stelle hinter einer Düne. Connie holte eine Flasche Wodka hervor, die sie aus der Bar ihres Vaters gestohlen hatte. Wir ließen sie in einer Abendmahlsparodie herumgehen.

Carolyn hustete: «Er brennt. Warum hast du mich nicht gewarnt?»

«Du wirst dich schon daran gewöhnen», meinte Connie.

«Komm, gib mal her. Weißt du, daß mein Vater alle zwei Tage 'ne Flasche von diesem Zeug leert? Er trinkt es, weil man es nicht riecht. Sein Magen muß schon ganz schön im Eimer sein.»

«Wie kommt es, daß dein Alter so viel trinkt, Connie?» fragte Carolyn, die Verkörperung der Unschuld.

«Offenbar weil er sich elend fühlt, Herzchen. Warum trinken die Leute sonst? Er und seine Alte streiten die ganze Zeit miteinander, und ich glaube, sie bumsen beide in der Gegend herum. Sie brauchen den Alkohol, um ihre Genitalien zu schmieren. Weißt du, haben sie erst mal das Mittelalter erreicht, sind sie vertrocknet, niedriger Horizont und Angepaßtheit, bla, bla, bla. Deshalb säuft mein alter Herr.»

«Connie, sag nicht solche Sachen über deine Eltern», rügte Carolyn.

«Wahrheit ist Wahrheit», bekräftigte Connie.

«Dito», rülpste ich heraus.

«Saufen und streiten deine Eltern, Molly?» bohrte Carolyn.

«Meine? Nein, sie sind tot und zu stur, um aus der Rolle zu fallen.»

Connie brüllte los, und Carolyn gab sich alle Mühe, nicht zu lachen.

«Das klingt wie: ‹Die Jugend will es wissen.› Du hast damit angefangen, Carolyn, also berichte mal von deinen Leuten», sagte ich.

«Mutter hat letztes Jahr wieder geheiratet, sie lieben sich also noch. Und weißt du was?»

«Was?» fragten wir beide.

«Ich höre sie in ihrem Schlafzimmer, wenn sie es machen.» Carolyns Augen glänzten von dieser saftigen Information.

«Hast du's schon mal getan, Carolyn?» fragte ich echt neugierig.

«Nein, ich geh erst mit jemandem ins Bett, wenn ich verheiratet bin.»

«Oh, Scheiße.» Connie spuckte ihren Wodka auf den Sand. «So spießig kannst du doch nicht sein.»

Carolyn war gekränkt und zugleich neugierig geworden. Sexuelle Ermutigung kannte sie noch nicht. «Also gut, ich hab so 'n bißchen herumgefummelt, aber es ist eine Sünde, bis zum letzten zu gehen, bevor man verheiratet ist.»

«Ja, und ich bin 'ne miese Schlampe», warf Connie ein. «Carolyn, du hast ein bißchen was Viktorianisches an dir. Ich meine, so 'ne große Sache braucht es doch gar nicht zu sein, verstehst du?»

Nach diesem kleinen Rüffel sah sie mich an und feuerte zurück: «Hat denn eine von euch es schon gemacht?»

Connie und ich sahen einander an, holten tief Atem, zögerten dann. Connie begann: «Es kommt eine Zeit im Verkehr, des Menschen mit seinen Mitmenschen . . . Ja, liebe Carolyn, ich habe es gemacht.» Sie beendete ihren Satz mit einem großartigen Schnörkel der Hand, mit der sie die halbleere Flasche umklammert hielt.

«Connie, nein», hauchte Carolyn, zugleich entsetzt und erfreut.

«Connie, ja», stimmte Connie ein.

«Nur die Tatsachen, Ma'am», sagte ich herausfordernd.

«Das wirst du nie glauben. Sam Breem – da schnallst

du ab, wie? Sam Breem. Oh, und das war vielleicht ein Champion! Kann ich euch sagen! Wir sind die halbe scheußliche Nacht in der Weltgeschichte herumgefahren und haben versucht, ein Motel zu finden, wo man ficken kann, ohne verheiratet zu sein. Und ich mit meinem Pessar, das ich nie benutzt habe und für das ich zu drei Ärzten gewetzt bin, weil ich erst sechzehn bin. Unheimlich *cool*, Leute, einfach *supercool.* Da kommen wir also hinein, in dieses scharfe Motelzimmer mit korallenroten Wänden. Schon genug, um einem die ganze Nacht zu versauen. Wir kommen also hinein, und Sam bemüht sich, ganz überlegen bei dem Ganzen zu sein. Er gibt mir einen Drink, und wir quatschen ein bißchen. Quatschen. Ich war ein Nervenbündel, versteht ihr, der erste Fick und all das Drum und Dran, und er will quatschen ... und schlägt die Beine übereinander wie bei der Hathaway-Anzeige im *Esquire.* Wir trinken also unser Glas aus, Cola mit Rum, uff, und er beschließt, es sei Zeit zum Küssen. Also küssen wir uns und nach einer halben Stunde Trockengymnastik und Rollerei über das ganze Bett hinweg versucht er, mir die Kleider auszuziehen. Hört gut zu, ihr Schätzchen, laßt sie nie versuchen, euch die Kleider auszuziehen, weil sie euch nämlich die Knöpfe sprengen, die Reißverschlüsse einklemmen, und ihr dann ausseht, als kämt ihr gerade aus einem Ramschladen. Also, nach diesem Ringkampf geht's dann richtig los, und mittendrin erinnert sich Sam, der Herr, plötzlich daran, mich zu fragen, ob ich auch geschützt sei – was meint der wohl, was ich bin, ein billiges Kaufhaus mit eingebauter Warnanlage? Ich sagte also ‹Ja›, und er setzt seine Tätigkeit fort. Es war okay, aber ich kann mir nicht vorstellen, daß man über die ersten Male Schlager schreibt und die Leute deswegen Hand an sich legen. Ich meine wirklich!»

Carolyn fielen fast die Augen aus dem Kopf, ihr Mund

hing im Sand. «Oh, es soll ein schönes Erlebnis sein. Es soll das intimste Erlebnis sein, das ein Mensch haben kann. Man soll diesen herrlichen Augenblick zusammen erleben und körperlich miteinander vereint sein und ...»

«Carolyn, halt den Mund», sagte ich.

Connie nahm einen weiteren Schluck aus der Pulle. «Trinkt aus, Kinder, einen letzten Tropfen für jede. Abgesehen davon tat es höllisch weh», schloß sie.

«Komisch, mir hat es überhaupt nicht weh getan», sagte ich. «Aber wahrscheinlich habe ich schon in der zweiten Klasse meine Jungfräulichkeit auf dem Fahrradsattel zerrissen oder irgend so etwas.»

«Du auch», stammelte Carolyn.

«Carolyn, seit der achten Klasse habe ich mit demselben müden Stück Pimmel herumgelungert.»

Connie gab mir einen Schubs, und wir rollten in den Sand und lachten wie die Hyänen, und die ganze Zeit über saß Carolyn in heiligem Entsetzen da.

«Wie froh ich bin, daß es hier noch eine andere ehrliche Nicht-Jungfrau gibt! Die einzige, die mich fertigmacht, ist Judy Trout. Die ist auf allen runtergegangen, nur mit der *Titanic* nicht, und sie läuft rum und spielt die Unschuld in weißer Spitze. Es ist zum Kotzen.» Connies Stimme verriet einen Anflug von Bitterkeit. Sie haßte Heuchelei, und Ft. Lauderdale High School 1961 war Heuchelei USA.

«Du meinst unsere Anchor-Schwester Judy Trout?»

«Carolyn, warum nimmst du nicht noch einen Schluck, vielleicht macht das deinen Kopf klarer. Du scheinst von einem ständigen Nebel umgeben zu sein», fügte ich hinzu. «Vielleicht hat die Tatsache, daß du Schulkaplan bist, dir das Hirn verwirrt.» Dieser Hieb hatte sie offenbar verletzt, und das verschaffte mir ein gewisses wildes Vergnügen. Tatsächlich brachte mich Carolyn allmählich in Wut, wie sie in ihrer Selbstgerechtigkeit und mit diesem hinreißend langen Körper dasaß.

«Die Flasche ist leer. Ich nehme nicht an, daß noch irgend jemand in dieser Wüste Alkohol hervorzaubern kann?» Connie betrachtete trauernd die Flasche.

«Auf dem Jade-Strand gibt es genügend Schnaps, um die ganze Navy wegzuschwemmen, aber wir müßten halt etwas von einem seligen Paar stibitzen, wenn sie gerade nicht hingucken.»

«Lohnt nicht, Moll, laß uns zurückgehen.»

Beim Aufstehen stolperte Carolyn. Der Wodka fällte sie wie ein Schmiedehammer. Sie legte ihren Arm um meine Schulter und kicherte, sie brauche eine Stütze. Sie war voll wie eine Strandhaubitze, und diesem Umstand schrieb ich es zu, daß ihre Hand immer wieder auf meine Brust fiel. Außerdem war ich auch nicht stocknüchtern.

«Wer von uns fährt?» fragte Connie.

«Carolyn ist bestimmt nicht imstande. Ich kann es machen. Ich bin okay, ein bißchen angeschlagen, aber okay.»

«Gut», seufzte Connie, «denn ich will aus dem Fenster gucken und von Paul Newmans Schultern und Augen träumen. Geht er dir nicht auch unter die Haut? Zu schade, daß nicht er es war, an Stelle von Sam Breem.»

Ich hatte nicht vor, irgendwelche Informationen von mir zu geben, wer mir unter die Haut ging und wer nicht. «Irgendwo muß man anfangen. Jedenfalls fängt kein Mensch oben an der Spitze an, stimmt's?» Ich schlüpfte hinter das Steuer und versuchte herauszufinden, wie ihr verfluchtes Auto funktionierte. Außerdem versuchte ich, Paul Newman, die Frau in dem schwarzen Slip und Carolyns Hand auf meinem Busen aus meiner Vorstellung zu verbannen.

Wir fuhren AIA hinunter, und Carolyn fiel auf dem

Rücksitz in sich zusammen. «Hoffentlich kotzt sie nicht», knurrte Connie.

«Das hoffe ich auch, ich hasse das mehr als alles andere. Blut ist weit besser als Kotze.»

An der ersten Ampel hielt ich neben einem blauen 1960er Chevy Bel Air, der mir bekannt vorkam. «He, Connie, das Auto sieht aus wie das von Mr. Beers.»

«Es ist das von Mr. Beers. Sieh mal, wer da neben ihm sitzt, und er hat den Arm um sie gelegt! Mrs. Silver, das ist wer.»

«Was?» Ich zog den Wagen noch etwas weiter vor, um besser sehen zu können, und sah, daß es unser höchst verehrter Direktor mit unserer höchst geachteten Dekanin war. Bevor Connie sich auf dem Vordersitz ducken konnte, hupte und winkte ich.

«Bolt, was in Teufels Namen tust du da? Willst du unbedingt, daß wir von der Schule fliegen?»

«Wart's ab. Wirst schon sehen, was ich tue, und mir dafür danken.»

«Du bist betrunken, das ist alles.»

«Nicht eine Sekunde.»

Mr. Beers und Mrs. Silver sahen uns mit einem unsäglich kläglichen Blick des Erkennens an. Die Ampel schaltete um, und er flitzte davon.

«Das wird ein Montag werden!»

Connie blickte in meine Richtung. «Sie haben uns gesehen, das ist sicher. Wie sollen wir ihnen je wieder ins Auge sehen? Du mit deiner großen Klappe.»

«Benutz doch deinen Gehirnkasten. Nicht wir brauchen uns Sorgen zu machen, ihnen ins Auge zu sehen, *sie* müssen Schiß haben, *uns* in die Augen zu sehen. *Sie* sind die Verheirateten, die vom Getrappel lauter kleiner Füße umgeben sind, nicht wir. Wir sind nur ein paar Leaders, die sich haben vollaufen lassen.»

Sie legte die Hand auf ihre Lippen und dachte darüber

nach. «Du hast recht. Wau. Wir haben ins Schwarze getroffen. Meinst du, wir sollten Carolyn wecken und es ihr erzählen?»

«O Gott, nein, sie hat ja schon fast einen Blutsturz bekommen, als sie von unseren Abenteuern hörte. Wenn ihr Prinz, Mr. Beer, sich als eine schäkernde Kröte herausstellt, wird sie das bestimmt umhauen.»

«Laß es uns auch niemand anders erzählen. Es soll unser kleines Geheimnis sein», lachte Connie.

Bei Carolyns Haus angekommen, mußten wir sie heimlich hineinschleusen. Ihre Eltern waren sehr fromm und hätten blau geschissen, wenn sie betrunken nach Hause gekommen wäre. Aber wir weckten das Balg von ihrer Schwester auf, Babs. Wir mußten dem kleinen Cherubim was zahlen, damit sie den Mund hielt. Kaum glaublich, daß die beiden aus ein und derselben Familie stammen!

Connie übernahm das Steuer und fuhr mich zu dem flamingo-rosa-roten «Dorn im Auge», unserer Bleibe in der Nähe der Eisenbahnlinie. Leise stieg ich aus und sagte Connie flüsternd gute Nacht.

Wir trafen uns in der Cafeteria, morgens vor Schulbeginn, um uns gegenseitig unser Samstagabenderlebnis zu bestätigen und um noch einmal unser Gelübde der Geheimhaltung zu bekräftigen. Mitten in der großen Pause ertönte über den Quakkasten die Ankündigung: «Molly Bolt und Connie Pen werden gebeten, sich im Anschluß an die Pause im Direktionsbüro zu melden.» Mit ahnungsvollem Schaudern blickten wir einander an. Dann nahmen wir uns zusammen und gingen erhobenen Hauptes in das Hauptgebäude.

Ich mußte zu Mrs. Silver hineingehen, während Connie Mr. Beers gezogen hatte. Mrs. Silver war etwa 45 Jahre alt, und sie sah ganz in Ordnung aus, außer daß ihr Haar mit einer blauen Spülung behandelt worden war.

Sie begrüßte mich nervös und bat mich, Platz zu nehmen.

«Molly, Sie sind eine der hervorragendsten Schülerinnen von Ft. Lauderdale High School. Sie haben überall nur die besten Noten, und Sie haben sich als Leader bewährt. Außerdem sind Sie die beste weibliche Sportlerin, die wir haben. Nächstes Jahr können Sie mit vielen Auszeichnungen und zuversichtlich mit Stipendien rechnen, da ich ja weiß, daß Ihre Familie finanziell – na, ich weiß, daß Sie diese Stipendien brauchen.»

«Ja, Ma'am.»

«Wenn Sie mir erlauben, würde ich mich freuen, eines Ihrer College-Empfehlungsschreiben aufzusetzen und zu versuchen, Ihnen dabei zu helfen, daß Sie ein volles Stipendium bekommen.»

«Vielen Dank, Mrs. Silver. Es wäre eine Ehre für mich, wenn Sie mich empfehlen würden.»

«Wissen Sie schon, was Sie studieren wollen?»

«Ich schwanke zwischen Jura und Film, aber die einzigen Filmhochschulen sind in New York und Kalifornien, und das ist ziemlich weit weg.»

«Nun, denken Sie darüber nach, und wir werden versuchen, etwas auszuarbeiten. Sie sollten Schulen wie Vassar und Bryn Mawr ins Auge fassen; sie haben geographisch eingeteilte Zulassungsquoten. Bei Ihren guten Leistungen auf der ganzen Linie werden Sie den Sprung bestimmt schaffen, vorausgesetzt, Sie erreichen die nötigen Punkte, und das werden Sie sicher.»

«Ich verspreche, darüber nachzudenken. Die ‹Seven Sisters› haben mich nie angezogen aber ich habe auch noch nie ernsthaft darüber nachgedacht.»

Es entstand eine verlegene Pause. Mrs. Silver schob ihre nutzlose Löschrolle auf ihrem Schreibtisch hin und her. «Molly, haben Sie daran gedacht, nächstes Jahr als Präsidentin des Schülerrats zu kandidieren?»

«Ich habe daran gedacht, aber es sieht so aus, als hätte

es Gary Vogel schon in der Tasche. So oder so – Mädchen haben es sehr schwer, gewählt zu werden.»

«Ja, die Mädchen haben es allgemein in der Welt sehr schwer.» Plötzlich sah sie geschlagen, alt und ausgelaugt aus. Mrs. Silver, ich werde Sie nirgendwo verpfeifen. Verflucht, verflucht, Sie sehen so unglücklich aus. «Wenn ich meine Phantasie benutze, fällt mir vielleicht etwas ein, was Gary Vogel aus dem Feld schlagen wird, aber Sie wissen, der Schülerrat hat kein Limit festgesetzt für Wahlkampffonds, und Gary ist reich.»

Sie zwinkerte, und ein Lächeln huschte über ihre Lippen. «Entweder werden die Spenden begrenzt, oder Sie kriegen einen Fonds für den Wahlkampf, das verspreche ich Ihnen.»

«Ich hoffe es, Mrs. Silver; das würde die Dinge ausgleichen.»

Eine weitere Pause, und dann sagte ich irgendwo aus dem Nichts heraus: «Mrs. Silver, Sie brauchen mich nicht zu kaufen. Ich sage nichts über den letzten Samstagabend, egal was passiert. Tut mir leid, daß Sie so durcheinander sind.»

Erleichterung und Überraschung zeichneten sich auf ihrem Gesicht ab. «Danke.»

Ich verließ das Büro und wartete bei dem Trophäenkasten, daß Connie herausgewalzt kam. Fünf Minuten später erschien sie mit einem breiten Grinsen auf ihrem runden Gesicht. «Du siehst die Herausgeberin der Schülerzeitung für 1962 vor dir», sagte sie strahlend.

«Und du siehst die künftige Präsidentin des Schülerrats vor dir.»

«Oh, wau!» Connie schüttelte den Kopf und fuhr mit leiser Stimme fort: «Der arme Kerl zitterte wie Espenlaub, als ich in seinem Büro war. Wie war sie?»

«Genauso. Ich hab ihr gesagt, ich würde den Mund

halten, und sie sollte sich keine Sorgen machen. Was hast du ihm gesagt?»

«Ungefähr dasselbe. Sieht aus, als hätten wir die Schule in der Tasche, was?»

«Ja», sagte ich, «in der Tasche.»

8

In diesem Sommer arbeitete ich in den Ferien auf den Tennisplätzen. Connie war in Mexiko, und Carolyn fuhr nach Maine, wo sie in einem großen Ferienlager der verschiedensten protestantischen Sekten als Gruppenleiterin fungierte. Leroy war durch die neunte Klasse gekommen und endlich in der zehnten gelandet. Er kam mehrmals mit seinem Motorrad angebraust, aber wir machten's nicht miteinander. Ich war eigentlich ziemlich fertig mit ihm, besonders seit dem Streit, den wir wegen des Motorrads gehabt hatten. Manchmal tat er mir leid. Wie ein stumpfes Tier folgte er der Herde und merkte nur vage, daß er unglücklich war. Er war beeindruckt, als er erfuhr, daß ich mit überwältigendem Sieg zur Präsidentin des Schülerrats gewählt worden war. Aber immer häufiger ging uns der Gesprächsstoff aus, und unsere letzte Rettung waren Motorräder, Autos und Filme. Einmal gestand er mir mit pathetischer Stimme: «Weißt du, ich kann mit dir reden wie mit jedem normalen Menschen. Mit anderen Mädchen kann ich nicht reden. Ich greif sie mir irgendwo auf, fahr mit ihnen ins Kino, fahr raus zum Ficken und fahr sie dann nach Hause. Wie geht das, wenn man verheiratet ist? Ich meine, worüber reden die Leute, wenn sie verheiratet sind?»

«Über ihre Kinder vermutlich.»

«Ist vielleicht alles, was sie miteinander gemein haben.»

Und es wurde zunehmend klarer, daß alles, was Leroy und ich miteinander gemein hatten, eine Kindheit voll Speiseeis, Rosinenschachteln und einer löchrigen Matratze war. Andererseits hatte ich im Grunde nie viel mit irgend jemandem gemein gehabt. Ich hatte keine Mutter, keinen Vater, keine Wurzeln, keine biologischen Ähnlichkeiten, die man Schwestern und Brüder nennt. Und für die Zukunft wünschte ich mir kein Reihenhaus mit pastellfarbenem Eisschrank, Kombiwagen und einem Haufen blonder, gleichmäßig über die Jahre verteilter Kinder. Ich wollte auch nicht ins *McCall*-Magazin kommen und die Muster-Hausfrau werden. Ich wollte nicht einmal einen Ehemann oder eigentlich überhaupt keinen Mann. Ich wollte meine eigenen Wege gehen. Das war alles, glaube ich, was ich je wollte, meine eigenen Wege gehen und vielleicht hier und da etwas Liebe finden. Liebe, aber nicht von der «Auf immer und ewig»-Sorte mit Ketten um die Vagina und einem Kurzschluß im Gehirn – da wollte ich lieber allein sein.

Carrie und Florence waren entsetzt, daß ich als Präsidentin des Schülerrats gewählt worden war. Carrie hatte sich in den Kopf gesetzt, daß ich Ballkönigin beim Schulfest werden sollte, und sie wußte, daß man nicht beides, Präsidentin und Ballkönigin, sein konnte. Sie war der Meinung, ich verriete mein Geschlecht. Florence regte sich weniger auf, aber sie fand es schon höchst seltsam. Nach ihrer Theorie war das Regieren ein so schmutziges Geschäft, daß wir es am besten den Männern überließen. Ich hielt mich möglichst viel von zu Hause fern, aber im Grunde hatte ich, seit ich mich auf zwei Beinen bewegen konnte, nie etwas anderes getan. Wenn ich zu Hause war, gab es immer Streit. Eines Abends stürmte ich nach einer großen Debatte darüber, ob ich mir die Haare abschneiden lassen sollte, aus dem Haus und wollte gerade ins Auto einsteigen, da kam Carrie herausgerannt und kreischte: «Nimm bloß nicht den Wagen, dein Vater braucht ihn.» Also stieg ich wieder aus und schlug die Tür so fest zu, wie ich konnte. Carl kam heraus und fragte mich, wohin ich wollte. «Nirgendwohin. Ich wollte nur etwas fahren, das ist alles. Irgendwohin, um von unseren freundlichen Nachbarschaftsharpyien wegzukommen.»

«Du kannst mit mir fahren.»

Carl fuhr den Sunrise Boulevard hinaus und bog links zum Strand ab. Oben beim Birch State Park fanden wir ein ruhiges Plätzchen und stiegen aus. Er setzte sich auf eine grüne Bank und blickte auf den Ozean hinaus.

«Das Meer ist wirklich wunderschön. Ich kann es nicht glauben, daß da auf der anderen Seite Länder sind und daß dort drüben jetzt vielleicht jemand genauso dasitzt wie ich und aufs Meer sieht.»

«Ja.» Ich war immer noch sauer.

«Ich glaube nicht, daß ich ohne das Meer leben könnte. Alle die Jahre in Pennsylvanien ... Ich könnte nicht dorthin zurück.»

«Ja, ich liebe das Meer auch, aber ich weiß nicht, ob ich die ganze Zeit in seiner Nähe leben werde. Jedenfalls mag ich Florida nicht besonders.»

«Vermutlich ist es eine Gegend für alte Leute. Kinder mögen sowieso nicht da bleiben, wo sie groß geworden sind, und deshalb wirst auch du wahrscheinlich weiterziehen.»

«Ich will dahin gehen, wo ich eine Chance hab. Hier habe ich keine Chance. Außerdem möchte ich von all den Leuten wegkommen, die wir kennen. Sie kommen mir irgendwie in die Quere.»

«Du und deine Mutter, ihr seid wie Feuer und Wasser.

Du kannst nicht mal einfach ‹Ja› zu ihr sagen und deiner Wege gehen. Du mußt auf sie losgehen. Stolz, Kind, Stolz. Wenn du so tätest, als gäbest du ihr nach, würde es diese ganzen Streitereien gar nicht geben.»

«Sie hat unrecht. Wenn ich ihr nachgebe, bekräftigt sie das nur in ihren Fehlern.»

«Sie kann auch nicht aus ihrer Haut heraus. Ich würde nicht so weit gehen, zu sagen, daß sie immer unrecht hat.»

«Und ich sage, sie ist im Unrecht. Zumindest wenn sie sich in mein Leben einmischt, ist sie im Unrecht. Es muß immer nach ihrer Vorstellung gehen. Aber ich lasse mir von niemandem sagen, was ich zu tun habe. Von niemandem. Besonders nicht, wenn es das Falsche ist.»

«Ich weiß nicht. Ich mag keine Streitereien, ob zu Recht oder zu Unrecht. Ich lächle und sage ‹Ja› zu meinem Chef und ‹Ja› zu Carrie und ‹Ja› zu meinen Eltern, als sie noch lebten. Ich laviere mich durch.»

«Ich kann das nicht, Dad.»

«Ich weiß. Du wirst dafür bezahlen, Kindchen. Tränen und Bitternis, weil du draußen bist und ganz für dich allein kämpfen mußt. Die meisten Leute sind Feiglinge wie ich. Und wenn du versuchst, sie zum Kämpfen zu bringen, kehren sie sich gegen dich, genauso schlimm wie die Leute, gegen die du immer gekämpft hast. Du wirst allein sein.»

«Ich bin schon jetzt ganz allein. Ich bin wie eine Mieterin im Haus und bin nie etwas anderes gewesen. Ich habe niemand außer meinem süßen Selbst.»

Carl sah verstört aus und sagte: «Du hast mich. Ich bin dein Vater. Du bist nicht allein, wenn ich in der Nähe bin.»

«O Daddy, du bist nie in der Nähe.» Er sah so verletzt aus, daß ich mir am liebsten die Zunge abgebissen hätte.

«Ich bin jetzt immer so müde, wenn ich von der Arbeit

nach Hause komme. Als du klein warst und ich nach Hause kam, schliefst du schon. Als du dann größer wurdest, warst du mit den anderen Kindern draußen. Jetzt bringe ich offenbar nicht das kleinste bißchen Energie mehr auf. An manchen Tagen denke ich mir bei der Arbeit, ich geh heim, esse Abendbrot, und dann fahre ich runter zur Schule, um zu sehen, wie du deine Show abziehst. Aber dann setz ich mich hin, lese die Zeitung und schlafe ein. Ich komme nicht viel herum. Zu alt vermutlich – tut mir leid, Schatz.»

«Das tut mir auch leid, Daddy.» Ich starrte auf die dunklen Wellen hinaus und versuchte, ihm nicht ins Gesicht zu sehen.

«Molly, ich bin wirklich stolz auf all das, was du in der Schule so machst. Du bist wieder was Besonderes, bestimmt. Du mußt weitermachen und eines Tages jemand sein. Und kämpfe du nur weiter ganz für dich allein. Zum Teufel, wenn du gegen Carrie ankommst, sind alle andern kleine Fische.» Er kicherte und fuhr fort: «Weißt du schon, auf welches College du gehen und was für Fächer du nehmen willst?»

«Noch nicht – das College meine ich. Vielleicht auf eins von den piekfeinen ‹Seven Sisters›, wo die reichen Gören hingehen, oder vielleicht auf ein College in einer Großstadt. Hängt davon ab, wer mir das meiste bietet. Aber ich weiß, was ich will, irgendwas mit Jura oder Filmregie. Das sind die einzigen Dinge, für die ich mich interessiere.»

«Du würdest eine gute Rechtsanwältin abgeben. Niemand kann dich an die Wand reden, du bringst die Leute schlimmer durcheinander als ein Hundefrühstück. Aber diese Regie-Sache, ich weiß nicht. Dann mußt du nach Hollywood, nicht? Das ist eine schlimme Ecke, heißt es.»

«Ich weiß nicht. Die Studios fallen alle auseinander,

soweit ich gehört hab. Da müßte es doch eigentlich irgendwelche Möglichkeiten geben – neue Firmen und so. Aber ich muß erst das Handwerkszeug lernen. Es gibt keine weiblichen Regisseure. So werde ich bestimmt kämpfen müssen. Und Jura . . . Ja, ich weiß, daß mir das ziemlich liegt. Aber ich würde lieber Filme machen als auf irgendwelche schläfrigen Geschworenen einreden.»

«Dann mach Filme. Du hast nur ein Leben, deshalb tu, was du möchtest.»

«Das ist auch meine Vorstellung.»

«Und wie steht's mit dem Heiraten?»

«Ich werde nie heiraten. Schluß, aus.»

«Das hab ich kommen sehen. Dir würde eine Schürze auch nicht besonders stehen, und unter uns, es würde mich krank machen, wenn ich sähe, wie du vor irgend jemandem den Buckel krumm machst, besonders vor einem Ehemann.»

«Mach dir deswegen keine Sorgen, das wird nie geschehen. Warum sollte ich mir außerdem eine Kuh kaufen, wenn ich die Milch umsonst bekommen kann? Ich kann losziehn und bumsen, wann immer mir, verdammt, der Sinn danach steht.»

Er lachte. «Wenn es um Sex geht, sind die Menschen verrückt. Aber wenn du von deinem alten Herrn einen guten Rat annehmen willst – bumse soviel du willst, nur mach kein Aufhebens davon.» In seiner Stimme lag eine seltsame Traurigkeit: er hielt inne und beugte sich vor und malte einen Kreis in den Sand. «Molly, ich habe mit meinem Leben nicht viel Vernünftiges angefangen, und jetzt ist es fast vorbei. Ich bin 57 Jahre alt. 57. Ich kann mich nicht daran gewöhnen. Wenn ich an mich selbst denke, bin ich immer noch sechzehn. Komisch, nicht? Für dich bin ich ein alter Kauz, aber ich kann es nicht glauben, daß ich alt bin. Hör auf mich», seine Stimme wurde kräftiger, «mach du weiter und tu alles, was du tun willst, und zum Teufel mit der ganzen übrigen Welt. Lern das von deinem alten Vater. Ich habe nie eine gottverdammte Sache geschafft, und jetzt bin ich zu alt, um etwas zu machen. Alles, was ich habe, sind tote Träume und eine Hypothek auf diesem Haus mit noch zehn Jahren, die ich abzahlen muß. Ich habe mein ganzes Leben gearbeitet, und alles, was ich vorzuweisen habe, ist dieses viereckige rosarote Haus, direkt bei den Eisenbahnschienen, neben lauter anderen viereckigen Häusern. Scheiße. Zum Teufel mit den Torpedos, und volle Fahrt voraus, Mädchen! Hör auf niemanden außer auf dich selbst.»

«Dad, du hast dir wieder diese Kriegsfilme angeschaut.» Ich umarmte ihn fest und gab ihm einen Kuß auf seine grauen, salzigen Stoppeln.

Die Julimitte war heiß. Ich war triumphierend als Gouverneur vom Girl's State zurückgekehrt. Carrie und Florence murmelten, mit mir könne man jetzt nicht mehr zusammen leben. Carl ging zur Arbeit und sagte jedem, den er traf, seine Tochter werde eines Tages richtiger Gouverneur werden. Eines Abends, kurz nachdem ich aus Tallahassee zurückgekehrt war, glotzten Carl und ich in die Röhre und sahen *Peter Gunn.* Wir wetteten, wer der Schurke war, und Carl gewann, weil es eine Wiederholung war. Er sagte mir erst nach der Sendung, daß er sie schon einmal gesehen hatte, und lachte noch auf dem Weg ins Schlafzimmer.

Ich ging gegen elf ins Bett und schlief ein, während draußen die Palmenblätter rauschten. Palmenwedel hören sich wie Regen an, es ist ein beruhigendes Geräusch. Ich schreckte aus tiefem Schlaf auf, jemand krallte die Finger in mein Gesicht, kratzte an meiner Kehle. Im Zimmer war es pechschwarz, bis auf ein geisterhaftes rotes Licht, das von draußen durch die heruntergezogenen Jalousien flimmerte. Jetzt sah ich eine andere Gestalt auf dem Bett, sie zog und zerrte an dem Wesen, das mich kratzte. Nach und nach stellten sich meine Augen auf die Schwärze ein, und ich erkannte Carrie, die mich unter seltsamen Lauten angriff.

Sie wird mich umbringen. Sie ist von Sinnen und versucht mich zu erwürgen. Dann begann sie aus vollem Hals zu wehklagen: «Wach auf, wach auf, Carl ist tot. Wach auf, Molly, dein Vater ist tot.» Florence hatte alle Hände voll damit zu tun, Carrie von mir wegzuziehen. Sie bestätigte die Nachricht: «Er ist draußen im Wohnzimmer, wenn du ihn sehen willst, bevor sie ihn wegbringen. Geh gleich, der Ambulanzwagen ist schon da, und der Arzt.» Ich warf mir den Bademantel über und rannte ins Wohnzimmer mit dem riesigen Spiegel, der mit Flamingos bemalt war. Dort unter dem Spiegel vor der Tür lag Carls Leichnam. Seine Augen starrten nach oben direkt in die meinen, und er war ganz blau im Gesicht.

«Warum ist er blau?»

Der Arzt antwortete: «Herzanfall. Es geschah ganz plötzlich. Er hatte noch Zeit, es Carrie zu sagen. Er sagte, er glaube, es sei sein Herz. Dann war er mir nichts dir nichts weg.»

Die Männer von der Ambulanz kamen herein und starrten mich neugierig in meinem Bademantel an. Sie nahmen keine Rücksicht darauf, daß mein Vater gerade gestorben war. Für sie war ich nur ein sechzehnjähriger Weiberhintern im Bademantel, nichts weiter. Der Arzt wies mich an, Carrie Beruhigungspillen zu verabreichen, so außer sich war sie. Obwohl wir sie mit Pillen vollgestopft hatten, wachte sie die ganze Nacht über immer wieder auf und jammerte: «Was ist das für ein Tag? Wo ist mein Carl?» Dann rief sie ihn, als ob sie eine Katze riefe: «Carl, o Carl, komm heeeer.» Es hatte keinen Zweck, zu versuchen, wieder in den Schlaf zu finden, deshalb blieben Florence und ich die ganze Nacht auf und besprachen die Beerdigungsformalitäten. Florence sah mich mit einem forschenden Auge an und wartete darauf, daß ich stockte oder weinte. Wenn ich geweint hätte, hätte sie mir gesagt, ich solle mich zusammennehmen um Carries willen. Da ich nicht weinte, beschuldigte sie mich der Herzlosigkeit – ich hätte Carl nie wirklich geliebt, weil er nicht mein natürlicher Vater war. Sie warf mir vor, daß ich adoptiert war und daß adoptierte Kinder ihren Eltern gegenüber nie echte Gefühle hätten. Ich war sprachlos. Ich hatte dieser Frau nichts zu sagen. Mochte sie denken, was sie wollte. Bei solchen Leuten geb ich einen Scheiß drauf, was sie denken.

Das Begräbnis wurde auf Sonntag gelegt. Als wir mit Carls Kleidern zu Zimmers Bestattungsinstitut gingen, stellten wir fest, daß Carl nicht dort war. Wir riefen bei allen anderen Bestattungsinstituten in der Stadt an, um seine sterblichen Überreste aufzuspüren, und fanden ihn schließlich bei Bolts Bestattungsunternehmen. Da er mit Nachnamen Bolt hieß, waren die Männer von der Ambulanz durcheinander gekommen und hatten ihn zum falschen Institut gebracht. Ihnen machte es nichts aus, daß sie einen Fehler begangen hatten, sie berechneten uns die Sache gleich zweimal.

Nach der Trauerfeier stiegen wir in den großen weißen Continental, um zum Friedhof hinauszufahren, und Carrie erlangte ihren Sinn für Humor gerade lange genug wieder, um zu sagen: «Komisch, das ist das erste Mal, daß ich in so einem teuren Auto fahre. Offenbar muß erst jemand sterben, bevor man in einem Lincoln Continental fahren kann.» Sie kicherte, und Florence sah sie an, als ob der Schmerz sie ihres Verstandes beraubt hätte. Ich selbst fand es ziemlich komisch. Bei all unseren Streitereien, man mußte zugeben, daß Carrie sich nicht so leicht blenden ließ. Sie betrachtete den größten Teil der Welt um sie herum als eine Show für die Reichen auf Kosten der Armen.

Einsamkeit senkte sich mit Carls Tod auf das rosa Haus herab. Carrie heulte fast den ganzen Tag hindurch, bis ich wieder zur Schule ging. Ich versuchte, eine Weile in ihrer Nähe zu bleiben, damit sie sich nicht so verloren vorkam, aber wir stritten immer nur. Wir stritten uns wegen des Begräbnisses, stritten darüber, daß ich nicht weiter darüber streiten wollte, stritten, weil ich auf den Tennisplätzen arbeitete statt im Archiv. Ich gab es auf, zu Hause zu bleiben, und ging morgens fort, um erst abends nach Hause zu kommen. Worauf wir darüber stritten, daß ich sie in dem Haus mit all den Kübeln voll Elend allein zurückließ.

Zwei Wochen nach Schulbeginn kam ich eines Nachmittags gegen fünf nach Hause und zog mich um, weil ich noch zu einem Treffen in der Schule wollte. Florence war es gelungen, Carrie aus dem Haus zu locken, und sie nahm sie mit zu dem neuen Britt-Kaufhaus, wo sie die Schaufenster betrachten wollten. Ich saß in der hellgelben Küche, las *Orlando* von Virginia Woolf, lachte mich halbtot dabei, bis ich auf die Uhr sah und feststellte, daß es halb sechs war. Ich sprang auf und setzte den Kaffeetopf auf. Die dunklen Rostteilchen wirbelten im Wasser herum, als ich plötzlich zur Tür hinausblickte und begriff, daß Carl nie wieder nach Hause kommen würde. Ich kam mir so töricht und verlassen vor, daß ich Wasser aufgesetzt hatte, damit er nach der Arbeit frischen Kaffee bekam. Ich setzte mich hin und versuchte wieder *Orlando* zu lesen, aber ich konnte mich nicht konzentrieren. Ich stand auf und ging in Carries Schlafzimmer. Carl hatte eine Schublade in der großen alten Kommode mit dem grauen Linoleum obendrauf. Die kleine, flache Schublade enthielt ein paar alte Perlmutt-Taschenmesser, eine rote und silberne Zigarettenschachtel aus den dreißiger Jahren und einen abgewetzten ovalen Ring mit einem Onyxstein, in den der Kopf der Athene eingraviert war. Ein ganzes Menschenleben ist dahin. Ein wunderbares, lachendes Leben, und übriggeblieben ist nur diese Handvoll gebrauchter alter Gegenstände, die nicht einmal etwas wert sind.

Der humpelnde 52er Plymouth rollte auf den Abstellplatz, und ich hörte, wie die beiden ausstiegen und wie eine die andere anzischte, sie brauche keine Hilfe. Ich sauste zurück in die Küche und öffnete mein Buch. Florence bemerkte sofort meine roten Augen und meine Schniefnase.

«Was ist mit dir los?» fragte sie.

«Ich habe in einem traurigen Buch gelesen, das ist alles.»

Carrie schimpfte, daß ich nichts als traurige Bücher läse und mir die Augen ruinierte. «Immer hast du die Nase in einem Buch stecken. Ein Bücherwurm, das ist's, was du bist, hast deine Augen, seit du ein Baby warst, überstrapaziert. Aber du hörst ja nicht auf mich. Nein, du hörst nie auf mich. Ich sage dir zu deinem eigenen Besten, du mußt aufhören, so viel zu lesen. Ganz abgesehen davon, daß es weder gut für dein Gehirn noch deine Augen ist, wenn du die ganze Zeit liest. Das wirbelt in dir bloß alles durcheinander. Ruiniert deine Gesundheit so sicher, wie ich hier stehe und mit dir rede. Molly, hörst du mich!»

«Ja, Mom.»

Sie öffnete eine große weiße Tüte, auf der in Schreibschrift «Danke» stand, und zeigte mir eine Wildnis von Plastikblumen.

«Die sind für das Grab deines Vaters. Sie halten länger als die richtigen. Es sieht hübsch aus, wenn die Leute vorbeifahren.»

«Sie sind hübsch. Entschuldige, ich muß noch mal zur Schule.»

Als ich aus der Tür trat, hörte ich Florence zu Carrie sagen: «Dies Mädchen ist verrückt. Sie weint nicht über den Tod ihres Vaters, aber sie sitzt hier und heult wegen irgendeinem blöden Buch.»

9

Das letzte Jahr war ein einziger Sieg. Connie und ich brauchten nie zum Unterricht zu gehen, wenn wir nicht wollten. Wann immer wir darum ersuchten, schrieb Mr. Beers uns blaue Zettel, die uns davon befreiten. Die einzige Stunde, die wir uns herabließen zu besuchen, war Englisch für Fortgeschrittene mit Mrs. Godfrey. Sie war eine so glänzende Lehrerin, daß wir nichts dagegen hatten, Mittelenglisch zu lernen und Chaucer zu lesen. Carolyn war auch in der Klasse. Wir drei saßen in der ersten Reihe und wetteiferten um die beste Zensur.

Carolyn war Captain der Cheerleaders, und im Eßraum tauchte sie gewöhnlich in ihrer Uniform mit blauen Troddeln an ihren weißen Stiefeln auf. Connie und ich machten uns über den ganzen Sportrummel lustig, aber Carolyn war dadurch der gesellschaftliche Star der Schule. Wir drei trafen uns auch mit drei Jungen, die enge Freunde waren. Immer wenn wir mit unseren jeweiligen Freunden gesehen wurden, bedachten wir sie mit der üblichen zärtlichen Aufmerksamkeit, die von der strengen High School-Gesellschaft verlangt wurde, aber in Wirklichkeit machte sich keine von uns dreien auch nur das geringste aus ihnen. Sie waren ganz praktisch, etwas, was man brauchte wie einen Büstenhalter, wenn man zu Schulveranstaltungen ging. Carolyn wurde mit der Zeit angespannter als eine Violinsaite, weil Larry sie triezte, sie solle mit ihm schlafen. Connie und ich rieten ihr, sich darauf einzulassen und es hinter sich zu bringen, weil wir es satt hatten, sie über Larry schimpfen zu hören, wie er jeden Samstagabend kurz nach Mitternacht nach ihren Titten grabschte. Außerdem machten Connie und ich es beide mit unseren Freunden, ohne schädliche Nebenwirkungen zu verspüren. Natürlich sollte es keiner wissen, aber jede erzählte es hinter vorgehaltener Hand. Diese ganze offene Heterosexualität amüsierte mich. Wenn die nur wüßten. Unsere Freunde glaubten, sie seien ein wahres Gottesgeschenk, weil wir mit ihnen schliefen, aber sie waren auf so tragische Weise durchsichtig, daß wir ihnen ihre Arroganz vergaben.

Carolyn beschloß wieder mit ihrer unbarmherzigen Logik, daß sie es mit Larry machen würde, wenn wir das Footballspiel gegen Stranahan gewännen. Die seiften wir ein. Als Carolyn das Feld der Ehre verließ, zeigte ihr Gesicht nicht wie gewöhnlich ein leuchtendes Kirschrot, weil sie sich die Lunge aus dem Leib geschrien hatte, sondern aschfahles Weiß. Connie und ich gingen zu ihr hinüber, um ihr Mut zuzusprechen. Dann wanderten wir drei zum Umkleideraum zurück, um auf unsere Freunde zu warten – alle Princeton-Haarschnitt, Weejun-Schuhe und Gold Cup-Socken. Clark kam mit einem Schmiß an der Backe heraus, und ihn verlangte nach Mitgefühl. Ich sagte ihm, er sei ein Footballheld, was er auch war, da er zwei Tore geschossen hatte. Connies Douglas polterte schwerfällig heraus (Stürmer neigen dazu, breit zu werden), und sie sagte ihm, er sei ein Footballheld. Larry stolperte, als er durch die Tür kam, in solcher Eile war er, Carolyn zu sehen. Er ließ ihr keine Zeit, ihm zu sagen, daß er ein Footballheld sei, weil er ihr einen knochenbrechenden Kuß gab, eine Wiederholung aus dem Errol Flynn-Film, sie hochhob und in sein Sting Ray Cabriolet setzte. Carolyn winkte nervös zum Abschied, und wir winkten alle zurück. Dann kletterten wir vier in Dougs Auto und fuhren zu Wolfie und einem endlosen Gerede über diesen verfehlten Angriff und jene gelungene Blokkade, und dazwischen genossen wir Eis mit Bananen und heißer Schokolade.

Am nächsten Morgen ging das Telefon um 9 Uhr. Es war Carolyn. «Ich muß sofort mit dir reden. Bist du wach?»

«Vermutlich, wenn ich ans Telefon gekommen bin.»

«Ich komme rüber, wir können ja im Forum zusammen frühstücken, okay?»

«Okay.»

Eine Viertelstunde später kam Carolyn und sah noch blasser als gewöhnlich aus. Als ich auf den Vordersitz rutschte, fragte ich: «Wie geht's der neuen Hure von Ft. Lauderdale High School?»

Sie schnitt eine Grimasse. «Ich bin in Ordnung, aber ich muß dich einiges fragen, damit ich weiß, ob ich es richtig gemacht habe.» Bei Eiern, die so aussahen, als hätten die Hühner sie verleugnet, begann sie: «Ist das immer so 'ne Schweinerei? Weißt du, als ich aufstand, lief mir das ganze Zeug die Beine runter. Larry sagte, es sei Sperma. Es war so ekelhaft, daß ich fast gekotzt hätte.»

«Daran gewöhnst du dich.»

«Na ja. Und was anderes – was soll ich eigentlich die ganze Zeit über tun, einfach daliegen? Ich meine, ich meine, was macht man eigentlich? Da liegen sie auf einem drauf, schwitzen und schnaufen, und es ist überhaupt nicht, wie ich dachte.»

«Wie gesagt, man gewöhnt sich daran. Es ist nichts Mystisches dabei, falls es das ist, worauf du wartest. Ich bin keine Expertin oder so was, aber verschiedene Leute sind eben verschieden. Larry ist vielleicht nicht der beste Bumser in der Welt, so gründe dein Urteil nicht auf seine

eine Darbietung. Jedenfalls sollen sie technisch besser werden, wenn sie älter werden. Wir treffen im linkischen Alter auf sie, nehme ich an.»

«So steht's aber nicht in den Medizinbüchern. Da heißt es, sie erreichen ihre Vollkraft mit achtzehn, und wir erreichen unsere Blütezeit mit fünfunddreißig. Wie soll das zeitlich zusammenpassen? Es ist alles so lächerlich. Du und Connie müßt denken, ich hab sie nicht mehr alle.»

«Nein, du nimmst es nur zu ernst, das ist alles.»

«Na ja, es ist ja auch ernst.»

«Nein, das ist es nicht. Es ist einfach ein dümmliches Spiel, und es bedeutet überhaupt nichts, außer natürlich, du wirst schwanger. Dann bedeutet es, du sitzt in der Klemme.»

«Ich geb mir Mühe. He, magst du Freitag einen trinken gehen?»

«Klar. Wie steht's mit Connie?»

«Sie muß am Wochenende zu einer Zeitungskonferenz in Miami.»

«Okay, dann gehen wir beide.»

Freitag abend gingen wir zum Kinderspielplatz im Holiday Park. Am späten Abend kam da niemand mehr hin, und die Polizeistreifen waren sehr mit ihren eigenen Schwänzen und den in den Büschen versteckten beschäftigt, um auch noch den Spielplatz abzusuchen. Eigentlich mochte ich gar keinen Alkohol, aber ich nahm ein paar Schlucke, um wenigstens mitzumachen. Carolyn jedoch ließ sich vollaufen. Sie rutschte die Kletterstange herunter, spielte auf der Schaukel und entledigte sich bei jedem Schwung einiger Kleidungsstücke. Als sie zu ihrer Unterwäsche kam, marschierte sie schnurstracks auf das am Boden stehende blaue Flugzeug zu und kletterte in das offene Heck und dann zum Rumpf. Dort blieb sie, gab Flugzeuggeräusche von sich und machte keinerlei Anstalten, das Pilotenspiel wieder aufzugeben. Ich kletterte zu ihr hinein. Der Raum war eng und schmal, und so mußte ich mich neben sie legen.

«Carolyn, vielleicht solltest du nach dem Abitur zur Air Force gehen. Die richtigen Geräuscheffekte beherrschst du jedenfalls.»

«Wuschsch!» Dann stützte sie sich auf einen Ellbogen und fragte mit keuscher Stimme: «Wie küßt Clark dich?»

«Auf die Lippen, wohin sonst? Was meinst du damit, wie er mich küßt? Was für eine blöde Frage!»

«Soll ich dir zeigen, wie Larry küßt?»

Ohne auf meine nüchterne Antwort zu warten, packte sie mich und pflanzte den dicksten Kuß seit Leota B. Bisland auf mein Gesicht.

«Ich bezweifle, daß er so küßt.» Sie lachte und küßte mich noch einmal. «Carolyn, weißt du, was du tust?»

«Ja, ich geb dir Unterricht im Küssen.»

«Ich bin dir sehr dankbar, aber wir hören besser auf.» Wir hören besser auf, denn noch ein Kuß, und du kriegst mehr, als du dir einhandeln wolltest, junge Dame. Oder vielleicht *wolltest* du dir gerade das einhandeln?

«Ha.» Sie bedachte mich mit einem weiteren Kuß, diesmal den ganzen Körper an den meinen gepreßt. Da war's aus. Ich ließ meine Hände an ihren Flanken emporgleiten bis hinauf zu ihren Brüsten und gab ihr den Kuß mit Wucht zurück. Sie ermutigte dieses Vorgehen und fügte ein paar eigene Neuheiten hinzu, indem sie zum Beispiel an meinen empfindlichen Ohren nibbelte. Inzwischen machte ich mir doch einige Sorgen, daß wir hier so im Heck eines alten blauen Flugzeugs mitten auf dem Spielplatz im Holiday Park lagen. Carolyn machte sich keine Gedanken. Sie warf alles, was von ihrer Kleidung noch übrig war, ab. Dann machte sie sich daran, mich auszuziehen, und warf meine Sachen ins Cockpit. Bald hatte ich meine Sorgen vergessen. Ich konnte an nichts anderes denken, als daran, es mit Carolyn Simpson zu treiben, dem obersten Cheerleader und – schon im zweiten Jahr – Schulkaplan der Ft. Lauderdale High School – und auf dem sicheren Weg zur Ballkönigin. Wir verbrachten die halbe Nacht in dem Flugzeug und kamen ins wilde blaue Jenseits. Ich weiß, daß wir die Schallmauer durchbrachen. Schließlich begann es hell am Himmel zu werden, und wir fröstelten. Ich fand, es war an der Zeit zu gehen. «Laß uns hier abhauen.»

«Ich will nicht raus, ich möchte zehn Jahre hier drinnen bleiben und mit deinen Brüsten spielen.»

«Komm, los.» Ich streckte die Hand aus und griff nach ihrer Unterwäsche und meinen Kleidern. Dann stieg ich rückwärts aus dem Flugzeug und sammelte ihre taubedeckten Bermuda-Shorts, ihre Villager-Bluse und ihre abgetragenen weißen Segeltuchschuhe auf. Zitternd rannten wir zum Auto.

«Hast du Hunger?» fragte ich.

«Nach dir.»

«Carolyn, du bist so verdammt schnulzig. Komm, laß uns bei *Egg and You* irgendwas Gutes essen.»

Nach all der Energie, die ich verbrannt hatte, bestellte ich mir zwei Frühstücke. Carolyn nahm Eier und Schinken.

«Molly, du sagst niemandem was, nicht wahr? Ich meine, wir könnten wirklich in Schwierigkeiten kommen.»

«Nein, ich sage nichts, aber ich hasse Lügen. Es scheint mir ziemlich unwahrscheinlich, daß irgend jemand nach so etwas fragt. Also kein Problem.»

«Auch ich hasse Lügen, aber die Leute werden sagen, wir seien Lesbierinnen.»

«Sind wir das nicht?»

«Nein, wir lieben uns einfach, das ist alles. Lesbierinnen sehen wie Männer aus und sind häßlich. Wir sind nicht so.»

«Wir sehen nicht wie Männer aus, aber wenn Frauen miteinander schlafen, wird das gewöhnlich als lesbisch bezeichnet, deshalb solltest du lieber lernen, nicht zusammenzuzucken, wenn du das Wort hörst.»

«Hast du so was schon vorher gemacht?»

«Als ich in der sechsten Klasse war, aber das liegt schon sieben Jahrhunderte zurück. Und du?»

«Diesen Sommer im Ferienlager. Ich dachte, ich sterbe vor Angst, aber sie war so phantastisch, diese andere Gruppenleiterin. Ich wäre nie auf den Gedanken gekommen, sie für eine Lesbierin zu halten, verstehst du? Wir haben unsere ganze freie Zeit zusammen verbracht, und eines Abends hat sie mich geküßt, und wir machten es. Ich konnte damals an nichts anderes denken, es fühlte sich zu gut an.»

«Schreibst du ihr?»

«Sicher. Wir wollen versuchen, aufs selbe College zu kommen. Molly, glaubst du, daß man mehr als einen Menschen zugleich lieben kann? Ich meine, ich liebe dich und ich liebe Susan.»

«Ich vermute schon. Ich bin nicht eifersüchtig, wenn es das ist, was du meinst.»

«Ja, irgendwie. Willst du noch was wissen? Es ist viel besser, als es mit Larry zu machen, ich meine, da ist kein Vergleich, verstehst du?»

«Das weiß ich.» Wir lachten und bestellten zwei Eiscreme mit heißer Schokoladensauce um sechs Uhr früh.

Carolyn machte es sich zur Gewohnheit, im Eßsaal auf mich zu warten und mir alle möglichen Arten von Aufmerksamkeiten zu erweisen. Sie vergaß darüber, Larry oder Connie ihre Aufmerksamkeit zu widmen. Larry war das egal, solange er seinen Wochenendfick bekam, aber Connie war empfindlicher. Deshalb versuchte ich mehr Zeit mit Connie zu verbringen, was Carolyn zur Raserei brachte. Die Male, die wir zusammen waren, wurden immer angespannter, bis ich mir allmählich wie ein Knochen zwischen zwei Hunden vorkam. Wir spielten in unserer Schüleraufführung von *Macbeth* die Hexen, und bei den Proben versuchte ich Carolyn zu erklären, was da meiner Meinung nach im Gange war und daß sie es *cool* nehmen sollte.

Da brach es aus ihr heraus: «Schläfst du mit Connie?»

Connie, die auf der anderen Seite eines Pappfelsens saß, schob den Kopf über die Spitze und sagte: «Was?!»

Da hatten wir's. Was nun? «Carolyn, da hast du was Blödes gesagt. Nein, ich schlafe nicht mit Connie, aber ich mag sie sehr. Sie ist meine beste Freundin, und daran solltest du dich lieber gewöhnen.» Carolyn begann zu weinen.

Connie sah mich voller Erstaunen an, und ich zuckte mit den Schultern.

«Molly, wie kommt sie darauf, daß wir miteinander schlafen? Was geht da vor?»

«Connie.» Pause. Was, verfluchte Scheiße, soll ich jetzt sagen? «Connie, es hat keinen Zweck, drum herum zu lügen. Carolyn und ich haben miteinander geschlafen. Ende der Durchsage. Ich nehme an, sie ist eifersüchtig geworden. Ich weiß es nicht.» Ich wandte mich an Carolyn: «Weshalb, zum Teufel, bist du überhaupt eifersüchtig, du bist diejenige mit Susan, nicht ich. Was willst du überhaupt?»

Carolyn schniefte und wollte etwas sagen, aber Connie, die sich von ihrem Schock erholt hatte, kam ihr zuvor. «Ich möchte sichergehen, daß ich das richtig gehört habe. Du schläfst mit Carolyn?»

«Ja, ich schlafe mit Carolyn. Carolyn schläft mit mir. Ich schlafe mit Clark, und Carolyn schläft mit Larry. Alles, was wir brauchen, ist ein rundes Bett, und wir können eine Sexparty veranstalten. Jesus!»

«Wissen das die Jungens?»

«Natürlich nicht. Außer dir weiß niemand etwas. Du weißt, was passieren würde, wenn es herauskäme.»

«Ja, jeder würde euch schwul nennen, was ihr auch seid, nehme ich an.»

«Connie!» schrie Carolyn auf. «Wir sind nicht schwul. Wie kannst du das sagen? Ich bin sehr weiblich, wie kannst du mich schwul nennen? Vielleicht Molly, schließlich spielt sie Tennis und kann einen Football so weit werfen wie Clark. Aber ich nicht.»

Carolyn machte jetzt in Rosenkranz-Beten, auch gut. Ich versuchte so zu tun, als ob ich nicht wüßte, daß sie eine solche Show abziehen würde, wenn sie in die Ecke gedrängt wurde, aber innerlich wußte ich es. Ein unmerklicher Hauch von Haß ringelte sich um meine Nasenlöcher. Ich hatte Lust, ihr ihren femininen Kopf zu zerschmettern.

«Was hat Mollies Tennisspiel damit zu tun?» Connie wurde immer verwirrter.

«Weißt du, Lesbierinnen sind knabenhaft und athletisch. Ich meine, Molly ist hübsch und all das, aber sie ist eine bessere Sportlerin als die meisten Jungens, die auf diese Schule gehen, und außerdem benimmt sie sich nicht wie ein Mädchen, verstehst du? Ich bin überhaupt nicht so. Ich liebe Molly einfach. Deswegen bin ich aber noch lange nicht schwul.»

Stiller Zorn schwang in Connies Stimme mit, als sie sich Carolyn vornahm. «Nun, ich habe ungefähr fünfzehn Pfund Übergewicht, kräftig nennt man so was, glaube ich, außerdem erinnere ich mich nicht, je nach wahrer Weibchen-Art herumgealbert und gegiggelt zu haben, warum kommst du also nicht raus mit der Sprache und nennst mich auch einen kessen Vater, wenn dein Geist so verquer funktioniert?»

Carolyn war echt verblüfft. «Oh, von dir hab ich das

nie gedacht. Du bist in Ordnung. Im übrigen bist du träge, deshalb bist du fett. Du bist alles andere als athletisch. Du bist der Typ der Karriere-Frau.»

«Carolyn, du machst mich krank.» Ich warf meine Hexenlumpen von mir und lief auf die Auditoriumstür zu.

«Molly!» schrie Carolyn.

Connie legte ihr Kostüm ab und lief hinter mir her.

«Wo läufst du hin?»

«Ich weiß nicht, ich will vor allem von dieser Miss Teenage America da drinnen weg.»

«Ich hab den Wagen da, laß uns zum Park fahren.»

Wir fuhren zum Holiday Park hinüber und nahmen in dem Cockpit des blauen Flugzeugs Platz. Ich machte mir nicht die Mühe, Connie von meinem letzten Aufenthalt in diesem Flugzeug zu erzählen.

«Glaubst du, daß du schwul bist?»

«Oh, phantastisch, du auch noch! Dann trage ich jetzt also ein leuchtendes Etikett ‹Schwul› auf meiner Brust. Ich könnte mir auch ein scharlachrotes ‹L› in meine Stirn eingravieren. Warum muß jeder einen in einen Kasten stecken und den Deckel drauf nageln? Ich weiß nicht, was ich bin – polymorph und pervers. Scheiße. Ich weiß nicht einmal, ob ich weiß bin. Ich bin ich. Das ist alles, was ich bin, und alles, was ich sein möchte. Muß ich irgend etwas sein?» Connie blickte auf ihre Hände, und über ihren Augen zogen sich die Brauen zusammen. «Komm, raus damit, Connie, was hast du auf dem Herzen?»

«Nein, du brauchst nicht irgend etwas zu sein. Es tut mir leid, daß ich dich gefragt habe, ob du schwul bist. Aber das Ganze ist ein gewaltiger Schock. Dinge, die einem die Mutter nicht erzählt hat und all das. Ich vermute, ich bin spießig, oder vielleicht habe ich auch nur Angst. Meiner Meinung nach solltest weder du noch sonst jemand ein Etikett tragen, und ich verstehe nicht, warum es so gottverdammt wichtig ist, mit wem man schläft, und ich verstehe nicht, wieso ich dem so aufgesessen bin. Die ganze Zeit dachte ich, ich sei eine progressive Denkerin, die knospende Intellektuelle unter der Spreu, jetzt wird mir klar, daß ich mit Vorurteilen vollgestopft bin wie das allerletzte Rindvieh. Ich verberge sie hinter Schichten von vielsilbigen Wörtern.» Sie holte tief Luft und fuhr fort: «Es hat mich völlig über den Haufen geworfen, als du sagtest, du schliefest mit Carolyn – mich, Miss Sarkasmus von Ft. Lauderdale High School, Miss Schein-Schlau.» Ich begann etwas zu sagen, aber sie fuhr fort. «Ich bin noch nicht fertig, Molly, ich weiß nicht, ob ich noch deine Freundin sein kann. Es wird mir jedesmal, wenn ich dich sehe, wieder einfallen. Ich werde nervös sein und immer denken, ob du wohl gleich über mich herfällst, oder so.»

Jetzt war ich an der Reihe, schockiert zu sein. «Das ist doch verrückt. Was meinst du, was ich tue – immer wenn ich eine Frau sehe, ins Japsen kommen? Ich werde nicht auf dich losspringen wie ein basedowkranker Affe. Gott verdammich.»

«Ich weiß das. Ich *weiß* das, aber es ist in meinem Kopf. Es liegt an mir, nicht an dir. Tut mir leid. Es tut mir wirklich leid.»

Sie schwang ihr Bein herüber und kletterte aus dem Cockpit hinaus. «Los, komm. Ich bring dich nach Hause.»

«Nein, es ist ja nicht weit. Ich möchte lieber laufen.»

Sie blickte nicht auf. «Okay.»

An diesem Abend rief Carolyn an und erfüllte mein Ohr mit viertausend lieblichen Entschuldigungen. Ich sagte ihr, sie solle die Klappe halten, und es sei mir scheißegal, was sie dächte. Sie könne ihre Ballkönigin-Tiara nehmen und sich in den Hintern stecken.

In der Schule gab es viel Getuschel über den Bruch zwischen den fröhlichen Drei, aber keine von uns machte den Mund auf, und so mußten die Tratschtanten sich ihre eigenen Geschichten zusammenbrauen. Fast überall akzeptiert wurde Miss Martons Theorie, daß Connie mit Clark hatte schlafen wollen und daß ich es nicht geduldet hatte. Carolyns Verhalten erklärte sie damit, daß Carolyn zwischen uns beiden hin und her gerissen sei. Als ich meinen Sinn für Humor wiedergefunden hatte, fand ich alles sehr komisch, aber ich ärgerte mir zugleich auch ein Loch in den Bauch – die Leute sind so blöd! Man biete ihnen in rotes Zellophanpapier eingewickelte Scheiße, und sie kaufen sie.

Ich wurde immer isolierter in dem Glanz meines Büros. Es war ein ermüdendes Spielchen, als erst einmal der Nimbus, Präsidentin des Schülerrates zu sein, verblaßte. Ich sehnte mich danach, zu dem Kartoffelfeld zurückzukehren und mit Kindern, die den Unterschied zwischen Weejun- und Old Maine-Sportschuhen nicht kannten, Unfug zu treiben. Aber diese Kinder wuchsen heran und trugen tonnenweise Augen-Make-up, rosaroten Perlmutt-Nagellack und kratzten einander die Augen aus wegen eines Jungen mit einem metallglänzenden liebesapfelroten 55er Chevy, mit einer Vier-Gang-Schaltung auf dem Boden. Es führte kein Weg zurück. Kein Weg zurück. Auf dem College würde es wie in der Oberschule sein, nur schlimmer. Aber ich mußte hin. Wenn ich nicht das Examen machte, würde ich nur eine Sekretärin mehr sein. Nein danke. Ich mußte es schaffen, und ich mußte in eine Großstadt, ich mußte weitermachen. Das hatte Carl einmal zu mir gesagt, du mußt weitermachen. Es wäre schön gewesen, jetzt mit Carl reden zu können. Gott, wäre es schön gewesen, mit jemandem reden zu können, der seine sieben Sinne beisammen hatte.

Eine Woche vor der Abschlußprüfung wirbelte ein

farbiges Ereignis die Schule durcheinander. Jemand hatte sich vor der ersten Turnstunde in den Duschraum der Mädchen geschlichen, die Brausenköpfe abgedreht und irgendwelchen Farbpuder hineingetan. Sechzig Mädchen nahmen an der ersten Turnstunde teil, und die ersten zwanzig etwa kamen rot, gelb, grün oder blau unter den Duschen hervor. Das Zeug ließ sich nicht einmal abwaschen. An diesem Samstagabend wurden die Diplome verliehen, und mit einem gewissen Vergnügen bemerkte ich, daß Carolyn einem schwindsüchtigen Film-Indianer ähnelte und Connie entschieden blau aussah.

Als ich mein Diplom entgegennahm, erhielt ich eine stehende Ovation von meiner Wählerschaft und eine Umarmung von Mr. Beers. Als der Lärm verebbte, sagte er in das summende Mikrofon: «Das hier ist unser Gouverneur in zwanzig Jahren.» Alles jubelte von neuem, und ich dachte, Mr. Beers war so blöd oder vielleicht so gutmütig wie Carl, der jedem bei der Arbeit dasselbe zu erzählen pflegte.

10

Gainesville in Florida ist die Bettpfanne des Südens. Im nördlichen Zentral-Florida gelegen, bietet es Zwergkiefern, spanisches Moos und blutigrote Ziegelklötze von Bürohäusern. Es ist der Sitz der Universität von Florida. Der einzige Grund, weshalb ich dorthin ging, war, daß man mir ein volles Stipendium mit Zimmer und Verpflegung gewährte. Duke, Vassar und Radcliffe boten weniger, und da ich kein Geld hatte, bestimmten materielle Gesichtspunkte meine Wahl.

Carrie und Florence setzten mich in den Greyhound-Bus, der hinter der Howard Johnson-Gaststätte hielt und losfuhr, um hinter anderen Howard Johnson-Gaststätten in Florida zu halten. Die Busfahrt dauerte zwölf Stunden, aber schließlich kam ich an und warf einen ersten Blick auf die trostlose Stadt. Mit meinem einen Koffer in der Hand, auf dem ein Girls' State-Zettel klebte, wanderte ich zur Universität.

Ich bekam ein Zimmer in Broward Hall, auf dem Campus als «Schweinebucht» bekannt. Aber das Zimmer war umsonst, und so ertrug ich es. Gleich an diesem ersten Tag lernte ich Faye Raider, meine Zimmergenossin, kennen, eine Medizinstudentin aus Jacksonville. Da ich Jura auf meine Aufnahmeformulare geschrieben hatte, hielt die Verwaltung das wohl für eine gute Ehe. Und eine gute Ehe war es, aber nicht aus Gründen des Studiums. Faye und ich entdeckten eine gemeinsame Neigung zu Aufruhr. Somit verloren wir keinerlei Zeit, ein System zur Bestechung der Gebäudewächter einzurichten, damit wir durch Kellerfenster ein- und aussteigen konnten, sobald die Türen abgeschlossen waren, um unsere Jungfräulichkeit vor der Nachtluft zu schützen. Faye schloß sich der Chi Omega-Verbindung an, weil ihre Mutter 1941 eine Chi O gewesen war, und ich schloß mich den Delta Delta Delta an, weil sie wie die Universität versprachen, alles zu bezahlen – ein schmutziger Handel. Faye sagte, sie sei einer Studentinnenverbindung beigetreten, um ihrer Mutter eine Freude zu machen, für die die Jacksonville-Seniorenvereinigung die einzige Freude im Leben sei, und ich tat es, weil die Campus-Politik es verlangte. Auf diese Weise wurden alle meine Wahlkosten von der Studentinnenverbindung und der Partei, zu der sie gehörte, die Universitätspartei, bestritten. Ich kandidierte als Vertreterin der Erstsemester und gewann. Faye war Wahlkampf-Managerin, was

Tri Delta für einen Schlag von politischer Brillanz hielt, da es zur Einigung der Häuser Tri Delta und Chi Omega beitrug, die zusammen die übrigen elf Studentinnenverbindungen auf dem Campus beherrschten. Faye und ich lachten über die Feierlichkeit, mit der unsere «Schwestern» all dies begrüßten, und verbrachten im übrigen unsere freien Stunden damit, die County-Grenze zu überschreiten, um an Alkohol zu gelangen, den wir in unserem Zimmer leicht verwässerten und dann zu einem höheren Preis weiterverkauften.

Wir haßten beide die Universität mit ihren langweiligen Landwirtschaftshauptfächern, den schrecklichen Business-Hauptfächern und all den Mädchen, die in Trenchcoats, ein paar Kunstgeschichtsbücher unter den linken Arm geklemmt, herumliefen. Faye gestand mir, daß ihr nicht viel daran liege, Ärztin zu werden, aber sie wolle verdammt sein, wenn sie sich in die Philologievorlesungen setzen würde zu all den babbelnden Mädchen, die so runde Nadeln auf ihren Bubi-Kragen trugen. Ihr Vater kaufte ihr einen Mercedes 190 SL, um sie in ihrem Studieneifer zu ermuntern, und alle zwei Wochen pflegte er ihr einen dicken Scheck mit der Post zu schicken. Faye war die Großzügigkeit selbst, vielleicht weil sie nicht wußte, was Geld wert war, aber ich liebte sie deswegen, was auch immer ihre Motive waren. Sie warf einen Blick auf meine bescheidene Garderobe, marschierte mit mir zum besten Laden in der Stadt und blätterte 300 Dollar für Kleider hin. Mit Rücksicht auf meinen Stolz verkündete sie, sie habe keine Lust, mit einer Zimmergenossin gesehen zu werden, die jeden Tag dieselbe Bluse trage. Für Faye war ich wohl so etwas wie eine Kuriosität. Sie konnte meinen Ehrgeiz nicht verstehen, aber Faye konnte auch meine Armut nicht begreifen.

Es verstieß natürlich gegen die Regeln, aber Faye hielt in ihrem Schrank eine kleine Eisbox versteckt, wo sie

Mixer, Oliven und Streichkäse aufbewahrte. Den Alkohol versteckte sie in Schuhschachteln. Ich konnte mir nicht vorstellen, daß Faye auf dem besten Wege war, bis Mitte Oktober eine jugendliche Alkoholikerin zu werden. Ich fragte sie, warum sie soviel trinke, aber sie sagte mir, ich solle das Moralisieren lassen, also ließ ich das Thema fallen. Ihre Noten wurden schlechter, und sie schwänzte immer häufiger die Übungen. Glücklicherweise brauchte ich nicht so sehr viel zu lernen, um meine Examina zu schaffen, denn Faye dachte nicht daran, für sich selbst oder jemand anders zu lernen. Abends um neun, wenn wir in unseren Schlafzimmern waren, lief Faye mit einer riesigen Kuhglocke in den Flur hinaus und schlug mit einem Trommelstock darauf und brüllte: «Lernt, lernt all ihr Arschkriecher.» Dann segelte sie in ihr Zimmer zurück und schenkte sich ein weiteres Glas ein.

Bei Chi Omega machten sie sich wegen ihrer Neuerwerbung Sorgen, als Faye beim Abendessen für Präsident Reich aufkreuzte und zu ihm hinschwankte und murmelte: «He, Prex, wie lassen Sie hängen?» In dem Bemühen, sie auf den rechten Pfad der Tugend zu bringen, hielt ihre ältere Schwester Cathy einmal in der Woche ein einstündiges Herz-zu-Herz-Gespräch mit ihr ab. Faye zeterte wütend, das sei Amateur-Psychiatrie und es verletze ihre neu erworbene professionelle Ethik. Eines Donnerstags kam sie nach einer Sitzung in unser Zimmer zurück und knallte die Tür zu.

«Bolt, ich hab's platzen lassen. Ich hab den ganzen Scheiß platzen lassen. Ich hab meinem gottverdammten großen Scheißschwesterherz gesagt, daß ich schwanger bin und eine Abtreibung brauche. Ihr milchweißes Gesicht gerann direkt vor mir. Sie versprach mir, es niemand weiterzusagen, aber ich wette Dollars gegen Spritzgebackenes, daß sie ihr Schapp aufmacht. Das wird meine Mutter umhauen!»

«Bist du sicher, daß du schwanger bist?»

«Ja, verflucht, scheißsicher. So sicher, daß ich kotzen muß.»

«Wo kriegen wir eine Abtreibung her?»

«Ich kenne einen Kerl von der medizinischen Fakultät, der wird's machen. Aber ich muß ihm 500 Dollar geben. Kannst du dir vorstellen, 500 Dollar, um ein winziges bißchen Schleim aus meinen Eingeweiden rauszukratzen?»

«Meinst du, daß er was davon versteht?»

«Wer weiß das schon?»

«Wann machen wir's also?»

«Morgen abend. Du fährst mich hin, Herzchen.»

«In Ordnung. Hast du Cathy gesagt, daß es morgen ist?»

«Nein. Wenigstens habe ich noch soviel Verstand gehabt, das nicht auszuspucken. Ich weiß nicht einmal, warum ich ihr überhaupt was erzählt habe. Es beschäftigte mich, und es rutschte mir so raus. Blöd.»

Am nächsten Abend brachen wir um neun auf und fuhren westwärts aus der Stadt hinaus. Wir hielten auf dem Parkplatz beim Wohnwagen des Medizinstudenten, und Faye stieg aus.

«Ich komm mit dir.»

«Nein, das tust du nicht. Du bleibst hier und wartest.»

Es schien Stunden zu dauern, und ich war so nervös, daß ich mich übergab. Das Ganze war gruselig, und das spanische Moos wirkte in der Nacht wie hagere Todesfinger, die auf mich zukamen, um mich zu ergreifen. Ich konnte an nichts anderes denken als an Faye, wie sie da auf einem Küchentisch lag und er Gott weiß was tat. Ich dachte, vielleicht sollte ich hineingehen, aber angenommen, ich platzte gerade im kritischen Augenblick herein und er stach sie, oder so. Endlich kam Faye herausgeschwankt. Ich rannte aus dem Auto, um ihr zu helfen.

«Faysie, ist alles in Ordnung?»

«Ja, nur ein bißchen schwach.»

Als wir uns dem Studentenheim näherten, drehte ich die Scheinwerfer aus und hielt auf dem mit Teersplit bedeckten Parkplatz. Wir gingen langsam zu dem Kellerfenster, das für den Preis von 10 Dollar pro Woche ständig unverschlossen war. Ich hob Faye hindurch, da es ziemlich hoch lag. Als ich auf der anderen Seite hinuntersprang, sah ich Blut an ihrem Bein herunterlaufen. «Faye, du blutest. Vielleicht sollten wir lieber doch zu einem richtigen Arzt gehen.»

«Nein, er hat gesagt, daß ich ein bißchen bluten würde. Das ist schon in Ordnung. Sprich nicht mehr darüber, sonst muß ich nur darüber nachdenken.»

Wir begannen die vier Treppen zu unserem Zimmer hinaufzusteigen, und bei Faye ging es schmerzhaft langsam. «Ich bin so verflucht schwach, daß wir dazu eine ganze beschissene Stunde brauchen werden.»

«Leg deine Arme um meinen Hals, und ich trag dich hoch.»

«Molly, du schaffst mich. Immerhin wiege ich 135 Pfund, und du mußt ungefähr hundert wiegen.»

«Ich bin sehr stark. Komm, das ist nicht der Augenblick, Gewichtsvergleiche anzustellen. Leg deine Arme um meinen Hals.» Sie lehnte sich an mich, und ich hob sie hoch. «Mein Held», lachte sie.

Die nächsten zwei Tage schwänzte ich die Seminare, um in der Nähe zu sein, falls Faye mich brauchte. Sie erholte sich blitzschnell, und am Samstag war sie schon wieder zu einem weiteren alkoholgeschwängerten Wochenende bereit. «Ich fahr rüber nach Jacksonville, um auf den Putz zu hauen.»

«Sei nicht schwachsinnig, Faye, und tritt mal leise dieses Wochenende.»

«Wenn du so beunruhigt bist, kannst du ja mitkommen und Krankenschwester spielen. Wir können bei mir zu Hause übernachten und Sonntagabend zurückkommen. Auf, komm.»

«Okay, aber du versprichst mir, daß du dir nicht irgend so 'nen Hengst schnappst und alle deine Nähte wieder aufreißt oder was immer du da hast.»

«Du machst mich fertig.»

Wir begannen unseren Zug in einer Bar in der Nähe der Universität von Jacksonville – schwarze Mauern mit Leuchtfarbe drauf und riesigen Schildkrötenpanzern hier und dort. Ein gewaltiger Basketball-Spieler lud uns zu einem Drink ein und drängte mich, mit ihm zu tanzen. Meine Nase stieß an seinen Nabel, und vom langen Tanzen auf Zehenspitzen bekam ich Krämpfe in den Füßen. Wir suchten das Weite und strebten der Innenstadt zu. «Ich werde dich in eine wilde Bar führen, Molly, also mach dich auf was gefaßt.»

Die Bar hieß *Rosetta* nach der Besitzerin, die mit einer schwarzen Lasagne-Frisur herumlief, die Haare einen halben Meter hochtoupiert und mit Eßstäbchen kreuz und quer durchbohrt.

Rosetta lächelte uns zu, als wir hereinkamen, und bat um unsere Ausweise. Sie waren natürlich gefälscht, aber wir passierten Checkpoint Charlie und gingen zu einem Tisch in der Ecke. Als wir uns setzten, blickte ich zur Tanzfläche hinüber und sah, daß die Männer miteinander tanzten und die Frauen miteinander tanzten. Ich verspürte einen plötzlichen Drang, in unbändigem Applaus in die Hände zu klatschen, aber ich unterdrückte ihn, weil ich wußte, daß niemand so etwas verstehen würde.

«Faye, wie hast du diese Kneipe gefunden?»

«Ich komme herum, Schatz.»

«Bist du schwul?»

«Nein, aber ich mag schwule Bars. Sie sind lustiger als

die normalen, außerdem gibt's keine Idioten, die einen betatschen wollen. Ich dachte, ich bring dich zur Abwechslung mal hierher.»

«Dachtest wohl, du würdest mich schockieren, was?»

«Ich weiß nicht, ich dachte einfach, es würde lustig sein.»

«Dann laß uns lustig sein. Komm, du kluges Kind, wie wär's mit einem Tanz?»

«Bolt, du schaffst mich wirklich. Wer, zum Teufel, soll denn führen?»

«Du, weil du größer bist als ich.»

«Wunderbar, ich mach also den kessen Vater.»

Als wir erst einmal auf der Tanzfläche waren, hatten wir ungeheure Mühe, uns im Gleichgewicht zu halten, weil Faye dröhnend lachte. Alle zwei Schritte verstümmelte sie mir meinen mit einer Sandale bekleideten Fuß. Dann schwang sie mich in einem plötzlichen Anfall von Konzentration im Fred Astaire-Stil herum und nutzte ihre Erfahrung im Quadrille-Tanzen. Als die letzten Klänge von *Ruby and the Romantics* verebbten, wandten wir uns wieder unserem Tisch zu. Zwei junge Frauen kamen uns von der anderen Seite der Tanzfläche her entgegen.

«Entschuldigen Sie. Sind Sie nicht alle an der Florida-Universität und wohnen im Broward?»

Faye bestätigte es. Dann fragte uns die Kleinere, ob wir nicht auf einen Drink mit an ihren Tisch kommen wollten. Wir waren einverstanden und trotteten zu unserem Ecktisch zurück, um unsere Gläser zu holen.

«Molly, wenn die Kleine mich anzuhauen versucht, sagst du ihr, wir gingen zusammen, in Ordnung?»

«Blitzheirat, was? In dem Fall werde ich alles für meine Frau tun.»

«Danke, Liebes. Ich werde dasselbe für dich tun. Erinnere dich, wir sind das schärfste Paar seit Adam und Eva.

Falsche Metapher – seit Sappho und wem auch immer. Los, komm.»

Die Frauen hießen Eunice und Dix. Sie waren in der Kappa Alpha Theta und fuhren am Wochenende unter dem Vorwand hierher, sie hätten Freunde, die in Jacksonville wohnten. In Wirklichkeit wollten sie nur den spähenden Augen ihrer liebevollen Verbindungsschwestern entgehen. Dix, die kleinere, war heftig dabei, Faye zu becircen. Faye war des Becircens wert. Sie hatte glänzendes schwarzes Haar, einen Teint wie weißes Porzellan und zwei haselnußbraune Augen – eine «Schöne aus dem Süden», die Studentin geworden war. Mir bereitete die Baretikette Kopfzerbrechen – ich wußte nicht, ob ich Leute zum Tanzen auffordern oder zu einem Drink einladen oder mich gar nach ihnen erkundigen durfte, zumal die Leute immer nur ihre Vornamen nannten. Eunice verkündete, daß ihr Hauptfach Krankengymnastik sei und das von Dix Englisch. Und daß sie schon seit anderthalb Jahren zusammen gingen.

«Wie nett», meinte Faye gedehnt, und ich erstickte fast an meinen Drink. Faye blieb eigenartig unbeeindruckt von allen romantischen Zurschaustellungen, ob sie nun homosexueller Natur oder von der gewöhnlichen heterosexuellen Wald- und Wiesen-Sorte waren. Sarkasmus erreichte Dix und Eunice nicht, und sie dachten, Faye hätte ihnen das gesegnete Zeichen ihres Einverständnisses gegeben. Dem verdankten wir, daß sie uns das ganze Szenario ihrer Liebe vermittelten. Wie sie sich in der Mathematikstunde kennengelernt hatten, wie lange es dauerte, bis sie zusammen ins Bett gegangen waren, und so weiter. Mit jedem Schluck wurde Dix angeregter; bald lehnte sie sich herüber, um uns anzuvertrauen: «Ihr werdet nie vermuten, was uns passierte, als wir in Jennings wohnten und normale Zimmergenossinnen hatten.»

«Ich kann's gar nicht erwarten. Erzähl!» antwortete Faye.

«Nun, wir trieben es gewöhnlich in Eunices Zimmer, weil ihre Gefährtin Abendunterricht hatte. Eines Abends war ich also drüben und ... na ja, ich war gerade dabei, auf sie draufzusinken, als die Stimme ihrer Zimmergenossin im Gang ertönte. Schätzchen, ich wußte nicht, ob ich blind werden oder in die Hose machen oder um mein Leben rennen sollte. Zum Glück hatten wir die Tür abgeschlossen! Ich wollte mich gerade loseisen, als sich meine Zahnklammer in Eunices Haar verfing. Da ballerte nun ihre Zimmergenossin an die Tür und brüllte, und ich saß in einer inkriminierenden Stellung fest. Keine Zeit, zärtlich zu sein, ich riß mich los ... Eunice gab einen Schrei von sich, der einem das Blut in den Adern gefrieren ließ, und ihre Zimmergenossin fuhrwerkte draußen an der Tür mit dem Schlüssel herum und schrie, jemand wolle Eunice ermorden. Ich stürzte in den Wandschrank, Jane bekam die Tür auf, und das halbe Haus marschierte hinter ihr her, den Leichnam zu sehen. Eunice zog die Decken über sich hoch, verschwitzt und aufgelöst, und versuchte möglichst schmerzerfüllt auszusehen – was sie auch war. Jane wollte wissen, was geschehen war. Eunice log, sie habe aus Versehen die Tür abgeschlossen, und während sie ein Nickerchen hielt, habe sie sich irgendwie den Rücken verzerrt. Den Schrei habe sie von sich gegeben, als sie versucht habe, aufzustehen, um die Tür zu öffnen. Nun wollte die ganze Weiberansammlung Eunice in die Krankenstation schaffen. Da hättest du Eunice sehen sollen, wie sie sich rausgeredet hat. Oh, das kommt bei mir hin und wieder mal vor. Das geht über Nacht wieder weg. Weiß der Himmel, wie lange sie brauchte, um den Haufen Leute aus dem Zimmer zu kriegen! Und ich mußte in dem Rattenloch aushalten, bis ihre Zimmergenossin eingeschlafen war.

Dann schlich ich mich auf Zehenspitzen hinaus. Ich lief zurück zu meinem Wohnheim und kriegte ganz schön Ärger, denn es war mitten in der Nacht!»

Wir lachten, da es ja von uns erwartet wurde, und ich war dankbar, daß Dix so gesprächig war. Hätte sie mich nämlich etwas gefragt, dann hätte ich nicht gewußt, was ich sagen sollte. Eunice wandte sich an Faye. «Wie lange geht ihr schon miteinander?» fragte sie.

«Seit September, als wir feststellten, daß wir im selben Zimmer wohnten.»

«Und vor dem College habt ihr euch nicht gekannt?» fragte Dix.

«Nein», antwortete Faye. «Es war Liebe auf den ersten Blick.»

«War eine von euch schon vor dem College andersrum?» klopfte Eunice auf den Busch. Sie war fasziniert von unserer Märchen-Romanze.

Diesmal gelang es mir, noch zu übertrumpfen. «Faye nicht, aber ich.»

Faye unterdrückte ein Kichern und sah mich an. Sie dachte, ich hätte ihr Märchen noch ein bißchen weiter ausgeschmückt.

«Wie lange hat es gebraucht, bis du sie verführt hast?» bohrte Dix weiter.

«Oh, ungefähr eine Woche.»

«Ja, ich war leicht auf die Matte zu kriegen.»

Wir blieben noch eine Stunde an der Bar und tauschten Informationen aus, welchen Professor man sausen lassen konnte, wer sonst noch schwul war, und so weiter. Faye verschaffte uns einen artigen Abgang, indem sie sagte, wir müßten am nächsten Morgen früh aufstehen und mit ihrer Mutter einkaufen gehen. Auf dem Weg nach Hause war Faye völlig aus dem Häuschen darüber, wer alles in den verschiedenen Studentinnenverbindungen lesbisch war. Wir fuhren die Auffahrt zu einem Landhaus in imitiertem Kolonialstil hinauf, von dem aus man den St. John's River überblickte. Drinnen sah es aus wie in den Ausstellungsräumen eines Möbelladens. Fayes Mutter hatte ein Zimmer im Plüsch der Kolonialzeit, ein anderes in einem mediterranen Stil und wieder ein anderes in einem französisch-ländlichen Stil. Alles war farblich aufeinander abgestimmt, und irgendwie erwartete ich, daß an den Waren noch die Preisschilder baumelten. Fayes Zimmer war im Teenager-Sexbomben-Stil eingerichtet. Auf den beiden Zwillings-Betten lagen orangefarbene Tagesdecken, die auf die Vorhänge abgestimmt waren. Ein schwarzer Fellteppich lag müde zwischen den Betten, und der Frisiertisch stöhnte unter dem Gewicht der vielen Parfum-Flaschen und des übrigen Zubehörs weiblicher Verkleidungskunst. Faye zog sich aus, warf ihre Sachen auf den Boden und ließ sich ins Bett fallen. «Ich bin scheißnüchtern. Nüchtern! Waren die beiden nicht irre komisch? Warte, bis wir sie beim nächsten panhellenischen Spülwasser-Tee wiedersehen. Das müßte toll werden!»

«Ja, aber sie waren doch süß, auf eine spießige, altmodische Art süß!»

«Vielleicht ja. Ich kann es nur nicht aushalten, wenn die Leute ins Schwärmen füreinander geraten.»

«Weil du nie verliebt gewesen bist. Du hast kein Herz, Faysie, nur einen Herzbeutel.»

«Danke.»

«Oh, ich wollte dich nur ein bißchen aufziehen. Ich kann diesen ganzen romantischen Quatsch auch nicht aushalten, vor allem nicht, wenn sie unter dem Tisch füßeln. Uuh. Aber jeder macht das, ob schwul oder normal. Mich stößt es ab – vielleicht bin ich weder das eine noch das andere.»

«Selbst wenn ich mich verliebe, werde ich nicht zu solcher Daddelei herabsinken.» Faye sah aus ihrem Fenster über den dunklen Fluß, dann wandte sie sich mir zu. «Hast du je daran gedacht, es mit einer Frau zu machen?»

«Daran gedacht! Faye, ich hab keinen Quatsch geredet, als ich Eunice erzählt hab, daß ich schon vor dem College schwul war.»

«Molly, du Miststück! Die ganze Zeit hausen wir in einem Zimmer zusammen, und du hast mir das nie erzählt!»

«Du hast nie danach gefragt.»

«Man kommt nicht darauf, nach so was zu fragen. Du bist wirklich ein altes Miststück. So bist du außer mit Frank in Phi Del auch mit Mädchen ausgegangen! Ich kann es nicht glauben, das übersteigt mein Fassungsvermögen.»

«Nein, tut mir leid, muß dich enttäuschen, ich bin die ganze Zeit über mit niemand ausgegangen außer mit Frank, dem Mittelstürmer.»

«Mensch, bin ich sauer, daß du mir das nicht erzählt hast. Da machen wir zusammen meine Abtreibung durch, ich erzähle dir alles, und du erzählst mir nicht mal das eine über dich. Wenn ich so darüber nachdenke, erzählst du sowieso nicht viel von dir. Was für Geheimnisse verbirgst du noch, Mata Hari?»

«Faye, es ist nicht wie so 'ne große Sache, die ich in mir verschlossen halte. Es gab keinen Grund, es dir zu erzählen. Außerdem habe ich andere Dinge im Kopf als nur die Tatsache, daß ich mit ein paar Mädchen geschlafen hab.»

«Du bist mir eine. Ich weiß, daß du mit Männern geschlafen hast. Aber mit Frauen ... Ich bin ehrlich beeindruckt!»

«Warum hältst du jetzt nicht die Klappe, damit ich schlafen kann.»

Mit einem beleidigten Fauchen ließ Faye sich aufs Bett fallen. Ich schlug auf mein Kissen ein, damit es flach wurde. Zu festgestopfte Kissen kann ich nicht ertragen.

«Molly.»

«Was zum Teufel.»

«Laß uns ficken.»

«Faye, du machst mich fertig.»

«So ist das nun mal mit mir, und ich meine es ernst. Komm.»

«Nein, Periode.»

«Warum nicht?»

«Das ist eine lange Geschichte. Meine Erfahrungen mit Nichtlesbierinnen, die mit mir schlafen wollten, waren gräßlich.»

«Wie kann man eine Nichtlesbierin sein und mit einer Frau schlafen?»

«Frag mich nicht, aber das letzte Mädchen, mit dem ich geschlafen habe, hatte sich alles nur in ihrem verdrehten Hirn ausgedacht.»

«Jetzt, da ich vor Neugierde sterbe und mich dein Korb verletzt hat, erzählst du mir besser von diesen Nichtlesbierinnen, bevor ich meine Zunge verschlucke und krebsrot im Gesicht werde. Wenn du es nicht tust, schreie ich und sage Mutter, du hättest versucht, mich zu vergewaltigen.»

Faye riß ihren Mund zu einem geräuschlosen Scheinschrei auf. Ich erzählte ihr sofort meine Leidensgeschichte.

«Das war eine harte Sache. Danach würde ich mich dem Zölibat ergeben.»

«Genau das tat ich.»

«Brich es. Komm rüber und schlaf mit mir. Ich verspreche, keine Nichtlesbierin zu werden.»

«Dein Humor überwältigt mich.»

Faye sprang aus dem Bett, riß mir die Bettdecke runter und erklärte: «Wenn du nicht zu mir kommst, komme ich zu dir. Jetzt ist es mir verflucht scheißernst. Schieb deinen Hintern rüber.» Sie plumpste neben mich: «So, was habe ich jetzt zu tun? Was ich vorher noch nie getan habe?»

«Faye, ich kann sehen, daß dies der Beginn einer wunderschönen Beziehung ist.»

«Du und Humphrey Bogart. Molly, ich möchte wirklich mit dir schlafen.» Sie umarmte mich und gab mir einen Kuß auf die Stirn. «Okay, vielleicht ist es zum Teil Neugierde, aber auf der anderen Seite habe ich mehr Spaß mit dir als mit irgend jemandem sonst auf dieser gottverdammten Welt. Wahrscheinlich liebe ich dich mehr als irgend jemanden sonst. So sollte es sein, weißt du, ein Liebhaber, der ein Freund ist, und nicht dieser ganze gefühlsduselige Quatsch.» Sie gab mir einen langen sanften Kuß. Es war ihr ernst. In solchen Augenblikken hilft eine intellektuelle Analyse gar nichts, und so verdrängte ich alle Gedanken an danach und küßte ihren Hals, ihre Schultern und kehrte zu ihrem Mund zurück.

Den Rest des Semesters verbrachten wir im Bett und tauchten nur zu Seminaren und zum Essen auf. Faye schaffte ihre Prüfungen, da dies der einzige Weg war, wie wir zusammen bleiben konnten, und sie hörte mit dem Trinken auf, da sie etwas gefunden hatte, das mehr Spaß machte. Bei Chi Omega glaubten sie schon, Faye weilte nicht mehr unter den Lebenden und sei zum Himmel aufgestiegen. Bei Tri Delta begnügten sie sich damit, daß sie mir mit der Post dringende Informationen sandten. Wir waren achtzehn Jahre alt, verliebt und wußten nicht, daß die Welt existierte – aber die Welt wußte, daß wir existierten.

Erst im Februar bemerkte ich, daß manche Leute aus unserem Heim nicht mehr mit uns sprachen. Gespräche brachen ab, wenn eine von uns die braunen Flure hinunterschlenderte. Faye kam zu dem Schluß, daß sie alle an chronischer Kehlkopfentzündung litten und wollte für

Heilung sorgen. Sie legte eine Mickey Mouse-Club-Schallplatte in dem häßlichen Campus-Glockenturm auf, stellte das Gerät ein und verkündete unseren Wohnheim-Nachbarinnen, daß um 15 Uhr 30 über den Glokkenturm die wahre Natur der Universität enthüllt werde. Sobald die Schallplatte quer über den Campus tönte, kamen Dot und Karen von nebenan rübergerannt, um Fayes Erfolg zu bekichern. So schnell, wie sie auf dem Absatz kehrtmachten, um hinauszueilen, fragte Faye sie geradeheraus: «Wie kommt es, daß ihr beide nicht mehr mit uns redet?»

Schrecken überzog Dots Gesicht, und sie erzählte eine Halbwahrheit. «Weil ihr die ganze Zeit in eurem Zimmer bleibt.»

«Quatsch», konterte Faye.

«Es muß einen anderen Grund geben», fügte ich hinzu.

Karen, verärgert über unsere schlechten Manieren, so direkt zu sein, zischte uns anmutig an: «Ihr seid so viel zusammen, daß es aussieht, als wärt ihr Lesbierinnen.»

Ich dachte, Faye würde ihr Chemie-Buch nach Karen werfen, so rot war ihr weißes Gesicht. Ich sah Karen direkt ins Gesicht und sagte ruhig: «Wir sind es.»

Karen prallte zurück, als hätte man sie mit einem schmierigen Scheuerlappen geschlagen. «Ihr seid krank, und ihr gehört nicht in ein solches Heim mit all den Mädchen hier.»

Jetzt sprang Faye auf und ging auf Karen zu, und Dot, der Inbegriff von Mut, drehte nervös am Türknauf herum. Faye legte den höchsten Gang ein und ließ ihren Motor röhren: «Wieso, Karen, hast du Angst, ich wollte mit dir schlafen? Hast du Angst, ich könnte mich mitten in der Nacht hinüberschleichen und auf dich losgehen?» Faye lachte jetzt, und Karen stand wie versteinert da. «Karen, wenn du die letzte Frau auf Erden wärst, würde ich zu den Männern zurückgehen – du bist eine alberne, pickelgesichtige Gans.» Karen rannte aus dem Zimmer, und Faye brüllte: «Hast du ihr Gesicht gesehen? Was für eine fade Zicke dieses Geschöpf ist.»

«Faye, jetzt sind wir dran. Die läuft jetzt direkt zur Wohnheimleiterin, und wir werden echte Scheißschwierigkeiten kriegen. Bestimmt werden sie uns rausschmeißen.»

«Laß sie doch! Wer, zum Teufel, will schon in dieser elenden Verbildungsstätte verrotten?»

«Ich. Es ist meine einzige Chance, aus dem Sumpf rauszukommen. Ich muß mein Examen schaffen.»

«Wir gehen auf ein privates College.»

«Du vielleicht! Ich kann nicht mal mein eigenes Essen bezahlen, verdammt noch mal!»

«Hör zu, mein Alter bezahlt meine Ausbildung. Wir können ja halbtags arbeiten und so das Geld für deine Ausbildung verdienen. Scheiße, ich wollte, er gäbe dir das Geld! Mir ist mein Examen scheißegal. Aber das geht nicht. Er will jedoch unbedingt, daß ich auf dem College bleibe, also wird er ab und zu einen Bonus schicken, um mich zu ermuntern. Damit, und wenn wir ein bißchen arbeiten, kommen wir schon irgendwie zurecht.»

«Ich nehme an, daß es schwieriger wird, Faye, aber ich hoffe, du hast recht.»

Eine halbe Stunde, nachdem Faye Karens nicht existente Sexualität beleidigt hatte, wurde sie in das Büro der Wohnheimleiterin zitiert, während ich zur Dekanin der Studentinnen, Miss Marne, geschickt wurde. Diese Kreatur war eine zickige rothaarige Person, die im Zweiten Weltkrieg im Armeekorps den Rang eines Major innegehabt hatte. Sie zitierte ihre militärische Erfahrung gern als Beweis dafür, daß auch Frauen dergleichen schaffen konnten. Ich ging in ihr *House & Garden*-Büro mit all den gemalten Ordenszeichen an der Wand. Wahrscheinlich hatte sie auch eins da oben als Beweis ihrer Weiblichkeit. Sie lächelte breit und schüttelte mir kräftig die Hand.

«Setzen Sie sich bitte, Miss Bolt. Wollen Sie eine Zigarette?»

«Nein, danke, ich rauche nicht.»

«Sehr vernünftig. Kommen wir zur Sache. Ich habe Sie rufen lassen wegen des unglückseligen Vorfalls in Ihrem Wohnheim. Würden Sie so freundlich sein und mir die Sache erklären?»

«Nein.»

«Miss Bolt, das ist eine sehr ernste Angelegenheit, und ich möchte Ihnen helfen. Das wird sehr viel leichter sein, wenn Sie sich kooperativ verhalten.» Sie strich mit der Hand über die Glasplatte auf ihrem Schreibtisch und lächelte beruhigend. «Molly, darf ich Sie so nennen?» Ich nickte – was, zum Teufel, kümmert's mich, wie sie mich nennt? «Ich habe mir Ihre Beurteilungen angesehen, Sie sind eine unserer hervorragendsten Studentinnen. Ehrenstipendiatin, Tennisteam, Vertreterin für Erstsemester, Tri Delta . . . Sie wissen, was Sie wollen! Ha, ha. Ich glaube, Sie gehören zu den jungen Frauen, die dem Problem, das Sie haben, auf den Grund gehen wollen, und dabei möchte ich Ihnen gern helfen. Ein Mensch wie Sie kann es weit bringen in dieser Welt.» Sie senkte die Stimme vertraulich. «Ich weiß, Sie haben es schwer gehabt, Ihre Herkunft und alles, Sie hatten einfach nicht die Vorteile anderer Mädchen. Deshalb bewundere ich, wie Sie über Ihre Umstände hinausgewachsen sind. Jetzt erzählen Sie mir von dieser Schwierigkeit, die Sie bei Ihren Beziehungen zu Mädchen und insbesondere zu Ihrer Zimmergenossin haben.»

«Miss Marne, ich habe kein Problem bei meinen Beziehungen zu Mädchen, und ich liebe meine Zimmergenossin. Sie macht mich glücklich.»

Ihre spärlichen roten Augenbrauen, wo der braune Stift durchschimmerte, schossen hoch. «Ist die Beziehung zu Faye Raider, hm, intimer Natur?»

«Wir ficken miteinander, wenn es das ist, was Sie meinen.»

Ich glaube, ihr fiel die Gebärmutter raus. Stotternd drängte sie weiter: «Halten Sie das nicht für etwas abwegig? Stört Sie das nicht, meine Liebe? Immerhin ist es nicht normal.»

«Ich weiß, daß es für die Leute auf dieser Welt nicht normal ist, glücklich zu sein, und ich bin glücklich.»

«Hmm. Vielleicht gibt es irgendwelche verborgenen Dinge in Ihrer Vergangenheit, Geheimnisse in Ihrem Unterbewußtsein, die Sie davon abhalten, eine gesunde Beziehung zu Angehörigen des anderen Geschlechts zu haben. Ich glaube, mit einiger harter Arbeit an sich selbst und berufener Unterstützung können Sie diese Sperren aufreißen und den Weg zu einer tieferen, bedeutungsvolleren Beziehung zu einem Mann finden.» Sie holte Atem und lächelte das Lächeln einer Verwaltungsbeamtin. «Haben Sie nie an Kinder gedacht, Molly?»

«Nein.»

Diesmal konnte sie ihren Schock nicht verhehlen. «Ich verstehe. Nun, Liebes, ich habe für Sie eine Behandlung bei einem unserer Psychotherapeuten arrangiert, dreimal in der Woche, und natürlich werden wir beide uns einmal in der Woche sehen. Sie sollen wissen, daß ich hier bin und Ihnen den Daumen halte, daß Sie diese Phase, in der Sie da stecken, überwinden. Sie sollen wissen, daß ich Ihre Freundin bin.»

Wenn ich eine Lötlampe gehabt hätte, ich hätte sie an ihr lächelndes Gesicht gehalten, bis es rot gewesen wäre wie die Haare. Da ich nichts dergleichen in der Tasche hatte, tat ich das nächstbeste: «Miss Marne, warum bedrängen Sie mich so, Mutter zu werden und all diesen

Quatsch, wenn Sie doch nicht einmal verheiratet sind?»

Sie krümmte sich auf ihrem Stuhl und wich meinem Blick aus. Ich hatte die Regeln durchbrochen und sie festgenagelt. «Wir sind hier, um über Sie zu reden, nicht über mich. Ich hatte Gelegenheiten genug. Ich kam zu dem Schluß, daß eine berufliche Laufbahn für mich wichtiger war, als ein Heimchen am Herd zu werden. Zu meiner Zeit wurden viele ehrgeizige Frauen zu dieser Wahl gezwungen.»

«Wissen Sie, was ich annehme? Sie sind genauso eine Lesbierin wie ich. Sie sind eine scheißverfluchte heimliche Lesbe, ja, genau das sind Sie. Ich weiß, daß Sie seit fünfzehn Jahren mit Miss Stiles von der englischen Fakultät zusammen leben. Sie ziehen diese ganze Nummer nur bei mir ab, damit Sie selbst in einem besseren Licht erscheinen. Zum Teufel, ich gebe wenigstens zu, was ich bin.»

Ja, ihr Gesicht war flammendrot. Sie schlug so fest mit der Faust auf den Schreibtisch, daß die Glasplatte über all den darunter geschobenen Papieren zerbrach und sie sich ihre dicke Hand zerschnitt. «Junge Dame, Sie gehen jetzt direkt zum Psychotherapeuten. Sie sind offensichtlich eine feindselige, destruktive Persönlichkeit und gehören unter Aufsicht. Wie können Sie nur so mit mir reden, wenn ich Ihnen zu helfen versuche. Ihr Fall ist schlimmer, als ich gedacht hatte.»

Der Lärm lockte ihre Sekretärinnen herbei. Miss Marne rief im Universitätskrankenhaus an. Zwei Campus-Polizisten eskortierten mich zur Abteilung für Verrückte. Die Krankenschwester nahm meine Fingerabdrücke. Vermutlich legten sie sie unter ein Mikroskop, um sie auf irgendwelche schlimmen Bakterien zu untersuchen. Dann führten sie mich in einen nackten Raum mit einer Liege darin und nahmen mir alle meine Kleider ab. Man steckte mich in ein fesches Nachthemd, in dem selbst Marylin Monroe wie ein geprügelter Hund ausgesehen hätte. Die Tür wurde geschlossen und der Schlüssel herumgedreht. Das grelle Neonlicht tat meinen Augen weh, und das Summen der Röhren trieb mich zum Wahnsinn, genau wie die Behandlung, die sie mir haben zuteil werden lassen.

Ein paar Stunden später kam ein türkischer Psychotherapeut, Dr. Demiral, zu mir herein, um mit mir zu sprechen. Er fragte mich, ob ich verwirrt sei. Ich antwortete ihm klar, jetzt sei ich verwirrt, und ich wolle raus. Er sagte, ich solle mich beruhigen, und in ein paar Tagen sei ich wieder draußen. Bis dahin würde ich zu meinem eigenen Besten beobachtet. Das sei das übliche Verfahren, nichts Persönliches. An den darauffolgenden Tagen übertraf ich Bette Davis an schauspielerischen Leistungen. Ich war ruhig und heiter. Ich tat so, als freute ich mich, das fettige, bärtige Gesicht Dr. Demirals zu sehen. Wir sprachen über meine Kindheit, über Miss Marne und über die gärenden Haßgefühle, die ich unterdrückt hatte. Es war sehr einfach. Was immer sie sagen, man mache ein ernstes, aufmerksames Gesicht und sage stets «Ja» oder: «Daran habe ich noch gar nicht gedacht.» Ich erfand horrende Geschichten, um meiner Wut einen Grund in der Vergangenheit zu verleihen. Es ist auch sehr wichtig, sich Träume auszudenken. Sie lieben die Träume. Nächtelang lag ich wach und dachte mir Träume aus. Es war erschöpfend. Innerhalb einer Woche entließ man mich, und ich kehrte in die relative Ruhe von Broward Hall zurück.

Ich blieb vor meinem Briefkasten stehen, es steckten zwei Briefe darin. Der eine trug Fayes Handschrift. Der andere hatte einen Rand aus Silber, Grau und Gold, was besagte, daß er von meinen geliebten Tri Delta-Schwestern kam. Ich öffnete ihn zuerst. Es war ein offizieller Brief, mit dem Halbmondsiegel darauf. Darin wurde mir eröffnet, ich sei aus der Studentinnenverbindung ausgeschlossen worden, wofür ich sicherlich Verständnis hätte. Alle wünschten mir baldige Besserung. Ich rannte die Treppe hinauf, öffnete die Tür und sah, daß alle Sachen von Faye verschwunden waren. Ich setzte mich auf das einsame Bett und las Fayes Brief.

«Liebe, süße, geliebte Molly,

Die Wohnheimleiterin teilte mir mit, daß mein Vater im Anmarsch ist, um mich abzuholen, und ich bin gerade beim Einpacken. Daddy steht offenbar kurz vorm Herzinfarkt wegen der ganzen Geschichte. Sobald ich nämlich aus der widerwärtigen Diskussion mit der Leiterin herauskam, rief ich zu Hause an, und Mum war am Telefon. Sie hörte sich an, als hätte sie eine Rasierklinge verschluckt. Sie sagte, ich hätte hoffentlich eine Erklärung für alles bereit, denn Dad sei entschlossen, mich in eine Irrenanstalt zu bringen, um mich wieder «hinzubiegen». Mein Gott, Molly, die sind alle *verrückt.* Meine eigenen Eltern wollen mich hinter Schloß und Riegel bringen! Mutter weinte und sagte, sie werde die besten Ärzte für ihr kleines Mädchen ausfindig machen, und was sie nur falsch gemacht hätte. Zum Kotzen! Ich nehme an, wir werden einander nicht sehen. Sie werden mich fernhalten, und Du bist im Hospital eingeschlossen. Ich habe das Gefühl, ich bin unter Wasser. Ich würde am liebsten abhauen, aber irgendwie kann ich mich nicht von der Stelle rühren, und Geräusche brausen wie Wellen durch meinen Kopf. Ich glaube, ich tauche nicht wieder auf, bis ich Dich sehe. Es sieht so aus, als ob ich Dich nicht so bald sehen werde. Wenn sie mich irgendwohin stecken, werde ich Dich vielleicht *nie* wiedersehen. Molly, hau hier ab. Hau von hier ab und versuche nicht, mich zu finden. Es ist jetzt keine Zeit für uns. Alles ist gegen uns gerichtet. Hör auf mich. Zwar bin ich vielleicht unter Wasser, aber ich kann einiges sehen. Hau von hier ab. Lauf. Du bist die stärkere von uns beiden. Geh in eine große Stadt. Dort dürfte es etwas besser sein. Sei frei. Ich liebe Dich. Faye

PS. 20 Dollar ist alles, was ich noch habe. Sie liegen in der obersten Schublade von Dir, unter all den Slips. Ich hab dort auch eine alte Flasche Jack Daniels hingelegt. Trink einen Schluck auf mich, und dann mach, daß Du fortkommst.

Zwischen einem weißen und einem roten Höschen steckten die 20 Dollar. Unter dem ganzen Stapel lag die Flasche. Jack Daniels. Ich trank einen Schluck auf Faye. Dann ging ich den Gang hinunter mit all den Türen, die sich wie auf Kommando schlossen, und schüttete den Rest der Flasche in den Ausguß.

Am nächsten Tag steckte in meinem Briefkasten ein Brief von dem für mein Stipendium zuständigen Ausschuß. Darin wurde mir mitgeteilt, daß mein Stipendium aus moralischen Gründen nicht erneuert werden könne, obwohl meine akademischen Leistungen «glänzend» seien.

Ganz hinten in meinem Wandschrank hatte sich mit den Palmen-Käfern auch mein Girls' State-Koffer eingenistet. Ich zog ihn heraus, packte ihn und setzte mich darauf, um ihn zu schließen. Bis auf mein Englisch-Buch ließ ich alle Bücher in meinem Zimmer zurück, ebenso meine Semesterarbeiten, die Football-Programme und mein letztes Fitzelchen Unschuld. Meinen Glauben an den Idealismus und an das Gute im Menschen hatte ich für immer verloren. Auf demselben Weg, den ich bei meiner Ankunft gekommen war, ging ich zur Greyhound-Busstation.

Dritter Teil

11

Mutter saß in ihrem grün gepolsterten Schaukelstuhl, als ich zur Tür hereinkam. «Du kannst kehrtmachen und dich gleich wieder rausscheren. Ich weiß alles, was passiert ist, die Dekanin hat mich angerufen. Krieg deinen Hintern rum und raus mit dir.»

«Mom, du weißt nur, was die anderen dir erzählt haben.»

«Ich weiß, daß du deinen Hintern mit deinem Kopf davonrennen läßt, das ist's, was ich weiß. Eine Schwule, ich hab eine Schwule großgezogen, das ist's, was ich weiß. Du taugst weniger als die schmutzigen Beerenpflückerinnen im Gehölz. Weißt du das?»

«Mom, du verstehst überhaupt nichts. Warum läßt du es mich nicht so erzählen, wie ich es sehe?»

«Ich will gar nichts von dem hören, was du sagen kannst. Du warst immer schlecht. Du hast dich nie an die Regeln gehalten – nicht an meine und auch an die der Schule nicht. Und jetzt forderst du Gottes Regeln heraus! Los, raus mit dir. Ich will dich nicht. Warum zum Teufel bist du überhaupt zurückgekommen?»

«Weil ich sonst keine Familie habe. Wo soll ich sonst hingehen?»

«Das ist dein Problem, Klugscheißerin. Du wirst keine Freunde haben, und du hast keine Familie. Wollen wir doch mal sehen, wie weit du kommst, du kleine Rotznase. Du dachtest, du gehst aufs College und wirst was Besseres als ich. Du dachtest, du würdest dich unter die Reichen mischen. Und du hältst dich immer noch für große Klasse, nicht wahr? Selbst daß du eine stinkende Schwule bist, stört dich nicht. Auf deinem ganzen Gesicht steht Arroganz geschrieben. Na, ich hoffe nur, daß ich den Tag erlebe, an dem du deinen Schwanz einziehst. Ich werde dir ins Gesicht lachen.»

«Dann mußt du warten, bis ich tot bin.» Ich ergriff meinen Koffer, der an der Tür stand, und ging in die kalte Nachtluft hinaus. Ich hatte 14,26 Dollar in meinen Jeans, das war alles, was von Fayes Geld und dem meinen nach der Busfahrkarte übriggeblieben war. Damit kam ich nicht einmal bis nach New York. Und dort wollte ich hin. Es gab so viele Schwule in New York, daß eine mehr das Boot nicht zum Schaukeln bringen würde.

Ich ging die 14th Street in nordöstlicher Richtung zur Route 1, und dort setzte ich meinen Koffer ab und streckte den Daumen hoch. Niemand schien mich zu bemerken. Ich dachte schon, ich müßte zu Fuß nach New York, als ein Kombiwagen mit einer Zulassungsnummer des Bundesstaats Georgia hielt.

Ein Mann, eine Frau und ein Kind saßen in dem Wagen und musterten mich. Die Frau winkte mir, ich solle einsteigen. Sie begann sofort: «Mein Mann meinte, Sie müßten eine gestrandete College-Studentin sein. Sie sind kurz hierher gefahren, und jetzt haben Sie kein Geld mehr für die Rückfahrt, stimmt's?»

«Ja, Ma'am, genau das ist mir passiert, und wissen Sie, ich konnte es meinen Eltern nicht erzählen, daß ich hier war. Sie würden Zustände kriegen.»

Der Mann kicherte. «Kinder. Auf welches College gehen Sie?»

«Oh, aufs Barnard in New York City.»

«Da haben Sie ja einen langen Weg vor sich», sagte die Frau.

«Ja, Ma'am. Und ich wette, so weit fahren Sie gar nicht?»

«Nein, aber wir fahren immerhin nördlich bis Statesboro in Georgia.» Sie lachte.

«Ganz schön mutig, so zu trampen», sagte ihr Mann.

«Ich habe sonst nie Mädchen trampen sehen.»

«Vielleicht haben Sie noch nie ein Mädchen gesehen, das pleite war.»

Die beiden brüllten vor Lachen und waren sich einig, daß die Zeit der flotten Jugend wieder in Mode sei. Es waren nette Leute, hausbacken und spießig, aber trotzdem nett. Sie rieten mir, in kein Auto mit mehr als einem Mann einzusteigen und möglichst nach einem Auto mit einer weiblichen Begleitperson Ausschau zu halten. Als sie mich bei der Tankstelle in Statesboro absetzten, gab mir der Mann einen Zehn-Dollar-Schein und wünschte mir Glück. Sie winkten mir zum Abschied, während sie in den Sonnenuntergang der Kleinfamilie fuhren.

Ich stellte mich unter einen alten Baum, der ganz mit spanischem Moos bewachsen war. Nach drei Stunden oder mehr hielt schließlich ein Wagen. Der Fahrer war ungefähr in meinem Alter, ordentlich und allein. Und wenn er irgend etwas versuchte – ich konnte kämpfen und hatte meine Chance.

«He, wie weit wollen Sie?»

«Ganz rauf bis nach New York City.»

«Steigen Sie ein, Sie haben das große Los gezogen. Ich fahre nach Boston.»

Ich schwang mich in den niedrigen Corvette und betete, daß er nicht einer war, den man gerade erst aus der Irrenanstalt entlassen hatte. Aber vielleicht sollte besser er beten: ich war diejenige, die gerade aus der Schutzhaft kam.

«Ich heiße Ralph. Und Sie?»

«Molly Bolt.»

«Hi, Molly.»

«Hi, Ralph.»

«Wie kommt es, daß Sie trampen? Das ist gefährlich, das wissen Sie doch?»

«Ja, ich weiß es, aber ich hatte keine andere Wahl.» Ich spielte meine Geschichte, daß ich pleite sei, ab.

Ralph war klein und muskulös und hatte blondes, lockiges Haar. Er studierte am Massachusetts Institute of Technology Atomphysik. Er war ein netter Junge, interessiert an mir, aber zu höflich, um über mich herzufallen. Ich hatte mächtig Glück gehabt mit ihm. Ich brauchte nur zu reden, um ihn zu unterhalten, und ihn am Steuer abzulösen. Er hatte es sehr eilig, zurückzukommen, und so blieb uns eine möglicherweise gräßliche Motelszene erspart. Das Handschuhfach war mit Aufputschtabletten vollgestopft, so daß auch die Gefahr des Einschlafens nicht bestand. Wir redeten ununterbrochen, den ganzen Weg an der Ostküste hinauf. Schließlich kapierte ich sogar die Quantentheorie, und Ralph kapierte den Aufstieg Stalins. Als wir zu guter Letzt durch den Holland-Tunnel kamen, wurde mir klar, daß es nirgendwo eine andere Stadt wie New York gab. Ich kam in ein fremdes Land, ohne einen Freund und mit sehr wenig Geld.

«Molly, ich fahre Sie nach Hause, es macht mir wirklich nichts aus.»

«Danke, aber ich würde gern noch etwas gehen. Klingt verrückt, aber ich habe ehrlich Lust dazu. Könnten Sie mich am Washington Square absetzen?» Irgendwo in einem Schundbuch hatte ich gelesen, daß der Square das Zentrum des Village und das Village das Zentrum der Homosexualität ist. Ralph ließ mich direkt vor dem Rundbogen raus. Er gab mir seine Adresse, einen Kuß, und mit einem fröhlichen «Auf Wiedersehen» fuhr er in einer Abgaswolke davon. Ich mußte den Drang niederkämpfen, ihn zurückzurufen und ihm zu erzählen, daß ich in dieser monströsen Stadt nichts kannte, und ob er nicht das College wechseln und nach New York ziehen und mein Freund werden wolle.

Es waren etwa 2 Grad unter Null, und ich hatte nur eine dünne Jacke mit einem leichten Pullover darunter an, plus 24,61 Dollar in meiner Tasche. Und auf dem Square wimmelte es keineswegs von exzentrischen Homosexuellen, wie ich gehofft hatte. Ich begann die Fifth Avenue hinaufzugehen und versuchte, nicht zu weinen. Aus allen Richtungen kamen Gesichter auf mich zu, und ich kannte keines. Die Menschen drängten und hetzten vorbei, und niemand lächelte, nicht einmal ein kleines Grinsen. Nein, New York war keine Stadt, es war eine Filiale der Hölle mit den hängenden Gärten von Neon, die mir ins Gehirn brannten. Aber ob Hölle oder nicht, ich hatte keine Bleibe mehr, und so würde dies meine Bleibe werden.

Ich kam zur 14th Street. Die Kaufwütigen, die bei Mays and Kleins hineinstürzten, trampelten mich fast zu Tode. Ich machte kehrt, um zum Square zurückzugehen, wo es wenigstens ruhiger war. Es wurde allmählich spät, und ein eisiger Nieselregen setzte ein. Ich merkte, wie Staub und Schmutz meine Nasenlöcher verklebten, und meine Augen schmerzten von der verpesteten Luft. Seit die Wirkung der Aufputschtabletten nachließ, hatte ich einen bohrenden Hunger, aber ich hatte Angst, Geld für Essen auszugeben. Ich wußte, ich konnte auch keines für ein Zimmer ausgeben. Es sah aus, als müßte ich mich in dem Springbrunnen im Park zusammenrollen und erfrieren. Meine Hände waren aufgesprungen und bluteten vom Koffertragen in der Kälte. Meine Füße waren Eisbrocken. Ich besaß keine Strümpfe. Wer trägt schon Strümpfe in Florida? Der Square war verlassen, bis auf ein paar Pärchen, die die Nacht durchbummelten, und einen Betrunkenen, der bei den Schachtischen auf der Erde lag. Was in aller Welt sollte ich bloß tun?

Ich ging in Richtung der Universität, sah mir die Gebäude an und erkannte, daß es irgendwelche Institute waren. Vielleicht konnte ich mich da einschleichen und schlafen. Ich ging zum Haupteingang, aber er war verschlossen. Darauf ging ich herum zum Seiteneingang am Universitätsplatz. Auch diese Tür war verschlossen. Notfalls konnte ich ja die ganze Nacht um den Block herumlaufen, um mich warm zu halten. Als ich mich umdrehte, entdeckte ich das Wrack eines Hudson-Autos. In verblichenem Rot und Schwarz, vorn ganz zerbeult und alle Reifen von den Rädern geklaut, hockte es vor *Chock Full O'Nuts.* Für mich sah es wunderschön aus, und es war zu Hause.

Ich ging hinüber und wollte auf den Rücksitz krabbeln, aber er war schon besetzt. Doch der Vordersitz war leer, und das Steuerrad war zertrümmert, so daß es nicht im Wege war. Ich öffnete also die Tür und schlüpfte hinein. Der junge Mann auf dem Rücksitz hob schwungvoll den Hut: «Guten Abend, Madam, beabsichtigen Sie, diese Unterkunft mit mir zu teilen?»

«Wenn Sie nichts dagegen haben, ja.»

«Ich habe nichts dagegen.» Er kippte seinen Hut wieder über die Augen, zog seinen schweren Mantel über die Schultern und schlief ein.

Am nächsten Morgen schreckte ich auf: er hatte sich über den Vordersitz gebeugt und stieß mich an. «He, Baby, wach auf. Wir müssen hier raus. Zeit, sich zu rühren.» Ich setzte mich auf und betrachtete ihn im Morgenlicht. Er hatte die längsten Augenwimpern, die ich je an jemandem gesehen hatte. Seine Haut hatte die Farbe von Kaffee, wenn man Sahne darunter gemischt hat, und seine Augen waren von einem klaren, tiefen Braun. Er hatte einen borstigen, lustigen Schnurrbart über einem vollen roten Mund. Kurz, der Kerl sah hinreißend aus. Ich versuchte mich zu erinnern, wo ich war, und versuchte herauszufinden, ob meine Glieder vom Frost schon abgefallen waren.

«Los, komm. Nimm deinen Koffer und laß uns zu *Chock Full* gehen. Da ist eine Schwester, die uns umsonst was zum Essen gibt. Auf.»

Knäuel schläfriger Studenten stürmten vorbei, um rechtzeitig zu ihrer Neun-Uhr-Vorlesung zu kommen. Die Drehtür des Lokals drehte sich wie ein Kreisel, und ich war noch so müde, daß ich zweimal herumging, bis ich es schaffte, herauszukommen. Wir setzten uns hinten an eine Theke, und eine blauuniformierte Kellnerin servierte uns Kaffee und Spritzgebackenes. Sie tat so, als schriebe sie uns eine Rechnung, und winkte meinem Übernachtungsgefährten zu. «Hast dir 'ne neue Freundin angelacht, Calvin?»

«Nicht ich, ich hab's nicht mit Freundinnen.» Er winkte zurück.

Ich betrachtete ihn mit dankbaren Augen. «Bist du schwul?»

«Oh, ich würde nicht sagen, daß ich schwul bin. Ich würde eher sagen, ich bin verzaubert.»

«Ich auch.»

Ein Seufzer der Erleichterung entfuhr ihm, und er lächelte. «Nur zu. Ich hatte schon Angst, du wärst auch so ein Küken, das zu einer Abtreibung hergekommen ist, oder etwas in dem Stil. Dann hätte ich mich auch noch um dich kümmern müssen.»

«Wieso, kümmerst du dich sonst immer um die Resultate unkontrollierter Heterosexualität?»

«Hin und wieder.»

«Für dich selbst sorgst du nicht so sehr gut, wenn du in dem Wagen da schläfst.»

«Spart die Miete. Allerdings hattest du Glück, daß du mich gestern abend zu Hause vorgefunden hast. Meist schlafe ich bei dem, mit dem ich gerade nach Hause gehe. Auf diese Weise kommt man sogar zu einem Frühstück. Aber das solltest du lieber nicht mit einplanen. Lesbierinnen greifen einander nicht auf der Straße auf. Ich kenne einige Bars, wo wir es heute abend versuchen können, und vielleicht hast du Glück. Allzuschwer wirst du es nicht haben, du siehst gut aus und bist jung, zwei unschätzbare Attribute.»

«Wenn es dich nicht stört würde ich das lieber auslassen.»

«Oh, ich verstehe. Du machst es nur aus Liebe.»

«Uh – na ja.»

«Willst du weiter in diesem Auto schlafen und dir den Hintern abfrieren?»

«Nein.»

«Dann mußt du dich schon etwas rühren, Süße.» Er zwickte mich in den Ellbogen.

Im weiteren Verlauf des Tages zeigte mir Calvin die Systeme der Untergrundbahn, erklärte mir den Plan der Stadt und brachte mir bei, wie man Lebensmittel in Supermärkten, Delikateßläden und sogar an Würstchenständen auf der Straße stahl. Wir wanderten durch das ganze Village, und er stellte mich den Leuten von der Straße vor – gut angezogenen Buchmachern, Prostituierten und ein paar Rauschgifthändlern hier und dort. Ich mochte sie. Sie waren die einzigen, die mich anlächelten.

«Molly, hast du irgendwelches Geld?»

«24,61 Dollar.»

«Wenn du nicht auf den Strich willst – für dieses Häuflein Staub kriegst du keine Wohnung. Ich weiß aber zufällig, wie du schlichte 100 Dollar in einer halben Stunde verdienen kannst, und du mußt nicht mal ficken oder auch nur die Kleider ausziehen. Kapierst du?»

«Sag mir erst, worum es geht.»

«Da ist so ein Kerl, Ronnie Rapaport, der Pampelmusen-Spinner. Dieser Bock kommt auf Touren, wenn man ihn mit Pampelmusen beschmeißt.»

«Ach, komm, Calvin.»

«Nein, im Ernst, auf die Art kriegt er sein Ding hoch. Du brauchst nichts anderes zu tun, als zu ihm raufzugehen und ihn mit Pampelmusen zu beschmeißen, und er bezahlt dir 100 Dollar in bar. Weißt du, ein Teil der Sache ist, daß es jedesmal eine andere Person sein muß, die es macht. Zu dumm, sonst wäre ich nämlich jeden Abend oben und würde ihn mit den gelben Dingern bewerfen.»

«Wie kann er sich das leisten?»

«Es heißt, daß sein alter Herr irgendwo draußen in Queens ein großes Warenhaus besitzt. Wer weiß. Bist du bereit?»

«Bee-reit.»

«Haben eure Cheerleaders das auch immer gemacht?»

«Ich glaube, das macht jeder.»

«Warst du eine?»

«Nee. Ich bin nur mit einer gegangen.»

«O wau, ich bin eine Zeitlang mit einem Footballspieler gegangen.»

«Siehst du, wir sind eben all-amerikanische Schwule.»

Calvin lachte und tänzelte hinüber zu einer roten Telefonzelle, die mit einer Tagesration von Papier, Zigarettenstummeln und frischem Urin angefüllt war. Er rief Ronnie an, und die Sache war geritzt. Heute abend paßte ihm gut.

«Old Ronnie wäre fast durchs Telefon gekrochen, als ich ihm erzählte, du seist achtzehn Jahre alt, süß, und all den andern Schmus.»

«Klasse, vielleicht gibt er mir einen Bonus für mein Alter.»

«Zu dumm, daß er ein Mann ist, zu dumm meine ich, für dich. Wenn es eine Frau wäre, gäb's vielleicht auch einen kleinen Kitzel für dich, du weißt schon, was ich meine.»

«Ich glaube, nicht einmal Greta Garbo würde mir

einen Kitzel verschaffen, wenn ich sie mit Zitrusfrüchten zu bearbeiten hätte.»

Ronnie hatte ein riesiges Zwei-Etagen-Apartment auf den Hudson hinaus. Die Decke bestand aus Glas, und die Möbel waren teure Stahl- und Chromgebilde. Wenn man ihn sich so ansah, wäre man nie auf den Gedanken gekommen, daß er auf Pampelmusen stand. Er trug keinerlei Frucht-Symbole um seinen Hals und auch keine aufgestickten Samenkerne am Hemd. Er schüttelte mir die Hand und führte mich ins Nebenzimmer. Calvin wartete in dem großen Wohnzimmer und aß Birnen. Ich betrat einen anderen riesigen Raum, der wie das Studio eines Fotografen aussah, aber vollständig kahl war, bis auf einen gewaltigen Haufen Pampelmusen, die wie Kanonenkugeln aufgetürmt waren. Ronnie zog sich aus. Er hatte kräftige Muskeln und einen Flecken sich kringelnder Haare auf der Brust. Er ging ans Ende des Zimmers und stand bebend da. Ich wartete darauf, daß Carmen Miranda in einem riesigen Bananenhut durch die Tür gestürmt kam. Als er mein Zögern bemerkte, sagte er mit sanfter Stimme: «Okay, Honey, ich bin bereit.» Also hob ich eine Pampelmuse auf und warf sie nach ihm. Scheiße, daneben! Sie klatschte gegen die Wand. Das würde schwieriger werden, als ich gedacht hatte. Ich ergriff wieder eine und zielte sorgfältig. Klatsch. Ich traf ihn direkt in der Mitte. Er quietschte vor Vergnügen und bekam einen Steifen. Gar nicht so übel. Ich mag es, mit Gegenständen zu werfen. Inzwischen hatte ich es raus. Ich zielte auf seinen Pimmel. Ins Schwarze getroffen. Er genoß es. Ich zielte auf seine linke Schulter. Nur ein Streifschuß. Ich begann, Pampelmusen zu feuern wie Stonewall Jacksons Artillerie auf Manassas. Klatsch, platsch, wumm! Ronnie heulte auf wie ein verwundeter Hund, und ich warf die Pampelmusen noch härter, wobei ich mich auf seine Schenkel konzentrierte und seinen von Fruchtfleisch bedeckten Schwanz. Ich war bei der letzten Runde Pampelmusen angelangt und begann mir Sorgen zu machen, daß ich vielleicht noch mehr brauchte, damit er ans Ziel gelangte. Doch Ronnie kannte sich sehr gut, denn als ich eine von den vier verbleibenden Pampelmusen aufhob, kam er in einem Bogen von klebriger Flüssigkeit und sackte auf dem Boden zusammen, ein Klumpen erschlaffter Lust. Ich hatte das Gefühl, als hätte ich einhändig die Ardennen-Schlacht gewonnen. Ich ging hinüber, um ihn aufzuheben. «Molly, du hast einen wundervollen Arm.» Von einem rosaweißen Brei bedeckt, flüsterte er mir von den Wonnen meiner Treffsicherheit zu. Zu dumm, aber ich mag keine Pampelmusen, sonst hätte ich sie von ihm abgeschleckt, so hungrig war ich.

«Alles in Ordnung, Ronnie?»

«Phantastisch. Mir geht's einfach phantastisch.»

«Oh, das freut mich zu hören. Wenn du mich nicht weiter brauchst, werde ich mich dann jetzt wohl trollen.»

«Oh, natürlich. Laß mich dir das Geld geben. Es war jeden Penny wert. Die letzte Person, die ich mit einem solchen Arm hatte, wirft für die Mets.» Er stand auf und ging ins Nebenzimmer, wo Calvin die ganze Schüssel Birnen geleert hatte. Ronnie händigte mir fünf neue Zwanzig-Dollar-Scheine aus. «Calvin, vielen Dank, daß Sie mir dieses liebliche Geschöpf gebracht haben. Sie war zu, zu vollkommen. Laß dich gelegentlich wieder blikken, Molly. Ich kann es mit derselben Person nicht zweimal machen, aber komm wieder und rede mit mir. Du siehst so aus, als wärst du ein nettes Mädchen.»

Als wir auf die Straße hinaustraten, kam mir die Kälte doppelt so schlimm vor, wahrscheinlich weil ich so hungrig war. «Du hast das ganze Obst aufgegessen, du Schwein. Und ich komme um vor Hunger. Wo können wir was essen, wo sie mir nicht all mein mühsam verdientes Geld wieder abnehmen?»

«Ich weiß sogar, wo wir umsonst was kriegen. Komm mit.»

Wir gingen zum *Finale*. Es stellte sich heraus, daß Calvin einmal etwas mit dem Kellner gehabt hatte, der uns deshalb Steaks zuschummelte. Mein Magen war so geschrumpft, daß ich nur die Hälfte davon essen konnte. Wir steckten den Rest in eine Hundetüte und kehrten in die Kälte zurück.

«Ich bin nicht bereit, wieder zu dem Auto zu gehen und zu erfrieren. Laß uns in die Bar gehen, von der du mir erzählt hast.»

Wir gingen hinüber zur Eighth Avenue und betraten ein ruhig aussehendes Lokal mit einer schwarz-weiß gestreiften Markise. Drinnen wimmelte es von Frauen und einem normalen Jonny hier und dort. Wir bahnten uns einen Weg zur Bar.

«Zwei Harvey Wallbangers!» brüllte Calvin. «Einverstanden, wenn wir was von deiner Beute verbrauchen?»

«Klar. Du hast mir ja zu dem Job verholfen, da solltest du auch einen Anteil davon abkriegen.»

«Nein, danke. Ich möchte nur ein oder zwei Drinks, dann muß ich raus und nach jemandem Ausschau halten, bei dem ich heute nacht bleiben kann. Zu verdammt kalt in dem Auto. Aber erst wollen wir mal sehen, ob wir dich nicht irgendwo unterbringen. Wer weiß, vielleicht ist eine Dame so nett und nimmt dich auf, ohne daß du dich übernehmen mußt. Oh, da kommt ein Bulle, und sie kommt direkt auf dich zu, Himmel, wenn du mit der ins Bett gehst, zerquetscht sie dich.»

Wirklich kommt diese Diesellok von einem kessen Vater auf mich zugewalzt, zieht die Bremsen und bellt: «Hallo, ich heiße Mächtige Mo. Du mußt neu hier sein. Ich habe dein Gesicht noch nie vorher gesehen.»

«Ja, Ma'am. Ich bin neu.» Gott, das Mo muß eine Abkürzung für Mondkalb sein.

«Ma'am? Na, Schatz, du mußt ja von ganz unten aus dem Süden kommen. Ha, ha.»

Wenn sie nicht so verflucht riesig wäre, würde ich ihr jetzt eine schmieren. Irgendeine mysteriöse Kraft zwingt die Yankees dazu, die Akzente der Südstaatler zu imitieren, und sie sind so saublöd, daß sie den Unterschied zwischen der gedehnten Sprechweise der Leute von Tenessee und einem Charleston-Tempo nicht erkennen. «Ja, ich bin aus Florida.»

«Du mußt verrückt sein. Warum hast du je diesen Sonnenschein verlassen, um hier herauf zu dieser kalten Hexentitte zu kommen?» Mehr Gelächter.

«Und wenn ich was für kalte Hexentitten übrig hätte?»

Sie hielt das für eine schlagfertige Antwort und haute mich mit ihrem Bauchgelächter fast vom Stuhl. «Das war gut. Da wir gerade von Titten sprechen, Liebling, bist du mehr kesser Vater oder *femme*?»

Ich sah zu Calvin hin, aber da war keine Zeit für ihn, mir hier auf die Sprünge zu helfen. «Wie bitte?»

«Na, jetzt genier dich mal nicht bei der Mächtigen Mo, du Schöne aus dem Süden. Jenseits der Mason-Dixon-Linie unterscheiden sie doch wohl auch zwischen Männchen und Weibchen, oder nicht? Du bist unheimlich schnuckelig, und ich würde dich gern kennenlernen, aber wenn du das Männchen bist, dann wäre es so, als wenn ich jetzt mit meinem Bruder Händchen hielte, nicht wahr?»

«Pech für Sie, Mo. Tut mir leid.» Tut mir leid, du Stinktier. Gott sei Dank spuckte sie das Geheimnis aus.

«Du hast mich hinters Licht geführt! Ich hatte gedacht, du wärst *femme*. Wohin kommen wir denn, wenn man unter den Weibern nicht mehr die Männer von den

Frauen unterscheiden kann. Ha, ha.» Sie klopfte mir brüderlich auf den Rücken und sprang von dannen.

«Was, zum Teufel, soll das bedeuten?»

«Eine Menge von diesen Zicken unterscheidet genau, wer den männlichen und wer den weiblichen Teil übernimmt. Einige tun's nicht, aber diese Bar macht in strenger Rolleneinteilung, und es ist die einzige Bar für Frauen, die ich kenne. Ich dachte, du wüßtest über dieses ganze Zeug Bescheid, sonst hätte ich dich damit verschont.»

«Das ist ja wohl das verrückteste, dümmste Zeug, das ich je gehört habe. Was ist der Sinn, wenn man Lesbierin ist und wie ein imitierter Mann aussieht und handelt? Himmel, wenn ich einen Mann will, hol ich mir das richtige Ding und nicht eine von diesen Nutten. Ich meine, Calvin, der Witz am Schwulen ist doch, daß man Frauen liebt. Du magst doch keine Männer, die wie Frauen aussehen, oder?»

«Oh, ich, ich bin nicht wählerisch, solange er einen langen Schwanz hat. Ich hab 'n bißchen die Größen-Macke.»

«Gott verflucht. Nichts davon trifft auf mich zu. Was, zum Teufel, soll ich tun?»

«Da du einmal hier bist, entscheidest du dich besser für eine Seite, wegen eines warmen Bettes.»

«Scheiße.»

«Ach, komm, für *eine* Nacht ist das doch nicht so schlimm.»

«Ich hab den Eindruck, wenn ich mich zum Weibchen bekenne, steigen alle die Mächtigen Mos auf mich herab, und wenn ich das Gegenteil sage, muß ich für die Getränke zahlen. Ganz gleich wie, ich sitz in der Klemme.»

«So ist das Leben.»

«O nein, hier kommt noch eine. Die sieht wenigstens wie eine Frau aus, das spricht zu ihren Gunsten. Sie sieht auch wie eine gute Vierzigerin aus und völlig verbraucht. Verfluchter Saukerl! Scheiße, ich halte das nicht aus. Komm, Calvin, laß uns abhauen.»

Als wir wieder auf der Straße waren, hatte ich das Gefühl, ich gewöhnte mich an die Stadt. «Hör zu, ich gehe wieder zu dem Auto. Du gehst weiter und krallst dir was. Mach dir meinetwegen keine Sorgen. Für 'ne Vergewaltigung ist es zu kalt auf der Straße. Jedenfalls würden die mich wenigstens nicht fragen, ob ich kesser Vater oder *femme* bin.»

«Nee, ich hab sowieso keine große Lust, was aufreißen zu gehen. Ich glaub, ich hab mir den Tripper geholt. Laß uns zum Auto gehen.»

«Morgen suche ich uns eine Wohnung, dann können wir da beide leben. Keine Autos mehr. Okay?»

In dieser Nacht war es so kalt, daß ich die wenigen Kleider aus meinem Koffer herausholte und Calvin und mich mit ihnen zudeckte, aber auch das half nicht viel. Schließlich gaben wir's auf, schlafen zu wollen, und kuschelten uns auf dem Rücksitz aneinander und warteten auf den Sonnenaufgang und darauf, daß das *Chock Full* aufmachte, damit wir unsere Eingeweide mit heißem Kaffee wärmen konnten.

«Calvin, wie kommt es, daß du hier draußen auf der Straße bist?»

«Wie kommt es, daß du hier draußen auf der Straße bist?»

«Erst du.»

«Da gibt es nicht viel zu erzählen. Ich lebte früher in Philly. Unsere Familie war nicht gerade klein, mit mir, meinem Bruder und einer Schwester. Ich bin der mittlere. Mein älterer Bruder war ein As, und ich folgte nicht seinen Spuren. In der Schule machte ich bei allen Klassenaufführungen mit und dachte, das wär es, was ich einmal tun wollte. Das paßte aber nicht recht zu den

Vorstellungen meiner Familie. Dann begannen die Kinder in der Schule davon zu reden, daß ich schwul sei. Afrikanische Queen nannten sie mich. Scheiße, in jeder Schule wurde irgendwann mal an jedem gelutscht, aber ich war dabei erwischt worden. Es war ein gewaltiges, gottverdammtes Durcheinander. Meine Mutter begann Jesus Christus anzurufen, und mein alter Herr drohte mir an, er werde mir den Schädel einschlagen. Ich weinte und beteuerte, ich würde mich ändern und normal werden und all diesen Scheiß. Zum Teufel, und dann hab ich da so 'n Mädchen geschwängert. Aber das war's ja, was sie wollten, oder nicht! Bei mir änderte es nichts. Ich wollte immer noch Männer. Sie ist ein nettes Mädchen und all das. Ich hätte mit ihr leben und Kinder kriegen können, wenn ich dabei weiter Männer hätte sehen dürfen. Aber du weißt ja, wie das ist. Die Leute sind so blöd. Man fickt mit einem Angehörigen des entgegengesetzten Geschlechts und kriegt seine normalen Beglaubigungsschreiben in Ordnung. Mein Gott! Nun ja, Mom und Dad waren dahinterher, daß ich dieses Mädchen heiratete. Ich wollte aber kein Mädchen heiraten, und so bin ich abgehauen, und hier bin ich nun. Ich bin hier schon einen knappen Monat. An das Mädchen denken tue ich schon, sie heißt Pat, aber zurückgehen und sie heiraten – nein.» Er machte eine kurze Pause und fragte mich dann: «Hältst du mich für einen Scheißkerl, weil ich sie verlassen habe?»

«Irgendwie läßt man sie so in einem Teich voller Scheiße und ohne Paddel zurück, Calvin. Sie sitzt mit dem Kind fest, du flatterst ungehindert davon.»

«Ja, ich weiß. Aber wenn ich zurückgehe und sie heirate, dann muß ich einen Job finden und mir mein Gehirn kaputtmachen lassen wie alle anderen auch. Mein alter Herr ist Lehrer. Er bildet sich ein, er ist wirklich jemand, weil er besser dran ist als irgendein

Pförtner, verstehst du? Aber so weit her ist das mit ihm gar nicht. Er geht wie jeder andere zur Arbeit, und wenn er die Straße langgeht, ist er ein Nigger wie jeder andere. Er ist auf einem Auge blind, und auf dem andern sieht er auch nicht gut. Nein, diese Nummer mach ich nicht.»

«Als all das geschah, hast du da mit Pat über eine Abtreibung gesprochen?»

«Sicher. Sie schrie und ritt darauf rum, daß das Mord sei, und hier wäre doch die Frucht unserer Liebe. Dabei hätte ich mich fast übergeben. Das Mädchen hat keinen Grips. Sie meint, die Mutterschaft mache aus ihr eine natürliche Frau oder so was. Warte, bis das kleine Biest mitten in der Nacht anfängt zu plärren. Sie wird sich wünschen, daß sie auf mich gehört hätte. Für sie war alles klar, ich sollte sie heiraten und eine Wohnung nehmen, und wir würden eine Bilderbuchfamilie abgeben und eines Tages für *Ebony* fotografiert werden. Scheiße.»

«Dann wird sie's wohl auf die harte Art lernen. Ich bin froh, daß du versucht hast, sie umzustimmen, aber vielleicht hat sie ja nichts anderes. Du weißt, wie manche Mädchen sind. Sie meinen, sie sind nichts, solange sie nicht verheiratet sind und ein Kind haben. Dann kriegt sie jetzt also ihr Kind, nur daß sie nicht verheiratet ist.»

«Und warum bist du hier? Du hast mir deine Geschichte noch nicht erzählt.»

Ich erzählte ihm meine Horrorgeschichten.

«Verdammt, die schieben einen ganz schön herum, was? Sieht so aus, als wollte niemand diese komischen Schwulen, weder die Weißen noch die Schwarzen. Ich wette, selbst die Chinesen wollen ihre Schwulen nicht.»

«Mir ist es egal, was die alle wollen, Calvin. Mir geht es nur um das, was ich will, und zum Teufel mit all den andern.»

«Ja, so denke ich auch.»

«Ha, die Sonne kommt. Ich hoffe, das *Chock Full*

macht heute zeitig auf. Vergiß nicht, ich halte heute nach einer Wohnung Ausschau. Kommst du mit?»

«Weißt du, was ich heute vorhab? Ich fahr zur Autobahn raus und trampe nach Kalifornien. Ich meine es ernst. Wenn du von Florida hier herauftrampen konntest, kann ich auch bis nach San Francisco trampen. Kommst du mit?»

«Ich möchte gern mitkommen. Es klingt vielleicht seltsam, Calvin, aber irgend etwas sagt mir, daß ich in dieser häßlichen Stadt eine Weile ausharren muß. Ich weiß nicht, wie lange, aber ich muß hier bleiben. Es ist so, als machte ich hier mein Glück oder so was. Erinnerst du dich noch an die alten Kindermärchen, in denen der jüngste Sohn auszieht, um Abenteuer und sein Glück zu suchen, nachdem seine bösen Brüder ihn um sein Erbe betrogen haben?»

«Ja, ich erinnere mich vage. *Der gestiefelte Kater* und so, nicht?»

«Ja, in dieser Art.»

«Na, ich such mir meines in San Francisco.»

Endlich machte das *Chock Full* auf, und unsere Kellnerin brachte uns allerlei gute Sachen. Wir nahmen uns viel Zeit, als wir unser Schmalzgebackenes eintauchten, weil keiner von uns an diesem Tag Lust hatte, aufzubrechen. Aber wir mußten uns von den dünngepolsterten Stühlen losreißen. Auf der Straße sahen wir einander an und streckten dann langsam die rechte Hand aus. Es war ein sehr förmliches Händeschütteln, fast wie ein Ritual. Dann wünschten wir einander Glück und gingen in entgegengesetzten Richtungen davon, um unser Glück zu suchen.

12

Im Westen der Stadt, in der Nähe des Flusses, fand ich in der 17th Street ein schäbiges Apartment. Die Badewanne stand in der Küche, die Elektrizität war Gleichstrom, und an den Wänden blätterten kunterbunte Schichten von Farben und Tapeten nach und nach ab. Die Miete betrug 62,50 Dollar im Monat. Mein erstes Möbelstück war eine gebrauchte Einzelbettmatratze, die jemand gnädigerweise auf die Straße geworfen hatte. Ich zog sie fünf Treppen hinauf und klopfte sie, bis ich sie für sauber genug zum Anfassen hielt.

Am nächsten Tag bekam ich einen Yob bei Flick, wo ich in einem bunnyartigen Kostüm Eis und Hamburger servierte. Ich verdiente genug, um damit die Miete bezahlen zu können, und ließ außerdem so viel Essen wie möglich aus den Abfalltöpfen mitgehen. Die U-Bahn und andere Nebenkosten abgerechnet blieben mir ungefähr noch 5 Dollar für mich. Dieses Geld hortete ich bis zum Wochenende, wenn ich in die Bars ging, wo Sekretärinnen aus New Jersey Sekretärinnen aus der Bronx trafen und danach glücklich bis an ihr Ende lebten. Wenn ich in der Nähe des schmiedeeisernen Geländers in der *Sugar Bar* mit ihrer roten, an ein Bordell in New Orleans erinnernden Plüschausstattung stand, dann schwor ich mir jedesmal, daß ich am nächsten Wochenende nicht wieder hierherkommen würde. Ich kam mit den Spielregeln nicht zurecht. Ich fühlte mich wie eine komplette Idiotin, wenn ich zu einer Frau hinüberging und sie fragte, ob sie mit mir tanzen wolle. Und diejenigen, die zu mir herüberkamen, um mich zum Tanzen aufzufordern, hatten ihre Mack-Lastwagen draußen geparkt. Langeweile kroch mir in die Knochen, aber ich wußte nicht, wohin sonst. So brach ich jedes Wochenende den

Schwur, den ich das Wochenende zuvor getan hatte, und ich kam wieder, um mich an das schmiedeeiserne Geländer zu lehnen und die Damen zu betrachten.

Eines Freitagabends blieb mir die rote Plüschhöhle der *Sugar Bar* erspart. Eine junge Frau erschien bei Flick und bestellte sich ein Eiscreme mit Schokoladenstreuseln und einen Espresso. Sie sah mir direkt in die Augen und sagte: «Mit einem solchen Körper sollten Sie anderes tun als Kellnerin spielen.»

«Wer, ich?» Fast ließ ich ihr das Eis in den Ausschnitt fallen.

«Sie. Wann sind Sie mit der Arbeit fertig?»

«Um zwölf.»

«Ich komme um zwölf vorbei und nehme Sie mit.»

Jesus Christus auf einem Floß! Mich hat eine spektakuläre, 1,80 Meter große Frau angehauen. Verflucht, vielleicht erwies sich New York doch noch als etwas Gutes!

Punkt zwölf war sie wieder da. Sie trug ein langes schwarzes Cape mit Napoleon-Kragen. Dadurch wirkte sie noch größer, und der Stehkragen lenkte die Aufmerksamkeit auf eine perfekte Nase unter geschwungenen Brauen. Ihr Name war Holly. Sie war 25 Jahre alt, in Illinois geboren und offenbar von keinem anderen Ehrgeiz besessen, als Aufmerksamkeit auf sich zu ziehen. Sie fragte mich, ob es bei Flick noch freie Stellen gebe. Es gab freie Stellen, und am nächsten Tag wurde Holly von Larry dem Blutegel eingestellt, dem beim Anblick ihrer 75-B-Büste in einem hautengen Dress schon der Geifer herunterlief. Holly und ich arbeiteten zur gleichen Zeit und im gleichen Bereich. Sie muß ihren halben Lohn für mich ausgegeben haben, aber Geld schien für sie nicht wichtig zu sein. Für mich war es nicht schlecht, wenn sie ihr Geld für mich ausgab, solange es ihr nichts ausmachte. An unseren freien Abenden sahen wir uns jede Show in der Stadt an, und wenn es nichts gab, was wir sehen wollten, brachte sie mich bis an meine Tür, gab mir einen Gute-Nacht-Kuß und entschwebte in ihrem schwarzen Cape. Es machte mir große Mühe, aus ihr schlau zu werden.

Vielleicht war es nötig, daß ich mich selbst ein bißchen überholte. In dieser Absicht ging ich in meiner zweireihigen Matrosenjacke und mit weniger als einem Dollar in der Tasche in den frühen Morgendunst hinaus. Zwei Stunden später kehrte ich heim mit einer Flasche «Madame Rochas», einer Tube Rasiercreme, der *New York Review of Books Variety*, drei Bechern Reese's Erdnußbutter, einem Steak, einem Paket gefrorenem Spinat, der mein Hemd grün gefärbt und meine Leber geeist hat, Rasierklingen, Lidschatten, Maskara und mit einem Filzstift. Als ich an diesem Abend zur Arbeit ging, hatte ich Lidschatten, Maskara und «Madame Rochas» an mir, aber Holly bemerkte überhaupt nichts, oder vielleicht fand sie, daß ich ohne Kriegsbemalung schöner war.

Gegen Mitternacht kamen wir los, und sie nahm mich mit zu einer neuen Bar in der 72nd Street, die *Penthouse* hieß. Man brauchte eine teure Mitgliedskarte, um hineinzukommen, aber Holly zauberte eine hervor.

«Holly, wie bist du zu dem Geld dafür gekommen?»

«Ich gar nicht. Eine Schauspielerin hat es mir gegeben.»

«Aus reiner Herzensgüte?

«Zum Teil. Sie ist meine Liebhaberin.»

«Oh.»

«Ich bin eine ausgehaltene Frau, falls es das ist, was du denkst.»

«Ich hab überhaupt nichts gedacht, aber wahrscheinlich wäre ich irgendwann darauf gekommen.»

«Jetzt, da du mein schreckliches Geheimnis kennst»,

ihre Stimme bebte in gespieltem Entsetzen, «wirst du jetzt für immer aus meinem Leben verschwinden?»

«Nein, aber wenn du Geld hast und alles, was du willst, warum, zum Teufel, arbeitest du dann in den Salzminen?»

«Das hält mich am Boden der Realität.»

«Wer will schon diese Art Realität? Ich hab mein ganzes Leben darin gesteckt. Eine andere Sorte wäre mir lieber.»

«Mir gefällt es jedenfalls. Es ist ein Trip, verstehst du.»

«Ja. Sag mal, wer ist diese Schauspielerin?»

«Würdest du mir glauben, wenn ich dir sagte, es ist Marie Dressler?»

«Sie ist tot, du Klugscheißerin, aber zufällig ist sie für alle Zeiten meine Lieblingsschauspielerin. Komm, sag schon.»

«Kim Wilson.»

«Willst du mich verarschen?»

«Ich verarsche dich nicht.»

«Wie hast du sie kennengelernt?»

«Das ist eine lange Geschichte. Ich hab keine Lust, da jetzt einzusteigen. Jedenfalls ist sie in Ordnung, auch wenn sie schon über vierzig ist. Falls du sie kennenlernen möchtest, bei Chryssa Hart – weißt du, der Archäologin – gibt's eine große Party. Ich werde mit Kim hingehen, aber wir können auch alle drei zusammen gehen, sofern ich sie hinterher nach Hause begleite. Warte nur, bis Chrys ihre blauen Augen auf dich wirft. Das dürfte 'ne irre Sache werden.»

«Erspar mir die Einzelheiten. Sie ist siebzig Jahre alt, hat schon fünfmal ihr Gesicht liften lassen und läßt, wo sie geht und steht, Diamanten heruntertröpfeln.»

«Sie läßt Diamanten heruntertröpfeln, aber sie ist so um die Vierzig und ziemlich gut erhalten.»

«Toll. Wie macht sie das? Schläft sie in einem Alkoholbad? Ich werde von menschlichem Pökelfleisch verfolgt. Du bist mir eine Freundin! Bringst mich in der gerontologischen Station unter.»

«Ich versuche dir aus deiner erdrückenden Armut herauszuhelfen, Liebes. Ich habe keine Lust, über mittelalterliche Frauen zu reden. Laß uns tanzen.»

Wir gingen durch eine lange Bar, dann durch einen von Menschen wimmelnden Raum mit einem großen Kamin, durch einen weiteren Raum und erreichten schließlich die riesige Tanzfläche mit der allgegenwärtigen Spiegelkugel, die von der Decke herabglitzerte. Trotz all dem Flimmer und der Broadway-Klientel war es ein angenehmes Lokal. Andere Frauen und Männer sprachen mit uns, luden uns zu Drinks und zu Parties ein. Keiner von uns achtete auf die Zeit, bis wir ein helles Stück Himmel durch das Fenster erblickten.

«Schau, manchmal ist diese Stadt sogar schön. Es muß ungefähr vier sein, und ich bin nicht einmal müde», sagte ich.

«Ich auch nicht. Ich wohne nur ein paar Häuserblocks von hier. Warum gehen wir nicht zu mir?»

Aha. Endlich.

Holly wohnte in der West End Avenue in einer riesigen Mietwohnung mit Massen an Stuck an den Dekken und alten Parkettfußböden. Eine monströse silbrige Persianerkatze, Gertrude Stein, begrüßte uns an der Tür, und sie war sauer, daß Holly so lange weggeblieben war. Auf dem Weg durch die Wohnung fanden wir eine ganze Fährte katzenhaften Mißmuts: einen angekauten Hausschuh, eine zerfetzte Teppichecke, und als wir durchs Badezimmer gingen, sahen wir, daß Gertrude Stein das ganze Toilettenpapier abgerollt hatte.

«Ist sie immer so rachsüchtig?»

«Ja, aber ich freue mich dann immer auf ihre kleinen Überraschungen. Du weißt natürlich, daß wir aufs

Schlafzimmer zueilen und daß wir uns dort lieben werden?»

«Ich weiß.»

«Warum gehst du dann so langsam? Komm, lauf!»

Holly betrat ein Schlafzimmer, das von einem riesigen Messingbett mit einer flauschigen bordeauxroten Tagesdecke beherrscht wurde. Auf halbem Weg zum Bett hatte sie schon ihre Bluse ausgezogen. «Beeil dich.»

«Ich gehe langsam, um nicht Gertrudes Mißtrauen zu erregen, falls sie zu der eifersüchtigen Sorte gehört.» Eindeutig tappte Gertrude mir nach, die schrägen Augen voller Feindseligkeit.

«Dir passiert nichts. Gerty wird nur versuchen, sich zwischen uns zu schieben.»

«Wunderbar, ich hab es noch nie mit einer Katze getrieben.»

Holly hatte schon alle ihre Kleider ausgezogen und rollte jetzt die Bettdecke herunter. Ohne Kleider war sie noch viel schöner. Ich tänzelte herum, um aus meiner Hose herauszukommen. «Molly, du solltest wirklich tanzen. Du bist ganz Sehnen und Muskeln, und du siehst phantastisch aus. Komm her.»

Sie zog mich zu sich aufs Bett, und das Gefühl, neben 1 Meter 80 weichem Fleisch zu liegen, ließ mich fast in Ohnmacht fallen. Sie strich mit den Fingern durch mein Haar, knabberte an meinem Hals, und ich begann auf heißer Energie zu schweben. Sie hatte eine weiche, dicke Afrofrisur, die sie über meinen ganzen Körper gleiten ließ. Und sie biß mich unaufhörlich. Mit ihrer Zunge ging sie hinter mein Ohr, in mein Ohr, meinen Hals hinunter, meinen Schulterknochen entlang und hinunter zu meinen Brüsten, und dann wieder hinauf zu meinem Mund. Die genaue Reihenfolge dessen, was danach geschah, habe ich vergessen, aber ich weiß, daß sie sich mit ihrem ganzen Gewicht auf mich legte, und ich meinte schreien zu müssen, so herrlich fühlte sie sich an. Ich glitt mit meinen Händen ihren Rücken hinunter und gelangte kaum bis zu ihrem Po, so lang war sie. Jedesmal, wenn sie sich bewegte, fühlte ich, wie sich unter ihrer Haut die Muskeln geschmeidig veränderten. Die Frau war eine Dämonin. Sie begann langsam und wurde immer wilder, bis sie mich so fest hielt, daß ich nicht atmen konnte und mir das auch egal war. Ich fühlte sie in mir, auf mir, überall an mir; ich wußte nicht, wo ihr Körper begann und meiner aufhörte. Eine von uns brüllte, aber ich weiß nicht, wer und was sie brüllte. Stunden später lösten wir uns voneinander und bemerkten, daß draußen inzwischen heller Tag war, daß es über dem Hudson schneite und daß Gertrude, die Katze, meinen rechten Schuh verschlungen hatte – es war mein einziges Paar Schuh!

«Molly, machst du es je mit Männern?»

«Warum fragst du?»

«Ich weiß nicht, wohl weil ich es hasse, nach einem solchen Liebesakt mir vorzustellen, daß du all dies an einen Mann verschwendest.»

«Also, ich tue es manchmal, aber nicht sehr oft. Wenn man erst einmal weiß, wie Frauen sind, werden Männer irgendwie langweilig. Ich will sie nicht etwa schlecht machen, ich meine, als Menschen mag ich sie manchmal, aber sexuell sind sie fad. Ich nehme an, wenn eine Frau es nicht besser weiß, denkt sie eben einfach, ein Mann wär 'ne dolle Sache.»

«Ja, ich werde nie vergessen, wie ich den Unterschied herausfand.»

«Wie alt warst du?»

«Zweiundzwanzig. Seit ich achtzehn war, hab ich mit Kerlen geschlafen, aber ich brauchte weitere vier Jahre, um auf Frauen zu kommen. Ich glaube, ich habe diese 22 Jahre damit verbracht, Frauen zu ignorieren. Ich verdrängte alles Sexuelle, bis eines Abends meine Zimmergenossin mir auf die Sprünge half. Wir spielten unser Sommerstück *Anything Goes* für die Pensionäre, und meine Zimmergenossin war einer der Engel. Sie warf mich aufs Bett, buchstäblich. Ich trat um mich und biß ihr in den Arm, aber das dauerte nicht lange. Sie ließ nicht locker, und insgeheim wollte ich es auch nicht. Die nächsten drei Wochen verbrachte ich damit, vor ihr davonzurennen und ihr zu sagen, daß ich das ewige Kämpfen leid gewesen sei. Mein Gott, hab ich sie schlecht behandelt! Wenn ich wüßte, wo sie ist, würde ich ihr dafür danken, daß sie mich damals auf das Bett geworfen hat. Sie wußte Bescheid, ich nicht.»

«Und was ist dann passiert?»

«Die Show war zu Ende, und ich kam hierher zurück zum Vorsprechen. Sie ging Richtung Westen, und ich Rindvieh habe an unserem letzten Abend nicht mit ihr geschlafen! Ich war immer noch bemüht, eine professionelle Heterosexuelle zu werden. Jedesmal, wenn ich darüber nachdenke, dreht sich mir der Magen um.»

«Ich bin dieser Dame wahrhaftig dankbar, wo immer sie stecken mag. Hier ernte ich die Früchte ihres Muts.»

«Opportunistin.» Und sie schlang die Arme um mich zu einem unmittelbaren Wiederholungsspiel.

Am Samstag besuchte ich Holly in ihrer Wohnung. Kim war auch da. Sie trug ein dunkelrotes Gewand mit einem schwarz-weißen Schal. Bis auf die falschen Wimpern sah sie fast so hübsch aus wie im Kino, nur daß sie sich zuviel Make-up ins Gesicht schmierte, um die Falten zu verdecken, und ihren Lippenstift mit einem Spachtel auftrug, wahrscheinlich um die schrumpfende Lippenlinie zu verbergen. Abgesehen von diesen Bemühungen um jugendliche Frische sah sie sehr gut aus. Ich hatte fest damit gerechnet, daß sie mit einem Glas dasitzen und mich mit Geschichten über einen Film, den sie mit Rock

Hudson gedreht hatte, langweilen würde, und wie komisch das gewesen sei, als Jack Lemmon aus dem Boot fiel, ehe die Kameras überhaupt zu laufen begannen, ha, ha ... eine Million Lachsalven aus einem heruntergekommenen Hollywood, das meine Generation einen Scheißdreck interessiert. Statt dessen sprach sie über Lévi-Strauss und den Strukturalismus und wie sie sich in Susan Sontags Arbeiten hineinvertiefte. Aber sie gab nicht damit an. Sie schien sehr an Holly zu hängen – ihre Augen folgten Holly, wo immer sie hinging. Getrude, die unersättliche, hielt in ihrem Schoß ein Nickerchen, starrte mich dabei aber aus ihrem einen grünen Auge an, das sie offen hielt, damit ihr bloß nichts entging.

«Magst du Katzen?» fragte sie.

«Ich liebe Katzen, aber bei Gerty Stein bin ich mir nicht so sicher. Unter dieser Silberbrust schlägt das Herz einer unheilbaren Sadistin.»

«Sie ist rachsüchtig. Sie erinnert mich an eine Katze, die wir hatten, als ich ein Kind war.»

Du warst ein Kind? Richtig, wir waren es vermutlich alle irgendwann einmal. «Wo bist du aufgewachsen?»

«In den Slums von Chicago.»

«Quatsch! Ich meine, stimmt das wirklich?»

Kim lachte und bestätigte es.

«Nun, und ich bin auf einer armseligen Farm aufgewachsen und habe Kartoffelkäfer gesucht.»

«Und jetzt sind wir hier.»

Holly drehte sich um. «Oh, super, zwei Busen-Mitglieder des Proletariats. Erspar mir die Geschichten, wie gut Armut für den Charakter ist.»

Mir schoß das Blut ins Gesicht, aber Kim bewahrte mich vor dem Zurückschießen. «Na, wenn wir Busen-Mitglieder des Proletariats sind, will ich das ausnutzen.» Sie beugte sich zu mir herüber und küßte mich auf die Backe. Holly lachte, und die Spannung löste sich.

Ich mochte Kim sehr. Ich wünschte mir, sie hätte das ganze Geklecksе aus ihrem Gesicht entfernt. Warum machen die Frauen so etwas nur? Sie hatte feine Züge, und das allein zählt.

«Wir sollten uns bald zu Chryssa aufmachen. Seid ihr fertig?»

Kim und ich ergriffen unsere Jacken, und ich schämte mich meiner Matrosenjacke. Kim nahm sie entweder nicht zur Kenntnis oder sie war darüber erhaben, dergleichen zur Kenntnis zu nehmen.

Das Stadthaus befand sich in einer der sechziger Straßen im Osten, und als wir dort ankamen, nahm uns tatsächlich ein Butler die Mäntel ab. Das war gut so, denn auf diese Weise wurde meine schäbige blaue Jacke aus dem Weg geschafft, und die Gastgeberin bekam sie nicht zu Gesicht.

Holly rauschte hoheitsvoll in den Salon, und Kim und ich folgten ihr wie Dienerinnen. Eine schlanke, gebräunte Frau mit einem Pagenkopf kam herüber und gab erst Holly, dann Kim einen Kuß. «Kim, Liebling, ich freue mich ja so, daß du kommen konntest.»

«Für nichts in der Welt würde ich eine deiner Parties versäumen, Chrys. Darf ich dir Molly Bolt vorstellen, eine Freundin von Holly und eine neue Freundin von mir.»

Chrys betrachtete mich mit so viel Zartgefühl wie ein Geier. Sie nahm meine Hand zwischen ihre beiden Hände und säuselte: «Ich bin entzückt, Sie hier zu haben. Kommen Sie doch gleich mit rüber und sagen Sie mir, was Sie trinken möchten, dann können wir wie zivilisierte Menschen plaudern.» Es waren über fünfzig Frauen in dem Salon, und als Chrys jetzt mit mir quer hindurch marschierte, huschte ein leicht hämisches Schmunzeln über ihre Gesichter. «Was trinken Sie?»

«Einen Harvey Wallbanger.»

«Fein. Louis, machen Sie für dieses göttliche Geschöpf einen Harvey Wallbanger, mit Betonung auf ‹bang›. So, und nun erzählen Sie mir mal, was Sie machen, und all das, womit man eine Unterhaltung so eröffnet. Danach erzähle ich Ihnen, was ich tue, und dann können wir weiterziehen.» Leichtes Lachen.

«Im Augenblick bin ich zufällig Kellnerin.»

«Wie farbig. Aber das ist natürlich nicht das, was Sie wirklich tun möchten.»

«Nein, ich möchte eine Filmhochschule besuchen.»

«Wie interessant. Wollen Sie Schauspielerin oder so was werden?»

«Nein, ich möchte Regie führen, aber wahrscheinlich muß ich mein Geschlecht ändern, um einen Job zu kriegen.»

«Bloß nicht.» Sie legte ihren Arm um meine Schulter und flüsterte mir ins Ohr: «Mal sehen, was wir tun können, um die Geschlechtsschranke beim Film zu durchbrechen.»

Pause. Dann fragte ich: «Sie sind Archäologin?»

«Ja, aber ich wette, Sie haben keine Lust, von meiner Graberei und Wühlerei in den schmutzigen Gräben zu hören, oder?»

«Bestimmt nicht. Ich habe nur neulich etwas über die Ausgrabungen der Universität von New York in Aphrodisios gelesen.»

Ihre Augenbrauen gingen hoch, und ein sarkastischer Ton schlich sich in ihre Stimme ein. «Ja, aber die pfuschen da nur herum. Bei meiner Graberei entdecken wir phantastische Dinge, einfach phantastisch. Im letzten Sommer fand ich die Brust einer Artemis, die bestimmt einer von den Schülern der Phidias geschaffen hat. Da bin ich mir ganz sicher.»

«Ich habe darüber in der *Post* gelesen.»

Sie strahlte. «Oh, die wollen natürlich einen Streit

darüber in Gang bringen. Für eine schicke Geschichte tun diese Parasiten alles.»

Eine etwas kantige Frau in einem Tweedanzug kam herübergestiefelt und bellte: «Chrys, langweilst du dieses junge Ding mit deinen Geschichten von zerbrochenen Pötten und zersplitterten Fingernägeln? Wirklich, Liebes, ich werde nie verstehen, wie du dich so begeistern kannst für diesen Schmutz und die kaputten Haushaltsgegenstände.»

«Du bist eine kulturelle Ketzerin, Fritza. Das ist Molly Bolt, künftige Filmregisseurin, eine amerikanische Mai Zetterling.»

Fritza lächelte. «Wir brauchen eine. Mir hängt John Ford zum Hals heraus.»

Chrys blitzte die Frau mit einem Rapier-Grinsen an. «Fritza ist eine wahre Philisterin. Sie ist Börsenmaklerin – Inbegriff der Langeweile, aber sie ist dadurch ekelhaft reich geworden.»

«Ja, und Chrys erleichtert mich um einen beträchtlichen Anteil, damit sie ihre Graberei finanzieren kann.»

«Das bist du der Kultur schuldig, Liebling.»

«Ich selbst neige eher dazu, es als Unterhaltszahlung anzusehen.»

«Fritza, was bist du für eine rüde Person.» Chrys hakte mich unter. «So, ich befreie diese herrliche Frau aus den Fängen deines plumpen Humors.» Wir bahnten uns einen Weg durch die Menge und überließen Fritza ihrem Drink. «Achten Sie nicht auf Fritza. Sie war meine erste Liebhaberin im Bryn Mawr College, und wir fühlen uns wohl bei unserer Feindseligkeit.»

«Chryssa, Iris ist hier», rief eine Stimme aus der Menge.

«Entschuldigen Sie, Molly, ich bin so bald wie möglich wieder zurück.»

Holly und Kim kamen zu mir herüber, und Holly

kicherte: «Siehst du, ich hab dir ja gesagt, sie wird sich auf dich stürzen. Sie mag dunkelhaarige Frauen mit markanten Gesichtern. Ich wette, ihre Eierstöcke trafen auf den Fußboden, als du durch die Tür hereinkamst.»

«Mein unwiderstehlicher Charme, meine Damen.» Ich erhob mein Glas zu einem Toast: «Auf die Eierstöcke.»

«Auf die Eierstöcke», wiederholten sie. Dann sprang Holly davon in Richtung eines winkenden Arms mit zu vielen Goldreifen daran.

«Was hältst du von der Party?» fragte Kim.

«Ich weiß nicht. Ich hatte noch keine Zeit, mit jemandem zu reden außer mit Chrys und ihrer Freundin Fritza.»

«Die infamen Zweisamen. Das geht so jetzt schon seit 1948, als sie am Bryn Mawr ihr Examen machten.»

«Sie hat das Bryn Mawr erwähnt, aber nicht das Jahr.»

«Natürlich.»

«Wollen wir rübergehen und uns etwas auf die Bank dort setzen?»

«Klar.»

«Ich verspreche dir auch, dich nicht nach deiner Karriere zu fragen.»

«Gut. Ich laufe nämlich davor weg. Ich kann sowieso nicht spielen. Darf ich dir eine persönliche Frage stellen?»

«Klar, ich glaube sowieso nicht an diese Art, die Dinge auseinanderzuhalten.»

«Das werde ich mir merken. Schläfst du mit Holly?»

«Ja.»

«Dachte ich mir's doch. Du weißt, sie hat den Job bei Flick nur angenommen, um dich kennenzulernen. Sie hat mir davon erzählt. Sie ist sehr ehrlich.»

«Stört es dich?»

«Nein, nicht wirklich. Als ich erst einmal über fünfunddreißig hinaus war, hab ich aufgehört, mich wegen solcher Dinge zu grämen, und ich hab die Monogamie endgültig aufgegeben. Vielleicht kann ich es, aber niemand sonst scheint dazu fähig zu sein.»

«Prüf dich da nur nicht weiter. Nicht-Monogamie macht das Leben sehr viel interessanter.»

Kim lachte und sah mich an. Ihre Augen waren ein sehr helles Blaugrau. Sie hatte etwas Gutes an sich, das aus ihren Augen strahlte. «Jetzt hast du wieder etwas gesagt, was ich mir merken werde. Noch eine Frage, hast du deines Fängers Handschuh an?»

«Überzeug dich selbst!»

«Liebst du Holly?»

«Nein. Ich mag sie sehr. Manchmal denke ich, ich könnte sie lieben. Aber ich glaube nicht, daß ich mich je in sie verlieben werde. Wir sind zu verschieden.»

«Wieso?»

«Oh, Holly läßt sich leicht von Namen und Geld beeindrucken. Sie hat keinen großen Ehrgeiz, glaube ich. Aber ich. Mir ist egal, wer was hat. Mir liegt daran, etwas zu lernen und weiterzukommen. Das versteht sie nicht, aber solange wir zusammen ausgehen und unseren Spaß haben, gibt's keine Reibereien.»

«Sieh mal einer an, die Schöne und das Biest. Aha!» Chryssa reckte den Kopf hinter einer lethargischen Zimmerpflanze hervor. «Wirklich, Kim, die Jungen behältst du immer für dich allein! Wärst du ein Mann, würde man dich eine Minderjährigen-Tunte nennen.»

Aus der erheblich angewachsenen Menge ertönte eine Stimme: «Chryssa!»

«Es ist einfach unmöglich, bei meiner eigenen Party ein Gespräch zu führen. Molly, essen Sie am nächsten Donnerstag mit mir zu Mittag? Um ein Uhr – in den *Four Sessions*?»

«Nächsten Donnerstag um eins», antwortete ich.

Sie drückte mir die Hand und verschwand wieder in der Menge.

«Da legst du besser deinen Keuschheitsgürtel an.»

«Hab keinen. Hältst du O. B. für eine Lösung?»

Das Mittagessen mit Chryssa war eine Übung im Erfinden von Ausreden. Da alle die Kleider, die ich am Leib trug, geborgt waren, hatte ich Angst, auch nur die Gabel zum Mund zu führen. Man stelle sich vor, ein Happen wäre auf meine rechte Brust gefallen und die verdammte Bluse wäre hin gewesen? Und die Fragen von Chryssa – hinterhältig und charmant, aber alle ließen nur einen Schluß zu. Ich bemühte mich, nett zu sein und den letzten Anflug eines südlichen Akzents zu unterdrücken. Aber ich verlor fast die Beherrschung, als sie mir zu verstehen gab, sie würde mir die Ausbildung an der Filmakademie bezahlen, wenn ich ... Irgendwie hielt ich es durch, ohne mich mit Schlagsahne zu bekleckern und ohne mich zu verpflichten.

Als ich mit der Untergrundbahn nach Hause fuhr, beobachtete ich die Leute, wie sie mich beobachteten. Ich hatte hübsche Kleider an, und so warf man mir Blicke eitler Neugierde und sogar der Anerkennung zu und starrte mich nicht auf die übliche bittere, forschende Art an. Hatte Florence nicht immer gesagt, daß Kleider Leute machen? O ja, Florence. Was, zum Teufel, machten sie wohl? Jetzt, in dieser Minute? Wenn sie mich jetzt sähen, würden sie denken, ich sei reich. Zum Teufel mit ihnen allen. Warum denke ich überhaupt an sie? Warum versuchte diese Frau mit der wohlklingenden Stimme, mich zu kaufen? Ich weiß, warum, ich weiß, ganz genau, warum. Scheiße, was soll ich jetzt tun. Ich kann nicht die Aushalte-Nummer spielen. Ich weiß, es ist idiotisch, es nicht zu tun. Verdammt, ich sollte ihr Geld nehmen und die Akademie besuchen. Ihr alter Herr ist sowieso auf dem Rücken der Armen reich geworden. Ein Teil des Geldes ist mein Erbe. Vergeltung. Ich sollte das gottverdammte Geld nehmen. Wie soll ich sonst die Akademie bezahlen? Ein Semester kostet 1000 Dollar. Ganz schön beschissen, arm zu sein. Ich mußte meinen Hintern benutzen, um meinen Kopf zu retten! Nein, zum Teufel mit dir, Chryssa Hart, ich werde dein verlockendes Geld nicht nehmen, und zum Teufel mit mir, weil ich in dem Rattenloch sitzen und stolz, aber arm bleiben werde. Reinheit. Es muß doch irgendeinen Weg aus diesem Schlamassel heraus geben. Vielleicht klebe ich an falschem Stolz. Carrie verdient nicht einmal 1500 Dollar im Jahr und nimmt trotzdem kein Almosen oder sonst irgend etwas an, nicht einmal von der Kirche. Vielleicht ist es eine Familieneigenschaft. Familie, da kann man doch nur lachen! Wieso Familie? Alles, was ich gekriegt habe, war ein Zimmer und Verpflegung. Na ja, manches hat sich wohl abgenutzt. Aber es war mehr als nackter Stolz. Wenn diese Frau mich liebte wäre es etwas anderes, oder wenn ich sie liebte. Dann würde ich alles annehmen, was sie mir geben würde, aber ich interessiere sie einen Scheißdreck. Sie kauft mich so, wie sie losgeht und sich einen Wintermantel oder eine Gucci-Handtasche kauft. Ich bin ein Stück Fleisch. Verdammt, gehe ich die Straße hinunter, sehen die Männer mich an wie einen wandelnden Samenbehälter. Gehe ich auf eine Party, sieht dieser Bussard Fleisch. Sie ist nicht anders als irgendein Bauarbeiter, nur daß sie Klasse und Brot hat, das ist alles.

Ach, Scheiß, ich sitze doch nicht hier in dieser gottverdammten Untergrundbahn und bemitleide mich selbst. Scheiß der Hund drauf. Eine alte Lesbierin will meinen Hintern kaufen. Tolles Geschäft. Also fresse ich die Tapete von den Wänden und zerkrümle das alte Brot. Verfluchter Scheiß. Morgen will ich meinen Hintern zur

Uni rüberbewegen und diesen akademischen Robotern sagen, sie sollen mir ein Stipendium verschaffen. Ich bin das tollste Genie seit Eisenstein. Sie sollen sich glücklich schätzen, mir bei meiner Ausbildung helfen zu dürfen. Zum Teufel, es gibt mehr als nur eine Möglichkeit, ein Huhn zu rupfen. Das hatte Carrie immer gesagt. Scheiße, ich wünschte, ich würde endlich aufhören, über Carrie nachzudenken!

13

Nach Monaten bürokratischen Hin und Hers und einer Salve Aufnahmeprüfungen erhielt ich ein Stipendium. Tagsüber besuchte ich die Vorlesungen, und nachts arbeitete ich im Flick. Holly bekam mich nur am Wochenende zu sehen. Sie war nicht sehr begeistert über meine Tageseinteilung, und sie nahm auch die Filmakademie nicht sehr ernst.

Eines Abends, an einem Wochenende, wurden wir bei der Arbeit angepöbelt. Die Kneipe war voll von weißen Theaterbesuchern mittleren Alters und von Schülern, die nicht in den *Playboy Club* hineinkamen und sich darum mit Ersatzbunnies zufrieden geben mußten. Wir hatten beide vier Tische zu bedienen. Es war kurz vor Ende unserer Schicht, und wir waren alle müde.

Einer von Hollys Tischen leerte sich, worauf ein bläßlicher, etwa fünfundvierzigjähriger Mann und seine plumpe Frau, die ein grünes, an den Hüften fast platzendes Satinkleid trug, dort Platz nahmen. An meinen Tischen aß man und war zufriedengestellt, so hatte ich eine kleine Verschnaufpause. Holly sauste mit einem Tablett vorbei und flitzte in die Küche, um das, was ihre neuen Gäste bestellt hatten, zu holen. Sie kam zurück mit einem geeisten Orangensaft und einem riesigen Bananasplit – sechs Kugeln Eis, Berge von Schlagsahne, drei verschiedene Sirups und eine dicke, pralle Kirsche, die ans Obszöne grenzte.

Der kleine Mann beobachtete Holly, ja, er nahm nicht einen Moment die Augen von ihren vollkommenen Brüsten. Holly bediente zuerst die Frau, und während die in ihrem grünen Satin gefangene Dame mit dem metallischen Haar die Hülle ihres Strohhalms betrachtete, streckte der Ehemann die Hand nach oben und befummelte Hollys linke Brust. Der ist voll, dachte ich, der Kerl muß voll sein. Holly trat einen Schritt zurück, um ihn sich genauer anzusehen, dann nahm sie sorgfältig das Bananasplit in die rechte Hand und klatschte es ihm auf den Kopf. Die ganze erste Etage des Flick brach in jubelndes Gelächter aus. Der Mann brüllte, sprang von seinem Metallstuhl auf, stieß ihn um und fiel auf den Hintern. Seine Frau, die ihn am Boden liegen sah, mit einer riesigen Kirsche, die langsam an seinem Ohr heruntergiltt, stieß ein gellendes Wehgeschrei aus: «Harold, auf deinem Ohr ist eine Kirsche!»

Harold hätte eine Banane im Ohr stecken gehabt, wenn Holly ihn richtig zu fassen gekriegt hätte. Sie trat ihm in die Eier, packte ihn an seinen dicken Nackenfalten und zerrte ihn an den Rand der Treppe. Dort setzte sie fest ihren Fuß auf seinen Hintern und stieß ihn ohne Countdown hinunter. Er fiel in den Manager hinein, der gerade seine 250 Pfund die Treppen heraufhievte und wie auf einem Spendenaufruf für die Herzgefährdeten aussah.

«Was soll das heißen?» kreischte Larry der Blutegel. Aber seine affektierte männliche Stimme ging unter in der Hysterie des Augenblicks.

«Diese miese Sau hat seine Hand auf meine Brust gelegt, das soll es heißen.»

Inzwischen hatten die Leute ihre Stühle verlassen und drängten sich um die Treppe, um besser sehen zu können. Ich stand direkt hinter Holly. Larrys Gesicht war rot gefleckt, und er griff nach unten, um dem Tittenfummler auf die Füße zu helfen. Schlagsahne und die Überreste der von Sirup triefenden Bananen bedeckten den Teppich.

«Sie sind entlassen, machen Sie, daß Sie hier rauskommen. Es tut mir leid, Sir. Mir ist das außerordentlich unangenehm.» Larrys Blick fiel auf mich, er erinnerte sich, daß Holly und ich Freundinnen waren, und fügte als Postscriptum hinzu: «Sie können bleiben, auf Sie bin ich nicht wütend.»

Holly wirbelte herum und stieß ihren Fuß mit voller Wucht in Larrys riesigen Bauch. Er segelte die Treppe hinunter, schwebend, lautlos, bis er unten auf der untersten Stufe aufschlug. Mit eisernem Griff umklammerte sie mein Handgelenk und verkündete in voller Lautstärke: «Wenn ich rausgeschmissen werde, nehme ich auch meine Frau mit!»

Das Gebrüll war noch lauter als bei den Baseballmeisterschaftsspielen. Holly zog mich die Treppe hinunter und auf die Straße hinaus. Sie ließ mich erst los, als wir bei der Untergrundbahnstation an der Lexington Avenue angelangt waren. Ich staunte halb, halb mußte ich lachen.

«Du hast sie alle zu Salzsäulen erstarren lassen, aber Holly, du hast gelogen, wir sind nicht verheiratet. Jetzt werden alle diese netten Leute denken, ich bin vergeben. Das ist das Ende meines Junggesellenlebens.»

Sie war immer noch zu aufgeregt, um sich zu amüsieren. «Halt den Mund und komm mit zu mir.»

«Ich kann nicht. Ich muß morgen sehr früh auf und

zur Bücherei, um einiges über D. W. Griffith nachzusehen. Komm du mit in meine Bude.»

«In das stinkige Loch?»

«Immerhin bin ich ja drin, also verschließ die Augen vor dem Rest.»

«In Ordnung, aber weck mich ja nicht auf, wenn du zur Bücherei gehst.»

Wir fuhren schweigend zu mir. Das Umsteigen am Union Square dauerte ewig, deshalb liefen wir die 14th Street bis zum Fluß hinunter und dann hinauf zu meiner Wohnung. Aber der Gang hatte Holly nicht abgekühlt, sondern nur noch gereizter gemacht. Als ich die Tür öffnete und Licht machte, stöhnte Holly auf: «Wie kannst du in einem solchen Rattenloch leben. Du bist blöd, daß du dich nicht von Chryssa aushalten läßt.»

«Laß uns nicht davon anfangen. Ich hab schon genug im Kopf. So sehr ich mich gefreut hab, daß diese kleine, verschrumpelte Kröte und auch Larry eines abgekriegt haben – ich muß mich jetzt nach einem neuen Job umsehen.»

«Hör mal zu, du stures Miststück, wenn du nur ein bißchen nachgeben würdest, brauchtest du dich nicht halb umzubringen wie jetzt – du hättest etwas zum Anziehen, eine anständige Wohnung, ein paar hübsche Annehmlichkeiten, die das Leben leichter machen.»

«Holly, hör auf!»

«Womit? Bildest du dir ein, du bist zu gut, um dich aushalten zu lassen? Ich werde ausgehalten – bin ich deshalb gleich eine Hure oder so was? Oder ist es vielleicht symptomatisch für die Weigerung meiner Rasse, Verantwortung zu übernehmen? Ist es das, was du denkst?»

«Nein. Wir sind einfach nur verschieden, und es hat nichts mit Hurerei oder Hautfarbe oder diesem ganzen Scheiß zu tun. Ich kann es nun mal nicht, das ist alles.»

«Erzähl mir doch nicht so 'n Scheiß. Du kannst es nicht, weil du so verflucht prüde bist und meinst, es wär unmoralisch. Ich meine, du bist ein gottverdammter Esel, *das* meine ich. Du hast dein ganzes Leben in Armut verbracht, jetzt hast du eine Chance, etwas für dich zu haben. Ergreif sie.»

«Du verstehst nicht, Holly, ich will hier nicht leben. Ich will keine zerschlissenen Kleider. Ich will nicht die nächsten zehn Jahre auf dem Zahnfleisch gehen. Aber ich muß es auf meine Art schaffen. Auf meine Art, verstehst du. Das hat nichts mit Moral zu tun, es hat etwas mit *mir* zu tun.»

«Oh, hör doch auf, den hehren Helden zu spielen!»

«Ich habe keine Lust zu streiten. Können wir es für heute nacht nicht vergessen?»

«Nein, ich werde es nicht vergessen, weil ich weiß, daß du ein Werturteil über mich fällst.»

«Das tue ich *nicht.* Jetzt hör auf, mir dauernd was zu unterstellen.»

«Du meinst, daß ich schwach bin und faul, nicht wahr? Du findest, daß ich eine verwöhnte reiche Göre bin, die Geld von ihrer Liebhaberin nimmt statt von ihrem Doktor-Daddy. Warum sagst du es nicht. Du liebst mich nicht.»

«Das habe ich auch nie behauptet.»

Holly blinzelte, und dann verengten sich ihre Augen. «Warum kannst du dich nicht in einen dekadenten schwarzen Mittelklassebalg verlieben?»

«Jetzt hör auf, ja? Das ist ja lächerlich!»

«Lächerlich, ich sage dir, was lächerlich ist. Du hockst hier, arbeitest dich zu Tode und wofür – um Filmregisseurin zu werden. Hör mir zu, Baby: lauter Träume, lauter Träume. Du kannst das beste Examen machen. Wahrscheinlich wirst du es sogar machen. Aber du wirst keine Arbeit kriegen. Du bist nichts weiter als auch nur so ein Weiberarsch, der mit seinem Phi Beta Kappa-

Schlüssel um den Hals auf einem Sekretärinnenstuhl sitzen darf. Du machst das alles für nichts und wieder nichts. Weißt du was, du ähnelst sehr meinem Vater. Ich hab das bisher nie gemerkt. Mein Vater hat sich auch halb zu Tode geschuftet, und er ist reich geworden, aber er wollte ganz nach oben, und das schafft er nicht aus offensichtlichen Gründen. Ihr beide würdet ein feines Paar abgeben, dickköpfig, unfähig zu sehen, was auf euch zukommt. Wollt gegen die ganze Welt ankämpfen und bekommt nichts als Tritte in den Hintern dafür. Wenigstens hat mein alter Herr Geld dabei gemacht. Du schaffst nicht einmal das. Greif lieber bei Chryssa Hart zu, sie ist das Beste, was du kriegen kannst, mein Schatz.»

«Herrgott! Was auch immer aus mir wird, ich habe dann doch wenigstens das Wissen im Kopf, und niemand kann mir das nehmen. Und eines Tages, auch wenn du es nicht kommen siehst, werde ich dieses Wissen nutzen und meine Filme machen. *Meine* Filme, hörst du, Holly – keine Schnulzen über unglückliche Heterosexuelle, keine Familiendramen über das strahlende weiße Amerika, keine vom ersten bis zum letzten Bild bluttriefenden Western und auch keine Science-fiction-Thriller, in denen abtrünnige weiße Blutkörperchen die Leinwand bevölkern, sondern meine Filme, wirkliche Filme über wirkliche Menschen und die Art und Weise, wie die ganze Scheiße über sie hereinbricht. Wenn ich das Geld dafür erst mit fünfzig kriege, dann ist das eben so. Ich werde es machen, so wahr mir Gott helfe, und es ist nicht für nichts und wieder nichts.»

«Also wirklich, du bist unglaublich. Ich weiß nicht, ob du verrückt oder ob du aus dem Stoff bist, der aus den Massen der Mittelmäßigen herausragt, aber ich will nicht herumhängen, um das herauszufinden. Ich bin nicht gewillt, mir mitanzusehen, wie du dich durchschlägst durch das Häßliche, das du jetzt durchmachen wirst, und ich glaube auch nicht, daß ich mitansehen könnte, was danach passiert – wenn man dir die Türen vor der Nase zuschlägt und dir die Lügen ins Gesicht sagt, die sie heutzutage den Schwarzen und den Puertorikanern und den Frauen erzählen. Du bist stark genug, um damit fertig zu werden, aber ich bin nicht stark genug, um es mitanzusehen. Nachdem ich meinen Vater beobachtet habe, habe ich nicht den Mut, mir das alles noch einmal mitanzusehen.» Sie hielt inne, holte Atem und senkte den Blick auf den Linoleumfußboden. «Ich komme mir mies vor. Ich komme mir einfach mies vor. Ein bißchen vielleicht auch deswegen, weil ich keine richtige eigene Arbeit habe. Ich renne rum, bin schön und amüsiere mich, ja, aber ich habe nichts für mich, nichts, was wirklich meins wäre, und du hast das, und das macht mich so verdammt fertig.»

«Aber was, zum Teufel, soll ich denn machen? Es aufgeben, um dich glücklich zu machen? Eine Versagerin werden, damit du dich wohler in deiner Haut fühlst?»

«Nein, nein. O Molly, tief in meinem Innern will ich ja, daß du hier ausbrichst, daß du die ganze Szene weit aufreißt. Ich weiß, was es dir bedeutet, und vielleicht begreife ich sogar genug, um zu wissen, was es für eine Menge anderer Leute bedeutet, wenn du es tust. Es ist das tägliche Zerren und Ziehen, das mir die Galle überlaufen läßt. Ich beginne dich zu hassen, dich zu hassen, und ich liebe dich, das ist alles ein Scheißdurcheinander – aber ich fange an, dir all das zu verübeln, was dich stark macht, was dich befähigt, dich der täglichen Aushöhlung zu stellen. Ich fange an, mich selbst zu hassen, weil ich nicht so wie du bin. Ich weiß nicht, vielleicht liegt es daran, daß meine Eltern mir alles geschenkt, daß sie mich verwöhnt haben, vielleicht hab ich deswegen keinen inneren Antrieb.»

«Es gab eine Menge Leute, die vieles geschenkt gekriegt haben, Leute aus der Mittelklasse, und die doch den Antrieb hatten.»

«Ja, und? Es ist mir egal, was sie gemacht haben. Mir geht es darum, was ich machen soll. Was, zum Teufel, soll ich denn mit meinem Leben anfangen? Sag mir, was ich tun soll.»

«Das kann ich nicht. Es würde nichts bedeuten, wenn ich es dir sagte, du mußt es dir selbst sagen.»

«Es ist so schwer.»

«Um Himmels willen, es ist immer schwer, egal, wer du bist, wo du herkommst, welche Hautfarbe du zufällig abgekriegt hast oder welches Geschlecht dir beschert worden ist. Es ist die schwerste Entscheidung wahrscheinlich, die jeder einzelne in seinem Leben treffen muß.»

«Ja, ich weiß. Ich weiß, es ist schwer für dich, da, wo du jetzt stehst, und ich tue dir nichts Gutes damit, wenn ich dauernd das Lustprinzip betone.»

«Und ich weiß, daß es auch für dich schwer ist, da, wo du jetzt stehst. Es tut mir leid.»

«Mir auch, es tut mir leid, daß ich dich angebrüllt habe, und es tut mir leid, daß du meinetwegen deinen Job verloren hast. Ich bin eine richtige Scheißziege. Ich muß hier fort und sehen, daß ich wieder einen klaren Kopf kriege. Vielleicht bitte ich Kim um Geld, daß ich ein paar Monate nach Paris fahren kann, oder vielleicht fahre ich nach Äthiopien – ich habe da eine Freundin vom College her. Es wird mir leichter fallen, einen Entschluß zu fassen, wenn ich aus dieser geisteskranken Stadt raus bin.»

«Du kannst überall einen Entschluß fassen, sogar im Gefängnis. Nach Paris zu fahren klingt nach schicker Flucht.»

«Geh zum Teufel. Du mußt mir unbedingt unter die Nase reiben, daß du nicht diese Möglichkeit hast, nicht wahr? Leute wie du, die ihre Armut wie ein Abzeichen der Reinheit tragen, machen mich krank!»

«So habe ich es nicht gemeint. Aber vielleicht hat es wirklich selbstgerecht geklungen. Zum Teufel, ja, natürlich würde ich selbst gern nach Paris fahren oder irgendwohin. Ich versuche doch nur, dir zu sagen, du sollst kein Ritual daraus machen, wenn du dich bemühst, einen klaren Kopf zu kriegen – das ist alles.»

«Ja, ja, okay. Ich kann jetzt nicht mehr beurteilen, ob du mich runtermachst oder mir nur die Meinung sagst. Ich hab in diesen Tagen einen ganz schönen Zorn auf dich. Ich nehme an, es ist aus mit uns, verstehst du? Vielleicht ist einer der Wege, zu mir selbst zu kommen, wenn ich dich eine Weile lang nicht mehr sehe.»

«Wenn du das Gefühl hast, daß es so ist, dann muß es so sein.»

«Es scheint dich ja nicht weiter aufzuregen.»

«Herrgott, Frau, ich tue alles, was ich kann, um dir zu helfen, das zu tun, was du tun mußt. Nein, ich bin nicht niedergeschmettert. Willst du, daß ich vernichtet am Boden liege und wie eine brennende Hexe in einer Pfütze zu deinen Füßen verlösche? Und ja, ich werde dich vermissen. Es wird mir fehlen, wenn ich nicht mehr mit dir schlafen und zum *Thalia* gehen kann, und du bist wahrscheinlich die einzige Frau, die ich je kennen werde, die, als sie in Fahrt war, ein fettes Schwein die Treppe hinuntergestürzt hat. Okay?»

«Ach, Scheiße, ich liebe dich doch. Wirklich.» Sie hob ihr Cape auf, schob die Sicherheitskette zurück und schloß die Tür hinter sich. Ich lauschte ihren Schritten, bis sie die Haustür öffnete und wieder schloß. Sie ging zur Ecke und winkte ein Taxi herbei. Ich beobachtete sie, bis sie die Füße in den Wagen zog und die Tür schloß.

Vierter Teil

14

Zwischen Untergrundbahnen, den rot-weißen Coke-Automaten und Plakaten für Dr. Scholls Fußpuder machte ich mich auf die Suche nach einem neuen Job. Bei Nachtarbeit gab es zwei Kategorien: Telefonvermittlung oder verschiedene Formen der Unterhaltung. Da Hal Prince, der Musical-König, nicht auf der Straße auf mich zusprang, um mich zu engagieren, tanzte ich jede Nacht in einer kleinen Bar im Westen der Stadt. Das dauerte zwei Wochen – bis ich einem Zahnarzt einen Patienten verschaffte, der ein paar neue Kronen brauchte. Mir blieb nichts anderes übrig, als meinen Zeitplan zu ändern, weniger Vorlesungen zu besuchen und am Tag zu arbeiten.

Ich bekam einen Job als Sekretärin in der Silver Publishing Company. Jeden Morgen um neun stürmte ich in kompletter weiblicher Ausstattung – Rock, Strümpfe, Slip – ins Büro. Ich konnte meine Beine nicht übereinanderschlagen, da sonst prompt der eine oder andere Spermaproduzent versuchte, mir unter den Rock zu sehen. Und ich konnte meine Füße nicht auf den Schreibtisch legen, weil sich das für eine Dame nicht schickte. Wenn ich mal kein Make-up trug, fragte mich jeder, auch der Boss, ob ich nicht auf dem Posten sei. Meine unmittelbare Vorgesetzte war Stella von Starlight. Stella hatte den Präsidenten der Firma, David Cohen, geheiratet, und so arbeitete sie aus «reinem Spaß». Stella sah genau wie Ruby Keeler aus, und irgend jemand mußte ihr das schon 1933 gesteckt haben, denn seither hatte sie immer versucht, wie eine Kopie des Originals auszusehen. Bei der leisesten Anspielung auf Ruby verfiel sie in den Stepptanz aus *Footlight Parade*. Ihr Mann, hochgeschreckt durch das Geräusch klappernder Füße, kam dann aus seinem Büro heraus und erinnerte sie daran, daß Fahnen zu lesen seien und ob sie die Tanzerei nicht bis nach fünf aufschieben könne.

Wir von der unteren Garde waren im «Kuhstall» zusammengepfercht und tippten lustlos alles vor uns hin, von Rechnungen bis zu neuen Manuskripten, von Klappentexten bis zu Bildlegenden. Innerhalb kurzer Zeit brachte Stella es fertig, herauszufinden, daß ich sowohl lesen als auch buchstabieren konnte, zwei Punkte zu meinen Gunsten, zu denen sich noch ein bemerkenswerter dritter gesellte: Ich konnte auf Kommando einen Text hinhauen. Stella rettete mich aus dem «Kuhstall» und steckte mich zu einem der geschätzten Lektoren, James Adler.

Rhea Rhadin, auch eine aus dem «Kuhstall», die sich hochgekämpft hatte und jetzt die oberste Empfangsdame war, hatte sich unglücklicherweise unheimlich heterosexuell in James verknallt. Sie glitt sozusagen auf dem Schleim ihrer Geilheit ins Büro und umsäuselte ihn: «James, kann ich Ihnen eine Tasse Kaffee holen – oder sonst irgend etwas heute morgen?» James verabscheute sie und knurrte ihr bei diesen unentwegten Versuchen jedesmal ein «Nein» zu. Seltsame Hirnverrenkungen, wie man sie so oft bei systematisch vorgehenden Frauen findet, brachten sie jedoch zu der Überzeugung, daß James sie nur deshalb so grob behandelte, weil er und ich es heftig miteinander trieben. Sie beschloß, mir das Leben schwer zu machen. Jede Arbeit, die sie aus meinen Händen empfing, führte sie absichtlich schlecht aus und schob dann mir die Schuld zu. Einmal in der Woche pflegte sie in Mr. Cohens Büro zu schlüpfen, um wieder einmal auf einen entsetzlichen Fehler hinzuweisen, vor dem sie den Drucker bewahrt habe – alles nur wegen meiner Nachlässigkeit und meiner schlechten Arbeitsgewohnheiten. In dem heroischen Bemühen, mich zu retten, stellte James die Situation Mr. Cohen so dar, wie er sie sah, doch Mr. Cohen vermochte nicht zu glauben, daß irgend jemand ein solcher Esel sein konnte.

Rheas unglaubliche Geilheit war nur einer von ihren Fehlern. Sie war bekanntermaßen faul und ließ gern andere für sich arbeiten, Mädchen, die weniger Glück gehabt hatten als sie. Auf diese Weise fand sie die Zeit, sich täglich die Fingernägel zu feilen und in einer neuen Farbe zu lackieren. Mr. Cohen drückte ein Auge zu bei ihrer ewigen Manikürerei und meinte, wir sollten nett zu ihr sein, immerhin habe ihre Mutter Selbstmord begangen, als Rhea elf Jahre alt war. Die Situation wurde von Tag zu Tag unerträglicher. Und so entstand aus meiner Einsamkeit seit Hollys Weggang und meinem Ärger bei der Arbeit ein Plan, von dem ich sicher war, daß er die alte Ratte Rhea fertigmachen würde. An einem Sonntagabend zog ich mit einem Abfallbeutel aus Plastik los und sammelte jeden annehmbaren Brocken Hundescheiße, den ich finden konnte, ein. Ich bekam den Beutel halbvoll, verschnürte ihn sorgfältig und stellte ihn für die Nacht an meinem Briefkasten ab.

Am nächsten Morgen um sieben schleppte ich den verdammten Beutel durch die Untergrundbahnstation, die Treppe hinauf und in das Bürogebäude, das von Ruß, Taubendreck und Abgasen gestreift war. Bis acht hatte ich fieberhaft die Geschenke in Rheas Schreibtischschublade gestopft. Dann verduftete ich über die Hintertreppe und erschien erst zehn nach neun wieder im Büro.

Rhea saß an ihrem Schreibtisch, mit «Mocha Mist» von Revlon in der rechten und dem Telefonhörer in der linken Hand und quasselte wie üblich. Mr. Cohen kam um 9 Uhr 20 mit Stella im Gefolge. Rhea hing immer noch am Telefon. James und ich arbeiteten bereits an einem Buch über mittelalterliche Kunst, als Rhea durch die offene Tür stolziert kam: «Wirklich, James, ich begreife nicht, warum Sie und Miss Bolt bei der Arbeit so dicht zusammen sitzen müssen. Fotografien flämischer Kirchen können doch nicht so interessant sein.»

«Rhea, haben Sie nichts zu tun?» murmelte James.

«Doch, ich habe nur eine kurze Pause gemacht. Möchten Sie gern eine Tasse Kaffee?»

«Nein, danke.»

Sie glitt hinaus, durch und durch glücklich, daß sie ihre große Liebe wieder einmal geneckt hatte. Durch die offene Tür konnte ich sie hinter der Glaswand an ihrem Schreibtisch hocken und wieder telefonieren sehen. Sie hatte noch keine der Schubladen angerührt. Der ganze Morgen schleppte sich dahin, ohne daß sie auch nur eine einzige Schublade aufzog.

James und ich aßen unser Mittagessen im Büro, da wir einen riesigen Manuskriptberg zu bewältigen hatten, ehe gegen drei die Autorin hereinschauen wollte. Als spürte sie, daß wir in Hetze waren, kam Stella ins Büro getänzelt. James aß gerade Mandelhörnchen. Sie bemerkte es.

«Ich dachte, Sie hielten zur Zeit Diät. Was ist los, sind Sie die Eier und den Thunfisch leid? Sie wissen doch, Eier verursachen besondere Säuren und stopfen.»

«Nein, das wußte ich nicht, aber . . .»

Stella fiel ihm ins Wort: «Dave hat eine kleine gelbe Pille, die alle Beschwerden sofort beseitigt. Er kennt keine Verstopfungsprobleme. Ich habe ihn dazu gebracht, einen Arzt aufzusuchen, Dr. Bronstein. Er ist derjenige, der behauptet, ich sähe aus wie Ruby Keeler aus dem Gesicht geschnitten. Bronstein sagt, Dave fehle überhaupt nichts, aber er solle die Pille zur Entschlakkung nehmen. Sie sollten auch mal wegen einer Diät den Arzt aufsuchen. Ich hatte eine Freundin, die ihres Gewichts wegen in eine Spezialklinik ging. Sie aß dort nur Trauben und Wassermelonen. Nach drei Tagen fühlte sie sich wesentlich leichter. Trauben und Wassermelonen.»

James brachte ein Lächeln zustande. Schließlich kann man der Frau des Chefs nicht sagen, sie solle sich zum Teufel scheren. «Ich hasse Wassermelonen, wenn ich sie auch als Kompott ganz gern mag.»

«Ja, das mag ich auch. Haben Sie jemals Honigmelonen gegessen? Die mag ich sehr. Ich habe eine gekauft, ehe Dave nach Chicago fuhr. Wann war das doch? Im September? Also, ich kaufte eine Honigmelone im September, aber sie war noch nicht reif; deshalb tat ich sie in den Kühlschrank, und sobald sie reif war, aß ich sie. Ich habe jeden Tag ein Stück gegessen. Es war herrlich, nicht für Dave kochen zu müssen und sich einfach ein Stück Honigmelone zu nehmen. Er stellt sich so mit dem Essen an, daß es jedesmal eine Erleichterung ist, wenn er seine kleinen Reisen macht. Unser Kühlschrank ist voller Orangen. Dave trinkt nichts anderes als frisch gepreßten Orangensaft. Heute war ich unartig und hab die Presse nicht abgewaschen.» James blickte müde von einer Farbfotografie des himmlischen Mantels Heinrichs II. hoch und startete einen erneuten Versuch, Stella zu bedeuten, sie möchte doch gehen, aber sie legte den zweiten Gang ein und überfuhr ihn.

«Mr. Cohen muß seinen Orangensaft frisch haben und alles andere auch. Er setzt sich nicht zu Tisch, wenn ich ihm beim Frühstück die Serviette vom Lunch neben den Teller lege. Ich muß ihm zuliebe drei verschiedene Größen Servietten im Haus haben. Wir haben uns neue Schüsseln für Cornflakes gekauft, und er hat sich beklagt, daß ich ihm zu viel Cornflakes gegeben hätte. Also mußte ich sie in die alte Schüssel schütten und sie dann vor ihm in die neue Schüssel schütten. Erst da war er zufrieden. Aber beim Kaffee zeigt er seine schlimmsten Seiten. Wenn es um seinen Kaffee geht, ist er pingeliger als bei Manuskripten.»

«Das ist unmöglich», behauptete James.

«Ha, wenn Sie meinen, er ist hart als Chef, dann sollten Sie mal mit ihm leben.» Als ihr aufging, was sie da gerade gesagt hatte, trat sie einen Schritt zurück und spähte in alle Richtungen, um sich zu vergewissern, daß niemand diese Lästerung gehört hatte. «James, ich muß den Kaffee selbst für ihn mahlen. Erst muß ich mit dem Orangensaft hinter ihm her jagen. Dann sitzt er am Tisch und inspiziert die Servietten und verlangt, daß die Cornflakes vor seinen Augen abgemessen werden. Dann verlangt er seinen Kaffee, und jeden Morgen stimmt irgend etwas damit nicht. Nach all diesem Hin und Her ist es schließlich zehn nach neun, und dann sagt er zu mir: ‹Beeil dich, wir kommen zu spät.› Und ich selbst hab noch keine Tasse Kaffee und kein Glas Orangensaft getrunken!» Als sie gerade Atem holte, um aufzutanken, rettete uns ein ohrenbetäubender Schrei aus der Ecke hinter der Glaswand.

«Scheiße! Scheiße! Mein Schreibtisch ist voll Scheiße. In jeder Schublade Würste und Scheißhaufen!»

Vom entferntesten Ende des längsten Korridors her hörte man Getrappel. Leute schwärmten aus ihren Bürozellen, in denen Bilder von Chiquita-Bananen an der Wand hingen. In dem allgemeinen Gedränge rings um Rheas Schreibtisch wurde ihr Foto von Rhett Butler von der Wand heruntergerissen.

Stella drängte sich durch die Menge: «Rhea, was für eine schreckliche Sprache, was ist denn . . .» Bevor sie den Satz beenden konnte, hatte sie der Anblick all der sorgfältig arrangierten Hundescheiße zum erstenmal in ihrem langen Leben sprachlos gemacht. Der Tumult veranlaßte Mr. Cohen, aus einer Konferenz herauszukommen, und um Eindruck zu schinden, knallte er die Tür hinter sich zu. Die Menge teilte sich für den Patriarchen wie einst das Rote Meer.

«Was, zum Teufel, geht hier vor? Rhea, was ist los mit Ihnen?»

Rhea, deren Gesicht vor Wut verquollen war, zischte: «Mein Schreibtisch ist voll Hundescheiße.»

David Cohen antwortete mit unfehlbarer Logik in einem ruhigen, väterlichen Ton: «Aber das ist doch unmöglich. Wir haben ja gar keine Hunde in unserem Büro.»

Stella tippte ihrem Mann auf die Schulter: «Sieh in ihren Schreibtisch, Dave.»

Er warf einen kurzen Blick auf die Schubladen, wandte den Kopf ab und beugte sich noch einmal darüber. Dann sagte er zu seiner Frau mit tonloser Stimme: «Aber das ist doch unmöglich!»

Stella ließ sich nicht beirren: «Unmöglich oder nicht, ihr Schreibtisch ist voller Hunde . . . Hundedreck.»

«Irgend jemand muß das für einen Scherz gehalten haben», schloß Dave. «Wer es auch war, er sollte sich auf der Stelle bei Rhea entschuldigen und diese Schweinerei beseitigen.» Schweigen. Äußerstes Schweigen. «Vielleicht war es einer von den Puertorikanern im Packraum. Unvorstellbar, daß irgend jemand hier aus dem Büro so etwas getan haben könnte.» Mit dieser neuen Schlußfolgerung gewappnet und mit dem Wissen gestärkt, daß Männer, die keine Mäntel und keine Krawatten tragen, jeglichen Verbrechens fähig sind, drehte er sich auf dem Absatz um und marschierte in Richtung Packraum. Von dort hörten wir erregte Stimmen auf spanisch. Dann kam David Cohen verwirrt und ärgerlich zurück.

«Gut, gut. An die Arbeit, Leute. Das ist hier ein Verlag und kein Zirkus. Der Hausmeister wird die Schweinerei beseitigen.»

In der Zwischenzeit hatte sich Rhea in eine schöne Heulerei hineingesteigert. Gerührt von dem Anblick der in Tränen aufgelösten Unglücksperson gab Mr. Cohen ihr für den Rest des Tages frei. James und ich hatten uns wieder an unser Manuskript gesetzt, als Rhea hereinkam.

«Das warst du, Molly. Ich weiß, daß du es warst. Nur eine Lesbierin gibt sich für so etwas her. Haben Sie das gewußt, James? Ihre Freundin ist eine Lesbe. Sie hat es mir selbst gesagt. Aber du bist noch niedriger als eine Lesbierin, Molly Bolt. Du bist eine Lesbierin, die Männer stiehlt!» Während sie mit beiden Armen wie rasend herumfuchtelte, öffnete sich ihre schon halb offene Handtasche, und ihr ganzer Kram fiel zu Boden. Für ein träges Mädchen bewegte sie sich erstaunlich schnell, aber nicht schnell genug. James hatte ihre Anti-Baby-Pillen aufgehoben.

«Geben Sie mir die!»

«Mit tausend Freuden, liebe Rhea, aber nehmen Sie sie nicht um meinetwillen.»

Die Hölle kennt keine solche Wut wie die einer Frau, der von dem Mann, den sie liebt, gesagt wird, sie brauche ihre tägliche Dosis Eierstockkrebs nicht. Rhea schwang ihre voll geladene und in weiser Voraussicht geschlossene Tasche nach James. Er duckte sich, und mit einem markerschütternden Schrei gab sie auf und rannte zur Tür hinaus, um frontal mit Polina Bellantoni zusammenzuprallen, der Autorin des Buches *Der schöpferische Geist des Mittelalters*, die pünktlich zu ihrer Nachmittagsverabredung kam. James und ich stürzten beide zur Tür, ergriffen jeder einen Arm der Dame und halfen ihr wieder auf die Beine. Polina Bellantoni fühlte sich fest an, zumindest ihr Arm war in guter Form. Sie war 41 Jahre alt, seit zwanzig Jahren verheiratet, hatte ein Kind großgezogen, das jetzt sechzehn war, und all das, und hatte nebenher noch für die Columbia University ihre Doktorarbeit über babylonische Beinkleider fertiggestellt. Zur Zeit lehrte sie an der Columbia University, nachdem sie die antiken Moden zugunsten mittelalterlicher Studien aufgegeben hatte. Polinas Haar war blauschwarz mit Strähnen von vollkommenem, faszinierendem Grau, und ihre Augen waren von einem weichen Braun. Falten spielten um diese Augen und verliehen ihr einen wissenden und zugleich schönen Ausdruck. Plötzlich ging mir auf, daß Männer absolute Dummköpfe waren, wenn sie um eines weichen und langweiligen Himbeergesichts willen Frauen mittleren Alters aufs Weideland schickten. Ich weiß nichts über die Liebe auf den ersten Blick, aber in diesem Augenblick beschloß ich, die Generationskluft zu überbrücken. Irgendwie, irgendwann, irgendwo würde ich diese verheiratete Dame mit der sechzehnjährigen Tochter und den Kamelballen voller Reste archaischer Unterwäsche lieben.

Alle zwei Wochen kreuzte Polina im Büro auf. Sie gehörte zum nervösen Typ und prüfte alles doppelt, was James und ich machten. Das brachte James auf die Palme, und so bot ich mich an, mich der Dinge anzunehmen. Jeden zweiten Donnerstag gingen Polina und ich die Manuskriptänderungen, Fotografien und Bildlegenden durch. Sie war beeindruckt, daß ich ihrer Arbeit so große Sorgfalt angedeihen ließ, und staunte, daß ich trotz Ganztagsarbeit auch noch studierte. Bei ihrem vierten Besuch fragte sie mich, ob ich nicht Lust hätte, einmal zum Abendessen mit ihrer Familie zu kommen.

An dem vereinbarten Abend erschien ich in den besten Kleidern, die ich zusammenstückeln konnte. Sie lebte in einer geräumigen Wohnung, von der aus man auf die Morningside Heights blickte. Nachdem sie mich an der Tür begrüßt hatte, deponierte sie mich bei ihrem Mann im Wohnzimmer, während sie wieder in die Küche ging. Mr. Bellantoni behandelte mich wie eine Studentin, indem er mich, während er zu mir sprach, wiederholt mit einem väterlichen Lächeln und wohlberechneten Pausen bedachte. Es wird erwartet, daß man selbst in solchen Pausen auch lächelt. Er hatte sich seinen Doktor in Kunstgeschichte erworben. In seiner ursprünglichen

Doktorarbeit hatte er die Kühe auf Gemälden des 19. Jahrhunderts katalogisiert. Und dieses ursprüngliche Interesse hatte er zu einer gründlichen Kenntnis der Kühe in der westlichen Kunst erweitert. In diesem Sommer gerade hatte man ihn eingeladen, einen definitiven Vortrag über dieses Thema zu halten, und zwar vor einer Gruppe seiner hochverehrten Kollegen in Cambridge, England. Demnächst, vertraute er mir an, wobei er sich vornüber beugte, um mich ganz in den Bannkreis seiner Worte zu ziehen, werde er sein größtes Projekt in Angriff nehmen: Kühe in der indischen Kunst – eine seit langem schwelende Leidenschaft.

Er war neunundvierzig, dickbäuchig, mit roten Hängebacken, auf denen sich schon Altersflecken zeigten. Seinen Vornamen habe ich vergessen. Aber Alice, die Tochter des Kuh-Manns und der Unterhosen-Frau, war unvergeßlich. Ihr Gesicht war von einer strahlenden Lieblichkeit und ihre Mandelaugen von einem reinen, durchdringenden Grün. Ihre Haare hingen ihr bis zum Hintern hinunter und wechselten von Braun zu Honigfarben und schließlich zu aschblonden Spitzen. Ihre großen Brüste standen ohne die Hilfe eines Büstenhalters gerade hervor. Alice war eine Renaissance-Prinzessin, die wieder zum Leben erwacht war.

Polina war entzückt, daß ihre Tochter und ich miteinander redeten. Meist sprachen wir über Janis Joplin, die Moody Blues und Aretha Franklin – Musik, die Polina nur daher kannte, daß sie Alice immer wieder angebrüllt hatte, sie solle ihre Stereo-Anlage leiser stellen. Polina verließ Babylon selten, von einem Ausflug ins 10. Jahrhundert abgesehen. Aber in den spärlichen Augenblikken, wenn sie in die Gegenwart spähte, schien sie ihre Freude an mir zu haben.

Während des ganzen Abendessens stellte Polina ihrem Mann Fragen, um ihn aufzumuntern, aber auch eine

Mund-zu-Mund-Beatmung hätte ihn nicht beleben können. Nach dem Essen wanderte er in seine Bude zurück, die obligatorische Pfeife im Mundwinkel.

Wir drei setzten uns um einen kleinen Kupfertisch. Polina erzählte mir von Roswitha, einer deutschen Nonne aus dem 10. Jahrhundert, die Stücke in kristallklarem Latein geschrieben hatte. Sie spielte mit Alices Haar und fuhr mit ihrer Geschichte von der Nonne fort. Ihr Latein war so gut wie das von Terenz, dem römischen Schriftsteller. Und dieses war so rein, daß keiner glauben wollte, eine Frau könnte so vollendete Verse schreiben. Es war ein wilder Streit in der mittelalterlichen Gelehrtenwelt, ähnlich dem Streit über die schwarze Intelligenz in der Welt der Psychologie. Da war etwas Rührendes an dieser Intelligenz, die sie auf die düstere Vergangenheit verschwendete und die durch die staubigen Prioritäten akademischen Lebens bestimmt wurde. Aber sie war intelligent, und ich lebte lange genug, um zu wissen, daß dies ein Grund zum Preisen war. Mein Triumph an diesem Abend bestand darin, daß ich ein Exemplar von Roswithas *Dulcitus* in die Hand nahm und den Text direkt von der Seite herunterskandierte.

«Das ist herrlich, Ihr Latein ist herrlich.»

«Danke. Ich habe die ganze Oberschule hindurch Latein gehabt und betreibe es auch am College noch weiter. Ich lese augenblicklich Livius und Tacitus, mit etwas attischem Griechisch zwischendurch als Zugabe.»

Polina klatschte in die Hände und drückte mich kräftig an sich. «Kein Wunder, daß Sie mir eine so große Hilfe sind. Sie sind humanistisch gebildet. Wir sind eine seltene Brut heutzutage, müssen Sie wissen. Seit Latein an den Oberschulen nicht mehr Pflichtfach ist, geht es mit uns bergab. Aber ich stelle fest, daß nur die intelligentesten Kinder mit Latein weitermachen. Das ist gut, nehme ich an.»

«Nun, ich bin nicht wirklich humanistisch gebildet. Ich studiere an der Filmhochschule. Ich nehme Latein und Griechisch der guten Noten wegen, aber ich liebe beides sehr.»

«Das hoffe ich. Griechisch ist zu schwierig, als daß man es nur zum Amüsement betreiben könnte. Wenn Sie an der Filmhochschule sind, warum dann Latein und Griechisch?»

«Uh – das klingt vielleicht komisch für Sie, aber Latein vor allem hat mehr zu meiner Fähigkeit, mich selbst zu disziplinieren, beigetragen als irgend etwas anderes, das ich je gelernt habe. Es käme gar nicht darauf an, was ich machen würde, Latein würde mir immer helfen, weil es mich denken gelehrt hat. Und das Griechische fügt etwas Beflügelndes hinzu, etwas, das meinen Geist schnell vorantreibt. Ich – aber nein, das muß für Sie albern klingen.»

«Nein, nein, überhaupt nicht. Ich glaube, das ist genau richtig: Latein lehrt einen den Prozeß der Logik, lehrt denken, meine ich. Zu dumm, daß nicht ein paar mehr von unseren Politikern Latein gelernt haben.»

Mit weit geöffneten Augen saß Alice dabei. «Molly, stimmt das alles mit dem Latein, oder schmieren Sie meiner alten Dame Honig um den Bart?» Sie knuffte ihre Mutter in die Rippen, und Polina schnappte ihre Hand und hielt sie fest.

«Nein. Ich weiß, es klingt komisch, aber es ist das Beste, was ich je gelernt habe. Nein, das nehme ich zurück. Nicht das Beste, aber das Nützlichste.»

Alice rutschte auf ihrem Stuhl nach vorn: «Mom hat mir schon lange zugesetzt, ich sollte doch Latein nehmen, und so habe ich es dieses Jahr gemacht. Ich hasse es. Aber vielleicht liegt das daran, daß mein Lehrer ein Fossil ist.»

«Lateinlehrer neigen zum Verknöchern.»

«Meiner ist eingepökelt. Haben Sie schon irgendwelche Filme gedreht?»

«Einen Zwei-Minuten-Spot letztes Semester. Es war sehr schwer für mich, an die Ausrüstung heranzukommen, weil ich die einzige Frau in der Klasse bin und – na ja, das mögen die Männer nicht so sehr. Da andere Männer über die Vergabe der Ausrüstung bestimmen, werde ich immer dabei beschissen.»

Polinas Augenbrauen zogen sich zusammen. Das falsche Wort, nehme ich an. «Das ist schändlich. Kann man nicht irgendwas dagegen tun?»

«Ich richte mit regelmäßiger Pünktlichkeit meine Beschwerden an den Leiter der Abteilung. Aber er haßt Frauen. Er geht mit mir in sein Büro und liest sich die Beschwerde durch. Dann sagt er, er werde die Angelegenheit prüfen, und nichts geschieht. Natürlich fühle ich mich danach nicht besser, sondern nur noch schlimmer. Die ganzen Vorlesungen hindurch macht er blöde Witze über Frauen. Wissen Sie, was die übliche Begründung dieser Hengste dafür ist, daß es keine großen Filmregisseurinnen gibt? Daß wir angeblich ein Gehirn von der Größe einer Erbse haben. Und wenn er das sagt, sieht er direkt zu mir herüber. Da möchte ich jedesmal ihm eine Rolle *Triumph des Willens* ins Maul stopfen.»

Polina seufzte und zog mit dem Finger einen Kreis am Rand ihrer Kaffeetasse nach. «Es wird sicher nicht viel leichter, wenn Sie draußen sind. In diesem Jahr hätte ich außerordentlicher Professor werden sollen, aber sie halten mich immer noch als Assistentin.»

«O Mom, du wirst es schaffen. Du bist die Beste, die es gibt. Diese Viktorianer des 20. Jahrhunderts müssen irgendwann einpacken.»

Polina strich ihr übers Haar und lächelte sie an. «Wir werden sehen.»

Nach diesem Essen begannen Polina und ich uns einmal in der Woche zu treffen. Wir besuchten Galerien, Museen, Vorträge, und hin und wieder ging sie mit mir ins Theater. Polina verabscheute Musicals, deshalb ging sie mit mir immer nur in ernste Schauspiele. Meistens war es schrecklich, bis auf das APA-Repertoire. Polina nahm mich in die *Lästerschule* mit. Das Stück war so schnell und leicht und so gut inszeniert, daß wir das Theater ganz beschwingt verließen.

«Das war wunderbar, einfach wunderbar. Da kriege ich direkt Lust zu tanzen», rief Polina kichernd.

«Ich kenne ein Lokal, wo wir tanzen können, wenn Sie wollen . . .»

«Und herumstehen und darauf warten, daß irgendein Schafskopf ankommt und uns zum Tanzen auffordert? Nie.»

«Sie können mit mir tanzen, es sei denn, natürlich, ich gehöre zur Kategorie der Schafsköpfe.»

«Was?» Ihr Haar flog um ihren Kopf, als sie sich umdrehte, um mich anzusehen.

«Oh, Sie denken also wirklich, ich sei ein Tolpatsch. Aha, die Wahrheit kommt heraus.»

«Überhaupt nicht. Wo können wir zusammen tanzen?»

«In einer Lesbierinnen-Bar, wo sonst?»

«Was wissen Sie von einer Lesbierinnen-Bar?»

«Ich bin Lesbierin.»

«Sie – aber Sie sehen wie jede andere aus. Molly, reden Sie keinen Unsinn, Sie sind bestimmt keine Lesbierin. Sie nehmen mich auf den Arm. Ich würde es wissen, wenn Sie es wären.»

«Madam, ich bin eine vollblütige, *bona fide*-Lesbierin. Und was mein Aussehen angeht – die meisten Lesbierinnen, die ich kenne, sehen wie jede andere Frau aus. Wenn Sie jedoch auf einen Lastwagenfahrer scharf sind, kenne ich auch das richtige Lokal.» Ich konnte dem Drang nicht widerstehen, ihr diesen kleinen Stich zu versetzen.

Schweigend wanderten wir zwei Straßen weiter. Polinas überschwengliche Freude war verpufft. «Wenn Sie nichts dagegen haben, Molly, würde ich jetzt, glaube ich, lieber nach Hause gehen. Ich bin doch erschöpfter, als ich dachte.»

«Natürlich hab ich was dagegen. Warum sagen Sie nicht die Wahrheit? Sie sind verstimmt, weil ich Ihnen gesagt habe, daß ich andersrum bin.»

Sie wich meinem Blick aus. «Ja.»

«Was macht es schon? Sagen Sie's mir. Ich bin genau dieselbe Person wie vorher. Jesus Christus, ich werde die normalen Leute nie verstehen!»

«Bitte, lassen Sie mich nach Hause gehen und darüber nachdenken.»

Sie eilte zur Untergrundbahnstation in der 42nd Street, und ich ging den ganzen Weg nach Hause zu Fuß. Das Gehen hilft mir gewöhnlich, mich zu beruhigen, aber als ich den Schlüssel ins Schloß steckte, war ich noch genauso erregt wie zu Beginn. Warum nimmt es mich so mit? Warum kann ich solche Leute nicht einfach abschreiben, so wie sie es mit mir machen? Warum geht es mir immer so an die Nieren und tut so weh?

15

Drei volle Wochen wahrte Polina Distanz. Keine Donnerstagsbesuche im Büro, keine Telefonanrufe, nichts. Nur blankes Schweigen. Ich war entschlossen, sie nicht anzurufen. Sie hatte mir erzählt, daß sie einen Liebhaber hatte. Paul Digita, der an der New Yorker Universität

Englisch lehrte. Aus Neugier wollte ich ihn mir ansehen. Ich wußte schon vorher, daß er verkrüppelt war: er zog das linke Bein nach und mußte einen Gehstock benutzen. Er hatte 1949 beim Stabhochsprung in Exeter einen Unfall gehabt, und sein Bein hatte für immer einen Knacks abbekommen. Trotzdem war ich nicht vorbereitet auf das, was ich erblicken sollte. Das Bein war noch das geringste seiner Probleme. Er war kurzsichtig, hatte schlimme Kopfschuppen, und dann sah es so aus, als ob er eine Algenkolonie auf seinen Zähnen beherbergte. Paul war eine lebende Studie menschlichen Verfalls. Wie war sie nur an ihn geraten? Was konnten sie miteinander gemein haben? Nach seiner Vorlesung über Yeats' Gebrauch des Semikolons zwang ich mich, zu ihm hinaufzugehen und ihm zu sagen, wie sehr es mir gefallen habe. Meine Schmeicheleien ließen ihn fast aus den Pantinen kippen; er hielt sich an der Seite des Podiums fest, oder sein Bein machte vielleicht gerade nicht mehr mit. Jedenfalls lud er mich irgendwo zum Tee ein, und ich nahm an, obwohl man Nerven aus Stahl brauchte, um ihm ins Gesicht zu sehen, mit den Algen und allem.

Bei einer viel zu teuren Tasse Tee erzählte mir Paul, er sei ein unverstandenes Genie. Er ersparte mir keine Einzelheit seines Lebens. Nach mir erkundigte er sich nicht mit einer einzigen Frage. Zwei Stunden später fragte er mich, erschöpft von seinem endlosen persönlichen Gequatsche, ob er mich wiedersehen dürfe.

Und ich sagte zu diesem Klumpen Protoplasma doch tatsächlich ja. O Gott. Wir verabredeten uns für die darauffolgende Woche. Polina hatte keine Ahnung, wie weit ich gehen wollte, und ich auch nicht.

Vor meiner Verabredung mit Paul rief Polina mich an. Es tat ihr leid. Natürlich sollte es keine Rolle spielen, daß ich lesbisch war, und nach vielen Besuchen bei ihrem Psychiater, der immerhin schon 1963 ihr Gefühlsleben gerettet hatte, war sie zu der welterschütternden Schlußfolgerung gekommen, daß es okay für mich war, zu sein, was ich sein wollte, solange ich mich wie ein reifes, gesundes menschliches Wesen verhielt. Sie machte mir das Kompliment, ein reifes und gesundes menschliches Wesen zu sein, und fragte, ob ich Lust hätte, am Freitag mit ihr ins Kino zu gehen? Wir sahen *Warte, bis es dunkel wird*, und der Film jagte uns beiden eine panische Angst ein. Meine Wohnung war ganz in der Nähe des Kinos, und so fragte ich sie, ob sie Lust auf einen Drink habe, ehe sie nach Hause fahre. Polina zögerte einen Moment, dann aber siegte ihr Mut, und sie sagte, ja, das wäre sehr schön. Sie war entsetzt, aber zu höflich, um es auszusprechen, als sie die wacklige, unbeleuchtete Treppe hinaufächzte. Und als sie meine Wohnung sah, in der nur eine Matratze auf Milchkartons lag und sonst überall bloß weitere bunt bemalte Milchkartons herumstanden, war sie wie vom Donner gerührt.

«Wie einfallsreich Sie sind! Sie haben da ja bezaubernde kleine Bücherregale und Stühle aus Milchkartons gemacht.»

«Danke. Ich habe eine ungeöffnete Flasche Lancer-Wein, die ich für eine besondere Gelegenheit aufbewahrt habe – wollen wir sie nicht öffnen?»

«Fein.»

Der Wein ging sofort in Polinas Zunge, und sie erzählte mir, wie verstört sie sei und daß sie insgeheim glaube, daß die lesbische Liebe jede Frau gleichzeitig anziehe und abschrecke, weil jede Frau eine Lesbierin sein könne, es sei nur alles überdeckt und unbekannt. Ob mich der Reiz des Verbotenen dazu gebracht habe? Dann erzählte sie mir, was für eine wunderbare Beziehung sie zu ihrem Mann gehabt habe. Wegen Paul hätten sie sich verständigt, und ob die Heterosexualität nicht einfach großartig sei?

«Mich langweilt sie, Polina.»

«Sie langweilt Sie – was meinen Sie damit?»

«Ich meine, Männer langweilen mich. Wenn einer von ihnen sich mal wie ein Erwachsener benimmt, ist das ein Grund zum Feiern, und selbst wenn sie menschlich handeln, sind sie immer noch nicht so gut im Bett wie Frauen.»

«Vielleicht haben Sie nicht den richtigen Mann getroffen?»

«Vielleicht haben Sie nicht die richtige Frau getroffen. Und ich wette, daß ich mit mehr Männern geschlafen habe als Sie, und sie ziehen alle dieselbe Show ab. Manche sind besser darin als andere, aber es ist langweilig, wenn man erst einmal weiß, wie Frauen sind.»

«Sie können doch nicht einfach da sitzen und so etwas über Männer sagen!»

«Okay, dann sage ich nichts. Lieber halte ich den Mund, als daß ich drum herumlüge.»

Sie schwieg verwirrt. Dann: «Was ist so anders, wenn man mit Frauen schläft? Ich meine, worin liegt der Unterschied?»

«Zunächst einmal ist es intensiver.»

«Sie glauben nicht, daß es zwischen Männern und Frauen intensiv sein kann?»

«Sicher, aber es ist nicht dasselbe, das ist alles!»

«Wieso?»

«O Lady, dafür gibt es keine Worte. Ich weiß nicht, es ist wie der Unterschied zwischen Rollschuhen und einem Ferrari – ah, es gibt keine Worte.»

«Ich habe das Gefühl, die Dame demonstriert zu sehr. Sie würden nicht so lautstark lesbische Reklame machen, wenn Sie sich Ihrer selbst und Ihrer sexuellen Identität wirklich sicher wären.»

«Reklame? Ich habe mir ein paar Minuten Zeit genommen und versucht, eine Frage, die Sie mir gestellt haben, zu beantworten. Wenn Sie lautstarke Reklame sehen wollen, dann schauen Sie sich die Werbung in der Untergrundbahn, in den Zeitschriften, im Fernsehen an. Die dicken Schweine benutzen die Heterosexualität und den weiblichen Körper, um alles in diesem Land zu verkaufen – sogar Gewalt. Verdammt, ihr seid so schlimm dran heutzutage, daß ihr einen Computer braucht, um einen Partner zu finden.»

Polina wurde wütend, doch dann dachte sie in Ruhe darüber nach, was ich ihr da an den Kopf geworfen hatte. «Das ist mir nie so aufgegangen, ich meine, das mit der Werbung und dem allen.»

«Mir schon. Sie sehen nie Anzeigen mit sich küssenden Frauen, die Sie dazu bringen sollen, daß Sie Salem-Zigaretten kaufen, oder?»

Sie lachte: «Das ist komisch, das ist wirklich komisch. Die ganze Welt muß für Sie ja anders aussehen!»

«Sieht sie auch. Sie sieht zerstörerisch, krank und zersetzt aus. Die Leute haben kein Ich mehr (vielleicht haben sie ja nie eines gehabt), und so ist ihre Basis ihr Sex – ihre Genitalien, mit denen sie ficken. Da lachen doch die Hühner!»

«Ich – sind alle Homosexuellen so klarsichtig wie Sie?»

«Das weiß ich nicht. Ich habe nicht mit allen Homosexuellen geredet.»

Polina hatte Verstand genug, um wegen dieser letzten Frage verlegen zu sein. Schweigend leerte sie ihr Glas, dann lud sie wieder nach. Sie wurde allmählich betrunken. «Vielleicht sollten Sie zu Sodawasser übergehen. Ich möchte nicht, daß Sie sich volltanken.»

«Nein, nein, mir geht's gut. Ich trinke jetzt nur noch kleine Schlucke.» Und sie kippte das halbe Glas hinunter. Sie begann mich offen anzustarren. Ich mochte Polina, vielleicht liebte ich sie sogar etwas, aber dies war schwer zu ertragen. Ich hatte nicht erwartet, daß eine so intelligente Frau auf eine so klassische Weise heterosexuell bigott sein konnte. Ich kam mir vor wie ein Käfer unter dem Vergrößerungsglas. Wer weiß, vielleicht liegt die einzige Schönheit, die es in den großen Städten noch gibt, in den Öllachen auf der Straße, und vielleicht ist in den Menschen, die in solchen Städten leben, kein Fünkchen Schönheit mehr.

Polina unterbrach mich bei diesen grimmigen Gedanken. «Molly, haben Sie mit vielen Frauen geschlafen?»

«Hunderten. Ich bin unwiderstehlich.»

«Seien Sie ernst.»

«Ich bin ernst. Ich bin unwiderstehlich.» Ich streckte die Hände aus, legte sie auf ihre Schultern und gab ihr einen Kuß, der uns beide in die Glieder fuhr. Sie wollte sich schon losreißen, entschied sich aber, auszuharren. Edel und mutig von ihr. Wie zu erwarten mußte sie nach dem Kuß protestieren.

«Das hättest du nicht tun sollen. Du bist in meinen Augen nicht anders als ein Mann, wie du da herüberkommst und mich einfach, ohne zu fragen, küßt.»

«Wenn ich dich gefragt hätte, hättest du mich nicht geküßt. Hier, laß mich dir noch einen Kuß geben, damit dir der Unterschied bewußt wird. Es wäre mir unerträglich, wenn du mich weiterhin mit dem entgegengesetzten Geschlecht verwechseln würdest.»

Ihre Augen weiteten sich, und sie begann sich zu sträuben, aber ich war in keiner mitfühlenden Stimmung. Ich hielt sie fest und verabreichte ihr einen langen französischen Kuß. Sie fand es herrlich. Sie fand es herrlich und haßte mich, weil ich sie dazu brachte, es herrlich zu finden. Wutentbrannt riß sie sich los. «Wie kannst du es wagen! Wie kannst du es wagen – ich bin alt genug, um deine Mutter zu sein.»

«Ich bin alt genug, um zu wissen, daß das nichts ändert. Warum kletterst du nicht von deinem geheiligten

Schwanz herunter? Du magst es doch. Jede Frau, die noch eine halbe Vagina hat, würde das mögen. Sich unter Frauen zu küssen ist schön. Und unter Frauen miteinander zu schlafen ist Dynamit. Warum läßt du dich nicht einfach los und probierst es aus?»

«Das ist ungeheuerlich. Du bist verrückt geworden!»

«Das ist unzweifelhaft eine Möglichkeit, aber zumindest weiß ich, wovon ich spreche, aus praktischer Erfahrung. Du kennst nur die eine Seite der Geschichte ...»

Das kränkte sie. Es traf zu sehr den Nagel auf den Kopf. Ich war gute fünfzehn Zentimeter kleiner als Polina, aber das hielt mich nicht davon ab, zu ihr hinüber zu gehen und sie auf meine Matratze zu legen. Bevor sie ihre weichen Hände ballen konnte, um auf mich loszuprügeln, gab ich ihr wieder einen Kuß. Und ich berührte ihre Brust, preßte ihre Schenkel, und Polina kam zu dem Schluß, daß sie tatsächlich die andere Seite der Geschichte nicht kannte, und 41 Jahre sind eine lange Zeit im Dunkeln. Da lag sie nun, und wie angenehm, daß ich sie halb gezwungen hatte! Auf diese Weise konnte sie die Verantwortung dafür, daß sie sich mit einer anderen Frau liebte, von sich weisen; auch der Wein trug sein Teil dazu bei. Doch aus welchen Gründen auch immer, sie küßte mich zurück. Sie streckte sich auf der Matratze aus und drängte sich an mich. Da war nicht viel zu sagen. Sobald wir unsere Kleider aus hatten und unter der Decke waren, sah sie mich mit schlauen Augen an und sagte: «Wo sind wir?»

«Was?»

«Wo sind wir?»

«Wir sind im Bett, in meiner Wohnung. Wo sollten wir sonst sein?»

«Nein, nein, wir sind in einem Männerpissoir.»

«So, sind wir das?»

«Ja, wir sind beide im Männerabort am Times Square.»

«Polina, man würde uns gar nicht reinlassen ins Männerpissoir.»

«Bei mir mußt du diese Geschichte erzählen. Du mußt diese Phantasie ausspinnen, sonst kann ich nicht kommen. So, bitte, jetzt sind wir am Pißbecken, und du suchst herum und bemerkst meinen Schwanz und sagst: ‹Das ist ein feiner Schwanz, groß und saftig.› Los, sag's!»

«Das ist ein – feiner Schwanz.» Husten. «Groß und saftig.»

Sie wand sich erregt auf der Matratze. «Los, weiter, erzähl weiter.»

«Was sage ich dann?»

«Erzähl mir irgend etwas, erfinde was.»

«Oh – das ist der saftigste Schwanz, den ich je gesehen habe. Ein Riesending.»

Grob: «Frag mich, ob du ihn anfassen darfst.»

«Darf ich, bitte, deinen Schwanz anfassen?»

Polina gab ein leises Stöhnen von sich. «O ja, faß ihn an und küß ihn und lutsch ihn.» Und in dem Augenblick, als ich sagte, ich wollte ihn festhalten und ihn küssen und ihn lutschen, kam sie.

Nach einer zehnminütigen Denkpause rollte sie sich herum und sagte: «Willst du, daß ich dich liebe? Ich habe es noch nie gemacht, aber ich kann es bestimmt.»

«Ja, ich möchte gern, daß du mich jetzt liebst.»

«Was für Phantasien hast du?»

«Ich glaube, ich habe keine.»

«Aber wie kannst du ohne Phantasien lieben? Jeder hat sexuelle Phantasien. Ich wette, du denkst, es ist zu schlimm, als daß man es erzählen darf. Aber du kannst es mir ruhig sagen. Es wird mich noch einmal erregen.»

«Tut mir leid, aber ich möchte einfach nur lieben. Was mich anmacht, das ist das Berühren, das Küssen und all das. Du brauchst kein Wort zu sagen.»

«Ich glaube nicht, daß heutzutage und in diesem Zeitalter jemand ohne Phantasien leben kann.»

«Nun, ich hab da etwas, aber ich weiß nicht, ob es eine Phantasie ist.»

«Sag es, sag es!» Sie legte ihren Arm um meine Hüfte.

«Wenn ich Frauen liebe, stelle ich mir ihre Genitalien als . . . als einen rubinroten Dschungel vor.»

«Als einen rubinroten Dschungel?»

«Ja, Frauen sind dick und üppig und voller verborgener Schätze und außerdem schmecken sie gut.»

«Das ist kaum eine Phantasie. Du hast ein äußerst unreifes Sexualleben, Molly. Kein Wunder, daß du eine Lesbierin bist.»

«Wenn es dir nichts ausmacht – ich glaube, ich könnte auch auskommen, ohne geliebt zu werden.»

«Oh, du bist verlegen, weil du keine Phantasien hast. Bitte nicht. Ich werde schon eine für dich erfinden. Ich *möchte* dich gern lieben. Dein Körper ist sehr sexy – er ist schmal und weich und fest. Du bist Platons perfektes Androgen. Nein, das ist nicht richtig – du bist eine Frau ohne Fehl. Aber du bist so stark. Du bist nirgendwo schwabbelig. Ich . . . ich möchte in dich eindringen. Es muß aufregend sein, in eine andere Frau einzudringen, wo sie naß und offen ist.»

«Okay, okay, du denkst dir die Geschichte aus, und ich höre zu, während du mich liebst.»

Polina erfand eine Geschichte: wir waren Schüler in einem Jungeninternat. Und dort trieben wir es im Umkleideraum. Es brachte sie so in Fahrt, daß sie mich mit stürmischer Wildheit liebte. Aber ich spürte, daß Polina und ich keine starke Beziehung haben würden. Ich konnte die Geschichten nicht ertragen, und ich verstand nicht, warum sie von Männern handelten.

Sie blieb nicht über Nacht, obwohl ich es gern wollte.

Es ist schön, sich neben einem warmen Körper zusammenzurollen und dann am nächsten Morgen zu erwachen und sich mit einer Umarmung zu begrüßen. Aber sie sagte, sie müsse in ihrem alten blauen Pullover schlafen und mit einem großen Kissen unter den Knien. Außerdem sei es ihr unmöglich, mit einem anderen Menschen im selben Bett zu schlafen. So fuhr sie nach Hause, und ich konnte die ganze Nacht nicht schlafen. Ich versuchte herauszufinden, ob ich geträumt hatte, oder ob es Wirklichkeit war. Es war Wirklichkeit. Als am nächsten Morgen ein winziger Sonnenstrahl sich seinen Weg durch die rußige Luft zu meiner Matratze bahnte, fand ich ein paar lange schwarze Haarsträhnen und ein paar graue.

Meine Verabredung mit Paul rückte heran, und aus einem Gefühl brennender Neugierde heraus ging ich hin. Was konnten die zwei miteinander machen? Erzählte er ihr diese absurden Geschichten? Es gab nur einen Weg, dies herauszufinden.

Paul ging mit mir in ein italienisches Restaurant. Dann knackte er am nächsten Schritt herum. Offensichtlich war er weibliche Aufmerksamkeit nicht gewohnt und wußte nicht weiter. Ich schlug vor, noch etwas im Riverside Park spazierenzugehen. Ich sagte, ich würde ihn nach Hause begleiten, er wohne ja gleich am Park. Wir brauchten eine halbe Stunde, um die vier Häuserblocks bis zu seinem Haus zu gehen. Dort angelangt, wollte er schon hineinhoppeln, drehte sich dann aber plötzlich um, als hätte ihn ein Blitzstrahl getroffen. «Hätten Sie Lust, mit hinaufzukommen und sich meine Doktorarbeit anzusehen? Sie wurde in Harvard sehr gerühmt.»

«Ich würde mir sehr gern Ihre Doktorarbeit ansehen.»

Paul verbrachte die nächsten anderthalb Stunden damit, mir die hohe Bedeutung der Interpunktion in der

Dichtkunst des frühen 20. Jahrhunderts zu erklären. Als er auf die schreckliche Vorstellung zu sprechen kam, daß die Dichtkunst die Interpunktion aus dem Gleis bringe, bekam er fast Schaum vor dem Mund. Nach dieser Schmährede trank er einen kräftigen Schluck Wodka mit Limonade und begann eine Tirade gegen Edmund Wilson. Ohne Vorwarnung hielt er plötzlich inne, rutschte von seiner Sofaseite runter und küßte mich – mit diesen Zähnen! Jesus! Bevor ich Zeit hatte, selber auch nur in Gang zu kommen, tauchte er wie ein Stuka in meine Möse und sabberte überall an mir herum. Vom Anwärmen hielt Paul offensichtlich nichts.

«Paul, wollen wir nicht in dein Schlafzimmer gehen?»

«Ach ja, richtig.»

In seinem Schlafzimmer begrüßten mich neue Scheußlichkeiten. Jeder Zoll an ihm war mit Haaren bedeckt. Als plumpste er direkt aus den Bäumen in meine Möse. Ich mußte in Polina verliebt sein, wenn ich diesen Orang-Utan ertrug. O Gott! Paul plapperte vor sich hin und rollte die Augen. Ich dachte, entweder bekommt er einen Anfall oder er setzt wieder zum Sturzflug an, als er plötzlich vornüber kippte, seinen annehmbar großen Schwanz in der Hand hielt und seine andere Hand auf meinen Nacken legte und mich an sich zog.

«Wo sind wir?»

Das war mein Stichwort. «Wir sind im Männerpissoir am Times Square.»

«Nein, nein!» schrie er. «Wir sind in der Damentoilette im *Four Seasons*, und du bewunderst meine wollüstigen Brüste.»

«Leb wohl, Paul.»

16

Ich brach nicht direkt mit Polina. Ich nehme an, ich brauchte sie zu sehr – die Gespräche, die Theaterbesuche und ihre Erzählungen über Europa, wo sie aufgewachsen war. Ich versuchte den Sex zu ignorieren, aber Polina fand immer mehr Gefallen daran. Ich dachte, mich trifft der Schlag, als ich ihr erzählen sollte, sie sei die Königin des goldenen Regens: sie hatte ihren Urin in leeren Nußcremegläsern gesammelt, damit ich ihn bewunderte, während ich ihr die Geschichte von ihren gewaltigen Pißfähigkeiten in einem anderen Phantasie-Männerpissoir erzählte. Das hielt ich nicht mehr aus. Ich fragte sie, ob wir nicht vielleicht Freunde werden könnten. Sie bekam fast einen Herzanfall.

«Freunde, wie meinst du das, Freunde? Ich bin auf der Schwelle mächtiger sexueller Entdeckungen, und du willst, daß wir Freunde werden?»

Ich versuchte ihr klarzumachen, daß es auch noch andere Frauen gebe, aber sie wollte mich. Sie wollte mich, doch sie schämte sich meiner. Sie machte mich nicht mit ihren Freunden bekannt, und ich durfte nicht zu ihr in die Uni kommen. Aus Furcht, ich würde ein lavendelfarbenes Neon-«L» zwischen meinen Titten aufblitzen lassen, nehme ich an. Mehr aus Einsamkeit denn aus Liebe blieb ich bei ihr. In den Vorlesungen an der Hochschule waren nur Männer, und die hatten was gegen mich, seit ich besser war als sie. Von allen Berufen, hatte ich gedacht, seien die Filmleute noch am aufgeschlossensten, aber ihre pathetischen Egos hatten sich hinter einer kleinen Arriflex zu unverschämten Egos aufgebläht, und sie ärgerten sich über eine Frau, die auf «ihrem» Feld mit ihnen konkurrierte und, schlimmer noch, sie besiegen konnte. Und die Bars waren nicht gerade ein geistiger Nährboden, wenn ich auch einige ganz nette in den feineren Gegenden der Stadt aufgetan hatte, wo man bei der leisesten Rollenandeutung auf Eis gestoßen wäre. Nach diesen Frauen waren Rollen etwas für Lastwagenfahrer. Aber bei vielen Gesprächen, in denen große Namen fallengelassen wurden wie Napalm, damit man in Bewunderung entflammte, konnte ich nicht mithalten. Ich gebe einen Scheißdreck darauf, wer wen kennt; mir ist wichtig, wer was tut. Und diese reichen Puppen taten nicht viel. Aber ich konnte auch nicht wieder in das halbseidene *Colony* oder in die *Sugar Bar* gehen, wo die Mannweiber sich immer noch Butch-Pomade auf ihre Bürstenhaare schmierten. Da war Polina trotz aller ihrer Phantasien eindeutig eine bessere Wahl.

Schließlich löste Alice das Problem. Wir drei gingen von Zeit zu Zeit zusammen aus. Für ihre Freunde war ich zu gefährlich, aber für ihre Tochter war ich gut genug. Polinas doppelbödiges Denken war erstaunlich. Sie förderte meine Freundschaft mit Alice. Vom Alter her waren wir uns sogar näher als Polina und ich, was nichts ausgemacht hätte, wenn Polina nicht dauernd auf ihrem Alter herumgeritten wäre. Alice war nur sechs Jahre jünger als ich. Allmählich fühlte ich mich schuldig, daß ich erst 1944 geboren war. Die «alte Dame», wie sie sich selbst bezeichnete, rümpfte die Nase über unsere Musik, die Filme, die wir uns zusammen ansahen, die Zeitschriften, die wir lasen. Immer mußte sie entweder Alice oder mich wegen unseres Alters und wegen unseres Geschmacks von oben herab behandeln, was Alice und mich nur noch mehr zusammenbrachte, wie das bei Feindseligkeiten zwischen Generationen immer der Fall ist. Alice wußte, daß ihre Mutter und ich ein Liebespaar waren, und sie fand es toll. Sie wußte auch von Paul und hielt ihn für einen echten Widerling. An einem miesen Nieselregentag gestand sie mir: «Weißt du, daß Mom mit mir schlafen will?»

«Oh, wirklich?»

«Sie würde es nicht zugeben, aber ich weiß, daß sie es will. Ich glaube, ich würde ganz gern mit ihr schlafen. Sie sieht sehr gut aus, verstehst du? Ein Jammer, aber es würde sie um ihren Verstand bringen. *Mir* erscheint Inzest nicht als ein solches Trauma.»

«Mir auch nicht, aber ich kann darüber nicht viel sagen, weil ich nicht bei meinen richtigen Eltern aufgewachsen bin. Trotzdem, es wollte mir nie in den Kopf, daß Eltern und Kinder sich gegenseitig in diese geschlechtslosen Kategorien einordnen. Das ist gegen die menschliche Natur, glaube ich.»

«Ja, Eltern drehen wegen allem durch. Bei Mom muß ein schlimmer Fall von Repression im Gange sein, weil sie sich nie mit der Tatsache auseinandersetzen wird, daß sie meinen Körper mag.»

«Bei deiner Mutter ist noch mehr im Gang als das.»

«So, im Ernst? Was brütet sie denn gerade aus?»

«Nichts. Nur: schlaf nicht mit deiner Mutter. Ich habe nichts gegen Inzest, wenn beide sich einig sind und über fünfzehn sind, aber deine Mutter ist auf ihrem eigenen verrückten Trip.»

«Erzähl mir von ihrem Trip!»

«Nein, ich küsse nicht erst und quatsche dann.»

«O Molly, warum mußt du so moralisch sein?»

«Weil ich kein Geld habe.»

«Wie sieht es mit deiner Moral aus, wenn es darum geht, ob du mit mir schläfst oder nicht? Ich bin minderjährig und bei mir gibt's Gefängnis, verstehst du?»

«Alice, wie zartfühlend du bist in deinen romantischen Vorstellungen! Ich bin zu Tränen gerührt.»

«Bitte, schlaf mit mir. Ich fühle, daß ich dir vertrauen kann. Du würdest keine große, schwierige Affäre daraus machen, nicht wahr?»

«Sicher nicht, aber was ist mit deiner Mutter?»

«Was sie nicht weiß, macht sie nicht heiß», sagte Alice kichernd und warf mir einen verschlagenen Blick zu. «Ich gebe dir eine vollkommene gelbe Rose für dein Sonnenscheinseelchen, wirst du dann mit mir schlafen?»

«Für eine vollkommene gelbe Rose – ja.»

Alice trabte den Broadway hinunter auf der Suche nach einem Blumengeschäft, rannte in ein winziges Lädchen und kam mit einer Rose in der Hand wieder zum Vorschein. Wir zogen los, zur 17th Street, zu den Küchenschaben und der Dampfhitze, die niemals dampfte. Aber Alice dampfte und bebte und stöhnte, und sie hatte nicht eine einzige sexuelle Verschrobenheit im Sinn. Sie fand es gut, berührt zu werden, und sie fand es gut, die Berührung zu erwidern. Küssen war für sie eine Kunstform. Sie war da, ganz da, mit keinerlei Komplexen, keinen Geschichten, ganz sie selbst. Und ich war ganz ich selbst.

Alices Überlebensinstinkte waren gesund. Sie wußte, daß wir es vorsichtig anfangen mußten, wenn wir uns öfter sehen wollten. Polinas verdrehte viktorianische Mentalität würde aufweichen, wenn sie uns auf die Schliche kam. Wenn wir zu dritt ausgingen war es eine einzige Tortur. Einmal, als wir vom Balkon aus *Rosenkrantz und Gildenstern* sahen, hielt Polina meine linke Hand, während Alice an meinem rechten Schenkel herumspielte. Das Stück machte mir nicht den geringsten Eindruck, aber zum Schluß klatschte ich wie wild, um diese ganze angestaute Energie loszuwerden.

Polina steckte uns zusammen in der Hoffnung, daß es geschehen werde, und doch zugleich entsetzt bei dem Gedanken. Irgendwie war ich die sexuelle Vermittlerin für beide. Ich war eine Art Satellit für sie, der Botschaften von der einen an die andere weitergab. Manchmal war ich mit ihnen einsamer als ohne sie.

Als wir eines Samstagnachmittags auf Harlem hinausblickten und das ständige Trommeln vom Park her hörten, fingen Mutter und Tochter den klassischen Streit an. Polina beschuldigte Alice aus irgendeinem trivialen Anlaß, sie benehme sich wie ein Kind, und Alice antwortete, Polina leide an Arterienverkalkung, besonders im Kopf. Dieses muntere Gekabbel ging so weiter, bis Alice in einem Anfall von unerprobter Selbstgefälligkeit ihre älteste Konkurrentin traf: «Ich bin kein Baby mehr. Um Gottes willen, Mutter, ich bin alt genug, um es mit deiner Liebhaberin zu treiben, krieg das in deinen Kopf hinein und laß mich zufrieden.»

«Meiner was?»

«Molly und ich treiben es miteinander.»

Polina wich zurück. Sie wütete auf italienisch und ratterte so schnell los, daß ich nichts weiter mitkriegte als *«Basta, basta!»* und einen Schlag mitten ins Gesicht. Nach dieser zweisprachigen Anwandlung befahl sie mir in unmißverständlichem Englisch, für immer aus ihrem und Alices Leben zu verschwinden. Alice protestierte, aber Polina wehrte diesen Streich mit der Drohung ab, daß sie Alice nicht aufs College schicken werde, falls sie an dieser Beziehung festhalte. Alice gehörte zur schlauen Sorte, und sie hatte nicht die Absicht, sich das Geld fürs College selbst zu verdienen, vor allem nicht nachdem sie mit meinem Leben in Berührung gekommen war. Sie beugte sich der höheren materiellen Gewalt ihrer Mutter. Und ich verzog mich artig in die 17th Street, wo die Höllenhunde an meinen Knöcheln knabberten und die Käfer eine Safari durch meine Küche veranstalteten.

Ich träumte von Abwasserlagunen unter den Wolkenkratzern, wo ich ein Con-Edison-Floß steuern konnte, das mich aus dieser verrückten Stadt herauskommen ließ. Gebt mir einen spitzen Stock, damit ich die blinden Alligatoren abwehren kann, die von den Leuten, die sie bei ihren Ausflügen nach Miami Beach als Babies gekauft haben, in die Abflußrohre geworfen werden. Miami Beach, so nahe bei Carrie mit ihren exotischen Pflanzen und ihrem blinden Stolz. Miami Beach, wo die Vertreter der gerontologischen Generation mit Ziermünzen behängte Kolostomietaschen, passend zu ihren Schuhen, kaufen. Selbst wenn ich es durch die Abwässerkanäle bis zum Interkostalraum schaffte, konnte ich dort nicht landen. Kein Platz, wo ich hingehen konnte. Da sitze ich in den hängenden Gärten von Neon, verkaufe meinen Arsch für einen akademischen Grad und lebe in Scheiße. Schlimmere Scheiße als Shiloh, und verdammt, gibt es in Manhattan eine einzige Person, die nicht ein strahlenverseuchtes Katastrophengebiet ist? Vielleicht bin ich es. Vielleicht bin ich das Katastrophengebiet, oder bin ich immer noch von Dunkard-Möglichkeiten und simplen Träumen erfüllt? Vielleicht gehöre ich in die Vorberge von Pennsylvania zu den Mennoniten und den Anhängern der Amish-Sekte. Und wie, zum Teufel, soll ich da draußen Filme machen? Da kriegst du ja nicht einmal elektrische Glühbirnen. In *Logic 101* heißt das: auf den Hörnern eines Dilemmas sitzen. So oder so, du wirst durchbohrt. Aber wenn ich Geld hätte, könnte ich mich diesem Dilemma vielleicht entziehen. Ich meine, wenn ich Geld hätte, wäre ich dem Zufall, den Peanut-Gehirnen und den amputierten Emotionen nicht so ausgeliefert. Mit Geld kann man sich schützen. Aber wie man dazu kommt, das ist eine andere Geschichte. Noch ein Jahr, und ich bin mit der Hochschule fertig. Ein Instant-Vermögen. Oh, sicher, ich kann in die Risse im Asphalt rutschen, weil niemand mich anstellen will. Scheiße. Nein, ich gebe aber nicht auf. Aber hin und wieder würde ich mich gern ausruhen. Ich würde gern die Hügel von Shiloh wiedersehen und meinen Körper auf die Wiese hinter Eps Haus legen, dort, wo sie Jenna begraben haben. Vielleicht bringt mich der Kleeduft noch durch einen weiteren Winter in dieser Abteilung der Hölle. Vielleicht bringt mich ein Tag auf dem Land wieder ins Gleichgewicht. Noch immer kann man die Sonne nicht kaufen.

Ich begab mich auf die Landstraße und trampte nach Philadelphia. Dort nahm mich ein Lastwagenfahrer von der männlichen Sorte mit, der mich zu befummeln versuchte, als ich einschlief, aber ich knurrte ihn an, und er zog seine beleidigende Pfote zurück. Er setzte mich an der Bushaltestelle in Lancaster ab. Nach einer Stunde Wartezeit in der dunstigen Lethargie des Greyhound-Bahnhofs bestieg ich den Bus. Rumpelnd donnerte er davon, furzte schwarze, giftige Wolken in die Gegend und beschmutzte die niedrigen grünen Hügel im südöstlichen Pennsylvania. Beschmutzt waren die Hügel mit riesigen Tafeln, die für Tanya und Ford Reklame machten oder verkündeten: «Trinkt Milch, die vollkommene Nahrung der Natur.» Hin und wieder erhaschte ich einen Blick von der Landschaft durch das Dickicht der Werbung.

In York mußte ich dann noch zwei Busse nehmen, aber schließlich gelangte ich nach Shiloh. Der grüne Bus hielt vor Mrs. Hersheners Laden, und ich sprang hinaus. Die gleiche alte Fliegengittertür, die gleichen Dachpappenfetzen auf dem Vorplatz. Die Veranda war halb zerfallen, und das Nehi-Schild hatte einem 7-Up-Schild Platz gemacht, aber das waren auch die einzigen sichtbaren Zeichen von fünfzehn Jahren Fortschritt. Die Straße zu Eps Haus war immer noch der Sandweg mit ein paar blauen Steinen darauf, die man hingeworfen hatte, um vorzutäuschen, daß er bei Regen befahrbar war. Die Sonne stand hoch über meinem Kopf, und milchweiße Schmetterlinge jagten buttergelbe über das Junigras und die gepflügte Erde. Ich holte tief Luft und fühlte mich beschwingter, als orangefarbener Sonnenschein dies je bewirken könnte. Meine Füße hoben ab und trugen meinen Körper die Straße hinunter. Ich rannte und keuchte und warf meine Beine voran, deren Schienbeine beinahe Schienen gebraucht hätten nach all dem New Yorker Pflaster. Bald schon wedelte ich mit den Armen und brüllte, und da war kein einziges Gesicht, das mich anstarrte und dachte: «Was macht diese Schwachsinnige da?» Es war niemand in Sicht, nur die Schmetterlinge.

Um die Biegung herum, den Hügel hinunter – und da war das alte Fachwerkhaus. Wäsche hing an der Leine, und das Haus hatte einen frischen Mantel aus weißer Farbe. Ich ging keuchend zur Tür hinauf und klopfte, aber es war niemand zu Hause. Auch gut. Ich hatte keine Lust, jemanden zu fragen, ob ich mich am Teich ausruhen dürfte. In dem kleinen Betonklecks an der vorderen Veranda steckten immer noch die beiden Pennies aus der Zeit, als Leroy und ich in die erste Klasse gekommen waren. «Solange wir diese zwei Cents haben», pflegte Carrie zu sagen, «sind wir nicht pleite.» Die Kaninchenställe waren verschwunden, und die Schweinesuhle war mit Stiefmütterchen und Petunien bepflanzt worden.

Der Teich war noch derselbe alte Teich. Am Rand staute sich grüner Schleim, und langes Schilfgras voller Froscheier ragte aus dem stillen Wasser. Schaum hatte sich um das Schilfgras gesammelt. Ich warf mich hin, legte die Arme unter den Kopf und beobachtete die Wolken. Nach einer Weile hielten die Insekten und die Vögel mich für einen Felsen. Eine Raupe wälzte sich über meinen linken Ellbogen, und eine Drossel schiß mir genau auf den Fuß.

Ich öffnete die Augen, drehte langsam den Kopf herum und blickte dem größten gottverdammten Frosch, den ich je gesehen hatte, in die Augen. Der Frosch hatte keine Angst vor mir, der Frosch war unverschämt. Er starrte mich an, blinzelte, blähte dann seine rosarote Kehle und gab ein Quaken von sich, das Jericho befreit hätte. Von der anderen Seite des Teichs her ertönte als Antwort ein Rülpser. Und zwei kleine grüne Köpfe spähten aus dem Wasser heraus, um das Säugetier, das da am Ufer saß, zu mustern. Amphibien müssen denken, wir seien die niedrigeren Geschöpfe, da wir nicht so wie sie ins Wasser hinein- und wieder herausgehen können. Abgesehen von seiner biologischen Überlegenheit ist dieser olle Frosch besser beisammen als ich. Dieser Frosch will keine Filme machen. Dieser Frosch hat nicht einmal Filme gesehen, und obendrein ist das diesem Frosch scheißegal. Er schwimmt einfach, frißt, liebt und singt, wie es ihm gefällt. Wer hätte je von einem neurotischen Frosch gehört? Wie kommen die Menschen darauf, zu glauben, sie seien der Gipfel der Evolution?

Als wollte er mich wissen lassen, was er von meinen Erkenntnissen hielt, gab der Goliath ein mächtiges Gebrüll von sich und flog steil aufwärts in die Luft, wobei er eine in niedriger Höhe umherschwirrende Libelle erschreckte. Seine vier Füße berührten die Erde; er schwang sich wieder in die Luft und landete mit einem wahrhaft heroischen Platschen, das mein Hemd zur Hälfte durchnäßte, im Wasser. Ich setzte mich auf und beobachtete die kleinen Wellen, wie sie einander zum Rand hin jagten und sich dort im Schaum verloren; dann sah ich seinen großen Kopf aus den Pflanzen hochschießen. Dieser verdammte Frosch blinzelte mir zu.

Ich stand auf, klopfte mich ab, lief den Graben hinunter, durch das Abflußrohr und auf der anderen Seite wieder hinaus und begann die Straße zu Leotas altem Haus hinaufzuwandern. Ich beglückwünschte mich, daß ich klein und drahtig genug war, um durch das Abflußrohr schlüpfen zu können.

Mrs. Bisland wohnte noch immer in dem alten Haus.

Die Büsche waren gewachsen, und die Wände hatte man mit Aluminium verkleidet, aber sonst sah es unverändert aus. Auch sie sah fast unverändert aus, nur daß sie jetzt vollständig grau war. Sie war überrascht, mich zu sehen, machte viel Aufhebens von mir, fragte, wie es Carrie gehe, und sagte, wie traurig sie gewesen sei, als sie damals, 1961, von Carls Heimgang gehört habe. Ob ich schon wüßte, daß Leota mit Jackie Phantom verheiratet sei? Er habe eine Karosseriewerkstatt draußen in West York, und es gehe ihnen wirklich gut. Sie gab mir ihre Adresse in der Diamond Street, und ich schleppte mich zurück zu Mrs. Hersheners Laden, ging hinein und kaufte mir ein Himbeereis. Die Dame hinter dem Ladentisch erzählte mir, Mrs. Hershener habe sich vor drei Jahren aufgehängt, und keine Seele wisse, warum.

Mrs. Bisland hatte anscheinend Leota angerufen, denn sie hielt schon nach mir Ausschau. Noch ehe ich an die Tür klopfen konnte, öffnete sie sich, und vor mir stand Leota – dieselben Katzenaugen, derselbe träge Körper, aber, o Gott, sie sah wie fünfundvierzig aus, und zwei Bälger hingen wie die Opossums an ihr. Ich sah wie vierundzwanzig aus. Sie erblickte sich selbst in meinem Spiegelbild, und in ihren Augen war ein schmerzvolles Zucken.

«Molly, komm herein. Das hier ist Jackie junior, und das ist Margie, nach meiner Mutter genannt. Sag der Dame guten Tag.»

Jackie junior konnte mit seinen fünf Jahren einigermaßen anständig guten Tag sagen, aber Margie war scheu. Ich nehme an, sie hatte vorher noch nie eine Frau in Hosen gesehen.

«Hallo Margie, hallo Jackie.»

«So, Jackie, und jetzt nimmst du deine Schwester mit in den Garten und spielst.»

«Ich will nicht mit ihr im Garten spielen. Ich will hier drinnen bleiben, bei dir.»

«Tu, was ich dir gesagt habe.»

«Nein.» Er schmollte und ließ die Unterlippe so tief herunterhängen, daß er fast darüber gestolpert wäre.

Leota gab ihm einen Klaps auf den Hintern, packte ihn am Kragen und schob ihn zur Tür hinaus. Zwanzig Minuten dauerte das Geschrei an.

«Manchmal machen sie mich wahnsinnig, aber ich liebe sie.»

«Klar», sagte ich. Was hätte ich auch anderes sagen können? Jede Mutter sagt das gleiche.

«Was führt dich nach York?»

«Dachte, ich sollte mal kurz aus der Großstadt raus.»

«Großstadt? Du bist nicht in Florida? Ach ja, stimmt. Ich glaube, ich hörte von Mutter, daß du nach New York raufgegangen bist. Hast du keine Angst, daß du auf der Straße ermordet wirst – bei all den Puertorikanern und Niggern?»

«Nein.» Es entstand ein verlegenes Schweigen.

«Nicht, daß die Weißen nicht auch gewalttätig sein können. Aber du bist da oben, wo alle möglichen Leute zusammengepackt sind. Ich hab keine Vorurteile, verstehst du?»

«Ich verstehe.»

«Bist du verheiratet?»

«Erinnerst du dich nicht? Als wir Kinder waren, habe ich dir gesagt, daß ich nie heiraten würde. Ich habe mein Versprechen gehalten.»

«Oh, du bist nur nicht dem richtigen Mann begegnet.» Nervöses Lachen.

«Richtig. Jeder sagt das, aber das ist ein Haufen Scheiße.»

Ihr Gesicht registrierte die Obszönität, aber eine leise Spur von Bewunderung spielte um ihre Mundwinkel.

«Ich habe Jack gleich von der Schulbank weg geheiratet. Ich wollte von zu Hause fort, und das war der einzige

Weg, aber ich liebte ihn auch. Er ist ein guter Ehemann. Arbeitet hart, liebt die Kinder. Was könnte ich mehr verlangen? Du solltest Carol Morgan mal sehen. Sie hat Eddie Harper geheiratet, erinnerst du dich? Er war uns zwei Jahre voraus – er trinkt sich zu Tode. Ich hatte Glück.»

Ich betrachtete das saubere kleine Haus mit den Plastik-Schonbezügen über den Möbeln und den Keramiklampen. Die Kunststoffplatte des Küchentischs war mit lauter kleinen, in dünnen Linien angedeuteten Nieren gemustert, und in der Mitte stand ein Strauß Plastik-Chrysanthemen. Das Wohnzimmer war mit einem avocadofarbenen Teppich ausgelegt. Was für eine Oase! Beim Anblick meiner Milchkartons hätte es Leota geschaudert.

Jackie junior war entweder verstummt oder entwickelte einen frühen Fall von Kehlkopfkrebs, denn endlich konnten wir uns wieder in normaler Lautstärke unterhalten.

«Möchtest du gern eine Tasse Kaffee oder ein Glas Sprudel oder irgend etwas?»

«Cola.»

Sie ging in die Küche und holte aus einem riesigen dekorateurbraunen Kühlschrank eine große Flasche Coke. Als sie zurückkam, um sie mir zu geben, bemerkte ich, daß ihr Körper seine federnde Geschmeidigkeit verloren hatte. Ihr Gang war schleppend geworden, ihre Brüste hingen, und ihr Haar war ohne Glanz.

«Und was machst du da oben in der Großstadt?»

«Ich bin dabei, meine Studien an der New Yorker Universität zu beenden. Ich lerne das Filmemachen.»

Sie war so beeindruckt. «Willst du ein Filmstar werden? Du siehst ein bißchen wie Natalie Wood aus, weißt du das?»

«Danke für das Kompliment, aber ich glaube nicht,

daß ich das Zeug zum Filmstar habe. Ich möchte gern Filme machen, nicht eine der Schachfiguren darin sein.»

«Oh.» Mehr konnte sie nicht sagen. Das Filmemachen war für sie eine mysteriöse Angelegenheit, und was sie am Ende sah, waren sowieso nur die Filmstars.

«Leota, hast du je noch einmal an die Nacht gedacht, die wir zusammen verbracht haben?»

Ihr Rücken versteifte sich, und ihr Blick wurde leer. «Nein, nie.»

«Ich denke noch manchmal daran. Wir waren so jung, und ich glaube, wir müssen irgendwie sehr süß gewesen sein.»

«Ich denke über solche Sachen nicht nach. Ich bin Mutter.»

«Wieso, versperrt das etwa den Teil deines Gehirns, der sich an früher erinnert?»

«Für so etwas hab ich zu viel zu tun. Wer hat schon Zeit, seinen Gedanken nachzuhängen? Außerdem war das alles pervers, krankhaft. Ich habe keine Zeit dafür.»

«Tut mir leid, das zu hören.»

«Warum hast du mich danach gefragt? Warum bist du hergekommen – um mich das zu fragen? *Du* mußt wohl so geblieben sein. Läufst du deswegen in Jeans und Pullover rum? Bist du eine von diesen kranken Spinnerinnen? Ich verstehe das nicht. Ich versteh das überhaupt nicht, ein hübsches Mädchen wie du. Du könntest einen Haufen Männer haben. Du hast mehr Auswahl, als ich sie hier je hatte.»

«Ich dachte, du hättest gesagt, du magst deinen Mann!»

«Ich liebe meinen Mann. Ich liebe meine Kinder. Dafür ist eine Frau geschaffen. Aber du, du lebst in einer großen Stadt und studierst – du könntest einen Arzt oder einen Rechtsanwalt oder irgendwen vom Fernsehen heiraten.»

«Leota, ich werde nie heiraten.»

«Du bist verrückt. Eine Frau muß heiraten. Was wird aus dir, wenn du fünfzig bist? Man braucht jemanden, mit dem man alt wird. Du wirst es noch einmal bereuen.»

«Ich werde verhaftet werden, weil ich mit neunundneunzig eine Orgie schmeißen werde, und ich werde nicht mit irgend jemandem zusammen alt werden. Was für ein schauerlicher Gedanke! Himmel, du bist vierundzwanzig und machst dir Sorgen, was mit fünfzig sein wird. Das ist doch ohne Sinn und Verstand.»

«Das hat sogar sehr viel Sinn. Ich muß an unsere Sicherheit denken. Ich muß unser Geld sparen und rechtzeitig für die Ausbildung der Kinder planen, für die Zeit, wenn wir alt sind. Ich habe keine Ausbildung bekommen, und ich will sichergehen, daß die Kinder eine kriegen.»

«Du könntest doch eine Schule besuchen, wenn du wolltest – es gibt Volkshochschulen und all das.»

«Ich bin zu alt. Hab zu viel zu tun. Ich glaube, ich könnte nicht mehr in einem Klassenzimmer hocken und lernen. Es ist schön, daß du es machst, ich bewundere dich deswegen. Du lernst auf diese Weise eine Menge Leute kennen, und eines Tages wirst du dem Richtigen begegnen und eine Familie gründen. Wart's nur ab.»

«Laß uns aufhören mit diesem Scheiß. Ich liebe Frauen. Ich werde nie einen Mann heiraten, und ich werde auch nie eine Frau heiraten. Das ist bei mir nicht drin. Ich bin Lesbierin, und nach mir die Sintflut.»

Leota holte tief Luft. «Du solltest mal deinen Kopf untersuchen lassen, Mädchen. Leute wie dich schaffen sie aus dem Wege. Du brauchst Hilfe.»

«Ja, ich kenne auch welche, die Leute wie mich aus dem Wege schaffen. Aber bevor du die Diener der heterosexuellen Inquisition herbeirufst, bin ich 'ne Wolke.»

«Gebrauch nicht so große Worte, wenn du mit mir

sprichst, Molly Bolt. Du warst schon immer eine Klugscheißerin.»

«Ja . . . und ich war auch deine erste Liebhaberin.» Ich knallte die Tür hinter mir zu und war auch unten auf der Straße, an dem Platz, wo die Gebrauchtwagen standen. Von mir aus hätte sie auf der Stelle verrecken können.

Nun den gleichen Weg zurück zum Babylon am Hudson. Zurück an den Ort, wo die Luft deine Lungen zerstört und der Schritt hinter dir zu der Hand gehören könnte, die dir die Kehle aufschlitzt. Zurück zum glitzernden Broadway, der nachts die Vororte einlädt und das Theater nennt. Zurück zu den Magazinen, die sich auf nacktes Fleisch stürzen und es monatlich den Abonnenten-Kannibalen des Landes zum Fraß vorwerfen. Zurück in die Stadt, wo Millionen von uns dicht beieinander in verrottenden Bienenwaben wohnen und nie «Hallo» zueinander sagen. Verseucht, überfüllt, faulig, und doch der einzige Ort, wo ich ein Zimmer, eine Hoffnung habe. Ich muß zurück und durchhalten. In New York kann ich zumindest mehr sein als eine Bruthenne der nächsten Generation.

17

New York City empfing mich bei meiner Rückkehr nicht mit offenen Armen, aber das machte mir nichts aus. Ich war entschlossen, es mit allen Widrigkeiten, sogar mit der Gleichgültigkeit, aufzunehmen.

Der schäbige Rest des Sommers zog sich monoton dahin. Und als der Herbst kam, war es eine Erleichterung, da es mein letztes Jahr an der Uni sein würde, und in unserem letzten Jahr sollten wir einen kurzen Film produzieren: der Höhepunkt all unserer Studienjahre an der New Yorker Universität.

Professor Walgren, Leiter der Filmhochschule und eingefleischter Weiberfeind, rief mich zu der üblichen Projekterörterung in sein Büro.

«Molly, was für ein Projekt planen Sie für Ihr letztes Jahr?»

«Ich dachte an einen zwanzigminütigen Dokumentarfilm. Über das Leben einer Frau.» Er schien unbeeindruckt. In diesem Jahr war Porno-Gewalttätigkeit die große Mode, und alle Männer waren eifrig dabei, absurde Fickszenen zu drehen, mit dazwischengeschnittenen Bildern von Schweinehunden, die die Leute beim Parteikonvent in Chicago zusammenschlugen. Mein Projekt lag nicht auf dieser Linie.

«Sie könnten Schwierigkeiten kriegen, die Kamera für die Wochenenden zu kriegen. Übrigens, wer wird zu Ihrem Team gehören?»

«Niemand. Es wird niemand dazu bereit sein.»

Professor Walgren hustete hinter seiner modischen Nickelbrille und sagte mit einem leichten Anflug von Boshaftigkeit: «Ah, ich verstehe, sie würden von einer Frau keine Weisungen entgegennehmen, wie?»

«Ich weiß nicht. Ich hatte nicht den Eindruck, daß sie zu gut waren, voneinander Weisungen entgegenzunehmen.»

«Na, dann viel Glück bei Ihrem Film. Ich bin schon gespannt, was Sie drehen werden.»

Du wirst es sehen, du Scheinhippie, du betagter Waschlappen.

Die Kameras waren für das nächste Jahrzehnt ausgebucht, aber das war immer so, wenn ich eine aus dem Studio benutzen wollte. Also ließ ich an diesem Nachmittag ganz nebenbei die Arriflex in eine dickbäuchige geflochtene Tragetasche mit einer bunten Jamaika-Stikkerei an der Seite rutschen und tänzelte hinaus. Ich hatte auch so viel Film abgestaubt, wie ich in der Tasche und in den Spezialinnentaschen, die ich mir in meine Matrosenjacke genäht hatte, tragen konnte. Ich fuhr nach Hause und bat meine Nachbarin, die nächste Woche über meine Pflanzen zu gießen, gab ihr den Extraschlüssel und fuhr hinaus nach Port Authority – der Heimstatt der Teesalon-Schwulen der Nation –, wo ich einen Bus nach Ft. Lauderdale nahm. 34 Stunden und fünf nervtötende Unterhaltungen später stand ich hinter der Howard Johnson-Gaststätte auf der Route 1. Die Sonne war so hell nach New York, daß mir alles grell erschien und mir die Augen weh taten. Da die Ausrüstung zu schwer war, um sie die vier Meilen nach Hause zu tragen, nahm ich mir ein Taxi.

Zehn Minuten später sausten wir die Flagler Drive an der Florida East Coast Railway entlang bis vors Haus. Das Rosarot war von flammendem Häßlich zu mildem Grotesk verblaßt. Die Königinpalme auf dem Rasen vor dem Haus war mindestens zwei Meter gewachsen, und alle die Büsche waren von Blüten und Chamäleons übersät. Sechs Jahre lang war ich nicht zu Hause gewesen. Ich hatte Carrie ein- oder zweimal geschrieben, um ihr mitzuteilen, daß ich noch am Leben war, aber das war auch alles. Ich hatte ihr nicht geschrieben, daß ich nach Hause kommen und sie besuchen würde.

Ich klopfte an die Tür und hörte ein langsames Schlurfen hinter den halb offenen Jalousien. Die Jalousien wurden ganz geöffnet, und eine kratzige Stimme fragte: «Wer ist da?»

«Ich bin es, Mom. Molly.»

«Molly!»

Die Tür flog auf, und ich erblickte Carrie. Sie sah aus wie eine gelbe Pflaume, und ihr Haar war ganz weiß. Ihre Hände zitterten, als sie die Arme ausstreckte, um mich an sich zu ziehen und in die Arme zu nehmen. Sie begann zu weinen, und sie konnte nicht gut reden, als wäre ihre Zunge geschwollen. Sie taumelte hin und her, als sie versuchte, wieder ins Wohnzimmer zu gehen. Ich faßte sie am Ellbogen und führte sie zu ihrem alten Schaukelstuhl mit den Schwanenköpfen an den Armlehnen. Sie setzte sich und sah mich an.

«Du bist sicher überrascht, deine alte Mutter nach all den Jahren so wiederzusehen. Die Krankheit hat mich eingeholt. Ich trockne aus wie Gras in der Dürre.»

«Das tut mir leid, Mom. Ich hab nichts davon gewußt.»

«Nein, und ich wollte auch nicht, daß du etwas davon weißt. Als du fortgingst, beschloß ich, die Dinge für mich zu behalten. Es war dir ja sowieso egal. Ich habe zu Florence gesagt, sie sollte dir nie etwas über meinen Zustand schreiben oder erzählen. Ich selber kann kaum noch schreiben, denn jetzt steckt es auch in den Fingern. Was machst du hier? Du willst doch wohl nicht unter meinem Dach wohnen und dich hinten im Schlafzimmer mit nackten Weibern hinlegen? Das geht nicht. Ich hoffe, das ist dir klar.»

«Es ist mir klar. Ich bin gekommen, um dich um deine Hilfe bei meiner letzten Semesterarbeit zu bitten.»

«Nicht, wenn es Geld kostet, ich nicht.»

«Es kostet nichts.»

«Und was machst du auf der Universität? Du hättest schon 1967 dein Examen machen müssen. Du bist zwei Jahre zurück. Was ist los? Waren die Bälger der Yankees zu schlau für dich?»

«Nein, ich mußte die letzten drei Jahre meist den ganzen Tag arbeiten, und das hat mich in meiner Ausbildung zurückgeworfen.»

«Na gut. Freut mich zu hören, daß diese hochnäsigen Juden-Gören nicht schlauer sind als du.»

«Also, hilfst du mir bei meiner Arbeit?»

«Nein, ich weiß ja noch gar nicht, was es ist. Was soll ich denn tun?»

«Du sollst nur da, da in deinem Schaukelstuhl sitzen und mit mir reden, während ich dich filme.»

«Mich filmen?»

«Klar.»

«Du meinst, ich soll in einem Film mitspielen?»

«Genau.»

«Aber ich habe keine Kleider, keine Schminke. Für so was muß man doch hergerichtet werden. Ich bin zu alt, um in einem Film mitzuspielen.»

«Setz dich nur einfach in den Schaukelstuhl und zieh dir dein Hauskleid mit den schwarzen Troddeln an. Das ist alles, was du zu tun hast.»

«Und was muß ich sagen? Hast du ein Stück für mich geschrieben, um dich darin über mich lustig zu machen? Solche Sachen hast du geschrieben, als du klein warst. Ich mache bei so einem Stück nicht mit, die Idee schlag dir nur aus dem Sinn.»

«Kein Stück, Mom. Ich möchte nur, daß du mit mir sprichst, während ich dich filme. Genau wie wir es jetzt tun.»

«Na, das könnte ich ja.»

«Gut, dann machst du also mit?»

«Nein, nicht solange ich nicht weiß, was du damit vorhast.»

«Es ist meine letzte Semesterarbeit. Ich brauche es für mein Examen. Ich führe es meinen Professoren vor.»

«O nein! Ich red nicht für Professoren, damit sie sich

lustig machen, wie ich spreche. Kommt nicht in Frage.»

«Kein Mensch wird lachen, außer du sagst etwas Lustiges. Bitte, mach mit. Es ist doch keine so große Sache, dazusitzen und zu reden.»

«Wenn du mir versprichst, mich nicht zum Narren zu halten, tu ich's. Und dein Essen mußt du dir selber kaufen, solange du hier bist. Ich hab kein Geld, um dich durchzufüttern.»

«Okay. Ich habe genug Geld für eine Woche mitgebracht.»

«Also gut. Dann schaff dein Zeug in das hintere Zimmer, aber denke daran, es kommen keine Frauen in dieses Haus, solange du hier drinnen bist – nicht einmal die Avon-Dame. Hast du mich verstanden?»

«Ich habe dich verstanden. He, wo ist denn die olle Florence?»

«Florence ist letztes Jahr im Mai gestorben. Hatte zu hohen Blutdruck. Der Doktor hatte einen großartigen Namen dafür, aber es war trotzdem zu hoher Blutdruck. Warum war sie auch immer so aufgeregt und mußte sich ewig um anderer Leute Angelegenheiten kümmern? Immer steckte sie ihre Nase in Sachen, die sie nichts angingen. So etwas muß einen ja umbringen. Aber sie war eine gute Schwester, und sie fehlt mir.»

Die «Schnauze» tot. Unvorstellbar! Bestimmt schwatzte sie auch als Tote noch in ihrem Grab. Carrie fuhr fort: «Wir haben sie an derselben Stelle begraben wie Carl. Erinnerst du dich? Da drüben bei dem Autokino in der Nähe. Oh, es war ein wunderschönes Begräbnis. Das einzige, was es mir verdorben hat, war die Reklame für den Film – irgendeinen Sexfilm, *Heißes Fleisch, heiße Nächte* oder so ähnlich. War schon gut, daß Florence tot war, denn wenn sie das gesehen hätte, dann hätte sie der Schlag getroffen. Sie muß sich in ihrem Sarg umgedreht haben. Den Sarg hättest du sehen müssen! Glänzend schwarz, fast das teuerste, was es gibt. Du weißt ja, wie sehr sie unanständige Sachen haßte. Die hätten dieses abscheuliche Schild auch herunternehmen können, als sie den glänzenden Sarg die Straße runterkommen sahen. Diesmal fuhr ich in einem schwarzen Cadillac. War nicht so schön wie der Wagen, in dem wir zu Carls Beerdigung gefahren sind. Was war das doch für ein Wagen damals?»

«Ein Continental.»

«Ich sag dir, ein Cadillac kommt mit diesem Continental nicht mit. Wenn ich je eine reiche Frau bin, schaffe ich mir einen Continental an. Wer baut sie?»

«Ford.»

«Ford. Dein Vater hat mir gesagt, ich soll nie ein Ford-Auto kaufen. Sagte, die wären aus Pappe gemacht, und er wußte, wovon er sprach. Aber ich finde trotzdem, ein Continental fährt so angenehm weich!»

«Daddy ist wahrscheinlich nie in einem gefahren, also nutze deinen eigenen Verstand, wenn du deine Millionen machst.»

Carrie kicherte und schlug leicht mit dem Handgelenk nach mir.

«Los, bring diesen Trödel in dein Zimmer, bevor ich noch darüber stolpere und mir den Hals breche.»

Ich ergriff die Ausrüstung und trug sie durch die Flure ins hintere Zimmer, das einmal meines gewesen war. Carrie hatte alle meine Bänder und Trophäen von den Wänden genommen und ein Bild dem Doppelbett gegenüber aufgehängt. Es war Christus, wie er in Gethsemane kniet. Ein Strahl himmlischen Lichts, das aus dem Dunkel kam, traf ihn voll in sein bärtiges Gesicht. Über das Kopfende des braun angemalten, eisernen Bettgestells hatte sie ein gewaltiges Leuchtfarben-Kreuz gehängt. Auf der schiefen Kommode stand ein Eichhörnchen aus Keramik, das die Erstsemestler-Mütze der Universität

Florida trug. Ich stopfte mein ganzes Zeug in den Schrank und ging in das vordere Zimmer.

Carrie stieß sich mit dem einen Fuß in ihrem Schaukelstuhl an und wurde plötzlich sehr lebhaft. «Möchtest du eine Tasse Tee, Honey? Oder wie wär's mit einer Cola? Ich hab immer Cola im Kühlschrank. Leroys Buben sind ganz wild darauf. Die mußt du unbedingt sehen. Der kleine Ep ist fünfeinhalb Jahre alt. Leroy hat das junge Mädchen geschwängert – darum ist er so alt, wenn du verstehst, was ich meine. Leroy hat sie gerade noch rechtzeitig geheiratet. Aber sie sind anscheinend glücklich miteinander. Unfälle passieren schon mal. Sieh dich an. Ha! Vielleicht kommen sie irgendwann diese Woche vorbei, dann kannst du sie alle sehen. Ich komme nicht mehr viel raus, außer wenn sie mich mitnehmen. Hab das Auto nicht mehr. Mußte es verkaufen, als die Stadt hier die Kanalisation anlegte. Ich hatte kein Geld, und so hab ich das Auto verkauft, damit ich den Preis dafür bezahlen konnte, daß sie den Hof aufgebuddelt haben, um mich anzuschließen. Verdammte Gauner. Stadt, Staat, Präsident, alles verdammte Gauner! Schrecklich, kein Auto zu haben, aber ich bin wahrscheinlich sowieso zu alt zum Fahren. Meine Krankheit, weißt du. Die Hände und Füße wollen nicht mehr so, wie ich will. Leroy hat gesagt, es war das beste, was ich tun konnte, daß ich den alten Plymouth verkauft hab. Er hat gesagt, er hätte Angst gehabt, es würde mich auf dem Highway erwischen. So geh ich jetzt raus in den Garten, aber die Fahrten zum Strand fehlen mir. Ab und zu nimmt Leroy mich mit den Kindern mit hin. Die Kinder machen zuviel Lärm. Ich kann mich nicht erinnern, daß du soviel Lärm gemacht hast. Du warst ein stilles Kind. Hast du mir schon gesagt, wie lange du hierbleiben willst?»

«Ungefähr eine Woche, wenn's dir recht ist.»

«Schon recht, solange du dir selbst dein Essen kaufst.

Die Fleischpreise sind verrückt heutzutage. Ich esse nur noch ein- oder zweimal in der Woche Fleisch. Nicht wie damals, als wir in Shiloh wohnten und frisches Fleisch hatten, so viel wir nur wollten. Fürs Schlachten. Ich versteh nicht, wie die Leute mit großen Familien zurechtkommen.»

«Wie kommst du zurecht? Du siehst nicht so aus, als ob du arbeiten könntest.»

«O doch, ich kann. Und ob ich kann! Ich nehm Wäsche zum Bügeln an, und ich setze mich dabei hin, damit es mich nicht zu sehr erschöpft. Ich lebe nicht von Almosen. Ich kriege 45 Dollar von der Sozialversicherung, und seit ich über fünfundsechzig bin, werd ich vom Doktor umsonst behandelt. Aber das sind keine Almosen. Das hab ich verdient. Ich habe jahrelang Steuern gezahlt, deshalb stehen mir diese Sachen zu. Und wenn ich zu alt oder zu krank zum Arbeiten bin, werd ich ans Meer marschieren und mich von den Fischen fressen lassen. Du brauchst keine Angst zu haben, daß du dich um mich kümmern mußt, Mädchen.»

«Ich hab keine Angst.»

«Siehst du, dir ist alles egal. Du schreibst nicht einmal, wenn du weg bist. Ich könnte hier unten sterben, und du würdest es nicht einmal wissen. Dir ist alles egal.»

«Mom, als ich fortging, hab ich es so verstanden, daß du nichts mehr mit mir zu tun haben wolltest. Außerdem hab ich hin und wieder geschrieben.»

«Zornige Worte. Zornige Worte. Du solltest wissen, eine Mutter meint es nicht so, wenn sie zu ihrem Kind zornige Worte spricht.»

«Du hast gesagt, ich wäre nicht dein Kind und du wärst froh darüber.»

«O nein, das hab ich nicht gesagt. So was habe ich nie gesagt.»

«Mom, du hast es gesagt.»

«Erzähl du mir nicht, was ich gesagt habe. Du hast mich falsch verstanden. Du bist ein kleiner Hitzkopf. Du bist hier ausgerissen, bevor ich mit dir reden konnte. So was hab ich nie gesagt. Und rede du mir nicht ein, daß ich es gesagt habe. Du bist mein Baby. Damals, 1944, als ich mir den Kopf zerbrochen hab, ob ich dich adoptieren sollte, da sagte Pastor Needle zu mir, du erinnerst dich, unser alter Pastor oben, im Norden, da sagte er zu mir, du wärst geboren, um mein Baby zu sein, und daß alle Kinder auf dem gleichen Weg in diese Welt kommen, und ich sollte mir keine Sorgen machen, daß du ein Bastard wärst. Nein, Sir, vor den Augen Gottes sind alle Kinder gleich. Ich weiß nicht, woher du solche Ideen in deinen Kopf reinkriegst. Du weißt, ich würde nie so etwas sagen. Ich hab dich doch lieb. Du bist alles, was mir in dieser Welt noch geblieben ist.»

«Ja, okay, Mom.»

Ich ging hinaus in die Küche und holte mir Sprudel und ein paar große, harte Bretzeln aus der Brottrommel. Carrie wollte auch davon essen, aber sie mußte sie in ihren Kaffee eintauchen, weil ihre Zähne immer schlechter wurden. Wir saßen im Wohnzimmer, der Fernsehapparat war auf volle Lautstärke gedreht, und redeten während der Werbespots in der Lawrence Welk-Show. Sie sagte mir, was für ein wunderbarer Mann Lawrence Welk sei, und seine Show sei so sauber. Sie würde zu all der wunderschönen Musik am liebsten tanzen, sagte sie, aber sie würde umkippen, weil ihr Ohr innendrin nicht in Ordnung sei.

Ich filmte Carrie die ganze Woche lang. Als sie erst einmal ihre anfängliche Furcht überwunden hatte, saß sie gelöst in ihrem Schaukelstuhl und redete wie ein Buch, und wenn sie über irgend etwas in Erregung geriet, stieß sie ihren Schaukelstuhl immer heftiger an, bis sie hin und her sauste und ihr Mund sich so schnell bewegte wie der

Stuhl. Wenn sie dann ihre Geschichte beendet hatte, ließ sie den Stuhl auspendeln und beantwortete Fragen mit «Ja» oder «Nein». Sie genoß voll und ganz die Aufmerksamkeit, und daß ich mit einer Kamera umgehen konnte, imponierte ihr. Es dauerte nicht lange, bis sie alles begriffen hatte, denn wenn ich filmte, wie sie ihren Schaukelstuhl auf Touren brachte, zischte sie: «Wieso machst du Bilder von meinen Füßen? Die Leute wollen mein Gesicht sehen, nicht meine Füße.»

Wenn ich nicht filmte, verrichtete ich Arbeiten im Haus für sie – ich schnitt das Gras und machte Besorgungen, da sie ja nicht aus dem Haus konnte. Und Leroy kam wirklich mit seiner Frau und seinen Kindern herüber. Er und Mom redeten über Kleinkram, während die Kinder durchs Haus rasten und Leroys Frau, Joyce, mich unbehaglich aus dem Augenwinkel beobachtete. Sie hatte ihr Haar zu einem Bienenkorb aufgetürmt, und ihr Make-up eilte ihr im Zimmer um drei Zentimeter voraus. Sie hatte Angst, Leroy könnte mich attraktiv finden. Nervös meinte sie: «Du siehst aus wie eins von diesen Mannequins in Modezeitschriften wie *Mademoiselle*, mit deinen Haaren und deiner Hose und der Halskette. Du mußt ein richtiger Hippie sein.»

«Nein, ich hab so schon ausgesehen, bevor es als schick galt. Armut gehört zur Zeit zu den Dingen, die den Trend bestimmen.»

«Ja, mein Wildfang Molly sieht jetzt richtig gut aus. Ich wußte, daß du dich machen würdest», sagte Carrie voller Stolz. Mein Aussehen war ihr noch immer wichtiger als alles andere, was ich je erreichen würde. «Du würdest wie eine richtige Dame aussehen, wenn du mal aus diesen Jeans aussteigen würdest», ereiferte sie sich.

«Oh, aber das ist jetzt die große Mode», wagte Joyce sich vor.

Leroy fügte mit seiner rauhesten Stimme hinzu: «Ja,

die Frauen wollen heutzutage die Hosen anziehen. Also sage ich zu meiner Frau, geh du nur und verdien das Geld, ich kümmere mich um die Kinder.»

Carrie lachte, und Joyce packte Leroy am Ellbogen: «Leroy, halt den Mund.»

Carrie schleppte die mit Haarspray beladene Joyce nach hinten in ihr Schlafzimmer, um ihr ein Hauskleid zu zeigen, das sie sich mit ihrer alten White Rose-Trittmaschine genäht hatte. Leroy drehte sich zu mir herum: «Wir sind mächtig erwachsen geworden, nicht wahr?»

«Das passiert auch den Besten.»

«Und du machst Filme. Ich hätte nie gedacht, daß du Filme machen würdest. Ich hätte gedacht, du würdest Rechtsanwältin, bei deinem Mundwerk. Du warst schon immer schlauer als alle andern. Ich bin wohl ein bißchen blöd. Nach dem Marine Corps bin ich hierher zurückgekommen und hab einen Job in einer Gartenpflege-Firma gekriegt. Ich bin gern draußen an der frischen Luft. War ich schon immer gern.»

«Daran erinnere ich mich.»

«Ja, ich hab vier Leute unter mir arbeiten. Farbige. Sie sind genau wie wir. Ich meine, ich würde nicht privat mit ihnen verkehren, aber bei der Arbeit sind die Kerle genau wie ich. Haben Frauen und Kinder und zahlen ihr Auto ab. Wir kommen gut miteinander aus. Das hab ich beim Militär gelernt. Mußte ich da lernen. Das war gut für mich. Ep hatte mich mit allem möglichen Scheißdreck vollgestopft, und der Dienst beim Militär hat mir das alles für immer ausgetrieben. Ich war in Vietnam. Wußtest du das?»

«Nein, ich hab nicht mal gewußt, daß du beim Militär warst.»

«Bei den Ledernacken, nicht nur einfach beim Militär. Tja, ja, ich ging rüber und hab mir die Schlitzaugen da gut angesehen. Hab als Dieselmechaniker angefangen. Was

Motoren betrifft, da hab ich mich schon immer gut ausgekannt, weißt du noch?»

«Ich weiß noch, wie du die Bonneville auseinandergenommen und dein Kupplungskabel verloren hast.»

«Das war ein schönes Motorrad. Ich hätte gern wieder eins, aber Joyce würde sich zu Tode fürchten, ich bastle immer noch gern an Motoren. Ich hab mich als Dieselmechaniker gemeldet, weil ich mich nicht abknallen lassen wollte. Hab trotzdem was abgekriegt. O Gott, war ich froh, als ich da wegkam.»

«Hast du jemanden getötet?»

«Ich weiß nicht. Ich hab auf alles geschossen, was sich bewegte, aber ich hab nie einen Schrei gehört, also hab ich vielleicht keinen getötet. Auf mich haben sie nur zweimal geschossen, anders als wenn ich da draußen in den Reisfeldern gewesen wär. Man kann sowieso nichts sehen, aber du riechst es bestimmt, wenn's ein paar Tage tot ist.»

«Na, ich bin froh, daß du heil zurückgekommen bist, Leroy.»

«Ja, ich auch. Es ist ein beschissener Krieg. He, hast du einen Freund?»

«Warum, zum Teufel, fragst du mich das? Nein, ich hab keinen Freund.»

«Aber du bist mit Männern zusammen gewesen. Ich meine, mit anderen Männern als mir?» Seine Stimme war leise.

«Natürlich. Warum?»

«Ich weiß nicht. Ich habe nur gerade überlegt. Du bist immer noch das einzige Mädchen, mit dem ich reden kann.»

«Nur daß ich jetzt eine Frau bin, Leroy, mit einem großen F.»

Er sah mich verwirrt an. «Das sehe ich. Du siehst gut aus, Molly. Wirklich gut.»

«Danke.»

«Gehst du noch mit Mädchen?»

«Zum Teufel, ist das hier ein Verhör?»

«Na ja, ich hab dich so lange nicht gesehen. Ich hab mich einfach gefragt . . . verstehst du?»

«Ich verstehe. Ich nehme jede Gelegenheit wahr, mit Mädchen auszugehen. Wie gefallen dir die beiden Äpfel, Kleiner?»

Er musterte mich und sagte dann mit einem resignierten Seufzer: «Auch gut. Du bist nicht der Typ, der eine Familie gründet. Du hast es immer gesagt, aber ich hab nicht auf dich gehört.» Er zögerte, beugte sich dann vor und senkte seine Stimme zu einem Flüstern. «Es wird langweilig, weißt du? An manchen Tagen denke ich, ich gehe einfach von der Arbeit weg und fahre runter nach Bahia Mar und such mir einen Job als Crew-Mitglied auf einer fetten Privatyacht und segle rund um die Welt. Wer weiß, eines Tages werde ich es vielleicht tun.»

«Wenn du es tust, sorg dafür, daß du deiner Familie genug zum Leben zurückläßt.»

In diesem Augenblick tauchte die glückliche Sippschaft wieder auf. «Deine Tante Carrie hat ein paar neue Hauskleider, Leroy. Das eine ist so hübsch orangerot – genau die Farbe, in der ich meine neuen Schuhe wollte.»

Leroy machte ein hilfloses Gesicht. «Das ist ja schön, Schatz.»

«Wir müssen jetzt diese wilden Indianer ins Bett schaffen. Komm, Schatz, und sag deiner Cousine auf Wiedersehen. Wir besuchen dich nächste Woche, Tante Carrie. Wir wollen alle zusammen rausfahren und uns die neuen Apartmenthäuser anschauen, die sie oberhalb von Galt Ocean Mile gebaut haben.»

Mit einem Blick der Verzweiflung schüttelte mir Leroy die Hand. Dann legte er vorsichtig seine linke Hand auf meine rechte Schulter und gab mir einen schnellen

Kuß auf die Wange. Er sah mir nicht in die Augen, sondern wandte den Kopf ab und sagte zu Carrie: «Nun werden wir sie wohl wieder fünf Jahre lang nicht zu Gesicht bekommen, was, Mom?»

Carrie bellte: «Du wirst sie schon vorher sehen! Wenn ich abkratze.»

«Tante Carrie, sag so was nicht», sagte Joyce sanft mahnend.

«Paß auf dich auf, Molly, und laß gelegentlich mal von dir hören.»

«Klar, Leroy, paß du auch gut auf dich auf.»

Er ging rückwärts aus der Haustür hinaus und stieg in einen klapprigen weißen Kombiwagen, drehte den Zündschlüssel, schaltete die Scheinwerfer ein und drückte auf die Hupe, als er hinaus auf die Straße fuhr.

«Hat er nicht eine reizende Familie? Und seine Frau ist so lieb! Ich mag diese Joyce.»

«Ja, sie sind nett, wirklich nett.»

An dem Tag, an dem ich die Rückreise antreten mußte, war Carrie wieder ganz wie früher. Irgendwie bewegte sie ihren verfallenden Körper wie einen Wirbelwind durch die Küche. Sie bestand darauf, mir Spiegeleier zu machen und frischen Kaffee zu kochen. Pulverkaffee war in ihren Augen ein Zeichen moralischen Niedergangs, und sie war entschlossen, mir frischen Kaffee zu machen, auch wenn sie dabei draufging.

Nach all dieser Aktivität setzte sie sich an den Küchentisch, stammelte und begann dann: «Du hast mich immer gefragt, wer dein richtiger Vater war. Ich hab es dir nie erzählt. Du bist so ein neugieriger Bastard, daß du es sicher auch nach meinem Tod herausfinden würdest, da kann ich es dir genausogut selbst sagen und weiß so wenigstens, daß du die Geschichte richtig erzählt kriegst. Ruby hatte sich mit einem Ausländer eingelassen, und schlimmer noch, der Mann war verheiratet. Deswegen ist alles vertuscht worden.»

«Was für ein Ausländer war er?»

«Franzose. Ein vollblütiger Franzose, und das sind die schlimmsten. Die sind noch verrückter als die Ittaker. Wir sind fast gestorben, als wir herausbekamen, daß sie mit ihm ging und er kaum ein Wort Englisch sprechen konnte. Wie sie miteinander geredet haben, das geht über meinen Verstand. Wahrscheinlich brauchten sie bei dem, was sie machten, nicht zu reden. Ruby hatte Hummeln unterm Hintern. Auf alle Fälle, als er hörte, daß sie schwanger war, hat er sie sitzenlassen. Carl hat ihn aufgespürt und sich von ihm das Versprechen geben lassen, nie Anspruch auf dich zu erheben und sich aus deinem und Rubys Leben herauszuhalten. Er hat dem nur zu gern zugestimmt.»

«Hast du ihn je gesehen?»

«Nein, aber die Leute sagen, daß er ein gut aussehender Teufel war. Daher hast du deine scharfen Gesichtszüge und deine dunklen Augen. Von Ruby hast du nichts, außer ihrer Stimme natürlich. Immer wenn ich dich reden höre und die Augen schließe, sehe ich Ruby vor mir stehen. Du hast nicht ihre Figur, hast nichts von ihr außer dieser Stimme. Du mußt ganz dein Vater sein. Und du redest mit den Händen, und die Franzosen tun das auch. Er war ein großer Athlet, weißt du. O ja, ziemlich bekannt war er, bei den Olympischen Spielen oder so. Gott weiß, wo sie ihm begegnet ist. Ruby hat in ihrem ganzen Leben nie einen Sportplatz betreten. Aber daher hast du all die Harmonie in deinen Bewegungen, von ihm. Sie war eine plumpe Person.»

«Wie hieß er?»

«Er hatte einen von diesen verdammten französischen Namen, zwei zusammengespannte Namen. Ich kann es nicht aussprechen. So etwas wie John-Peter Bullette.»

«Jean-Pierre?»

«Genau. Warum, zum Teufel, müssen diese Leute sich zwei Namen geben? Weil sie sich selbst so sehr mögen, nehme ich an. Je mehr Namen sie haben, um so länger dauert's, bis man sie aus dem Mund heraus hat. Niemand aus unserer Familie ist so träumerisch wie diese Franzosen. Daher hast du deine ganze Träumerei und daß du künstlerisch bist. Wir sind praktische Leute. Wir waren immer praktische Leute, und wir essen auch vernünftige Dinge. Diese Franzmänner essen Schnecken. Und sie essen sie nicht nur, sie knöpfen dir ein Vermögen dafür ab. Habe in meinem ganzen Leben noch nie so was Dämliches gehört.»

«Ich bin froh, daß du es mir erzählt hast, Mom. Ich habe früher viel darüber nachgedacht.»

«Ich konnt's dir nicht erzählen. Mach mir keinen Vorwurf daraus. Ich hab's schon für mich behalten, eh du geboren wurdest, und jetzt, wo ich dem Grab nahe bin, will ich die Last von der Brust haben.» Sie sah auf ihre verschrumpelte Brust hinunter und brüllte: «Ich hab gar keine Brust, von der ich es abladen kann. Als ich jung war, da hatte ich hübsche Titten, wie so ein Mannequin, das für Büstenhalter Reklame macht. Diese verfluchte Krankheit trocknet alles aus. Alt werden ist schrecklich. Warte nur, du wirst es erleben. Da kuck ich an mir runter und sehe nichts als einen Kuchen mit einer Rosine drauf, wo ich früher runtersah und zwei volle Orangen erblickte.» Sie legte die Hand unter ihre Brust und schob sie hoch. «Zum Teufel, das nützt auch nichts mehr.»

«Willst du noch eine Tasse Kaffee, Mom?»

«Ich glaub schon. Im Kühlschrank ist noch mehr Milch, wenn du mir die holen würdest. Die Milch kostet bald so viel wie Whiskey. Ich könnte genauso gut ausgehen und das Geld für Whiskey ausgeben und ihn in meinen Kaffee schütten. Da würde ich mich wohler fühlen. Wir konnten keine Kinder kriegen. Das ist nun eine ganz verdammt traurige Geschichte, und ich werde dir die ganze Sache erzählen, damit du's nicht von den falschen Leuten zu hören kriegst, wenn ich nicht mehr da bin. Gleich beim erstenmal, als Carl 1919 so ein Weibsstück hatte, hat er sich die Syphilis geholt. Das hab ich noch hingenommen, als ich's herauskriegte, aber dann, 1937, kam ich dahinter, daß er mich betrog, ja, betrog. Ich hab darüber nichts gesagt. Jeder wußte es, nur ich nicht. Cookie, Florence, Joe – sie haben ihn alle mit ihr im Kino gesehen, aber sie haben's mir nie gesagt. Das einzige Mal in ihrem Leben, wo Florence ihren Mund verschlossen hat. Ich könnte ihr den Hals dafür umdrehen. Die Ehefrau ist immer erst die letzte, die's erfährt. Ich hätte es nie vermutet. Er kam mir nicht anders vor als sonst. Behandelte mich wie immer, brachte mir kleine Geschenke mit. Du weißt, wie er so war. Er verhielt sich so, als ob er mich liebte. Dann gingen wir zu einer Party bei den Detweilers, und alles flüsterte. Ich dachte, die redeten alle über mich, und so fragte ich: ‹Was geht hier vor? Redet ihr über mich?› Florence sagte: ‹Jemand sollte es ihr sagen.› Jetzt war ich wirklich beunruhigt, und ich sagte: ‹Was, zum Teufel, geht hier vor?› Alle schwiegen sich aus, und Cookie schob Florence in die Küche. Carl und ich gingen nach Hause. Ich wußte, irgendwas stimmte nicht. Am nächsten Tag kam der alte Pop-pop den ganzen Weg von Hanover runter, um es mir zu sagen. Die ganze Clique hatte beschlossen, er sollte derjenige sein, der es mir beibringt, schließlich war er mein Stiefvater und der einzige Verwandte, den ich außer Florence noch hatte. Pop-pop sagte mir, daß mein Carl sich mit einer Frau traf, die Gladys hieß, und daß sie sehr groß und elegant aussah. Ich konnte es nicht glauben, nicht nach allem, was mir mit meinem ersten Mann passiert war.»

«Deinem ersten Mann? Ich wußte gar nicht, daß du außer Carl noch einen anderen Mann gehabt hast.»

«O ja, ich war schon vorher einmal verheiratet, direkt bevor ich 1918 zur High School wollte. Er hieß Rup und schlug mir allen Saft aus dem Leib, so hab ich mich von ihm scheiden lassen. Und er lief auch mit anderen Weibern rum. Als ich mich dann von ihm scheiden ließ, war das ein Skandal. Die Leute hielten es für schlimmer, als daß er es mit anderen Frauen trieb. Damals ließ man sich noch nicht scheiden. Das war die Zeit, in der ich das Rauchen angefangen hab. Verflucht, wenn die mich für ein Miststück halten, weil ich mich scheiden lasse, rauche ich gerade auf der Straße, dann haben sie wirklich was zum Tratschen. Ich rauchte auch große Zigarren, damit es bloß jeder mitbekam.»

Sie hielt inne und nahm den Faden ihres ursprünglichen Gedankengangs wieder auf. «Als Carl an diesem Abend nach Hause kam, wußte ich, das mußte ich mit ihm ausfechten. Ich fragte ihn, was es mit ihm und Gladys auf sich hätte. Er sagte mir die Wahrheit. Ich treffe mich mit ihr seit einem Jahr, sagte er. Und er setzte sich auf das alte Sofa mit den braunen Streifen, das wir hatten, stützte den Kopf in seine Hände und weinte. Die Tränen liefen ihm die Backen herunter, und er sagte zu mir: ‹Schatz, kannst du nicht mehr als eine Person auf einmal lieben? Ich liebe zwei Menschen. Was soll ich tun?› Da hab ich den Verstand verloren. Wie konnte er jemand anders lieben als mich? Wenn ich ihm nicht genügte, wollte ich meine Koffer packen und abhauen. Ich liebte diesen Mann. Ich betete ihn an. Er war so gut zu mir, wie konnte er sich umdrehen und so etwas tun? Ich landete fast in Harrisburg im Irrenhaus, und das gleich nach meinen Kobaltbehandlungen. Von da war ich noch nicht wieder ganz richtig im Kopf. Einmal stieg ich in den Bus, um nach York hineinzufahren, und landete in Spring

Grove. Ich konnte nicht Osten von Westen unterscheiden. Also, ich war außer mir und heulte so viel, daß sie mich zu Dr. Harmeling brachten, weil sie dachten, ich würde erblinden. Dann hatte der Doktor eine Besprechung mit Carl und mir. Doc sagte Carl, er sei verrückt, sich mit einer anderen Frau einzulassen. Eine wäre genug, seiner Ansicht nach. Stülp 'ne Tüte über ihren Kopf, und die Weiber sind alle gleich. Warum Carl nicht mit der einen glücklich sein könnte, die er hatte? Ich war selber mit im Zimmer, als der Doktor das sagte. Wenigstens war der auf meiner Seite. Ich war eine gute Frau. Da hat Carl mit der Frau Schluß gemacht, und ich vergab ihm. Aber er hat mein Herz gebrochen. Ich konnte es nie vergessen. Bis zum heutigen Tag kann ich nicht glauben, daß er mir das angetan hat.»

Ihre Stimme verlor sich in einem Wimmern. Sie wischte sich mit einer Serviette die Tränen aus den Augen und starrte hinunter in ihre Kaffeetasse. – Sie wartete, daß ich sie bemitleidete. 31 Jahre war das her, und ihr Leben war in dem einen Jahr erstarrt. Sie polierte die scharfe Kante des Elends zu einer Perle der Leidenschaft. Ihr Leben kreiste um diesen emotionalen Gipfel seit dem Tag, an dem sie ihn entdeckte, und jetzt wartete sie darauf, daß ich ihre Gefühle mit ihr teilte. «Es tut mir leid, Mom, aber weißt du, auch ich verstehe nicht, wie man immer nur mit einer Person zusammen bleiben kann.»

Ihr Kopf fuhr hoch, und sie starrte mich an. «So ein Geschwätz. Du hast nur Sex im Kopf, das ist's, was bei dir nicht stimmt.»

Ich sah sie nur an. Ich wollte sie nicht in ihrem lächerlichen Triumph bekräftigen, daß sie die am schlimmsten hintergangene Frau der Hemisphäre war.

Sie holte Atem und fuhr mit weniger Überzeugung und Emotion fort, da sie von mir keine Unterstützung erhielt. «Dann, 1944, wurdest du geboren. Ich sah meine Chance. Er konnte mir kein Baby geben, also war ich hinter dir her. Ich wollte schon immer ein Baby zum Anziehen und zum Sorgen. Ich dachte, du würdest mich glücklich machen. Ich nähte dir Kleider, fuhr dich im Kinderwagen aus. Du warst ein wunderschönes Baby, als wir erst einmal etwas Speck auf deine kleinen Knochen gebracht hatten. In dem katholischen Waisenhaus haben sie dir nicht genug zu essen gegeben. Nonnen – ich hab sie sowieso nie gemocht. Für mich sehen sie wie Pinguine aus. Carl hatte Angst, er wäre als Vater nicht geeignet, aber er sagte, er wolle sein Bestes versuchen. Mit der Zeit liebte er dich richtig. Liebte dich so sehr, als wärst du sein eigen Fleisch und Blut gewesen. Natürlich bist du nicht so geworden, wie ich mir erhofft hatte, aber du bist immer noch mein. Alles, was ich habe auf dieser Welt.»

Carrie. Da saßest du über deiner Tasse Kaffee in einem Ödland dünn gewordener silberner Eheringe und nährtest dich mit den Zuckerkringeln der Mutterschaft, die wie die Schaufensterkuchen in der Bäckerei waren, in der du gearbeitet hattest – alles Pappaufbauten. Ich spielte mit meiner Tasse, und sie fuhr fort: «Du wurdest geboren, um mein Baby zu sein. Das hat Pastor Needle gesagt, und ich habe versucht, dich zu einer Dame zu erziehen. Tat mein Bestes.»

«Ich weiß, Mom. Ich bin dir dankbar, daß du für mich gesorgt hast, als ich klein war, daß du mich ernährt, mich gekleidet hast. Du hattest nicht viel zu erübrigen. Ich bin dir wirklich dankbar.»

«Danke mir nicht. Dazu sind Mütter da. Ich wollte es so.»

Ich sah auf die Uhr; noch zehn Minuten, und mein Taxi würde da sein. Sie hatte mich beobachtet, und ihre Augen verengten sich. «Wann führt dich dein Weg wieder hierher?»

«Kann ich nicht sagen. Es ist schwer für mich, das Geld zusammenzubringen.»

«Jetzt schau mal, es ist doch sinnlos für dich, Frauen zu wollen. Keine Frau wird für dich sorgen. Geh raus in die Welt und heirate einen Mann, und er wird für dich sorgen. Dann wirst du Geld haben. Anders wird es dir leid tun. Mit einer Frau gibt es keine Sicherheit.»

«Verflucht, du hast einen Mann geheiratet und hattest auch kein Geld. Und Sicherheit – sicher bist du, wenn du tot bist.»

«So ein Geschwätz. Mit dir kann ich nicht mithalten. Wann kommt dein Taxi?»

«Ungefähr in zehn Minuten.»

«Gut, ich hab alles gesagt, was ich zu sagen hatte. Ich habe dir Brote eingepackt, und in dem Pergamentpapier ist etwas Schweizer Käse. Kauf dir etwas Milch, und laß dir das Mittagessen schmecken. Da sind auch drei hart gekochte Eier, damit du dir unterwegs nichts zu kaufen brauchst. Das ist alles, was deine alte Mutter dir geben kann.» Ihre Augen wurden wieder feucht. «Ich hab mein Bestes getan. Liebes, es tut mir so leid, daß ich nicht reich bin. Ich würde dir ein eigenes Kino kaufen, wenn ich reich wäre. Ich habe diese Woche nichts gesagt, aber es tut mir weh, dich so ausgezehrt zu sehen. Du bist zu dürr, Mädchen. Du schuftest da oben und schuftest dich halb zu Tode. Du warst immer eine harte Arbeiterin. Ich fürchte, du treibst dich zu sehr an. Ach, zum Teufel. Ich bin mit nichts aufgewachsen, und ich möchte, daß mein Kind was hat. Du hast mit nichts angefangen, weil ich nichts hatte, was ich dir geben konnte. Ich hab mein Bestes getan. Hasse mich nicht, Liebes, hasse mich nicht.»

Ich legte die Arme um sie, und ihr weißer Kopf verbarg sich unter meinen Brüsten. «Mom, ich hasse dich nicht. Wir sind verschiedene Menschen, eigenwillige

Menschen. Wir sind nicht immer derselben Meinung. Deshalb haben wir soviel miteinander gestritten. Ich hasse dich nicht.»

«Und das, was du gesagt hast, was ich gesagt hätte, hab ich nie gesagt. Ich habe nie gesagt, du wärst nicht mein Kind. Du bist mein Kind.»

«Oh, ich hab's durcheinander gekriegt. Das ist alles. Vergiß es.»

«Ich hab dich lieb. Du bist das einzige, wofür ich noch lebe. Was bleibt mir sonst – das Fernsehen.»

«Ich hab dich auch lieb.»

Draußen hupte das Taxi, und Carrie blickte drein, als hätte sie den Todesengel gesehen. Sie wollte meinen Koffer tragen, aber ich bat sie, es nicht zu tun. Ich lief mit der Filmausrüstung hinaus und kam zurück, um meinen Koffer zu holen. Sie streckte ihre Hände nach mir aus. «Gib der alten, ausgetrockneten Aprikose einen Kuß.» Ich drückte sie an mich und gab ihr einen Kuß, und als ich mich umdrehte, um zum Taxi zu gehen, hustete sie: «Du schreibst mir, von jetzt an. Du schreibst mir, hörst du?»

Ich drehte mich um und nickte. Ich konnte nicht sprechen. Das Taxi fuhr los, und Carrie lehnte an der verblaßten rosa Wand und winkte. Ich winkte zurück.

Carrie. Carrie, die eine Politik rechts von Dschingis-Khan vertritt. Die glaubt, wenn der liebe Gott es gewollt hätte, daß wir alle zusammen leben, hätte er uns allen ein und dieselbe Farbe gegeben. Die glaubt, daß eine Frau nur so gut ist wie der Mann, mit dem sie zusammen lebt. Und ich liebe sie. Selbst als ich sie haßte, liebte ich sie. Vielleicht lieben alle Kinder ihre Mütter, und sie ist die einzige Mutter, die ich je gekannt habe. Oder vielleicht verbirgt sich unter ihrer Schale von Vorurteilen und Ängsten ein liebevolles menschliches Wesen. Ich weiß es nicht, doch so oder so, ich liebe sie.

18

Professor Walgrens Skrotum schrumpfte zusammen, als ich mit der Filmausrüstung wieder anspaziert kam. Er tobte, wie unverantwortlich es von mir war, daß ich mit den Geräten abzog, wenn andere Leute sie brauchten. Er drohte, meine Stipendien sperren zu lassen, mußte diese Idee jedoch aufgeben: es war mein letztes Semester, und das Semester war fast zu Ende. Er spuckte, schäumte und schneuzte sich und war schließlich still.

Der Vorführabend war ein großes Ereignis. All die anderen Studenten hatten ihre Miezen mit, die miteinander wetteiferten, wer am besten angezogen war. Sie stellten ihre Freundinnen als «meine Mieze» oder «meine alte Dame» vor. Ich kam allein. Es frustrierte sie, daß ich nicht mit einem bärtigen Kerl in einem ausgebleichten T-Shirt angeschwirrt kam. Die Vorführungen begannen. Der Film, der am meisten Applaus erhielt, war eine Vergewaltigung durch eine Bande in einer imaginären Marslandschaft, die Schauspieler waren zur Hälfte als Marsmenschen, zur anderen Hälfte als Menschen verkleidet. Alle Männer murmelten etwas darüber, was für eine tiefe Aussage zur Rassenfrage das sei. Die «Miezen» keuchten.

Mein Film war der letzte auf der Liste, und als wir dahin kamen, waren einige der Zuschauer schon gegangen. Da war Carrie, wie sie in ihrem Schaukelstuhl losschnellte, direkt in die Kamera blickte und ganz sie selbst war. Keine schnellen Schnitte, die Anleihen bei Kenneth Anger gewesen wären, keine vom Himmel fallenden Kügelchen aus Silberfolie, die nuklearen Hagel darstellen sollten – einfach nur Carrie, die von ihrem Leben, der heutigen Welt und den Fleischpreisen erzählte. Ich hatte ihn so gut ich konnte zusammengestellt. Er flatterte hier und da, aber es waren zwanzig Minuten ihres Lebens, ihres Lebens, so wie sie es sah und für die Kamera neu durchlebte. Das letzte, was sie in dem Film sagte, war: «Ich werde dieses Haus in einen großen Lebkuchen mit Zuckerguß an den Ecken verwandeln. Wenn dann diese gottverdammten Geldeintreiber kommen, sage ich ihnen einfach, sie sollen sich ein Stück von dem Haus abbrechen und mich in Ruhe lassen. Mit der Zeit werden sie das ganze Haus essen», sagte sie kichernd, «und dann werde ich draußen im Sonnenschein sitzen, den der liebe Gott geschaffen hat. Ich werde draußen sein zwischen den Lilien auf dem Felde, die reicher sind als alles Gold König Salomons. Das ist keine schlechte Art zu sterben, wenn man so alt ist wie ich.» Sie lachte ein kräftiges, sicheres Lachen, und mit dem Verhallen dieses Lachens endete der Film.

Niemand klatschte. Niemand gab einen Ton von sich. Ich machte mich daran, den Film zurückzuspulen, und sie gingen einer hinter dem andern am Projektionstisch vorbei aus dem Saal hinaus. Ich betrachtete diese Gefährten der letzten Jahre, und keiner von ihnen sah mir ins Gesicht. Sie gingen schweigend hinaus, und der letzte, der ging, war Professor Walgren. Er blieb an der Tür stehen, drehte sich um und wollte etwas sagen, besann sich dann anders; die Augen zu Boden gerichtet, schloß er langsam und lautlos die Tür.

Ich bestand mein Examen mit *summa cum laude* und Phi Beta Kappa. Ich ging nicht zur Feier, sie schickten mir mein Diplom mit der Post. Ich ging auch nicht zur Filmakademie, um mich den unteren Semestern gegenüber aufzuspielen. Nach der Vorführung nahm ich meine Filmbüchsen und die Arriflex als Entschädigung mit und versuchte, einen Job zu kriegen. Bei MGM schlug man mir vor, als Sekretärin anzufangen. Bei Warner Brothers Seven Arts interessierte man sich für meine

Verlagserfahrungen und bot mir 150 Dollar die Woche für den Anfang, wenn ich die PR für ihre neuesten Filme machte. Von meinen technischen Fähigkeiten waren sie sehr beeindruckt. Sicherlich würden sie mir zugute kommen, meinten sie, wenn ich einen Pressebericht für ihren neuesten Warren Beattie-Streifen schriebe.

Die Underground-Filmemacher waren direkter. Ein berühmter Mann fragte mich, ob ich eventuell bereit sei, in seinem nächsten Film als Hermaphrodit aufzutreten. Er betete mein Gesicht an und meinte, ich wäre einfach zu himmlisch als knabenhaftes Mädchen oder mädchenhafter Knabe in seinem nächsten Nacktstreifen nach Shakespeare. Er werde aus mir einen Star machen, sagte er. Bei Young and Rubican sagte man mir, ich müsse als Sekretärin anfangen, aber in ein paar Jahren könne ich Werbespots drehen. Bei Wells, Rich, Green erzählte man mir das gleiche, aber dort bot man mir mehr Geld und ein besseres Büro. Der Kerl, der die Vergewaltigung auf dem Mars gemacht hatte, ging direkt als stellvertretender Leiter eines Kinderprogramms zu CBS. Mir wurde gesagt, bei CBS sei keine Stelle frei.

Nein, ich war nicht überrascht. Aber es entmutigte mich trotzdem. Wider alle Hoffnung hoffte ich weiter, daß ich die strahlende Ausnahme sein würde, das große Talent, das alle Sex- und Klassenbarrieren einriß. Ein Hurra auf sie. Immerhin war ich die beste in meiner Klasse, zählte das nichts? Ich verbrachte diese bitteren Tage (nachdem ich meine Mittagspausen für Vorstellungsgespräche drangegeben hatte) damit, daß ich im Büro saß und mir von Stella eine Geschichte nach der andern über Mr. Cohens Prostata-Probleme anhörte, bittere Tage, in denen ich ein Kompendium der Freimaurerlogen edierte und dachte, ich würde zusammen mit den fünfzehn Graden zu Facettenglas zersplittern. Meine

Bitterkeit spiegelte sich in den Nachrichten, die voller Geschichten über Leute in meinem Alter waren, die protestierend durch die Straßen tobten. Aber irgendwie wußte ich, daß ihre Wut nicht meine Wut war, und sie hätten mich sowieso aus ihrer Bewegung ausgestoßen, weil ich Lesbierin war. Irgendwo las ich auch, daß sich Frauengruppen bildeten, aber sie würden mich ebenso herunterputzen. Verdammt! Ich wünschte, ich könnte der Frosch an Eps altem Teich sein. Ich wünschte, ich könnte morgens aufstehen und in den Tag blicken, wie ich es als Kind getan hatte. Ich wünschte, ich könnte durch die Straßen gehen, ohne die verletzenden Reden aus den Mündern des anderen Geschlechts zu hören. Verdammt, ich wünschte, die Welt ließe mich so sein, wie ich bin. Aber ich wußte es besser, in jeder Beziehung. Ich möchte, daß ich meine Filme machen kann. Für diesen Wunsch kann ich etwas tun. So oder so, ich werde diese Filme machen, und ich glaube nicht, daß ich darum kämpfen muß, bis ich fünfzig bin. Aber falls es doch so lange dauert, dann sei auf der Hut, Welt, denn ich werde die schärfste Fünfzigjährige diesseits des Mississippi sein.

Die Autorin

Rita Mae Brown, in Hanover, Pennsylvania, geboren, wuchs bei Adoptiveltern auf, mit denen sie während ihrer Kindheit nach Florida zog. Sobald sie alt genug war, ging sie von zu Hause fort. Sie studierte in New York Anglistik und Kinematographie und engagierte sich in der Frauenbewegung und bei den «Radicalesbians».

Rita Mae Brown schreibt jetzt an einem neuen Roman.

Die Übersetzerin

Barbara Scriba-Sethe, in Frankfurt geboren, studierte Anglistik und arbeitete in Köln und Hamburg als Verlagslektorin. Seit sie 1972 Zwillinge bekam, ist sie freie Mitarbeiterin verschiedener Verlage und Übersetzerin.

Barbara Scriba-Sethe übersetzte neben belletristischen und politischen Büchern «Das normalverrückte Dasein als Hausfrau und Mutter» von Angela Barron McBride und gab «Lichtenbergs Trostbüchlein» heraus.

Goldene Zeiten

Deutsch von Margarete Längsfeld

Michelle Smiley gewidmet,
der Adele, die ein Segen ist für mich und die Welt

Danksagung

Ich danke Dolores Alexander und Jill Ward für die Erlaubnis, ihr Restaurant «Mutter Courage» zu verwenden. Ferner danke ich Nina Finkelstein, die trotz ihrer täglichen Hektik noch Zeit für gute Ratschläge hatte. Mein Dank gilt Rhoda Katerinsky für ihre Ermunterungen und ihre unermüdliche gute Laune. Ginger Ellsworth, Zoe Kamitses und Lana Cantrell bewiesen ihre Freundschaft über die Grenzen der Pflicht hinaus: Sie halfen beim Tippen des Manuskripts. Linda Lachman trug ebenfalls ihren Pflichtteil zum Tippen bei. Mein besonderes Lob gilt Jean O'Leary und noch einmal Lana Cantrell, die mir Zeit zum Schreiben der ersten Fassung gaben. Barbara Boldtmann, Mary Molaghan und Dr. Joanna Spiro waren unerschöpfliche Quellen der Heiterkeit. Matile und Harold Poor redigierten die erste Fassung, eine Arbeit, die nur mit dem Säubern des Augiasstalls zu vergleichen ist. Wenn trotzdem noch Mist übrig ist, machen Sie nicht die beiden, sondern die Ungeheuerlichkeit der Aufgabe dafür verantwortlich. Liz und Chris Poor sowie Elaine Noble sorgten für Ablenkung, als ich sie am dringendsten brauchte. Nancy Cunningham las das Originalmanuskript und fand Lester Maddox viel zu vulgär. Immer empfänglich für Kritik, machte ich ihn bei der Überarbeitung von *Goldene Zeiten* noch ein bißchen ordinärer. Und Dank sei Baby Jesus und Frip, die das Manuskript mit den Zähnen perforierten und kräftige Pfotenabdrücke darauf hinterließen, damit ich nicht in den Ruf übertriebener Reinlichkeit gerate.

An die feministischen Leserinnen

In der Kunst wie in der Politik haben wir es mit Menschen zu tun, die sind, wie sie sind, und nicht, wie wir sie uns wünschen. Nur durch die Arbeit an der Realität kannst Du Dich dem Ideal nähern.

An die nicht-feministischen Leserinnen

Was ist los mit Euch?

Beachten Sie die sinnliche Kurve der Brust.»
Das Surren des Diaprojektors konnte das Gekicher eines unreifen Knaben nicht übertönen. Carole warf ihm einen mitleidigen Blick zu und fuhr mit ihrer Vorlesung fort: «Ingres fängt unseren Blick durch die Bewegungswahrnehmung und hält ihn mit einem vollendeten Bildaufbau. So, es ist drei Uhr, wir machen nächsten Dienstag weiter. Es werde Licht, bitte.»

Es wurde hell im Raum, und die üppigen Frauen, die sich in einem türkischen Harem liebkosten, verschwanden. Carole sammelte ihre Notizen ein und steuerte auf die Tür zu. Im Nu war sie von drei Studentinnen umringt, die Perlen der Weisheit ergattern wollten.

Sie nickte, sagte: «Schönes Wochenende» und raste zum Fahrstuhl. Heute war kein Tag für Perlen der Weisheit. Der Fahrstuhl, der langsam aus den oberen Regionen der New Yorker Universität nach unten kroch, erinnerte Carole an Opossumweibchen, die schwankend unter dem Gewicht ihrer klammernden Jungen rückwärts einen Baum hinunterklettern. Opossums und die Sommer ihrer Kindheit in Virginia schwanden aus ihren Gedanken; ein gefährlicher Ruck im fünften Stock verscheuchte das letzte Bild von Grandmas abblätterndem Haus. Als sie sicher in der Gegenwart gelandet war, dachte Carole, eines Tages wird dieses verdammte Ding runterkrachen, und ich stürze mit vierzig höheren Töchtern und Söhnen aus Long Island in den Tod.

Die Türen öffneten sich im Erdgeschoß und spuckten den menschlichen Inhalt in die Halle. Carole überquerte den Waverly Place, um einen noch antiquierteren Fahrstuhl zu betreten, dessen Führer in einem ähnlich klapprigen Zustand war. Riley, mit einem Gesicht wie eine Straßenkarte, auf der alle Linien in feinem Lila gezeichnet waren, begrüßte sie mit seinem unfehlbaren

«Einen wunderschönen Tag, Professor Hanratty. Fakultät für Kunstgeschichte, stimmt's?»
«Wie immer.»
«Guck mir im Sommer immer die Spiele an, wissen Sie.» Da er schwerhörig war, antwortete Riley stets auf das, was er verstanden zu haben glaubte. «Sie auch?»
«Football ja, Baseball nein.»
«Baseball ist eine Kunst. Eine wahre Kunst. Heutzutage wollen die Leute bloß immer, daß alles schnell geht. Ich, ich bin so langsam wie dieser Fahrstuhl. Ich liebe Baseball, besonders die Red Sox. Baseball und Kartenspiele. Da wären wir.»
«Danke, Riley.»
Direkt gegenüber dem Fahrstuhl lag ein geräumiges Büro mit Teppichboden und einem großen Walnußschreibtisch, der komischerweise mit der Front zu den Fahrstuhltüren stand. Diese Türen schoben sich auf und zu wie die Diaprojektoren, die das Arsenal der kunsthistorischen Fakultät ergänzten, um desinteressierte, spätpubertäre Gehirne zu attackieren. Wie ein hypnotisierter Student vor dem Diaprojektor blinzelte Fred Fowler, Dekan der Fakultät, jedesmal, wenn die Türen einen neuen Fahrgast freigaben. Es wäre sinnvoll gewesen, die Tür zu schließen oder seinen Schreibtisch andersherum zu drehen, doch Freddie Fowler wollte nichts verpassen, vor allem nichts, was weiblich war. Der leichte Luftzug, der durch den Fahrstuhlschacht heraufdrang, wirbelte die Röcke der Frauen hoch; allerdings war seit dem Siegeszug der Hosen kaum noch eine Wade zu sehen. Trotzdem flackerte in Freddies Augen ein Hoffnungsschimmer, sobald die Türen ratterten. Als er Caroles schlanke, aufrechte, einen Meter achtzig große Gestalt erkannte, zuckte sein Mundwinkel aufwärts. «Carole, hallo. Was macht der Grundkurs an so einem heißen Tag? Die jungen Wilden sind bstimmt ganz zappelig.»
«Bedröhnt kommt der Wahrheit näher. Sie sind entweder von der Hitze oder von ihren persönlichen Krisen so deprimiert, daß sie nur noch sporadisch folgen können. Ein paar zeigen allerdings durchaus Anzeichen einer gewissen Intelligenz. Ehrlich gesagt,

Fred, fast genieße ich die Sommerkurse. Obwohl ich die Idee zuerst furchtbar fand.»
«Freut mich zu hören. Freut mich zu hören. Ich weiß, wie Ihnen zumute ist. Wir stellen uns auf einen Semesterzyklus ein und wollen den Sommer über nichts wie schleunigst verduften.»
«Ich verdufte jetzt, um nach meiner Post zu sehen. Schönes Wochenende, Chef.»
«Danke, gleichfalls.»
Gott, wie gern Fred sich Chef nennen läßt. Aber was kann man schon von einem Mann erwarten, der sich sein Wappenschild ins Büro hängt? Ich schwöre, der hat seine Doktorarbeit über die gesellschaftliche Bedeutung von Malbüchern geschrieben. Und ob er jemals die Augen über Brusthöhe hebt? Er sagt hallo zu meiner linken Brustwarze. Der Kerl gibt nie auf. Carole holte die Telefonnotizen aus ihrem Postfach, fächerte sie mit der Rückseite nach oben wie Bridgekarten und zog eine.

Hi, Adele, bin gerade von der Vorlesung zurück und hab deine Nachricht gekriegt.»
«Hallo, Schätzchen, was machst du heute abend?»
«Ach, ich dachte, ich flieg vielleicht nach Rio. Andererseits könnte ich heute auch mal früh ins Bett gehen.»
«Haha. LaVerne und ich haben von einem neuen Restaurant im Village gehört, einer Art feministischem Freßschuppen. Wir wollen es mal ausprobieren. Willst du mitkommen?»
«Klar. Wie heißt das Lokal?»
«Mutter Courage.»
«Du liebe Zeit, muß ich 'nen ‹Macker zu Hackfleisch›-Button tragen, damit sie mich reinlassen?»
«Glaub ich nicht. Bring Geld mit, das genügt. Schwestern sind zwar gemeinsam stark, aber immer noch arm.»

«Okay. Um wieviel Uhr soll ich bei dir sein?»
«Halb acht? Wir werden eine Weile brauchen, bis wir da sind.»
«Halb acht, in Ordnung. Bis dann.»

A***dele legte den Hörer*** des schwarzen 40er-Jahre-Apparates auf und starrte hinaus in den Garten.
Ich hätte nie gedacht, daß ich mal dreißig würde, und jetzt bin ich dreiundvierzig Jahre alt. Carole ist vierundvierzig. Ich kenne die Frau schon über zwanzig Jahre. Fast ein Vierteljahrhundert. Komisch, nach all den Jahren versuchen unsere Freundinnen immer noch, aus Carole schlau zu werden. Für mich ist sie leicht zu durchschauen. Muß an ihrer Schönheit liegen. Die Amerikaner machen schöne Frauen immer zu Idolen. Egal, was eine Schönheit tut, sie wird mißverstanden. Vielleicht werden wir alle mißverstanden, bloß kriegen die Schönen mehr Aufmerksamkeit. Ach was, blöde Platitüde! Die jungen Philosophen aller Generationen verkaufen die essentielle Einsamkeit des Lebens seit der Zeit vor Christus. Niemand hat sie verstanden, und wir sind alle allein auf der kalten, grausamen Welt. Ich glaube nicht, daß die Menschen einsam sind, weil sie mißverstanden werden. Sie sind einsam, weil sie glauben, daß sie mißverstanden werden. Himmel noch mal, sie wollen mißverstanden werden. Auf diese Weise können sie sich vor Verantwortung drücken und sich außerdem noch für begabt oder intelligent halten. Öffentlich leiden ist äußerst erstrebenswert. Paßt prima zu mißverstanden werden. Ha. Na schön, ich verstehe Carole, und sie versteht mich. Vielleicht kenne ich Carole besser, als ich LaVerne kenne. Und ich kenne mich sogar selbst. Ich werde diese lahmen Philosophien widerlegen.
Ein durchdringendes Keckern von Lester, einem strahlendweißen Kakadu, erschütterte Adeles Triumph.

«Halt den Schnabel, Lester, du hast keine Ahnung. Du hast nicht mal Schamlippen.»

Lester entfaltete seinen Federschopf, stieß ein neuerliches Keckern der Lautstärke eines startenden Jumbo-Jets aus und erleichterte sich zugleich.

«Du bist ein Drecksstück. Weißt du das?»

Falls Lester es wußte, ließ er es sich nicht anmerken. Unterdessen hatten die zwei Aras laut zu plappern begonnen, und der Tukan, der Hirtenstar und der grüne Papagei beteiligten sich mit regem Interesse an der Unterhaltung.

Adele, der man alles außer Konventionalität vorwerfen konnte, hatte eine riesige Voliere gebaut, die eine ganze Wand ihrer Gartenwohnung an der East 71st Street einnahm. Sie erzählte allen Leuten, das sei ihr Klein-Afrika, obgleich der Stil eher an den Amazonas-Regenwald erinnerte. Carole taufte die Konstruktion «Dschungelhäschenwand». Adele gab viel zuviel Geld dafür aus, und LaVerne, die mit jedem Penny geizte, nannte sie haltlos und verschwenderisch. Der Felsenspringbrunnen, das üppige Laubwerk und die bunte, geschwätzige Vogelschar waren mehr, als LaVerne ertragen konnte. Adele dagegen schwelgte in ihrer Schöpfung. Eine Frau braucht etwas Eigenes, Geliebte hin oder her. Carole hatte das gespürt und ihr Lester Maddox geschenkt, einen makellos weißen Kakadu. Adele ihrerseits brachte Lester bei, jedesmal, wenn eine nichtschwarze Person die Wohnung betrat, «Bwana, weißer Teufel!» zu krähen. Als Carole zum erstenmal von Lester mit dieser vernichtenden Sentenz begrüßt wurde, hätte sie fast einen Herzanfall bekommen. Lester verschaffte Adele mehr Befriedigung als ihr Doktortitel in präkolumbianischer Kunst.

Adele, wo liegt denn nur diese Kneipe? Mitten im Fluß?» zischte LaVerne.

«Ich hab vergessen, daß der Fluß nicht an der Seventh Avenue entlangfließt», entschuldigte sich Adele. «Ehrlich gesagt, ich hab mich ein bißchen verfahren. Ich komme nie weiter runter als bis zur 57th Street. Apropos runterkommen, Carole, ist Fred Fowler immer noch scharf auf deinen Hintern?»

«Er ist unverbesserlich, aber er kann nichts weiter tun als geil glotzen.»

«Schatz, nach all den Jahren könnte der arme Kerl zum Äußersten greifen und versuchen, dich zu vergewaltigen», bemerkte Adele hoffnungsvoll.

«Wir werden ihn wegen Körperverletzung mit einem stumpfen Gegenstand verklagen müssen.» Carole grinste.

Kichernd kamen sie vor dem kleinen Restaurant an; das bemalte Holzschild knarrte im Wind.

«Sieht voll aus. Stellt euch vor, die vielen Leute sind alle bis hierher in den wilden, wilden Westen gepilgert. Muß ein guter Laden sein», bemerkte LaVerne.

Sie stießen die Tür auf. Die Leute sahen zu ihnen hin und vertieften sich dann wieder in ihre Gespräche und ihr Essen.

Eine große Frau mit lebhafter Mimik und freundlichem Lächeln wies ihnen den einzigen freien Tisch zu.

LaVerne fragte sie: «Wie seid ihr auf die Idee für diesen Laden gekommen?»

«Seid ihr alle von außerhalb? Diese Frage stellen fast nur Schwestern aus anderen Städten.»

«Nein, wir sind direkt von hier, den hängenden Gärten von Neon.» Adele lächelte.

«Oh. Ich habe Mutter Courage mitgegründet. Eines Tages kam mir über der Bratpfanne der Gedanke, daß es keine Restaurants für Frauen gibt, kein Lokal, wo sie sich treffen und entspannen können, ohne von Männern belästigt zu werden. Meine Freundin verstand viel vom Geschäft, ich hatte viel Ahnung vom Kochen, und hier sind wir nun.»

Die Frau hatte eine so einnehmende Art, daß alle drei sie fasziniert ansahen und ihr versicherten, wie großartig alles sei.
«Entschuldigung, ich hab mich gar nicht vorgestellt. Ich bin Dolores Alexander.»
Adele übernahm die Vorstellung der drei.
«Der Eintopf ist sehr gut, und falls eine von euch Vegetarierin ist, der Senfbrokkoli schmeckt köstlich. Ich hoffe, ihr werdet den Abend bei uns genießen.»
Eine Kellnerin kam vorbei, und Carole hielt sie an. «Entschuldigung, haben Sie Coca Cola?»
«Nein, nur Pepsi.»
«Nein danke. Wir sind gleich soweit mit unserer Bestellung, wenn Sie dann noch mal vorbeikommen.»
«Glaubst du, du hältst es ohne Transfusion aus?» zog Adele sie auf.
Carole schlug sich theatralisch mit der Hand an die Stirn. «Pepsi ist widerlich, 7-Up wüst und Root Beer schlicht skandalös. Würde ich mich nicht großartig machen auf den Brettern, die die Welt bedeuten?»
«Oder darunter», gurrte LaVerne.
«Mhm. Ich weiß einen Getränkeladen auf der Hudson Street. Ich lauf hin und hol zwei Flaschen Südstaaten-Schampus. Adele, bestell mir einen Spinatsalat und den Eintopf.»
Sie stand auf, ohne sich umzusehen. Im selben Moment kam eine Kellnerin mit einem Tablett voll Salaten um die Ecke geschossen. Carole blickte noch rechtzeitig auf, um die drohende Katastrophe zu erkennen, aber nicht rechtzeitig genug, um auszuweichen. Das vollbeladene Tablett rammte sich ihr in den Bauch, rutschte und fiel klappernd auf die Erde. Drei Salatschüsseln schlitterten zur Tür, und Caroles Weg war mit Salatblättern statt mit Palmzweigen bestreut. Das Dressing roch köstlich. Die Kellnerin starb fast vor Verlegenheit.
«Oh, es tut mir leid. Es war meine Schuld. Ich hab nicht aufgepaßt, wo ich hingehe. Hab ich Sie total besudelt?» Alles in einem entgeisterten Atemzug.

«Wir müssen uns in Zukunft etwas weniger stürmisch in die Arme fallen.» Carole lachte, um die Kellnerin aus ihrer Verlegenheit zu erlösen.
Die junge Frau blinzelte, dann lachte sie auch. «Haben Sie nichts abgekriegt?»
«Nein. Und Sie?»
«Ich auch nicht. Ich glaube, das meiste ist auf dem Fußboden gelandet. Entschuldigen Sie mich, ich muß das aufwischen, bevor jemand ausrutscht.»
Von ihrer Schürze abgesehen, sah die Kellnerin aus wie der Zeitschrift *Mademoiselle* entstiegen. Sie war höchstens dreiundzwanzig, eine typische Amerikanerin mit blonden glatten Haaren bis über die Schultern. Sie verkörperte den Weiblichkeitstraum des weißen Amerika, ein Traum, den nicht mal Carole Hanratty ganz aus ihren Lenden löschen konnte.
Gegen Ende der vierziger Jahre war Carole selbst ein Bild dieses Traums gewesen, strahlend jung mit schimmerndem Teint. Sie hatte sich zu einer würdevollen Frau mit einer guten Haltung und einem edlen, beinahe heroischen Kopf entwickelt. Ohne sich dessen bewußt zu sein, stellte sie den unbedarften Glanz der Jugend jetzt sogar noch in den Schatten.
Die junge Kellnerin, eingeschüchtert durch die große, selbstbewußte Frau, machte sich mit der Kehrschaufel zu schaffen. Auf allen vieren starb sie tausend Tode, während diese umwerfende, gelassene Person sie zum zweitenmal fragte, ob sie Hilfe brauche. Nein, ich brauche einen schnellen, schmerzlosen Tod, dachte sie.
Als Carole schließlich auf der Suche nach ihrer Coca Cola aus der Tür schwebte, stieß die Kellnerin einen Seufzer der Erleichterung aus.
Adele, der nie etwas entging, kicherte.

Als Carole mit ihren zwei Colas in einer kleinen Papiertüte zurückkam, stand der Spinatsalat auf dem Tisch.
«Dell, hast du den vielleicht vom Boden aufgeklaubt, um mich zu triezen?»
«Du sollst mir aus der Hand fressen, nicht vom Fußboden.»
LaVerne schnippte mit den Fingern und verdrehte hingebungsvoll die Augen. Sie liebte es, Adele und Carole zusammen zu beobachten. Weit entfernt von jedem Gefühl der Eifersucht, wußte LaVerne die Beziehung zwischen Adele und Carole sogar zu schätzen. Sie war klug genug, um einzusehen, daß ein einziger Mensch die Bedürfnisse eines anderen nicht befriedigt. Carole hatte etwas, das sie selbst Adele nicht geben konnte – Schlagfertigkeit, einen anspruchsvollen Literaturgeschmack und ein übersprudelndes Temperament. Und LaVerne wußte, sie gab der übermütigen, unbändigen Adele etwas, das Carole ihr nicht geben konnte, nämlich eine sanft bremsende Hand, damit ihre ganze Energie nicht in tausend Richtungen zugleich davonstob.

«Wißt ihr», sagte Verne, «die Lampen über den Tischen sehen aus wie die Straßenlaternen bei uns in Trenton, als ich klein war.»
«Wenn ich zurückdenke, sehen sie aus wie die Straßenlaternen, die wir in Richmond hatten», erwiderte Carole.
«Und wie die in St. Louis», ergänzte Adele. «Wow, vielleicht sind es echte Straßenlaternen.»
Die Kollisionsbedienung kam bei ihnen vorbei, und Adele rief ihr zu: «Ilse, sind das richtige alte Straßenlaternen?»
«Ja, Jill Ward hat ein verstecktes Lager.»
«Ilse James, gestatte, daß ich dich noch mal Carole Hanratty vorstelle.»

Carole reichte Ilse die Hand. «Mir persönlich hat unsere erste Vorstellung gefallen. Unvergeßlich.»
«Also echt.» Ilse benutzte diesen Ausdruck, ohne sich bewußt zu sein, daß er zu einer bestimmten Generation gehörte: ihrer. Sie eilte zurück an die Arbeit. Carole zog die Augenbraue hoch. «Hör mal, Sherlock, wie hast du ihren Namen rausgekriegt?»
«Ich hab sie gefragt. Wir drei haben uns gut unterhalten, während sie den Boden aufwischte. Das ist der Preis für deine Coca-Cola-Sucht, meine Liebe: Du verpaßt die intimen kleinen Gespräche.»
«Sie ist schön!» rief LaVerne.
«Die Schönheit liegt im Auge der Betrachterin», konterte Carole.
«Dann hast du aber große Augen», witzelte Adele.
«Kümmert ihr zwei Turteltauben euch lieber um euch selber. Als ich fünfundzwanzig war, bin ich zu dem deprimierenden Schluß gekommen, daß ich nie aus Liebe sterben werde. Allerdings hab ich mich einmal von einem Bordstein gestürzt, als mir klar wurde, daß Katharine Hepburn mich nicht heiraten würde.»
«Ach, hör auf.» LaVerne hob die Stimme bei «auf».
«Verne hat recht. Hör auf, dich zu bremsen. Die Liebe ist die Lottofee des Lebens.»
«Keine Predigten, bitte», wehrte Carole ab.
«Gib's zu, du bist ein bißchen verknallt», beharrte Adele.
«Ihr benehmt euch wie zwei schrullige Jungfern. Ich dachte, mit Kuppelei schlagen alte Tanten ihre letzten Lebensjahre tot. Demnächst verlangt ihr noch Finderlohn von mir.»
Adele und LaVerne lachten. Carole gab sich moralisch entrüstet, doch ihre Mundwinkel zuckten verdächtig.
«Übrigens, seit wann ist Schönheit die Voraussetzung für Liebe?»
«Hast du das etwa aus meinem Munde gehört? Ich sagte lediglich – he, Verne, was hab ich gesagt?»
«Liebe ist der Totoschein des Lebens? Schatz, frag mich nicht so was. Ich hab nun mal kein Computergedächtnis.»

«Und ich dachte all die Jahre, du hängst an meinen Lippen und behältst jedes Wort von mir. Solche Enttäuschungen können einen Menschen völlig aus der Bahn werfen.» Adele spießte ein Brokkolistückchen auf und schob es sich bekümmert in den Mund. Die Anwandlung dauerte ganze zwei Sekunden. «Ich weiß, was ich gesagt habe. Ich sagte lediglich, daß die Menschen einander körperlich wahrnehmen.»

«Stimmt.» Die beiden anderen nickten.

«Wer weiß, wann und wen wir lieben? Aber wir versuchen es zuerst mit Hilfe der körperlichen Anziehungskraft herauszufinden.»

«Ich kann mich nicht an diesen philosophischen Bezug erinnern.» Carole stützte den Kopf auf die Hand.

«Ich mich auch nicht, aber es ist mir plötzlich eingefallen.»

«Ja, und zugleich dreiunddreißig andere Dinge.» LaVerne drückte Adeles Knie.

«Ich habe tatsächlich an den kalten Abenden, wenn ich mich mit den Katzen ins Bett kuschelte, ein bißchen über diese Sache nachgedacht. Ich vermute, in uns allen lauert ein schäbiger puritanischer Zug. Wenn es etwas gab, das die Puritaner nicht ausstehen konnten, dann war es die Verherrlichung des Körpers und der Schönheit. Deswegen haben wir, wenn wir uns zuerst aufgrund von Äußerlichkeiten zu jemandem hingezogen fühlen, ein schlechtes Gewissen, oder wir versuchen es mit der alten Nummer von innerer und äußerer Schönheit zu kaschieren.»

Adele lachte. «War das nicht Mencken, der gesagt hat, ‹Puritanismus ist der quälende Verdacht, daß irgendwer sich irgendwo amüsiert›?»

LaVerne nickte. «Ein gutes Zitat. Das muß ich BonBon und Creampuff weitersagen. Hat jemand von euch sie in letzter Zeit gesprochen?»

«Nein, wieso?» Carole war verwirrt.

«Ich habe neulich mit Bon telefoniert. Aus irgendeinem Grund dachte sie an ihre Jugendzeit als Stripperin zurück und sagte, das erste, was ihr an Creampuff auffiel, war ihr schöner Hals. Der ist ziemlich sexy. Sie fügte noch hinzu, daß Creampuff ein süßes Lächeln hatte und sie sich deshalb dachte, sie sei eine liebenswerte Frau.»

«Ich hab mit der ganzen Geschichte angefangen, nicht?» Adele hielt inne. «Verflixt, ich wünschte, die Leute würden endlich aufhören, wegen allem und jedem ein schlechtes Gewissen zu haben. Ich hab alle so satt, die wegen ihres vorhandenen oder nichtvorhandenen Sexuallebens Schuldgefühle haben. Ich hab beinahe schon Schuldgefühle, weil ich keine Schuldgefühle habe!»

«Schuldgefühl ist eine jüdische Erfindung, die seit zweitausend Jahren von den Christen überboten wird», bemerkte Carole.

Nervös betrachtete Ilse die drei Frauen, die beim Nachtisch miteinander plauderten. Ihr fiel ein, wie oft sie ihre Freundinnen aufgefordert hatte, nicht immer so schüchtern zu sein, und nun dies. Sie wollte sich mit Carole verabreden, und wenn sie es nicht bald tat, würde sie sie vielleicht nie wiedersehen.

Ich kann nicht hingehen und sie vor ihren Freundinnen fragen, dachte Ilse. Was, wenn sie nein sagt? Außerdem kann ich sie nicht einfach so überfallen. Ich wünschte, sie würde endlich mal zur Toilette gehen, dann könnte ich sie auf dem Rückweg fragen. Ihre Blase ist vermutlich aus Gußeisen. Es muß doch eine Möglichkeit geben, ohne daß ich mich schrecklich blamiere.

LaVerne stand auf, um aufs Klo zu gehen. Eine Beobachterin ist besser als zwei, dachte Ilse, nahm all ihren Mut zusammen, schob die Hände in die Schürzentaschen, damit sie sie nicht ringen konnte, und ging hinüber.

«Entschuldigung.» Herrgott, alles, was ich zu dieser Frau sage, ist *Entschuldigung*.

Beide sahen auf, und Adele wußte, was kommen würde, auch wenn Carole es nicht wußte. «Ich hoffe, dies ist kein Abschied für immer, nachdem wir uns eben erst kennengelernt haben.»

Ilse unterdrückte den Impuls, Adele zu umarmen. «Genau deswegen bin ich gekommen. Ich hoffe, wir sehen uns wieder. Ich – hm – Carole, wenn du vielleicht noch was mit mir trinken gehen magst, ich kann bald Schluß machen, weil der große Ansturm

vorbei ist. Ich... ich meine, wenn du's nicht eilig hast.» Konnte man sich noch vollkommener blamieren? Vielleicht würde die Küche explodieren und ein fliegender Topf diesem Elend ein Ende machen.
«Mit Vergnügen. Kannst du gleich fragen, ob es geht?»
«Na sicher!» Von ihrem Erfolg verblüfft, machte Ilse sich auf die Suche nach Dolores.
«Bist du zufrieden, du Grinskatze?» Carole beugte sich vor und zwickte Adele in den Zeigefinger.
Adele lächelte. «Und du? Bist du zufrieden?»
«Du läßt nicht locker, wie? Ja, ich bin zufrieden. Es wird Zeit für mich, daß was passiert. Außerdem, wie könnte ich mich sträuben, nach einer so schicksalhaften Begegnung?»
LaVerne ließ sich wieder auf ihren Stuhl fallen. «Eine Politmanze hat an die Wand geschrieben: ‹Erst kommt das Fressen, dann kommt die Moral.› Wie passend für ein Freßlokal.»
«Willst du noch was Passendes hören? Ilse hat sich mit Carole verabredet.»
«Nein! Das Kind hat Mut.»
«Wir müssen beide morgen früh aufstehen, wie wär's, wenn wir nach Hause gehen und dich alleinlassen? Du hast doch nichts dagegen?» fragte Adele.
Carole schüttelte den Kopf. «Nein. Ich erzähl dir morgen, wie's gelaufen ist.»

Sie saßen an einem Tischchen in einer Ecke. Ilse sah Carole an und wieder weg. «Darf ich dir eine Frage stellen?»
Die Frage nach meinem Alter, dachte Carole.
«Bist du in der Frauenbewegung?»
«Was?» Carole war erstaunt.

«Ich meine, bist du in einer Gruppe, oder liest du darüber oder so?»
«Das ist heute das zweite Mal, daß das Thema zur Sprache kommt. Seh ich wie eine Amazone aus?»
«Nein, du siehst intelligent aus.» Die Antwort kam wie aus der Pistole geschossen.
«Danke. Nein, ich bin in keiner Organisation. Ich bin kein sehr politischer Mensch. Obwohl ich froh bin, daß einige Frauen sich für Dinge einsetzen, die uns allen Vorteile bringen, wie zum Beispiel gleicher Lohn für gleiche Arbeit. Ansonsten finde ich nicht, daß irgendwer meine Interessen vertritt. Ich bin sicher, es gibt da vieles, was ich nicht weiß. Meine Kenntnisse sind nur oberflächlich, aber wie gesagt, ich bin kein sehr politischer Mensch. Du schon, nehme ich an?»
«Ich bin in der Bewegung, ja.» Ilse lächelte. «Ich kann dir ein paar Aufsätze geben, wenn du sie lesen magst.»
Carole kam sich plötzlich wie eine Studentin vor, aber sie erlaubte ihrem Ego nicht, sich ihr in den Weg zu stellen. «Ich werd sie lesen.»
«Ich bin eine revolutionäre Feministin. Du sollst nicht denken, ich sei eine von denen, die bloß ihr Stück vom kapitalistischen Kuchen abhaben wollen. Wir können eine neue Gesellschaft aufbauen, eine kooperative statt einer Wettbewerbsgesellschaft. Dieser Standpunkt wird in den Frauenmedien nie vertreten, weißt du.»
«Ich fürchte immer, es wird genug Revolutionärinnen geben, um Reformen zu verhindern, aber nicht genug von euch, um eine Revolution zu machen.»
«Hast du nicht gesagt, du seist nicht politisch?»
«Bin ich auch nicht, aber ich habe Augen im Kopf. Außerdem wird in Amerika das Wort ‹revolutionär› benutzt, um Strumpfhosen zu verkaufen.»
Ilse mußte unwillkürlich lachen. War Carole witzig, oder machte sie sich über sie lustig? Ilse hatte die letzten beiden Jahre «im Kampf» verbracht; sie hatte eine Menge gelernt, aber noch mehr

verloren: ihren Sinn für Humor. Caroles offensichtliche Unbekümmertheit erweckte diesen Sinn für Humor wieder zum Leben, und das war berauschend, ja gefährlich. Sie sah die ältere Frau an und versuchte, mit ihrer körperlichen Präsenz fertigzuwerden.
Das erste, was allen an Carole auffiel, war ihre Größe. Sie war rund einsachtzig groß. Sobald sich die Leute davon erholt hatten, bemerkten sie ihren Kopf. Die dichten, braunen, mittellangen Haare waren zurückgekämmt und legten über den Schläfen dicke Silbersträhnen frei. Das Silber wurde durch kleine goldene Ohrringe ausgeglichen. Die Nase war lang, gerade, mit zierlichen Nasenlöchern, die Stirn hoch. Sehr englisch, dachte Ilse, oder vielleicht ein starker irischer Einschlag. Die Backenknochen waren scharf und vorstehend, das Kinn fest, die Lippen sinnlich, voll. Tiefe Falten umgaben den Mund, und die Augen hatten ausgeprägte Lachfalten. Carole strahlte ein Selbstvertrauen aus, das sie zusammen mit ihrer Körperlichkeit unwiderstehlich machte.
«Möchtest du tanzen gehen?» Ilse beschloß, die politische Diskussion zu verschieben.
«Wenn wir uns einigen, wer führt, bevor wir da sind.»
«Du. Du bist größer.»
An Wochentagen drängten sich nicht so viele Gäste in der Frauenbar, und auf der Tanzfläche war Platz. Carole hatte lange nicht mehr getanzt, und die Körperberührung traf sie wie ein Schlag. Sie hatte vieles lange nicht mehr getan. Ilse hatte einen Arm um ihren Hals gelegt, und der andere um ihre Taille hielt sie eng aneinander. Caroles Schläfen pochten; sie konnte nicht auf die jüngere Frau hinuntersehen, sonst hätte sie sie geküßt. Die Ironie der Situation entging ihr nicht. Sie hatte in ihrem Leben keine Frau in einer Bar geküßt, und schon gar nicht gleich bei der ersten Begegnung.
Ilse sah nicht hoch und versuchte keine Unterhaltung, bis der Song verklang. Dann hob sie ihr Gesicht; das milde Licht ließ die haselnußbraunen Augen so hell und klar aussehen, daß sie fast durchsichtig wirkten. Ohne ihrem inneren Monolog ein weiteres Wort hinzuzufügen, beugte Carole sich hinunter und küßte sie. Es

war so ziemlich das erste Mal seit ihrem zwölften Lebensjahr, daß sie sich wie ein richtiges Tier benahm. Die Freiheit war berauschend.
«Mein Gott, was würde meine Großtante Rosalind denken, wenn sie mich hier sähe?» fragte sie.
«Sie würde denken, daß du verdammt gut küßt.» Ilse warf die störenden Haare zurück, legte beide Hände auf Caroles Gesicht und erwiderte den Kuß. Im Hintergrund dröhnte Barry White, und sie tanzten weiter.
«Willst du mit mir schlafen?»
Carole war schockiert. Niemand, weder Frau noch Mann, sagte so etwas nach so kurzer Zeit. Es dauerte Monate, bis man zu dieser Frage kam, und kein Mensch wagte sie direkt zu stellen. Gewöhnlich versuchten die Leute, sich über irgendwelche gemeinsamen Interessen bei einem einzuschmeicheln.
Keine Scharaden auf dem Weg ins Schlafzimmer, das ist wirklich eine neue Generation, dachte sie.
Als Ilse sie zögern sah, fügte sie schnell hinzu: «Ich wollte dich nicht vor den Kopf stoßen. Ich dachte nur, es wäre wunderbar. Du sollst dich nicht bedrängt fühlen.»
«Ich gebe zu, ich bin so direkte Anträge in diesem Tempo nicht gewöhnt, aber fragen kannst du mich jederzeit. Bloß, heute nacht ist es ungünstig, weil ich morgen früh aufstehen muß.»
«Morgen abend?»
Carole beschloß, nicht zu überlegen. «Gut.»
«Du kannst mich von der Arbeit abholen, oder wir treffen uns irgendwo. Nein, warte, das hätte ich fast vergessen, morgen abend kommt eine Sängerin ins Restaurant, und ich muß dableiben, bis sie fertig ist. Du kannst sie dir anhören.»
«Wenn's nicht so ein elektronisches Gekreische ist?»
«Nein. Die Frau spielt auf einer ganz einfachen Gitarre.»
«Um wieviel Uhr tritt sie auf?»
«Gegen zehn.»
«Wir sehen uns morgen abend um zehn.» Sie stand auf, um zu gehen.

«Schön, ich bin da, es sei denn, morgen beginnt die Revolution.»
«Ilse, ich glaube, die Revolution hat schon begonnen.» Carole lächelte und küßte sie zum Abschied.

Adele rief Carole am nächsten Tag nach ihrer ersten Vorlesung an. «Nun?»
«Was, nun, du gnadenloses Klatschmaul?»
«Ich platze vor Neugier. Was ist gestern abend passiert?»
«Wir haben ein bißchen geredet und getanzt.»
«Und?»
«Und ich bin allein nach Hause gegangen, weil ich heute morgen Vorlesung hatte. Wirklich, Adele, ich dachte, wir hätten solche Gespräche ad acta gelegt, als wir Anfang Zwanzig waren.»
«Quatsch. BonBon, Creampuff und ich führen ständig solche Gespräche. Jedenfalls, Verne und ich haben gewettet, und ich hab verloren, verdammt noch mal.»
«Du bist schrecklich.»
«Nein, bin ich nicht. Was ist so schlimm daran, ein bißchen Geld in erotischen Optimismus zu investieren? Übrigens, die Leute flirten heutzutage nicht mehr lange, deshalb dachte ich, die junge Dame würde dich direkt ins Bett zerren, Schätzchen.»
«Gefragt hat sie.»
«Vielleicht kann ich die halbe Wette gewinnen.»
«Das wäre ganz was Neues. Mit LaVerne? Niemals.»
«Wenn das nicht die reine Wahrheit ist! Die Frau dreht jeden Penny zweimal um und steckt ihn dann wieder ein.»
«Ich wette, daß die Menschen mehr Gefühl in Geld investieren als in Sex.»
«Amen. Sie erzählen dir mehr von sich, wenn sie einen Dollar ausgeben, als wenn sie sich dir rückhaltlos hingeben.»

«Übrigens, du könntest etwas von deinem Verlust wieder einbringen, wenn du auf heute abend wettest.»
«Carole, ich staune über dich.»
«Kein Wunder. Ich staune über mich selbst.»
«Aber du heulst mit den Wölfen.»
«So ähnlich. Da ich so was noch nie gemacht hab und schon gar nicht nach so kurzer Zeit, dachte ich mir, ich sollte es mal versuchen. Sagst du nicht immer, der Fortschritt liegt in der Richtung, die du noch nicht eingeschlagen hast?»
«Ja, aber ich habe nie gesagt, daß die Richtung horizontal ist.»
«Du gehässiges Stück, wir reden später weiter. Gib Verne einen Kuß und sag BonBon Yvonne und Creampuff Louise kein Wort davon, was ich vorhabe. Die beiden tratschen es in der ganzen Stadt herum.»
«Ich hab gestern zu Bon gesagt, bei all den Informationen, die sie hat, könnte sie über Nacht reich werden.»
«Erpressung?»
«Himmel, nein, sie kann einen Sonderdienst für einsame Frauen gründen: ‹Lesbentelefon›.»
«Heilige, Mutter Gottes», rief Carole gequält.
«Die kann ihn auch benutzen. Bon und Creampuff haben keine Vorurteile.»
«Adele, du bist unverbesserlich. Ich leg jetzt auf, sonst krieg ich den ganzen Tag nichts getan. Mach's gut!»

Carole kreuzte gegen zwanzig nach zehn auf, aber Ilse war um Viertel nach zehn überzeugt, daß sie sie nie wiedersehen würde. Als Carole dann hereinkam, war das Lokal so rappelvoll, daß Ilse sich nicht zu ihr durchkämpfen konnte, deshalb winkte sie nur und bemühte sich, nicht zu aufgeregt zu wirken.

Während Carole der Sängerin – Maxine Feldman – zuhörte, sah sie sich im Lokal um. Das Publikum war mit wenigen Ausnahmen unter dreißig und ungemein vital. Alle trugen Arbeitshemden mit Stickereien, um das monotone Blau aufzulockern. Kleine emaillierte lila Sterne prangten auf Mützen und Hemden. Carole bemerkte, daß Ilse einen auf dem linken Ärmel trug. Maxine hatte einen auf dem Latz ihrer Arbeitshose. Sie waren hübsch, aber Carole hatte keine Ahnung, was sie bedeuteten.
Es störte Carole, daß so viele der anwesenden Frauen sich offenbar alle Mühe gaben, unattraktiv auszusehen. Einige wirkten sogar schmutzig. So arm Carole und ihre Familie während der Wirtschaftskrise gewesen waren, sie hatten immer auf Sauberkeit geachtet. Wenn ihre Mutter aus dem Grab auferstehen und diese Frauen sehen könnte, sie würde gleich noch einmal tot umfallen. Aber vielleicht bemühten sich die Frauen gar nicht unbedingt darum, häßlich auszusehen. Vielleicht war ihnen ihr Äußeres einfach egal. Carole musterte sie noch einmal.
Einige sehen aus, als könnte man auf ihren Fingernägeln Kartoffeln pflanzen, stellte sie fest, aber im großen und ganzen machen sie keinen schlechten Eindruck. Vielleicht ist es eine Modeerscheinung, wie weiße Söckchen und Männerhemden in den Vierzigern. Und zweifarbige Schnürschuhe. Ich hatte ein Paar schwarz abgesetzte, und dann wurden braune modern. Gütiger Himmel! Trotzdem, diese Frauen sehen uniformiert aus. Ich nehme an, wir sahen auch so aus, aber du kannst dich in dem Alter selbst nicht sehen. Ob dieser lila Stern und die Flickenhose so was Ähnliches sind wie das Armutsgelübde bei den Franziskanern?
Als die Sängerin ein temperamentvolles Lied über Marilyn Monroe beendet hatte, klatschten die Frauen im Lokal Beifall und verlangten nach einer Zugabe. Carole hatte sich nicht sehr für die lebendige Marilyn interessiert, und die tote interessierte sie erst recht nicht. Trotzdem lief ihr ein Schauer über den Rücken. Der Text sprach sie an. Die Röte stieg ihr ins Gesicht, als ihr klar wurde, daß sie eine Verbindung zu anderen Frauen als Gruppe

gefunden hatte. Bis heute hatte sie geglaubt, es gebe nur Männer, Frauen und sie selbst.
Nein, dachte sie, so klipp und klar ist es nun doch nicht. Ich nehme an, ich habe immer gedacht, es gibt eine intellektuelle Elite, zu der Menschen wie Adele und ich gehören. Der Verstand überbrückt die Genitalien.
Ilse bahnte sich einen Weg durch die Menge, als Maxine eine wohlverdiente Pause machte.
«Hast du hier noch zu tun?» fragte Carole.
«Nein, laß uns gehen. Ich wohne auf der 12th Street. Wir können zu Fuß gehen, es ist nicht weit. Dort redet es sich leichter als hier oder an der Bar.»
Unterhalb des West Side Highway spiegelte sich das Mondlicht in den alten Gebäuden einer Eisenbahngesellschaft am anderen Ufer. Der Geruch des Flusses durchdrang die Julinacht.
«Hier unten ist eine andere Welt. Wie verhext.»
«Warte, bis du erst das Haus siehst, wo ich wohne. Ich glaube, es stammt aus dem frühen neunzehnten Jahrhundert. Ein Kapitän hat es für seine Geliebten gebaut, und ich wohne in dem winzigen Häuschen im Hof, wo er seine Dame Nummer eins hielt.»
Die Tür zu dem stuckverzierten, abblätternden, nur zwei Stockwerke hohen Wohnhaus war leuchtend blau. Sie führte in einen langen Flur, und am Ende war wieder eine blaue Tür, möglicherweise ebenfalls leuchtend, aber wer konnte das im Dämmerlicht erkennen? Ilse griff in ihre Jeanstasche, zog ein Schlüsselbund an einer langen Kette heraus, die in ihre Gürtelschlaufe eingehakt war, und schloß auf.
«Ist es nicht sagenhaft?»
«Malerisch. Der Hof sieht aus wie auf einem Bild von Vermeer.»
Eine Fenstertür stand offen, um jede noch so schwache kühle Brise einzulassen, und Beete mit kleinen, zur Nacht geschlossenen Blumen deuteten an, daß die Tage farbenfroh waren. Die Einfassungen bestanden aus flachen Steinen, und eine hohe Mauer verwehrte dem Rest der Stadt New York den Zutritt.

«Jede Fensterreihe ist eine Wohnung», sagte Ilse leise. «Es sind zwei Flügel, und die mittleren Wohnungen in den Flügeln haben kleine Balkone. Du solltest die schmalen Wendeltreppen sehen, die die Leute raufsteigen müssen. Aber die Balkone sind sehr romantisch. Da drüben links wohnt eine Freundin von mir. Sie hängt Fähnchen auf, um mir Zeichen zu geben.»
«Gibst du ihr auch Zeichen?»
«Ja, ich hänge meine zum Seitenfenster raus, schau.» Sie deutete um das Häuschen herum, wo ein rot-gelber Wimpel sporadisch flatterte. «Das ist meine Flagge für ‹guten Tag›. Meine Blumen gedeihen, und da drüben ist ein Vogelhäuschen. Komm, gehen wir rein.»
Sie öffnete die Tür zu einem kleinen Raum. Eine Sperrholzplatte auf zwei Schlackensteinen diente als niedriger Schreibtisch, ein Kissen als Stuhl. Eine Handvoll Bücher umgab den Schreibtisch. Linkerhand war ein etwas größeres Zimmer mit einem an die Wand gerückten Bett, auf dem eine indisch gemusterte Decke lag. Über dem Bett hing ein Poster mit kleinen Frauen aller Hautfarben, die sich in mehreren Kreisen an den Händen hielten. Knapp zwei Meter neben dem Bett befand sich ein Kamin. Die Wände waren umwerfend: kalkweißer Stuck. Auf der anderen Seite des Schreibtisches lag das Bad, und die Küche bestand aus Minikühlschrank und Herd, keine drei Meter vom Kamin entfernt. Eine ramponierte Frisierkommode stand direkt neben der Tür.
«Das ist wie aus einem anderen Jahrhundert. Fehlt bloß noch ein Strohdach», rief Carole aus.
«Ich weiß. Mir gefällt's. Im Winter ist der Kamin meine einzige Heizung, aber die Wohnung ist so klein, daß er mich wärmt. Das einzige Problem ist, das Holz draußen trocken zu halten. Ich muß immer zusehen, daß ich fünfzehn Scheite neben dem Kühlschrank gestapelt habe, sonst frier ich mir die Lippen blau.»
«Ist das da drüben das Bad?»
«Wenn du duschen willst, ruf mich, dann dusch ich mit dir.»
«Ich hab zu Hause geduscht», antwortete Carole und schloß die Tür. Als sie herauskam, sah sie, daß Ilse die einzige Deckenlampe

ausgeknipst hatte; in einer flachen Schale leuchtete jetzt eine dicke Kerze. Daneben stand eine Feldflasche mit lavendelfarbenen und blauen Strohblumen.

«Du kannst mit mir duschen oder warten, ich brauch nicht lange. Wenn ich den ganzen Abend rumrenne und bediene, immer rein in die dampfende Küche und wieder raus, bin ich reif für Deoseife.»

«Ich warte.»

Da es außer dem Fußboden keine Sitzgelegenheit gab, schlenderte Carole zum Bett hinüber und lehnte sich aus der Fenstertür. Der Hof, silbrig im Mondlicht, lag still da. Eine dicke Katze, die auf dem linken Balkon thronte, sah zu Carole hinunter. Nicht weit entfernt kam ein tiefes Tuten vom Fluß: ein Schlepper, der seinen Fang vom Meer einbrachte. Das Tröpfeln der Dusche hörte auf, und Ilse kam in einen Frottierbademantel gehüllt aus dem Bad. Als sie Carole Tee anbot, fiel ihr ein, daß sie am vorigen Abend über Politik geredet und vergessen hatte, Carole zu fragen, was sie eigentlich machte, darum fragte sie jetzt.

«Ich bin Professorin für Kunstgeschichte an der New Yorker Universität. Mein Spezialgebiet ist die Kunst des Mittelalters, und wenn ich jetzt nicht sofort aufhöre, hör ich erst auf, wenn ich das gesamte dreizehnte Jahrhundert umrissen habe.»

«In Vassar hatte ich eine phantastische Kunstgeschichtsprofessorin. Ich hatte immer gedacht, das Zeug wäre langweilig und trokken, bis sie mir beibrachte, daß Ideen visuell übermittelt werden können. Das war für mich wie eine Offenbarung. Ich habe immer so am Wort geklebt... Verstehst du, was ich meine?»

«Wann warst du in Vassar?»

«Ich hab 1973 Examen gemacht.»

«Ich hab 1951 Examen gemacht.»

«Du meine Güte!»

«Als ich in Vassar war, gab es jedenfalls noch keine Frauenbewegung, außer der in Richtung Yale.»

«Das kann ich verstehen», sagte Ilse.

«Ich konnte es nicht. All die albernen Schnepfen, die um blasse Viertsemester rumgeflattert sind.»

Ilse runzelte die Stirn. «Ich weiß, was du meinst. Es ist widerlich, wenn Frauen sich in Gegenwart von Männern flatterhaft und blöde benehmen, aber was blieb ihnen denn 1951 übrig? Ich meine, wir müssen uns klarmachen, wo die Leute unterdrückt sind. Etwa unterdrückt im Kopf, weil arme Frauen nicht nach Vassar können. Aber ob reich oder arm, Frauen werden als Halbmenschen erzogen. Es gab keine wirkliche Alternative zum blassen Viertsemester.»

«Du siehst die Alternative vor dir.» Carole lächelte, doch Ilse entging die Strenge in ihrer Stimme nicht.

Was für eine ungewöhnliche Frau, dachte Ilse immer wieder. Sie ist eine Ur-Feministin, eine Rebellin, ohne es zu wissen.

Ilse wurde nicht bewußt, daß sie Carole etwas über das Verhalten der Frauen im Jahre 1951 erzählte, obgleich Carole direkt dazugehört hatte, während Ilse damals noch nicht einmal laufen konnte.

Caroles teils offene Bluse ließ volle Brüste erkennen. Von dem Anblick verführt, vergaß Ilse, ihre Standardrede über die Identität der Frauen vom Stapel zu lassen. Sie fuhr mit dem Zeigefinger von Caroles Hals herunter bis zur Bauchmitte, während sie die Bluse mit der linken Hand ganz aufknöpfte. Carole schauderte, beugte sich vor und küßte sie sanft, ohne den geringsten Druck, küßte ihren Hals, ihre Kinnlinie und wieder ihre Lippen, fester diesmal.

Ilse zog die Jalousien herunter und warf ihren Bademantel ab. «Soll ich einen Trommelwirbel hinlegen?»

«Komisch, daß du das sagst. Ich hab nämlich zwei Freundinnen, die früher Stripperinnen waren. Ich hab mich oft gefragt, ob sie diese Musik spielten, wenn sie ins Bett gingen», bemerkte Carole, während sie mit den Armen aus der Seidenbluse glitt.

Ihre Schultern waren breit, ihre Hüften schlank und straff; Ilse zog sie ohne Umschweife ins Bett. Sie legte ihre Arme um ihren Hals und schmiegte ihre erheblich kleinere Gestalt an Caroles kühlen Körper. Carole biß sie in den Hals, während ihre Fingernägel an Ilses Seite entlangfuhren. Beide bekamen eine Gänsehaut, so daß sie mitten im Kuß lachen mußten. Carole schob Ilse

die blonden Haare aus dem Gesicht, küßte ihre Stirn, ihre Wangen, ihre Nase und drang mit einem blitzschnellen Zungenstoß zwischen ihre Lippen. Ilse stöhnte und klammerte sich an sie; der Schweiß lief von ihren Körpern aufs Bett. Carole fühlte, wie Ilses Finger ihr Haar zerwühlten, und sie preßte ihre Lippen zwischen die kleinen Brüste der jüngeren Frau. Ilse bäumte sich auf und umschloß Caroles Taille mit den Beinen. Carole konnte die Muskeln auf der Innenseite der Schenkel spüren. So konnte es nicht lange weitergehen; die Spannung, der Schweiß und die suchenden Lippen verlangten einen Entschluß.
«Carole?»
«Hmm?»
«Du machst mich verrückt. Ich kenne deinen Körper noch nicht, ich weiß nicht, was du möchtest.»
«Was möchtest du?»
«Ich möchte machen, daß du kommst», flüsterte Ilse ihr ins Ohr.
«Keine Sorge, dahin kommen wir früh genug», flüsterte Carole. Sie bewegte sich langsam an ihrem Schenkel hinauf, um in sie einzudringen. Ilse spannte sich gegen die langen Finger, streckte die Zehen, ließ die Empfindung durch ihren ganzen Körper ziehen. Als Carole sich von ihr lösen wollte, zog Ilse sie wieder an sich. Es war ein glückseliger Schwebezustand, doch sie kannten sich noch nicht gut genug, um es zu Ende zu führen.
«Von mir aus können wir kommen», hauchte Carole.
«Bestimmt?»
«Bestimmt.»
Ilse wußte nicht, wie ihr geschah. Sie fühlte, wie Carole sie mit beiden Händen berührte, wie sie ihren Hals küßte, ihren Mund mit ihrer Zunge füllte. Sie konnte nur denken, sie ist so langsam und sie ist so sexy, und dann hörte sie auf zu denken, der Rest ihres Körpers brachte ihr redseliges Großhirn zum Schweigen.
Carole stützte sich auf einen Ellenbogen und strich die Haare aus Ilses nasser Stirn. Ilse, zu erschöpft, um sich zu rühren, fing an zu lachen. Carole sah sie fragend an.

«Es ist so schön», rief Ilse. «Ich meine, daß wir es gleich beim erstenmal können!»
«Übung macht den Meister.»
«Carole, ich wußte, daß du das sagen würdest.»
«Deshalb hab ich's gesagt.»
«Was kann ich für dich tun?»
«Wenn du wieder Luft kriegst, leg dich auf mich. Akrobatische Kunststücke können wir in einer späteren Übungsstunde machen.»
«Ich krieg wieder Luft.» Ilse landete mit Kriegsgeheul auf ihr.
«Mein Gott, bin ich mit Sheena der Dschungelkönigin im Bett?» Carole ließ die Hände von Ilses Hals auf ihren kleinen Po gleiten und schmiegte sich an die glatte Haut. Beide spürten, wie ihre Muskeln sich spannten und entspannten. Die Hitze, die Bewegung, die schimmernden Haare verschmolzen zu einer neuerlichen Woge der Lust, und schließlich stöhnte Carole und bäumte sich heftig auf.
Erschöpft lagen sie nebeneinander. «Du bist einfach unglaublich», seufzte Ilse.
«Nein, ich hab bloß mehr Übung als du. Sex wird besser und leichter, wenn du älter wirst.»
«Für Männer aber nicht.»
«Ich spreche für mich.» Carole grinste. «Männer müssen bei diesem Thema für sich selbst sprechen.»
«Erinnere mich morgen früh daran, daß ich dich um einen Gefallen bitte.»
«Bitte mich jetzt, damit ich vorbereitet bin», antwortete Carole, während sie sich unter die Decke kuschelten.
«Es ist nichts Großes. Hilfst du mir den Frisiertisch auf den Bürgersteig zu tragen? Er ist nicht schwer, aber zu sperrig für eine Person. Er war schon hier, als ich einzog, und er geht mir auf die Nerven.»
«Hmm – küß mich erst!»
Ilse küßte ihre Lippen, spielte mit ihrem Mundwinkel, dann um-

fuhr sie Caroles Mund so langsam, als wäre sie eine Schnecke auf ihren vorgegebenen Runden.
«Okay, okay, ich helfe dir.» Carole mußte über sich selbst lachen.

Carole öffnete die Augen und blickte in zwei glitzernde grüne, die auf sie hinuntersahen. Eine große getigerte Katze räkelte sich auf der Fensterbank. Als Carole sich aufsetzte, richteten sich die steifen Schnurrhaare nach vorn wie eine Smokingfliege. Ilse schlief noch, deshalb rückte Carole behutsam an sie heran, worauf die Katze mitten auf Ilses Rücken sprang.
«Was soll das?» Ilse fuhr hoch und blinzelte.
«Entweder ist das deine Katze, oder du hast frechen Besuch.»
«Hierher, Vito.» Die Katze sprang Ilse ins Gesicht und rieb ihre pelzige Stirn an Ilses. «Vito Russo ist meine Katze, aber wenn sie nachts unterwegs ist, klettert sie am Efeu hoch und bleibt bei Lucia. Deshalb gehört sie halb Lucia. Wie spät ist es?»
«Halb elf. Verdammt, ich habe mit der Uhr am Arm geschlafen.»
«Zeit zum Aufstehen. Wenn ich die Mieze gefüttert habe, füttere ich dich.»
«Ich brauche nur Tee, um auf Touren zu kommen, und ein Brötchen, wenn eins da ist.»
«Du hast Glück.»
Nach dem Frühstück erklärte Carole, sie müsse gehen, um an einem Aufsatz zu arbeiten, der veröffentlicht werden sollte.
«Was für ein Aufsatz?»
«Was Kunsthistorisches.»
«Oh. Aber hilfst du mir vorher die Frisierkommode rauszustellen?»

«Versprochen ist versprochen», erwiderte Carole.
Ilse hob die Kommode an einem Ende an. «Siehst du, das Ding ist gar nicht schwer, aber zu groß für mich, um die Arme drumzubringen.»
«Für diesen Deko-Stoff, der da ringsum runterhängt, braucht man ja eine Sonnenbrille. Willst du das Ding wirklich auf die Straße stellen?»
Ilse hob theatralisch die Hände. «Was soll das heißen? Deswegen will ich es ja raushaben. Glaubst du, ich will das Möbel angucken? Außerdem schminke ich mich nicht, es steht hier herum wie ein Dinosaurierskelett.»
Das einzige Hindernis der Entrümpelungsaktion war der schmale Flur im Haupthaus. Sie zogen sich ein paar Hautabschürfungen an den Handrücken zu, aber schließlich gelang es ihnen, das Ding auf dem Bürgersteig abzustellen.
«He, hast du mal ‹Versteckte Kamera› gesehen?»
«Ein-, zweimal. Warum? Das ist zehn oder fünfzehn Jahre her.»
«Ich war noch klein, als es zum erstenmal gesendet wurde, aber ich erinnere mich an komische Sachen; sie haben zum Beispiel einen sprechenden Briefkasten gebastelt oder Ketchupflaschen verstopft, so daß nichts rauskam und die Leute ausgeflippt sind.»
Carole hob die Augenbrauen, aber sie schwieg. War das nur so dahergesagt, oder wollte Ilse auf etwas hinaus?
«Carole?»
«Ja?»
«Laß uns unter das Ding kriechen und die Köpfe rausstecken, wenn Leute kommen, um im Sperrmüll herumzustöbern. Der Stoff reicht bis auf die Erde; sie können nicht ahnen, daß wir da drunter sind.»
«Nicht mit mir. Wenn du in New York irgendeinen Gegenstand auf den Bürgersteig stellst, kommen gleich fünf Leute an, die sich darum schlagen. Wir könnten ernsthafte Verletzungen davontragen.»
«Das ist nicht der wahre Grund. Du genierst dich. Komm schon,

kein Mensch wird ahnen, daß sich da drunter eine respektable Professorin versteckt.»
«Sehr richtig. Kein Mensch würde es glauben. Die werden denken, ich bin aus der Irrenanstalt ausgerissen.»
«Bitte», bettelte Ilse. «Das wird lustig. Und was soll's? Wir sehen die Leute nie wieder. Wir sind schließlich in New York, oder?» Sie zupfte Carole am Ärmel und sah zu ihr auf wie ein Hund, der einen Krümel vom Tisch abhaben will.
«Na gut.» Carole hob ein Stück Stoff hoch, höflich, als wäre es ein Rockzipfel, und winkte Ilse, voranzugehen. Ilse schlüpfte darunter. Carole zögerte.
«Komm schon.» Ilse steckte den Kopf heraus.
Carole ließ sich auf alle viere nieder und kroch unter die Kommode. «Eng hier.»
«Ja», stimmte Ilse zu, «aber wenn du in der Hocke bleibst, kannst du den Kopf in die Lücke stecken, wo die Schublade fehlt. Ich glaub, sie ist auf deiner Seite.»
«Ja, hier.»
«Gut, dann hast du mehr Platz. Du bist viel größer als ich. Geht's?»
«Ja.»
«Bei mir auch. Ich fühl mich gut hier unten. Wie eine Tarantel auf der Lauer nach Beute.»
«Wenn du so weiterquatschst, sieht es mit der Beute schlecht aus», mahnte Carole.
«Du hast recht.» Ilse verstummte, und keine fünf Minuten später näherten sich leichte Schritte der Kommode. Sie hörten eine Hand über die Oberfläche streichen. Ilse stieß Carole mit dem Ellenbogen an. «Psst, rück nach links», flüsterte sie.
Sie machten zwei winzige Schrittchen nach links. Die Füße vor ihnen sprangen zurück. Ilse stieß ein jauchzendes Lachen aus und steckte den Kopf heraus. Sie erblickte eine Frau, ungefähr in ihrem Alter, in vollem Ornat mit Flickenhose.
«Angeschmiert!»
«Verrückt. Seid ihr total bekifft?»

«Nein», erwiderte Ilse, «wir machen bloß Blödsinn.»
«So was Verrücktes.» Die Frau entschwand in Selbstgespräche vertieft Richtung Hudson Street.
«Die war abgefüllt. Mit Pillen», stellte Ilse fest. «Ich hasse es, wenn Schwestern nach irgendeiner Form von Shit süchtig sind. In dieser Stadt kursiert so viel Shit, ich wette, die Behörden bringen das Zeug unters Volk.»
«Entweder – oder», ließ sich Carole vernehmen.
«Was?»
«Meine Generation ist betrunken und deine killt sich mit Drogen. Ich wünschte, die Leute würden sich schnell umbringen, damit sie's hinter sich haben. Ich sehe nicht ein, daß ich mich von Leuten bedrängen lassen muß, die sich selbst zerstören und das sozial nennen.»
«Du mußt dir darüber im klaren sein, daß sie es tun, um den Schmerz zu betäuben.»
«Schwachsinn.» Carole wechselte das Thema. «Ich kann nichts sehen, wenn mein Kopf hier drinsteckt. Gehen wir raus, wir haben unseren Spaß gehabt.»
«Ach, noch ein paar Minuten, ja?»
«Nur unter Protest... Autsch!» Ilse hatte sie in den Hintern gekniffen.
Schwere Schritte dröhnten in ihre Richtung. Es fühlte sich an, als würde ein Zweitonnenlaster direkt auf sie zurollen. Ein Köter steckte den Kopf unter die Frisierkommode. Der Hund war zu überrascht, um zu bellen. Die Spitzen eines maßgefertigten Schuhpaars lugten unter den Stoff und berührten fast Caroles eigene Schuhe. Übermütig packte Ilse den Mann an den Fußgelenken. Ein Stöhnen, gefolgt von einem schrecklichen Plumps, erschreckte Carole. «Was geht da draußen vor?» flüsterte sie. Wie eine vorsichtige Schildkröte streckte Ilse den Kopf hinaus und stöhnte: «Himmel, er ist in Ohnmacht gefallen, und er wiegt fast dreihundert Pfund! Wetten, er hat sich den Schädel gebrochen und ist tot. Verduften wir.» Sie schlängelte sich auf den Bürgersteig und spurtete los. Als sie sich umdrehte, entdeckte sie, daß sie

die Flucht allein angetreten hatte. Sie lief zu der Kommode zurück, hob den Stoff an und erblickte Caroles Kopf, eingerahmt von dem Viereck, in dem die Kommodenschublade gesteckt hatte.
«Du siehst aus wie Señor Wensclas», sagte sie. «Brauchst du Hilfe?»
«Ich stecke fest, verdammt noch mal.»
«Zum Steckenbleiben ist jetzt keine Zeit. Laß uns lieber verschwinden, bevor dieses Nilpferd zu sich kommt. Wir dürften besser dran sein, wenn er sich den Schädel gebrochen hat und tot ist, als wenn er uns findet.»
Ein Mann, der weiter unten auf der Straße seinen Afghanen Gassi führte, marschierte in ihre Richtung; hinter ihm kam noch ein Passant.
«Ilse, ich sag dir doch, ich stecke fest.»
«Unmöglich. Professorinnen stecken nicht am hellichten Tag auf den Straßen von New York unter Kommoden fest.»
«Diese Professorin ist an den Schultern eingekeilt und kann nicht raus.»
«Schön, dann beweg dich. Wir müssen verschwinden, bevor dieser Knabe uns sichtet und ganz Greenwich Village hier aufkreuzt.»
«Du bist verrückt. Wie kann ich in diesem Ding gehen?»
«Willst du, daß er druntergucktund dich da alleine findet? Ich bleib nämlich nicht hier. Mach schon, geh los.»
«Meinst du nicht, du solltest ihn wenigstens genauer inspizieren, um zu sehen, ob er noch lebt?»
Ilse schlich auf Zehenspitzen hin und beäugte das Opfer, dann ging sie auf Zehenspitzen zurück. «Völlig weggetreten. Der Kerl ist so feist, der konnte gar nicht richtig hart fallen und sich weh tun.»
Ein Seufzer entrang sich dem oberen Schubfach und wehte den Stoff hoch. Carole murmelte: «Du gehst neben mir her und führst mich. Ich komm mir vor wie eine blinde Krabbe.»
«Okay, okay, geh immer nach links. Wir gehen jetzt die 12th

Street hoch. Schneller, Carole, schneller, wir müssen um die Ecke. Der Typ bewegt sich.» Die leeren Schubladen klapperten, als Carole Tempo zulegte.
«Okay, mach jetzt eine halbe Drehung und beweg dich nach rechts, dann kann er uns nicht sehen.»
«Sind wir schon außer Reichweite?»
«Ja, und jetzt laß dich noch mal anschauen.»
«Zieh den Stoff zurück, dann kannst du mich besser sehen.»
«Bist du okay?»
«Nichts ist okay. Hör auf zu lachen und hol mich hier raus.»
Ilse ließ sich auf alle viere nieder, um besser zu sehen. «Verdammt, du bist richtig eingekeilt. Versuch dich auf den Rücken zu legen, vielleicht kann ich dich dann rauswinden.»
«Ich kann mich nicht auf den Rücken legen.»
«Kannst du wohl. Setz dich hin und laß dich nach hinten fallen. Ich fang dich auf. Vorsichtig, vorsichtig. Na also.»
Caroles Beine zuckten in der Luft. «Ich hänge halb in diesem Ding drin, und das Holz schneidet mir in den Rücken. Komm, heb an, es tut weh.»
«Dann müssen wir eben noch ein Stück die Straße runter zum Lebensmittelladen. Castellani hat bestimmt einen Hammer oder so was, womit ich dich raushauen oder rausstemmen kann.»
«Wie weit ist es bis zu dem Laden?»
«Ungefähr einen Häuserblock.»
«Das darf nicht wahr sein!»
Die zwei bewegten sich die Straße hinunter. Ein paar Passanten gafften, aber die meisten sahen geradeaus, als wären sie an wandelnde Kommoden gewöhnt und eine sähe aus wie die andere.
«Halt, Carole. Wir sind an der Ecke. Laß mich mal gucken, ob der Kerl Jagd auf uns macht.»
«Jagd auf uns? Er ist vermutlich aufgewacht, dachte, er hätte Halluzinationen gehabt, und ist so schnell wie möglich nach Hause gerannt.»
«Die Luft ist rein. Paß jetzt auf. Kannst du nach unten gucken und den Bordstein sehen?»

«Nein! Ich sehe nur diesen gräßlichen Stoff. Das ist noch schlimmer, als hier drunter festzustecken.»
«Okay, jetzt geht's runter. Versuch einen Schritt schneller zu gehen, damit wir über die Straße kommen. Halt! Okay. Jetzt geht's rauf.»
«Scheiße, das Ding wird immer schwerer.»
«Nur noch ein kleines Stück. Du weißt, was Mao sagt.»
«Verdammt, was hat Mao damit zu tun, daß ich unter einer Frisierkommode feststecke? Als nächstes erzählst du mir noch, er sei ein Transvestit.»
«Beharrlichkeit führt zum Ziel», antwortete Ilse.
«Nicht gerade ein origineller Gedanke. Tu Mao einen Gefallen und häng diesen Spruch nicht dem großen Vorsitzenden an.»
Carole war allmählich erschöpft. Die Schubladen klapperten deutlich leiser, als sie den Bürgersteig entlangschlurfte.
«Halt. Wir sind da. Du bleibst draußen. Ich gehe nachsehen, ob Mr. Castellani Werkzeug hat.»
«Wo könnte ich in diesem idiotischen Ding schon hingehen?»
«Ins Museum of Modern Art?» witzelte Ilse.
«Buh. Zisch. Beeil dich, ja?»
Carole hockte sich hin und holte tief Luft.
Rumms! Sie wurde durchgerüttelt. Peng! Noch ein heftiges Rütteln. Langsam wurde sie die Straße entlanggezerrt. Sie stemmte die Absätze ins Pflaster, um die Bremse anzuziehen. Es nützte nichts.
«Das Ding ist verdammt schwer. Ich dachte, diese Möbel wären ganz leicht?»
«Vielleicht ist was in den Schubladen.»
Carole brüllte: «Laßt mich los!»
«John, haste was gehört?»
Mit ihrer schönsten, lautesten Miss-Marple-Stimme donnerte Carole: «Loslassen!» Die Kommode plumpste hin.
«Was soll der Quatsch?» Eine behaarte Hand zog den Stoff zurück. Caroles zorniges Gesicht funkelte den dazugehörigen Mann an. «Gute Frau, Sie sind ja total plemplem.»

«Wem sagen Sie das. Jetzt verschwinden Sie und lassen mich in Frieden. Heutzutage kann eine Frau sich wirklich nicht allein auf die Straße wagen.»

Ilse kam noch gerade rechtzeitig aus dem Lebensmittelgeschäft, um zwei große Männer, deren Hemden auf dem Rücken die Aufschrift «Wonderbread» zierte, kopfschüttelnd und gestikulierend davonstapfen zu sehen.

«Carole, alles in Ordnung?»

«Ilse, zwei Männer haben versucht, mich abzuschleppen, aber diesmal buchstäblich. Würdest du mich jetzt bitte hier rausholen!»

«Es kann ein bißchen weh tun.»

«Das ist nichts gegen die Peinlichkeit.»

Ilse hangelte sich rücklings unter die Kommode und begann, das vordere Bein abzuschlagen.

«Wäre es von außen nicht einfacher?» fragte Carole.

«Ja, aber wenn das Bein dann zersplittert, splittert es zu dir rein.»

«Oh.»

Mit zwei festen Schlägen brach das Bein quietschend ab.

«Jetzt noch das hintere Bein, und ich glaube, dann kann ich dich rausholen.» Ilse schlug auf das hintere Bein ein. Carole zuckte zusammen.

«Ich komme, komm Baby, laß dich fallen», ächzte Ilse.

«Führ hier keine schmutzigen Reden, sondern hol mich raus.»

«Bring mich bloß nicht zum Lachen, sonst werde ich schwach, und dann brauche ich noch viel länger.»

Ersticktes Gekicher schwebte durch die Schubladenlücke nach draußen. Ilse schlug auf das hintere Bein ein, bis es abbrach und die ganze Kommode auf sie beide sackte. Sie hielt mit der rechten Hand die obere Hälfte der Kommode und stieß mit dem linken Fuß gegen die Schubladeneinfassung, die teils zersplittert war.

«Geschafft. Quetsch dich raus.»

Carole rieb sich die Schulter und witzelte: «Ich bin eine befreite Frau.»

«O Carole, es tut mir leid.» Ilse massierte ihr die Schulter, rieb ihr den Nacken. «Es tut mir wirklich leid.» Aber lachen mußte sie trotzdem. «Es tut mir leid, aber du sahst so komisch aus, und wenn du nur den Fettkloß hättest sehen können!» Ilse bog sich vor Lachen, sie setzte sich neben die Splitter und ließ Mr. Castellanis Hammer fallen.

Mit schmerzenden Beinen torkelte Carole ein paar Schritte und sank neben ihr auf den Bürgersteig.

«Bist 'n guter Kumpel.» Ilse legte die Arme um sie.

Carole sah sie von der Seite an und prustete los, bis sie sich kaum noch halten konnte. Ilse lachte, daß ihr die Tränen kamen. «Komm her.» Sie zog Carole an sich und gab ihr einen Kuß.

Wann habe ich zuletzt so gelacht? fragte sich Carole. Wann ist zuletzt etwas Unerwartetes passiert, oder wann habe ich zuletzt etwas Unerwartetes geschehen lassen? Ich habe meinen Sinn fürs Spielerische verloren. Wenn ich lache, dann über Worte. Witz. Intellekt. Ich erinnere mich, als ich ein Kind war, haben wir uns in solche Kalamitäten gebracht. Wo ist das geblieben? Wann hat es mich verlassen? Ich will es wiederhaben. Ich will das alles wiederhaben.

Ein Krachen und ein lauter Fluch ließen sie auseinanderfahren. Ein Mann auf einem Fahrrad wand sich um ein Parkverbotsschild. Lebensmittel lagen auf der Straße verstreut, aber er war so verdattert, daß er sich die Ursache für seinen Aufprall nicht mal ansehen wollte. Er strampelte mit eierndem Hinterrad weiter und ließ seine Trümmer einfach liegen.

«Auch das noch», rief Carole aus, und sie überschlugen sich vor Lachen.

Ilse putzte sich die Nase, half Carole auf, dann brachte sie Mr. Castellani den Hammer zurück. Sie klopfte Caroles Hintern ab. «Ist es wieder gut?»

«Da tut es nicht weh. Mir fehlt weiter nichts. Hör mal, ich muß nach Hause, um an meinem Aufsatz zu arbeiten.»

«Okay. Ich muß zum Werkraum, ein paar Sachen zusammenstellen helfen.»

«Werkraum?»

«Ja, eine Frauengruppe hat einen Speicher über Waverly and Mercer, gleich bei der Uni, wir zahlen wenig Miete und haben einen Raum zum Arbeiten.»
«Gute Idee.»
«Werde ich dich jemals wiedersehen? Ich hab das Gefühl, ich mache einen Fehler nach dem anderen.»
«Komm heute abend nach der Arbeit zu mir, wenn du magst. Du kannst mir die Schultern massieren.»
Erleichtert und glücklich fragte Ilse: «Wo wohnst du?»
«East 73rd Street Nummer 114, zwischen Park und Lexington Avenue. Es ist ein Sandsteinhaus, ich wohne ganz oben.»
«Großartig, ich komme.»
Carole fügte hinzu: «Ich weiß, es sei denn, heute beginnt die Revolution.»

Als der winzige Fahrstuhl im neunten Stockwerk hielt, war die Tür zum Werkraum abgeschlossen. Ilse zog ihr Schlüsselbund an der langen Kette aus der Tasche und schloß auf, während die Fahrstuhltüren rhythmisch gegen sie schlugen. Als sie die Tür öffnete, sah eine kleine Schar Frauen auf und grüßte sie. Bündel von Papieren lagen säuberlich gestapelt, und die Frauen bildeten auf dem Fußboden sitzend ein Miniaturfließband und stellten die Pamphlete zusammen. Ilse bot sich freiwillig als Heftmaschine an und klammerte alsbald drauflos.
Olive Holloway war die erste: «Wer war das, mit wem wir dich gestern abend gesehen haben? Deine Mutter?»
Alice Reardon, die Olive nicht ausstehen konnte, fuhr ihr in die Parade. «Halt den Rand, Holloway. Diskriminierungsquatsch können wir hier nicht gebrauchen.»
Olive, die sich gewöhnlich aus allem herausreden konnte, war ausnahmsweise sprachlos und machte sich wieder an die Arbeit.

In emotionaler Erpressung äußerst versiert, vermasselte Olive ständig mit ihren Machenschaften die Versammlungen. Wenn das nicht klappte, konnte sie jederzeit anfangen zu heulen, denn ihre Augen waren direkt mit ihrer Blase verbunden. Dann schluchzte sie: «Ihr unterdrückt mich alle.» Die meisten Frauen in der Gruppe konnten sie inzwischen längst nicht mehr ausstehen, aber keine wußte so recht, wie sie sie loswerden konnte. Es war unschwesterlich, sie rauszuwerfen, deshalb opferten sie lieber das Wohl der Gruppe. Ilse wurde allmählich klar, daß die Unfähigkeit, jemanden auszuschließen, der ihnen ein Dorn im Auge war, ein Wesensmerkmal der weißen Mittelstandsfrauen darstellte. Sei nett. Das wurde ihnen im zarten Kindesalter ins Hirn gebrannt. Und darum waren sie alle nett zu einer Natter. Eine Zeitlang dachte Ilse, Olive sei womöglich eine Agentin. Ihre Freundinnen in der Friedensbewegung statteten sie mit den Charaktermerkmalen sämtlicher denkbaren Agentinnentypen aus: die Provokateurin, die Unterbrecherin, die Zersetzerin, das scheue Reh, die tüchtige Arbeiterin – eine endlose Liste. Sie litt unter einer Flut von Informationen über Agentinnen. Der gesamte Komplex hatte sie anfangs total gelähmt, doch Ilse reifte schnell, dank der harten Schläge der Politik. Agentinnen waren ein Berufsrisiko. Wie auch immer, sie kam mit zersetzenden Frauen wie Olive nicht klar. Olive versuchte unentwegt, mit ihr zu schlafen. Ungemein hinterhältig hatte die unsympathische Person die perfekte Methode entwickelt, um «nette» Frauen ins Bett zu kriegen. Sie erklärte, jede Art von Anziehungskraft beruhe auf gesellschaftlich bedingten Werten. Das stimmte zum Teil, gab Ilse zu, galt aber mehr für Heteros als für Lesben. Olive gurrte oder wütete, je nach dem Wesen der Frau, die sie umgarnen wollte. Der Vorwurf war auf unangenehme Weise vertraut: Wenn eine Frau Olive nicht sexuell attraktiv fand, eine Ansicht, zu der man relativ leicht gelangen konnte, so erklärte Olive, die Frau reagiere nach männlichen Wertvorstellungen. Wie könne sie eine Schwester sein? Alle Schwestern müßten einander lieben. Daher, marsch ins Bett. Als Olive sich vor Monaten an Ilse herangemacht hatte, ging Ilse ihr kühl aus dem Weg, bis die Ratte bei einem Treffen ihrer politischen Gruppe vor zwanzig Frauen lamentierte, sie sei nicht in der Lage, mit einer Frau zu arbeiten, der sie nicht vertrauen könne, wie solle sie da mit Ilse arbeiten, denn sie vertraue Ilse nicht. Und sie vertraute Ilse deshalb nicht, weil sie nicht mit ihr schlafen wollte. Sex setzt Vertrauen voraus. Ilse bezeichnete sie als sexuelle Faschistin, und der ganze Saal wäre fast explodiert. Damals spaltete die Gruppe ihre Loyalitäten. Die Hälfte der Frauen war so naiv oder so gut zum Nettsein erzogen, daß sie tatsächlich mit Olive sympathisierte.

Im Laufe der Monate ging auch den nettesten Frauen auf, daß Olive total neurotisch war. Jetzt hatte sie nur noch zwei Anhängerinnen, aber das waren geborene Kletten. Menschen wie Olive brachten Ilse manchmal in ihren bitteren Momenten auf den Gedanken, die Frauenbewegung müßte Anonyme Neurotikerinnen heißen. Aber sie wußte, daß jede Bewegung, die die Gesellschaft verändern wollte, Unzufriedene ebenso anzog wie engagierte Frauen. Was sie verwirrte, wenn sie an ihre Bekannten in den diversen feministischen Gruppen dachte, war, daß sie in zwei Lager zerfielen: die Olives dieser Welt und Frauen, die begabt waren, ungestüm und klug. Mittelmäßige Frauen gab es nicht.

Vielleicht war dies in sich eine Antwort, doch Ilse, getreu ihrer Herkunft aus der Bostoner Mittelschicht, wollte ein analytisches Schmuckstück. Sie war gewohnt, daß ihr niemand zuhörte, es sei denn, sie konnte alles, was sie sagte, beweisen. Sie hatte nicht nur ein emotionales Erklärungsbedürfnis, sie war zum Erklären gezwungen. Ilse war in so zartem Alter zur Rechtfertigung erzogen worden, daß sie nichts anderes kannte. Sie war lebhaft, viel spontaner als die meisten gleichaltrigen Frauen derselben Herkunft, trotzdem war sie auf geradliniges Denken angewiesen. Ihr Anliegen war dionysisch, ihre Methode apollinisch. Seltsam, daß Carole sie attraktiv fand, die oberflächlich besehen so einseitig wirkte, so diszipliniert, so urban, ein ausgesprochener Verstandesmensch. Aber, erinnerte sich Ilse, im Bett ist Carole nicht gehemmt oder beherrscht. Die ältere Frau faszinierte sie zum Teil deshalb, weil sie älter war. Hier kotzten die Leute binnen fünfzehn Minuten, nachdem sie einem vorgestellt worden waren, ihre gesamte emotionale Lebensgeschichte aus. Sie war mit Carole sehr intensiv zusammengewesen, und die Frau hatte nicht ein Wort über ‹tiefgreifende Umstellungen› geäußert. Und über ihre Vergangenheit wußte sie nur, daß sie 1951 in Vassar Examen gemacht hatte. Komisch. Ilse freute sich, daß sie Carole heute abend sehen würde. Sie war gespannt auf ihre Wohnung. War sie hoffnungslos bürgerlich eingerichtet? Olive Holloway griff sich ein fertiges Pamphlet und machte es sich auf Ilses Schoß bequem.

«Scheiße!» kreischte Olive.

Ilse hatte sie mit dem Heftapparat in die Brust geschossen.

Sobald Carole ihre Wohnungstür aufschloß, huschten Louisa May Allcat und Pussblossom die Große hinaus, um sich an ihr zu reiben. Louisa May stürmte die teppichbelegte Treppe des braunen Sandsteingebäudes bis ins nächste Stockwerk hinunter und wieder hinauf. Pussblossom hatte die ganze Rolle Toilettenpapier abgerissen und die Hälfte davon auf Caroles geliebten Feldschreibtisch geschleift. Carole fütterte die Katzen, hörte den Anrufbeantworter ab, las ihre Post, dann schlug sie ihren Ordner auf, begierig, mit ihrer Arbeit über «Heidnische Bilder in *Très Riches Heures du Duc du Berry*» fortzufahren. Sie vertiefte sich in die sinnlichen Blau- und satten Rottöne, die Reinheit der mittelalterlichen Farben. Nach der zähen Prosa von Tacitus oder der Eintönigkeit Vergils war selbst das Latein erfrischend. Manche Leute bezahlten Analytiker. Carole beruhigte sich mit lateinischer Lektüre.

Sie hatte sich nicht von Anfang an für das Mittelalter begeistert. Zuerst hatte sie für die Renaissance geschwärmt – sobald ihr

eines der seltenen Vassar-Stipendien sowie Geldspenden von Richmonds Töchtern der Konföderation, katholischen Frauen und anderen, an die sie sich nicht mehr erinnern konnte, den Besuch des Colleges ermöglichten. Aber sie konnte das Elendsviertel während der Wirtschaftskrise und den heißen September in Richmond nicht vergessen, wenn sie nach den Sommerferien wieder zur Schule trottete und sich aufs Lernen konzentrierte, weil es ihre einzige Hoffnung war. Ihre Mutter sagte immer zu ihr, sie würde mal ein Filmstar, weil sie so schön sei. Doch selbst wenn es nicht der Traum einer bedauernswerten verarmten Frau gewesen wäre, mit einem Mann am Hals, den der Erste Weltkrieg zum Krüppel gemacht hatte, selbst wenn es hätte wahr werden können, wäre Carole nicht Schauspielerin geworden. Sie wollte ihren Kopf gebrauchen. Das sagte sie sich jedesmal, wenn sie die trostlosen Häuser im Wohnviertel der armen Weißen betrachtete.
Nach all dem schienen ihr Vassar und die Renaissance wie die Erfüllung eines Traums. Ihr Intellekt wurde beachtet. Hierher kamen Frauen, um zu lernen, um ernsthaft ihren Verstand einzusetzen. Und symbolisierte die Renaissance nicht den großen Aufbruch der abendländischen Kultur? So dachte sie. Doch als im letzten Collegejahr der quälende Prozeß begann, Anträge für die Aufnahme an der Universität auszufüllen, ein Formular nach dem anderen, Anträge auf Stipendien, auf Gelder aller Art, da riet ihr eine verhutzelte Professorin, Miss McPherson, die Renaissance als Fach zu vergessen. Hier könnten Frauen es nicht weit bringen, sagte sie. Versuchen Sie es mit der Antike oder dem Mittelalter. Es war eine sachliche Feststellung wie ein Wetterbericht, ohne Begründung, und Carole, voller Hochachtung für die alte Dame, hätte nicht im Traum daran gedacht, um eine Erklärung zu bitten. Zuerst glaubte sie, Professor McPherson wolle sie bewegen, sich mit dem Mittelalter zu befassen, weil die alte Dame ihre berufliche Laufbahn mit dem Versuch verbracht hatte, den Ruf einer Nonne des zehnten Jahrhunderts, Roswitha von Gandersheim, zu rehabilitieren. Und Miss McPherson war Altphilologin, keine Kunsthistorikerin. Doch da es in erster Linie um Stipendien

ging, versuchte die Professorin, die Carole sehr mochte, ihr aufrichtig zu helfen. Carole wechselte das Fach, und es zahlte sich aus. Sie haßte die anderen Mittelalterexperten an der Uni. Ein total vertrockneter Klüngel. Die Leute, die im Schatten von Athen oder Rom arbeiteten, hatten wenigstens Sinn für Humor und verbreiteten ein bißchen Leben um sich. Aber sie hielt durch, und nach und nach tauchte ein anderes Bild auf, von lustvollen, hitzigen, frommen, widersprüchlichen Menschen, und sie war hingerissen. Adele hatte einmal erklärt, warum sie sich mit der präkolumbianischen Zeit beschäftigte: «Ich war von diesen uralten Steingesichtern fasziniert, die so geheimnisvoll aus der Vergangenheit blicken.» Genauso war es bei ihr – die lebhafte, durchdringende Erkenntnis, daß einst, vor siebenhundert Jahren, die Toten lebendig waren und Caroles eigenes Leben von der längst vergangenen Existenz dieser Menschen abhing. Im Laufe der Jahre traten taktische Erwägungen hinsichtlich einer Universitätskarriere in den Hintergrund, sie vertiefte sich immer mehr in die Betrachtung jener anderen Zeit. Sie machte sich einen Namen, wurde als Autorität anerkannt. Und dank der alten Professorin McPherson wußte sie, daß dies unter anderem deswegen so war, weil Männer dieses Feld nicht in Scharen besetzten.

Wenn ich in Ilses Alter wäre, fragte sie sich, würde ich mich dann genauso entscheiden? Heutzutage herrscht ein anderer Druck. Die jungen Frauen, die ich bei Mutter Courage beobachtete, haben viel mehr Möglichkeiten als wir damals. Aber ich würde mich trotzdem zur Vergangenheit hingezogen fühlen, zu Schönheit, zu dem konkreten Beweis, daß wir selbst in unseren schlimmsten Zeiten bestrebt waren, wenigstens einen schönen Gegenstand zu schaffen, eine Kapelle, eine Handschrift, einen Umhang. Ich bin nicht sicher, ob die Frauen in ihrer Arbeitskluft mit den lila Sternen das verstehen oder überhaupt verstehen wollen. Wenn ich heute einundzwanzig wäre, würde ich mich genauso entscheiden. Ich würde es auch wieder allein machen, nehme ich an, abgesehen von Miss McPhersons Hilfe. Sie sah sich die erste Seite ihres Aufsatzes an:

> Das im Verfall begriffene Römische Reich zog sich aus England und Westeuropa zurück wie ein großer, zurückweichender Fluß und hinterließ in den rauhen Ländern, die es einstmals erobert hatte, kleine Latein- und Wissenspfützen.

Sie wußte, ihre Arbeit war gut, und freute sich, daß sie auf der Welt war.

«Und was dann?» fragte Carole und nahm sich noch ein Solei. «Köstlich, Dell, gib mir das Rezept, bevor ich gehe.»
«Es ist aus Pennsylvania. Also, BonBon und Creampuff sind in die vollen gegangen …»
«Adele, das war daneben.»
Adele warf den Kopf zurück und lachte laut. «Das war so daneben, Herzchen, daß ich's nicht mal gemerkt habe.» Der schlichte rote Rollkragenpullover unterstrich vorteilhaft Adeles Teint. Dazu trug sie eine Kette aus orangefarbenen Perlen mit eingestreuten Tigerzähnen. «Aber wirklich, sie gingen in die vollen, um für Maryann die zweite Hauptrolle zu kriegen, oder wie immer das in dieser wandernden Zeltshow heißt. Gott weiß, wo sie jetzt ist, aber gestern abend war sie in Maryland gleich außerhalb von Washington, D. C., und wer dabei war, wird es nie vergessen.»
«Wenn du nicht bald zur Sache kommst, mach ich den verdammten Vogelkäfig auf und binde dich unter deiner Montezuma-Wasserwand fest!» Carole hob die Stimme, was Lester als Stichwort auffaßte. «Bwana, weißer Teufel! Bwana, weißer Teufel!» kreischte er, was seine kleinen Lungen hergaben.
«Jetzt nicht, Lester, Mama unterhält sich», rief Adele über die Schulter.

Er senkte seinen Kamm und verlagerte sein Gewicht von einem Fuß auf den anderen.

«Okay, aber fairerweise müssen wir sagen, daß Maryann singen kann.»

«Zugegeben», sagte Carole.

«In ‹The Music Man› spielt sie eine prüde, zimperliche Person und singt ein, zwei Lieder.»

«Sie schauspielert.»

«BonBon sagt, wer in Zelten auftritt, klebt sich irgendwo, wo es nicht auffällt, eine Batterie an den Körper. Für die Mikrophone. Maryann war für den Ton verkabelt. Eine Strippe führte an ihrem Rückgrat hinunter, und eine ging zu ihrem Lavalier hoch.»

«Klingt irgendwie schmutzig, aber ich dachte, ein Lavalier hängt man sich um den Hals, und unten baumelt die Kappa-Alpha-Theta-Plakette von der Uni dran.»

«Genau. Und so heißen auch die winzigen Mikrophone, die wie eine Halskette getragen werden. Sie haben Schalter, damit man den Ton ein- und ausknipsen kann. Wenn du für einen Kostümwechsel oder sonstwas von der Bühne gehst, knipst du deine Batterie aus, weil sonst alles zu hören ist, was du machst.»

«Ich glaube, ich weiß, was kommt. Sie ging hinter die Bühne, ließ schmutzige Reden vom Stapel und kehrte als Bollwerk der Moral auf die Bühne zurück.»

«Carole, es ist viel schlimmer.» Adele legte die Hand auf Caroles Arm, hielt inne, senkte dann die Stimme, um nicht rauszuplatzen. «Maryann ging aufs Klo, vergaß, ihr Mikrophon auszuschalten, und ließ einen fahren. Es muß sich angehört haben wie Tschaikowskys Ouvertüre 1812, und sie machte es noch schlimmer, indem sie ihr Tun in Selbstgesprächen kommentierte, während sie auf dem Lokus saß. Herzchen, als das Mädchen wieder auf die Bühne kam, verfiel das ganze Publikum in einen Anfall von Massenhysterie. Und vom Ensemble hatte keiner den Mut, ihr zu sagen, was passiert war, aus Angst, sie würde vor lauter Verlegenheit nicht weiterspielen. Den Rest des Abends lachte das Publikum jedesmal los, wenn sie auch nur Luft holte. Maryann dachte, sie hätte Talent zur Komik, weil sie beim Schlußvorhang stehende Ovationen bekam. Erst als sie sich abschminkte, hat die Frau, die die Bibliothekarin spielte, wie heißt sie doch gleich, irgendein ausgegrabener Hollywoodstar der fünfziger Jahre… ist nicht so wichtig. Aber der großen Dame war durch Maryanns rege Darmtätigkeit die Show gestohlen worden, deshalb sagte sie in unmißverständlichen Worten, Maryann solle gefälligst ihr Mikrophon abschalten, sonst würde sie es ihr in den Arsch schieben, was ihren Problemen bestimmt ein Ende setzen würde.»

«Adele, hör auf. Ich hab Bauchweh vor Lachen.»

Die zwei machten einen solchen Lärm, daß Lester wieder loslegte.

«Bwana, Bwana. Weißer Teufel. Einen auf die Eier, sprach die Queen. Hätt ich zwei, wär ich der King. Hätt ich vier, wär ich ein Flipperautomat. Bwana!»

«Beruhige dich, Vogel», prustete Adele. Sie hatte Mühe, wieder zu Atem zu kommen.

«Alle tun's, tun's, tun's», sang Lester.

«Verfluchte LaVerne. Sie bringt Lester die schmutzigsten Redensarten bei, und er liebt so was.»

«Ich geh ins Bad und hol ein Kleenex. Nach dieser Geschichte muß ich mir die Nase putzen und die Augen wischen.»

«Carole, sieh zu, daß dein Mikro abgeschaltet ist.»

«Ich bin gleich wieder da. Heute abend gibt's keine Vorstellung.»

«Tun's, tun's, tun's, bohren in der Nase und tun's in den Mund.» Lester war äußerst aufgekratzt.

«Aufhören. Hast du verstanden? Du sollst aufhören!» Adele drohte ihm mit dem Finger, worauf er wieder sein Gewicht von einem Fuß auf den anderen verlagerte. Er genoß es, im Mittelpunkt zu stehen.

Der Hirtenstar versuchte ein Lied, doch Lester überschrie ihn: «Tun's, tun's, tun's. Bwana. Ach. Bwana.»

«Professor Hanratty, tu was mit diesem Vogel, den du mir aufgehalst hast.»

«Wenn wir uns wieder an den Couchtisch setzen und sie alle ignorieren, beruhigen sie sich vielleicht. Hab ich recht, Lester?»
Lester ließ von seinen Sprüchen ab und stieß Dschungelrufe aus.
«Das sind ja erstaunliche Töne. Die hab ich bei ihm noch nie gehört.»
«Soviel ich weiß, könnte das sein natürlicher Ruf sein, aber bei Lester ist nichts natürlich. Er hat es vermutlich aus einem Tarzanfilm aufgeschnappt, oder LaVerne hat's ihm wieder hinter meinem Rücken beigebracht.»
«Ich esse noch so ein Ei.» Carole angelte sich mit der linken Hand ein Solei aus der weißen Schüssel, während ihre rechte die Cola bereithielt. «Und hat Maryann aus Verlegenheit das Handtuch geworfen?»
«Maryann? Die Rolle der Bürgermeistersgattin aufgeben? Sie macht eiskalt weiter.»
Lester hatte sich so weit beruhigt, daß er nur noch gelegentlich ein Kreischen von sich gab, murmelte jedoch ein paarmal leise: «Einen auf die Eier, sprach die Queen.»
«Was macht dein Aufsatz?» fragte Adele.
«Er wird Aufsehen erregen, glaube ich. Ich bin im wesentlichen fertig, muß nur noch ein bißchen feilen.»
«Werde ich ihn zu lesen kriegen?»
«Natürlich. Würde ich etwas veröffentlichen, ohne es von meiner meistgeschätzten Kollegin durchsehen zu lassen?»
«So ist's recht», antwortete Adele, den Mund voll Ei. «Hmmm.» Sie schluckte. «Heute hat mich dieser junge Typ von der Pennsylvania-Uni angerufen. Ich soll nächsten Sommer zu seinen Ausgrabungen in Yukatan mitkommen, alles auf Spesen.»
«O Dell, das ist großartig.» Carole stellte ihre Cola ab, stand auf und wäre in ihrer Hast, zu Adele zu kommen, die in dem großen Ohrensessel saß, fast in den Couchtisch geknallt. Sie umarmte und küßte sie. «Gott, ist das aufregend. Hast du es Verne schon gesagt?»
«Nein, ich warte, bis sie nach Hause kommt, und sag's ihr persön-

lich. Ich weiß, sie wird sich für mich freuen, aber sie wird im Sommer nicht fast drei Monate allein sein wollen.»

«Vielleicht kann sie sich ein paar Wochen zusätzlich Urlaub nehmen und zu dir kommen.»

«Das will ich hoffen. Da wir es so rechtzeitig wissen, kann sie's mit ihrer Arbeit einrichten. Sie lieben sie bei Bloomingdale's ohnehin, und du kennst LaVerne, sie wird mit einer kompletten heißen Kollektion aus Mittelamerika zurückkehren. Die Frau ist eine Wahrsagerin. Sie spürt, was die Leute kaufen werden. Sie ist *Women's Wear Daily* normalerweise um ein Jahr voraus.»

«Stimmt. Da ich gerade stehe, willst du was aus der Küche? Ich hol mir noch eine Cola.»

«Ja, bring mir auch eine mit, und Kartoffelchips. Ich hab Lust auf leere Kalorien.»

«Okay.»

Caroles Hantieren in der Küche erregte Lesters Aufmerksamkeit, vor allem, als sie die knisternde Kartoffelchipstüte aufmachte. Er plapperte eine ganze Reihe unverständliches Zeug, doch das letzte Wort war eindeutig *Rotz*.

«Hier, deine Cola. Was spielt da für eine Platte? Bei all dem Lärm hier hab ich's nicht gehört.»

«LaBelle. Weißt du noch, wie LaVerne und ich mit dir im Baths waren? Da hat diese Gruppe gesungen.»

«Sie war himmlisch», erinnerte sich Carole. «Eine wilde Nacht.»

«Wie geht's Ilse?»

«Prima. Sie muß heute abend in der Feuerwache eine Tanzerei organisieren, damit ist sie voll beschäftigt.»

«Ihr seid jetzt ungefähr zwei Monate zusammen, nicht? Wird es was Ernstes?» Adele sah Carole direkt in die Augen.

«Sie ist liebenswert, und du weißt, bei uns beiden hat es ziemlich eingeschlagen. Auf den Schnellkurs in Frauenbefreiung, den ich bei ihr absolvieren muß, könnte ich allerdings gut verzichten. Jedenfalls, Adele, wenn es etwas Ernstes wäre, wüßtest du's.»

«Manchmal steckt man tiefer drin, als einem selber bewußt ist.»

«Ich weiß nicht. Ich weiß nicht, ob es so ist. Ich passe auf. Manchmal ist es eine Art *déjà vu*-Erlebnis. Sie sagt etwas, das für sie ein absolut neuer Gedanke ist, aber wir haben vor zwanzig Jahren dasselbe gesagt.»

«Ich geb's ungern zu, aber es gibt anscheinend im Leben bestimmte Phasen.»

«Ich denke allmählich, wir sind alle der Zivilisation verpflichtet.» Ein schiefes Lächeln erschien auf Caroles Gesicht.

Adele wies mit dem Finger auf sie. «Verpflichtet oder nicht, unterdrückt oder frei, mein Herz, die Menschen sind miteinander verkettet, um sich gegenseitig weiterzuhelfen.»

«Adele, du bist wunderbar.»

Adele nickte. «Ja, manchmal glaub ich das sogar selbst.»

«Wenn Ilse hier wäre, würde sie sagen, das solltest du immer glauben. Frauen haben ein schmächtiges Selbstbild, ein zu kleines Ego. Wir müssen uns gegenseitig hochschaukeln. Mich langweilt das Zeug, das Ilse mir zu lesen gibt – Eileiter, Eierstöcke, Uterusse. Herrgott, meine Installationen interessieren mich nicht.»

«Ich hab diesen Aufsatz ‹Fraubestimmte Frau› gelesen, den du mir gegeben hast. Klingt sehr vernünftig, aber er ist ja auch von Lesben geschrieben. Ich kann diese ‹Unsere Eierstöcke sind unser Verhängnis›-Nummer nur begrenzt ertragen, und das meiste andere Zeug, das ich durchgelesen habe, hat einen penetrant lamentierenden Ton. Und dann diese unglaubliche Sexfixiertheit, ob schwul oder hetero. Vielleicht ist es ihr Alter, oder vielleicht ist Sex als Thema um so interessanter, je unterdrückter du bist. Ich kann das alles nicht hören.»

Carole seufzte. «Ich weiß. Die Hälfte von dem Zeug, das sie mir zu lesen gibt, ist so schlecht geschrieben oder so verschwommen, daß ich nichts damit anfangen kann. Außerdem trifft es auf dich und mich nicht zu. Ich fühle mich Männern nicht unterlegen. Ich kann mich nicht erinnern, mich jemals minderwertig gefühlt zu haben. Als Kind wußte ich, daß den Jungen alles zufiel, aber das hat mich wütend gemacht, und ich habe nur um so härter gekämpft. Ich sitze nicht mit drei plärrenden Kindern zu Hause,

und ich hab was anderes zu tun, als darüber zu klagen, wie schrecklich die Männer sind. So was langweilt mich zu Tode.»
«Ilse ist ja selbst lesbisch, also ist ihr bestimmt klar, daß wir uns von Hausfrauen unterscheiden. Aber ich weiß nicht recht – vielleicht gibt es Hausfrauen, die Lesben sind. Seien wir ehrlich, wir haben auf eine Karriere hingearbeitet. Ich nehme an, eine heterosexuelle Frau in unserem Alter, die Karriere gemacht hat, fühlt sich so ziemlich wie wir.» Adele runzelte die Stirn.
Carole schwieg einen Moment. «Ilse denkt, Lesben sind die Spitze der Frauenbewegung, aber ich glaube, sie sieht alle Frauen als Opfer. Zufällig sieht sie in uns die stärksten Frauen. Aber sie hat eine Entschuldigung für alle, die versagen oder sich besonders abscheulich benehmen. Es liegt an der männlichen Überlegenheit oder am Kapitalismus oder Rassismus. Ich bringe das alles durcheinander.»
«Es ist durcheinander.»
«Dell, ich habe mich nie für Politik interessiert, und durch die Frauenbewegung wird Politik für mich auch nicht interessanter. Ich glaube, Politik ist das Gerüst einer Nation und äußerst wichtig, aber mich interessiert die Inneneinrichtung, nicht der Rohbau, verstehst du?»
«Wir sollten aber aufpassen, sonst bricht das Haus zusammen.»
«Du hast recht. Trotzdem kann ich mich nicht für das Thema begeistern. Du weißt, ich wäre längst Dekan der Fakultät, wenn ich keine Frau wäre; verdammt, ich bin immer noch keine ordentliche Professorin. Ich hasse das alles. Aber für mich ist meine Arbeit das Wichtigste, und ich bin der Meinung, daß Arbeit im allgemeinen wichtig ist. Wie kann ich meine Arbeit machen, wenn ich Streikposten spiele oder im Frauenzentrum Anrufe beantworte?»
«Das kannst du sicher nicht. Aber ich kann dir eins sagen», erklärte Adele.
«Was?»
«Die Ideen der Bewegung dringen zu dir. Du würdest dich und

deine Arbeit nicht in Frage stellen, wenn du keinen Ruck spüren würdest.»
«Lächerlich.» Carole winkte ab.
«Haha.»
«Adele, sitz nicht da wie eine Katze, die Sahne geschleckt hat.»
«Du brauchst dich vor mir nicht zu verteidigen, aber du solltest einen Schritt zurückgehen und erkennen, daß Ilse für dich wichtiger ist, als du zugibst, und daß das, wofür sie eintritt, Wirkung zeigt. Allein über die Ideen nachzudenken zeigt schon ein bißchen Betroffenheit.»
«Manchmal glaube ich, du kennst mich besser als ich mich selbst.»
«Was machst du am 29. September?» Adele wechselte das Thema.
«Nichts, warum?»
«Was würdest du von einer schicksalhaften Verabredung halten?»
«Klingt geheimnisvoll.»
So sehr sie sich bemühte, Carole konnte aus Adele nicht herausbekommen, was es mit dem 29. September auf sich hatte. Adele sagte ihr lediglich, sie solle sich aufdonnern und abends um sieben fertig sein.
Carole blieb danach noch eine Stunde. Ihr und Adele ging der Gesprächsstoff nie aus. Auf dem Nachhauseweg sichtete sie im Geiste ihren Kleiderschrank. Sie hatte Ilse versprochen, heute abend zu der Fete zu kommen, und sie hatte keine Ahnung, was sie anziehen sollte. Doch dann fiel ihr ein, daß es eigentlich nicht wichtig war. Ilse achtete nicht besonders darauf, was sie trug. Sie hatte es viel zu eilig, sie auszuziehen.

Die Wooster Street liegt im Herzen von Soho, wo die schmalen Straßen die häßlichen Fabrikgebäude daran hindern, miteinander zu verwachsen. Viele dieser Gebäude waren Ende der sechziger, Anfang der siebziger Jahre von Künstlern bezogen worden, auf der Suche nach preiswerten Räumen, die in der aus allen Nähten platzenden Innenstadt immer seltener wurden. Die Idee machte rasch Schule, und hinter den schmutzigen Fassaden erblühten phantastische Lofts, die ihre besondere Note durch das jeweilige Talent der Eigentümer erhielten. Die Feuerwache in der Mitte eines Straßenzuges war von schwulen politischen Gruppen für ihre Zwecke umgewandelt worden.

Carole sprang aus dem Taxi und dachte, sie würde von einem Feuerwehrauto überfahren – äußerlich war an dem Gebäude nichts verändert worden. Die Tür stand offen, um ein bißchen Luft in den dreistöckigen Bau zu lassen. Musik plärrte in die verlassene Straße hinaus und hallte dumpf von den Häusern wider. Drinnen war der Qualm so dick, daß Carole außer den zwei Frauen hinter einem Tisch an der Tür nicht viel sehen konnte. Sie bezahlte ihren Obolus von zwei Dollar, ging mutig hinein und gab die Hoffnung auf, Ilse jemals ausfindig zu machen. Rechts von ihr befand sich eine eiserne Wendeltreppe, den Raum darunter nahm ein Tisch mit Lektüre ein, und auf der Kellertreppe hinter dem Tisch herrschte ein dichtes Gedränge von Leuten, die auf und ab liefen, um sich Getränke zu holen. Dahinter war ein länglicher Raum, rappelvoll mit Frauen, Frauen in Arbeitshemden, Frauen in paillettenbesetzten, rückenfreien Kleidern, Frauen in alten Uniformen und Frauen oben ohne. Es war eine solche Rassenmixtur, daß Carole hätte meinen können, sich auf einer Versammlung von Angestellten der Vereinten Nationen zu befinden, wenn man davon absah, daß hier alle miteinander tanzten. Außerdem – wie würden die Vereinten Nationen auf nackte Brüste reagieren?

Sie würde Ilse nie finden, aber sie konnte es wenigstens versuchen. Als sie sich durch das Gewimmel von Hunderten von Frauen schob, wurde ihr deutlich bewußt, daß sie gut fünfzehn Jahre älter war als die ältesten von ihnen.

Gott, bin ich froh, daß ich Jeans anhabe, dachte sie. Sie trug außerdem eine von LaVernes Nik-Nik-Blusen, aber angesichts der Hitze, die von den vielen sich drängenden Leibern ausging, und der neuen Kleiderordnung spielte das keine Rolle. Ihre Größe und ihr straffer Körper bewirkten, daß sich viele nach ihr umdrehten, als sie durch das Gedränge schlenderte. Das gedämpfte Licht milderte ihre tiefen Lachfalten, und sie hätte für vierunddreißig durchgehen können, sofern sie Wert darauf gelegt hätte, jung auszusehen; was sie nicht tat. Ihr erstes graues Haar, das sie gefunden hatte, als sie dreiundzwanzig war, hatte sie nicht mit der Unvermeidlichkeit des Alterns versöhnt. Sie erinnerte sich, daß ihre Mutter gewitzelt hatte, die Menschen hätten nichts gegen das Älterwerden, nur gegen das Älteraussehen. Doch sie hatte nicht begriffen, daß sie altern würde, wie ihre Mutter in Richmond, wie ihre Großmutter in den Gebirgsausläufern von Winchester gealtert war; erst nach Margarets Tod verstand sie diese simple Tatsache.

Während sie gegen die jungen Körper rempelte, die sich berührten, um den Abend und ihre Jugend zu feiern, versetzte sich Carole zurück an einen Wendepunkt in ihrer eigenen Jugend. Inmitten dieser fremden Menschenmenge wurde sie von einem schläfrigen Sog zurückgezogen in eine Zeit, als sie keine andere Welt kannte als die Welt der Jugend, wo Unschuld mit Unwissen garniert war. Sie kehrte zurück zu dem Augenblick, als sie lernte, was jeder Mensch lernen mußte. Sie war fünfundzwanzig Jahre alt, fast sechsundzwanzig.

«Adele, dieser Aufsatz von dir bringt's, ich weiß es.»

«Du meinst, er bringt mir den Aufstieg?»

«Ich weiß es einfach. Ich verstehe nicht viel von deinem Fach, aber dieser Aufsatz über die Spuren der Olmeken in der Kunst der Maya liest sich so aufregend wie ein Krimi von Dorothy Sayers. Was hast du in letzter Zeit Aufregendes in Kunstgeschichte gelesen?»

«Das ist es ja eben. Das sind alles so aufgeblasene Wichtigtuer.

Ich bin nicht sicher, ob ich den Aufsatz überhaupt einreichen soll.»

«Ach komm, riskier's. Was soll's. Wenn er ihnen nicht gefällt, suchen wir aufgeschlossenere Unis, die dich zu schätzen wissen. Jedes Institut, das zu dämlich ist, den inhaltlichen und stilistischen Wert dieser Arbeit zu erkennen, hat dich nicht verdient.»

«Kann man dich engagieren?» Adele stieß sie in die Rippen. «Apropos engagieren, wir sollten nach draußen gehen und uns ein Taxi nehmen, sonst schaffen wir's nie zu Lynn Feingartens Fete, und du weißt doch, sie hat ein Auge auf dich.»

«Sie kann ihr Auge behalten.»

«Was? Ich dachte, du magst sie auch ganz gern.»

«Och, wir haben ein paarmal zusammen gegessen, aber ehrlich, Dell, wenn Lynn ein Mann wäre, wäre sie eine von diesen Seidenschal-Tunten, verstehst du, was ich meine?»

«Ja, ich verstehe, was du meinst. Aber Schatz, halb New York ist damit beschäftigt, ach-so-vornehm zu sein.»

«Das ertrag ich nicht. Denk daran, was Chanel gesagt hat: ‹Luxus ist nicht das Gegenteil von Armut, sondern das Gegenteil von Vulgarität.›»

«Ha, Feingarten glitzert vor lauter Schmuck. Ihr solltest du das erzählen.»

«Sag ihr nichts. Meinetwegen werfen wir sie in den Hudson. Der Glitzerkram wird die Fische von weit her anlocken.»

«Schatz, du bist ausgesprochen gehässig. Was hat sie dir getan?»

«Zweierlei. Erstens hat sie mich so plump angemacht, daß es jeder Beschreibung spottet. Ich kann diesen Kesser-Vater-Quatsch nicht ausstehen. Zweitens, und viel, viel schlimmer, hat sie gesagt, ich hätte einen Südstaatenakzent und könnte viel attraktiver sein, wenn ich ihn ablegte. Die hat Nerven, diese aufgedonnerte Schnepfe.»

«Dein Akzent verströmt den Duft von Magnolien.»

«Adele, als Schulmädchen hab ich geschuftet wie eine Baumwollpflückerin, um ihn loszuwerden.»

«Egal, jetzt kommt er zum Vorschein. Außerdem, Scarlett, meine Leute waren die Baumwollpflücker, erinnerst du dich?»
«Himmel, ja. Dein Großvater hat ihnen vermutlich Schlangenöl gegen Schmerzen verkauft. Davon ist deine Familie so unverschämt reich geworden.»
Adele kicherte. «Daß du bloß keinem sagen fiese Lügen über mich. Mein Großvater machen Vermögen mit Creme für Schwarze, damit Haut werden heller.»
Carole kreischte vor Lachen. «Adele, neunzig Prozent der Scheußlichkeiten, die über dich gesagt werden, sind falsch, aber die wahren zehn Prozent sind schlimmer, als sich irgend jemand vorstellen kann!»
«Stimmt. Daß du's nur nicht vergißt.»
«Das hat dein Großvater nicht wirklich getan, oder?»
«Natürlich nicht, aber es ist so eine schöne Geschichte. Willst du wissen, wie wir zu Geld gekommen sind, Hand aufs Herz?»
«Da wir uns jetzt ungefähr sechs Jahre kennen, möcht ich's gern wissen.»
«Hat deine Mutter dir nicht gesagt, über Geld spricht man nicht?»
«Ja, aber nur, weil wir keins hatten, und alle anderen hatten auch keins, warum also alle unsere Freunde in Verlegenheit bringen?»
Das gefiel Adele. «Siehst du, mir wurde aus den entgegengesetzten Gründen genau dasselbe gesagt. Jedenfalls, Großvater brachte das Geschäft ins Rollen, und seitdem blieb es in der Familie. Er war Chemiker. Um die Jahrhundertwende entwickelte er eine Serie von Schönheitsmitteln für Farbige, wie er uns von jeher nennt, und das Geschäft blüht bis heute. Dad wurde Jurist, er verfügt über Großvaters Konto nebst einer Reihe anderer dicker Konten sowie Grundbesitz. Mein Vater ist ein ziemlich gewitzter Typ. Er hat eine Spürnase für Geld.»
«Es gibt weiß Gott viele Wege, um ein paar Kröten zu verdienen, aber ich hab noch keinen entdeckt. Das muß mein Erbteil von Generationen der Armut sein.» Carole lachte.

«Für eine alleinlebende Frau stehst du ganz gut da.»
«Ich weiß, aber wer wissenschaftlich arbeitet, wird selten reich.»
«Dafür haben wir Zeit; Zeit zum Denken, Reisen, Lesen, Schreiben. Für mich ist das ein größerer Luxus als das Geld, das ich zufälligerweise hätte haben können. Großvater würde mir das Geschäft überlassen. Von allen Enkelkindern hat er mich am liebsten, weil er meint, ich bin die Klügste. Da siehst du, er hat keine Ahnung.» Adele grinste.
«Ich weiß nicht, Dell. Findest du nicht, es wäre eine Herausforderung?»
«Bestimmt, aber nicht für mich. Jedenfalls, wenn alle mit hundertzehn sterben und ich krieg dann meinen Anteil, veranstalte ich eine Ausgrabung, darauf kannst du dich verlassen. Stell dir vor, meine eigene Mayastadt.»
«Hoffentlich kriegst du die Moneten nicht erst, wenn du zu alt bist, um Freude daran zu haben.»
«Hör mal, Hanratty, ich beabsichtige, eine boshafte alte Frau zu werden und ewig zu leben.»
Das Telefon klingelte. Carole stand langsam auf. «Wetten, das ist Lynn F., die mit ihrem schönsten Filmstargurren verlangt, wir sollen sofort hinkommen. Denk dir eine nette Notlüge aus.»
«Von wegen. Denk dir deine Notlüge selber aus. Ach, laß uns hingehen. Ich hab Lust auf 'ne Party.»
Carole nahm den Hörer ab.
«Carole? Carole, ich bin's, Mutter.»
«Mutter?»
«Liebes, ich habe schlechte Nachrichten.» Ihre Stimme war sehr besonnen; sie betonte jedes Wort, als sei es ein Stützpfeiler, als würde jedes Wort, das sich in Gefühlen verlor, das ganze Gewicht des Satzes auseinanderbrechen lassen und sie zermalmen. «Hörst du mich?»
«Ja, ja, ich hör dich. Die Verbindung ist klar. Mutter, was ist passiert?»
«Margaret hatte einen Unfall.»

Carole begann zu zittern. Adele trat zu ihr und stand hilflos da, wußte nicht, was sie tun sollte. Carole sah sie an.
«Mutter, wo ist sie? Wie geht es ihr?»
«Liebes, sie ist tot. Verbrannt. Sie wurde von hinten angefahren, und der Benzintank ist explodiert. Es ist nichts mehr übrig.» Die Stimme, obwohl matt, blieb noch fest.
«Mom, ich nehme den nächsten Zug. Ich komme so schnell ich kann.»
«Ja, komm nach Hause, Liebes. Komm nur heim.»
Bei dem Wort *heim* weinte sie leise. «Ich muß jetzt einhängen. Ist jemand bei dir? Ich möchte nicht, daß du allein bist, bis du abfährst.»
«Ich habe eine Freundin hier, Adele.»
«Ein hübscher Name. Ich glaube nicht, daß ich sie kenne.» Alles, was mit normaler Konversation zu tun hatte, schien ihre Mutter zu trösten.
«Nein, Mutter, du kennst sie nicht. Jetzt leg auf. Ist Luke bei dir? Kann er sich um dich kümmern?»
«Luke ist direkt neben mir, Liebes. Komm du nur nach Haus.»
«Dann bis morgen, Mom. Mach's gut.»
«Ich versuche es.» Sie weinte jetzt heftiger und legte auf.
«Carole, was ist, um Himmels willen?»
«Meine Schwester Margaret hatte einen Autounfall. Sie ist tot.» Caroles Lippen zitterten. Als Adele sie in die Arme nahm, konnte sie vor lauter Tränen nichts sehen. Adele führte sie zum Sofa. Sie versuchte nicht, etwas zu sagen. Worte waren nutzlos. Carole weinte eine Dreiviertelstunde. Sie konnte es nicht aufhalten. Es wurde so schlimm, daß sie einen Schluckauf und rasende Kopfschmerzen bekam. Langsam hörte sie zu weinen auf. Schließlich sagte sie: «Wir waren mehr Zwillinge als Schwestern.»
«Du hast mir oft von ihr erzählt. Es tut mir so leid, Baby. Es tut mir ja so leid.»
«Adele, du bist unheimlich lieb.» Carole umarmte sie wieder und weinte noch ein bißchen, bis sie schließlich ruhiger wurde. «Ich muß packen.»

«Sag mir, was du mitnehmen willst, ich pack's dir ein.»
«Nein, ich muß was tun, irgendwas.»
«Dann rufe ich die Zugauskunft an.»
Spätabends ging ein Zug nach Washington, D.C., wo Carole mehrere Stunden Aufenthalt haben würde, bevor sie nach Richmond weiterfahren konnte. Adele überhörte Caroles Proteste und fuhr mit ihr nach Washington. Sie wartete die ganze Nacht und setzte sie in den Zug nach Richmond. Sie aßen Donuts, sprachen über Leben und Tod und darüber, daß sie nie geglaubt hatten, daß ihnen so etwas passieren könnte. Carole konnte nicht und Adele wollte nicht schlafen, und so umschlossen die Stunden sie wie ein magischer Kreis und stärkten den Bund ihrer Freundschaft. Als Carole schließlich einstieg, drehte sie sich zu Adele um und sagte: «Jetzt bist du meine Schwester», und ehe Adele antworten konnte, kletterte sie rasch in den Zug.

Wie eine alternde, ihren Kaiser überlebende Kaiserin glühte Richmond in der Landschaft Virginias. Andere Städte des Südens hatten es überholt. Sie waren größer, lebendiger, reizvoller, doch die Kinder des Südens erwiesen der Hauptstadt der Konföderation nach wie vor ihre Reverenz. Wie eine Großmutter, die Belagerungen, Tod und Niederlagen erlebt hatte, beschenkte sie alle, die Augen im Kopf hatten, mit Weisheit. Generationen später verwoben sich die Narben mit neuen Straßen, neuen Häusern, doch Richmonds Wunden verheilten nie ganz. Der Süden war und bleibt ein geschlagenes Volk. Richmond wird immer nahe an den tiefsten Wunden liegen. Als Carole auf dem Bahnsteig ihrem wartenden Bruder Luke entgegenging, war sie erfüllt von Richmond, das ihre ganz persönliche Wunde öffnete. Es war, als habe sie diese Stadt nie verlassen, und doch war es anders. Luke kam ihr entgegen, küßte sie, nahm ihr Gepäck

und fuhr sie in seinem 1955er Chevrolet, den er erst drei Jahre besaß und der sein ganzer Stolz war, nach Hause.
Der übliche Beerdigungsaufwand bestärkte Carole in ihrem Entschluß, auf einer fernen Insel zu sterben, wo kein Mensch ihr den Übergang in das Leben nach dem Tode erschweren könnte. Obwohl der Sarg unter Gladiolen schier erstickte, hätte Carole schwören können, sie röche brennendes Fleisch. Eine solche Nähe zum Tod in seiner greifbaren Form erschreckte sie. Die sprühende, hübsche, übermütige Margaret, reduziert zu unkenntlichem, stinkendem Fleisch.
Mutter trug die gesamten gesellschaftlichen Konsequenzen des Todes mit Würde. Carole stand neben ihr, verwundert über die Geduld dieser Frau. Man kann sich nur eine bestimmte Anzahl der immer gleichen Beileidsbekundungen anhören, bevor man den Leuten die verdammten schwarzen Schleier von ihren glänzenden Hüten reißen und ins Maul stopfen möchte. Luke blieb während der ganzen Prozedur stumm. Von Gefühlen übermannt, suchte er sich einen typisch männlichen Fluchtweg und trank beängstigende Mengen Whisky. Er war Mutter keinerlei Hilfe. Sie ertrug ihn so stoisch wie ihre Trauer. Carole blieb eine Woche, kümmerte sich um ihre Mutter, und am Ende zerschlug sie jede einzelne von Lukes verdammten Schnapsflaschen auf seinem 1955er Chevrolet. Durch seinen Rausch hindurch hörte Luke das Klirren von Glas und stürmte aus dem Haus.
«Verdammt und zugenäht, was machst du da, Carole Lee?»
«Bist du so besoffen, daß du es nicht sehen kannst?»
«Ich kauf mir 'ne neue», blaffte ihr älterer Bruder.
«Und ich zerschmeiß jede Flasche, die ich finde.»
«Ich sollte dir eine schmieren, daß dir das Grinsen vergeht.»
«Nur zu, du Arschloch. Vermöbel mich ruhig, aber ohne Schrammen wird das auch für dich nicht abgehen, das schwör ich dir.»
Luke ließ die Arme sinken. Er war acht Jahre älter als seine Schwester. Margaret war drei Jahre älter als Carole gewesen. Luke, der im Zweiten Weltkrieg gekämpft hatte, war ein amerikanischer Widerspruch: Er verehrte Gewalt, aber fürchtete den

Tod. Margarets Tod ging ihm näher als die organisierte Brutalität seiner Infanteriezeit im europäischen Theater. Das war Krieg, und so schlimm er auch war, Luke konnte ihn einordnen. Doch Margaret, seine Schwester, die er liebte, seine Schwester, die er aufziehen geholfen hatte – der Tod dieses angebeteten Menschen ging über seinen Verstand. Einen solchen Schmerz konnte er nicht einordnen, und niemand hatte ihn darauf vorbereitet, daß es so viel Leid überhaupt geben konnte.
«Hast du meinen Wagen zerkratzt, du kleine Ratte?»
«Guck doch selbst nach, Pisser.» Bei dem Wort «Pisser» mußte Luke lachen. Seine Schwestern waren ihm beide gewachsen, aber Carole verfügte über einen größeren Schatz an Schimpfwörtern. Diese gespielte Feindseligkeit war immer noch besser als der Schmerz – zumindest für eine Weile.
«Hüte deine Zunge, Dr. Klugscheißer. So was sagt eine Frau nicht. Da sieht man, wozu das führt, wenn man unter diese blöden Yankees geht.»
«Ich hab schon geflucht, bevor ich ausgewandert bin.»
«Hm, du kannst von Glück sagen, daß der Wagen keinen Kratzer abgekriegt hat.»
«Läßt du mich mal fahren? Ich mach 'ne kleine Spritztour mit dir, du Held.»
Unter häufigem Schalten schlängelten sie sich durch die Straßen. Carole bog in das reiche Viertel der Stadt ein. Es machte ihr Spaß, hier herumzufahren und zu sehen, wie die andere Hälfte lebte.
«Luke, du mußt aufhören zu trinken. Ich muß morgen zurück an die Arbeit. Mutter braucht dich, und zwar nüchtern. Hast du mich verstanden?»
Luke brummte.
«Du hast einen Mund. Gebrauch ihn.»
«Ich hab dich verstanden. Himmel noch mal. Ich hab dich verstanden. Du mußt mir nicht sagen, daß ich ein Arschloch bin. Das weiß ich längst.»
«Lukie, guck dir das Haus da an. Meine Güte, da drin könnte

man ein kleines Bataillon einquartieren. Kannst du dir vorstellen, so zu wohnen?»

«Ach Scheiße, Carole, das ist gar nichts. Du solltest die Schlösser in Europa sehen. Das nenn ich Lebensart.»

«Während du die Nazis verdroschen hast, hättest du vielleicht ein kleines Schlößchen für dich und die Familie organisieren sollen.»

«Tja.»

«He, was ist das für ein Mikro hier am Lenkrad?»

«Nimm's und sprich was Unanständiges rein, dann wirst du's schon merken.»

«Du hast sie nicht mehr alle. Ist das wieder einer von deinen Scherzen?»

«Nein. Mach schon, sag was – warte, bis wir bei dem alten Knakker da drüben an der Ecke sind.»

Als sie sich dem weißhaarigen Herrn näherten, sagte Carole auf Drängen ihres Bruders eines der Lieblingsschimpfwörter aus ihrer Kinderzeit: «Furzblüte.»

Zu ihrer Verwunderung und größten Verlegenheit plärrte das beleidigende Wort so laut aus dem Auto, daß alle Welt es hören konnte und der Himmel obendrein. Das Kinn des alten Herrn klappte herunter wie die Gangway bei einem amphibischen Landungsunternehmen.

«Luke!» Carole trat aufs Gaspedal und floh mit quietschenden Reifen vom Schauplatz ihres Verbrechens.

«Gib her.»

«O nein, laß das. Ich weiß, was du vorhast. Luke, gib's mir wieder. Los, gib her.»

«Pustekuchen.»

Luke, ein geschickter Handwerker, hatte Lautsprecher neben seiner Hupe installiert. Zu seinem unendlichen Vergnügen konnte er damit ausnahmslos jeden aus der Fassung bringen.

«Paß auf, wie ich den dämlichen Cadillac da vorne drankriege. He, Sie. He, Sie in dem teuren Stück Scheiße. Fahren Sie rüber. Ja, Sie in dem blauen Cadillac, hier spricht Richmonds neue polizeiliche Luftüberwachung. Sie verstoßen gegen Paragraph 84A. Halten Sie am Straßenrand, ein Wachtmeister ist unterwegs, um Sie zu empfangen. Versuchen Sie bloß nicht abzuhauen. Wir haben Ihre Zulassungsnummer.»

Der Fahrer des Wagens fuhr an den Rand und steckte den Kopf aus dem Fenster, um nach dem neuen Tiefflieger zu sehen. Als der kleine Chevrolet vorbeifuhr, saß er immer noch da und wartete auf die Polizei. Luke schlug sich johlend auf seinen muskulösen Schenkel. «So was Blödes. Herrgott, die Leute sind so blöd, daß sie Scheiße kaufen würden, wenn man sie in rotes Zellophan wickelt. Guck dir den reichen Fiesling an, der sitzt immer noch da.» Sein Gesicht leuchtete, hochrot vor Triumph und Gelächter.

«Luke, du bist unschlagbar. Jetzt gib's wieder her.»

«Nee, du kriegst es nicht. Ich will mir 'n Spaß machen.»

«Gib's mir. Ich versprech dir, daß ich mitspiele.»

«Und das soll ich dir glauben?»

«Ehrlich, Luke. Siehst du die ältere Dame mit dem Federhut, die da drüben geht?»

«Klar, ich bin ja nicht blind.»

«Du sagst, du bist die Stimme Gottes und sprichst mit tiefer Stimme wie ein Prediger. Ich fahr langsam vorbei. Und wenn du sie heiliggesprochen hast, gibst du mir das Mikro.»

Als sie sich ihrem Ziel näherten, war Luke so aufgeregt, daß seine Stimme in den Keller sackte. «Schwester, Schwester, die Stimme des Herrn ruft dich. Kannst du mich empfangen, Schwester?»

Bei dem Wort *empfangen* zuckte Carole zusammen. «Die hat doch kein Funkgerät.»

Luke verstand. «Schwester, hörst du die Stimme des Herrn, deines Gottes, Herr der Hostien, Vater des Lamms?»

Der rosafarbene Hut der Frau hüpfte bejahend auf und ab. Da sie noch nicht auf gleicher Höhe mit ihr waren, konnten sie den verwunderten Ausdruck in ihrem runden Gesicht nicht sehen.

«Schwester mit dem rosafarbenen Hut, ich habe mich dir gezeigt, um dir zu sagen, du – ja, du, du – gute Frau, du mußt dieses gottlose Land erretten. Führe deine Brüder fort von der Verehrung des Mammon, führe deine Brüder auf den Pfad der Gerechtigkeit. Betrachte dein früheres Leben als tiefe Umnachtung, wie Jonas, verschluckt vom Walfisch der Habgier, Selbstsucht und Gehässigkeit. Und nun gehe hin, gute Frau, gehe hin und verbreite meine Botschaft in ganz Amerika.»

Als sie an der verdatterten Frau vorbeifuhren, bemerkten sie ihre zu Tode erschrockene Miene. Luke fing an zu kichern, aber er war vernünftig genug, die Hand über das Mikrophon zu legen.

«Schwester, wenn du nach meinem Willen handeln willst, fall auf die Knie und preise meine Herrlichkeit.»

Sie fiel nieder wie eine angeschossene Hirschkuh, warf die Hände über den Kopf und stieß zitternd ein «Gelobt sei der Herr» aus.

Carole riß Luke das Mikrophon aus der Pranke und setzte noch eins drauf: «Schwester, Engel Carole spricht jetzt zu dir. Folge der Botschaft des Herrn, deines Gottes. Errette dein Volk aus Sünde und Zerstörung. Schwester, ich überlasse dich nun dem Kampf mit dem Fürsten der Finsternis und seinen Dienern. Sing mit mir, singe weiter, wenn meine Stimme verklingt. Nein, nein, auf die Knie, Schwester, erhebe dich noch nicht. Wenn meine Stimme verklingt, denke daran, der Herr hat dich berührt.» Mit erstaunlich vergeistigter Stimme sang Carole: «Näher mein Gott zu dir», und als sie um die Ecke bogen, lag die Frau auf den Knien, die Hände an den wogenden Busen gedrückt, und sang das Loblied, während ihr der Schweiß von der Stirn rann.

Außer sich vor Übermut, fuhren Schwester und Bruder nach Hause; sie hatten kaum den Wagen und noch weniger sich selbst unter Kontrolle. Als sie vor dem baufälligen, aber sauberen Haus hielten, kniff Carole ihren Bruder in den Arm. «Himmel, war das lustig!»

«Wetten, die Frau baut genau an der Stelle ein Predigtzelt auf.» Luke bog sich vor Lachen und sagte ohne zu überlegen: «Scheiße, ich wünschte, Margie hätte das sehen können.»

«Ich bin sicher, sie hätte sich für die Jungfrau Maria ausgegeben.»

«Ja, ich weiß.» Mit Tränen in den Augen wandte Luke sich Carole zu. Sie legte ihre Arme um ihn und küßte ihn zärtlich auf die Wange.

Als Luke sie am nächsten Tag verabschiedete, schwor er: «Kein Schnaps mehr, Schwesterchen. Ich paß auf das alte Mädel auf. Komm du öfter nach Haus. Ich mein's ernst.» Und er hielt Wort.

Auf der langen Rückfahrt nach New York dachte sie an ihren Bruder und an den Preis, den Männer dafür bezahlten, daß sie Männer waren. Sie dachte an Lukes Zärtlichkeit und seinen Sinn für Humor. Er sah aus wie ein Grizzlybär und gebrauchte sein furchteinflößendes Äußeres, um die Sanftheit in seinem Innern zu verbergen. Von uns dreien ist Luke Mom am ähnlichsten, dachte sie. Margaret schlich sich leise in ihre Gedanken. Margaret, der dunkeläugige, phantasievolle, irrlichternde Kobold, schillernd wie eine Libelle – wir Amerikaner wünschen uns immer ein Happy End, und der Tod verweigert es uns. Ich habe mein Leben lang vom Tod nichts wissen wollen, aber du, Margaret, dir selber treu wie im Leben, hast mir gezeigt, wie dumm ich bin. Er wird zu mir kommen, genau wie er zu dir kam, meiner angebeteten großen Schwester.

Carole lehnte sich gegen das Fenster und sah die Rot- und Gelbtöne des Herbstes. Die Ostküste schmückte sich noch einmal, bevor sie nach und nach die Winterkleider anzog. Schwindlig von der Kraft der Farben, dachte Carole gegen ihren Willen weiter: «Sie wird es nie mehr sehen. Warum? Warum? Ich verstehe es nicht. Ich kann es nicht verstehen. Warum mußte Margaret sterben? Warum müssen wir alle sterben? Ein grausamer Scherz. Von jetzt an will ich doppelt leben. Ich will für Margaret und mich leben. Ich will für jede strahlende, lachende Person leben, die vor der Zeit dahingerafft wurde. Wenn es ein Geheimnis der Toten gibt, komm zurück zu mir und sag's mir, Margaret. Wenn es ein Geheimnis des Lebens gibt, o bitte sag es mir. Wissend oder un-

wissend, ich werde leben, ich will leben, ich muß leben. Das Leben ist das Prinzip des Universums. Leben!»
Von dieser ungewohnten Gefühlsaufwallung erschöpft, schlief sie ein und wachte erst auf, als der Schaffner sie anstupste. «New York City, Miss.»
Als Carole schlaftrunken ihr Gepäck einsammelte und mühsam aus dem pfeifenden Zug stieg, sah sie zu ihrer Überraschung Adele, die sie mit Armen voll Blumen, Büchern und Schallplatten erwartete. Dies war einer der glücklichsten Augenblicke in ihrem ganzen Leben.

Als eine Frau mit Kräuselhaaren und einem über und über mit Silbersternchen bemalten Gesicht sie anrempelte, wurde Carole schlagartig wieder in die Gegenwart versetzt, verblüfft über ihre lange Reise. Sie legte die Arme um sich selbst, nicht weil sie fror, sondern um sich zu überzeugen, daß sie wirklich hier war, im Jahre 1976, mitten unter diesem Chaos der Kostüme. Ja, dies war die lebendige Gegenwart. Keine Epoche der Vergangenheit hätte so aussehen können. Als sie ihren Brustkorb betastete, fühlte sie, wie wunderbar sie geschaffen war. Eine Sekunde lang konnte sie sich an Ilses Stelle versetzen und spüren, wie es sein mußte, diese Rippen zu berühren, den muskulösen Bauch, das Wunder des Fleisches.
«Wir müssen uns in Zukunft etwas weniger stürmisch in die Arme fallen.» Ilse küßte sie.
«Du hast zu viele alte Filme gesehen», sagte Carole, froh, sie zu sehen.
«Nein, ich mach dich nach.»
«Eure Fete ist ein voller Erfolg.»
«Wie immer. Wir machen das alle zwei Wochen. Heute war ich mit der Organisation an der Reihe, du weißt schon, Rotation.»

«Mußt du die ganze Zeit hierbleiben?»
«Nein, ich hab alle Vorbereitungen getroffen und ein paar Stunden Türsteherin gespielt. Jean O'Leary bleibt bis zum Schluß.»
«Kann sie sie rausscheuchen?»
«Von diesen Frauen sind so viele in sie verschossen, die bleiben bestimmt ewig. Vielleicht sollte ich nach Hause gehen und meinen Kassettenrecorder holen, damit ich sie mit Flötenmusik rauspfeifen kann. Willst du gleich gehen, oder wollen wir ein bißchen tanzen?»
«Laß uns gehen.»
«Okay. Ich bin die letzten Wochen sowieso oft genug hier gewesen.»
Louisa May Allcat sauste die Treppe hinunter und zockelte gemächlich wieder hinauf, zufrieden mit ihrer Fluchtübung.
«Louisa, trödel nicht so. Los, rein mit dir.»
Caroles Drängen zeitigte natürlich die gegenteilige Wirkung. Das Tier setzte sich auf die dritte Stufe von oben, erfreut über seine Macht, Menschen zu ärgern.
«Ilse, halt mal kurz die Tür fest. Louisa May spielt sich wieder auf. Je später ich nach Hause komme, desto länger bleibt sie hier draußen sitzen.»
Carole hob das rundliche Tier auf den Arm und setzte es neben seine Futterschüssel. Louisa May genoß die Beachtung, und das Geräusch der klappernden Futterschüssel lockte die verschlafene Pussblossom unter dem Sofa hervor. Ilse tätschelte den hochgestellten Schwanz und sah sich in der Wohnung um. Sooft sie nun schon hier war, sie konnte sich nicht daran gewöhnen. Alles war zu durchdacht, zu üppig. Obwohl es viel phantasievoller war als ihr Elternhaus in Brookline, Massachusetts, etwas an der Vollkommenheit dieser Wohnung störte sie. Das Vorderzimmer ging auf die 73rd Street hinaus; die Blendläden vor den Fenstern stammten noch aus der Zeit, als das Haus gebaut wurde, was so um 1890 gewesen sein mußte. Ein Orientteppich wärmte den Fußboden. Ein beigefarbenes Sofa aus den dreißiger Jahren mit riesigen, gerollten Armlehnen war von zwei beigefarbenen spani-

schen Sesseln flankiert. Auf dem Couchtisch aus Glas und Chrom, der zwischen dem Sofa und den Sesseln stand, lag das rosafarbene Gehäuse einer Nautilusmuschel, in der Mitte aufgeschnitten, so daß die makellosen, perlmutternen Kammern zu sehen waren. Ein umgedrehter, polierter Schildkrötenpanzer diente als Aschenbecher. Die raffinierte Farbgebung lenkte Ilses Blick auf die von Farben lodernden Wände. An einer Wand hing eine prachtvolle, mit Federn besetzte Flagge aus Peru in schillerndem Dunkelgrün und Krickentenblau. Adele, die selbst eine besaß, hatte sie Carole geschenkt, um sie daran zu erinnern, daß die Inkas im Mittelalter zivilisierter waren als die barbarischen Bewohner des Westens. Als Ilse zum erstenmal in der Wohnung gewesen war, hatte Carole ihr erklärt, es sei natürlich kein Original. Andernfalls wäre sie eine Handvoll Rubine wert gewesen, meinte sie lachend. Dieses atemberaubende Stück wurde von zwei Manuskriptseiten aus dem Mittelalter flankiert; das Gold glänzte nach Jahrhunderten noch, das Latein war klar und deutlich. An der Wand gegenüber hingen drei Bilder von neuen Künstlern, die Carole dieses Jahr entdeckt hatte: Betsy Damon, Judy Chicago und Byrd Swift. Die in Konzeption und Ausführung erstaunlichen Arbeiten harmonisierten mit der Flagge und den Manuskriptseiten.

Ilse wußte nicht, wie Carole diese Sachen zusammentrug, doch sie verrieten eindeutig eine ungewöhnliche visuelle Phantasie. Vielleicht war es die nackte Sinnlichkeit des Raumes, die Ilse beunruhigte.

Die Wohnung war eigenartig geschnitten. Man trat in einen winzigen Flur und stand vor einer ebenso winzigen Küche. Das Vorderzimmer lag rechter Hand, links war ein geräumiges Arbeitszimmer mit Marmorkamin, dahinter ein kleines Schlafzimmer, von dem das Bad abging. Ilse liebte Caroles Arbeitszimmer. Jedesmal, wenn sie es betrat, dachte sie, sie könnte sich hinsetzen und unwiderlegbare Positionspapiere für die Bewegung schreiben. Der Kamin befand sich in der Zimmermitte, darüber hing ein riesiges Kirmes-Glücksrad. Die Katzen liebten es, oben auf dem Kamin zu sitzen, das Rad zu drehen und zuzuhören, wie die kleinen Metallnägel gegen den Gummistopper klackten. Sämtliche Wände, auch die Kaminwand, waren vom Fußboden bis zur Decke mit Regalen bestückt, in denen die Bücher dicht an dicht standen. Ein polierter, schlichter Feldschreibtisch beherrschte die Zimmermitte gegenüber dem Kamin. Die Messinggriffe glänzten, das edle Holz war mit den Jahren nachgedunkelt. Carole fragte sich oft, wer ihn besessen haben mochte, Napoleon oder Wellington? Sie hätte gern gewußt, auf wessen Seite er gehörte. Ein gewaltiges Wörterbuch lag in Reichweite auf einem kleinen Podium links vom Schreibtisch. Eine elektrische Schreibmaschine, eine Smith Corona, nahm die rechte Seite des Schreibtisches ein; in der Mitte lagen zwei saubere Stapel Papier. Ein Tintenfaß aus glänzendem Messing enthielt zwei Montblancfüller. Trotz der zahlreichen Bücherregale warteten riesige Bücherstapel geduldig auf dem Fußboden, bis Carole sich aufraffen würde, auch im Schlafzimmer Regale zu bauen. Ein großes Fenster hinter dem Wörterbuch ging auf den Garten der darunterliegenden Wohnung hinaus.

Trotz ihrer Leidenschaft für Carole blieb Ilse immer zuerst einen Moment im Arbeitszimmer, bevor sie in das kleine Schlafzimmer stürmte. Carole hatte hinter einer schmalen Bodenleiste Lampen montiert, so daß das indirekte Licht über die Füße streifte und einem das Gefühl gab, im Nebel zu schweben oder zu gehen. Auf dem schlichten Doppelbett in der Mitte lag eine Tagesdecke aus dunkelbraunem Knittersamt. Zwei Feldtruhen rechts und links enthielten Kleidungsstücke, der Rest hing in dem kleinen Schrank. Die Wände waren kahl, nicht aber der Fußboden. Ein paar kurvenreiche Skulpturen ragten aus den Nebelwolken auf.

Obwohl erschöpft, war Ilse immer noch aufgedreht. Die Organisation der Fete war anstrengend gewesen. Carole brachte ihr ein Sandwich und ein kaltes Bier. Sie setzten sich ins Wohnzimmer.

«Jedesmal, wenn ich hier bin, macht diese Wohnung mich fertig.»

«Wenn du so was sagst, weiß ich nicht, ob es ein Kompliment oder eine Beleidigung ist.»

«Sie hat so gar nichts Bürgerliches. Ich meine, hier ist alles Leichtigkeit und Klasse.»
Carole seufzte. Ilse hatte entschieden etwas gegen Behaglichkeit.
«Na und? Ich dachte, in Revolutionen wurde für ein bißchen Bequemlichkeit und ein paar Vorteile gekämpft.»
Ilse rutschte nach vorn auf die Kante ihres Sessels. «Das ist nicht alles. Freiheit ist genauso wichtig, vielleicht noch wichtiger.»
«Das ist ein schwer definierbarer Begriff. Sind die Russen frei?»
«Du kannst das, was wir wollen, nicht mit anderen Revolutionen vergleichen. Das waren männliche Machtfanatiker, erinnerst du dich? Wir werden mehr erreichen.»
«Ich erinnere mich, aber ich weiß trotzdem nicht, was Freiheit bedeutet, wenn jemand es ausspricht. Im Mittelalter bedeutete es Verantwortungslosigkeit. Die Gesellschaft, das war eine Folge beschränkter Privilegien zum Nachteil aller, bis auf wenige Ausnahmen. Politische Freiheit bedeutete Freistellung vom Gesetz. 1917 in Rußland bedeutete sie die Diktatur des Proletariats, und heute in Amerika ist Freiheit zur bloßen Konsumwahl verkommen. Und jetzt sag mir, was du meinst.»
Ilse trank einen Schluck Bier, warf den Kopf zurück und starrte Carole an. Wollte sie streiten oder reden?
«Freiheit bedeutet das Recht zu wählen, wie du leben willst, und das Recht der Beteiligung an staatlichen und wirtschaftlichen Beschlüssen. Du hast recht, es gibt eine Verschmelzung von politischer Freiheit und materiellen Vorteilen. Aber für mich bedeutet Freiheit, das eigene Umfeld zu gestalten, mit anderen zu arbeiten. In meinem Begriff von Freiheit sind wir uns alle gegenseitig verantwortlich.»
«Das kommt meiner Auffassung sehr nahe. Ich weiß nicht, wie wir es anpacken, aber wenn es das ist, wofür die Bewegung eintritt, wie kann dann irgendjemand dagegen sein?»
«Die Schweinehunde ganz oben sind dagegen. Sie verleumden die Frauenbewegung als männerfeindlich, damit die Leute sich vor uns fürchten und nicht hören wollen, was wir zu sagen haben. Ich will die Männer nicht einfach davonkommen lassen. Aber einen

Mann für seine Rolle bei der Unterdrückung der Frau verantwortlich machen und männerfeindlich sein ist zweierlei.»
Carole rutschte nach vorn. «Mir scheint, ihr seid alle gut im programmatischen Analysieren dessen, was falsch und was schwach ist.»
Ilse zuckte zusammen und legte ihr Sandwich auf den Teller; ihre Stimmlage schnellte etwas in die Höhe. «Carole, wir sind neu. Als politische Idee existieren wir erst seit ungefähr 1968. Gib uns ein bißchen Zeit.»
«Was soll das heißen? Was glaubst du, was die Suffragetten um die Jahrhundertwende gemacht haben? So viel weiß sogar ich.»
«Das ist nicht dasselbe. Sie wollten eine Beteiligung an der Regierung. Sie haben sich aufs Wahlrecht versteift. Sie dachten, mit dem Wahlrecht wäre wirklich etwas erreicht. Sie bekamen es schließlich 1920, und dann spaltete sich die Partei. Die meisten Frauen sagten, wir haben, was wir wollen; die klügeren sagten, nein, haben wir nicht, wir brauchen Gleichberechtigung. Scheiße, der verdammte Gleichberechtigungsparagraph steht noch immer nicht in der Verfassung.» Ilse wurde leidenschaftlich. Sie konnte nicht ohne Wut an die Vergangenheit denken, obwohl sie kein Teil von ihr war. «Aber das sind alte Kamellen. Ich will keine Beteiligung an dieser korrupten Regierung. Ich will keine General-Motors-Aktien. Ich will mich nicht an dem Leid in Vietnam bereichern. Der Krieg ist aus. Ein mieser Witz! Ich will eine neue Regierung, eine Demokratie, eine echte Volksherrschaft.»
Carole faßte Ilse an der Schulter und versuchte, sie zu beruhigen. «Liebes, ich glaube dir. Ich weiß nur nicht, wie das zu machen ist.»
«Auf jeden Fall nicht, indem wir uns voneinander abschotten, dieser alte amerikanische Quatsch von Individualismus. Vielleicht ist es das, weswegen diese Wohnung mich fertigmacht. Ich meine, sie ist so individuell. Und warum mußt du so viel Miete bezahlen? Ich wette, du zahlst vierhundert Dollar oder mehr für

die Wohnung.» Ilse war wütend über ihre eigene Hilflosigkeit und ließ ihren Zorn an Carole aus. «Und wozu ist eine Kunsthistorikerin der Welt eigentlich nütze?»
Verblüfft über den heftigen Ausbruch, ließ Carole ihre Hand fallen. Im ersten Impuls wollte sie kontern, aber sie durfte nicht vergessen, daß Ilse nach einer anstrengenden Woche überarbeitet war, daß sie zwanzig Jahre jünger war und daß sie, Carole, das Engagement der jüngeren Frau respektierte, auch wenn sie nicht immer ihrer Meinung war. Außerdem konnte es sein, daß dies alles sich schon seit geraumer Zeit aufgestaut hatte.
«Ilse, wozu bin ich der Welt nütze, wenn ich in die Slums zurückgehe? Sei vernünftig.»
«Was meinst du mit ‹in die Slums zurückgehen›?» fragte Ilse mißtrauisch.
«Ich habe für alles, was ich besitze, gearbeitet. Ich hatte nicht von Haus aus Geld. Ich bin während der Wirtschaftskrise in Richmond, Virginia, aufgewachsen – als eins von drei Kindern. Wir haben im Armenviertel gewohnt. Es war ein richtiger Slum, auch wenn wir's selbst vielleicht nicht so genannt haben. In den letzten zehn Jahren, ungefähr seit meinem vierunddreißigsten Lebensjahr, bin ich in der Lage gewesen, für mich selbst etwas anzuschaffen. Bis dahin habe ich Darlehen zurückgezahlt und meinen Eltern etwas zu ihren Krankenhausrechnungen zugeschossen, bis sie starben. Du lernst andere Menschen kennen und denkst, ihr Leben sei statisch. Ich habe für dies alles gearbeitet. Ich habe dabei niemandem geschadet und habe die unterstützt, die mir am nächsten standen. Warum sollte ich ein schlechtes Gewissen haben?»
«Man kann sich überhaupt nicht vorstellen, daß du aus den Slums kommst. Du bist viel zu kultiviert», sagte Ilse mit etwas sanfterer Stimme. «Adele vielleicht, aber du doch nicht.»
«Wenn du so weiter machst, wirst du noch ein radikaler Single.»
«Ach komm, Carole, arme Leute benehmen sich nicht so wie du.»
Das brachte Carole erst recht in Rage. «Verdammt, wer bist du, daß du an meinen Worten zweifelst? Verdammt, wer bist du, daß

du Verhaltensmuster für Leute festlegst, von denen du nichts weißt? Wie kannst du es wagen anzunehmen, daß arme Leute dumm und unsensibel sind und sich nicht auszudrücken wissen!»

«Das hab ich nicht gesagt.»

«Das war auch gar nicht nötig. Du hast es angedeutet. Lauter Klischees. Das ist genauso schlimm wie das, was die Männer den Frauen antun. Daß wir nichts besaßen, heißt noch lange nicht, daß wir keinen vollständigen Satz zustande kriegten, im Dreck lebten und regelmäßig jeden Samstagabend Schlägereien hatten. Und selbst wenn ich so gelebt hätte – trau mir, trau allen Menschen ein bißchen was zu – wir können uns ändern, weißt du. Du hast mir hundertmal vorgejammert, daß sich eurer Bewegung fast ausschließlich weiße Frauen aus dem bürgerlichen Mittelstand anschließen. Kein Wunder. Ihr habt andere Frauen beleidigt. Erzähl mir bloß nicht, wie ich mich zu verhalten habe, meine Liebe. Fang bloß nicht an, meine Vergangenheit umzudichten. Die Revisionisten kannst du Rußland überlassen. Zwischen armen Leuten gibt es mehr Unterschiede als zwischen Leuten des Mittelstandes. Weißt du das nicht? Ich bin anders als eine arme Waise, die auf den Feldern von South Carolina aufgewachsen ist. Du hast ein einziges Klischee, das du uns allen überstülpst, und wenn du eine Frau triffst, die in Armut aufgewachsen ist, erkennst du sie wahrscheinlich nicht mal. Es gibt keinen schnelleren Weg, die Leute gegen sich aufzubringen, als irgendwelche Rechtfertigungen für ihre Vergangenheit zu verlangen.»

«Ich – also… Ich hatte keine Ahnung, daß du so viel über Rußland weißt.»

«Um Himmels willen, Ilse, ich war keine Dreißig, als die Panik vor den Roten auf dem Höhepunkt war. Ich habe mich redlich bemüht, etwas zu lernen. Deine Generation ist nicht die einzige, die Marx gelesen hat.»

«Oh.»

Der Raum vibrierte wie ein Blitzableiter, nachdem es eingeschlagen hat. Langsam legte sich die Spannung.

«In den fünfziger Jahren habe ich Material zur russischen Geschichte gewälzt. Um ehrlich zu sein, Marx hab ich erst vor vier Jahren gelesen. Das ist eine komische Geschichte. Es war an meinem vierzigsten Geburtstag, ein großer Tag. Adele gab eine Party für mich, und hinterher saßen wir zum Ausklang in ihrem Wohnzimmer. LaVerne hat mit der ganzen Sache angefangen. Sie hatte irgendeine dämliche Börsen-Software mitgebracht, die vielversprechend aussah, wegen des Computer-Booms. Das ging damals ab wie eine Rakete und fiel gleich darauf mit einem dicken Platsch auf die Erde. LaVerne wäre fast gestorben und zog pausenlos über die Wirtschaft her. Ich äußerte meine Unwissenheit über Wirtschaftsangelegenheiten, und Adele sagte, sie wisse auch nicht richtig, wie das funktioniert. LaVerne ist die schlauste von uns allen, und sie erklärte kurz den Börsenmarkt, so daß ich ein bißchen durchblickte, aber sie wußte auch nicht, wie Waren von einem Land zum anderen gelangen oder was Gold mit alledem zu tun hat. Da saßen wir und sahen uns an, drei erwachsene Frauen in ökonomischer Finsternis. Darauf schlug LaVerne vor, wir sollten jede ein Buch lesen und den anderen erzählen, was drinsteht, wie Inhaltsangaben auf der High-School. Sie schnappte sich Keynes, Adele nahm Galbraith und ich Marx. Ich verschlang das *Kommunistische Manifest*, fand es total einfach und dachte, ich hätte den absoluten Durchblick. Daraufhin hatte ich einen Frontalzusammenstoß mit *Das Kapital*. Hast du es gelesen?»

«Nein, aber ich habe Interpretationen und so was gelesen.»

«Du meinst, ich habe *Das Kapital* gelesen und du nicht?» Carole tätschelte Ilses Wange.

«Zieh mich nicht auf.» Sie küßte Caroles Hand. «Seid ihr drei zu keinem Schluß gekommen?»

«Doch. Die Reichen werden reicher, und die Armen werden ärmer, und das hatte mir meine Mutter schon gesagt.» Carole lachte.

«Du kannst dir einen guten Spruch nie verkneifen.»

«Ilse, sei nicht so verbiestert. Ich hab mich ein bißchen mit Arbeit, Wert, Nutzen, Akkumulation beschäftigt, aber Wirtschaft ist nicht mein Fach. Wir haben unsere Bücher gelesen. Wir haben uns zuerst selbst und dann gegenseitig informiert. Ich beobachte, was vorgeht, aber wie gesagt, es ist nicht mein Fach. Ich bin ein aufgeweckter Laie.»

«Bist du Marxistin?»

«Wer weiß. Ich glaube, Marxisten brauchen ihren eigenen ökumenischen Rat, um die Gläubigen neu zu gruppieren. Ich stell sie mir gerne als eine Art weltlicher Jesuiten vor. Marx hat uns einen neuen Blick auf die Welt gegeben, und er hat mich eindeutig belehrt. Aber einiges, was er geschrieben hat, ist über hundert Jahre alt. Wir brauchen etwas, das uns heute nützt. Du solltest mich mittlerweile gut genug kennen, Ilse, um zu wissen, daß ich nichts kritiklos hinnehme. Und wie gesagt, ich bin keine Volkswirtschaftlerin. Ich weiß nur, als Marx die Arbeiter der Welt aufrief, ihre Ketten zu sprengen, da dachte ich, gut, dann können die Vereinigten Staaten sie als Alteisen verkaufen.»

Ilse mußte unwillkürlich lachen. Der Streit raubte ihr den letzten Funken Energie. Während sie immer müder wurde, legte Carole erst richtig los.

«Was mir beim Lesen noch auffällt, ist, daß anscheinend jede politische Organisation auf der Vorstellung von einem äußeren Feind gegründet ist», fuhr sie fort.

«Tja...»

«Nicht, daß der Zar nicht der Feind gewesen wäre oder Dupont etwa heute kein Feind wäre, aber etwas an dieser Vorstellung beunruhigt mich. Sie ist naiv. Es gibt Schlimmeres als einen äußeren Feind: einen inneren Feind.»

«Carole, ich bin nicht sicher, daß ich dir folgen kann. Mir wird ganz schwummrig.»

«Dann laß uns ins Bett gehen. Komm.» Sie legte ihren Arm um Ilses Taille, und so gingen sie ins Schlafzimmer. «Weil ich gerade dabei bin, laß mich das schnell zu Ende führen. Wir denken in Schablonen. Brasilianer haben eine brasilianische Art, etwas zu tun, und als Franzose hat man wahrscheinlich immer etwas ausgesprochen Gallisches an sich.»

«Frau», verbesserte Ilse.
«Okay, frau. Wir lassen uns von Ideen leiten, die nicht in Frage gestellt werden. Deswegen schlagen Revolutionen fehl. Rußland hat noch immer so etwas wie einen Zaren. Es könnte sogar sein, und hierin werden mir deine meisten Freundinnen widersprechen, aber es könnte sogar sein, daß an den scheinbar über jeden Zweifel erhabenen Erkenntnissen der Frauen nicht alles gut ist. Wir sind Frauen, aber wir sind auch Amerikanerinnen, oder? Ich wette mit dir um zehn Donuts, daß deine Ideen von Feminismus und davon, wie Demokratie zu erreichen ist, sich stark von den Vorstellungen einer Japanerin unterscheiden.»
«Das ist mir zwar nicht alles ganz klar, aber soweit ich's kapiere, hört es sich einigermaßen überzeugend an. Ich weiß bloß nicht, wie wir rauskriegen, was wir in Frage stellen sollten.»
«Durch Reisen.» Carole schlüpfte ins Bett, und Ilse, die Augen halb geschlossen, legte den Kopf an ihre Schulter.
«Eins noch», fuhr Carole fort.
«Hm?»
«Adele stammt aus einer der vornehmsten Familien von St. Louis. Ihr Vater ist Rechtsanwalt, und arm sind sie nie gewesen.»
«Oh», murmelte Ilse. «Bist du je mit Adele ins Bett gegangen?»
«Nein.»

Fred Fowler genoß die erste Fachbereichsversammlung des Herbstsemesters. Für ihn war es der wichtigste Teil des Studienjahres, und er fand, jeder Herbst sei wie das Umwenden eines neuen Blattes. Er war weder ein besonders tüchtiger Verwalter, noch vertrat er eine bestimmte Richtung, doch wenn es keinen Fluchtweg gab, war er zu enormen Energieschüben fähig. Da die Fakultät ständig von irgendwelchen Krisen gebeutelt wurde, arbeitete Fred hart. Die Versammlung war auf drei Uhr

angesetzt. Fred scheuchte seine Sekretärin herum. Standen die Aschenbecher auf dem Tisch? War der Eiseimer bereit? Fred fand, Alkohol schmiedete die Gruppe zusammen, ölte die Zahnräder der Fakultät.
Carole fegte aus der Fahrstuhltür und stieß beinahe mit ihm zusammen, als er wie ein geistesabwesender Langstreckenläufer durch den Flur rannte, zuerst in die eine Richtung, dann in die andere.
«Hoppla, Professor Hanratty, Sie führen ein gefährliches Kielwasser.»
«Verzeihung, Chef, das ist heute schon das zweite Mal, daß ich knapp einem Zusammenstoß entgangen bin.»
«Meine Güte, hoffentlich war es nichts Ernstes.» Er war begierig, sie zu trösten, sofern es eine Schauergeschichte gäbe. Fred war ungeheuer gut im Oh-ist-das-nicht-furchtbar-Spiel.
«Nein, nichts dergleichen. Als ich aus dem Haus stürzte, habe ich Mr. Dutton plattgedrückt, der gerade hineinstürzte.»
Dutton war ein unangenehmer alter Junggeselle um die fünfzig. Carole war überzeugt, daß er in jüngeren Jahren Gigolo gewesen war, denn er besaß einen rotzigen Charme, der vermutlich auf ältere, einsame Frauen wirkte. Dutton bewohnte das Gartenapartment. Häufig trippelte er mit seinem alternden Pekinesen die East Seventy Street auf und ab, umwölkt von teurem Rasierwasser. Carole konnte er nicht ausstehen, weil sie ihn nicht beachtete. Schlimmer noch, als er eines Tages seinen Hund von der Leine ließ, sprang der in den zweiten Stock hinauf, gerade als Carole ihre Wohnungstür öffnete. Louisa May, bereit zu ihrer großen Fluchtnummer, stürmte hinaus und bremste, als sie das winzige Tier sah. Kaum hatte sie erkannt, daß es sich wahrhaftig um einen Hund handelte, sträubte sie sich zu ihrer doppelten Größe und verdrosch ihn nach Strich und Faden. Dutton raste die Treppe hinauf, erblickte die blutende Nase seines Hundes und schleuderte Louisa May in schrillem Falsett «grausames Raubtier» entgegen. Sollten irgendwelche Arztrechnungen zu begleichen sein, werde Carole von ihm hören. Carole dachte sich, ein

Typ wie Dutton würde aus jeder Frau auf die eine oder andere Art Geld herausschlagen. Als sie heute mit ihm zusammengeprallt war, hatte sich sein automatischer Regenschirm geöffnet, und Dutton war im Türrahmen steckengeblieben.

Als alle acht Professoren im Raum versammelt waren, hob Fred zu seiner Herbstrede an: «Schön, daß Sie wieder da sind. Ich hoffe, Sie hatten alle einen angenehmen, anregenden Sommer. Wenn wir nachher zum Geschäft kommen, wird Bob Kenin uns vielleicht informell über den Fortschritt der Restaurierungen in Florenz unterrichten.» Bob nickte. «Da dies unsere erste Versammlung ist, haben wir einen reinen Tisch, abgesehen von der Kontroverse innerhalb der Fakultät über die Zensurenvergabe. Der Punkt ist für Erstsemester abgehakt, aber, wie Sie sich vielleicht erinnern werden, auf unserer letzten Versammlung vor dem Sommersemester wurde große Besorgnis über die Anwendung dieses Systems auf unsere höheren Semester laut, die *crème de la crème*, haha.» Nervöses Lächeln, bis der alte Professor Stowa zurücklächelte. «Ich schlage vor, wir lesen die beiden Statements, die unsere Vertreter der verschiedenen Standpunkte verfaßt haben, dann können wir heute in zwei Wochen über die Sache diskutieren. Womit ich natürlich nicht andeuten möchte, daß die Angelegenheit durch eine Debatte geregelt wird. Die Zensurenvergabe ist zum einen eine komplexe moralische Streitfrage, zum anderen geht es um den Schutz des Qualitätsstandards unserer Fakultät, daher habe ich das Gefühl, daß wir es mit der Spitze eines Eisberges zu tun haben. Blablabla...»

Bei Eisberg schaltete Carole ab. Sie starrte Fred an, der sich an seiner Wichtigtuerei weidete und dem Alkohol reichlich zusprach. Durch die Metaphern, die sie benutzen, verraten die Leute, wie ordinär ihr Verstand ist, dachte sie. Gleich wird er sagen, ‹an dieser Klippe im Strom der Zeit›. Wenn's keine Metaphern sind, dann sind's Adjektive. Adjektive sind der Fluch Amerikas. Gestern hat eine Zeitung Chris Williamsons neues Album mit den Worten besprochen, ‹eine sinnliche, vollblütige, betörende Stimme. Ms. Williamson bringt das Innere deines kühlen Kopfes mit ihrem vollkommenen heißen Sound zum Schwingen. Das Album verdient vier Sterne.› Herrgott, warum hat er nicht einfach geschrieben: ‹Sie ist großartig.› Ich dachte, Bezahlung nach Worten sei mit Dickens ausgestorben. Die Menschen müssen andauernd beschreiben, modifizieren, qualifizieren. Oder sie plappern Werbesprüche nach: Probieren Sie, es wird Ihnen schmecken. Ich kann's nicht fassen, ich hab alles aufgegessen. Wie steht's mit Ihrem Liebesleben? Fernsehen ist das Kaugummi des Geistes oder sagte Fred Allen ‹des Auges›? Manchmal denke ich, meine Freunde im dreizehnten Jahrhundert hatten es besser. Sie erlitten nie die Enttäuschung, wenn eine Heimdauerwelle Amok lief. Für sie war ein Spaten ein Spaten, kein ‹Aushebungsinstrument›. Was ist geschehen? Warum können die Menschen die Dinge nicht mehr nehmen, wie sie sind? Müssen sie eine Person oder eine Sache verbalisieren, bevor sie glauben können, daß sie wirklich ist? Verkehrtrum. Alles ist verkehrtrum. Gehängt sei, der da schrieb, ‹am Anfang war das Wort›. Er hat uns um die unverdorbene Erfahrung gebracht.

«...und ich vertraue darauf, daß wir uns alle ins Zeug legen werden.» Fred war fertig. Dreißig Minuten reden belebte ihn ungeheuer, und er klopfte allen, die in Reichweite waren, auf den Rükken, süffelte seinen Whisky und lachte viel zu laut.

Marcia Cagahan, die einzige andere Frau in der Fakultät, kam zu Carole. «Ich sehe, du hast den langen, heißen Sommer überlebt.»

«Es war nicht so schlimm, wie ich dachte. Wie war's in Paris?»

«Wunderbar wie immer, wenn man die Leute ignoriert. Von den Museen kann ich nie genug bekommen. Ich habe einen faszinierenden Abstecher nach Ostberlin gemacht. Das Museum dort ist sehr gut – überragend sogar –, aber die Stadt ist so freudlos. Zwischen Ostberlin und Westberlin ist ein Unterschied wie Tag und Nacht. Weißt du, ich glaube nicht, daß die Russen die Deutschen je vergessen lassen.»

«Und die Amerikaner verzeihen alles, wenn das Volk, das sie beleidigt hat, eine Coca-Cola-Lizenz kauft», bemerkte Carole.

Marcia wollte etwas erwidern, doch Fred, der sich Zentimeter für Zentimeter herangepirscht hatte, erreichte endlich sein Ziel und drapierte nach Art des Chefs je einen Arm um die weiblichen Angestellten.
«Marcia, Carole und ich haben diesen Sommer die Stellung gehalten.»
Marcia konnte ihn nicht betont ignorieren; sie wartete noch auf die feste Anstellung. «Dann war es bestimmt ein erfreulicher Sommer, Fred. Ich weiß, wie sehr Sie Caroles Arbeit schätzen. Wenn Sie mich jetzt entschuldigen wollen, ich muß schnell zum College, Michele abholen.»
Fred wurde plump. «Was dagegen, wenn ich Ihnen eine persönliche Frage stelle, Carole?» Und bevor sie abwehren konnte, dröhnte er: «Wie steht's mit Ihrem Liebesleben?»
«Phantastisch.» Sie machte auf dem Absatz kehrt und ging. Carole war seit sieben Jahren fest angestellt.

Ilse küßte den Muskel, der schräg nach unten zu Caroles Schamhaar verlief. Sie drapierte ihre Haare über Caroles Oberschenkel und fuhr mit den Lippen über ihren Bauch. Ilse liebte es, Carole hinzuhalten. Durch die ältere Frau hatte sie die Wonnen der Zurückhaltung erfahren. Langsam würde sie Carole in ein Meer heißer Fluten verwandeln. Die Gewalt ihrer eigenen Sexualität berauschte sie. Früher hatte sie sich ihre Klitoris als eine rote Eichel vorgestellt, doch jetzt sah sie sie als eine Seeanemone. Sie konnte ihre Lustzentren nicht mehr lokalisieren: Carole ließ ihren Körper zusammenschmelzen. Mit Carole hatte sie ihren ersten Mehrfachorgasmus gehabt, und sie liebte ihre Freundin dafür.
Damals hatten sie in den Kissen gelehnt, und Carole trank eine Cola wie gewöhnlich. Sie sammelte Eiswürfel in ihrem Mund und

küßte Ilses ganzen Körper. Als Carole ihre Lippen zwischen Ilses geöffneten Beinen vergrub, brachen die Dämme ihres alltäglichen Ich. Vielleicht war es der Schock des Eises auf dampfender Hitze, aber Ilse wußte nicht mehr, wo sie aufhörte und Carole anfing. Wenn du erst weißt, wie's geht, ist es leicht, durchzuckte es sie. Sie lernte, willentlich in körperliche Höhepunkte hinein- und wieder hinauszugleiten. Sie spürte eine intensive Bindung an Carole. Wenn sie auf ihr lag, fürchtete sie, ihre Brustkörbe würden sich verkeilen. Ihre Schenkelknochen würden verschmelzen. Sie würden wieder ganz von vorn gehen lernen müssen. Sie zog die Fingernägel an Caroles Körper entlang, schob dann die Arme unter ihre Schultern und umschloß ihren Hinterkopf. Mit steigender Kraft bewegte sich Carole immer weiter in Ilses Körper hinein. Die Pulsader an der Innenseite des Schenkels schlug unter Ilses Klitoris. Das Gesicht an den Hals der großen Frau geschmiegt, spürte sie denselben rasenden Herzschlag unter ihren Lippen, fühlte sich selbst reglos und schwerelos. Als Carole stöhnte: «Jetzt, Ilse, jetzt», war ihr, als glitte sie eine Flutwelle hinunter. Die Schaukelbewegung und die brennende Ader direkt unter ihr berauschten sie; ein Schauer durchlief ihren Körper. Ilse weinte. Sie wußte nicht warum. Wenn sie so zusammen kamen, mußte sie einfach weinen. Ihr Verstand schob Worte beiseite, und die Tränen kullerten an ihrer Nase entlang in ihren Mund. Carole hüllte sie in Liebe ein, küßte sie, leckte das Salz fort. Wenn Carole Ilses Haare streichelte, fühlte sie sich als Beschützerin. Sie wußte, Ilse konnte auf sich selbst aufpassen, aber in diesem Moment beschirmte sie sie, stellten sie sich gemeinsam der Verletzlichkeit, geteilter Verletzlichkeit. Sie überließ es Ilse, den Zauber des Augenblicks zu brechen, wann immer sie bereit war.

«Hast du gewußt, daß Pussblossom sich die ganze Zeit nicht gerührt hat, während wir uns liebten?»

Pussblossom öffnete die Augen einen Schlitzbreit. Sie lag auf dem Rücken, die Vorderpfoten eingerollt, die Hinterbeine gestreckt; der kurze, flaumige Schwanz lag reglos zwischen ihren Beinen. Sie sah aus wie eine Kurtisane.

Carole fuhr ihr mit dem Finger über die Silberwange. «Blossom, schämst du dich nicht?»
Die Katze wandte den Kopf, schloß die Augen und schnurrte.
«Wie war Freddie Fowler heute?»
«Ein aufgeblasener Esel, wie üblich. Hast du dein Treffen überlebt, oder war Olive gar nicht da?»
«Und ob sie da war. Sie ließ eine Tirade darüber los, wie ich die Gruppe leite; Leiterinnen seien elitär, und ich sollte nicht soviel arbeiten. Kaum eine hört noch auf sie, aber sie ist so gerissen, Themen auszusuchen, die ablenken. Wir haben während der ganzen dämlichen Versammlung darüber diskutiert, ob ich eine Leiterin sei oder nicht und was das bedeute. Weißt du, die Trennungslinie zwischen Kollektivität und Chaos ist sehr dünn, und Leute wie Olive überschreiten sie ständig.»
«Vom Standpunkt einer Unbeteiligten begeht eine politische Gruppe ohne Führung Selbstmord.»
«Vor einem Jahr wäre ich nicht deiner Meinung gewesen, aber jetzt sehe ich allmählich, daß nicht alle Leute Verantwortung auf dieselbe Weise definieren und daß nichts geschieht, wenn nicht ein paar die vernachlässigte Verantwortung übernehmen und sozusagen aufheben, was andere zurückgelassen haben. Leuchtet dir das ein?»
«Ja, das leuchtet mir ein. Aber meinst du nicht, Führung ist mehr als Projekte realisieren? Ich stelle sie mir gern als eine Vision vor, oder als eine Begabung. Manche Leute können singen und manche nicht. Genauso haben manche eine politische Begabung und andere nicht. Ich weiß nicht, wieso du Leute tolerierst, die dich herabsetzen wollen, wo du doch für sie arbeitest – eigentlich sogar für uns alle.»
«Das ist es ja, was mich am meisten verletzt. Ich rechne damit, von Männern wie ein Stück Scheiße behandelt zu werden, aber von anderen Frauen hätte ich das weiß Gott nicht erwartet.» Carole wollte etwas sagen, doch Ilse fügte rasch hinzu: «Aber ich weiß, warum sie es tun. Aus Frauenhaß, weißt du? Ich meine, sie hassen sich selbst so sehr, daß sie eine andere Frau unmöglich

achten können. Gleichheit bedeutet für sie, daß es jeder anderen Frau so miserabel gehen muß wie ihr. Das macht mir angst, verdammt noch mal, das macht mir richtig angst. Ich reibe mir den Hintern wund, ich gängele die Gruppe nicht und erteile keine Befehle, und diese Frau nennt mich elitär. Auch wenn unterdessen alle wissen, daß sie gemein ist, es gibt viele von ihrer Sorte auf der Welt.»

«Daß die Leute deine Arbeit mißbrauchen, dafür kannst du nichts, Ilse. Egal, was du machst, jemand kann es immer verdrehen und gegen dich verwenden. Die kannst du sowieso vergessen. Mach du nur weiter mit dem, was du kannst.»

«Tja, aber es tut weh.»

«Was hat dich nur auf die Idee gebracht, daß es leicht sein würde? Was weh tut, ist vielleicht, daß die Leute dich nicht mögen. Wie gesagt, vergiß sie. Du kannst nicht für andere Leute leben. Schau dir an, was für einen Schlamassel sie aus ihrem Leben machen. Du würdest dich doch nicht von der Meinung anderer beherrschen lassen? Niemals.»

«Aber der Zweck der Bewegung ist doch, Frauen füreinander verantwortlich zu machen, uns gegenseitig an die erste Stelle zu setzen, statt unsere Kräfte an Männer zu verschenken. Ich kann andere Frauen nicht einfach so ignorieren.»

«Solange du dich nicht selbst an die erste Stelle setzt, bist du eine Lügnerin. Du wirst versuchen, dich heimlich durchzusetzen, ohne dir dessen bewußt zu sein, und das wird deine Frauenbewegung wirklich vernichten. Wenn deine Leute sich alle hinsetzen und überlegen würden, was ihr im Leben braucht, würdet ihr vermutlich entdecken, daß ihr eine echte Basis für einen Zusammenschluß habt. Mit Idealismus bringt ihr es zu nichts. Verstehst du, was ich meine?»

«Carole, du hast dich eben so südstaatlerisch angehört. Woher hast du den Akzent?»

«Tatsächlich? Ein Relikt aus meiner Kindheit, schätze ich. Manchmal, wenn mir was unter die Haut geht, kommt er wieder durch.»

«Aber warum hast du deine Sprechweise geändert?»
«Versuch mal, mit einem Südstaatenakzent im Norden zu leben, und sieh zu, wie weit du damit kommst. Die Leute vermuten ausnahmslos das Schlimmste.»
«Du hast dir soeben widersprochen, weißt du das? Vorhin hast du mir gesagt, ich soll mich nicht von der Meinung anderer Leute beeinflussen lassen, dabei hast du selbst für andere was geändert.»
«Verdammt noch mal, sei nicht so pingelig. Ich war achtzehn, als ich hierher auswanderte, um aufs Vassar-College zu gehen. Damals war ich noch ziemlich ahnungslos, die Leute konnten mir alles mögliche erzählen. Heute würde ich mich nicht mehr danach richten, aber ich kann dir sagen, daß die Yankees, sobald sie die leisesten Anflüge von Singsang hören, kein Wort mehr ernst nehmen, verdammt noch mal.»
«Das ist das erste Mal, daß du mir von dir, von deiner Vergangenheit erzählt hast. Erzähl mir noch mehr.»
«Ich bin am 28. November 1932 in der Nähe von Winchester, Virginia, geboren.»
«Ich denke, du bist in Richmond aufgewachsen.»
«Bin ich auch, aber die Familie hatte sich zum Erntedankfest auf der Farm meines Großvaters versammelt, und Mutter wollte bei ihrer Mutter sein, als sie mich bekam. Ich habe jeden Sommer dort verbracht, bis ich aufs College ging, von da an habe ich im Sommer gearbeitet und jede einzelne Minute gehaßt.»
«Hast du Geschwister?»
«Ich habe einen lebendigen Bruder und eine Schwester, die 1958 gestorben ist.»
«Weiter. Ich will wissen, wann du dein *coming out* hattest. Langsam kommen wir zu den interessanten Phasen.»
«Muffy Cadwalder. Mein Gott, ich habe seit Jahren nicht an sie gedacht. Muffy und ich waren zusammen in Vassar. Wir haben beide in Jewett gewohnt.»
«Ich war in Cushing», unterbrach Ilse.
«Über die leidenschaftliche Affäre mit Muffy gibt es nicht viel zu

erzählen... bloß, daß ich mich im Krankenhaus in sie verliebt habe.»

«Warst du krank?» Ilse hatte die Beine übereinandergeschlagen und war ganz Ohr.

«Nein. Muff hatte eine Panne. Sie war schwanger. Unverheiratet schwanger zu sein war damals ein Schicksal, schlimmer als der Tod, meine Liebe. Sie stammte aus einer reichen Chicagoer Familie, die offensichtlich Beziehungen hatte. Außerdem war ihre Mutter Gott sei Dank ziemlich verständnisvoll und arrangierte alles. Muff hatte schreckliche Angst und bat mich, übers Wochenende mit zu ihr nach Hause zu kommen. Sie hat mir das Fahrgeld bezahlt. Ihre Mutter und ich standen draußen im Flur, und nach der Narkose schoben sie sie durch den Flur in den Operationssaal. Als sie vorbeigerollt wurde, sang sie aus Leibeskräften ‹He was my man but he done me wrong›. Genau in diesem Moment wußte ich, daß ich in die fruchtbare Muffy Cadwalder verliebt war.»

«Los, erzähl schon, wie du sie ins Bett gekriegt hast!»

«Oh. Also, wir kehrten ins College zurück. Während des folgenden Monats blieb die Freundschaft rein platonisch, aber Muff und ich waren unzertrennlich. Ich nehme an, da ich ihr finsterstes Geheimnis kannte, fühlte sie sich mir um so näher. Auf dem Campus wurde ‹Frankenstein› gezeigt, die alte Fassung aus den dreißiger Jahren, und wir sind hingegangen. Anschließend sagte sie, sie hätte Angst, allein zu schlafen, und ob sie bei mir schlafen könne. Da lagen wir nebeneinander in dem verdammt kleinen Bett. Ich konnte mich nicht rühren. Ich atmete kaum und hatte Herzklopfen und dachte an all die alten gräßlichen Klischees. Da dreht sich Muffy zu mir um und fängt an zu reden, was für gute Freundinnen wir seien und wie sie mich liebte. Ich küßte sie. Das war vielleicht die mutigste Tat in meinem ganzen Leben.»

«Was hat sie gemacht?»

«Sie hat mich wiedergeküßt.»

«Man muß dir wirklich alles aus der Nase ziehen! Was hast du dann gemacht? Bist du auf sie drauf oder in sie rein oder was?»

«Ilse! Nein, ich hab nichts dergleichen gemacht, als wir das erste Mal zusammen waren. Wir wußten beide nicht recht, wie wir es anstellen mußten, und haben bloß so rumgefummelt. Aber es war immerhin ein Anfang.»

«Was hat euch auseinandergebracht?»

«Nach dem College-Abschluß hab ich studiert, und sie ging nach Europa, natürlich mit der neuesten Mode ausstaffiert.»

«Du sagst nie was über deine Gefühle. Was hast du empfunden?»

«Ist dir jemals in den Sinn gekommen, daß manche Leute ihr Herz nicht auf der Zunge tragen mögen? Meine Gefühle und meine emotionale Entwicklung sind meine Sache. Ich weiß nicht, ob du das verstehst. Deine Generation ist durch die Psychologie heillos korrumpiert.»

«Wieso bist du so defensiv?»

«Siehst du? Defensiv. Was ist das für ein Wort? Sind wir in einem Footballspiel?»

«Na gut. Eigensinnig. Reserviert. Distanziert? Wie wär's damit? Sag's mir jetzt. Es ist gut fünfundzwanzig Jahre her.»

«Herrje, bist du beharrlich. Meine Arbeit war mir wichtiger, als mit Muffy Cadwalder Familie zu spielen. Ja, ich war deprimiert, aber ich hatte nie ernsthaft daran gedacht, mich mit Muffy zusammenzutun oder sie zu heiraten oder wie immer du das nennen willst, verdammt noch mal. Ich habe sie geliebt, aber ich war nicht bereit, ihretwegen mein Leben zu ändern.»

«Was meinst du mit ‹zusammentun› oder ‹heiraten›?»

«Ich wußte, daß das kommt. Ich meine, zusammenleben.»

«Monogam?» Ilses Augenbrauen berührten fast ihre Kopfhaut.

«Das war 1951. Alle waren monogam. Wir ahnten nicht, daß es noch etwas anderes gab.»

«Bist du jetzt monogam?»

«Was ist das hier, ein Fernsehquiz? Ich hab nicht darüber nachgedacht. Ich nehme an, im Grunde meines Herzens, um eine Phrase zu verwenden, bin ich monogam veranlagt. Andere sind anders,

und versuch ja nicht, mich in eine Diskussion über die politischen Aspekte der Monogamie zu verwickeln.»
Ilse kicherte. «Okay, okay, das Thema Monogamie brennt mir nicht gerade unter den Nägeln. Aber viele Leute interessiert es brennend.» Nach einer Pause hob sie die Hand. Carole brach in Lachen aus und nahm sie ihr herunter.
«Frau Lehrerin», bat Ilse, «eine Frage noch?»
«Raus damit.»
«Die Klavierspielerin.»
«Ihr seid eine wie die andere.» Carole hob in gespielter Resignation die Hände. «Du bist schon genau so schlimm wie Adele.»
«Ebendas ist meine Frage. Wann hast du Adele kennengelernt?»
«An der Uni. Wir waren die einzigen Frauen und sind oft zusammen Kaffee trinken gegangen, um uns zu unterhalten. Ich wußte, es war der Beginn einer wunderbaren Freundschaft, als sie mir von ihrer katholischen Kindheit erzählte. Ihre große Rebellion bestand darin, die Heilige Mutter Gottes ‹Geilige Maria› zu nennen. Ich war auch katholisch, und meine große Stunde schlug, wenn ich meinen Rosenkranz schlenkerte und dabei murmelte: ‹Gegrüßet seist du, Maria, voll der Gnaden, fällst auf die Nase und brichst dir die Waden.› Seitdem sind wir Freundinnen.»
«Adele ist katholisch?»
«War. Dachtest du etwa, sie sei Baptistin oder Mitglied der Holy-Roller-Sekte?»
«Wieso erwähnst du nie, daß Adele schwarz ist?»
«Was gibt es da zu erwähnen? Du brauchst sie doch bloß anzusehen.»
«Carole, du weißt genau, daß ich das nicht meine. Als ihr Freundinnen wurdet, ließen sich weiße und schwarze Frauen nicht zusammen sehen.»
Carole lachte. «Die Leute hielten sie vermutlich für meine Zofe.»
Vollkommen fassungslos, weil es ihr unerklärlich war, wie jemand über ein solches Thema lachen konnte, stotterte Ilse: «Jetzt mal

im Ernst. Ihr mußtet doch wissen, daß ihr gegen einen Kodex verstießt.»

«Was ist bloß in dich gefahren? Ja, wir wurden manchmal angegafft, und wenn wir in Lokale wie ‹Half Note› oder ‹Jazz Gallery› gingen, mußten wir frühzeitig anrufen und Bescheid sagen, damit sie uns ganz hinten in einer Ecke plazierten. Aber wir sind mit Männern hingegangen. Sie mit Richard Benton, einem Schwarzen, und ich mit David; seinen Nachnamen habe ich vergessen. David war jedenfalls ein Weißer. Damals ging man nirgends ohne männliche Begleitung hin, außer in eine Schwulenbar. Und wir haben uns furchtbar aufgedonnert. Gepanzerte BH's und bis zur Taille reichende Unterhosen, Miederhöschen mit Strumpfhaltern. Wie konnten wir uns da noch rühren? Und die Schuhe. Die Schuhe wechselten alle Jahre. Touristen waren immer an ihren weißen Schuhen zu erkennen. Wenn ich daran zurückdenke, es war grauenhaft.»

«Du bist vom Thema abgekommen.»

«Adele in alten Zeiten. Okay, wir wurden ein bißchen schief angeguckt. Wir wären noch viel schiefer angeguckt worden, wenn wir ein Mann und eine Frau gewesen wären.»

«Wo du doch aus dem Süden kommst, war dir nicht mulmig dabei, eine schwarze Freundin zu haben?»

«Ilse, zeig mir einen einzigen Yankee, der damals nicht ein bißchen nervös gewesen wäre. Natürlich wußten wir, daß wir die Grenze überschritten, aber wir haben uns geliebt. Ich weiß nicht, bei uns hat's einfach gefunkt. Das Schicksal hat uns zu besten Freundinnen ausersehen. BonBon würde sagen, wir hätten uns in einem früheren Leben gekannt. Verdammt. Und wir haben bestimmt nie herumgesessen und uns ernsthaft über Rassenprobleme unterhalten.»

«Und du hast nie mit ihr geschlafen?»

«Ich hab doch schon gesagt, nein.»

«Vielleicht hast du nicht mit ihr geschlafen, weil sie eine Schwarze ist.»

«Wenn das der Grund ist, war es mir nie bewußt. Ich habe nicht mit ihr geschlafen, weil ich mit jemandem zusammen war, als ich sie kennenlernte. Gott, bist du neugierig.»

«Ja, aber die Ehe, wie du es nennst, hat nicht ewig gehalten.»

«Adeles Affären sind beständig. Sie hat zwölf Jahre mit einer Frau namens Carmen zusammengelebt. Adele treibt sich nicht herum. Als sie mit Carmen Schluß machte, war ich mit jemandem zusammen. Als wir dann Schluß machten, war Adele schon mit LaVerne zusammen. Außerdem, wenn du so lange Zeit mit jemandem befreundet bist, denkst du nicht auf diese Weise an sie.»

«Ich schon. Meine Freundinnen sind die, mit denen ich schlafe.»

«Du bist eben anders», sagte Carole.

«Du hast mir nie erzählt, daß du mit jemandem zusammengelebt hast.»

«Ilse, ich werde nicht noch eine lange Geschichte aus meiner Vergangenheit zum besten geben. Mit achtundzwanzig zog ich mit einer Frau zusammen, die ich gerne vergessen möchte – Rebecca Delaney. Wir haben sechs Jahre zusammengelebt, dann haben wir uns getrennt. Eigentlich sollte ich nicht sagen, daß ich sie vergessen möchte. Am Ende war eine von uns so schlimm wie die andere. Jetzt dreh dich um und schlaf.»

«Wer ist dran mit außen liegen, du oder ich?»

«Weiß ich nicht mehr.»

«Schön, dann hältst du mich fest.»

Carole kuschelte sich hinter sie, schob den linken Arm unter Ilses Kissen und den rechten über ihre weiche Hüfte.

«Weiß Freddie Fowler, daß du lesbisch bist?»

«Du sollst schlafen.»

«Sag's mir, und ich verspreche dir hoch und heilig, daß ich schlafen werde.»

«Die Frauen, die gegen deine Führung Widerstand leisten, machen einen großen Fehler. Du bist so verdammt hartnäckig, daß du jede Opposition niederschlagen kannst. Sie sollten dich lieber direkt an die Spitze setzen.» Carole seufzte. «Fred Fowler mag wohl wissen, daß ich lesbisch bin, aber du kannst kaum erwarten,

daß ich mich in sein Büro setze und mit ihm darüber diskutiere.»
«Weißt du, wir müssen uns alle bekennen, damit sie wissen, wie viele wir sind und daß mit uns zu rechnen ist. Es darf keine Schranklesben mehr geben, weil es uns alle beleidigt.»
«Das haben wir schon mal durchgesprochen. Ich habe die Artikel zu diesem Thema gelesen, mir ist klar, was dahintersteckt, aber was macht ihr mit all denen, die deswegen arbeitslos werden, vor allem Frauen mit Kindern?»
«Das ist der springende Punkt. Wenn wir uns alle bekennen, können wir nicht arbeitslos werden; wir sind zu viele.»
«Sei still und schlaf. Ich habe morgen Vorlesung. Soll ich etwa mit einem lila Lesbenstern in den Hörsaal spazieren?»
«Ja.»
«Laß uns jetzt schlafen. Außerdem, ich bin noch nicht tot. Ich bekenne mich vielleicht öffentlich, aber erst dann, wenn ich dazu bereit bin, verdammt noch mal. Gute Nacht!»
«Nacht.»

Als Adele in die Lexington Avenue einbog, blieb sie an der Ecke stehen, um sich bei dem Straßenverkäufer einen Hot dog zu kaufen. Der orange-blaue Schirm flatterte jedesmal, wenn ein Auto vorbeifuhr, doch der Mann ignorierte das und stach auf die Würstchen ein, als seien es schlüpfrige Aale.
«Mit viel Senf bitte.»
Mit einem leuchtend gelben Hot dog bewaffnet, wirbelte Adele durch die Drehtür von Bloomingdale's und stürzte sich in den Kampf um die Fahrstühle. Zu jeder Tageszeit tummelten sich in dem Kaufhaus zwei ebenbürtige parasitäre Fraktionen: Hausfrauen von der Upper East Side und ganze Truppen von Schwulen im Konsumrausch. In ihrer ersten Zeit in New York hatte

Starbucks Coffee
Deutschland GmbH

Hauptbahnhof
D-70173 Stuttgart
Tel. 049(0) 711 / 220 03 62

103787

Chk 5134 13Nov'10 09:18

For Here

1 Latte V T	3,50
Fettarm 1,5%	
Bar	10,00
0,56 MwSt. Fo 19%	3,50
Netto	2,94
Zw. Summe	3,50
Zahlung	3,50
Rückgeld	6,50

Code: 7540

Steuernummer 2/1849/2293
Umtausch nur mit Kassenbon!

3. Ermächtigung zur Speicherung und Weitergabe der Sperrdatei
Ich bin damit einverstanden, daß meine Daten für den Zweck der Zahlungsabwicklung elektronisch gespeichert und verarbeitet werden. Ich bin damit einverstanden, daß nur im Falle der Nichteinlösung diese Tatsache in eine Sperrdatei aufgenommen und an andere Unternehmen zur Nutzung übermittelt wird, die ebenfalls ein solches Lastschriftverfahren anwenden. Die Sperrung wird nach Begleichung des Rechnungsbetrages wieder aufgehoben.

Unterschrift (Betrag siehe Vorderseite)

1. Ermächtigung zum Lastschrifteinzug
Hiermit ermächtige ich das umseitig ausgewiesene Unternehmen den umseitig ausgewiesenen Rechnungsbetrag von meinem umseitig durch Konto-Nummer und Bankleitzahl bezeichneten Konto durch Lastschrift einzuziehen.

2. Ermächtigung zur Adressweitergabe
Ich weise mein Kreditinstitut, das durch die umseitig angegebene Bankleitzahl bezeichnet ist, unwiderruflich an, bei Nichteinlösung der Lastschrift oder bei Widerspruch gegen die Lastschrift des umseitig ausgewiesenen Unternehmens oder einem von ihm beauftragten Dritten auf dessen Anforderung hin meinen Namen und meine Anschrift vollständig mitzuteilen, damit das umseitig ausgewiesene Unternehmen seinen Anspruch gegen mich geltend machen kann.

3. Ermächtigung zur Speicherung und Weitergabe der Sperrdatei
Ich bin damit einverstanden, daß meine Daten für den Zweck der Zahlungsabwicklung elektronisch gespeichert und verarbeitet werden. Ich bin damit einverstanden, daß nur im Falle der Nichteinlösung diese Tatsache in eine Sperrdatei aufgenommen und an andere Unternehmen zur Nutzung übermittelt wird, die ebenfalls ein solches Lastschriftverfahren anwenden. Die Sperrung wird nach Begleichung des Rechnungsbetrages wieder aufgehoben.

Unterschrift (Betrag siehe Vorderseite)

1. Ermächtigung zum Lastschrifteinzug
Hiermit ermächtige ich das umseitig ausgewiesene Unternehmen den umseitig ausgewiesenen Rechnungsbetrag von meinem umseitig durch Konto-Nummer und Bankleitzahl bezeichneten Konto durch Lastschrift einzuziehen.

2. Ermächtigung zur Adressweitergabe
Ich weise mein Kreditinstitut, das durch die umseitig angegebene Bankleitzahl bezeichnet ist, unwiderruflich an, bei Nichteinlösung der Lastschrift oder bei Widerspruch gegen die Lastschrift des umseitig ausgewiesenen Unternehmens oder einem von ihm beauftragten Dritten auf dessen Anforderung hin meinen Namen und meine Anschrift vollständig mitzuteilen, damit das umseitig ausgewiesene Unternehmen seinen Anspruch gegen mich geltend machen kann.

3. Ermächtigung zur Speicherung und Weitergabe der Sperrdatei
Ich bin damit einverstanden, daß meine Daten für den Zweck der Zahlungsabwicklung elektronisch gespeichert und verarbeitet werden. Ich bin damit einverstanden, daß nur im Falle der Nichteinlösung diese Tatsache in eine Sperrdatei aufgenommen und an andere Unternehmen zur Nutzung übermittelt wird, die ebenfalls ein solches Lastschriftverfahren anwenden. Die Sperrung wird nach Begleichung des Rechnungsbetrages wieder aufgehoben.

Unterschrift (Betrag siehe Vorderseite)

1. Ermächtigung zum Lastschrifteinzug
Hiermit ermächtige ich das umseitig ausgewiesene Unternehmen den umseitig ausgewiesenen Rechnungsbetrag von meinem umseitig durch Konto-Nummer

Adele, eine höfliche, wohlerzogene, an gute Manieren gewöhnte Frau, das Gefühl, von den Massen erdrückt zu werden. Damals hatte das Navigieren durch Bloomingdale's und seine herumkreuzende Kundschaft sie bis zum Zusammenbruch entnervt. Nachdem sie jahrelang auf dem erbarmungslosen Amboß der Stadt bearbeitet worden war, hatte sie ihre Lektion gelernt: Anstatt sich «Verzeihung» murmelnd durch die Einkaufenden zu schlängeln, stieß sie ihren triefenden Hot dog vor sich her und sagte in ihrem schönsten Bronx-Akzent: «Achtung, Leute, seht zu, daß ihr Land gewinnt, oder wollt ihr von oben bis unten mit Senf bekleckert werden?» Die Leute teilten sich wie das Rote Meer. Wenn sie ihren Hot dog im Fahrstuhl schwenkte, konnte sie sicher sein, daß niemand sie anrempelte, und geschah es doch, mußten sie die Kosten für die Reinigung selbst tragen. Die Türen öffneten sich in LaVernes Stockwerk, und Adele stieg majestätisch aus, ohne die gehobenen Brauen hinter ihr zu beachten. Ein kleiner Junge und seine Mutter warteten auf den Fahrstuhl nach unten.

«Hier, Kleiner, hast du was zum Futtern.»

Die Mutter riß ihrem Sohn den Hot dog aus der Hand, zweifellos, weil Adele schwarz war; man konnte schließlich nie wissen, ob diese Leute saubere Hände hatten. Sie stapfte zu dem Aschenbecher zwischen den Fahrstühlen und warf den Hot dog mitten zwischen die ausgedrückten Zigarettenstummel in den Sand. Der Junge schnappte sich ihn wütend wieder und biß das Ende trotzig mit seinen kleinen gefletschten Zähnen ab. Auf dem Weg zu LaVerne konnte Adele die zwei zanken hören.

Adele machte sich ein Vergnügen daraus, Autorität in jeder Form zu untergraben. Als kluge Frau verließ sie allerdings stets rasch den Schauplatz der Unruhen, die sie erzeugte. Aus irgendeinem Grund kam ihr Ilse in den Sinn.

Ich sollte der Frau eine Lektion erteilen. Ilse muß lernen, daß es mehr als eine Methode gibt, einer Katze das Fell über die Ohren zu ziehen. Adele lachte in sich hinein. Wen du nicht besiegen kannst, den mußt du betrügen.

LaVerne bückte sich gerade, um ihre Handtasche zu nehmen, als Adele sie erblickte.
«Hmm, hmm, diesen Hintern würde ich überall erkennen.»
LaVerne sprang auf, als hätte jemand auf sie geschossen. «Wirst du dich wohl benehmen? Oder willst du, daß ich hier gefeuert werde?»
«Ich will, daß du entbrennst.»
«Komm, du geile Geiß, laß uns hier verschwinden, ehe es zu spät ist.» LaVerne nahm ihren Arm, dann ließ sie ihn los. «Siehst du, du läßt mich vergessen, wo ich bin.»
«Menschenskind, hatte ich heute einen Spaß mit meinem Hot dog. Als ich aus dem Fahrstuhl stieg, habe ich ihn einem kleinen Jungen geschenkt, der dort mit seiner Mutter stand. Das war der Beginn einer dramatischen Auseinandersetzung. Sie hat ihm den Hot dog aus der Hand gerissen und in den schmutzigen Aschenbecher gestopft. Er ist hingerannt und hat ihn wieder rausgefischt. Richtig herzerwärmend, so eine rührende Familienszene.»
«Ich glaube allmählich, du magst keine Kinder.»
«Das ist eine gemeine Lüge. Ich mag Kinder, vor allem, wenn sie gut geraten sind.»
«Verdammt, nach all den Jahren, die wir zusammen sind, weiß ich immer noch nicht, was als nächstes aus deinem Mund geschossen kommt. Ich wette, du bist die einzige Person in New York, die ihren Mund vom Gesundheitsamt untersuchen lassen muß.»
Adele lachte. «Ich nicht, Liebling, die Ehre gebührt Che Che LaWanga, der bei der Verkehrsbehörde einen U-Bahn-Stand gemietet hat.»
«Che Che LaWanga?»
«Du kennst den Dicken nicht? Eine warme Mahlzeit für die Waisenkinder, Hosen runter, Jungs, Betsy Ross läßt die Fahne knattern.»
«Was singst du da, um Himmels willen?»
«*Hello Dolly.* Che Che LaWanga war ein Transvestitenstripper, ein Freund von BonBon und Creampuff. Früher hatte er ein

Spundloch unten in den U-Bahn-Klos. Immer, wenn wir ihn sahen, haben wir ihm das Lied vorgesungen.»

«Das ist ja widerlich. Männer sind pervers. Egal, ob normal oder schwul, wenn's um Sex geht, sind sie alle geisteskrank.»

«Was geht das dich an? Du bumst doch keinen von denen.»

«Stimmt. Gibt's was Neues von Bon?»

«Carole hat heute von ihr gehört. Creampuff hat ihr eine Uhr mit der Gravur ‹Ich bin jede Sekunde bei Dir› geschenkt. Sie feiern immer den Tag, an dem sie sich kennengelernt haben. Ist das nicht hübsch?»

«Das ist fast so schrill wie voriges Jahr, als sie ihr ein Fußkettchen mit der Inschrift ‹Der Himmel ist weiter oben› geschenkt hat.» LaVerne seufzte. «Jedem das Seine.»

«Jeder das Ihre, Ilse könnte hinter uns stehen, also jeder das Ihre», korrigierte Adele.

«Da du mich heute abend zum Essen einlädst, sag mir zuerst, wo wir hingehen, und dann sag mir, was mit Carole und Ilse los ist.»

«Ich dachte ins *Catch of the Sea*. Hast du Lust auf Fisch? Es ist nicht weit, und wir können zu Fuß zurückgehen.»

«Es ist so schön draußen, laß uns auch zu Fuß hingehen. Wir brauchen fünfzehn bis zwanzig Minuten, je nachdem, ob wir uns unterwegs die Schaufenster ansehen.»

«Ich hab meine Joggingschuhe zu Hause gelassen.»

«Tun dir die Füße weh? Komm, wir nehmen ein Taxi», drängte LaVerne.

«Nee, ich hab sowieso zuwenig Bewegung. So hält Carole sich in Form. Sie macht alle Wege zu Fuß.»

«Sie war zu ihrer Zeit eine schöne Frau. Sie ist weiß Gott immer noch ein erfreulicher Anblick. Als ich bei dir die Fotos von euch beiden als Studentinnen sah, fand ich sie atemberaubend. Sie sieht aus wie Carole Lombard.»

«Ja, aber ich hab dein Herz erobert.»

«Adele, du hast auch den Rest von mir erobert.» LaVerne lachte sie an.

LaVerne, eine warmherzige Frau, war nicht so karrierebewußt wie Adele und Carole. Dennoch hatte sie Spaß an ihrer Arbeit und arbeitete hart. Sie besaß ein Gespür für Farben, für Kleider, für Trends, aber sie ging nicht so in ihrer Arbeit auf wie die beiden anderen. Sie fand ihre Tätigkeit nicht gerade nützlich, aber sie war wenigstens nicht langweilig. LaVernes gutes Aussehen und ihr diplomatisches Auftreten im Geschäft garantierten den Aufstieg. Sie wußte, man würde sie dieses Jahr vermutlich befördern und als Alibifrau präsentieren, um zwei Fliegen mit einer Klappe zu schlagen, Hautfarbe und Geschlecht. Aber verdammt, dachte sie, besser so, als übergangen werden. Außerdem geben sie mir lange Urlaub, so daß ich mit Dell nach Yucatan kann. LaVerne war nicht so intellektuell wie Adele, aber sie war klug, und sie verstand zu leben; sie besaß die Gabe, sich Menschen und den neuen Ideen, die sie mit sich brachten, zu öffnen. Adele liebte das an ihr.

«Was ist mit Carole los?» fragte LaVerne wieder.

«Sie ist heilfroh, weil sie ihren Aufsatz fertig hat. Mit Ilse und ihr ist es immer das gleiche. Sie haben sich oft in der Wolle.»

«Das ist wohl unvermeidlich. Auch wenn Ilse nicht so stark in der Frauenbewegung engagiert wäre, der Altersunterschied muß zwangsläufig zu Spannungen führen.»

«Ich hab sie noch mal an den neunundzwanzigsten September erinnert. Es macht sie verrückt.»

«Ihr zwei seid so penetrant neugierig. Wenn eine eine Überraschung hat, kriegt die andere Magengeschwüre bei dem Versuch, dahinterzukommen. Manchmal denke ich wirklich, ihr seid Zwillinge, ihr gleicht euch wie ein Ei dem anderen.»

«Herzchen, dann hätten wir Medizingeschichte gemacht.» Adele nahm LaVernes Arm. «Bleib mal eine Sekunde stehen, ich möchte mir dieses Schaufenster angucken. Sind diese Folondrucke nicht sagenhaft?»

«Die Farben gefallen mir und die merkwürdigen Leute. Dell, glaubst du, Carole spielt mit dem Feuer?»

Sie gingen einen halben Häuserblock, ehe Adele antwortete. «Ja, aber etwas sagt mir, daß es ihr gut tun wird. Der Schmerz ist nicht immer ein Feind.»

«Schön gesagt. Was sagt Carole immer über Liebende? Du weißt schon, dieser berühmte Spruch von ihr?»

«Zeig mir deine große Liebe, und ich sag dir, wer du bist.» Adele lächelte. «Das bedeutet, wir haben das große Los gezogen, Liebste.»

«Sogar unsere Streitereien sind lustig. Ich glaube, wir streiten uns nie richtig, wir sind nur manchmal auf kreative Weise uneins.»

«Du bist wunderbar.»

«Was glaubst du, was Ilse über Carole sagt?»

«Carole ist eine komplizierte Frau. Nicht, daß sie nicht anziehend wirken könnte. Im Gegenteil, sie kann sicher jede haben, die sie will, also muß an Ilse was dran sein. Ich weiß, daß sie jedesmal hin und weg sind, wenn sie sich sehen, aber das kann nicht alles sein. Ich glaube, es hat was mit Ilses Direktheit zu tun. Sie ist ziemlich couragiert und fordert Carole andauernd mit ihren Ideen über die Veränderung der Gesellschaft heraus. Ich mag Ilse, trotz ihrer jugendlichen Arroganz. Sie hat viel aus Büchern gelernt. Jetzt muß sie von ihrem hohen Roß steigen und von Menschen lernen.»

«Ich war früher genauso. Mit einundzwanzig dachte ich, ich wüßte alles.» LaVerne senkte die Stimme. «Es ist ein großer Sprung von Frechheit zu Mutterwitz.»

«Amen.»

«Meinst du, Carole versucht, ihre Jugend zurückzuerobern oder so was? Sie ist mehr als zwanzig Jahre älter als Ilse.»

«Nein, wirklich nicht. Sie weiß, daß sie alt genug ist, um Ilses Mutter zu sein. Aber so denkt Carole nicht. Sie reißt keine Witze übers Altwerden und kommt nie darauf zu sprechen. Für mich gehört sie zu den wenigen Menschen, die ich kenne, die die Kraft der Elemente mit Anstand hinnehmen.»

«Manchmal denke ich, das sollte ich auch tun. Ich gehe auf die Vierzig zu.»

«LaVerne, du weißt, ich halte die ganze Altersgeschichte für Unsinn. Du kannst die Jahre nicht aufhalten, und wer will das schon? Was gibt es Langweiligeres als Unerfahrenheit? Die Jahre selbst sind nicht so wichtig wie das, was du aus ihnen gemacht hast. Das ist wie das Gleichnis von den anvertrauten Talenten. ‹Deine Jahre sind dein Gut.›»

«Die Sonntagsschule. Ich mußte jedes einzelne von diesen verdammten Gleichnissen auswendig lernen. Irgendwann habe ich mir nur noch gewünscht, Jesus wäre taubstumm geboren.»

«Die Bibelgeschichte, durch die ich zur Zweiflerin wurde, war die, wo er auf dem Berg die vielen Menschen mit ein paar Fischen und Brotlaiben abfüttert. Selbst mit sieben Jahren wußte ich, daß das eine glatte Lüge war. Wenn ich zu Hause so eine Geschichte erzählt hätte, hätte Momma mir eine geklebt, und da kommt diese Nonne und will mir weismachen, das sei Gottes aufrichtige Wahrheit», sagte Adele kopfschüttelnd.

«Wie sind wir überhaupt auf Jesus gekommen?»

«Weiß ich nicht mehr. Warte, du hast gestöhnt, daß du grau wirst, und ich sagte, alt werden, das ist wie der Typ, der den drei Männern Geld vermacht hat, und der Stumme vergräbt das Geld.»

«Das gefällt mir so an uns, wir gehen nie den direkten Weg. Jetzt erzähl mir mehr über Ilse. Du warst noch nicht fertig.»

«Also, ich glaube, Ilse hat irgendwie mit Caroles Herkunft zu tun. Ilse hatte von Haus aus Geld, wie du weißt. Carole war immer gleichzeitig fasziniert und abgestoßen von Leuten, die es leicht hatten. Hier haben wir diese höhere Tochter aus Boston, die ihre Vergangenheit ablehnt und das Revolution nennt. Für Ms. Hanratty eine geradezu magnetische Verbindung.»

«Du hast auch von Haus aus Geld. Ich spüre bei Carole keine lauernde Feindschaft gegen dich.»

«Weil ich schwarz bin. Das ist ein Stigma, ein Beweis für erlittene Ungerechtigkeit, für Leid. In ihren Augen sind wir gleich, weil mir nicht alles zugefallen ist. Carole verachtet Leute, denen alles in den Schoß fällt und die nichts damit anfangen. Sie respektiert nur Leute, die arbeiten. Ich nehme an, das schließt die Arbeit am Geburtsfehler des ererbten Reichtums mit ein. Sie ist eine seltsame Kombination aus Asketin und Ästhetin.»

«So habe ich sie nie gesehen, aber jetzt, wo du es sagst, verstehe ich, was sie zu jemandem wie Ilse hinzieht. Ilse wurde alles gegeben, und sie gibt alles zurück. Das erfordert eine gewisse Courage.»
«Ja und nein. Weißt du, warum ich nie in die Friedensbewegung eingetreten bin? Weil die meisten dieser Leute das Geld aus moralischen Zwecken zurückgeben wollen, aus Trotz gegen das System. Sie protestieren ebensosehr aus Egoismus wie aus anmaßender Gerechtigkeit. Solchen Leuten kann ich nicht trauen. Außerdem, wer sagt denn, daß sie nicht hingehen und sich das Geld wiederholen können, wenn sie ihre Meinung ändern, wenn die Richtung ihnen nicht mehr paßt? Du kennst doch die alte Bühnenanweisung: Auftritt links. Abgang rechts.»
«Du hast dich nie daran gehalten.»
Adele war verblüfft. «Ich ... nein, aber das war etwas anderes. Ich bin nicht gegen die Regierung oder für die Bürgerrechte auf die Straße gegangen. Als Anwalt wollte mein Daddy, daß ich Jura studiere wie er, und ich wollte Kunst studieren. Das muß ich Dad lassen, er hat mir das College bezahlt. Danach hab ich nichts mehr von ihm angenommen. Das Studium an der Uni hab ich mir selbst verdient. Daraufhin hat sich die Stimmung an der Heimatfront auf Jahre hinaus abgekühlt, aber Dad hat mich weder enterbt noch sonst etwas Drastisches getan.»
«Wart's ab. Er wird dir aus Rache wahrscheinlich nur seine juristischen Bücher vermachen.»
«Ha, ha, wie Lester sagen würde. Und wenn schon, ich würde auch so zurechtkommen. Ich hab's so weit aus eigener Kraft geschafft.»
«Und zusammen haben wir's bis hierher geschafft», verkündete LaVerne. «Bist du hungrig nach dem Marsch?»
Sie setzten sich in dem weiß-blau eingerichteten Restaurant an einen Fenstertisch. Als die Kellnerin ihnen die Getränke brachte, prostete Adele LaVerne zu und flüsterte:
«Ich liebe dich.»

Auf der anderen Hofseite buk Lucia in Mutter-Erde-Stimmung frisches Brot. Der Duft durchdrang Ilses kleine Behausung. Vito jagte eine emsige Fliege. Ilse lag gemütlich im Bett und las, was Mao auf der Yenan-Konferenz über Kunst gesagt hatte. Mao überraschte sie immer wieder. Er dachte so praktisch. Caroles Behauptung, die Kunst sei der Morgenstern der Revolution, veranlaßte sie nachzulesen, was andere zu dem Thema zu sagen hatten. Anfangs hatte sie gedacht, Carole würde nur wieder einen heißen Spruch loslassen, doch widerstrebend baute sie etwas von ihrem Mißtrauen gegen das Schöne ab.

Sie hatte sich vor der Schönheit gefürchtet, hatte sich vor allen gefürchtet, denen Kreativität heilig war. Ihre Mutter hatte sie mit den sogenannten schönen Künsten gefüttert, bis sie zu erstikken glaubte. In der Schule wurde von ihr erwartet, daß sie bei Beethoven Herzklopfen bekam oder über Renoir in Verzückung geriet. Sie hatte den ganzen Kram gehaßt. Der Feminismus lehrte sie, daß die Kunst nichts weiter sei als eine große Werbekampagne für die Reichen. Sie feierten ihre Werte oder deren Mangel, ihre kleinliche Moral oder ihre neueste Eroberung. Und so schüttete sie das Kind mit dem Bade aus. Sie vergaß, was sie von Mark Twain gelesen hatte. Sie wußte nichts von den Handwerkern des Mittelalters. Sie hatte nie von Muriel Spark, Bertha Harris, Gwendolyn Brooks, Tillie Olsen, Barbara Deming, Maya Angelou und allen anderen Frauen gehört, die um Anerkennung gekämpft hatten. Sie dachte über Kunst, wie sie über Tennis dachte: etwas für Weiße und Reiche. Schlimmer als Tennis, war Kunst fast ausschließlich eine Männerdomäne.

So wie Ilse nie in ihrem feministischen Glauben wankte, so wankte Carole nie in ihrem Glauben daran, daß die Menschen Schönheit schaffen mußten, weil sie sonst geistig verkümmerten. Carole zwang Ilse, das Thema, das sie für erschöpft gehalten hatte, neu zu überdenken. Sie sah Kunst immer noch nicht so, wie Carole sie sah, aber sie betrachtete sie nun von einem politi-

schen Standpunkt. Kann Kunst nützlich sein? Kann sie etwas lehren? Kann sie die Menschen aktivieren?
Warum fürchte ich mich vor der Schönheit? Mein ganzes Leben wurde mir gesagt, ich sei schön. Ich war wie ein Kunstgegenstand, wurde bewundert, bewertet, gehandelt und später poliert. Dafür hat Mutter gesorgt. Daddy war zu sehr mit Geldverdienen beschäftigt, um sich um meine Erziehung zu kümmern, aber immerhin schaffte er es, mir zu sagen, ich sei hübsch. Er schaffte es auch, sich meine Zeugnisse anzusehen. Ich hasse sie alle beide. Sie betrügen sich selbst, sie sind feige und unflexibel. Sie sind Feinde. Wirklich, meine Eltern sind Feinde. Sogar Mutter. Ich kann verstehen, warum sie alles so und nicht anders gemacht hat, aber ich kann es ihr nicht verzeihen. Auch wenn sie damals keine Wahl hatte, jetzt hat sie eine. Meine Mutter sollte hier an meiner Seite in der Bewegung sein, statt in Brooklyn Cocktails zu trinken. Vielleicht fürchte ich mich deswegen vor Schönheit oder Kunst, oder worum immer es Carole geht. Es könnte mich vom Kurs abbringen, mich in meine adrette Vergangenheit zurückdrängen. Ich will keine Vergangenheit. Ich will ganz von vorne anfangen. Ich will wiedergeboren werden. Wiedergeboren. Deshalb ist es so schwierig für mich, mit Carole über Feminismus zu sprechen. Ich hab mich verändert. Ich bin nicht, was ich war oder wozu ich erzogen wurde. Ich bin eine neue Welt. Ich habe nicht mal eine Sprache für das, was mit mir vorgeht. Die hat keine von uns. So habe ich das noch nie gesehen.
Das Telefon klingelte. Es war Alice Reardon, die Ilse daran erinnerte, daß die Versammlung heute abend nicht bei ihr zu Hause stattfand, sondern bei Harriet an der East 6th Street.

Als Ilse an dem Cooper-Union-Gebäude vorbeilief, bog sie unter dem Baugerüst nach rechts und stieß frontal mit dem Exhibitionisten zusammen, der in dieser Gegend sein Revier hatte. Er schwenkte seinen Schwanz wie ein rosa Taschentuch und keuchte, als müßte er dringend an die Eiserne Lunge. Ilse verlangsamte ihren Schritt, sah ihm ins Gesicht und sagte mit ihrer süßesten Stimme: «Das sieht aus wie ein Penis, bloß kleiner.» Dann überquerte sie rasch die Third Avenue und kam genau rechtzeitig bei Harriet an.

Olive, die mit finsterem Blick auf dem Fußboden saß, blaffte: «Nachdem nun alle da sind, können wir ja anfangen. Wir haben schon genug Zeit verschwendet.»

Ilse hätte beinahe gesagt, sie sei pünktlich gewesen, aber dann dachte sie sich, was soll's.

Olive fuhr fort: «‹Village Rag› ist auf mich zugekommen. Sie wollen einen Artikel über uns bringen. Vielleicht könnte sogar eine von uns ihn schreiben, die Einzelheiten müssen später erarbeitet werden. Ich denke, wir sollten darüber reden.»

Alice erwiderte: «Wir müssen über die Medienpolitik sprechen. Wir waren dermaßen mit Projekten und Versammlungen zur Vorbereitung von Versammlungen beschäftigt, daß wir für solche Angelegenheiten überhaupt keine Richtlinien haben.»

«Wozu brauchen wir eine Politik? Warum können wir in punkto ‹Rag› nicht einfach einen Beschluß fassen? Wenn wir anfangen, über irgendwelche Strategien zu quatschen, sitzen wir die ganze Nacht hier, und ich will im East Village nicht noch spät auf der Straße rumrennen.» Sue zog eine Grimasse.

Suelle Matson war eine von Olives letzten verbliebenen Anhängerinnen. Sie hatte ihren Namen in Sue Betsychild geändert und sich die Haare auf ihrem Kinn zu einem kräftigen Stoppelbart wachsen lassen. Ilse fand das irgendwie widersprüchlich, aber sie hütete sich, Sue darauf aufmerksam zu machen.

Olives zweites verbliebenes Truppenmitglied war Ann Rappaport, die ihren Namen in Annie Amazon geändert hatte. Selbst bei glühender Hitze sah man die 1,55 kleine Annie nie ohne ihre von

Silbernieten funkelnde schwarze Lederjacke. Jetzt sah sie Ilse herausfordernd an. «Genau», sagte sie. «So sehe ich das auch.» Ilse konnte sich nicht vorstellen, daß Annie Amazon Angst hatte, nachts auf die Straße zu gehen. Was heißt hier ‹genau›? dachte sie. ‹Genau›, sie hat Angst, auf die Straße zu gehen, oder ‹genau›, wir brauchen nicht über Medienpolitik zu reden?

«Für die Entwicklung einer Strategie zum Umgang mit den etablierten Medien brauchen wir unter Umständen mehr als eine Sitzung», meinte Ilse, «aber wir sollten es anpacken. Andernfalls nehmen wir uns das Problem stückweise vor und machen uns dabei kaputt. Heute ist es ‹Village Rag›, drei Monate später kommt ‹Esquire›. Wir brauchen Kriterien, um das auszuloten.»

Sue Betsychild maulte: «Sie brauchen bis Donnerstag eine Antwort.»

Ilse hatte die ständigen Reibereien satt. Sie war wütend. «Sie bekommen vielleicht bis Donnerstag keine Antwort. Ich denke, die Richtung dieser Gruppe ist wichtiger, als irgendeinem Redakteur von ‹Rag› einen Gefallen zu tun.»

Olive explodierte. «Halt den Rand, James. Wir brauchen uns von dir nicht sagen zu lassen, was wir zu tun haben.»

Harriet versuchte zu schlichten. «Du darfst bei so einem Thema nicht persönlich werden, Olive. Wir müssen in Sachen Presse eine Politik für die Gruppe entwickeln, sonst laufen wir Gefahr, schwere Fehler zu machen.»

«Was für Fehler?» Annie sog provozierend an ihrem Zigarillo.

Brenda Zellner schaltete ihren ausgeglichenen Verstand in den Streit ein. «Denkt daran, wie falsch die Presse der Öffentlichkeit die Black Panthers präsentiert hat. Und denkt daran, wie heftig die Presse auf die Proteste gegen den Miss-Amerika-Zirkus reagiert hat. Die etablierten Medien haben politische Gruppen, die ihren Interessen gefährlich werden könnten, nie angefeindet, und wir sind so eine Gruppe.»

«Was haben wir mit den Panthers zu tun? Und wie wollen wir ‹Rag› aufrütteln? Das ist ja lächerlich. Wir könnten Presseberichte gebrauchen», schoß Olive zurück.

«Olive, wie wär's, wenn du mal das Impressum von ‹Rag› lesen und dir die Anzeigen genau ansehen würdest?» antwortete Brenda. «Wie viele Frauen findest du unter den Herausgebern oder in der Redaktion? Na? Die Zeitschrift wird von weißen Männern der oberen Mittelschicht gemacht, und die wollen nichts von der Frauenbefreiung hören und erst recht nichts von organisierten Lesben, außer sie können mit uns Geld verdienen. Im Ernst, sie werden uns wie eine Bande von Irren darstellen.»

Alice flüsterte Ilse ins Ohr: «Leider haben wir ein paar Irre. Vielleicht könnten wir ihnen Olive überlassen, und sie könnten sie als Parade-Irre verwenden.»

Ilse mußte ein Lachen unterdrücken. In den politischen Gruppen war Alice ihre beste Freundin. Die Bewegung hatte die auf eine unaufdringliche Art attraktive Alice davor bewahrt, die Frau eines Pfarrers zu werden, aber sie brachte etwas von der eisernen Geduld einer Missionarin in die Gruppe ein. Alice gab sich nicht der Illusion hin, daß Organisieren etwas Großartiges sei. Mit fünfundzwanzig Jahren erkannte sie, daß Arbeit ihren Lohn in sich trägt und niemand die Zukunft im Griff hat. Man kann nichts tun, als sich mächtig ins Zeug legen.

«Wenn sie einen positiven Pressebericht über uns brächten, würden wir mehr Mitglieder bekommen», nörgelte Annie.

«Wir brauchen keine neuen Mitglieder», sagte Ilse.

«Na klar, wenn neue dazukommen, kannst du die Gruppe nicht beherrschen», gab Olive zurück.

«Verpiß dich, Olive. Zahlen sind im Moment nicht wichtig. Für uns ist wichtig, daß wir uns Klarheit verschaffen, und zuallererst, daß wir uns einig werden. Wenn wir dann eine große Organisation aufbauen wollen, können wir es auch. Wenn wir die Türen jetzt öffnen, wird alles zerstört, was wir bisher gemacht haben.»

«Das ist unschwesterlich», fuhr Sue sie an.

Sogar Alice hatte es langsam satt. «Schwachsinn. Wir sind kein

Sportverein. Wir müssen uns über unsere Ziele klarwerden, ehe wir neue Mitglieder aufnehmen.»

«Ich glaube, wir kommen vom Thema ab», stellte Harriet fest. «Das Thema lautet Medienpolitik.»

«Ich meine, wir sollten aus den Widersprüchen Vorteil schlagen und ‹Rag› für unsere Zwecke nutzen.» Olive war wütend und ließ nicht locker.

«Du kannst nicht kontrollieren, was in dem Blatt erscheint. Sie können dich den Artikel redigieren lassen, anschließend drukken, was sie wollen, und dich dann mit irgendeiner faulen Ausrede abspeisen», erklärte Brenda. «Himmel, wie kannst du diesen Leuten trauen?»

«Sie haben Watergate aufgedeckt», sagte Annie.

«Watergate hat nichts mit der Frauenbewegung oder mit Lesben zu tun. Watergate liegt innerhalb ihrer Erfahrungsgrenzen. Es beleidigt ihre bequeme Moral, aber es liegt in ihrem Zuständigkeitsbereich. Wir sind jenseits ihres Begriffsvermögens. Wir sind neue Frauen. Neue Menschen. Sie sind blind uns gegenüber. Es wäre idiotisch von uns, wenn wir uns von denen als Material benutzen lassen würden. Glaubt ihr, denen liegt was daran, uns genau zu analysieren? Von wegen. Wir würden einen phantastischen Stoff für sie abgeben. Der Artikel würde beschreiben, wie sexuell begehrenswert oder nicht begehrenswert wir sind. Ob wir wie Männer aussehen. Wer mit wem schläft. Mögen wir Männer? Hassen wir Männer? Das ist es, was sie wissen wollen. Sie sind unfähig, die Fragen zu hören, die wir stellen.» Ilse hatte eine Stinkwut.

Harriet sprang ihr bei. «Genau. Falls wir die etablierten Medien überhaupt benutzen, dann nur zu unseren Bedingungen. Deswegen brauchen wir eine Medienpolitik. Im Moment ist Öffentlichkeit zu gefährlich. Sie könnte uns schaden. Wir sind noch nicht soweit. Wären wir eine reformistische Gruppe, die versucht, über die Gesetzgebung aufzuklären oder Unterdrückungsbewußtsein zu vermitteln, wäre die Presse unmittelbar nützlich. Aber wir sind keine Reformistinnen. Wir sind Revolutionärinnen. Oder Radikale, ich weiß nicht. Irgendwie passen diese Begriffe alle nicht. Sie sind altmodisch...»

Brenda nickte. «Wir wissen, was du meinst.»

«Ich meine, unser Zweck ist nicht, ein Pflaster auf eine klaffende Wunde zu legen. Unsere Antwort ist ökonomisch – es geht uns nicht nur um Abtreibung oder um Nichtdiskriminierung von Lesben. Wir haben mehr zu bieten als das, und wir müssen unsere Ideen miteinander verknüpfen und ein ausgefeiltes Programm entwickeln. Die Presse ist im Moment unerheblich für uns.»

«Amerika lebt durch die Medien! Wie sollen wir sonst die Massen erreichen?» Olive klang jetzt beinahe hysterisch.

«Ich glaube, es gibt keine Massen.» Alice sprach mit fester Stimme. «Es gibt Millionen Individuen, aber keine Massen. Ich lehne es ab, Menschen zu kategorisieren. Das will uns die männliche Überlegenheit lehren, Menschen in saubere Kategorien zu stecken, die sie vernichten. Es gibt keine Massen, und wir erniedrigen uns und die Menschen, die wir erreichen wollen, wenn wir uns einer Presse bedienen, eines Mediums, das sie als Masse begreift.»

«Das sind Wortklaubereien. Berichterstattung ist Berichterstattung. Wie sollen die Leute von uns und dem, wofür wir einstehen, erfahren, wenn wir Fernsehen und dergleichen nicht nutzen?» Sue war eher perplex als wütend.

«Durch unsere Arbeit», entgegnete Alice. «Durch unser eigenes Kommunikationsnetz. Glaubst du, die Leute trauen dem Fernsehen? Es zeigt ihnen zuerst ein Raucherbein und gleich anschließend Zigarettenwerbung.»

«Quatsch. Die Leute sind dumm. Sie glauben, was im Fernsehen kommt.» Olive grinste, als wollte sie sich über Ilse lustig machen. Ilse stand auf. Die Monate, in denen sie Olive ertragen hatte, hatten ihren Tribut gefordert. Ihre Beherrschung flog zum Fenster hinaus.

«Die Leute sind dumm! Wenn du die Leute für dumm hältst, warum bist du dann in dieser Gruppe? Was kümmert dich die

Bewegung überhaupt? Was macht dich so viel besser als die anderen? Und wer wird auf dich oder irgendeine von uns hören, wenn wir auf die Leute herabsehen, mit denen wir zu reden versuchen? Klemm dir deine Komplexe unter den Arm und verschwinde hier, verdammt noch mal!»
Olive stürmte auf Ilse los und holte aus. Annie und Sue folgten ihr dicht auf den Fersen. Alice, Harriet und Brenda bildeten zwischen ihnen und Ilse eine Mauer.
«Hinsetzen, setzt euch hin und beruhigt euch, Herrgott noch mal!» brüllte Harriet.
Olive sackte zusammen und spulte ihre berühmte Heulmasche ab. Annie bemutterte sie. Ihre Ketten auf Jacke und Hose überrasselten fast Olives Schluchzen. Die anderen Frauen, die zu einer hitzigen Reaktion nicht bereit waren, saßen verdattert da und schwiegen.
Alice war schließlich die erste, die etwas sagte. «Ich glaube, die Bedürfnisse dieser Gruppe und deine Bedürfnisse sind nicht die gleichen, Olive. Ich kann nicht für die anderen sprechen, aber was mich betrifft – ich kann nicht mit dir arbeiten.»
Olive war nie auf die Idee gekommen, daß sie rausgeworfen werden könnte. Falls es sie traf, überspielte sie es mit einem neuerlichen Ausbruch. «Elitäre Snobs. Ihr schleimt euch alle bei Ilse ein. Ihr redet von Ideologie. Das ist doch alles totale Scheiße. Wir sollen einander lieben.»
«Nein», warf Ilse ein. «Wir sollen unseren Teil beitragen. Es ist unrealistisch zu erwarten, daß wir uns alle lieben. Wir können höchstens verlangen, uns gegenseitig zu respektieren und für ein gemeinsames Ziel zu arbeiten. Wenn wir uns lieben, kommt es von der gemeinsamen Arbeit und nicht, weil jemand es schriftlich festgelegt hat.»
«Ich gehe jedenfalls zu ‹Rag› und liefere ihnen einen Artikel, der sich gewaschen hat. Und wer will, kann sich von diesen hochnäsigen Quatschköpfen verabschieden und mit mir kommen.»
Sue Betsychild und Annie Amazon folgten ihr aus der Tür. Annie warf verstohlen einen Blick zurück, um zu sehen, ob noch eine

mitkäme, aber keine rührte sich. Sie hörten Annies Ketten den ganzen Weg bis zur Haustür klirren.

«Was müssen diese Leute für ein kaputtes Ego haben. Wie verfaulte Dattelpflaumen.» Brenda schüttelte den Kopf.

«Das ist Poesie, Brendie.» Alice legte den Arm um sie.

«Irgendwann mußte es so kommen. Wenn wir über diese Gruppe und ihre Richtung sprechen, sollten wir untersuchen, warum es sich so lange hingezogen hat. Das ist vielleicht nicht unser vorrangiges Diskussionsthema, aber warum sind Frauen so anfällig für Emotionen? Verdammt.» Harriet setzte sich kopfschüttelnd wieder hin.

«Weil wir die Friedensstifterinnen sind, zuständig für das Glätten zerzauster Federn», sagte Brenda.

«Das mag sein, aber ich glaube, auch deswegen, weil wir uns über uns selbst unsicher sind.» Die Frauen starrten Ilse an. «Wir versuchen, eine Ideologie aufzubauen; uns ist schon eine Menge eingefallen, aber teils schwanken wir noch. Wir stecken noch nicht lange im politischen Kampf. Wir werden nicht ernst genommen, und das hilft uns kein bißchen weiter. Und seht uns an. Seht, wie jung wir sind – wir versuchen alle noch, uns in unserem eigenen Leben zurechtzufinden. Es ist leicht, uns Streß zu machen, vor allem mit Tränen. Wenn es was gibt, worauf Frauen reagieren, dann sind es Tränen.»

«Ilse, du willst doch nicht etwa sagen, wir sollen gefühllos und pseudo-rational sein und die Emotionen ausschalten, wie es die Männer tun?» fragte Harriet in gelassenem Ton.

«Ich weiß nicht, Harriet. Weißt du noch, wie wir diese Gruppe gegründet haben und alle darüber redeten, sie müßten einen Zugang zu ihren Emotionen finden? Wir dachten, wenn wir zu einem emotionalen Kern vorstoßen könnten, würde die Revolution wie durch Zauber folgen. Ich sage nicht, wir sollten unsere Gefühle einfach ausschalten, aber ich ziehe harte intellektuelle Arbeit mehr und mehr vor. Wir hatten genug Zeit, uns zu überlegen, was richtig und was falsch gelaufen ist. Irgendwie glaube ich langsam nicht mehr so richtig an Emotionen. Wir sind alle in einem System aufgewachsen, das unseren Bedürfnissen feindlich gegenübersteht, einem System, das in uns Funktionen statt Menschen sieht. Wie können wir ganz auf unsere Reaktionen vertrauen? Soweit wir wissen, könnte Mitgefühl eine konditionierte Reaktion sein, eine, die uns weiterhin unterdrückt hält, indem sie die Probleme anderer über unsere eigenen stellt. Ist es nicht das, was brave Frauen immer tun, sich opfern? Wir könnten aus Unterdrückung eine Tugend machen.»

«Das ist zwar immer noch keine Medienpolitik, aber es ist faszinierend», bemerkte Brenda.

Alice schloß sich an: «Ich habe die gleichen Fragen, Ilse, Fragen, die mir noch vor drei Monaten gefährlich erschienen wären. Aber eins scheint mir nach wie vor gefährlich, nämlich der Rückzug auf harte intellektuelle Arbeit. Ich finde, gerade dieser Weg würde uns von anderen absondern. Wir müssen uns gleichzeitig organisieren und versuchen, unsere Schlüsse zu ziehen.»

«Ja und nein», sagte Ilse. «Wir können die nächsten fünf Jahre Tanzereien für die schwule Gemeinde veranstalten, aber ich glaube nicht, daß wir dadurch noch was lernen können. Wir haben es als Lernprozeß erschöpft. Andere Leute, die noch nicht so lange in der Bewegung sind wie wir, könnten es übernehmen und daraus genau so lernen wie wir. Es muß so etwas wie eine organisierte Erfahrungskette geben. Wir haben etwas gelernt. Wenn wir uns jetzt hinsetzen und es aufschreiben, gut. Frauen in Wisconsin können es lesen und davon lernen. Frauen in New York könnten auch lernen, indem sie die Aufgabe erfüllen, mit der wir angefangen haben, und dann weitermachen, wenn sie durch Erfahrung gelernt haben. Es ist unglaublich, wie unfähig wir waren, unser Wissen zu vermitteln – und ein Grund dafür ist, daß wir keine großen Organisationen haben, um den Leuten gemeinsame Wege zum Lernen anzubieten. Ein Positionspapier ist nicht genug. Es wird Zeit, zu erkennen, daß einige von uns dank ihrer Jahre in der Bewegung mehr wissen und andere dank besonderer Talente.»

«Hört sich gräßlich an.» Brenda grinste. «Aber ich weiß, daß es

stimmt. Wir stellen immer die Feinheiten der Theorie über die Realität der Praxis. Es wird Zeit, daß wir die Füße wieder auf die Erde kriegen.»
«Ich bin nicht sicher, ob wir schon Entscheidungen treffen können. Haben wir genug Beweise?» Judy Avery, die den ganzen Abend geschwiegen hatte, meldete sich zu Wort.
Ilse drehte sich zu ihr um. «Allen getroffenen Entscheidungen liegen unzureichende Beweise zugrunde.»
«Ja, aber haben wir das Recht, Entscheidungen für andere Leute zu treffen?» wollte Alice wissen.
«Alice, was für andere Leute? Es ist eine Frage der Verantwortung. Eltern müssen Entscheidungen für ihre Kinder treffen. Du kannst ein Kind nicht ziellos herumtappen lassen. Du triffst Entscheidungen, wann das Kind gefüttert, gewaschen, erzogen wird. Das ist Verantwortung – und wenn alles klappt, bringst du dem Kind bei, für sich selbst verantwortlich zu sein. Kleine Mädchen, die jetzt ein Jahr alt sind, werden davon betroffen sein, ob wir Entscheidungen fällen oder nicht. Und was ist mit den Erwachsenen? Sieh dir die vielen Frauen an, die die Frauengruppen auf der Suche nach einem Ausweg aus dem Irrgarten überschwemmen. Weißt du, was wir mit ihnen gemacht haben? Wir haben sie direkt in unsere Mitte geschubst, mitten in das Programm, an dem wir gerade arbeiteten, oder in den politischen Kampf, den wir gerade kämpften. So was Hirnrissiges. Das ist, als würdest du jemanden, der nicht schwimmen kann, in einen Fluß mit einer starken Strömung werfen. Kein Wunder, daß die Verlustquote so hoch war. Wir müssen Verantwortung für die Leute übernehmen, die zu uns kommen. Woher kommen sie? Wissen sie überhaupt, was sie wollen? Können wir ihnen helfen? Können sie uns helfen? Wir müssen eine Organisation aufbauen, an der die verschiedensten Leute teilhaben können, entsprechend ihren unterschiedlichen Bedürfnissen, Fähigkeiten, Wünschen. Wir können nicht alle über einen Kamm scheren. Aber das haben wir unter dem Deckmantel der Schwesternschaft getan. Wirklich, glaubt mir. Wir haben unter der Voraussetzung gehandelt, daß jede von Grund auf ein politi-

scher Mensch, eine Organisatorin, eine Theoretikerin sein muß. Das ist Quatsch. Wir haben Frauen das gleiche angetan, was Männer uns angetan haben. Wir haben ihnen ihre Identität genommen, indem wir erwarteten, daß alle die gleichen Aufgaben erfüllten.»

Harriet seufzte. «Gib mir Zeit, darüber nachzudenken. Es war eine anstrengende Versammlung. Ich glaube, es ist besser, wir machen weiter, wenn wir ausgeruht sind. Nachdem jetzt die Blokkade abgebaut ist, können wir alle mit mehr Vertrauen nach Lösungen suchen.»

«Wartet, bevor wir für heute abend Schluß machen, möchte ich euch drei Kriterien aus einem Pamphlet vorlesen, das ich neulich abend gelesen habe», rief Alice. «Vielleicht wollt ihr sie euch aufschreiben, dann können wir sie auf der nächsten Versammlung durchsprechen, oder auch nach und nach. Es geht um die Bewertung von Programmen oder Aktionen. Okay? Erstens: Entsprechen sie dem Material und/oder den Bedürfnissen? Zweitens: Bringen sie Frauen zusammen? Lehren sie uns siegen? Drittens: Schwächen sie die gegenwärtige Machtstruktur? Das wär's.»

Alice und Ilse nahmen den Bus auf der East Ninth Street und fuhren zusammen zur Hudson Street.

«Ilse, ist es nicht komisch, daß wir uns gegenseitig Kritik an den Kopf werfen können – und das ist ein Fortschritt –, es uns aber immer noch schwerfällt, uns gegenseitig zu loben?»

«Darüber hab ich nie nachgedacht.»

«Ich möchte dir ins Gesicht sagen, daß du einen scharfen Verstand hast. Wer weiß, ob wir alle Antworten finden, aber du stellst die tiefsinnigen Fragen, die hinter vielen unserer unüberlegten Handlungen oder Anschauungen stehen. Ich bin wirklich froh, daß wir zusammen sind. Immer, wenn ich mich über Frauen wie

Olive ärgere, erinnere ich mich, daß ich ohne die Bewegung nie Menschen wie dir begegnet wäre.»
Ilse nahm ihre Hand. «Danke. Ich – ich bin auch froh, daß du dabei bist.»
«Vielleicht liegt es daran, daß ich vorigen Monat fünfundzwanzig geworden bin, ein Vierteljahrhundert. Hört sich so alt an. So lange lebe ich schon? Aber mir ist klar geworden, diese Bewegung ist ein Lebenswerk. Ich werde diesen Kampf kämpfen, so lange ich lebe. Das war mir vorher nicht klar gewesen. Ich sehe die Dinge ein bißchen ernsthafter, und ich hab gemerkt, daß mein Leben absehbar ist. Ich weiß nicht, ob das einleuchtend klingt, aber in der High-School und auch noch auf dem College hatte ich die unbestimmte Vorstellung, mein Leben sei endlos. Ich dachte, ich könnte malen und reisen, singen und lesen, einfach alles. Dieses Gefühl hab ich nicht mehr. Mein Leben ist jetzt fest umrissen und begrenzt. Jetzt weiß ich, was ich tun werde, und plötzlich ist das ganze Chaos beseitigt. Es herrscht Frieden. Das ist ein Widerspruch: Ich habe beschlossen, mein Leben im Kampf zu verbringen, und das hat mir Frieden geschenkt.»
«Nein, es hört sich richtig an. Ich verstehe, was du sagst. Ich glaube nicht, daß ich schon so eine klare Vorstellung von meiner Arbeit habe wie du von deiner. Ich weiß, daß ich auch für den Rest meines Lebens in der Bewegung bleiben werde, aber du bist so begabt. Du könntest alles organisieren, vom Bau eines Schlachtschiffes bis zu einer Tee-Party auf dem Rasen des Weißen Hauses – für Lesben. Ich bin immer wieder erstaunt, wie du es fertigbringst, daß Menschen und Material harmonieren. Organisieren kann ich auch, aber nicht so gut wie du.»
«Weil du Dummköpfe nicht gelassen erträgst.»
«Wenn du Olive meinst, nein.»
«Nein. Olive ist boshaft. Ich meine, du erwartest von allen, daß sie so intelligent sind wie du. Du hast keine Geduld. Wenn du mit Leuten arbeitest, mußt du ihre Grenzen genauso akzeptieren wie ihre Begabungen.»
«Jetzt krieg ich ein schlechtes Gewissen.»

«Das brauchst du nicht. Hast du nicht heute abend gesagt, wir dürfen nicht alle Menschen über einen Kamm scheren, wir müssen unsere Begabungen einsetzen, wo sie am meisten nützen? Du kannst einigermaßen organisieren, andere können das vielleicht besser. Aber du hast die Courage, gezielte Fragen zu stellen. Denk daran. Außerdem mußt du ja nicht auf der Stelle eine Entscheidung treffen.»

«Zum Glück. Wir sind da. Ich begleite dich nach Hause.»

«Danke. Sag mal, triffst du dich noch mit Carole?»

«Ja, ich sollte eigentlich heute abend zu ihr kommen, aber die Versammlung hat so lange gedauert. Ich hab glatt vergessen, sie anzurufen.»

«Willst du sie aus meiner Wohnung anrufen?»

«Nein danke. Ich wohne ja nur zwei Minuten von dir weg. Ich ruf sie an, wenn ich nach Hause komme, und berichte ihr alles haarklein.»

«Hast du nicht mal gesagt, sie interessiert sich nicht für Politik?»

«Nicht so wie wir. Wie du gesagt hast, ich habe sie nach meinen Maßstäben beurteilt, aber verglichen mit anderen, die auch nicht in der Bewegung sind, ist sie gut informiert.»

«Sie ist umwèrfend. Wenn sie hinginge und Reden hielte, würden die Leute in die Bewegung eintreten, bloß um sie kennenzulernen.» Alice lachte.

«Das muß ich ihr sagen.»

«Hört sich an, als liefe es gut mit euch.»

«Sieht so aus. Manchmal bringt sie mich zur Weißglut. Ich meine, ich hätte sie wohl gerne in der Bewegung. Ihre Art, wie sie über allem steht, ärgert mich, aber sie unterstützt mich emotional. Das Alter macht einen Unterschied. Dinge, über die ich mich aufrege, bringen sie nicht aus der Ruhe. Immer ausgeglichen, verstehst du? Sie hat eine andere Perspektive. Sie hat mehr gesehen, zumindest von der Alltagswelt.»

«Das brauchen wir. Viele ältere Frauen sind Reformistinnen, und das nützt uns verdammt wenig.»

«Ja, ich weiß. Zu schade, daß die älteren Lesben sich noch immer im Schrank verstecken.»
«Man sollte meinen, sie müßten inzwischen an den Kleiderbügeln erstickt sein.» Alice lachte.
«Was dagegen, wenn ich mir den Spruch ausleihe?»
«Quatsch, was mein ist, ist auch dein. Danke, daß du mich nach Hause begleitet hast.»

Ilse ging die zwei Häuserblocks nach Hause. Von der Versammlung ausgelaugt, ging sie langsamer als sonst, obwohl sie Carole anrufen wollte.
Das Rauschgift namens Medien, es macht die Menschen unempfindlich für Gewalt. Warum habe ich das nicht auf der Versammlung gesagt? Wir sind umringt von Verbrechen, Gewalt und nostalgischer Sehnsucht. Aus einem unerfindlichen Grund fiel ihr ein Gespräch ein, das sie mit Adele geführt hatte, als sie das letzte Mal zu viert zusammengesessen hatten. Sie wollte wissen, warum Adele ein so grausames Volk wie die Azteken erforschte. Adele erklärte, nicht die Azteken seien ihr Forschungsgebiet, sondern das klassische Zeitalter der Mayas, aber sie habe auch oberflächliche Kenntnisse über die Azteken.
«Wieso findest du, daß sie grausam waren?» fragte Adele zurück.
«Weil sie Menschenopfer darbrachten. Nicht nur eins im Jahr, sondern jede Menge.»
Adele erwiderte: «Und du meinst, wir tun das nicht?»
Adeles Erklärung, warum sie solche Riten hatten, ging ihr nicht aus dem Kopf. Nicht, daß die aztekischen Götter besonders grausam gewesen wären. Sie waren gierig. Alles Leben ist gierig. Die Zerstörung lebender Dinge ist der Trommelwirbel des Lebens. Der Tod speist das Leben. Ohne ständigen Tod wäre das Leben

der Götter erschlafft, und wie kann eine Kultur bestehen, wenn ihre Götter sterben? Sie speisten ihre Götter, und dann saßen sie zusammen, um etwas von der Kraft der Götter in sich aufzunehmen.

Vitos hungriges Miauen löschte die Azteken aus ihren Gedanken. Sie fütterte die Katze und rief Carole an.

«Hallo.»

«Hallo, tut mir leid, daß ich nicht früher angerufen habe.»

«Ilse, wo bist du?»

«Zu Hause. Die Versammlung hat so lange gedauert, ich bin fix und fertig. Endlich ist es zum großen Knall mit Olive gekommen. Sie wollte, daß ‹Village Rag› einen Artikel über uns bringt. Kannst du dir das vorstellen?»

«Klar», sagte Carole. «Sie könnten ihn ‹Waisenkinder der Bürgerlichkeit› nennen.»

«Verdammt, Carole, nach dem heutigen Abend finde ich das nicht komisch. Sie hat mich angeschrien, ich sei elitär, und wozu wir eine Medienpolitik brauchten? Alice und ich meinten, wir brauchten mehr als eine Medienpolitik...» Ilses Stimme schwankte etwas. Sie hatte sich heute abend verausgabt. Sie konnte nicht mehr zusammenhängend denken. Sie wollte Mitgefühl von Carole, Anerkennung, weil sie für die gute Sache gekämpft hatte. Caroles Witz war weit davon entfernt, ihr die Bestätigung zu geben, nach der sie sich sehnte. Jetzt war sie wütend, völlig ermattet und plapperte drauflos.

«Ilse, erspar mir deinen Bewußtseinsstrom und komm zur Sache. Kommst du her oder bleibst du zu Hause?»

«Alles ist ein Bewußtseinsstrom, das Postamt eingeschlossen!» Ilse legte auf.

Am nächsten Tag rief Carole Ilse aus dem Büro an und entschuldigte sich. Ilse entschuldigte sich gleichfalls.

D*onnerstagmorgen um Viertel nach acht* paradierte Dutton wie gewöhnlich draußen mit seinem Hund. Carole, die hinter dem Paar ging, bemerkte, daß dem Hund ein Stück Schnur aus dem Hintern hing. Als sie gleichauf mit dem Frauenfeind war, schenkte sie ihm ihr strahlendstes Lächeln.

«Mr. Dutton, aus dem After Ihres Hundes ragt ein unbekanntes Objekt.»

Duttons Augen traten aus den Höhlen, dann schwenkten sie zum Hinterteil seines Hundes, aus dem tatsächlich eine fettige Schnur baumelte. Carole verließ ihn, als er sich zu seinem alternden Gefährten hinunterbeugte und liebevoll versuchte, die Schnur herauszuziehen. Jedesmal, wenn er zog, jaulte der Hund und drehte sich im Kreis. Carole lachte den ganzen Weg bis zur 57th Street, wo sie an allen Tagen, wenn sie Vorlesung hatte, in den Bus stieg. Heute wird ein guter Tag, dachte sie.

Gutgelaunt wie immer, ruckte und rüttelte Riley sie zum siebten Stock hinauf. Als die Tür aufging, bemerkte sie, daß Fred nicht hinter seinem Schreibtisch hervorspähte. Sie zog die vielen Postwurfsendungen und ihre Telefonnotizen aus ihrem Briefkasten. *BonBon hat angerufen. Wichtig*, stand da gekritzelt. *Adele hat angerufen. Sofort zurückrufen. Ilse hat angerufen. Dringend.*

«Adele, was gibt's?»

«Hast du ‹Village Rag› gelesen?»

«Natürlich nicht. Ich lehne es ab, diesen Schund zu lesen.»

«Es steht ein gemeiner Artikel drin, für den Olive Holloway zeichnet. Er zieht in erster Linie Ilse von einem Ende Manhattans zum anderen durch den Dreck.»

«Was? Arme Ilse, ich muß sie sofort anrufen.»

«Warte, Carole. Das ist noch nicht alles. Diese Olive nennt dich nicht beim Nachnamen, aber sie läßt durchblicken, daß Ilse – ich zitiere – ‹von einer gutbetuchten Kunsthistorikerin namens Carole, die an einer der renommiertesten Universitäten der Stadt lehrt›, ausgehalten wird. Wie viele Kunsthistorikerinnen namens Carole gibt es an den beiden New Yorker Unis? Wenn ich dieses Gör jemals erwische, schlag ich sie windelweich. Wie fühlst du dich? Soll ich meine Vorlesung ausfallen lassen und rüberkommen? Sollte es einen Kampf um deinen Job geben, möchte ich dabei sein.»

«Nein. Adele, nein. Das würde Fowler nicht wagen. Ich bin fest angestellt. Das möchte ich sehen, daß er sich bei mir auf eine Moralklausel beruft. Ich habe Ilse nie mehr bezahlt als ein Abendessen und ein Taxi. Herrgott, was für eine Irre ist diese Olive?» Carole war beunruhigter, als sie sich anhörte.

«Klarer Fall von sauren Trauben, scheint mir. Wer bestraft gehört, das sind die Leute von Rag, weil sie so was Unverantwortliches gedruckt haben.»

«Hör zu, Adele. Ich möchte heute abend zu dir rüberkommen, oder vielleicht kommen Ilse und ich beide, wenn du meinst, daß LaVerne nichts dagegen hat. Ich möchte Ilse jetzt gleich anrufen. Sie ist bestimmt völlig fertig.»

«Natürlich. Du gehörst zur Familie, frag nicht erst um Erlaubnis. Und ruf mich an, wenn irgendwas schiefgeht, hörst du?»

«Danke, Adele. Dell – ich liebe dich.»

«Ich liebe dich auch.»

Carole legte den Hörer hin, faßte sich und wählte Ilses Nummer.

«Liebes?»

«O Carole, Carole, es tut mir so leid. Hoffentlich denkst du nicht, ich hätte irgendwas damit zu tun. Ich meine, ich habe dich ein paarmal erwähnt, aber nie dieser Frau gegenüber. Sie hat es aufgeschnappt. O bitte, hoffentlich denkst du nicht, es ist meine Schuld. Ich meine, ich will mich nach außen hin bekennen, aber doch nicht so.»

«Ilse, laß gut sein. Es gehört mehr dazu als eine abfällige Bemerkung in einem Schundblatt, um mich hier ernsthaft in Schwierigkeiten zu bringen. Adele sagte mir, der Artikel ist überwiegend eine Breitseite gegen dich.» Carole hoffte es mehr, als daß sie daran glaubte.

«Ja, ja, ich weiß. Wir haben bei der Bürgerrechtsvereinigung angerufen, um zu hören, ob wir einen rechtlichen Anspruch haben.

Ich spreche heute nachmittag mit der Frau in der Abteilung für Frauenrechte. Olive Holloway wird restlos fertiggemacht.»

«Darf ich dir einen kleinen Rat geben?»

«Jetzt hörst du dich an wie meine Mutter.»

«Dagegen ist nichts einzuwenden. Mütter behalten meistens recht, bloß kommst du erst dahinter, wenn du so alt bist wie deine Mutter war, als sie dir den Rat erteilte.»

«Okay, du bist im Augenblick vermutlich ohnehin vernünftiger als ich.»

«Vergiß die Sache. Mach keine Anzeige.»

«Kampflos aufgeben? Niemals.»

«Laß mich ausreden. Die Welt ist voll von Frauen wie Olive. Du wirst dich aufreiben, wenn du auf sie eingehst. Und wenn du mit ihr quitt sein willst, dann denk daran, Rache ist ein Gericht, das am besten kalt serviert wird. Also warte. Vielleicht kommst du während des Wartens zu der Erkenntnis, daß sie soviel Aufwand gar nicht wert ist. Außerdem, die größte Rache ist dein Erfolg. Du solltest Olive einfach ignorieren und deine Arbeit weitermachen. Das gilt für eure ganze Gruppe.»

«Nicht für die Gruppe. Das mindeste, was wir tun können, ist einen kurzen, geharnischten Brief an die Redaktion schreiben. Und vielleicht ein paar Journalisten auf unsere Seite ziehen, damit sie dort anrufen.»

«Vielleicht. Das mußt du mit deiner Gruppe entscheiden, aber was dich persönlich betrifft, hör auf mich.»

«Ja, Mama.»

«Adele macht sich auch Sorgen um dich. Magst du heute abend mit zu ihr gehen? Dann können wir zusammen essen.»

«Das würde ich gerne. Du weißt, ich mag Adele und LaVerne, aber die Gruppe muß sich heute abend treffen, um zu beschließen, was wir tun sollen. Wenn ich vor zwei Uhr morgens rauskomme, ruf ich an, um zu sehen, ob du wieder zu Hause bist, und komme vielleicht noch vorbei. Okay?»

«Okay.»

Als sie auflegte, hörte sie die Fahrstuhltür knallen und Freddie

Fowler pfeifen. Er kam durch den Flur zu ihrem Büro, steckte den Kopf herein und zirpte: «Darf ich reinkommen?»

«Sicher.»

Als er sich ihr gegenüber setzte, sah Carole, daß er ein Exemplar des *Village Rag* unter den Arm geklemmt hatte.

«Gestatten Sie mir, die Tür zu schließen, Carole.» Er senkte die Stimme.

«Fred, ich hatte Sie für raffinierter gehalten.»

Freds Lippen zuckten. Carole brachte ihn aus der Fassung, egal was er sagte oder tat. «Carole, ich habe heute im ‹Village Rag› einen äußerst beunruhigenden Artikel gelesen und bin direkt zu Ihnen gekommen. Sie sollen wissen, daß Sie sich mir mit Ihrem, hm, Problem anvertrauen können. Schließlich befassen wir uns mit Kunst und sind an so etwas gewöhnt.»

«An was, Fred?»

Er wand sich. «Haben Sie den Artikel gelesen?» Gott bewahre, daß das *Wort* seinen Lippen entschlüpfte.

«Sagen wir, ich wurde darauf aufmerksam gemacht.»

«Sie sollen wissen, daß wir uns einigen können, auch wenn diese boshafte Beschuldigung wahr ist. Wir schätzen Sie hier.»

«Sie schätzen mich? Mein Ruf erhellt eine trübe Fakultät. Sprechen Sie's offen aus, Chef.»

«Bitte, es besteht kein Anlaß zu Feindseligkeiten. Ich sehe ein, daß Sie unter Anspannung stehen müssen.»

«Weswegen? Habe ich das Alter erreicht, in dem Mitbewohnerinnen Verdacht erregen?»

«Hören Sie, Carole, ich vermute schon seit geraumer Zeit, daß Sie vielleicht einen anderen Lebensstil haben als die meisten Leute.»

«Wirklich, ich habe keine Ahnung, wie die meisten Leute leben. Das ist ein zu weites Feld für mich.»

«Kommen Sie, wir kennen uns seit Jahren. Mir können Sie Ihr Geheimnis anvertrauen. Ich habe Ihnen gesagt, es wird meine Hochachtung vor Ihnen nicht beeinträchtigen – ob Sie dieses Mädchen aushalten oder nicht.»

«Das Wissen um ein Geheimnis ist keine Garantie für seine Wahrheit», fauchte Carole.
«Ich wollte nicht andeuten, daß ich an Ihrem Wort zweifle.»
«Fred, ich halte kein ‹Mädchen› aus, wie Sie es nennen. Versuchen Sie's nächstes Mal mit Frau.»
Fred, verwirrt, lief rot an. Er war sich nicht ganz sicher, warum das Wort beleidigend war, aber er meinte ja auch, über solchen semantischen Banalitäten zu stehen. «Es tut mir schrecklich leid. Ich hätte es besser wissen müssen.»
«Mich fasziniert, daß Sie das Wort nicht aussprechen.»
«Welches Wort?»
«Lesbierin.»
Diesmal zuckte Freds ganzer Körper. «Nun, es ist so ein anstößiges Wort. Und wie Sie bemerkten, ich habe keinen triftigen Grund, so etwas auch nur zu denken. Carole, es tut mir schrecklich leid.»
«Das soll es auch. Weil Sie geglaubt haben, ich würde eine Frau aushalten, ohne jeden Beweis, abgesehen von einem verleumderischen Artikel in einer miesen Illustrierten.»
«Ich hoffe, dieses kleine Mißverständnis wird Ihre Achtung meiner Person nicht beeinträchtigen. Wir hatten immer so ein gutes Arbeitsverhältnis.»
«Was bringt Sie auf die Idee, ich hätte Achtung vor Ihnen, Sie aufgeblasener Esel? Sie scheuchen die Fakultät herum, halten herrschsüchtig alle Fäden in der Hand. Sie sitzen in Ihrem Büro wie eine Fliege, die jedesmal, wenn die Fahrstuhltür aufgeht und eine Frau herauskommt, die Vorderbeine aneinanderreibt. Sie haben so oft versucht, mich anzumachen; wenn ich dafür jedesmal ein Fünfcentstück bekommen hätte, wäre ich jetzt reich. Und außerdem, Fred Fowler, Sie sind so banal, daß es weh tut. Jede mit Ihnen verbrachte Minute ist langweilig, absolut öde.»
Gelähmt von dem Wortschwall, hockte Fred auf seinem Stuhl und hatte offensichtlich Angst, auch nur die Augäpfel zu bewegen.
«Hat es Ihnen die Sprache verschlagen, Freddie?»
«Sie, Sie sind eine Männerhasserin. Ich hab's gewußt. Ich hab's

immer gewußt. Sie haben keinen Funken Wärme. Verdammte Lesbe.» Er hatte Schaum vor dem Mund.

«Mein Lieber, ich habe nicht die Kraft, Männer zu hassen. Ich bin neutral. Sie sind nur ein geringfügiges Ärgernis. Lassen Sie sich nicht von Ihrem dämlichen Ego zu mehr aufblasen, als Sie sind, eine Abart eines lästigen geflügelten Insekts, eine Fliege.»

«Kastratorin.»

«Um Männer zu kastrieren, muß man bereit sein, ihnen nahe zu kommen. Darauf kann ich mich nicht einlassen.»

«Ich könnte Sie feuern lassen. Soweit sind wir noch nicht, daß Homosexualität auf dieser Universität offiziell geduldet wird.»

«Beweisen Sie es, Fred. Beweisen Sie, daß ich homosexuell bin.»

Daraufhin schwankte er. «Sie sind es aber.»

«Stimmt. Ich liebe Frauen. Ich habe Frauen immer geliebt und werde sie immer lieben, und das hat so gut wie nichts mit Schwächlingen wie Ihnen zu tun.»

«Sie haben es gesagt. Sie haben es gesagt. Jetzt hab ich Sie am Wickel.»

«Versuchen Sie's. Wenn Sie mich verlieren, verlieren Sie die einzige Professorin von internationalem Rang, die Sie haben. Und mehr noch, Fred, was sagt Ihnen der Name Sheila Dzuby? Oder Nan Schonenfeld? Priss Berenson? Oh, ich könnte die Liste endlos fortsetzen. Sie haben einen untrüglichen Instinkt für junge Frauen, deren Notendurchschnitt eine Aufbesserung benötigt, Sie unersättlicher Geier. Sie befinden sich im Niemandsland. Nan kam im letzten Semester in Tränen aufgelöst zu mir, Ihretwegen. Sheila wollte Sie dem Rektor melden. Wenn Sie den Bogen überspannen, werden Sie sehen, was passiert, wenn diese lieben jungen Dinger, die Sie verführt haben, auspacken.»

Mit aschfahlem Gesicht stand Fred auf. Seine Hände zitterten, und eine kleine Schweißperle glänzte auf seiner Oberlippe. «Wollen wir diesen ganzen unseligen Vorfall nicht einfach vergessen?»

«Von mir aus gern. Aber eine Kleinigkeit noch: Wenn ich jemals höre, daß Sie wieder eine Studentin unter Druck setzen, verpasse ich Ihnen einen Tritt, daß Sie Ihre Eier als Ohrringe tragen können.»

Er schluckte und verdrückte sich zur Tür hinaus. Die Auseinandersetzung hatte Carole ebenfalls erschüttert, aber das merkte sie erst, als Fred das Zimmer verlassen hatte.

Auch wenn ich den schmierigen Widerling in die Schranken gewiesen habe, bedeutet das nicht, daß diese Angelegenheit erledigt ist. Wer weiß, wie viele andere Leute in der Fakultät es gelesen haben? Wegen Roger muß ich mir keine Sorgen machen, er und Bob Kenin sind schwul. Bleiben noch vier. Ich kann ebensogut allen die Stirn bieten und die ganze verdammte Geschichte hinter mich bringen. Sie ging in die kleine Büroküche, nahm eine Cola aus dem Kühlschrank, klopfte dann an Marcia Gahagans Tür. Neben Roger und Bob war Marcia die einzige Person unter den Professoren der Fakultät, aus der sie sich etwas machte.

«Herein.»

«Marcia...»

«Setz dich, Carole. Ich habe alles gehört. Du hast vergessen, daß unsere Büros nebeneinander liegen. Ich bin froh, daß du das Schwein endlich zur Rede gestellt hast.»

Tränen traten in Caroles Augen. Sie wollte nicht weinen, aber Marcias herzliches Entgegenkommen war so erwünscht und kam so unerwartet. Marcia stand auf und reichte Carole ein Papiertaschentuch.

«Danke. Meine Güte, ich staune über mich selbst. Wenn mir jemand gesagt hätte, ich würde mit Fred so umspringen, wie ich es getan habe, und dann hierherkommen und heulen, ich hätte ihn für verrückt erklärt. Ich weiß nicht. Irgendwas ist ausgerastet.»

«Carole, um es klarzustellen, ich weiß schon lange, daß du lesbisch bist. Das ist deine Sache. Manchmal, wenn ich dich zu einer Party eingeladen habe, wollte ich sagen: ‹Bring deine Freundin mit›, aber ich hab's nicht gesagt, und das tut mir leid. Es ist albern, wenn wir uns als Erwachsene in diesen Dingen so

unbeholfen anstellen. Bitte verzeih mir, daß ich dir lange Zeit keine Freundin war.»
«Danke.» Carole reichte ihr verdattert die Hand, und Marcia nahm sie und schloß Carole dann in die Arme.
«Fred wird es nicht wagen, etwas zu unternehmen. Ich glaube, für dich besteht keine Gefahr.»
Carole lachte, während sie ihre Tränen trocknete. «Ich weiß. Ich kann den Klatsch nicht ertragen, den dieser verdammte Artikel lostreten wird, deshalb dachte ich, ich gehe zu den anderen Mitgliedern der Fakultät, die es nicht wissen, und dann ist der Fall ein für allemal erledigt.»
«Professor Stowa ist so alt, er wird denken, du redest von einer Sappho-Übersetzung, ihn kannst du also streichen. Ich bezweifle, daß die anderen den Artikel lesen, und wenn, werden sie es dir gegenüber andeuten, und dann kannst du sagen, was du zu sagen hast.»
«Kluger Rat. Geht die Uhr auf deinem Schreibtisch richtig?»
«Müßte sie eigentlich.»
«Ich komme fünf Minuten zu spät zu meiner Vorlesung. Nochmals danke, Marcia.»
Carole rannte zum Fahrstuhl und bemerkte, daß Fred seine Tür geschlossen hatte. Die ersten Früchte des Sieges, dachte sie.

«Erstaunlich», wunderte sich LaVerne, als Carole ihre Geschichte beendete.
«Ich komme nicht über Marcia hinweg», pflichtete Adele ihr bei.
«Vertraulichkeit erzeugt Einigkeit.»
«Vergeben wir heute abend Punkte?» fragte LaVerne.
«Die Liebe nimmt das Gute mit dem Schlechten.» Carole hob die Hände zum Himmel.
«Das war ein Pluspunkt. Los, lobt mich ein bißchen.»

«Komisch, mir ist, als wäre mir eine Last von den Schultern genommen. Das muß ich Ilse hoch anrechnen. Sie hatte recht, man soll sich zu seinen Neigungen bekennen.»
«Im Idealfall sollte das eine individuelle Entscheidung sein. Du hattest ein bißchen Hilfe», stellte LaVerne fest.
«Du hättest jede Art von Hilfe gehabt, wenn du gewollt hättest. BonBon plante, aufgetakelt wie zu einem Banküberfall, so daß sie den ganzen Verkehr aufgehalten hätte, zur Uni zu gehen und Fred an den Kopf zu werfen, er halte sich weiße Sklavinnen», kicherte Adele.
Auf das Stichwort «weiß» kreischte Lester: «Bwana, weißer Teufel.»
«Wem sagst du das. Ich habe heute am Telefon zwanzig Minuten gebraucht, um sie zu beruhigen. Sie hat sich mehr aufgeregt als ich.»
«Zu schade, daß Ilse nicht hier sein kann. Wir könnten deinen großen Tag alle zusammen feiern», seufzte LaVerne.
«Wir können am neunundzwanzigsten feiern, wenn wir sie von der Arbeit abholen.»
«Adele, du könntest mir wenigstens einen kleinen Tip geben.»
«Komm schon, mach ihr Appetit.»
«Okay. Der neunundzwanzigste September ist Cervantes' Geburtstag. Er wurde 1547 geboren. Das ist ein großer Tip. Mehr sag ich nicht.»
Auf der kleinen Veranda vor dem Haus kauerte Ilse, die Knie unters Kinn gezogen.
«Was machst du hier draußen?»
«Ich warte auf dich. Außerdem, der Abend ist so schön, da dachte ich, ich setze mich draußen hin und versuche mich zu erinnern, wie die Sterne aussehen.»
«Wie war die Versammlung?»
«Großartig. Wir haben beschlossen, was getan werden muß, und das war's. Danach sind wir zu größeren Themen übergegangen.»
«Und was habt ihr beschlossen?»

«Das ist unser Geheimnis.»
Das Öffnen der Wohnungstür befreite Louisa May, die die Treppe hinuntertappte und dann wieder hinaufstürmte.
«Werdet ihr gerichtlich vorgehen?»
«Unsere Anwältin hat heute mit ihnen gesprochen. Sie sind ein bißchen nervös. Ich bin ganz sicher, daß sie sich auf eine Entschuldigung oder eine Gegendarstellung einlassen. Aber als dieser Punkt abgehakt war, wurde es regelrecht aufregend. Nachdem Olive weg ist, reden die Leute richtig miteinander. Wir haben angefangen mit dem Versuch, die Gruppe zu definieren, und uns dann darauf geeinigt, daß wir uns vielleicht besser zuerst selber definieren, verstehst du?»
«Nicht ganz.»
«Also, Frauen waren immer ohne Identität, ohne Ich. Wir waren nur Funktionen, Dienstleistungen – Mutter, Ehefrau oder Sekretärin. Dieser ganze Scheiß. Wenn die Bewegung schnell etwas erreichen will, müssen wir den Frauen helfen, zu werden, was sie sind, klar?»
«Ich habe immer gewußt, wer ich bin. Ich glaube, ihr bringt heterosexuelle Frauen mit Frauen durcheinander, die wissen, daß sie ihren Lebensunterhalt verdienen müssen und ihren gesellschaftlichen Status nicht dadurch erreichen werden, daß sie Mrs. Soundso sind.»
«Wie?»
«Ihr könnt nicht einfach alle in einen Topf werfen.»
«Na gut, aber du mußt zugeben, die Suche nach Identität ist sehr real und schmerzhaft.»
«Schwachsinn. Alles Erfindung.»
Ilse war aufgebracht. «Was soll das heißen, Schwachsinn? Die Menschen müssen herausfinden, wer sie sind. Was glaubst du, weshalb es so viel Elend in diesem Land gibt?»
«Das Elend in diesem Land kommt daher, daß die meisten Amerikaner sich nicht der Unausweichlichkeit der Kausalität gebeugt haben.»
«Was?» rief Ilse ungläubig.

«Die Leute sind wie die Kinder. Sie begreifen nicht, daß ihre Aktionen Reaktionen haben.»
«Das hat nichts mit Identität zu tun!»
«O doch.»
«Ich sehe da überhaupt keinen Zusammenhang.»
«Laß mich kurz überlegen, ob ich es besser erklären kann.»
Ilse stand auf und ging in die Küche. «Möchtest du was?»
«Eine Cola mit Eis. Weißt du, es war einmal in einer übermütigen Laune, da dachte ich, Eis sei das Imperfekt von Wasser. Der Gedanke gefällt mir.»
Falls Humor darin lag, erkannte Ilse ihn nicht. «Aha.»
«Um wieder auf die Identität zurückzukommen, laß es mich mal so versuchen: Die Amerikaner glauben, du kannst wieder ganz von vorne anfangen. Das ist alles, was hinter der nach oben durchlässigen Gesellschaft steht, oder der nach unten durchlässigen, was für deine Generation eher zutrifft. Die Leute wollen glauben, sie können ihre Vergangenheit ausradieren. Erfahrungen werden nicht geteilt, sondern an der Wurzel gekappt. Es ist Wahnsinn zu denken, daß deine Vergangenheit deine Gegenwart nicht berührt. Das heißt, du akzeptierst die Konsequenzen deiner Handlungen nicht, auch wenn diese, etwa wo und wann du geboren bist, nicht von dir gesteuert wurden. Leuchtet dir das ein?»
«Ja, aber wir Frauen müssen die Vergangenheit vergessen. Wir müssen wiedergeboren werden und all die alten Wertvorstellungen, die uns unterwürfig gemacht haben, verwerfen.»
«Damit befürwortest du eine ahistorische Bewegung, und das bedeutet, du bist dazu verurteilt, die Fehler der Vergangenheit zu wiederholen. Ilse, sei vernünftig. Du kannst von den Menschen verlangen, sich zu ändern, aber du kannst nicht von ihnen verlangen, daß sie verwerfen, was sie waren, ohne ihren Selbsthaß zu verstärken.»
«Nein. Die Frauen müssen sich erneuern.»
«Na gut, ich sehe es eben anders.»
«Wie könntest du, wo du noch im Mittelalter steckst? Verdammt, was hat das Mittelalter mit der heutigen Zeit zu tun?»

«Eine Menge, meine Liebe, eine Menge. Vor allem für Frauen.»

«Laß hören.»

«Die Idee von der ritterlichen Minne gab den Frauen eine geistige Macht, die sie bis dahin nicht gekannt hatten. Die Männer glaubten, die unwiderstehliche Macht der Zärtlichkeit und Schönheit, die Frau, könne selbst die wildesten Tiere zähmen. Deswegen ist der letzte der Einhorngobelins so üppig geraten. Das Einhorn galt als grausame Bestie – ich glaube, es war ein Symbol für männliche Brutalität, auch wenn sie es damals noch nicht wußten –, und hier ist das Einhorn im Schoß der Dame dargestellt. Sie hat es gezähmt. Und dann war da das kleine Problem der Kreuzzüge. Die Männer waren jahrelang fort, sofern sie überhaupt zurückkamen, und deshalb wurden die Frauen oft Schloßherrinnen und erfüllten viele ursprünglich männliche Pflichten. Der Kaufmannsstand gewann an Bedeutung, und die Frauen arbeiteten ebenso schwer wie die Männer, um das Geschäft aufzubauen. Wer konnte es sich in jenen Tagen leisten, zu Hause zu bleiben? Die Kirche blieb entschieden gegen die Frauen eingestellt und ist es bis heute, doch das weltliche Leben veränderte sich. Es mag dir unbedeutend vorkommen, aber du bist das direkte Resultat davon, so weit entfernt das auch scheinen mag.»

«Also, das ist interessant. Aber es ist nicht zwingend. Ich möchte noch mal auf die Sache mit der Wiedergeburt zurückkommen. Warum soll ich mir meine Vergangenheit aneignen? Warum soll ich mich mit meiner Mutter oder meinem Vater identifizieren? Ich lehne alles an ihnen ab. Ich bin ein neuer Mensch.»

«Tatsächlich? Ist die Starrheit, mit der du deine Eltern verleugnest, nicht die gleiche Starrheit, die sie dir und deinen Ideen entgegenbringen? Du bist die Kehrseite derselben Medaille, und du solltest dich lieber damit abfinden, sonst zerstörst du das, woran dir am meisten liegt, eure Bewegung.»

Jetzt war Ilse beunruhigt. Sie fürchtete, ein finsterer Drache würde aus der Höhle ihres Unterbewußtseins hervorbrechen. «Du mußt dich präziser ausdrücken.»

«Ilse, du kannst nicht sein, was du nicht bist. Du bist keine arme Frau. Du bist nicht in Armut aufgewachsen. Du kannst nicht hingehen und so tun als ob. Ich sage nicht, du sollst zurück zu deiner Mutter laufen und schnell eine Runde im Langwood-Cricket-Club spielen; ich sage nur, du nützt der Bewegung mehr, wenn du deine Herkunft annimmst, statt sie abzulehnen, glaub mir. Ich habe fast zehn Jahre damit verbracht vorzugeben, ich sei eine Aristokratin. Wenn du zu anderen Frauen sagst: ‹Seht, da komme ich her, und seht, wie ich mich verändert habe›, dann werden die Frauen, die aus derselben Gesellschaftsschicht stammen wie du, auf dich hören. Und andere Frauen hören vielleicht auch auf dich, weil du ehrlich bist, statt die Mittellose zu spielen. Wenn du wiedergeboren bist, was nützt uns das, wenn wir nicht wissen, was du vorher warst? Schau, du leugnest gerade die Kraft, die eure Bewegung ausmacht. Du kappst deine Wurzeln und übergehst die Eucharistie.»

«Carole, ich verstehe nicht viel von religiösen Begriffen.»

«Du vermittelst den Leuten nicht, was dich verändert hat. Du kommunizierst nicht, teilst über deine Entwicklung nichts mit. Ohne diesen Entwicklungsprozeß wirkst du ausgesprochen einseitig und unglaubwürdig.»

«Ich muß darüber nachdenken. Ich kann dir nicht trauen... ich meine, ich fürchte immer, daß du versuchst, meine Arbeit herabzusetzen, weil du nicht in der Bewegung bist, um das durchzuboxen und zu organisieren. Es fällt mir schwer, dir zu trauen.»

«Du kannst wohl keiner trauen, die nicht genau so ist wie du?»

«Ich... Carole, du treibst mich immer in die Enge. Ich weiß nicht, vielleicht stimmt es, vielleicht ist es so, auch wenn ich das Gegenteil behaupte. Aber es ist schwer, Frauen zu trauen, die sich nicht aktiv an der Bewegung beteiligen.»

«Ich beteilige mich, aber auf meine Art.»

«Ja, und darauf kommen wir immer wieder zurück. Du kannst dich nicht in deinen Individualismusorgien ergehen und sagen, ich mache die Revolution auf meine Art. Um Himmels willen, Carole, damit behalten die Chauvischweine ja alles in der Hand!»

«Zugegeben, aber im Moment gibt es einfach keine Organisationen oder Projekte, die mich ansprechen. Vielleicht liegt es an meinem Alter oder auch daran, daß ich seit mehr als fünfundzwanzig Jahren für mich selbst aufkomme. Wenn mich etwas berührt, werde ich in Aktion treten. Schau, wegen des verdammten Artikels habe ich heute bei der Arbeit mein Coming out gefeiert!»
«Wirklich?»
«Ja, ich hab Fred Fowler gezeigt, wo der Lappen hängt.»
«Den Ausdruck hab ich noch nie gehört.»
Carole lachte. «Besser gesagt, ich hab mich an den Umgangston meiner Jugend erinnert und ihm die Pistole auf die Brust gesetzt.»
«Wirst du deinen Job verlieren?»
«Nein, ich gehöre zu den Glücklichen, auf die es ankommt.»
«Carole, ich bin wirklich beeindruckt.»
«Ich auch. Die Leute hören auf das, was du sagst, Ilse, aber es braucht seine Zeit, und du kannst mir nicht meine Individualität nehmen, indem du sagst, ‹wenn du es nicht auf diese Weise machst, gehörst du nicht zu uns!›»
«Carole, ich kann das nicht akzeptieren. Ich mißtraue allem Individuellen so sehr. Der Individualismus hat uns voneinander ferngehalten. Jeder unterdrückten Gruppe wird eingebleut, mit den Männern um ihre kleinen Leckerbissen zu feilschen. Man sagt uns, wir seien Individuen, wir würden es allein schaffen. Wir müssen uns zusammentun, sonst sind wir schwach.»
«Das ist mir klar, aber du kannst die Leute nicht zusammenbringen, indem du ihnen sagst, sie sollen alle das gleiche tun. Das mußt du wissen. Die Idee und eine bestimmte Einigung über Projekte und dergleichen, das ist es, was allen gemeinsam sein muß. Dann werden die Leute ihrer Persönlichkeit entsprechend danach handeln.»
«Verdammt, genau das ist der springende Punkt. Die Frauen haben keine Persönlichkeit, sie wissen nicht, wer sie sind. Wir sind die einzige unterdrückte Gruppe, die ihren Mitgliedern eine Identität geben muß. Wir haben nicht in Ghettos gelebt, wir wurden

im Haus des Unterdrückers gehalten. Wir müssen die Bindungen untereinander aufbauen. Unsere Gemeinschaft ist vor zehntausend Jahren zerstört worden.»

«Und ich bleibe bei der Behauptung, du verwischst die Grenze zwischen heterosexuellen und lesbischen Frauen.»

«Es gibt eine Menge Lesben in der Bewegung, die nicht wissen, wer sie sind, verdammt noch mal.»

«Sie sind jung. Laß sie hingehen und ihren Lebensunterhalt verdienen, dann finden sie es sehr schnell heraus.»

«So einfach ist das nicht. Wir müssen eine Identität nach den Wertvorstellungen der Frauen, nicht der Männer, aufbauen.»

«Ilse, du kannst die Erlösung nicht auf eine Genbank stützen. Sieh doch nur, welchen Ärger das den Juden gebracht hat.»

«Wir sind anders, und wir müssen jetzt an uns denken.»

«Zugegeben. Aber geh nicht in die kongenitale Falle und sag, wir sind anders geboren, was tatsächlich besser heißt, stimmt's?»

«Stimmt.»

«Wenn du die Männer ausschließt und ihnen keine Hoffnung gibst, weil sie nichts daran ändern können, werden sie dich töten – ebensosehr aus Angst wie aus Haß.»

«Das glaube ich gern.»

«Du mußt das Gemüt ansprechen, das Herz. Beurteile die Menschen nicht nach ihren Körpern. Du mußt an die Männer appellieren, sich mit den Frauen solidarisch zu erklären, den Wert der Frauen zu erkennen und anzunehmen. Wie gesagt, im Mittelalter hat sich in der Richtung was getan. Du kannst die Männer nicht für irrelevant erklären. Ich bestreite ja nicht, daß die meisten komplette Arschlöcher sind, aber du mußt ihnen eine Chance geben. Das ist zehnmal mehr, als sie uns je gegeben haben.»

«Ich arbeite ja nicht mit ihnen.»

«Kann ich dir nicht verdenken. Aber in zwanzig, dreißig Jahren sind vielleicht genug von ihnen soweit, daß es eine Solidarität mit uns geben kann.»

«Du hast einen scharfen Verstand, Carole. Zu schade, daß du nicht in der Bewegung aktiv bist.»

«Ilse, ich hab dir schon hundertmal gesagt, ich hasse Politik. Auf meinem Gebiet will ich tun, was ich kann. Und vielleicht kann ich dich eines Tages wählen.»
«Großartig, das hat mir gerade noch gefehlt, daß mein revolutionäres Feuer sich in einer Wahlillusion verliert.»
«Ich verstehe diese ganzen Mechanismen nicht, den Unterschied zwischen Revolution und Wahl. Vielleicht liegen sie gar nicht so weit auseinander, wie du denkst. Jedenfalls, ich wollte nur sagen, wenn wir Frauen eines Tages aufgerufen sind, übereinstimmend zu handeln, werde ich mitmachen, aber ich werde es nicht organisieren oder Artikel schreiben oder was auch immer.»
«Aber ich.»
«Gut. Ich respektiere das.»
«Und ich sehe keinen anderen Weg, um den Frauen eine neue Identität zu geben.»
«Vielleicht verfehlen wir uns absichtlich.»
«Es macht mich wahnsinnig, daß du Identität mit der Handbewegung einer *grande dame* vom Tisch wischst. Vielleicht ist es für dich kein Problem, weil du vierundvierzig bist, aber für die meisten Frauen, die ich kenne, ist es bestimmt eins.»
«Ilse, weder du noch sonst jemand kann sich auf die Suche nach sich selbst machen. Du kannst keine psychologische Kathedrale bauen. Wenn du das tust, dann zerstörst du alles, was du bist. Wenn du dir deine Identität bewußt machst, löst du dich von dir. Du wirst zur Zuschauerin deines eigenen Lebens. Das ist Irrsinn. Du verfängst dich in Worten. Wenn du herumsitzt und über dich nachdenkst, dann tust du nichts anderes, als Selbstgespräche zu führen, und die Sprache selbst wird dich verändern. Ich verstehe das nicht. Ich verstehe nicht, wie das alles so schnell gehen konnte. Als ich klein war, hat sich niemand Gedanken darüber gemacht, wer er ist. Wir machten uns Gedanken, was wir werden wollten – Ärztin, Anwältin, Indianerhäuptling und so weiter –, aber Himmel noch mal, wir haben niemals an uns gezweifelt. Und wir haben nicht soviel darauf gehört, was die Leute sagten. Wir haben beobachtet, was sie taten. Das Leben war direkter. Wir

mußten bei der Arbeit nicht alles durch einen verborgenen Sinn filtern. Ich verstehe nicht, was heute in die Menschen gefahren ist. Wie kann jemand nur glauben, seine Identität ergründen zu können? Ich schwöre, Selbstbewußtsein ist eine Erbsünde.»

«Wie gesagt, ich muß über all das erst mal nachdenken.»

«Ich auch. Mir ist, als wären wir über die ganze Landkarte gewandert. Ilse, ich will nicht mit dir streiten. Ich hab dich gern. Ich möchte einfach die Zeit genießen, die wir zusammen sind. Laß dich los. Du mußt nicht zu jeder Minute des Tages die gesamte Frauenbewegung mit dir herumschleppen.»

«Ich weiß nicht. Ich fühle mich verantwortlich. Ich spüre, daß ich etwas ändern und uns auf den richtigen Weg bringen kann. Am liebsten würde ich nicht mal mehr schlafen. Ich möchte jede Sekunde dranbleiben.»

«Du mußt dich ausruhen, sonst bist du wie eine Ader, die sich auf Kapillargefäße reduziert. Du wirst langsam verschwinden. Außerdem braucht der Mensch Anregungen von außen, Entspannung; das bereichert unsere Arbeit.»

«Ich weiß nicht.»

«Du wirst es erst wissen, wenn du aufhörst, aus einem Schuldgefühl heraus zu arbeiten.»

«Schuldgefühl! Weswegen sollte ich mich schuldig fühlen?»

«Es tut mir leid, daß ich das gesagt habe. Können wir nicht einfach ins Bett fallen und uns lieben, ohne in eine tiefschürfende Diskussion abzuschweifen?»

«Ich falle nirgends hin, bevor du mir nicht erklärt hast, was du mit Schuldgefühl meinst.»

«Okay. Ich weiß, du glaubst an diese Sache. Und ein großer Teil von dir arbeitet aus guten Gründen, doch ein kleiner, unzufriedener Teil fühlt sich schuldig, und deswegen läßt du nicht los. Hör auf mit deinen verzweifelten Versuchen, den Punktestand auszugleichen. Du hattest von Haus aus Geld. Dafür kannst du nichts. Mach es dir zunutze, statt es abzuleugnen. Alle, die dir wegen deiner Geburt Vorhaltungen machen, sind nicht ganz richtig im Kopf – egal, ob sie selber reich sind oder nicht. Wichtig ist, was du aus deinem Leben machst, nicht das, wofür du nichts kannst – Geschlecht oder Hautfarbe oder Geld. Du verdienst Respekt für das, was du tust, und keine Nörgeleien, weil du mit einem Haufen Privilegien geboren bist. Sieh dir die vielen Reichen an, die nichts aus ihrem Leben machen. Also, sei stolz auf dich.»

«Ich glaube, ich muß noch viel lernen, Carole. Und es tut mir leid, daß ich offenbar lerne, indem ich mit dir streite. Ich weiß nicht, warum ich das tue, und ich will damit aufhören, aber ich weiß, es wird wieder passieren.»

«Ich war genauso. Ich habe fortwährend mit meinen Eltern gestritten und in der Schule auf meinen Freundinnen herumgehackt. So sind wir alle. Es ist leichter, andere Menschen für Idioten zu erklären, als unsere eigenen Fehler zu erkennen. Aber du solltest auch nicht alles so ernst nehmen. Komm, laß uns ins Bett gehen.»

Carole legte die Hände auf Ilses Gesicht und küßte sie. Eine ganze Zeit lang blieben sie eng umschlungen sitzen. Dann duschten sie und gingen still ins Bett. Sie liebten sich wie Träumende in einem Fluß, mehr von der Strömung getragen als von schlichter Begierde.

LaVerne stand vor dem Vogelkäfig und bestach Lester mit getrockneten Aprikosenstückchen.

«Lester, nun komm schon. Pisse, Kacke. Los, sag's.»

Er entfaltete seinen Schopf, watschelte schnalzend auf seinem Zweig hin und her und verrenkte sich fast den Kopf, um zu sehen, ob die anderen Vögel etwas merkten. Der Hirtenstar, seinerseits sehr interessiert an den Leckerbissen, sagte: «Das ist das einzig Wahre», und daraufhin legte Lester los, aus Angst, in den Schatten gestellt zu werden. LaVerne gab dem Hirtenstar ein Stückchen von dem Obst, und Lester wurde auf der Stelle gefügig.

«Komm, Lester, tu's für Tante LaVerne. Pisse, Kacke...»
Lester plusterte seine weiße Brust auf. «Pisse, Kacke, Korruption und Rotz. Vierundzwanzig Popel hängen an 'nem Klotz. Affenarsch, Scheiße, Fickeldumdei, legt euch, Mädels, zur Bumserei!»
«LaVerne, bist du wieder mit dem Vogel zugange?»
«Wir führen ein bedeutsames Gespräch.»
«Seit wann ist ‹Affenarsch, Scheiße› bedeutsam?»
Just in diesem Moment äußerte Lester ganz deutlich: «Jeder gegen alle.»
«Was ist das, verdammt noch mal?» fragte Adele aufgebracht.
«Das ist das zwölfte Gebot, mein Schatz.»
Adele hob theatralisch die Hände zum Himmel und flehte: «Warum ich, mein Gott, warum ich?»
LaVerne antwortete mit tiefer Stimme: «Weil du mir auf den Zeiger gehst.»
«Der Witz ist so alt, daß er graue Haare hat. Du verschwendest zuviel Energie damit, Lester schmutzige Sprüche beizubringen. Wir werden nie imstande sein, eine Party zu geben. Und der Hirtenstar schnappt es auch noch auf.»
«Diese Vögel lernen schneller als die meisten meiner Mitschülerinnen im dritten Schuljahr», bemerkte LaVerne.
«Hinlänglicher Beweis, daß wir Menschen reichlich überschätzt werden.»
«Brauchst du Hilfe?»
«Nein, ich hab fast alles im Griff. Die blöde Autovermietung erlaubt nicht, daß BonBon uns chauffiert. Jetzt weiß ich nicht, ob ich einen privaten Rolls-Royce mieten oder auf BonBon als Fahrerin verzichten soll.»
«Ist sie sauer, wenn sie nicht fährt?»
«Glaub ich nicht. Wenn sie nur bei dem Spaß dabei ist; in welcher Funktion, ist ihr egal.»
«Gut. Weißt du schon, was du anziehst?»
«Diese hautenge Nummer, die du mir geschenkt hast. Es ist wirklich absolut der Stil der dreißiger Jahre. Und was ziehst du an?»

«Gib mir fünf Minuten, dann zeig ich's dir. Komm mir nicht nach. Laß dich überraschen – wenn's dir nicht gefällt, kann ich mich immer noch umziehen.»
LaVerne stürmte ins Schlafzimmer und schloß die Tür. Lester kletterte daraufhin schnabelschwenkend an der Käfigseite hoch. Aprikosen wirkten anregend auf seine sportliche Natur. Lester liebte Adele, und sie schäkerte mit ihm, während sie auf LaVerne wartete. Es machte ihm Spaß, ihr die Zunge herauszustrecken, und sie tat so, als würde sie sie packen. Dann sagte er jedesmal: «Hübsches Kerlchen» und nickte mit dem Kopf. LaVerne öffnete die Schlafzimmertür und erschien in einem blaßgelben Chiffonkleid und einem breitkrempigen Hut. Es sah aus, als sei sie direkt aus den zwanziger Jahren eingeschwebt.
«Schatz, wo kommst du her?»
«Aus dem Cotton Club.»
«Hinreißend. Umwerfend. Einfach großartig. Du siehst aus wie eine Debütantin auf dem Weg zum entscheidenden Ball. Und das Gelb, es läßt deine Haut schimmern. Verdammt, jetzt weiß ich nicht, was ich anziehen soll.»
«Adele, wolltest du nicht die Bluse anziehen, die ich dir geschenkt habe?»
«Schon, aber jetzt hast du mich übertroffen. Ich muß mir was Besseres einfallen lassen.»
«Gehen wir den Kleiderschrank durch und lassen unsere Phantasie spielen.»
Nach anderthalb Stunden des Kombinierens entschied sich Adele für einen blutroten Overall mit weiten Beinen und einem breiten schwarzen Bindegürtel. Sie beschloß außerdem, den Rolls-Royce nicht privat, sondern doch beim Autoverleih zu mieten.
Ein glänzender, hochvornehmer Rolls-Royce holte Adele und LaVerne um Punkt sieben Uhr abends ab. Auf dem Weg zu Carole probierten sie im Fond die zahllosen technischen Finessen aus, dann sahen sie majestätisch aus dem Fenster und genossen es, die Leute zu beobachten, die die Hälse reckten, um zu sehen, wer in dem Auto saß. Als sie vor Caroles Haus hielten, ließ Adele den

Chauffeur hupen. Gibt es etwas Vollkommeneres, dachte sie, als mit der Hupe zum Rendezvous gerufen zu werden? Sie bedauerte, daß sie nicht daran gedacht hatte, Pelzwürfel zu kaufen und an den Rückspiegel zu hängen. Die Tür ging auf, und Carole blieb wie angewurzelt auf der Treppe stehen. Adele kurbelte das Fenster herunter und brüllte: «Beweg deinen Arsch her, Caroline, wir fahrn jetzt mit der Limousine!»

Carole sah umwerfend aus in ihrem bodenlangen, schlicht geschnittenen, eng anliegenden Kleid mit rundem Ausschnitt und schmalen langen Ärmeln. Auf dem satten Mitternachtsblau glänzte eine purpurrote Sonnenhälfte, die auf der rechten Seite am Kragen durchbrach; ein sich nach unten verjüngender Strahl verlief am rechten Ärmel entlang, die anderen Strahlen ergossen sich über das dunkelblaue Vorderteil. Carole hatte keine Handtasche bei sich, und als sie sich elegant bückte, um einzusteigen, sagte Adele: «Siehst du, LaVerne, eine Königin hat nie Geld bei sich.»

«Ich hab's im Schuh, zusammen mit meinem Führerschein, den ich seit meinem sechzehnten Lebensjahr vertrauensvoll erneuern lasse.»

«Carole, das ist das schönste Kleid, das ich je gesehen habe. Es steht dir phantastisch. Wo hast du es gekauft?» LaVerne befühlte den Stoff.

«Irgendwann hab ich mir mal alte Kostümbücher angesehen. Ich finde, die Mode des zwölften und dreizehnten Jahrhunderts war einfach prachtvoll, und da kam ich auf die Idee, dieses Kleid zu entwerfen. Da du und Adele mir in den Ohren gelegen habt, ich soll mich aufdonnern, bin ich damit zu einer Modedesignerin gegangen, die ich kenne, und sie hat es mir genäht. Sie arbeitet hervorragend.»

«Chauffeur, zu McDonald's, 70th Street Ecke Second Avenue», bestimmte Adele.

«Adele?» LaVerne traute ihren Ohren nicht.

«Wir beladen uns mit Plastikfraß und essen auf dem Weg zum Theater. Wetten, ihr habt noch nie auf dem Rücksitz eines Rolls-Royce einen Big Mac gegessen?»

Der Fahrer parkte in zweiter Reihe zwischen 70th und 69th Street direkt vor McDonald's, und nachdem Adele die Bestellungen entgegengenommen hatte, eilte sie hinein. Leute kamen aus dem Lokal, um das Auto zu bestaunen. Ebenso viele blieben drinnen, um Adele zu bestaunen. Sie kam heraus, stieg in den Wagen und erteilte Befehle wie die Bedienung eines Drive-in-Restaurants. «Moment noch. Wartet, bevor ihr auspackt. LaVerne, gib mir die Handtücher, die da hinten liegen. So, und jetzt deckt euch mit den Handtüchern zu, ich will nicht, daß ihr euch von oben bis unten bekleckert. Okay, auf zum Theater.»

Als sie vor einem Off-Broadway-Theater vorfuhren, das früher einmal eine Tingeltangel-Kaschemme gewesen sein mußte, schärfte Adele dem Chauffeur ein, ihren McDonald's-Abfall unter keinen Umständen wegzuwerfen.

Der Mann von la Mancha, Mitte der sechziger Jahre ein großer Erfolg, wurde wieder auf die Bühne gebracht. Sogar der Rückgriff auf die unmittelbare Vergangenheit des Theaters erschien weniger riskant als die Gegenwart. Die meisten Produzenten hatte der Mut verlassen. Das Stück war den Revivals aus der Zeit um 1916, die am Broadway liefen, allemal vorzuziehen. Da heute Cervantes' Geburtstag war, betrachtete Adele die Wiederaufnahme des Stückes als vielversprechenden Zufall.

Nach der Vorstellung wies Adele den Chauffeur an, zum Plaza zu fahren.

«Was hast du jetzt vor? Das Stück war genug», rief Carole aus.

Das grandiose Hotel kam in Sicht, ein kostspieliges Relikt aus alter Zeit, das am südöstlichen Ende des Central Parks hofhielt. Als das glänzende Auto um den weißen Springbrunnen herumfuhr, trat der Türsteher erwartungsvoll vor. Wahrscheinlich rechnete er mit Gepäck oder zumindest mit dem Aussteigen der Insassen, die sodann in einem der überteuerten Speiselokale verschwinden würden. Ein Rolls-Royce besaß offenbar eine geradezu magische Anziehungskraft: Wieder warteten Leute auf beiden Seiten des roten Teppichs, um zu sehen, welche Berühmtheit

zum Vorschein kommen und einen fatalen Makel enthüllen würde, etwa einen Hängebusen oder ein unverkennbares Toupet.
Mit der Miene dessen, der den ständigen Umgang mit Millionären gewöhnt ist, öffnete der Türsteher in seiner nachgemachten preußischen Uniform den Wagenschlag.
Adele steckte den Kopf raus und sagte: «Hallo, zusammen. Wir sind bloß mal auf einen Sprung vorbeigekommen», und warf ihm sämtliche Big-Mac-Verpackungen von McDonald's, die Pommes frites-Tüten, Milchshakebecher und schmutzigen Servietten vor die Füße. Der Portier ließ den Wagenschlag entsetzt fahren – die Szene war mindestens so grauenhaft wie der Mord in Sarajewo –, und Adele streckte zwanglos einen blutroten Arm heraus und schloß die Tür. Der Chauffeur gab Gas, und sie rasten über die Fifth Avenue. Die drei Frauen brüllten vor Lachen über das Spektakel.
«Adele, was ist bloß in dich gefahren?»
Adele wischte sich die Lachtränen aus den Augen. «Ich bin zu dem Schluß gekommen, daß die meisten Menschen ihre Träume aufgeben, indem sie sie Phantasien nennen. Alles, was von ihrem Leben bleibt, ist ein Eintrag in alten, verstaubten Telefonbüchern. Hin und wieder, in größeren Abständen, müssen wir mal richtig aus uns herausgehen, sonst verkümmern wir. Und deshalb verbringe ich ab und zu einen Abend so, wie ich es will.»
«Du hast ja so recht, mein Herz. Wenn die Menschen ihre Träume aufgegeben haben, geraten sie in die Tretmühle und versuchen, mit Hinz und Kunz Schritt zu halten. Und die können nicht mal mit sich selber Schritt halten.»
«Ah, heute ist eine Nacht des Schicksals», sagte Carole lachend.
«Hoffen wir, daß uns unser Schicksal nicht auf der Straße ereilt. Chauffeur, fahren Sie hier langsamer», befahl Adele.
«Wohin fahren wir jetzt?» frage LaVerne.
«Abwarten. Das Unvorhergesehene bewahrt uns vor Stagnation.»
«Hört sie euch an, mit ihren Lebensweisheiten.» LaVerne drückte Adeles Arm.

Als sie über das holprige Pflaster der Manhattan Bridge rumpelten, schien es den Insassen, als könne der Wagen sie vor der Trostlosigkeit der Lower East Side bewahren. Sie überquerten die Brücke, und der Chauffeur nahm eine Nebenstraße nach Brooklyn Heights. Er setzte sie so nahe wie möglich an der Promenade ab. Von hier konnten sie ganz Manhattan sehen, eine dunkle Honigwabe, durchsetzt mit Lichtpunkten.

«Die Häuser sehen aus wie die Dominosteine eines Riesenkindes», bemerkte Carole.

«Ich kann diese Stadt nie ohne Ehrfurcht betrachten. Sie ist die beste und die schlimmste», setzte LaVerne hinzu.

«Für mich ist sie immer der Altar der unternehmerischen Vision… die Stadt, die vom Geld gebaut wurde. Wenn eine alte Mayafrau sie sehen könnte, was würde sie wohl denken?»

«Besonders, wenn sie aufs Klo müßte. Ist euch schon mal aufgefallen, daß die Amerikaner Städte ohne die geringste Rücksicht auf unsere Körperfunktionen gebaut haben?» fragte LaVerne.

«Das kommt daher, weil wir inmitten von Überresten der architektonischen Phantasie leben, Vern. Dies ist die Stadt der posthumanen Bezüge.»

«Mag sein, aber ich glaube, LaVerne will uns sagen, daß sie sich erleichtern muß», bemerkte Adele.

«Du meinst, der Rolls-Royce hat keine eingebaute Toilette?»

«Dies scheint mir der richtige Zeitpunkt, um auf unsere nächste Station zuzusteuern, wo solchen Bedürfnissen Rechnung getragen werden kann.»

Die nächste Station war die Schwulenbar Queen's Drawers am Sheridan Square. Wie üblich blieben die Leute stehen, um zu sehen, wer dem Wagen entstieg. Adele führte die Prozession an wie ein – allerdings sehr weltlicher – Kardinal. Sie mochte die Bar nicht besonders, aber wo konnten sie sonst hingehen? Für einen superteuren Laden reichte ihr Geld denn doch nicht. Hier hatte sie den Geschäftsführer bestechen müssen, um die Musikbox mit ein paar außergewöhnlichen Platten zu bestücken. «An der schönen blauen Donau» war in solchen Lokalen nicht oft zu hören. BonBon und Creampuff hielten einen Tisch nahe der Tanzfläche frei. Sie applaudierten, als das Trio wie die Farbskala des Regenbogens erschien.

«Wo ist der Papst?» johlte BonBon bei Adeles Anblick.

«Er stanzt Löcher in Pariser, damit es mehr Katholiken gibt», antwortete Adele.

Sie setzten sich, bestellten Getränke und informierten sich gegenseitig, wer was, wann und mit wem tat.

«Wo ist Maryann?» fragte LaVerne Bon.

«Zuletzt wurde sie gesehen, als sie auf einem Dreirad mit einem Platten in den Westen zog.»

«Sie ist zum Vorsprechen nach Chicago gefahren», sagte Creampuff, «aber sie kommt nächstes Wochenende zurück. Sie schickt beste Grüße zu Quichotes Geburtstag. Den feiert ihr doch, oder?»

«So ähnlich», bestätigte Carole.

«Himmel, hört euch die Musik an: wie auf einer Beerdigung in Palm Beach. Nach diesem Tanz müssen sie eine Leichenzählung vornehmen», brummte BonBon.

«‹Ritual Fire Dance› haben sie nicht auf Lager. Hältst du das aus?» flachste Adele.

«Immer noch besser als ‹Camptown Races›.»

Creampuff beendete die Unterhaltung mit der Frage: «Habt ihr gehört, daß Pat Smiths Freundin heute gestorben ist? Sie ist an einem Hühnerknochen erstickt.»

«Von wegen», warf BonBon ein, «die alte Lesbe hat eine Schamhaarkugel verschluckt.»

LaVerne tadelte sie empört: «Wie kannst du so etwas sagen?»
«Ist doch wahr. Das alte Weibsstück hat so oft Mösentauchen gespielt, wir hätten ihr ein Atemgerät kaufen sollen. Ich konnte sie nicht ausstehen.»
«Warum denn nur?» fragte Carole. «Ist ihr bei dir der Sauerstoff ausgegangen?»
«Nein, sie hat uns gefälschte Gemälde aus der Pionierzeit angedreht. Wenn sie uns um das Geld gebeten hätte, wir hätten es ihr gegeben, aber sie hat uns für dumm verkauft, verdammt noch mal.»
«Kriegen wir den Rolls-Royce zu sehen?» Creampuff wechselte das Thema, das sie selbst zur Sprache gebracht hatte.
«Klar, wenn wir gehen», versprach Adele.
«Dell, als nächstes kaufst du bestimmt Grundbesitz am Hudson River, du entwickelst so einen teuren Geschmack – wie der Landadel.» Bon rümpfte die Nase.
«Ich gründe meine eigene Zurück-zur-Natur-Bewegung», erwiderte Adele, «und kaufe Friedhofsparzellen.»
Carole lachte. «Gut so. Meine Mutter hat immer gesagt, ‹kauf Land; wenn es Krieg gibt, kannst du die Schlaglöcher füllen›.»
BonBon, die sich etwas übergangen fühlte, kam auf die Fehltritte der Verblichenen zurück. «Sie hat auf Stühlen masturbiert. Gott weiß, wie sie das gemacht hat. Vielleicht bin ich blöd, oder ich hab was verpaßt. Jedenfalls, als ich das erste Mal bei ihr war, mußte ich mich mächtig am Riemen reißen, damit ich nicht auf sämtlichen Stühlen wackelte, um zu probieren, ob es funktioniert. Außerdem trug sie Schuhe wie eine Gefängnisaufseherin. Ich konnte nie auf ihre Füße gucken, ohne daran zu denken, wie Creampuff und ich einmal wegen Erregung öffentlichen Ärgernisses im Knast gelandet sind.»
Adele flüsterte Carole zu: «Ich weiß nicht, wieso, aber wenn ich Bon so lästern höre, muß ich an die Männer denken, die verhaftet wurden, weil sie sich nackt im Schlangenkäfig des Bronx-Zoos zur Schau gestellt hatten. Erinnerst du dich, wie die Zeitungen die Geschichte gebracht haben?»

«War dein Big Mac mit Opium gewürzt?»
Creampuff schmückte Bons Gefängnisgeschichte aus: «Selbst im geparkten Zustand sei sie ein Verkehrsdelikt, das haben die Schweine gesagt, diese Scheißkerle.»
«Laßt uns tanzen.» Carole gab allen ein Zeichen, aufzustehen und den Mund zu halten.
Bewegung führte jedoch bei BonBon zu erhöhtem Adrenalinausstoß. Ihr Mundwerk stand überhaupt nicht mehr still. «Hab ich euch je erzählt, wie wir aus dem Geschäft ausgestiegen sind?» Und ohne eine Antwort abzuwarten, legte sie los: «Creampuff und ich arbeiteten im King of Clubs in Washington D. C. Das war damals eine heiße Stadt für Stripperinnen – natürlich alles unter Aufsicht der Bullen. Die ganzen Regierungstypen sind gekommen und haben sich einen runtergeholt, sobald sie den ersten Trommelwirbel hörten. Creampuffs Spezialität war der Zeitlupenstrip.» Creampuff gab eine kurze Kostprobe unter dem Beifall des Publikums. BonBon fuhr fort: «Das hat die hohen Herren total verrückt gemacht. Meine große Nummer war eine Imitation von Sally Rand und ihren Fans. Kam ganz groß raus, und das Kostüm...»
Creampuff unterbrach: «Ihr hättet sie sehen sollen. Sie hatte 'ne lange schwarze Perücke, zu 'nem Knoten geschlungen. Unheimlich elegant. Ihr Kostüm war smaragdgrün, um die Augen zu betonen, und mit ihren Pfennigabsätzen war sie so groß wie Carole Hanratty.»
BonBon gewann das Terrain zurück, indem sie ihre Lautstärke aufdrehte. «Das ist jetzt ganz wichtig. Erinnert ihr euch an die Pfennigabsätze 1956? Ein, zwei Jahre waren hohe Absätze aus Stahl modern, weil sie sich angeblich nicht so schnell abliefen wie der Pappmist, der sich Schuhe schimpfte. Ich hab meine Nummer zu ‹Ritual Fire Dance› abgezogen. Das hat sie verrückt gemacht, sie haben getobt wie die Wilden. Also, im King of Clubs lag ein Haufen Sicherungen auf dem Bühnenboden rum. Das ist auf vielen alten Bühnen so. Es war zwölf Uhr, Mitternacht. Creampuff schlitterte von den Brettern, und ich wartete zitternd in den Kulis-

sen auf meinen Einsatz. Die Musik legt los, ihr habt den Anfang alle gehört.»
Für alle Fälle summte Creampuff die Melodie und ließ den Trommelwirbel folgen. Adele kämpfte tapfer, um ein explosionsartiges Gelächter zu ersticken, als die Stimme zittrig die hohen Töne auf und ab stieg und Creampuff einem kleinen Hüftschwung zum Trommelwirbel nicht widerstehen konnte. Carole konnte Adele nicht ansehen, sie hätten sonst gequiekt wie Schulmädchen über einer Abbildung der Geschlechtsteile.
«Wunderbar, Liebes», sagte BonBon mit fester Stimme.
Creampuff fügte ihrem Trommelwirbel mehr und mehr Worte hinzu.
Mit etwas schneidender Stimme wiederholte BonBon: «Wunderbar, Liebes. Ich bin sicher, wir erinnern uns jetzt alle an das Lied. Die Rampenlichter schwenken nach oben, und der Scheinwerfer erfaßt mich, als ich mein Bein durch den Vorhang hebe. Da sind die Kerls echt drauf abgefahren. Beine waren damals wichtig. Heute wollen sie bloß Titten sehen. Titten und Zähne. Ich war vielleicht gut drauf an dem Abend. Konnte nichts schiefgehen. Ja, ich war die Jane Russell des Striptease. Und dann, ihr Süßen, mitten in meiner Nummer trete ich in eine Sicherung und krieg so einen Schlag, daß meine Perücke ins Publikum fliegt und ich mich nicht rühren kann! Ihr wißt doch, elektrischer Strom nagelt einen am Boden fest. Da hing ich an der Sicherung, mein Absatz steckte drin, und ich vibrierte wie vom Veitstanz gepackt. Die Jungs haben getobt. Die Arschlöcher dachten, das gehörte zum Programm. Sie pfiffen und schmissen mit Geld und kreischten ‹Hot Mama› und wer weiß was noch. Ich hatte solche Angst, daß ich nicht wußte, soll ich scheißen, wegrennen oder erblinden. Es wäre aus mit mir gewesen, wenn Creampuff nicht zur Schalttafel gerannt wäre und alle Schalter ausgeknipst hätte.»
«Ich sah, daß mein Baby da draußen auf dem elektrischen Stuhl stand», unterbrach Creampuff, «und ich kann euch sagen, ich bin losgesaust wie eine Kanone. Ich hab den Inspizienten über den Haufen gerannt, ein schmieriges altes Arschloch von minde-

stens zwei Zentnern, bin zu den Schaltern hinter dem Vorhang gestürmt und hab alle auf einmal gedrückt. Das Haus wurde schlagartig dunkel, und die Jungs müssen in ihren Suspensorien geschwommen haben, weil sie dachten, jetzt ist sie splitterfasernackt. Ich bin auf die Bühne gerannt und hab mein paillettenbesetztes Seidencape über BonBon geworfen, die nicht sprechen konnte, du lieber Himmel, sie war halb gebraten. Wir waren damals ungefähr vier Jahre zusammen, und ich dachte, ich verliere den einzigen Menschen auf der Welt, der das Leben lebenswert macht. Ich hab geheult und geschluchzt, ich hab ihre Stirn gestreichelt und ihr gesagt, ich liebe sie und sie würde durchkommen. Ich hab Jesus meinen Tanga und der Jungfrau Maria meine Tittentroddeln versprochen. Die Geschäftsführung hat das Licht natürlich ausgelassen. Nicht auszudenken, wenn die geilen Säcke dahintergekommen wären, daß die meisten von uns leichten Mädchen lesbisch waren. Ich weiß nicht, wann der Rettungsdienst gekommen ist, aber ich hab dem Sanitäter eins übergebraten, als er mich nicht mitfahren lassen wollte, und bin hinten eingestiegen, in voller Montur, stellt euch das mal vor, lauter Glitter im Haar, von den Federn gar nicht zu reden, und ich hab auf dem ganzen Weg Bons Hand gehalten. War mir egal, wer es mitkriegte.» Creampuff war außer Atem von der Gewalt ihrer vergegenwärtigten Gefühle. «Und das war's», nahm Bon den Faden auf. «Ich dachte, Gott der Herr wollte mir etwas mitteilen, deshalb hängte ich den Beruf an den Nagel und eröffnete meinen Antiquitätenladen Ecke 62nd Street und Second Avenue. Unsere Geschäfte gehen gut, und wir haben eine schöne Wohnung und das Haus auf Pines.»

Was BonBon nicht erzählte, war, daß sie sogar im Krankenhaus nach dem Schrecken die Nägel lang behielt, ihre Haare toupierte und pünktlich zur Mittagszeit volle Kriegsbemalung auflegte. Sie begann Schatten im Spiegel zu sehen, wenn sie ihre wasserfeste Revlon-Wimperntusche auftrug. BonBon gelangte zu der Überzeugung, daß Geister im Zimmer seien. Keine feindseligen Gespenster, sondern Geister, die ihr zu sagen versuchten, was sie mit ihrem Leben anfangen sollte. Seitdem entwickelte sie sich heimlich zur Mystikerin. Nur Creampuff wußte, wie stark sie sich von Astrologie und Okkultismus beeinflussen ließ. Ihre Freundinnen bekamen einen leisen Hauch davon zu spüren, als sie sie nach Sternzeichen, Aszendent und so weiter fragte. Carole sagte ihr, sie sei Waage mit Aszendent sechzig Kilo, doch BonBon umschmeichelte sie, bis sie Zeit und Ort ihrer Geburt verriet, und entdeckte, daß Carole Waage mit Aszendent Schütze war. Adele war Widder mit Aszendent Waage. Bon führte ihre jährlichen Sternkarten und nickte still vor sich hin, wenn sie ihre Berechnungen durch ein bedeutendes Ereignis bestätigten, wie den Erwerb eines Gemäldes oder eine Grippe. Doch ihr eigenes Leben blieb ihr ein Rätsel, und Bon war sich nie ganz sicher, warum sie auf der Erde war. Sie entschied, es sei ihre Mission, ihren Freundinnen Freude zu bringen und still über ihr Schicksal zu wachen wie ein alter Azteke, der die Sterne erforscht.

Bon plapperte weiter, unterbrochen von Creampuffs Gelächter. Sie bekamen sich nie über. Die anderen Gäste in der Bar waren, wenn auch nicht gerade blutjung, so doch erheblich jünger als die tanzende Truppe, und die fünf standen im Mittelpunkt der Aufmerksamkeit. Ihr Auftreten und ihre elegante Kleidung vermittelten den Eindruck, sie wollten sich in einer Kneipe unter ihrem Niveau amüsieren. Frauen wie sie kamen selten ins Queen's Drawer, wo New Jersey unbeschadet auf die Bronx trifft und die Toiletten jeden Abend um Mitternacht verstopft sind und wo Marijane Kerr, eine allen Lesben bekannte alte Nachtschwärmerin, den Gummisauger eigenhändig in dschungelrotem Nagellack mit dem Wort *Damen* beschriftet hatte.

Eigentlich absurd, daß sie nach einem solchen Abend hier waren. Aber Adele glaubte an die Souveränität des Widersinns. Nach einem Blick auf ihre unter ihrem Ärmel verborgene Uhr flüsterte sie Carole zu, es sei Zeit, Ilse bei Mutter Courage abzuholen.

Als sie vor dem Restaurant vorfuhren, stand Ilse in der Tür und schrie einen aufdringlichen Kerl an. Sie kurbelten die Fenster herunter, und der Dunst von billigem Fusel schlug ihnen ins Gesicht.

Der Mann konnte nicht mehr gerade gehen. Er stand taumelnd in der Tür, während Jill Ward in einem lila Unterhemd, das gut entwickelte Arme entblößte, still hinging, um Ilse beizustehen. Zwei wütende Gesichter waren zuviel für ihn, aber er brachte es fertig, im Wegtorkeln mit voller Lautstärke zu lallen: «Was wollt ihr Weiber überhaupt?»
«Colorado», schnaubte Ilse. Sie hatte das Kennzeichen des Wagens bemerkt, auf den der Mann zutorkelte.
Adele rief: «Gruß, Salut und alle anderen Formen der Begrüßung. Steigt ein, wir bringen euch beide nach Hause.»
Jill antwortete lachend, die Hände in die Hüften gestemmt: «Nein danke. Ich warte auf Dolores, sie holt mich ab.»
Ilse ging erstaunt zum Wagen und sah Carole an.
«Was ist denn das?»
«Adeles Überraschung. Überrascht? Wir haben mit Windmühlen gekämpft. Komm, steig ein.»
«Ich kann mich in dieser Karre nicht sehen lassen.»
«Dann leg dich auf den Boden», riet Adele ihr trocken.
Zögernd stieg Ilse ein und hockte sich auf den Boden. Auf der Heimfahrt wurde nicht viel gesprochen. Carole umarmte Adele und LaVerne, als sie und Ilse vor dem gepflegten braunen Sandsteinhaus ausstiegen.
«Danke für das Unvorhergesehene.»
«War mir ein Vergnügen.» Adele küßte sie.
Als sie losfuhren, sagte LaVerne: «Sieht nach Streit aus.»
«Und wie.»

Adele zog ihren Lieblingsohrensessel vor die Fenstertür zum Garten. Sie liebte es, in der kostbaren Stille der Nacht lange aufzusitzen und zu lesen, zu schreiben oder nachzudenken. LaVerne wachte jeden Morgen um sieben auf, egal, ob sie zur Arbeit mußte oder nicht. Über die Jahre paßten sich ihre inneren Uhren einander ein wenig an. Adele wachte irgendwann zwischen zehn und elf auf, und wenn es ein Samstag oder Sonntag war, wurde sie, sobald sie aus dem Badezimmer tappte, von LaVerne mit einer Tasse heißem Tee begrüßt.

Adele dachte, die Kleinigkeiten sind es, die uns zusammenhalten. Das hat meine Mutter mir jedesmal gesagt, wenn ich sie fragte, wie sie mit Daddy auskäme. Ich habe nicht auf Mutter gehört. Ich war ja immer eine Klugschwätzerin. Wie hieß mein Wahlspruch auf der High-School? ‹Revolution in den Rohrverschlüssen. Sprengt die Kloschüsseln. Keine Macht den Klempnern!› Klugschwätzerin. Hätte auf Mom hören sollen – das hätte mir den Kummer meiner Scheidung erspart. Komisches Wort, aber mit oder ohne Papiere, Scheidung bleibt Scheidung. LaVerne hat mir die kleinen Nettigkeiten des Alltagslebens beigebracht, die auf die Dauer einen grandiosen Akt von Großzügigkeit übertreffen. Der Morgentee, darauf achten, wie ich mich anziehe, das Getue um mich, wenn ich ein Pfund zulege. Manchmal denke ich, ich tue nicht soviel für Verne wie sie für mich. Ich vergesse es manchmal. Aber ich lade sie mindestens einmal die Woche irgendwohin zum Essen ein und ins Kino, wenn es einen Film gibt, den wir sehen wollen. Ich massiere ihre Füße, wenn sie einen schweren Tag hatte. Wie hab ich bloß vor LaVerne gelebt? Ich kann mich gar nicht mehr erinnern. Kommt mir vor wie ein trüber Nebel. Von ihr habe ich gelernt, daß jeder Tag der einzige ist. Ich muß Schönheit im Tag finden, einen Irrtum richtigstellen, wenn ich kann, meinen Verpflichtungen gegenüber meinen Freundinnen, meinem Volk, ja auch meinem Vaterland nachkommen. Ich darf einen Tag nie als billig ansehen oder erwarten, daß wieder einer folgt. LaVerne nennt mich «das Superhirn», dabei ist sie diejenige, die mir das Wichtigste beigebracht hat, was man wissen muß. Carole hat dieses Wissen auch, aber sie vermittelt es nicht. Nein, das ist nicht fair. Ich habe nie mit ihr zusammengelebt; vielleicht hätte ich es dann auch von ihr aufgeschnappt? LaVernes Herkunft unterscheidet sich nicht sehr von Caroles, ein bißchen mehr Geld. Vielleicht ist diese Begabung, etwas, das alle

armen oder beinahe armen Leute haben: die Fähigkeit, den Augenblick zu genießen und manchmal laut zu lachen.
Mom hat mir gute Ratschläge erteilt, aber ich konnte lange Zeit nicht zuhören. Der Kampf meiner Leute um Gleichheit mit den Weißen, um Anerkennung, ist beinahe heroisch, wäre er nicht so traurig. Vielleicht konnte ich deswegen nicht zuhören. Sie sitzen in St. Louis in ihrer gottverdammten Villa an dieser Privatstraße. Dad kauft unweigerlich alle zwei Jahre einen Cadillac. Bis zum heutigen Tag kann ich keinen Cadillac sehen, ohne peinlich berührt zu sein. Wie vulgär. Könnte er nicht etwas kaufen, das nicht so gigantisch, nicht so mittelwestlich ist? Und alle zwei Jahre kauft er Mutter «ein kleines Stadtauto für meine Süße», meistens ein kleineres Buick-Modell. Selbst das Stadtauto ist nicht für eine dreistellige Summe zu haben. Da sitzen sie, mit Farbfernsehern auf allen Etagen, einem kleinen schwarz-weißen im Badezimmer, mit elektrischen Büchsenöffnern, elektrischen Tranchiermessern, elektrischen Gesichtsdampfbädern, Brennscheren, Mixern, automatischen Eiszerkleinerern. Alles was neu ist und einen Bedienungsknopf hat, kaufen sie. Und Daddys teure Golf-Clubs. Mom ist eine Golfwitwe. Sie hat sich gerächt, indem sie mit Tennis anfing. Und was mich erstaunt, was mich völlig umhaut, ist, daß sie glücklich sind. Oder vielleicht meinen sie nur glücklich zu sein. Wissen sie nicht, daß sie sich eigentlich elend fühlen müßten? Ich komme mir zwischen all den Apparaten und Maschinen überflüssig vor. Bis heute sind mir keine zwei Menschen begegnet, die auf perversere Art zufrieden sind. Sie haben es geschafft. Sie sitzen inmitten all der Dinge, die beweisen, daß sie gesiegt haben. Ich glaube nicht, daß sie gesiegt haben, aber sie glauben es. Die Krönung ist, daß sie Republikaner sind. Es fehlt nicht viel, und sie geben ein Bankett für zweihundert Personen: Zelte und Musik zu Ehren von Sammy Davis jr. Aber ich schätze, der Snob bin ich. Sie haben mir nicht beigebracht, was ich lernen wollte, aber sie haben mir eine Chance gegeben. Ich wäre nicht, wo ich jetzt bin, wenn sie nicht gewollt hätten, daß ich etwas aus mir mache, es weiter bringe als sie. Sie beten das Geld an, und ich wandte mich den

Schönheiten längst vergangener Zeiten zu. Verne hat recht, ich zolle ihnen nicht genug Anerkennung. Ihnen habe ich meine sogenannte kultivierte Sensibilität zu verdanken, wenn auch nur als Gegenreaktion. Verdammt, wer bin ich überhaupt, daß ich über meine Eltern herziehe? Dad kauft einen Cadillac, und ich miete einen Rolls-Royce. Wie bin ich auf diese verrückte Tour gekommen?

Ist es das, was mich an den Mayas fasziniert? Wir sehen ihre erlesenen Tempel, aber was haben sie für ihre Eltern empfunden? Hat eine Frau ihrer Freundin einen Morgentrunk gebracht? Ich habe nie gespürt, wie drückend die Gegenwart der Toten war, bis ich zweitausendsiebenhundert Meter hochgestiegen bin und Machu Picchu gesehen habe. Da saß die Festungsstadt in Wolken gehüllt, behütet von den Anden, die da standen wie Wächter. Was für ein Anblick! Bis dahin war meine Arbeit die übliche Mischung aus Neugierde und steifer Pedanterie. Doch danach fühlte ich mich bescheiden gegenüber unseren Vorfahren. Sie sind alle unsere Vorfahren. Und die Mayas waren die Vorfahren der Inkas und haben Machu Picchu geschaffen. Ich weiß, es ist ein Klischee, aber ich kann nicht anders, ich muß darauf zurückkommen: Wir sind eine Menschenkette. Die Toten gaben den Lebenden, und die Lebenden müssen einander geben, und wir müssen die Zukunft der Ungeborenen sichern. Ein tröstlicher Gedanke. Wenn ich jetzt, in meiner Gegenwart, zerrissen bin oder verwirrt, dann weiß ich wenigstens, daß ich einen Platz in der Zeit habe. Ich bin Teil dieser Kette. Wir besitzen ein paar Gedankenschnipsel von den Mayas. Ich finde, der schönste davon ist: ‹Das Leben ist ein Gespräch zwischen allem Lebendigen.› Ich möchte das ergänzen und diejenigen einschließen, die vor mir gingen und die nach mir kommen. Vielleicht hat mich dieses Volk so fasziniert, weil ich genau das lernen mußte. Ich bin nicht sicher, daß ich es hätte lernen können, wenn ich auf mein eigenes Jahrhundert beschränkt geblieben wäre. Ich habe unglaubliches Glück gehabt.

Mit Tränen in den Augen stand sie auf und schlich auf Zehenspitzen ins Schlafzimmer, um LaVerne nicht aufzuwecken.

Ein Rolls-Royce!»
«Ilse,ich hatte nichts damit zu tun, aber wenn ich dabei mitgemacht hätte, dann hätte ich mich nicht geschämt.»
«Um Himmels willen, ein Rolls-Royce ist das Symbol der Klassenunterdrückung. Ich kann nicht glauben, daß du so etwas übersiehst.»
«Ein Symbol ist nicht gleichzusetzen mit Unterdrückung. Daß ich in einem Rolls-Royce gefahren bin, macht mich nicht zu einem Mitglied der Haute Volée.»
«Daß du nicht dazugehörst, bedeutet nicht, daß du dich nicht mit ihnen identifizierst. Weißt du nicht, daß dies das Geheimnis der amerikanischen Herrschaft ist? Die Reichen bringen die Nicht-Reichen dazu, sich mit ihnen zu identifizieren.»
«Du machst aus einer Mücke einen Elefanten.»
«O nein. Die Symbole der Reichen haben keinen Platz in meinem Leben. Ich identifiziere mich nicht mit reichen Leuten, und ich will nicht, daß andere sich mit ihnen identifizieren oder mich mit ihnen in einen Topf werfen. Gucci, Rolls-Royce oder was auch immer, für mich ist es alles dasselbe: abstoßend. Wie kann ich in so einem Auto herumfahren oder Tiffany-Ohrringe tragen? Ich kann nicht glauben, daß du das nicht siehst.»
«Es juckt mich nicht, was andere Leute denken.»
«Ja, ich weiß. Du stehst über allem. Über dem Kampf und neben der Sache.»
«Ach komm. Das steht doch alles in keinem Verhältnis zu dem, was passiert ist. Ich fahre einen Abend in einem Luxuswagen, und du tust, als gehörte mir ganz Südamerika.»
«Es ist nicht belanglos. Gib dich nicht so wahnsinnig vernünftig. Das macht mich fast so sauer wie deine Fahrt in dem verdammten Wagen. Es ist überheblich. Ich versuche, dir begreiflich zu machen, daß du diese Dinge nicht als selbstverständlich hinnehmen darfst. Wir leben in einer neuen Zeit. Leute, die in großen Wagen herumfahren, sind heutzutage Zielscheiben des Hasses, wie sie es nie zuvor gewesen sind. Schön, ich weiß nichts über die Wirtschaftskrise, ich meine, wie sich die Menschen damals gefühlt ha-

ben. Aber nach dem, was ich sehen kann, sind Gegenstände wie Autos und Krokoschuhe keine neutralen Dinge mehr. Was du tust, berührt andere Menschen auf eine Weise, die du anscheinend nicht verstehst.»

«Ein Abend in diesem lächerlichen Auto dürfte kaum jemanden berühren, dich ausgenommen.»

«Aber ich bin wichtig. Und du versuchst schon wieder alles herunterzuspielen. Außer mir haben dich viele Leute in dem Wagen gesehen.»

«Ilse…»

«Laß mich ausreden. Was hat Jill Ward gedacht? Ich sehe diese blöde Geschichte schon in der ganzen Bewegung kursieren.»

«Wenn deine Anwesenheit in diesem Wagen tatsächlich ein Thema ist, macht die Bewegung auf mich eher den Eindruck eines Kaffeekränzchens unter Klatschbasen.»

Ilse seufzte. «Leider neigt sie manchmal dazu. Ich tröste mich damit, daß Klatsch das Getriebe jeder politischen Gruppe zu schmieren scheint, egal, ob die Leute im Capitol sitzen oder bei uns. Ich wünsche mir eben, daß die Leute handeln, wie sie sollten, und nicht, wie sie es tun.»

Carole stellte die Stereoanlage an, und Bobby Short sang *So Near Yet So Far*.

«Hör zu, ich hab dir schon tausendmal gesagt, es juckt mich überhaupt nicht, was die Leute denken. Ich will mein Leben leben, wie's mir paßt.»

«Und ich sage dir immer wieder, du verwechselst Individualismus mit Unabhängigkeit.»

«Immer, wenn du dich mit meinen Angelegenheiten befaßt, habe ich den Eindruck, daß du uns alle uniformieren willst. Herrgott, allmählich glaube ich, Individualität ist seit der Französischen Revolution aus der Mode gekommen.»

«Himmel noch mal, was ist los mit dir, kämpfst du um den Titel Reaktionärin des Jahres?»

«Ich weiß nicht. Ich will aus dem Schatten der Guillotine heraus.»

«Sehr schlau. Und ich behaupte nicht, wir müssen alle Uniform tragen, obwohl es bestimmt aufregend wäre zu sehen, wie die Seventh Avenue sich darüber mokiert. Ich sage nur, wir brauchen Gemeinsamkeit. Und Disziplin. Damit ist nicht gesagt, daß wir alle gleich aussehen, gleich handeln, gleich denken müssen. Ohne Solidarität und Disziplin bleiben wir wirkungslose Fragmente oder, schlimmer noch, wir werden ausgelöscht.»

«Ich bin nicht politisch. Ich will nur in Ruhe gelassen werden, um meine Arbeit zu machen.»

«Verdammt, du solltest aber lieber politisch werden. Die Zustände sind so schlimm, daß sich niemand leisten kann, abseits zu stehen.»

«Ilse, ich hab's allmählich satt. Das ist jetzt mein letztes Wort zu diesem Thema. Zuerst einmal, es gibt keine Organisationen, die meine Interessen vertreten. Die wollen alle keine Schwulen in ihren Reihen. Weder schwarze noch weiße noch reiche noch arme; weder Männer noch Frauen. Wir sind Ausgestoßene. Du hast Lesben organisiert. Schön und gut, nur sind sie alle unter dreißig. Zumindest alle, die ich gesehen habe, sind jung. Wenn sie nicht unter dreißig sind, dann bewegen sie sich abwärts, wie die Nachkriegsgeneration sich aufwärts bewegt hat. Ich werde meinen Doktortitel nicht gegen ein Arbeitshemd und Batikhosen eintauschen. Ich bin vierundvierzig Jahre alt. Meine Interessen liegen woanders. Ihr mögt also alle etwas Sinnvolles tun. Ich meine, ich weiß, ihr tut etwas Sinnvolles, aber daran kann ich mich nicht beteiligen. Und selbst wenn es eine Gruppe gäbe, die meine Interessen annähernd vertritt, würde ich vielleicht Geld geben, aber ich weiß nicht, ob ich meine Zeit opfern würde. Ich bin keine Vereinsmeierin. Ich unterwerfe mich nicht gern Beschränkungen durch Menschen, aber genau das tust du, wenn du dich in eine Gruppe einbringst. Du bewegst dich im Tempo der Langsamsten statt der Schnellsten. Ich habe nur dieses eine zerbrechliche Leben, und ich muß gegen genug Dinge kämpfen, ohne mich die nächsten drei Jahre damit zu befassen, Leuten, die es nicht verstehen können oder wollen, die Politik zu erklären.»

«Unsere ganze Gesellschaft bricht auseinander. Ich kann nicht verstehen, daß dir das total egal ist.»
«Die Gesellschaft bricht nicht auseinander. Sie war nie zusammen.»
«Du bist unmöglich!» Ilse stürmte hinaus und knallte die Tür zu.
Louisa May raste zur Tür, aber sie kam zu spät. Carole hob die Katze auf und küßte sie auf die Stirn. Der Summer ertönte.
«Ich bin's. Hab meine Tasche vergessen.»
Ilse rannte die Treppe hinauf, und Carole reichte ihr die Gasmaskentasche. Sie sagte «danke» und sah aus, als wollte sie noch mehr sagen, ließ es dann aber bleiben. Carole schloß leise die Tür, als Ilse die teppichbelegte Treppe wieder hinunterging. Sie widerstand dem Drang, die Fenster zur Straße zu öffnen und Ilse nachzusehen, während sie Richtung Park Avenue verschwand.
Das mußte kommen, dachte sie. Wir waren zwei richtige Menschen, die sich zur falschen Zeit begegnet sind, das ist alles. Oder vielleicht waren wir zwei richtige Menschen, die zu falschen Zeiten geboren sind. Es ist ja nicht so, daß ich gegen ihre Sache wäre. Ich kann nicht die gleiche Wahl treffen wie sie. Ich weiß nicht. Sie läßt keine Kompromisse zu. Dabei gibt es so etwas wie einen ehrlichen Gedankenkompromiß. Vielleicht liegt es an ihrem Alter. Die Jugend ist berüchtigt für Intoleranz, obwohl sie den Alten vorgehalten wird. Sie scheint nicht zu verstehen, daß ein Unterschied zwischen Ideologie und Wahrheit besteht, oder es ist ihr egal. Aber ihre Logik ist zwingend, auch wenn sie nicht immer auf Realität gründet. Nein, das ist nicht fair. Ich bin kein bißchen fair. Vieles, was sie sagt, ist wahr. Aber sie springt von schlichter Diskriminierung in ein ineinandergreifendes System aus Sexismus, Rassismus, Kapitalismus und Gott weiß was noch. Vielleicht hängt das alles zusammen, aber im Augenblick finde ich viele ihrer Gedanken ungemein verschwommen. Vielleicht liegt es an mir, aber ich kann ihre Behauptungen nicht einfach so glauben. Wenn alle diese Dinge zusammenhängen, dann muß ich die Zu-

sammenhänge sehen. Das ist nicht zuviel verlangt. Jeder denkende Mensch, der nicht übertrieben politisch ist, würde danach fragen. Bloß weil eine Frau etwas sagt, bin ich noch lange nicht verpflichtet, ihr zu glauben. Ich will Beweise. Ich bin ein Vernunftmensch. Kopf kommt vor Herz. Gott sei Dank. Wenn ich etwas verachte, dann ist es Unvernunft. Das ist es nämlich, was zwischen Ilse und mir nicht stimmt. Sie sagt immer wieder das gleiche und denkt, Wiederholung ersetzt den Beweis. Verdammt noch mal, ich glaube nichts unbesehen. Und ich weiß, die Frauenbewegung ist jung, und Ilse ist jung, aber sie sollten beide lieber erst mal ihre intellektuellen Hausaufgaben machen.

Bestärkt durch diese vermeintlich kristallklare Logik, machte Carole sich daran, ihren Schreibtisch in Ordnung zu bringen. Sie ignorierte das Gefühl der Einsamkeit, das sich in ihr ausbreitete. Auf Bobby Shorts Platten folgte Cris Williamson. Die Frauenstimme im Hintergrund verstärkte ihre Einsamkeit, auch wenn es ihr nicht bewußt war.

Sie ging resolut in ihr Schlafzimmer, gefolgt von den zwei dicken Katzen. Als sie die Überdecke zurückschlug, entdeckte sie auf dem weißen Bettuch ein blaßgelbes Schamhaar, eine Erinnerung an eine von Liebesspielen erfüllte Vergangenheit. Mein Gott, wie kann ein Mensch wegen eines Schamhaares sentimental werden? Sie klaubte es auf, ging ins Bad und warf es in den Abfalleimer. Sie wusch Gesicht und Hände, trocknete sich ab und blickte in ihren kleinen dreiteiligen Spiegel, während sie Nachtcreme auftrug. Sie hielt inne, für einen flüchtigen Moment gebannt von ihrem Spiegelbild.

Na großartig. Soll ich hier sitzen bleiben und mein vierundvierzig Jahre altes Gesicht angaffen, mich in einer Orgie des Kummers über mein Älterwerden ergehen? Banal, banal und fade, die Konfrontation von Frau und Spiegel. Wie viele Filme habe ich gesehen, in denen die einstmals große Schönheit einen Nervenzusammenbruch erleidet, wenn sie in den Spiegel sieht? Irgendwie entspricht eine Frau, die ihr Gesicht betrachtet, dem Mann, der vor Wut schäumt über den Zustand des Universums und seiner

eigenen Seele. Ich glaube, das hat nicht mal Katherine Hepburn in «Der Löwe im Winter» überzeugend gebracht.
Doch trotz ihres Sarkasmus harrte sie bei ihrem Spiegelbild aus. Es war nicht Eitelkeit, was sie dort hielt. Furcht erfaßte sie. Sie hatte Angst, sich selbst in die Augen zu sehen, aber von einer inneren Stimme getrieben, hob sie langsam den Kopf, hob die Augen und begegnete ihrem eigenen Blick. Schweigen. Die Pupille weitete sich, als hätte jemand einen Stein mitten in die Schwärze geworfen. Die Wellen entglitten ins Unsichtbare. Das Ich zog sich unter dem prüfenden Blick zurück. Aber wie war ein Rückzug möglich in einem dreiteiligen Spiegel, der das Ich in unendlicher Rückläufigkeit enthüllte? Sie konnte das Ende ihres Spiegelbildes nicht sehen. In diesem Moment wußte sie nicht mehr, was sie glaubte. Und wenn sie es nicht mehr wußte, wem gehörte dann das Gesicht im Spiegel?
Ein Sack voll Knochen. Ja, ein Sack voll Knochen. Sie gratulierte sich zu ihrem Humor beim Verlust ihres Ich. Oder war sie so ich-erfüllt, daß es kein Ich gab? Hatte sie ihre Umgrenzungslinie wieder und wieder umrundet, bis sie auf Null reduziert war? Der Humor hielt nicht lange vor, und dem Spiegelbild kamen die Tränen. Wenn sie auch nicht mehr wußte, was sie glaubte oder ob sie überhaupt ein Ich hatte, so konnte sie immer noch fühlen. Der Nachhall eines Herzschlags drohte ihre gesamte fragile Struktur zu zerbrechen. Ihre Augen ließen die überflutende Pupille los und verfolgten eine Träne, die in ihrem Mundwinkel verlief.
Jetzt ist es soweit, ich verliere mich in Selbstzweifeln. Ich gestatte mir selten zu weinen. Ich frage mich dann jedesmal, ergehe ich mich in einer Art exotischer Melancholie, oder ist es Schwäche? Ich habe Tränen immer verachtet. Ich hätte Mutter am liebsten erwürgt, wenn sie in dieses wilde, titanische Schluchzen ausbrach, das das ganze Haus erschütterte. Tränen sind Verräter. Sie rauben mir meine Kraft. Wenn ich sie unterdrücke, kann ich durchhalten. Und jetzt heule ich. Ich kann den Schmerz nicht ertragen. Ich ertrage es einfach nicht, meinen Schmerz zu sehen. Könnte

ich nur dahin zurück, woher ich gekommen bin. Dann könnte ich loslegen und Luke oder Margaret verdreschen, eins von ihren Fahrrädern klauen und strampeln, bis ich nicht mehr kann. Die Erschöpfung hat mich immer von jedem Schmerz, von allen Haßgefühlen gereinigt. Das ist vorbei. Ich habe es irgendwo zwischen dem achten und neunten Schuljahr verloren, zwischen Grundschule und High-School. Die Welt war knallrot und pechschwarz. Du wußtest, wo du standest. Du konntest dich wehren oder lügen und es dann wieder tun. Himmel, wie weit habe ich mich von meinen Wurzeln entfernt, daß ich mich so kleinkriegen lassen konnte? Wie vieles habe ich verdrängt, geschluckt, geglättet, um zu siegen? Und dabei habe ich gar nicht gesiegt. Ich sollte mich nicht mit Ilse in Wortklaubereien verlieren. Bei allen geringfügigen Unstimmigkeiten, der wahre Grund, weshalb ich mit Ilse gestritten habe, ist der, daß ich den Abstand zwischen dem achten Schuljahr und heute nicht sehen will. Ich will mich wiederhaben. Ich will jemanden, den ich nicht leiden kann, nach Strich und Faden vermöbeln. Ich will in der Dämmerung mit Blechdosen Fußball spielen. Ich hab's so satt. Ich hab die Leute um mich so satt, Adele ausgenommen. Ich will niemandem irgendwas erklären. Ich brauche keinen Grund. Ich brauchte keinen Grund, als ich ein Kind war. Schokoladeneis hat gut geschmeckt. Wen kümmerten die Kalorien? Damals haben wir uns alle gekannt. Wenn ich in den Spiegel sah, dann nur, um mein Gesicht zu waschen.

Sie löste sich mit einem Ruck von dem Spiegel über dem Waschbecken. Und dann sank sie langsam darunter zusammen und weinte ausgiebig.

Der kalte, phantasielose Reichtum der Park Avenue auf der Höhe der siebziger und sechziger Straßen brachte Ilse fast so sehr in Rage wie der Rolls-Royce. Sie ging schneller als sonst, mit finsterem Gesicht.

Ich habe meine Lektion gelernt. Ich mache immer wieder denselben Fehler. Es funktioniert nicht mit Frauen, die noch keine Feministinnen sind. Ich hoffe dauernd, daß es geht, aber die Veränderung ist zu groß und die Herausforderung zuviel für sie. Ihre einzige Möglichkeit, ihr Ego zu verteidigen, dieses Stück, das ihnen eingebaut wurde, um den ganzen Scheiß zu überleben, ist ihr Widerspruch gegen mich. Das passiert jedesmal. Ich denke immer, eine Frau unter ihnen wird den Übergang ohne Krach schaffen. Irgendwann werden sie Feministinnen, aber zuerst müssen sie dir Widerstand leisten. Das ist aufreibend. Ich will das nie wieder durchmachen. Carole wird es in den Griff kriegen, das weiß ich. Ohne mich. Ist es das, was woanders geschieht? Du kannst lesen, was du willst, aber die Bücher sagen dir nicht, wie aus einem chinesischen Bauern ein Soldat wurde. Was ist intern passiert? Wir sind inzwischen Hunderttausende, und wir können uns gegenseitig erzählen, was passiert ist, aber Leuten, die noch nicht zu uns gehören, können wir es offenbar nicht sagen. Wir versuchen es, oder zumindest ich versuche es, und alles, was ich bewirke, ist Ablehnung. Ich bin nicht geduldig. Ich rede einfach drauflos. Ich habe kein Geschick dafür. Ich habe gesehen, wie Alice mit dem gleichen Widerstand zu kämpfen hat, aber sie ist ruhig. Sie hält ihnen praktisch die Hand, während sie sich an ihren veralteten Glauben klammern. Ich habe dieses Eins-zu-eins-Talent nicht. Ich bin auch nicht besonders aufmerksam. Ich mag mich nur mit Leuten abgeben, wenn ich Lust habe, selbst wenn ich sie liebe. Wenn ich Liebende zusammen beobachte, habe ich immer das Gefühl, daß jede für die andere Gastgeberin spielt. Ich könnte keine Frau mit solcher Zuwendung ersticken. Carole hat sie nie verlangt. Wenn ich mich recht besinne, hat sie überhaupt nie viel verlangt. Sie ist merkwürdig reserviert. Anfangs dachte ich, sie ist eine Art Aristokratin. Aber jetzt glaube ich, das mag ich an ihr. Ich könnte selber ein bißchen von dieser Distanziertheit gebrauchen. Ich habe wirklich ein paar wertvolle Dinge von ihr gelernt. Vielleicht können wir mit der Zeit Freundinnen werden. Für eine Liebesgeschichte gibt es zu viele Reibungen, aber wer weiß? Ich habe von ihr gelernt. Was sagte sie immer, wenn ich mich in Fahrt geredet habe? Ach ja, «Worte sind der Ölteppich auf dem Wasser. Integrität hält die Wahrheit für komplizierter als die Sprache.» Sie ist wirklich eine hochintelligente Frau. Vielleicht haben die Buddhisten recht. Wenn du bereit bist, kommt dein Lehrer. Ich glaube, sie hat auch von mir gelernt. Sie weiß es nur noch nicht.

Ich hasse diese Häuser. Widerlich. Hier wohnen moralisch Aussätzige. Wie kann jemand die Fäulnis hier nicht bemerken? Die wenigen, die von den vielen leben. Ich hasse diese Leute. Ich hasse alles, wofür sie stehen, ich hasse ihre Mercedes und Rolls-Royce. Ich hasse ihre sonnengebräunten Kadaver und das ekelhafte Lächeln in ihren Gesichtern. Und die Frauen, die hier leben. Sie sind schlimmer als die Schufte, die sie geheiratet haben. Vielleicht, weil ich mehr von ihnen erwarte. Diamanten. Sie tragen tatsächlich Diamanten an den Fingern, in den Ohren und an der Brust. Wenn wir sämtliche Diamanten hätten, die auf der Park Avenue zwischen der 79th und der 60th Street gehortet werden, könnten wir in jeder größeren Stadt des Landes Krisenzentren für vergewaltigte Frauen einrichten und hätten vermutlich noch Geld übrig. Was nützen Bürgerrechte, wenn diese Leute alles in der Hand haben? Sie sind der Feind. Hier und auf der Fifth Avenue, in Grosse Pointe und Brooklyn, Bel Air und Beverly Hills und wo immer sie sich versammeln mit ihren dicken Wagen, die wie glänzende Küchenschaben in den Einfahrten herumstehen.

Die wenigen Frauen, die auf den Straßen unterwegs waren, als Ilse am Sheridan Square aus der U-Bahn kam, verschwammen zu Ebenbildern von Carole. Alle Stimmen wurden ihre Stimme. Ilse dachte, Carole würde vielleicht vorbeikommen, um sich zu entschuldigen. Sie überquerte die Grove Street, öffnete die äußere Tür, die ins Queen's Drawers führte, und wäre fast zerquetscht worden, als eine Gesellschaft von fünf Personen sich aus der zweiten Innentür wälzte. Als Ilse in das Lokal trat, drehten alle an der Bar die Köpfe nach ihr um, dann nahmen sie ihre Gespräche wieder auf. Die Garderobenfrau, begierig auf den kleinen Betrag, den jeder abgegebene Mantel dem Haus einbrachte, griff nach Ilses leichter Jacke.

«Nein, ich möchte meine Jacke nicht abgeben. Ich suche jemanden.»

«Das sagen sie alle, aber ist okay.»

Die Tanzfläche war gut besetzt, aber nicht überfüllt. Nach zehnminütiger Suche ging Ilse wieder nach draußen auf den Sheridan Square.

Das war eine dumme Idee. Wenn sie mich sucht, würde sie nicht in die Bar gehen, sondern zu mir nach Hause. Als sie über die West 4th Street zur 12th Street lief, sah sie vor sich eine große Frau. Ilse verlangsamte ihren Schritt und überholte die Frau gemächlich. Ein flüchtiger Blick machte sie nur noch unglücklicher. Es war nicht Carole.

Verlegen murmelte sie «Verzeihung» und ging den Rest des Weges zu Fuß nach Hause. Niemand schlich vor dem Haus herum. Niemand war im Flur, und der Hof war ebenfalls verlassen. Lucias *Nicht-Stören*-Flagge hing auf dem Balkon. Als Ilse die Tür zu ihrem Häuschen öffnete, zeigte sich, daß niemand durchs Fenster geklettert war. Sie schloß die Tür hinter dem letzten Rest von romantischer Illusion und schauderte. Was zitiert Alice immer, oder habe ich es gelesen? Wenn du einen Faschisten ankratzt, legst du einen Romantiker bloß. Ob das wahr ist?

Die Dusche munterte sie ein wenig auf, aber ihr Magen war ein fester Knoten. Dumpfe Wut zerrte an ihr. Sie war wütend, weil

Carole ihr nicht nachlief, und sie war noch wütender auf sich selbst, weil sie sich insgeheim wünschte, sie würde ihr nachlaufen. Langsam löste ein Gefühl der Erleichterung den Knoten. Sie fühlte sich elend, aber befreit – nicht von Carole, sondern von dem verbliebenen Rest Romantik, der die Wahrheit verdunkelt und die harten Kanten der Realität aufweicht, die uns zum Handeln veranlassen sollen. Über der Frage, ob sie trotz allem langsam erwachsen würde, schlief Ilse ein.

Die Tür flog auf, und Martin Twanger, ein dicker, traurig aussehender Kerl, sprang unter seinen Schreibtisch, um sich vor den drei furienhaften Feministinnen zu retten, die auf ihn losgingen. Twanger, der boshafte Kolumnist von *Village Rag*, brüstete sich damit, das Publikum zu schockieren. Seine bislang berühmteste Enthüllung war ein Artikel, der «bewies», daß über 75 Prozent der Beschäftigten in der Stadt New York Marihuana geraucht hatten und daß von diesen sich wiederum 20 Prozent zu Oralverkehr bekannten. Twanger hielt sich für ungeheuer interessant. Jetzt wirkte er allerdings eher überrascht als überraschend.

«Los, Twanger, mach, daß du deinen fetten Arsch unter dem Schreibtisch rauskriegst», schnauzte Ilse ihn an.

Die weißen Wände, bedeckt mit Stecknadeln, Satzvorlagen und Fingerabdrücken, schienen ebenso zu zittern wie New Yorks furchtlosester Reporter.

«Was habt ihr vor?» winselte er in schrillem Falsett.

«Dir die Eier abschneiden», fauchte Alice Reardon.

«Ihr seid ja krank», stieß Martin hervor.

«Klar – von dir, du falsches Gewächs. Und jetzt krieg deinen Arsch unter dem Schreibtisch raus.» Ilse landete einen wütenden Tritt mitten auf seinem Hintern.

«Ich werde euch verklagen.» Die Stimme kletterte in Sopranhöhen.
Ilse lachte. «Was bringt dich auf die Idee, daß du so lange leben wirst?»
Sie hatten in Erfahrung gebracht, daß sich das Redaktionsbüro des *Village Rag* donnerstags um vier Uhr leerte. Die Leute waren erschöpft von Manuskriptabgabeterminen, in letzter Minute eintrudelnden Layouts und dem üblichen Chaos des wöchentlichen großen Tages, wenn *Rag* in Druck ging. Martin Twanger blieb meistens länger, und die Frauen hatten darauf gesetzt, daß er, mit einem Stift hinterm Ohr als Zeichen seiner unendlichen Wichtigkeit, einsam die Stellung hielt.
Womit sie nicht gerechnet hatten, war das Geräusch hinter einer geschlossenen Tür, die sich einen Spaltbreit öffnete und dann wieder schließen wollte. Harriet packte sie spaßeshalber und riß sie auf. Am Türknauf hing niemand anders als Olive Holloway, zusammen mit einem pfeiferauchenden Mann im mittleren Alter.
«Nur hereinspaziert.» Ilse winkte sie herein.
«Olive, welch unerwartetes Mißvergnügen», gurrte Alice.
Betroffen schlich Olive heraus, gefolgt von der paffenden Pfeife. Als Harriet die Tür schloß, bemerkte sie auf einem unordentlichen Schreibtisch an exponierter Stelle eine Emmy-Statue. Ach, der ist das, dachte sie, Joshua Tschernakow, der das Script für die Fernsehsendung über Nostalgie als Lebensgefühl unserer Zeit geschrieben hat: ‹Wo ist die Linke?› war das Motto. Soviel zum Thema politischer Journalismus.
Als die Farbe in Olives Gesicht zurückkehrte, regte sich auch ihre Zunge. «Was habt ihr hier zu suchen?»
«Wir jagen Ratten», antwortete Harriet.
Joshua ergriff das Wort: «Schauen Sie, meine Damen, ich weiß nicht, worum es hier geht, aber können Sie sich nicht etwas dezenter aufführen? Sie werden doch Martin nicht wirklich zusammenschlagen, oder?»
«Nicht mit eigenen Händen, ich will sie mir nicht schmutzig machen.» Ilse funkelte die Pfeife böse an.

Immer noch unter seinen Schreibtisch gequetscht, murmelte Martin etwas Unverständliches.
«Martin, komm da raus», kommandierte Joshua.
«Um mich von diesen Furien in Stücke reißen zu lassen? Von wegen.»
«Kommen Sie nicht raus, Martin. Ich kenne diese Weiber. Die sind zu allem fähig», warnte Olive.
«Wirklich, Olive, das ist lächerlich.» Joshua senkte die Stimme auf eine herrischere Tonlage.
«Ihr beide haltet den Mund und setzt euch», befahl Ilse.
«Junge Dame, ich lasse mir von der Regierung der Vereinigten Staaten keine Befehle erteilen, und ich lasse mir von Ihnen keine Befehle erteilen. Ich stand auf Nixons Abschußliste, müssen Sie wissen.»
Ilse ging hin und verpaßte ihm mit der geballten Faust eins vor die Brust. Tschernakow plumpste auf den Stuhl, mit einemmal Hochachtung im Blick.
«Und jetzt stehen Sie auf meiner Abschußliste, Mister.»
«Siehst du, ich hab dir gesagt, sie sind gewalttätig», stöhnte Martin. Der Hohlraum unter dem Schreibtisch verlieh seinen Worten ein geheimnisvolles Echo.
«Komm da raus, Twanger», rief Alice zuckersüß.
«Nein, nein. Ihr könnt mich nicht zwingen.»
«Wetten?» Alice packte ein rundliches Bein. Martins Socken blitzten wie eine weiße Fahne. «Himmel, dieses Schwein ist wirklich ein Schwein. Helft mir mal.»
Harriet packte das andere rundliche Bein, und sie zogen kräftig.
Martin hielt sich an den Schreibtischbeinen fest. Tränen strömten ihm über die Wangen. Er war jetzt der Hysterie nahe. «Ich bin zu jung zum Sterben, ich bin zu jung zum Sterben», stammelte er verzweifelt.
Ilse hatte genug von der melodramatischen Szene und trat ihm kräftig auf die linke Hand. Als er losließ, zogen Alice und Harriet so fest sie konnten; er rutschte heraus und schleifte dabei ziemlich viel Schmutz vom Fußboden mit.

«Tut mir nicht weh, tut mir nicht weh», lamentierte Martin.

Weder Joshua noch Olive rührten sich, um dem Opfer zu Hilfe zu kommen, entweder aus Feigheit oder aus kaum verhüllter Verachtung für einen Kerl, der sie beide von sich abhängig gemacht hatte.

«Hinsetzen und Maul halten.» Alice schubste ihn in einen Sessel.

«Wir setzen uns jetzt alle hin und führen ein höfliches Gespräch. Da Mr. Twanger etwas Zeit braucht, um sich zu sammeln, fangen wir bei dir an, Olive. Bist du hier, um das Honorar für die miese Geschichte zu kassieren, die mit deiner Hilfe über unsere Gruppe geschrieben worden ist?»

«Ich brauch dir nicht zu antworten.»

«Ich würde es dir aber raten.» Ilses kalte Wut war beängstigend, aber Olive glaubte vielleicht, ihre weiblichen Hormone würden sie retten; Ilses Absicht entging ihr völlig.

«Versuch nicht, mich rumzuschubsen, Lenin. Ich besorg mir einen Anwalt, sobald ich hier rauskomme.»

«Nur zu.» Ilse versetzte ihr mit dem Handrücken eine so kräftige Ohrfeige, daß Joshuas linkes Auge unkontrollierbar zu zucken begann. «Also, was tust du hier?»

Mit Tränen in den Augen flüsterte Olive leise: «Joshua und ich haben die Bedingungen für eine monatliche Kolumne über die Frauenbewegung ausgearbeitet, die ich schreiben werde.»

«Ganz schön gerissen, Olive, was?» Alice starrte sie an. «Du hast gelernt, dich nicht mit Geld, sondern mit gleicher Münze bezahlen zu lassen. Ich bin wirklich beeindruckt. Und du, Harriet?»

«Ja, auch ich bin wirklich beeindruckt.» Harriet rückte näher an Alice heran. Olive griff nach Joshuas Arm. Angewidert pflückte er ihre Hand von seinem Ärmel, als sei sie eine Küchenschabe.

Ilse grinste. «Sind Sie sich jetzt zu gut für sie, Mr. Großkotz?»

«Ich hab nichts mit Ihren internen Auseinandersetzungen zu tun.»

«Das stimmt nicht ganz», stellte Alice fest.

Da Martin Twanger nicht im Mittelpunkt der Aufmerksamkeit

stand, steuerte er auf die Tür zu. Mit zwei anmutigen Schritten war Ilse hinter ihm und setzte den rechten Fuß blitzschnell vor seinen Knöchel. Er ging zu Boden.
«Tut mir nicht weh, bitte tut mir nichts!»
«Halt den Rand, Miststück.»
Wie auf Eierschalen ging er wieder zu seinem Sessel.
«Martin, hier rüber, neben deine Kollegen.» Alice zog einen Stuhl neben Olive, damit diese sich an Martins überwältigendem Geruch erfreuen konnte.
«Sie stehen also über alledem, Mr. Tschernakow?»
«Das habe ich nicht gesagt. Ich sagte nur, ich habe nichts mit Ihren inneren Flügelkämpfen zu tun. Sie sind wütend auf Olive, weil sie bei dem unseligen Artikel mit Martin zusammengearbeitet hat. Damit habe ich wirklich nichts zu tun.»
«Unselig! Das war einer meiner besten Artikel», jammerte Twanger.
Joshuas linkes Auge zuckte wieder.
«Hören Sie, Mr. Tschernakow, ich sehe das ganz anders als Sie», fauchte Ilse. «Sie haben Karriere gemacht, indem Sie die männliche Linke und die Schwarzenbewegung ausgesaugt haben, und jetzt wollen Sie Blut aus uns saugen. Sie lehnen sich einfach auf Ihrem Stuhl zurück, während andere sämtliche Risiken tragen, und dann urteilen Sie darüber. Ich habe mich über Sie erkundigt. Einfach phänomenal finde ich, daß Sie auf Cocktailpartys gehen und als intellektuelles Aushängeschild der radikalen Linken herumstolzieren. Wetten, die Frauen in Valentino-Klamotten fahren darauf ab?»
Tschernakow stotterte etwas, mit fleckigem Gesicht, doch Ilse, unfähig oder nicht willens, ihre Verachtung zu zügeln, schlug ihn mitten auf den Hals; er stöhnte, seine Augen quollen hervor. «Das ist eine kleine Vergeltung für alle, die Sie betrogen haben. Verdammt, ich wünschte, ich könnte Sie umbringen und ungestraft davonkommen.»
Alice nahm Ilses linken Arm und zog sie sachte zurück. «Immer mit der Ruhe, Ilse, wir haben hier noch was zu erledigen.»

Alice ergriff das Wort. «Das muß ich Ihnen lassen, Tschernakow, Sie lassen einen Kriecher wie Twanger die schmierige Story schreiben, Sie engagieren sogenannte Reporter, um über alle möglichen Bewegungen zu schreiben, vorzugsweise über den gesamten ekelhaften Klatsch, der über sie im Umlauf ist, und dann schreiben Sie einen Riesenartikel mit Bildern darüber, was faul ist an Amerika und an den Bewegungen, und Ihre Prosa rauscht nur so aufs Papier. Muß anstrengend sein, alle zwei Wochen einen Artikel zu produzieren. Aber Sie bekommen bestimmt ein hübsches Honorar dafür, oder? Bloß um zu zeigen, daß Sie das Herz auf dem rechten Fleck haben: Möchten Sie nicht zweitausend Dollar für das Krisenzentrum für vergewaltigte Frauen spenden? Ihr Name könnte auf die Liste der Schirmherren kommen. Das würde sich vor den Leuten auf Cocktailpartys doch gut machen, nicht? Zeigen Sie der Welt, was für ein Wahnsinnsmacker Sie sind, Joshua. Sie werden die Frauenthemen ernst nehmen, besonders dieses eine.»
Joshuas Augen zuckten heftig. Seine Stirn war schweißüberströmt. Er hatte Angst, und nicht nur vor körperlicher Gewalt. «Ja, ja, ich mache alles, was Sie wollen!» Was nach Ilses Hieb von seiner Stimme übrig war, schnappte bei jedem Wort über.
«Bloß um sicherzugehen, daß Sie es sich nicht anders überlegen, werden wir nächsten Sonntag im Zentrum nachforschen, ob Ihre großzügige Spende eingetroffen ist», setzte Ilse hinzu.
Er nickte gequält, sah jedoch nicht auf.
Twanger kreischte ungläubig: «Josh, was ist in dich gefahren? Wenn sie uns zusammenschlagen, bringen wir sie vor Gericht.»
Mit gesenktem Kopf sagte Tschernakow langsam, aber deutlich: «Nein, ich glaube, es ist schon genug Schaden angerichtet worden. Vielleicht haben sie recht. Ich habe nie etwas riskiert.»
«Na hör mal!» Twanger ging in die Luft. «Was kümmert's dich, was die denken? Du bist der Boss vom ‹Rag›, Mann. Du wirst spielend mit ihnen fertig. Wir sind hier in Amerika. Wir sind die freie Presse.»
«Richtig, wir sind in Amerika, und leider ist niemand frei von deiner Art von Pressefreiheit.» Ilse sah ihn an.

Als er merkte, daß er seine Grenzen in doppelter Hinsicht überschritten hatte, verkroch sich Twanger vollkommen perplex in seinem Sessel. Er war verwirrt und verängstigter denn je.
«Ich verdiene viel weniger als Josh. Ihr werdet mich doch nicht um Geld anhauen?»
«Ach, ich weiß nicht, Martin Twanger. Ich finde, du könntest einen kleinen Beitrag für das Frauenpressekollektiv spenden.»
Er verzog das Gesicht. «Wieviel?»
«Für fünfhundert Dollar lassen wir dich laufen.» Alice buk keine kleinen Brötchen.
«Fünfhundert Dollar?»
«Komm, sei sportlich, Twanger, soviel gibst du doch spielend für Gras aus.»
«Ja, wie alle in dieser Stadt.»
«Hab ich etwa moralische Kritik geäußert? Aber wie würdest du dich fühlen, wenn dein Dealer an die Öffentlichkeit gehen würde, vielleicht, weil jemand ihn unter Druck setzt? New York hat heutzutage merkwürdige Drogengesetze, und der arme Teufel könnte für Jahre eingebuchtet werden. Ich wette, der wäre ganz schön sauer auf dich, Martin.»
«Mensch, ihr seid ja wie die Mafia.»
«Nicht ganz, Martin, nicht ganz. Die Mafia hat Geld und politische Macht. Wir sind im Moment etwas knapp an beidem, aber wir lernen, wir lernen wirklich», klärte Harriet ihn auf.
«Nun zu deinem Beitrag. Möchtest du ihn in deinem Namen spenden oder lieber anonym?» Ilse setzte ihm zu.
«Hm, anonym.»
«Und noch eine Kleinigkeit mußt du für uns tun, Martin. Du wirst einen Widerruf der Verleumdungen von letzter Woche in allen Punkten drucken, vor allem, was meine reiche ‹Gönnerin› angeht», verlangte Ilse ruhig.
Twangers Gesicht verfärbte sich blaurot. Das war tausendmal schlimmer als das Geld. Aber nach einem Blick auf Joshua, der den Kopf jetzt in die Hände stützte, verzichtete er auf Protest. «Mach ich.»

Olive, die letzte auf der Liste, sah ihre Feindinnen gespannt an. Harriet blieb am Ball: «Olive, da du nicht schreiben kannst und in Zukunft keinen Zugang zur Frauenbewegung mehr haben wirst, kannst du diese Kolumne eigentlich vergessen?»
«Ich tu, was mir paßt, ihr könnt mir nichts anhängen.»
Ilse wollte auf sie los, doch Alice hielt sie zurück. «Olive, kein Mensch wird mit dir sprechen, und ich bezweifle, daß Mr. Tschernakow es sich leisten kann, jeden Monat deine geheimen Gedanken zu drucken», sagte Harriet geduldig.
«Was soll das heißen, kein Mensch wird mit mir sprechen?»
«Genau das», entgegnete Harriet.
«Du bist nicht die Chefin der Bewegung, du kannst ihnen nicht den Mund verbieten.»
Ilse hatte es allmählich satt. «Leute wie du sind es, die uns mit Hilfe der Twangers und Tschernakows dieser Welt gegeneinander aufbringen. Kein Mensch wird mit dir reden, Olive. Es hat sich herumgesprochen. Keine verantwortungsbewußte, organisierte Feministin wird dir Informationen geben oder dich in ihre Gruppe lassen. Klar, du kannst mit anderen quatschen, die genauso verrückt sind wie du, aber das bringt nichts Neues, es sei denn, du willst es in ‹Psychologie Heute› abdrucken.»
«Das wirst du mir büßen, Ilse – ihr werdet es alle büßen.»
«Was willst du tun? Einen langen Artikel schreiben, wie ich als Schülerin zur CIA-Agentin ausgebildet wurde? Das wäre so etwa dein Niveau.»
«Vielleicht mach ich das.»
«Schön, Olive. Hiß die Flagge und sieh zu, wer salutiert. Das erspart uns allen in dieser Bewegung viel Kopfzerbrechen über die Frage, wer übergeschnappt ist und wer nicht.» Alice seufzte angeekelt. «Ich glaube, wir lassen diese Leute jetzt ihre Suppe auslöffeln – schließlich ist Essenszeit.»
«Völlig richtig», bestätigte Harriet.
Als die Frauen das Büro verließen, schoß Olive von ihrem Stuhl und ging zum Telefon. Twanger und Tschernakow machten betretene Gesichter.

Habt ihr Hunger?» fragte Harriet die beiden.

«Wollen wir nicht ins Mutter Courage gehen? Da sich die Geschichte schnell rumsprechen wird, sollten wir dort sein, wo die Leute uns finden können, ganz cool.» Alice dachte laut.

«Oh, Alice, heute ist mein freier Abend. Ich bin ständig in diesem Ladene.»

«Disziplin, Ilse. Komm, wir kaufen dir eine Pizza, und du kannst sie verschämt in einer Ecke essen und beten, daß Dolores nichts wittert. Wir sollten wirklich festen Boden unter die Füße kriegen, und zwar öffentlich.»

Ilse seufzte. «Du hast recht, Alice. Du hast immer recht.»

«Du bist umwerfend, wenn du wütend bist. Ich dachte, du würdest sie alle drei umbringen.» Harriet lachte.

Die Wut hatte Ilse ausgelaugt, und sie spürte im Moment nichts als Erschöpfung. «Ich hätte sie umgebracht, wenn ich gekonnt hätte.»

«Sag das lieber nicht öffentlich, falls jemand von denen je tot aufgefunden werden sollte», warnte Alice.

«Twanger und Olive, ein nettes Pärchen, was? Die zwei passen zusammen», sagte Harriet kopfschüttelnd.

«Ja, wie Gin und Schlaftabletten.»

«Alice, du hast eine spitze Zunge. Darauf wäre ich nie gekommen.»

«Na ja, meistens denk ich so was nur und sag's nicht. Aber Carole spricht's aus, und deswegen mag ich sie.»

Ilse zuckte zusammen.

«Tut mir leid.»

«Mir auch. Ich war ein Arschloch. Ich glaube, meine halbe Wut da drin beim ‹Village Rag› war wegen Carole und allem, was dranhängt. Wegen der ganzen verdammten Welt!»

«Vielleicht findet ihr wieder zusammen», sagte Harriet hoffnungsvoll.

«Nee, glaub ich nicht. Vielleicht in zehn Jahren.»

«Wo wir alle wohl in zehn Jahren sind?» fragte Alice.

Ilse zuckte die Achseln. «Komisch, persönlich interessiert mich das nicht besonders. Ich habe eine Vorstellung, wo ich den Feminismus in zehn Jahren sehen will, aber für mich selbst sehe ich da nicht so klar.»

Harriet nickte. «Mir geht's genauso.»

«Jedenfalls hoffe ich, daß wir dann weiter sind als heute abend», meinte Ilse halb lachend.

«Stellt euch nur mal vor, alle Olives dieser Welt würden ihre ganze zerstörerische Energie gegen Exxon richten statt gegen andere Frauen», sagte Alice nachdenklich.

«Vielleicht müssen wir uns eins klarmachen, daß nämlich nicht alle Schwestern Schwestern sind.» Harriet kickte mit dem Fuß einen Stein über die 11th Street.

«Etwas hab ich von Olive gelernt, und dafür bin ich dankbar», sagte Alice.

«Was?» fragte Ilse.

«Daß du manchmal hart rangehen mußt. Wir können uns nicht weiter wie Damen benehmen und damit rechnen, daß wir siegen, versteht ihr?»

«Ich fange an zu verstehen.» Ilse beugte sich zu Harriet herüber, die auf Alices anderer Seite ging.

«Guck mich nicht an, Ilse James.»

«Hast du nicht gesagt, oder von irgendeinem Uralt-Poster zitiert, ‹wir müssen die Liebe zur Macht durch die Macht der Liebe ersetzen›?»

«Das ist unfair! Ich glaube daran. Ich lerne gerade, wie weit die Liebe geht beziehungsweise nicht geht.»

«Manche Leute lernen durch die Liebe, und manche mußt du mit der Nase drauf stoßen.» Jetzt trat Alice nach dem Stein, den Harriet die Straße hinunterbefördert hatte.

«Erzähl das unseren lieben Schwestern.»

«Sarkasmus, Sarkasmus und Zynismus von Ilse James, der jugendlichen Quelle des feministischen Denkens!» konterte Harriet.

«Lach du nur, aber ich frage mich, wie lange wird es dauern, bis die Strauße endlich die Köpfe aus dem Sand kriegen? Alle glauben, dieser Kampf wird leicht sein, ihr müßtet nichts weiter tun als gute, reine Gedanken denken, euch dreimal täglich die Zähne putzen und im Beisein der Großen Mutter *om* singen. Herrgott, Frauen werden trotzdem in Bolivien und den Appalachen brutal behandelt, und wenn der Präsident einen nicht erklärten Krieg in Kambodscha will, können wir ihn haben. Was brauchen wir denn noch, damit die Frauen aufwachen, damit sie erwachsen werden und aufhören, sich wie Damen zu benehmen!»

«Geduld?» schlug Alice vor.

«Geduld, und wie lange arbeite ich schon für Geduld und Spucke? Wie lange können wir noch umsonst arbeiten? Scheiße, wenn wir schon kein Geld kriegen, könnten wir wenigstens ein bißchen Respekt erringen. Da wir gerade vom Lernen sprechen, von Carole habe ich gelernt, daß diese Bewegung sich für einen Club der guten Feen hält und wir unsere Frauen aus den unteren Schichten vertreiben, die nicht mithalten können, weil sie keine Zeit oder kein Geld oder keine Babysitter haben.»

«Ich finde es bedauerlich, daß Carole nie mit unserer Gruppe geredet hat», murmelte Harriet.

«Ich auch. Sie ist länger auf der Welt als wir. Wenn sie uns sonst nichts geben wollte, hätte sie uns zumindest ein paar neue Perspektiven vermitteln können.» Alice bekam allmählich Hunger und ging etwas schneller.

«Wenn sie uns jetzt hören könnte. Sie würde mir einen vernichtenden Blick zuwerfen und sagen: ‹Das hat man alles schon gehört. Liest du keine Geschichte?› Carole sieht Jahrhunderte, nicht Tage.» Ilse klang beinahe wehmütig.

«Nein, nein, es ist nicht alles schon gesagt worden. Wir fügen dem Bewußtsein etwas Neues hinzu. Ich lese Geschichte. Ich weiß, was diese Bewegung von 1789 übernommen hat und was von uns ist. Was mich wirklich nervös macht, ist, daß wir uns auf Gerede beschränken. Ist euch klar, daß wir heute abend zum erstenmal nicht ein kleines Bulletin herausgebracht, daß wir keine feministische Version einer Handwerksmesse veranstaltet haben, deren Erlöse in unser Lieblingsprojekt fließen, als milde Gabe?

Wißt ihr, was wir getan haben? Wir sind losgezogen und haben gekämpft, mit roher Gewalt. Anders hätte es bei diesen Leuten nicht funktioniert, aber wichtig ist, daß wir etwas erreicht haben. Das Krisenzentrum für vergewaltigte Frauen kann drei Monate weitermachen, und das Pressekollektiv kann wieder eine Sendung Post rausgehen lassen. Wir haben wirklich was getan und denen ein bißchen Angst gemacht. Anscheinend mußt du in Amerika beweisen, daß du jemanden verletzen kannst, bevor du ernst genommen wirst. Und wollt ihr noch was wissen?» Alice hielt einen Moment inne. «Es hat mir Spaß gemacht. Ich will siegen. Es ist mir egal, wie es sich anhört. Ich will wirkliche Macht. Ich will sagen: USA raus aus Bolivien, raus aus Kambodscha, raus mit euren gottverdammten Abhörapparaten aus den Schlafzimmern der Leute. Ich will sagen: Los, Leute von der Stahlindustrie, bezahlt euren gerechten Steueranteil; ihr in Detroit, baut Eisenbahnen statt Autos. Ich will das alles sagen, und ich will, daß es ankommt.»
«Ich auch», antworteten beide.
«Das bedeutet ja wohl, daß wir nicht rein bleiben wie frisch gefallener Schnee», hauchte Harriet.
«Wahrscheinlich. Ich denke, diese Botschaft ‹seid vollkommen›, die uns andauernd eingetrichtert wird, ist in Wirklichkeit ein subtiler Aufruf zum Versagen.» Ilse mußte fast rennen, um mit Alice Schritt zu halten.
Bei Mutter Courage bestellte Alice eine Karaffe Weißwein – ein Luxus für Alice, die nicht viel Geld hatte.
«Prost, Schwestern. Auf das Erwachsenwerden und die Erkenntnis, daß die Welt kein Rosengarten ist, wir aber trotzdem in ihr leben müssen.»
Sie stießen an, dann fing Ilse an zu lachen. «Das muß ich dir lassen, Reardon, du findest immer den richtigen Stachel zur richtigen Zeit.»
Johlend prosteten sie sich wieder zu.
Mit ihrer charakteristischen Gründlichkeit recherchierte Alice Joshua Tschernakows Vergangenheit. Er hatte 1947 an der North-

western University in Chicago Examen gemacht. Eine ehemalige Geliebte von Alice arbeitete dort in der Verwaltung und ackerte die Akten durch, ebenso aus Neugierde wie Alice zu Gefallen. Sie fand in Joshuas Akten etwas Merkwürdiges. Er war aufgrund eines nicht näher bezeichneten Vorwurfs zum Dekan befohlen worden und gezwungen gewesen, sich Hilfe von außerhalb zu holen. Der Arzt war in den Akten nicht namentlich genannt, wohl aber der Dekan. Dieser, ein alter Mann, hatte sich in Princeton, New Jersey, zur Ruhe gesetzt. Er lebte inmitten anderer Pensionäre im Westen der Stadt. Alice fuhr mit dem New Jersey- Transit-Bus nach Princeton und suchte den alten Mann auf. Er erinnerte sich vage an den Fall, wollte aber keine Einzelheiten nennen. Alice versuchte es – natürlich auf anständige Weise – mit jeder erdenklichen Form von Bestechung. An seinen Wänden bemerkte sie mit wunderbaren Malereien verzierte Manuskripte. Verzweifelt, aber entschlossen eilte sie zu Carole Hanratty an der New Yorker Uni, klärte sie hastig über ihr Dilemma auf und über Ilses Absicht, ihnen die Köpfe einzuschlagen, wenn sie kein belastendes Material über irgendeinen der Rag-Leute fanden. Vom Teufel geritten wie in ihrer Kinderzeit, fegte Carole in Freds Büro, als er nicht da war, und klaute schamlos ein bebildertes Manuskript, das der Fakultät gehörte, von der Wand. Bevor Carole die Beute übergab, ließ sie Alice schwören, niemandem ein Wort zu sagen, Ilse eingeschlossen. Alice schwor es feierlich, stürmte aus der Uni zurück zum Busbahnhof Port Authority und fuhr wieder nach Princeton, wo sie pünktlich zum Tee eintraf. Durch Alices Beutestück schwach geworden, packte der alte Knabe aus: Joshua Tschernakow war ein vielversprechender Student gewesen. Seine Professoren waren heilfroh, daß er entweder zu jung war, um zur Armee eingezogen zu werden, oder für untauglich befunden worden war – was von beidem, war nicht klar ersichtlich. Joshua stand eine glänzende journalistische Karriere bevor. Als Mann von gesellschaftlichem Ehrgeiz freundete sich Joshua mit der kühlen Erbin eines Chicagoer Fleischwarenherstellers an. An einem Wochenende, auf einer besonders rüpelhaften College-Party, konnte Joshua seine Glut nicht mehr zügeln. Er schob der jungen Schönheit einen mit einem Betäubungsmittel versetzten Drink unter, und als sie hinüber war, trug er sie galant in ein Nebenzimmer, wo er, wie man früher zu sagen pflegte, sich an ihr verging. Während die Erbin nach Hause gefahren wurde, kam sie, die bis kurz vorher noch Jungfrau war, langsam zu sich und spürte Schmerzen. Sie bemerkte auch einen verräterischen Spermastrom, der ihr Bein hinabrann. Da sie eine für damalige Verhältnisse recht unerschrockene Person war, erzählte sie es ihren Eltern. Entsetzt riefen sie den Rektor der Uni an, berichteten ihm unter dem Siegel der Verschwiegenheit von dem Skandal, und er erzählte es dem Dekan, dessen Aufgabe es ist, sich mit Studenten zu befassen, die in Schwierigkeiten stecken. Joshua Tschernakow steckte in großen Schwierigkeiten. Weil er so gute Noten hatte und so intelligent war, verwendete sich der Dekan für ihn. So kam zwischen dem fleischverarbeitenden Midas und dem Dekan ein Handel zustande: Joshua konnte zu Ende studieren, doch nach dem Examen mußte er die Gegend verlassen und durfte niemals für eines der großen Zeitungsimperien irgendwo in den USA arbeiten, da Midas mit sämtlichen Pressezaren freundschaftlich verkehrte. So zog Joshua Tschernakow nach New York City und war zufällig zur Stelle, als *Village Rag* aus der Idee eines neuen Journalismus geboren wurde. Er war tüchtig, jung und umgänglich und konnte gut formulieren. Das war der Beginn seiner Karriere. Niemand wußte über seine Vergangenheit Bescheid. Natürlich bewahrten auch die Eltern der jungen Dame absolutes Stillschweigen. Das Wort Vergewaltigung kommt in der feinen Gesellschaft nicht vor.

Der Literaturkalender auf der linken Ecke von Caroles Schreibtisch zeigte, daß heute der 4. Oktober war. Im umrandeten Feld stand vermerkt: *Franz von Assisi 1226 gest.* In ihrer katholischen Kindheit war der heilige Franz Caroles Lieblingsheiliger gewesen, und obwohl sie aus der Kirche ausgetreten war, hatte sie sich nie ganz von diesem sanften Mann abgewandt, der praktiziert hatte, was er predigte. Neben den Namen des Heiligen schrieb sie *Klarissen*, den weiblichen Orden der Franziskaner. Sie malte das K dunkler rot, indem sie es geistesabwesend nachzog. Fünf Tage waren vergangen, und weder hatte Ilse sie, noch hatte sie Ilse angerufen. Sie griff zum Telefon, als wollte sie ihre Nummer wählen, aber sie rief Adele an.

«Was machst du gerade?»

«Ich versuche, Lester Tennysons Krimkrieg-Ballade beizubringen.»

«Wie geht's voran?»

«Bis ‹Ins Tal des Todes ritten die Rakrakrak› ist er Spitze.»

«Würde es seinen Unterricht stören, wenn ich zum Tee käme?»

«Nein, es könnte ihm guttun. Das viele Blut und Gedärm strengen das Kerlchen sehr an. Ich mache eine Kanne Twinings English Breakfast, oder magst du lieber Russian Caravan?»

«Ah, Russian Caravan, das richtige Aroma für den späten Vormittag, findest du nicht?»

«Beeil dich, bis du hier bist, ist er fertig.»

Die Spätsonne wärmte die Bürgersteige, als Carole rasch zu Adele ging. Die Blumenkästen warteten mit dem letzten Aufgebot des Jahres auf, spätblühenden Rosen, Ringelblumen und robusten Zinnien. Sie spürte ein schmerzliches Bedauern über den scheidenden Sommer, obwohl der Herbst die aufregendste Jahreszeit war. Der Semesterbeginn brachte ihr neue Studenten und neue Ideen. Freundinnen kamen aus dem Ausland oder sonstwoher zurück, und der Pulsschlag der Stadt beschleunigte sich. Das einzig Ärgerliche am Herbst war die Gewißheit, daß der Winter folgte. Die Düfte einer Bäckerei verlockten Carole, Croissants und frische Butter zu kaufen.

Als Carole läutete und Adele zur Haustür lief, um zu öffnen, vergaß sie den Vogelkäfig zu schließen, den sie gerade saubermachte. Lester entfaltete seinen Schopf und reckte den Hals, um festzustellen, ob es Traum oder Wirklichkeit war.

«Der Tee ist fertig.» Adele umarmte Carole ungestüm, als sie zur Tür hereinkam. «Was hast du da drin?»

«Was zum Naschen. Wieso fliegt Lester im Wohnzimmer herum, Adele?»

«Lester!»

Im Vollbewußtsein seiner jugendlichen Kraft und übermütig, weil er im Mittelpunkt der Aufmerksamkeit stand, kreischte Lester: «Bwana, weißer Teufel, Bwana. Ach, ach.»

Die anderen Vögel schrien und schnalzten mit den Zungen. Adele raste zum Käfig und schloß ihn, bevor die übrigen Tiere auf dumme Gedanken kamen.

Carole lachte. «Hört sich an wie in einem Dolores Del Rio-Film.»

«Wenn wir langsam auf ihn zugehen, weicht er vielleicht zurück, und ich kann ihn in den Käfig drängen. Halt du die Tür parat.»

«Wir können ihn nicht zurückdrängen. Er fliegt über unseren Köpfen. Vielleicht solltest du's mit dem Besen versuchen.»

«Prima Idee, dann kann ich ihm den Hals brechen.» Beim Anblick des wackelnden Besens in der Luft wurde Lester kühner. «Nicht aufs Sofa, Lester, nicht aufs Sofa.» Natürlich flog er über das Sofa und ließ zielsicher ein paar Exkremente fallen. «La-Verne bringt mich um.»

«Ich fühle mich wie Doolittle bei der Bombardierung von Tokio.»

«Nein, Liebes, du fühlst dich wie die Japaner. Lester besorgt hier

die gesamte Bombardierung.» Adele stemmte die Hände in die Hüften.
«Versuchen wir es anders», schlug Carole vor. Sie hob die Stimme und lächelte. «Lester, hübscher Lester. Komm, Vögelchen, komm, es ist Zeit, in dein trautes Heim zurückzukehren.»
«Einen auf die Eier, sprach die Queen. Ach, ach.»
«Wer behauptet, Spatzenhirn sei ein abfälliger Ausdruck, hat keine Ahnung von Vögeln.» Adele lachte über Lesters unerhörtes Benehmen, worauf er sich erst recht in Szene setzte.
«Hätte ich zwei, wär ich der King. Bwana, weißer Teufel.»
«Rassist!»
Lester steuerte auf die gefiederte Flagge an der Wand zu. Er attakkierte sie mit voller Wucht, worauf Adele aus Leibeskräften schrie. Carole warf die Hände über den Kopf wie ein Schiedsrichter, der signalisiert, daß der Schuß ins Aus gegangen ist. Der Vogel gewann Höhe, flog im Kreis und machte sich wieder über die Flagge her, diesmal mit den Füßen.
«Lester, mach was du willst, aber laß meine Flagge in Ruhe», stöhnte Adele.
Siegesgewiß sauste er dicht an Adeles Kopf vorbei, so daß die bunten Federfetzen in seinen Klauen ihre Nase streiften. Er kreiste wieder, berührte fast die Decke, hielt auf Carole zu, entleerte sich aus allen Schleusen und amüsierte sich wie noch nie.
«Könnte sein, daß ich den Vogel umbringe, bevor LaVerne die Chance kriegt», drohte Carole und wischte ihren Ärmel ab.
«Wir sind beide verdammt dämlich. Ich weiß, womit wir ihn kriegen. Du bleibst hier und lenkst ihn ab, während ich mich in die Küche schleiche.»
«Von wegen ablenken. Er macht mich zu seiner Zielscheibe.»
«Der Preis der ewigen Freundschaft.»
«Was holst du aus der Küche?»
«Kartoffelchips.»
Lester hörte sie mit der Tüte knistern und ließ sich auf dem Sessel nieder. Er verrenkte den Kopf, hüpfte von einem Fuß auf den anderen, öffnete den Schnabel und krächzte.

«Guck mal, was Mommy hat, du Heimverwüster. Kuckuck, kuckuck.» Sie hielt einen großen Kartoffelchip in die Höhe und knisterte mit der anderen Hand mit der Tüte. «Wenn du den leckeren Chip willst, geh in deinen Käfig.»
Langsam bewegte sich Adele auf den Käfig zu. Die Versuchung dieses enormen, goldenen Kartoffelchips war zu groß: Lester folgte. Adele streute eine Ladung Chips in den Käfig, und Lester, vom vielen Fliegen erschöpft, watschelte in den Käfig wie eine winzige Jemima Puddleduck. Triumphierend schlug Adele die Käfigtür zu. «Gefangen!»
Carole ging zum Käfig und legte ihren Arm um Adeles Schulter. Die beiden schüttelten sich vor Lachen. Lester vertilgte die Chips und warf ihnen von Zeit zu Zeit einen Blick zu. Die Wasserschildkröte schob den Kopf vor, um besser zu sehen und einen Chip zu mopsen. Sie erwischte einen, bevor Lester sie daran hindern konnte. Lester legte sich nie mit der Schildkröte an. Der Hirtenstar stieß einen bewundernden Pfiff aus, und Lester murmelte: «Pisse.»
«He, Vogel, Momma stopft dir Maschinengewehrkugeln in den Schlund, damit du nicht fliegen kannst», säuselte Adele. «Teufel.»
«Das ist sein Spruch.»
«Nachdem sich jetzt alles beruhigt hat, laß mich ein Messer und zwei Teller holen, damit wir beide endlich auch was essen können.»
«Kann ich irgendwas tun?»
«Nein, du hast schon genug gelitten. Apropos leiden, hat Ilse seit eurem Streit mal angerufen.?»
«Nein, und ich hab sie auch nicht angerufen.» Carole bestrich die Croissants mit Butter, während Adele sich in der Küche mit dem Tee zu schaffen machte.
«Schade, daß du nicht in einer chinesischen Bäckerei warst. Du hättest Glücksplätzchen kaufen können, und alle unsere Vermutungen hätten ein Ende.»
«Bei dem Pech, das ich habe, wären die Zettelchen bestimmt mit Mottos des Hausfrauenverbands beschrieben.»

«Du wirkst nicht vernichtet, obwohl du dich ein bißchen sarkastisch anhörst, meine Liebe.»
«Du kennst mich, Dell. Ich bedaure lediglich, Ilses Brüste nie in Champagner getaucht zu haben. Wie konnte ich? Bier hätte ihrem Stil vielleicht eher entsprochen, aber das ist kaum dasselbe.»
Adele lachte. «Jemand sollte dem Kind mal erzählen, daß Revolutionen gemacht werden, damit das Schöne im Leben eine Chance kriegt.»
«Ach, vergiß es.»
«Warum rufst du sie nicht an?»
«Wir sind beide zu empfindlich. Es würde nicht helfen. Vielleicht schreibe ich ihr einen kurzen Brief. Ich weiß nicht, was ich tun soll.»
«Mmm.»
«Ich habe nie so recht an Liebesbeziehungen geglaubt. Irgendwie hatte ich immer das Gefühl, ein Körnchen Lüge sei notwendig, um sie in Gang zu halten.»
«Wahrscheinlich stimmt das auch, für die meisten Leute. Die vielen kleinen Tricks. Daran ist nichts Schlimmes. Die Welt, in der wir leben, besteht nun mal aus Paaren, egal, ob hetero oder schwul. Die Welt rechnet in Zweierkisten.»
«Die Vorstellung, daß jemand meinen Namen in Verbindung mit einem anderen ausspricht, war mir nie geheuer. Noah hätte mich nicht auf die Arche gelassen.»
«Mein Herz, er hätte keine von uns auf die Arche gelassen.» Adeles Augen blitzten.
«Weiß Gott.»
«Sieh es doch mal so: Jetzt brauchst du deine Zeit nicht mit Wortgefechten zu verbringen, und du mußt dir die schlampigen Frauen nicht mehr ansehen, über die du dich immer beklagt hast. Was ich dir übrigens nicht verdenken kann.»
«Als ich die Truppe das erste Mal sah, war es, als hätte mir jemand einen nassen Fisch ins Gesicht geklatscht. Ich werde nie begreifen, warum eine Frau sich absichtlich häßlich macht. Ilse

sagte, die Männer haben uns zu Sexobjekten gemacht, und dies sei die Gegenreaktion der Frauen. Aber es muß doch eine Mitte zwischen Godzilla und Miss Amerika geben.»

«Queen Kong?»

«Das ist gut.»

«Als wir damals im Mutter Courage waren, und ein paar von denen haben sich da reinverirrt...» Adele hielt inne.

«Ja?»

«Sicher, ihr Aussehen hat mich erschreckt, aber ich saß da und dachte, also das ist wirklich dumm. Indem sie sich so häßlich machen wie...»

«Hausgemachte Hundescheiße.»

«Carole!»

«Du vergißt, daß wir das in Richmond immer gesagt haben.»

«Wo war ich? Ach ja, indem sie sich so unattraktiv machen, lassen sie sich erst recht durch Männer definieren. Eine negative Reaktion ist genauso einschränkend wie eine positive. Wenn ihnen wirklich klar wäre, worauf es ankommt, würden sie alles tun, um sich wohlzufühlen, zum Teufel mit Männern jeder Sorte. Ich ziehe mich für mich an, und wir wissen alle, Miss Adele liebt Glitzerfummel.»

«Und du siehst toll aus. Du hast recht. Ich habe das Äußere nie so gesehen – als Definition. Ich dachte nur, sie laufen mit einer tödlichen Dosis Selbsthaß herum.»

«Das ist vielleicht dasselbe.»

«Vielleicht.»

«Ich bin so froh, daß du nicht total deprimiert bist. Ich weiß, du hattest das Mädchen gern.»

«Die Frau.»

«Ach was, für mich ist sie ein Mädchen. Sie ist zweiundzwanzig Jahre jünger als ich.»

«Ich kann nicht behaupten, daß ich die Grenze zwischen Mädchen und Frau selbst definieren könnte. Ich hatte sie gern. Ich habe sie gern. Ah! Ist die Teetasse heiß!» Carole stellte die Tasse hin.

«Entschuldige, ich hätte dich warnen sollen. Diese extra großen Tassen halten die Hitze.»

«Mir sind durch diese Geschichte ein paar Zusammenhänge klargeworden. Dinge, die ich übersehen oder ignoriert habe.»

«Ach ja?»

«Adele, es hört sich vielleicht verrückt an, aber ich sehne mich nach meiner Kindheit. Erinnerst du dich an die Zeit, als alles rein und unschuldig war?»

«Ja. Ja, ich weiß, was du meinst.»

«Ich habe etwas von mir verloren und will es wiederhaben. Ich werde den Gedanken nicht los, daß ich zu meinen Wurzeln zurückkehren sollte. Guck nicht so erstaunt. Ich will zurück nach Richmond oder in die Nähe von Winchester, wo meine Großeltern die Farm hatten. Ich weiß nicht wie oder wann. Es gibt dort genug Universitäten und Colleges. Irgendeinen Job werde ich schon finden.»

«Du willst die Stadt verlassen?»

«Ich liebe die Stadt, auch wenn sie schrecklich ist, aber sie ist nicht meine Heimat. Ich will nach Hause. Ich will Wurzeln.»

«Aber Carole, du hast hier Wurzeln, alle deine Freundinnen.»

«Ich weiß, ich weiß, aber das ist nicht das gleiche. Ich weiß, es klingt albern, aber irgendwie hat es mich erwischt, daß ich dahin zurück will, wo ich hergekommen bin. Nicht zurück in die alten Zeiten und die Slums, aber in die Gegend, das Land.»

«Wenn es je eine Philosophie des Südens gab, dies ist sie. Das Land. Ich kann nicht behaupten, daß ich das gleiche nicht auch empfunden habe. Ich sehne mich nicht gerade nach der Familienvilla in St. Louis, aber manchmal frage ich mich, ob ich nicht unter dem Vorwand der guten Gelegenheit davongelaufen bin. Ich überlege oft, ob ich nicht mal an einem kleinen Schwarzen-College unterrichten soll, wenn sie eine freie Stelle für mich haben. Es geht mir so durch den Kopf. Aber ich unternehme nichts, wegen Verne. Ihre Chance liegt hier. Vielleicht möchte sie mit der Zeit weg, und dann ziehen wir um. Doch bis dahin, falls es überhaupt so weit kommt, bleib ich hier, bis mich der Ruf ereilt.»

«Ich glaube, mich hat der Ruf ereilt. Ich gehe – ich weiß nur nicht, wann oder wohin. Nach Richmond, Winchester, an die Universität von Virginia?»
«Das ist nicht die ganze Lösung. Du bist schließlich keine urbane Vagabundin. Wir haben hier so was wie eine Gemeinschaft.»
«Ich weiß, Adele, ich weiß. Aber welchen Einfluß haben wir auf diese Stadt? Unsere Arbeit gibt uns eine Chance, etwas zu tun, aber das genügt nicht mehr. Ich habe Professionalismus in diesem engen Sinn satt. Ich will mehr. Ich will irgendwohin, wo meine Stimme sich nicht so verliert. Zurück zu meinen Wurzeln. Vielleicht ist unter anderem auch das schuld an allem, was mit Amerika nicht stimmt. Seit dem ersten Weltkrieg laufen wir von unseren Wurzeln weg, und jetzt haben wir uns alle verirrt. Die gute Gelegenheit erwies sich als unzureichend. Ein erfolgreicher Job ist nicht dasselbe wie Ansehen in deiner Gemeinschaft. Verstehst du, was ich meine?»
«Ich spüre den Frust, aber ich denke, die Großstadt ist das Feld der Frauen. Außerdem, wer wird auf eine Lesbe hören? Hier kannst du wenigstens bis zu einem gewissen Grad offen sein.»
«Wenn wir uns alle in den Riesenstädten verstecken, betrügen wir uns selbst… aber die Frauenbewegung *hat* etwas verändert. Es gibt jetzt mehr Raum für uns. Ich sage nicht, daß es leicht ist, aber vielleicht müssen wir genau das tun, Adele, dahin zurückgehen, woher wir gekommen sind, und die Sache ausfechten.»
«Carole?»
«Nein, ich bin keine Revolutionärin geworden, jedenfalls noch nicht. Aber ich sehe allmählich, daß mein Leben mehr ist als nur ich. Und was mir helfen kann, ein bißchen Frieden zu finden – nach Hause zurückkehren –, könnte vielleicht auch den Frauen dort helfen – und den Männern, sofern sie Wert darauf legen, zu lernen.»
«Aber wenn dir das den inneren Frieden nicht gibt, dann bleibt dir nur noch die Verkündigung des Evangeliums und Schnaps», witzelte Adele.

«Oder schlimmer, ich werde zur untätigen Reflexion verdammt.»
«Bevor du dich selber verurteilst, hol ich Schokoladenplätzchen. Wir können sie in den Tee tunken.»
«Wenn wir am Anfang unserer Karriere Coca Cola- und Nabisco-Aktien gekauft hätten, wären wir jetzt reich.»
Adele kam mit einem Teller Plätzchen wieder hereingeschwebt. «Carole, ich kann mir nicht vorstellen, ohne dich zu sein.» Ihre Stimme war sanft. «Ich weiß, du gehst frühestens in ein, zwei Jahren, aber wir sind all die Jahre zusammen gewesen. Es scheint mir einfach unmöglich.»
«Ich... immer, wenn ich anfange, über meine Wurzeln nachzudenken, fällt mir ein, daß du ein Teil meiner Wurzeln bist. Der beste Teil.»
«Danke.»
«Vielleicht habt ihr zwei auch Lust, wegzuziehen, wenn ich soweit bin.»
«Verne und ich haben eigentlich nie darüber gesprochen, aber ich werd's mal anschneiden. Kann sein, daß sie uns beide überrascht. Bloomingdale's ist nicht der Nabel der Welt. Vielleicht packt sie der Unternehmungsgeist, und sie eröffnet ein eigenes kleines Geschäft. Wenn wir Colleges in der Nähe haben, gibt es einen Markt für Kleidung und die raffinierten Sachen, die sie aufspürt.»
«Frag sie. Sie sieht es vielleicht als Abenteuer. Und es gibt keinen Grund, weshalb wir nicht alle wieder nach New York ziehen könnten, wenn es nicht funktioniert.» Sie machte eine Pause. «Adele, hast du dich je gefragt, warum wir nie ein Liebespaar geworden sind?»
«Also, das ist ein Blitz aus heiterem Himmel. Wie kommst du darauf?»
«Durch deine Verrücktheit neulich und die Gedanken ans Wegziehen. Plötzlich ist mir klargeworden, daß ich dich mehr liebe als alle anderen auf der Welt.»
«Verdammt.» Adele hatte ihren Tee verschüttet.

«Bleib sitzen, ich hol ein Papiertuch.» Carole kam aus der Küche zurück und wischte den Tee auf.
«Trampel.»
«Nein. Überrascht.»
«Ich habe es tausendmal gedacht – ich meine, daß ich dich liebhabe. Ich dachte wohl nie, daß es gesagt werden müßte. Wo ich herkomme, muß man so etwas nicht aussprechen, die Leute wissen es auch so.»
«Ich weiß, ich wußte, ich... schon gut. Ich höre mich an wie bei einer Konjugationsübung.»
Carole lachte. *«Amo, amas, amat.»*
«*Amamus, amantis, amant.* Hab ich es richtig ausgesprochen?»
«Woher soll ich das wissen? Ich lese das Zeug bloß, gehört hab ich's noch nie.»
«Da wir schon dabei sind, jetzt will ich's wissen. Was glaubst du, warum wir nie zusammen ins Bett gegangen sind?»
«Du hast mich nie gefragt.»
«Carole Hanratty, das ist obszön. Ich dich fragen?»
«Was dachtest du denn? Daß *ich* dich fragen würde?»
«Herrgott im Himmel.»
«Was hat der damit zu tun?»
«Ich dachte, schwarze Frauen machen dich nicht an.»
«Adele, meinst du das ernst?»
«Natürlich meine ich es ernst. Würde ich so etwas Dummes sagen, wenn es mir nicht ernst wäre?»
«Als wir uns kennenlernten, war es vielleicht so. Aber als wir Freundinnen wurden, ist das alles verblaßt. Das Thema Hautfarbe wurde ausgesprochen albern. Wie konnte jemand das ernst nehmen?»
«Ja, ich weiß, aber unsere einzige Möglichkeit, es zu erkennen, war das Zusammensein. Ilses Generation hat da eine bessere Chance als unsere. Ich fand dich immer schön, sensationell. Weißt du das?»
«Nein, ich wußte, du magst mich, aber...»
«Du bist noch immer schön, Carole, innerlich und äußerlich.»

«Du auch, Dell. Wenn du ins Zimmer kommst, muß ich lächeln. Auch wenn ich höllisch deprimiert bin. Ich weiß nicht, irgendwie haben wir den Sex verpaßt. Als ich dich kennenlernte, gingst du mit wer weiß wem. Als ich mich in meiner Beziehung ‹auf ewig› versuchte, hast du gerade Schluß gemacht. Dann, peng, hast du LaVerne kennengelernt. Wie sollen wir da jemals miteinander schlafen?»

«Ha.»

«Wir können LaVerne nicht hintergehen. Ich bete sie an. Ich könnte so etwas nicht tun, und du auch nicht. Dell, wir haben's versiebt.»

«Ach, wir sind noch nicht tot. Außerdem, das ist vielleicht auch ein Grund, warum wir uns so nahestehen: Die Möglichkeit, uns zu lieben, war unterschwellig immer da. Wir haben nie danach gehandelt. Vielleicht tun wir's noch. Vielleicht auch nicht, aber das wäre nicht tragisch. Ich muß sagen, ich weiß nicht, ob ich damit fertig werden könnte. Ich war immer, wie heißt das gräßliche Wort, monogam?»

«Es wäre beinahe wie Inzest, nicht?»

«Weil wir Schwestern sind?»

«Schwestern.» Carole küßte Adele auf die Wange. «Weißt du, was ich noch gedacht habe?»

«Meine Liebe, in diesem Zusammenhang kann ich es unmöglich erraten.»

«Ich habe einiges von Ilse gelernt. Ich dachte, ich sollte ein Buch über herausragende Frauen im Mittelalter schreiben. Damals wurde für die Frauen nicht viel getan.»

«Damals? Das gilt für alle Epochen.»

«Du nimmst die Maya-Frauen, und ich nehme die europäischen Frauen im Mittelalter. Mit meinen Kenntnissen dürfte es nicht schwer sein, ein Buch über Heldinnen zusammenzustellen, Frauen wie Eleanor de Montfort im dreizehnten Jahrhundert und Königin Margarete, die die Schlacht von St. Albans gewann. Es gibt so viel Material, das ans Licht gebracht werden müßte. Das ist zwar nicht dasselbe, wie ein Kinderbetreuungszentrum zu

organisieren, aber es ist etwas, was ich tun kann. Und ich meine, es ist wichtig zu wissen, was unsere Vorfahren gemacht haben.»
«Eine großartige Idee. Weißt du, ich denke, alle Toten sind unsere Vorfahren. Wir sollten uns mit ihnen befassen.»
«Ich hatte gehofft, daß du das sagen würdest.»
«Heute ist so ein schöner Tag. Komm, laß uns im Park spazierengehen. Magst du?»
«Klar.»
Als sie in die Frühnachmittagssonne hinaustraten, fragte Adele: «Weißt du, was ich glaube?»
«Keine Ahnung.»
«Ich glaube, das Geheimnis des Lebens ist, daß es kein Geheimnis gibt.» Adele hob schwungvoll die Hand zur Sonne.
Carole lächelte. «Ich glaube, du hast recht.»

Ein Kultroman (Die Zeit)

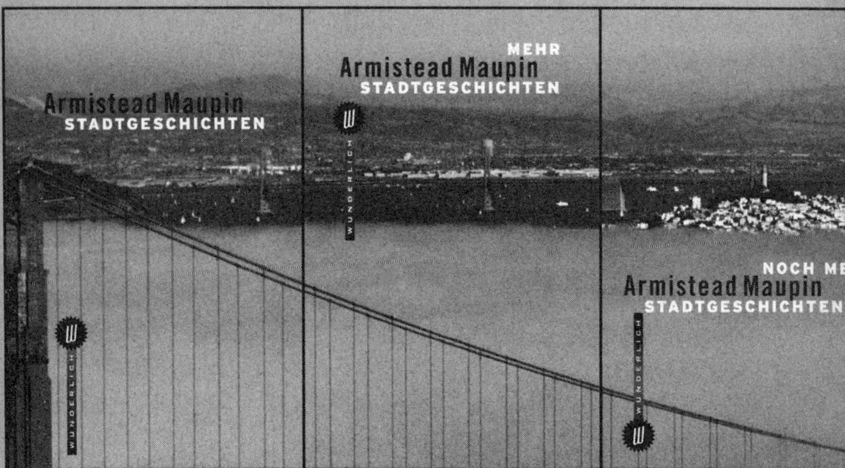

« Man gewinnt sie lieb, die Menschen aus der Barbary Lane in San Francisco. Und nichts ist schlimmer als die steigende Zahl der Seiten, die das unweigerlic nahende Ende des Romans ankündigt.» (Hannoversche Allgemeine Zeitung)

5051/1

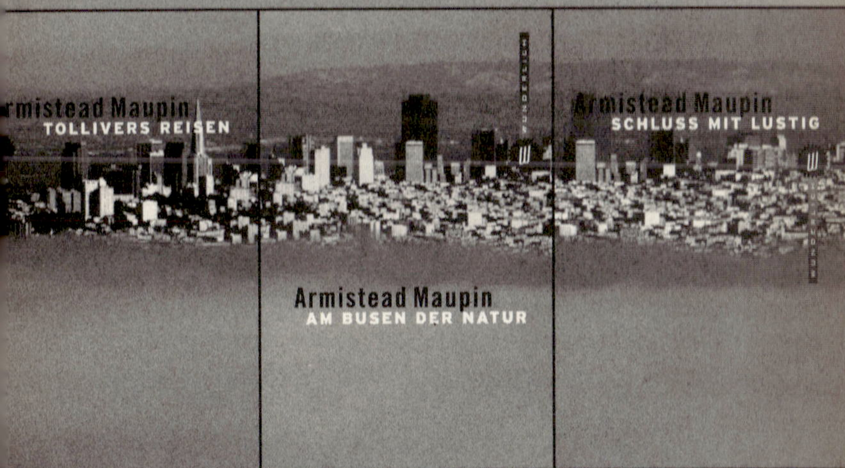

rmistead Maupin

Stadtgeschichten
26181-2 DM 10,–/öS 73,–/sFr 10,–

Mehr Stadtgeschichten
26182-0 DM 10,–/öS 73,–/sFr 10,–

Noch mehr Stadtgeschichten
26183-9 DM 10,–/öS 73,–/sFr 10,–

Tollivers Reisen
26184-7 DM 10,–/öS 73,–/sFr 10,–

Am Busen der Natur
26185-5 DM 10,–/öS 73,–/sFr 10,–

Schluß mit lustig
26186-3 DM 10,–/öS 73,–/sFr 10,–

WUNDERLICH TASCHENBUCH

5052/1